LA PART DES CENDRES

EMMANUELLE FAVIER

LA PART DES CENDRES

roman

ALBIN MICHEL

L'écriture de ce livre a reçu le soutien du Centre national du livre et a bénéficié d'une résidence à la villa Marguerite-Yourcenar, au Mont-Noir.

À Muriel, dont le désir de transmettre décida de ce livre.

I

SOPHIE/СОФЬЯ

Moscou, septembre 1812

«Je suis né tartare
Et j'ai voulu être romain
Les Français m'ont fait barbare
Et les Russes Georges Dandin.»

Fiodor Rostopchine,
autobiographie synthétique

C'est un rêve brûlant, où l'on marche en fantôme. Une ville de bois qui flambe, une cité de brandons et de poudre cuivrée s'élançant vers le ciel.

Parmi les baraques en torche, les poutres qui s'affaissent et le fer des toits qui fond, un homme déambule. Il a vingt-neuf ans, la moitié de sa vie. Il s'appelle Henri, aime exagérément l'amour, vérole incluse ; se plaît exagérément à étudier les contours sensibles de son âme, se pâme pour un sein blanc, un tableau ou un opéra. Et pourtant : c'est un fonctionnaire de l'Empire, chargé d'intendance et de discipline auprès de paresseux soldats. Des grognards épuisés, moustache en pistolet que l'hiver n'a pas encore rasée et anneau d'or terni à l'oreille, qu'il se doit d'exhorter aux pillages de farine ou d'avoine.

Henri Beyle promène sa courte silhouette dans les rues désertées de Moscou. Pour l'heure, il songe à ses ambitions plutôt qu'à ce qui s'agite autour de lui, remue des mirages plus qu'il n'observe ce qui se déroule sous ses yeux. Parfois, à un recoin du silence décrété par les flammes, il croise l'un des rares habitants demeurés en ville, ivres d'avoir brûlé leur propre maison pour en priver les Français. Ou bien ce sont des sergents, soûls d'avoir pillé les foudres au lieu des greniers, outragé les femmes au lieu des celliers ; sans conviction, Beyle menace d'en percer un, en réprimande un autre, histoire d'exercer sa puérile toute-puissance spoliée d'une nouvelle victoire.

Son Armée, humiliée par l'accueil silencieux d'une Moscou qui, inutilement vaincue, a négligé de remettre à Napoléon les clés de la ville avec le pain et le sel de la bienvenue, erre dans la capitale russe comme il erre dans sa frustration obsidionale. Aussi malheureux que les pierres qu'il cogne du bout de son soulier, dépité par tout, les femmes qui invariablement le déçoivent, son père qu'il ne jugera jamais assez généreux et toujours trop légitimiste, Bonaparte qui décidément n'est pas si grand vu de près, Henri se venge sur de plus misérables que lui et tance des soudards qui s'en foutent.

Lorsqu'une vision l'arrête : au coin d'une rue se dresse un tipi de poutres embrasées, aux vapeurs d'auréole. L'artiste composition le fascine un long moment. Sa pente naturelle lui fait oublier le désastre alentour, le bûcher ne lui est plus que transport esthétique. Il doit se faire violence pour ne pas s'y jeter, tant les flammes qui grimpent en joies liquides vers le ciel lui semblent douces, tant derrière les lambourdes l'amas de braises vermillon paraît un accueillant foyer. Dans la noirceur du bois plaqué sur la nuit plus noire encore brille par intervalles une magique escarbille, comme un clin d'œil rappelant au spectateur la vanité des batailles humaines.

Soudain surgit de derrière le bûcher, passant loin au-dessus de sa silhouette claire-obscure, un vol de choucas tournoyant. Henri se demande quelles âmes les corneilles sont venues prendre, parmi celles qui s'apprêtent à périr et à rejoindre celles périssant d'abondance depuis des semaines, des mois, des années de l'aubaine à charognards que sont les désirs de conquête. Puis le dessin des rémiges change et ce ne sont plus de sombres présages, mais l'évidence de son destin qu'il lit dans le vol macabre, comme l'invasion de la Russie s'était annoncée aux paysans crédules par le passage d'une comète. Mais Henri n'est pas superstitieux, et son destin ne s'écrira pas tout seul. Il s'ébroue et reprend sa déambulation en marmonnant quelque chanson, vers de Shakespeare ou bluette vénitienne, déjà trop las pour s'étonner de rien.

Après tout il n'en est pas à son premier incendie, loin de là – voilà six années qu'il écume les champs de bataille –, même s'il a regretté manquer l'embrasement de l'ambassade d'Autriche, deux ans plus tôt. Ce dut être un fameux moment, ces robes Empire et ces plumes mêlées aux queues-de-pie qui fuyaient, dans un frou-frou de taffetas défait, les petits-fours carbonisant et les bouteilles de champagne éclatant, pour se réfugier, puants de fumée, dans la première taverne venue. Beyle rit à cette évocation et croise sans les voir des amas de meubles et d'objets précieux livrés à l'appétit du feu. Il est trop sevré d'art pour se formaliser d'un tel gâchis. La vision d'esthète est passée, le monde a repris ses couleurs sales, et Henri ne jette pas un regard à ce Chardin qui gondole au pied d'un monticule ardent, sa toile se couvrant de cloques noires et la nature morte reprenant, pour un bref instant, vie sous les langues brûlantes.

*

À plusieurs dizaines de verstes de là – les sources discordent sur le nombre exact –, quelque part au nord de Moscou, une enfant observe derrière le carreau un ciel qui rougeoie, captivée par le sommet d'une pyramide écarlate incinérant la nuit boréale. Elle a déjà entendu parler des aurores du même nom, qu'évoquent pour elle ces longues traînées silencieuses rivalisant avec l'éclat médiocre de la lune dans le firmament noir. Elle s'appelle Sofia Fedorovna, dite Sophie – *sagesse* en grec –, elle a treize ans – un sixième de sa vie – depuis soixante-sept jours – quarante-cinq selon le calendrier julien –, elle vient tout juste d'avoir ses premières règles, et c'est son propre père qui a mis le feu à la ville.

Fiodor Rostopchine – nous épargnerons au lecteur, ou à la lectrice française, le *t* imprononçable que certaines sources, à commencer par les descendants du comte lui-même, insèrent entre le *p* et le *c* – a fait ce qu'il avait à faire. Le gouverneur, refusant de laisser au nabot corsicain davantage que les rebuts calcinés de la noblesse moscovite, a fait évacuer les habitants de la ville aux pierres blanches. Seuls quelques renégats ont refusé de quitter le giron maternel : bourgeois sans famille trop vieux pour voyager, mendiants ou étrangers, soldats blessés reclus dans les hôpitaux, aliénés libérés des asiles et prisonniers des prisons, ou encore une poignée de patriotes qui, excités par les affiches que Fiodor a placardées partout dans la cité, s'indignent d'abandonner celle-ci aux brutalités gauloises. Ils continuent de hanter les rues privées de nourriture, d'âme et bientôt d'air.

Sophie aurait volontiers galopé près de son père, essuyé le feu et la poudre à ses côtés. Elle aurait été son petit cosaque, ses courts cheveux couleur de cendre blonde au vent, la fumée brûlant ses iris brun-vert, ternissant son teint très frais de toute jeune fille et la couleur de sardoine, presque translucide, de ses pommettes un peu saillantes.

Mais elle est fille – en témoigne la puberté qui vient de l'assaillir et n'a pas contribué à apaiser les mauvais traitements de sa mère – et les femmes ne font pas la guerre. Tout au plus fabriquent-elles dans leur ventre la chair destinée aux canons. Il ne lui reste qu'à effleurer pensivement les scarifications sur son abdomen tendu par une sourde douleur, en rêvant gloires martiales et chevauchées viriles. Sous la pulpe, la cicatrice ancienne est douce, et l'estomac gémit. C'est si familier que pour un peu cela en deviendrait agréable.

Sa mère ne la fouette plus depuis qu'ils ont quitté Voronovo, le domaine campagnard, lieu de l'enfance, des bois et des vergers où déployer des membres courbatus par la rigueur maternelle. Mais elle la prive encore de nourriture, d'eau surtout ; or en ville, il n'est plus question de laper dans l'écuelle des chiens pour étancher sa pépie comme elle le faisait au domaine, suscitant la pitié des domestiques. Sophie a faim et soif ; à cette heure pourtant, c'est la fierté qui l'emporte, celle qu'éveille en elle la grandeur de son père.

Elle s'en veut aussi : lorsqu'il a dit adieu à ses cinq enfants quelques jours plus tôt, avant leur départ de Moscou où s'annonçaient les drames dont il les préserve en les évacuant, Fiodor a voulu embrasser chacun avec sa ferveur naturelle ; mais sa Sophie, sa Sophaletta, a gardé les mains cachées derrière son dos. Le père a eu un mouvement de recul devant cette immobile enfant, pourtant sa favorite. Le baiser n'a pas eu lieu. Les poignets mignons étaient encombrés par des gimblettes, étouffe-chrétiens sablés en forme de bracelets. Les ayant chipées aux cuisines dans le dos de sa mère, elle les avait enfilées en prévision du chagrin qu'il faudrait éponger. Mais les biscuits de consolation l'ont privée d'une dernière tendresse.

Fiodor a laissé partir ses chers enfants en les recommandant à leur mère. Peine perdue, car c'est lui qui a le cœur de Sophie ; son épouse Catherine Protassova, fraîchement convertie au papisme, n'a de tendresse à offrir qu'à Dieu. C'est lui qui l'emmène nourrir les chevaux de pain noir et de sucre en écoutant, avec autant de ravissement que de sérieux, les historiettes qu'elle invente. C'est lui qui, de sa faconde, fait glousser tout ce que la noblesse russe compte de distingué. C'est lui, et non la dévote génitrice, qui tente de sauver Moscou des mains des mécréants. C'est lui, enfin, ce descendant supposé de Gengis Khan, qui se bat seul pour prolonger la grandeur du tsar : le mal-aimé Paul Ier, parrain de Sophie, assassiné et mutilé – à la mode russe de l'époque – onze ans plus tôt sur ordre de son propre fils Alexandre.

Après avoir tailladé doigts et nez, leur haine excitée par l'épouvantable laideur de Paul, les factieux l'avaient achevé dans un râle. Fiodor s'était alors trouvé fort dépourvu, car satisfaire à toutes les exigences de ce tsar difforme et délirant rattrapait ses frustrations vis-à-vis de son propre père, Basile, un sanguinaire ivrogne à la barbe crasseuse descendant jusque terre, dont il avait, sa jeunesse durant, été le serf rebelle et délicat.

Ces chemins psychiques compliqués amènent aujourd'hui le comte Rostopchine à se dresser, seul ou presque, face à l'historique conquérant français, qu'il a bien l'intention de priver de son fantasme asiatique. Alors que les troupes impériales russes ont battu en retraite, le gouverneur de Moscou s'interdit d'abandonner sa chère ville, où reposent sa fierté, la grandeur de sa nation et la poussière des ancêtres du tsar. Après avoir livré un traître en pâture à la foule en le jetant au bas du perron rouge de son palais de la Loubianka, Fiodor a donné ses derniers ordres aux incendiaires. Ces assassins et truands, la barbe longue et l'œil fou mal réhabitué au jour libre, qu'en les libérant des geôles moscovites Fiodor avait transformés en Scythes – faisant de Napoléon un Hadrien égaré –, grouillaient à son service, prêts à lancer au signe convenu les feux saboteurs.

La veille au soir, il a écrit au tsar parricide. Il l'a averti que, étant désormais l'armée à lui seul, il emmenait tout, tout – la redondance est de lui –, et noyait dans un sanglot de feu ce qu'il demeurait de sa patrie. La nuit n'a plus été ensuite qu'un long effacement. À grand renfort d'âme slave, de prières à Marie la Toute Pure et de bruits de canon, guidé par sa foi qui est son seul orgueil et par l'ivresse de trois semaines insomnieuses, Rostopchine s'est emparé du destin de son pays et a vidé Moscou de sa substance. Les douze mille pauvres hères qui continuaient d'errer, les huit cents hères plus pauvres encore qui garnissaient les prisons, les quatre-vingt-seize pompes à incendie, les milliers de souris blanchies par la cendre ou par la peur, tout en effet a été emporté. La ville saigne ses ressources, sa chair fond, elle se mue en un squelette exsangue, une carcasse de bois près de rompre à la première flammèche.

*

De toute la campagne de Russie, Henri n'a cessé de pester : pendant des semaines il a pataugé dans la fange, moins celle laissée par les pluies automnales que celle où barbote l'esprit des hommes qu'il côtoie, ses congénères ne valant guère mieux que les autochtones. Vivre dans la crasse et les fourmis, se nourrir de seigle et de cheval faisandé, partager la promiscuité des corps et de leurs relâchements, écrire son cher journal au pied d'un bouleau ou sur un coin de table graisseux, passe encore, mais que cela soit en compagnie d'âmes élevées, par pitié, pas de ces esprits frustes et abjects. Impossible de parler peinture italienne ou poésie avec qui que ce soit. Et même s'il y a du grandiose dans ces bûchers qui s'élèvent magistraux, ces tumulus hétéroclites de meubles bourgeois, pianos et ottomanes, canapés et crédences, livrés à la frustration des grognards, la jouissance qu'eût pu lui offrir le spectacle d'une ville incendiée est gâchée par la rustrerie des pyromanes.

Et puis, autant l'incendie est beau dans le soir, autant il n'est dans le grand jour que redondance inepte : la terrible, la tragique lueur n'est qu'un rabâchage de lumière, où ne se voient plus ni étoiles ni comètes annonciatrices et où se révèlent seulement les privations et leur trivialité. Depuis son départ en juillet – calendrier grégorien –, Beyle est privé de propreté et de théâtre, d'eau et d'Italie ; il est privé du toit rassurant offert par la maison dont son père lui a enfin fait donation, peu avant l'été, et dont il n'a pu profiter ; il est, surtout, privé de livres. Il suffirait de quelques lignes pour rassasier son manque. Des mots habilement accolés sur une page, l'odeur du papier, le cuir sous les mains…

C'est pourquoi, lorsque plus tôt il a pénétré, mine dégoûtée, à la suite de ses hommes en un palais encore épargné par les flammes, il s'est rué non sur les statues précieuses ou les fiasques de vin, mais sur une bibliothèque abandonnée, et s'est emparé d'un petit Voltaire – dans la bonne société moscovite, et bien qu'en ces temps de conflit, un mot français ou même un simple gallicisme vous vaille une hypocrite amende, tout le monde parle cette langue de diplomatie et de mondanité.

À présent, et tandis que claquemuré au Kremlin, Napoléon ivre de rage, le mollet tressaillant, la prise de tabac nerveuse, la bedaine exaspérée, malmène son élite – dont le général Philippe de Ségur –, laquelle considère tête basse le bout de ses bottes à l'éclat terni par la poudre, Henri pétune. Assis à une table noircie, perdu dans une torpeur cendrée qui l'envahit doucement, il fume un cigare ou, s'il n'en a pas trouvé en ces contrées barbares, une cigarette de tabac brun qui s'effiloche et colle à sa lèvre supérieure trop fine. Il fume, boit un verre de mauvais vin blanc et soupire d'aise en parcourant le volume de maroquin relié d'incarnat.

La nuit est tombée sur cette journée de victoire décevante. La fumée monte désormais dans le ciel dégagé en colonnes bien droites et non plus en nappes, comme tout à l'heure où elle entourait les corps ainsi qu'un tourment, s'incrustait dans les vêtements et les pores, brunissait les poumons et les âmes. Pendant qu'autour de lui tout flambe, que ses hommes dévorent filles et butin parmi les ruines, titubant dans l'ombre ignée de leur sauvagerie, Henri tousse vin et tabac en s'esclaffant aux facéties malsonnantes de l'hérétique philosophe.

Mais sa lecture est vite interrompue : ses hommes l'appellent, il faut partir, quitter Moscou que les flammes avalent cette fois franchement. Il faut finir de pilloter ce qui peut l'être et abandonner la ville et ses clochers, ses dômes où brûle un or plus vif qu'à l'ordinaire. Dans le chaos alenti, barbouillé de suie et de braises, où chacun tente son escampe, fuyant l'incendie à qui mieux mieux, c'est un ballet pathétique de calèches qui, parmi les chèvres étiques et les chiens effarés, sans ordre ni raison, font tours et demi-tours au milieu des torcheuses, menaçant de verser par une maladresse qui doit plus à l'alcool qu'à la fatalité.

Désespéré par tant de bêtise, Henri Beyle qui n'est pas encore Stendhal quitte Moscou et ferme des yeux consternés sur les derniers instants, au goût d'amère victoire, de la campagne de Russie.

*

Sophie s'est recouchée depuis longtemps sur la planche qui lui sert de matelas – c'est l'héritage maternel que de croire que l'austérité spartiate forme le courage –, quand la réveillent les cris des domestiques : la maison de campagne a brûlé, entend-elle.

L'honneur une fois de plus a été sauvé par Rostopchine, en un ultime geste d'autodestruction, précédé de tant d'autres depuis la veille. Le bon papa a d'abord rejoint les troupes du morne Koutouzov. Le feld-maréchal sérénissime – dont c'est l'anniversaire –, vieux chêne affaissé sur son gros cheval blanc, le visage huileux, l'œil borgne où pend une larme sempiternelle près d'être versée sur ses gloires passées, sur la Russie en général ou sur l'émouvante beauté du monde en particulier, l'a reçu sans entrain : il considère le comte comme un dégénéré, ignorant tout des nécessités militaires.

Fiodor a ensuite profité, par souci de cohérence, du passage des troupes par Voronovo pour brûler son propre domaine campagnard et tout ce qu'il renfermait, meubles, souvenirs, œuvres d'art, et ainsi s'assurer qu'il ne serait pas souillé par les bottes crottées des Français. Il a libéré les animaux, et dans le piétinement des chevaux forlongeant vers la forêt gloutonne, dans le murmure strident des oiseaux et des perroquets de sa femme, Fiodor en poussant un cri rauque a tendu une torche vers sa chère maison.

(Ce qu'ignore Fiodor mais que nous pouvons, sortant de notre réserve, préciser au lecteur puisque, écrivant ces lignes, nous tenons entre nos mains le *Journal* de Stendhal, c'est qu'après son départ tout est loin d'avoir brûlé dans la maison de Voronovo, que les Français y ont trouvé de quoi piller et que le même Stendhal, alors encore Beyle, a participé, après avoir quitté Moscou, audit pillage ; qu'il y a volé un volume de Chesterfield où il notera durant son retour vers la France d'importantes pensées, mais il y a une justice en ce monde : les importantes pensées de monsieur

Beyle seront perdues, avec d'autres manuscrits et livres qu'il avait dérobés aux bons patriotes russes.)

Tandis que, les flammes jaillissant des croisées avec le triomphe du martyre, Rostopchine abandonne sa propriété, dont il a floqué la grille d'une pancarte annonçant aux pillards qu'ils ne trouveraient là que des cendres, le futur Stendhal vomit ses illusions avec son poisson cru, mal digéré au vin blanc aigre. Dans le ciel, s'effacent les dernières traces du passage d'une comète que personne n'a songé à regarder ; au-dessous, des cosaques beaux comme une gravure d'Opiz engouffrent de petits pâtés, s'apprêtant à passer une nouvelle nuit sous les étoiles ambiguës de la guerre.

Un peu plus loin, Napoléon, après avoir dîné seul, à toute vitesse et très salement, de pain blanc, de mouton et de lentilles, arrosés de chambertin coupé d'eau, fuit le Kremlin sur son demi-sang isabelle, par une minable poterne dont l'obscurité le hantera longtemps ; plus loin encore, par-delà les forêts qui enserrent Moscou, l'enfance de Sophie Rostopchine se défait en flocons cuivrés dans les nuées de l'hiver commençant.

Paris, juillet 1815

« Il avait fallu vaincre l'Europe pour former ce trophée, il a fallu que l'Europe se rassemblât pour le détruire. »

Dominique-Vivant Denon,
Précis de ce qui s'est passé au Musée royal depuis l'entrée des alliés à Paris

Par la croisée, le vieux Vivant observe l'inquiétante procession des chefs-d'œuvre européens quittant le Louvre. Son empire se délite, se défait et s'éloigne dans un hourvari de roues de chariot. Depuis la fenêtre de ce qui fut la chambre de Madame Élisabeth, sœur de Louis XVI, au premier étage du pavillon de l'Égalité, il a vue sur les jardins des Tuileries. Il devine également, massés dans la Cour carrée, des bataillons prussiens devisant, lansquenets désœuvrés dont les barbes sont aussi grasses que les plaisanteries et qui attendent les prochains ordres. Mais si son œil pouvait porter plus loin encore, Dominique-Vivant Denon, directeur général des musées, verrait aussi l'enfer : les agapes des cosaques réinstallés sur les pelouses des Champs-Élysées.

Depuis quelques jours, ils font de nouveau résonner fièrement leurs sabres sur le pavé parisien – c'est un cliquètement désormais familier, obsédant, la scie de la défaite impériale, déjà entendue l'année précédente.

Ils sont partout, arpentent d'une botte pesante les galeries du musée, se lavent dans la Seine, caressent les cheveux des enfants et les tétins des filles d'auberge, vont au marché comme ils vont au spectacle ou au jeu, lutinent la Parisienne sur les Grands Boulevards ou dans les estaminets, excitant les dames de l'odeur fauve de leurs pelisses de mouton ou de la courbe interminable de leurs moustaches aux pointes soigneusement cirées. (Osons intervenir ici pour admettre que l'élégant officier est plus souvent un soldat hirsute, qui viole et consume tout sur son passage.)

Le soir, ils grillent de la viande dans les jardins des Tuileries comme ils feraient sur une plaine sibérienne, rythmant au son des tambourins leurs danses musclées et belliqueuses. Ils font un curieux contraste avec les Prussiens, disciplinés à l'extrême, petits soldats de plomb aux jambes fines et à la panse menaçante. Les Parisiens se sont habitués à ces cohabitations paradoxales.

Denon ne voit pas si loin mais, même sans subir ce spectacle navrant, il est au désespoir. Car il n'est pas qu'un énième caudataire déçu par la défaite de l'Empereur, il est celui qui lui a consacré sa carrière, baptisant le plus grand musée de l'univers du nom de son souverain en une géniale opération de propagande.

Le Louvre, éphémère musée Napoléon, est son grand œuvre, son enfant chéri, et le voilà démembré par l'obsession de la propriété que manifestent ces peuples grossiers. Ces ignares ne sauront pas prendre soin des chefs-d'œuvre, qui sont la chair et le sang de sa créature, autant dire les siens propres. Denon, que l'on surnomme l'œil de Bonaparte, et qui a perdu son orbite, souffre devant la destruction de ce projet grandiose où il avait engagé l'énergie de sa génération, ce palais où devaient arder pour des siècles et des siècles les feux de toute création humaine.

Quelques jours plus tôt, Friedrich von Ribbentrop, administrateur des régions françaises occupées, lui a fait savoir qu'il entendait, sur ordre du maréchal Blücher, se faire restituer les œuvres pillées par Bonaparte, trophée pourtant légitime aux yeux du directeur des musées. Certes, le chevalier de Non, dont la

Révolution a soudé le patronyme et que l'Empire a réanobli, qui a su séduire toutes les cours d'Europe et de Russie, entrer dans les grâces de Louis XV comme dans celles de Robespierre, dans celles de Pie VII comme dans celles de Napoléon, est homme à s'adapter.

Mais c'en est trop pour son orgueil vieillard : il s'est battu lui-même, a donné malgré son âge de sa propre personne sur les champs de mêlée de tout l'Empire afin d'arracher ces tableaux à l'ombre renfermée des églises, aux caves malsaines des monastères où elles croupissaient sans profit pour quiconque. Pour un peu, il se convaincrait qu'il a bâti le Louvre de ses propres mains, pierre à pierre, qu'il l'a nourri comme une bête insatiable, gavé de tableaux et d'antiques venus de Flandre et d'Italie, de Prusse et de Bavière, des gravures de Dürer aux toiles du Titien en passant par les chevaux de Saint-Marc, statues, bustes et vases, bronzes et bas-reliefs, livres et manuscrits, les objets d'art ont servi à gonfler le ventre du monstre et la gloire de la nation. Et l'on voudrait tout lui reprendre !

Malgré les menaces de représailles militaires, le baron s'est débattu, a aussitôt écrit partout, à Talleyrand, à Richelieu – pas le cardinal, le diplomate, qui revient d'Odessa dont il a été le gouverneur pendant plus de dix ans. Il s'est accroché aux Rubens et aux Van Eyck avec l'énergie de la mère que l'on veut priver de son rejeton. Il s'est pendu aux basques des deux cents soldats stationnés dans le musée redevenu Royal. Il a résisté, au point que Ribbentrop a dû en venir aux menaces physiques. Denon, las de s'abriter sous les placets et les lettres officielles, désireux par-dessus tout d'éviter le scandale de la violence, a fini par capituler. Il incarne aujourd'hui la France pour rendre à la Prusse des centaines d'objets d'art.

Et ce sont ces objets qu'il regarde, tout en plongeant compulsivement la main dans un sachet d'amandes amères, passer sous les fenêtres du Louvre, emballés sans soin, chargés dans des caisses et entassés sur des charrois à destination de la Prusse mais aussi de la

Russie, des Pays-Bas, de l'Italie ou encore de l'Espagne, et surtout de l'Autriche – que Napoléon a pourtant épousée au Louvre cinq ans plus tôt, c'était bien la peine.

C'est d'ailleurs à Vienne qu'a été décidée la restitution des trésors que l'Empereur, dépeint par d'aucuns comme un moderne Attila, avait pillés avec une arrogance très romaine, indifférent au fait que les courtoisies guerrières protégeaient les patrimoines depuis le début du XVIIIe siècle. Réunies en congrès dans la chancellerie de Vienne – à l'emplacement d'une ancienne salle de jeu de paume –, les puissances alliées ont disputé près d'un an sur les peines à infliger à la France. Son appropriation massive du patrimoine européen pendant les vingt années de conquête trouve enfin sa vengeance, et la relativité de la notion de trophée est disséquée en d'innombrables palabres.

Entre deux valses et trois Schnitzel, on a débattu la pertinence de rendre et donné un premier cadre juridique à la question des restitutions. Wellington, vainqueur de Bonaparte, ambassadeur à Paris et plénipotentiaire à Vienne, dicte ses positions. La France en Denon se défend : après tout, les œuvres ne sont-elles pas mieux conservées, restaurées, exposées dans le plus majestueux des musées, plutôt que dans l'atmosphère suintante de l'Angleterre, dans l'ombre des églises italiennes ou entre les mains barbares des Prussiens ? Réunies, ces œuvres ne font-elles pas davantage pour l'histoire de l'art que lorsqu'elles sont dispersées ? Et ce musée qui les rassemble, peut-il être situé ailleurs qu'au pays de la liberté, puisque l'art est l'expression même de cette liberté ? L'art appartient donc à la France, ce qu'il fallait démontrer.

Mais la France a perdu, Napoléon définitivement défait est à Sainte-Hélène après avoir échoué dans son fantasme de suicide à l'antique en avalant un poison éventé, les abeilles impériales se sont envolées, l'Histoire obéit aux vainqueurs et le butin suit la victoire.

Cent jours plus tôt, lors de la première abdication de l'Empereur français, les puissances coalisées avaient fait preuve de pusillanimité devant le démantèlement patrimonial; elles avaient épargné le Louvre pour épargner le roi restauré, et Denon avait eu le temps de sauver bien des choses. Mais aujourd'hui, moins tenace que son directeur des arts, Louis XVIII a cédé, et les Alliés ont dressé un inventaire des œuvres à récupérer. Ils entendent reprendre leurs biens manu militari: ce que les Français tentent d'anoblir en une restitution tout à leur honneur n'est, du point de vue des vainqueurs, qu'une banale reprise de guerre.

Dans les semaines qui suivent, les bâtiments du Louvre sont ainsi vidés quotidiennement de leurs trésors, des chariots vont et viennent, des officiers aident les représentants des Alliés à décrocher les œuvres. Au fil des jours, les demandes se multiplient; chaque État, espérant suivre les traces heureuses des Prussiens dans la récupération de son patrimoine, envoie des commissaires. Les Anglais, pourtant pas vraiment concernés, appuient les demandes des petits pays au gré de leur paternalisme atavique – c'est aussi que lord Elgin, le bandit ambassadeur, entend après avoir pillé Athènes vider le Louvre, afin d'asseoir l'ascendant du British Museum sur le musée français.

Mais ce sont les Prussiens qui raflent l'essentiel, leur succès initial les encourageant à se porter garants pour les autres nations. Leur enthousiasme se gonfle de la frustration de l'année précédente, des limites qu'ils s'étaient alors imposées.

Tout le monde n'est pas d'accord sur le bien-fondé de ces restitutions. Depuis Venise, où il vient de s'établir, Henri Beyle – qui signe pour le moment de pseudonymes compliqués ou d'initiales hasardeuses – donne son opinion: il se réjouit quant à lui de voir les œuvres revenir chez elles, et notamment en Italie. Il critique les musées – trop d'art tue l'art – et plaide en faveur de la dispersion des œuvres. C'est la condition pour que l'amateur aille les découvrir réellement, mû par une passion capable de lui faire couvrir cent lieues afin de voir un tableau, et non par un snobisme désabusé par l'abondance, écroulé dans un canapé rond en bâillant d'une morne admiration.

Beyle avait pourtant été en première ligne pendant les campagnes impériales : Denon l'avait chargé de confisquer dans les zones occupées, notamment en Allemagne, autant de livres et de manuscrits que possible et il avait participé activement à l'inventaire du musée Napoléon. Document précieusement administratif, auquel Denon souhaitait que Beyle donne des qualités littéraires. Il avait même trouvé ce qui deviendrait son nom de plume à cette occasion, tout près de la bibliothèque de la petite ville de Stendal où il avait récupéré pour son usage personnel un mignon recueil de fables – c'est presque un rituel, que de ne pas oublier de se servir.

Henri Beyle erre en Italie, remue de vagues idées de suicide passionnel, publie sous pseudonyme un plagiat sur Haydn alors qu'il n'entend rien à l'histoire de la musique. Il rapporte dans son journal, en un pénible franglais, ses gaudrioles, ses comptes et ses découvertes en matière d'art, se révolte platement contre la graisse des Bourbons, l'exil de Napoléon et la veulerie des Parisiens – la révolte est aisée quand on est à distance. Il rédige son *Histoire de la peinture en Italie* et la dédicace à Bonaparte : bien que haïssant l'empereur, il continue d'idolâtrer le général. Il faut dire qu'il ne trouve plus sa place dans le nouveau régime : ce n'est pas faute de s'être affublé d'une particule.

Désespéré et exalté tout ensemble par son excessive sensibilité, il va la dissiper dans les bordels comme – rien ne l'oblige à la cohérence – dans les musées, où il rêve de baiser les joues charmantes des madones (permettons-nous un commentaire ici, en soulignant qu'apposer ses lèvres sur une œuvre est une autre façon de la posséder).

Antonio Canova, le voluptueux sculpteur vénitien, est là aussi, que l'on voit s'agiter dans la foule des contempteurs de la conquête. Le plus influent des artistes d'Europe est également le plus féroce des ennemis de Denon, qui ne lui reconnaît aucune autorité malgré ses mandats papal et princier. Pourtant, l'envoyé du Saint-Siège triomphe : par sa faute, le Musée royal est menacé de destruction et Denon d'apoplexie. Canova est à pied d'œuvre ; à ses yeux, les trésors de la civilisation ne devraient pas être concernés par la guerre et ses désarrois. Il est notamment secondé par l'Autrichien Klemens Wenzel von Metternich, qui a fait une fille à la femme du général russe Bagration – *confer* ici Tolstoï – tout en entretenant des liaisons un peu partout à la Cour, notamment avec la plus jeune sœur de Napoléon – la tambouille sexuelle de la diplomatie européenne a de ces ironies.

L'âge en revanche a calmé les ardeurs de l'ancien libertin qu'est Denon : les priapées et sujets galants qui ont fait les joies de ses solitudes d'estampeur sont derrière lui. À soixante-huit ans, Vivant Denon est un vieillard qui porte beau, rappelant une jeunesse où son visage rose allié à l'esprit le plus vif séduisait les deux sexes également : il n'était point assez beau pour déplaire aux hommes, ni assez laid pour repousser les femmes.

Mais aujourd'hui Denon n'a guère le temps pour ces fadaises, il croule sous les demandes de restitution, toutes les cours d'Europe lui écrivent pour récupérer des œuvres, décidées à vider son musée si péniblement constitué. Durant tout l'été, il se démène contre les divers plénipotentiaires, chaque pays, inspiré par un voisin qui aura réussi à reprendre son bien, voulant récupérer ses toiles et ses statues. D'innombrables lettres sont échangées à coups de barbarismes administratifs – ampliation, procédance et autres obsister –, néologismes de la diplomatie polyglotte. La violence trouve ses traits les plus acérés dans les lettres plus que dans les actes.

Harassé, Denon finit par fermer le musée, dont les longues galeries dénudées résonnent de sa tristesse, et par en interdire l'entrée à quiconque, faisant fi des menaces. Mais il est mis en état d'arrestation. Quelques aléas diplomatico-militaires plus tard, il est forcé de céder : les portes du Louvre sont rouvertes, le sang du musée s'écoule en rigoles vers les quatre coins de l'Europe, provinces belgiques en tête. Plus de cinq mille œuvres d'art quittent la France sous la férule alliée. Profitant de la pagaïe, de louches individus, des étrangers sans patrie reconnaissable, soudoient soldats et employés pour faire sortir d'autres tableaux.

Le chancelier Metternich autorise les Autrichiens à récupérer les possessions que la France lui a dérobées par traité, et notamment tout ce qui vient de Venise : libre au moment d'être dépouillée, la cité est devenue autrichienne au moment de retrouver ses biens. Sous les huées de la foule de Parisiens échauffés, sous la bonne garde des cavaliers autrichiens, sous la surveillance pateline de Wellington et sous l'œil navré de Vivant Denon qui n'a plus, pour s'y opposer, que l'énergie d'une maigre inertie, les ingénieurs autrichiens et anglais démontent les chevaux de l'arc de triomphe du Carrousel. C'en est trop pour le directeur des musées qui, à l'automne, remet sa démission au roi.

Durant les dix années qui lui restent à vivre – accordons-nous une petite fantaisie temporelle –, il se console en échouant à achever une somme sur l'histoire générale des Arts dans toutes les civilisations. Mais plus encore, en musant parmi les beautés de ses collections personnelles.

Car son cabinet du quai Voltaire, où tout Paris se presse, mêle ses propres dessins et gravures aux estampes des plus grands maîtres, collection entamée gaillardement – comme tout ce que fait Denon – à Venise, trente ans auparavant. Les tableaux surtout sont artistement exposés en compagnie d'objets rapportés de Haute-Égypte ou de Chine, voire de l'océan Indien, car Vivant est un précurseur.

Il fait visiter lui-même sa collection : évoluant avec adresse, malgré son âge, entre les curiosités de son cabinet, il régale ses visiteurs d'anecdotes plus ou moins véraces, mais d'autant plus réjouissantes qu'elles touchent aux grands de ce monde. Bronzes et plâtres, bas-reliefs et vases, porcelaines et laques se mêlent aux amulettes et scarabées, instruments de musique, girouettes, momies, et même un fœtus et un bras humains qui font les délices de la société la plus éclairée – laquelle ne s'interroge guère sur leur provenance. Car c'est de rapines que cette collection s'est alimentée. De fait, les salles de ventes, plus légales et plus morales, ne portent pas bonheur à Denon : il y attrape le refroidissement qui bientôt cause sa mort.

Lors de la vente de ses biens, un étrange reliquaire fait sensation dans le monde de l'art, contenant :

> *des fragments d'os du Cid et de Chimène, ainsi que d'Héloïse et d'Abélard, de Molière et de La Fontaine ; des cheveux d'Agnès Sorel ; une section de la moustache d'Henri IV ; un fragment du linceul de Turenne ; des cheveux du général Desaix ; un fragment d'une dent de Voltaire ; une signature autographe de Napoléon ainsi qu'un morceau ensanglanté de la chemise qu'il portait au moment de sa mort, une mèche de ses cheveux et une feuille du saule sous lequel il est enterré à Sainte-Hélène.*

Bien que mort et dûment inhumé sous une splendide effigie de lui-même en bronze, l'aimable monsieur Denon, comme l'appelait Stendhal, archéologue et chalcographe, peintre et dessinateur, collectionneur et voyou, diplomate et fétichiste, gentilhomme et libertin, continue en esprit d'arpenter son cabinet, la poussière de ses souvenirs et les détours de sa légende, laquelle hélas ne lui accordera guère plus aux yeux du monde que le nom d'une aile et d'un pavillon au cœur de son si cher musée.

Venise, décembre 1815

> « Ce petit livre montre gaiement comme
> l'argent et le temps ont été gaspillés. »
>
> Goethe, *Épigrammes*

Un fracas ouvre le ciel au-dessus de l'homme, dispersant ses rêves en épluchures sales, l'expulsant de l'oublieux bien-être du repos. Gonflé de sommeil et de pisse, le mendiant qui s'était payé le luxe de s'endormir au beau milieu de la place Saint-Marc se déplie en rouages graisseux sur les pavés, douloureux et inutile reliquat d'humanité. La puanteur libérée par son mouvement démarre un envol de pigeons.

Les ailes dissipées, l'homme distingue un visage écarlate, déformé par d'irascibles aboiements. Voilà sans doute un moment que le garde autrichien s'époumone au-dessus de sa masse crasseuse, lui hurlant de ficher le camp sans oser le toucher, même du bout de sa botte trop vernie. Las, le gueux ne sait pas le premier mot d'allemand, et dans un bon sourire noirâtre fait mine de se recoucher. Mais le trabant s'obstine et le relève à coups de baïonnette. Ce tas de misère fait sur la grande esplanade vénitienne, pavoisée de blanc et de rouge, comme un vilain bubon. Or aujourd'hui c'est fête : l'Autriche rend à Venise ses chevaux de Saint-Marc.

Les quatre statues de cuivre saisies par Napoléon à la fin du siècle précédent – les Italiens les avaient eux-mêmes, lors du sac de Constantinople, piquées à Constantin qui les avait lui-même piquées on ne sait où, si bien que leur origine se perd dans les brumes de l'Histoire, divisant les spécialistes – sont un symbole gigantesque : trophées de tant de guerres, elles ont inspiré tant d'empereurs, de Néron à Trajan, tant d'artistes, de Bellini à Dürer, que l'Autriche se met en scène avec ferveur.

C'est elle qui a récupéré les chevaux à Paris – ainsi que le lion –, c'est elle qui les rend généreusement à Venise. La nation vénitienne ne peut être que reconnaissante à la générosité paternelle du nouveau souverain, qui aurait pu emporter à Vienne ces chefs-d'œuvre mais qui, magnanime, a choisi de les remettre à leur place, du moins à celle qu'ils occupaient depuis le XIIIe siècle.

Il n'a pas, comme alors, été nécessaire de décapiter les colossaux équidés pour les transporter sur des galères, ni même, comme vingt ans plus tôt, de remonter mers, fleuves et canaux. Cependant, les chevaux ont vu du pays : après avoir connu les grilles des Tuileries et l'arc de triomphe du Carrousel, ils ont voyagé de terre et de lagune, repassant une frontière qui n'est plus celle qu'ils avaient franchie jadis. Leur bronze patiné à l'amalgame de mercure, où le vert-de-gris le dispute à la feuille d'or battu, a reflété dans le jeu subtil de ses fines rayures le soleil de nombreux arpents de terre.

Mais aujourd'hui il pleut – ce que bien sûr, pour préserver la gloire de l'occupant, les graveurs et aquarellistes ne figureront pas, la propagande a besoin de soleil. Au moins les hautes eaux sont-elles épargnées à l'Empereur qui, depuis sa tribune, observe d'un œil satisfait cette manifestation de sa puissance politique, cette opération rondement menée de relations publiques visant à s'assurer l'affection de ses nouveaux sujets. Canova et Metternich sont là. L'ambassadeur d'Autriche en France a lui aussi fait le voyage depuis son hôtel de Massa, sur les Champs-Élysées, ne désirant pour rien au monde manquer le symbole d'un tel reconduire.

Henri Beyle n'est pas loin non plus, qui cuve ses amours déçues et travaille à son histoire de la peinture qui le fera enfin Stendhal. Il n'est souvent près des événements que pour mieux les manquer, ou en manquer le sens. Comme à Dresde deux ans plus tôt où, tandis que dans les faubourgs Napoléon menait sa dernière victoire allemande, il était resté alité, le corps flambé de fièvres épidémiques, il manque la fête du jour. Sans quoi il eût, nous en fichons notre billet, figuré parmi les spectateurs, observant d'un œil narquois cette manifestation de succès éphémères à travers la foi naïve en la possession de trophées.

La cérémonie commence. Les chevaux, privés depuis longtemps du quadrige de la victoire dont ils étaient le fier attelage, sont approchés du pied de la tribune sur des planches à roulettes. Les festivités achevées, ils seront hissés à l'aide de grues et retrouveront l'ombre de l'Arc de triomphe, à demi cachés au-dessus du portail de la basilique. Ils pourront reprendre leurs conversations avec le Carmagnole injustement décapité, dont la tête de porphyre rouge a été curieusement installée à l'un des angles du balcon, comme pour répercuter les messages entre les autres sculptures de la place : le crocodile foulé par les pieds de saint Théodore – premier patron de la cité – et surtout, symbole de saint Marc lui-même, le lion de bronze.

Ce dernier espère bien retrouver lui aussi son empire et reprendre la surveillance des flots en réintégrant le sommet de sa colonne. Cet immense pilier de granit fut, avec son jumeau, pillé en Syrie par un doge conquérant quelque sept siècles auparavant, et a longtemps servi à suspendre par les pieds les criminels d'État. Heureux temps.

Mais Venise n'est plus, sa grandeur ne demeure que par le souvenir, recroquevillée dans l'ombre des jours anciens. Les beaux chevaux d'airain reviennent, mais ils ne sont plus eux-mêmes d'avoir été jugulés par les brides du Corsicain. Comme les êtres, les objets gardent en mémoire, qui s'empilent et sédimentent, les humiliations subies.

De même que les chevaux, dans leurs détails anatomiques, leurs proportions et leurs attitudes, ne sont pas réalistes, que l'art ne reproduit pas la nature mais cherche à impressionner l'œil et à symboliser, les étalons de bronze aujourd'hui valent principalement par ce qu'ils figurent : la puissance, autant que la vanité, de l'idée de propriété. Leur pupille trop humaine, où jadis dormait un rubis, semble près de pleurer ; les veines saillant sous leurs naseaux, la bouche ouverte comme pour s'exclamer signalent la fatigue des objets, las de servir de monnaie d'échange à la médiocre gloire des hommes.

Car si les textes officiels célèbrent la bonté du nouveau père de la nation et soulignent combien les larmes de douleur se sont changées en larmes de consolation pour tous, il faut entendre sous les acclamations gronder la haine. Dans les textes officieux ou les poèmes, dans les lettres de visiteurs qui ont connu Venise avant son annexion, le ton est bien différent. On est loin de la propagande officielle avec ailes de la victoire et autres soleils levants. La foule des Vénitiens n'est pas dupe et palpe le mépris qu'on lui témoigne dans cette mise en scène trop ordonnée, interdisant la passion, dans l'ombre portée par l'immensité des drapeaux autrichiens, et surtout dans la distance qui sépare ladite foule de son bien. Tenue en respect par une triple file de militaires autrichiens, elle est certes invitée à admirer les chevaux, mais de loin.

Le calme est revenu, la place s'est vidée. Les étalons n'encensent plus ; ils ont fini leur parade, et Venise occupée retrouve le chant de son humide silence. Au fond d'une étroite ruelle, à l'orée de l'eau dont le clapot fait le sommeil plus oublieux encore, le mendiant s'est recouché, une main entre les jambes, en un geste de protection puéril où gît son abandon. Lui qui n'a jamais possédé que ce clapotis pour berceuse et le pavé humide pour oreiller se fiche bien de savoir à qui appartiennent les chevaux. Il a sa ville, les eaux qui montent et l'œil du lion ailé pour toute tutelle.

Tsarskoïe Selo, août 1817

> Potage de tortue aux crêtes – Concombres et champignons marinés – Soupe au sterlet, à la lotte et aux laitances – Pâté de silure – Faisans rôtis et gélinottes – Écrevisses aux asperges – Marcassins et chapons – Talmouses et croquembouches – Confitures au miel et au sucre – Vin blanc de Crimée – Hydromel et vodka aux herbes.

Les étendues donneraient le vertige, n'étaient la verticalité des sapins noirs et l'horizontalité des rivières qui, bientôt, seront figées en blocs de glace verte ; on ne saurait plus où poser le firmament et la voiture très vite verserait ; les bouleaux plongeraient vers le ciel et ses profondeurs mongoles.

La forêt russe fait ses adieux à Sophie.

L'adolescente ne se demande pas si, là où elle va, elle retrouvera le sacré qui l'a toujours entourée : il est en elle. Serrant dans sa main une petite pièce de un kopeck, qu'elle emporte en souvenir de son pays, elle se terre sous sa chaude rotonde et sourit une dernière fois à la boulaie glacée de son enfance.

Cinq ans ont passé depuis l'incendie, et Moscou a léché ses plaies napoléoniennes. Après son occupation d'un petit mois par les souillards français, la ville a été purifiée. On a remis une croix là, béni une impasse ici. Une fois brûlés les cadavres des pillards et des invalides retrouvés sous les décombres, les biens précieux qui ont résisté au carnage ont été inventoriés et fait l'objet d'une tentative de restitution à leurs propriétaires légitimes. Les abus ont été nombreux, mais l'intention était là, et chacun, bourgeois ou gueux, se pressait au Kremlin pour grappiller ce qu'il pouvait.

Rostopchine, revenu à la capitale, fut pour beaucoup dans ces semblants de justice rendue – lui-même avait poussé l'abnégation jusqu'à abandonner aux officiers français ses biens, son palais de la Loubianka, ses peintures. Il avait, pendant un temps, été fort à l'honneur, célébré jusqu'en Allemagne comme le sauveur de la nation. On portait des bonnets à sa mode, son effigie gravée était un produit dérivé de sa gloire. Mais bien vite la réalité de la misère avait remplacé l'exaltation patriote, et bien vite Rostopchine avait été disgracié pour avoir refusé d'abandonner sa ville.

Contraint de renoncer à la vie politique, accablé de maux, dépressif, Fiodor avait quitté la Russie sous prétexte de prendre les eaux. Le cher papa avait confié à la dévotion de Catherine son palais brûlé et pillé, son déshonneur et – c'était le plus dur – ses chers enfants. Après quelques mois de bains à Carlsbad en compagnie de ce que l'Empire proposait de plus mondain, il avait gagné la France, où il n'avait depuis plus eu de cesse de faire venir sa famille.

À Paris, Fiodor a fait la joie des salons ; un cosaque aux manières exemplaires et au français impeccable ne pouvait qu'affoler les précieuses comme l'eût fait une coqueluche, étonner les marquis comme l'eût fait un monstre marin, et agacer jusqu'à l'austère Chateaubriand – qui derrière la barbarie et le grotesque a cependant reconnu l'esprit et la grandeur.

La haine de l'ancien gouverneur moscovite envers les Français, considérés par son intransigeance comme vains et ambitieux, s'était adoucie dès la frontière franchie. Il ne leur en voulait pas même de déformer son nom en calembours plus ou moins volontaires. Il se distinguait et jouissait de sa singularité, qu'il s'était plu à résumer en une synthèse autobiographique, petit poème caustique dont il régalait les salonnières.

Le jour, il lançait de grands rires et fomentait des canulars; mais la nuit, les cauchemars l'emportaient, quand lui en laissaient le loisir les insomnies où revenaient les cadavres calcinés de ses illusions. Les échos des rires comme ceux des cauchemars parvenaient difficilement jusqu'à Saint-Pétersbourg, malgré les lettres abondantes, drôles et tendres, aux pages saturées – par amour, non par économie –, que Fiodor envoyait aux siens pendant ces longs mois. Sophie brisait chaque fois le sceau de cire noire avec l'extase au cœur, et chaque fois c'était une satisfaction brûlante de voir que les paragraphes à elle destinés étaient les plus longs.

La famille, privée de père, s'est d'abord installée aux environs de la capitale impériale, à Tsarskoïe Selo. Sophie, qu'à la consternation de Fiodor, sa mère a convertie au catholicisme, a grandi comme un bouleau, pâle et solide, nourrie aux patenôtres à défaut de quoi que ce soit qui robore.

Elle a fait l'apprentissage de la honte en société à cause d'un quartier d'orange glacé qui, embouché trop goulûment, l'a empêchée de répondre à un galant au bal, comme la gimblette l'avait empêchée d'embrasser son père. La nourriture est ce qui console et ce qui prive, dans le même mouvement carnassier.

Elle a fait l'apprentissage du désir, sous un kiosque pris par l'orage, en parlant trop naïve à un officier; et de la haine avec la punition qui s'est ensuivie, lorsque les épanchements ont été découverts par Catherine.

Honte ou désir, haine et amour, tout est de la même eau peccamineuse dans cet esprit ductile, où les coups de marteau de la morale ont fait entrer ses névrotiques croyances. Ses émotions se traduisent par de pénibles érubescences, que redouble le plaisir avec lequel autrui se plaît à les lui faire remarquer. La vie mondaine est une école douloureuse, qui fait tourner le regard désespérément vers les taïgas et les sapinaies louveteuses, où Sophie voudrait galoper en bottes et vieille touloupe.

Mais au milieu de ces souffrances, une lettre du bon papa est arrivée, qui a tout changé: il les demande, les espère, les attend à

Paris. Catherine a donc empaqueté l'essentiel de ses enfants dans les rets de sa ferveur et entamé à la fin de l'été le long voyage jusqu'à Paris. La nichée s'est installée dans une berline, convoyée par trois voitures où s'entassent domestiques et bagages.

À présent, ballottée par la route au creux de la douillette britchka, Sophie se fait à l'idée de voyager. Elle est déchirée entre le désespoir de quitter son pays et la curiosité envers ce qui s'annonce. Elle s'abstrait des bavardages de ses sœurs et des récriminations de son petit frère – l'aîné est resté en Russie à défendre les derniers retranchements de l'âme slave. Elle tâche d'oublier l'odeur de la vieille cousine dont le visage et l'esprit ont succombé à la vérole, de négliger l'absence d'amour de sa mère, plus froide que le froid qui déjà gèle les cimes des sapins s'agrippant aux gouffres.

Les verstes s'écoulent lentement dans la révolution des grandes roues, se transformant peu à peu en lieues où est avalée l'enfance. On croise de lourdes télègues menées par des paysans vêtus de mouton, des tombereaux de bric et de broc rescapés de la guerre, des tarantass cahoteux qui font apprécier le confort de la berline. Le chaume alterne avec le blé, les bouleaux font place aux chênes, de grands arbres tortus qui en savent plus que quiconque sur la marche du monde. Par-dessus la fourrure qui lui couvre les genoux, Sophie a posé une planche et, entre deux cahots, elle écrit.

Pour la galerie, ce sont d'innocentes lettres à sa cousine. Mais sous les missives, Sophie cèle un trésor: son journal, qu'elle a décidé de tenir tout au long du voyage qui la mène en France. Son écriture fine et serrée occupe chaque espace possible sur la page, afin de ménager le nombre de feuilles et surtout de conserver un manuscrit facile à cacher dans les plis de sa pèlerine. Sur le papier chiffon aux tranches dorées, filigrané aux armes familiales, qu'elle a dérobé dans le bureau de son père, sa graphie élégante et déliée, dont les pleins et les cursives disent sa classe, se retient de s'éployer. Foin des rondes et des bâtardes, il s'agit d'aller vite, et au plus serré. Les barres de ses *t*, extravagantes, courent comme un auvent déplié au-dessus du mot entier.

Dans un français élégant où s'entend à peine l'accent russe – la langue de Molière est de nouveau en odeur de sainteté dans la bonne société moscovite et pétersbourgeoise –, elle note les menus détails du trajet, décrit le cocher si comique avec son habit rembourré de paille et ses *Skareï!* jetés aux chevaux d'une voix de fausset, l'ennui de ses frère et sœurs. Elle décrit les paysages, crépuscules roses où s'entrelacent à l'encre noire des scions arachnéens, aubes glacées qui semblent ne devoir jamais finir.

Elle décrit aussi la nourriture, obsession vivace, détaille sans rien omettre ce qui s'engloutit aux auberges comme ce qui, tiré des poches ménagées sous les sièges, se grignote en cours de route. Elle décrit les émotions suscitées par les découvertes culinaires faites lors des arrêts en terre étrangère : boulettes, Knödel, légumes marinés, tourtes, amuse-bouches divers s'impriment en elle comme autant d'images du vaste monde qu'elle inchiffre dans son manuscrit.

À chaque arrêt commandé par un besoin du corps, à chaque relais de chevaux, elle profite de l'absence de sa mère pour rouvrir le flacon d'encre noire, tailler sa plume de son petit canif d'or et d'écaille, ajouter un paragraphe. Elle surveille le retour de Catherine par la lucarne arrière, griffonne aussi lisiblement que possible. Les cris des postillons qui changent les bêtes, les ordres vociférés aux gens d'auberge par le feltyègre qui les accompagne afin d'assurer leur sécurité la font sursauter et sont notés par un rond noir qui est comme un coup de feu, un boulet de canon trouant la page avec chaque fois plus de virulence pour dire le manque qu'elle a de son père.

Le soir est le meilleur moment. Aux gîtes où leur bel arroi fait halte pour la couchée, elle s'arrange pour dormir au plus loin de sa mère. Les durs matelas lui servent de table, le grattement des insectes dans les murs de bois couvre le crissement de sa plume. Elle décrit ce qui passe sous ses yeux et ce qui l'attend, ce qu'elle espère et ce qu'elle redoute. Elle est depuis le début de l'été en âge de se marier et sait que Paris sera pour elle corbeille de noces.

Mais elle revient aussi sur ce dont elle s'éloigne, ramasse brin à brin les menues expériences de dix-huit années de vie : le quartier d'orange, l'officier danois sous le kiosque, ses rêveries devant les serfs fouettés au sang, les drôles de jeux avec ses cousins. Au fil de ce petit bilan naïf courent la peur et le désir d'une jeune fille qui a déjà tout connu de la violence et de l'effroi, de la faim et de la soif, de la guerre et de la politique, et qui pourtant ne sait rien.

Le convoi avance pendant des semaines, traverse l'Empire et ses zakouski, la Silésie et ses ravioles, la Prusse et ses saucisses, jusqu'à la frontière française où s'étale l'orgueil d'une cuisine que l'on trouve au menu de toutes les Cours.

Le manuscrit a pris de l'épaisseur. Il est de plus en plus difficile à dissimuler. Sophie sait que sa mère le lui arracherait si elle devinait ce qu'il abrite de pensées défendues. Mais la dévote est perdue dans ses pieuses chimères, elle ne remarque pas les taches noires aux doigts de sa fille. Sophie reste toutefois prudente, extrait discrètement le texte de son giron chaque fois que Catherine dort ou lorsqu'elle va, non sans lui reprocher sa mollesse, se dégourdir les jambes. Ses sœurs, convaincues à tort qu'elle le leur fera lire, font mine de ne s'apercevoir de rien. La vieille cousine, le nez dans sa broderie, ne voit rien effectivement et son frère s'en contrefiche.

Dans la ville d'eaux d'Ems, ce sont les retrouvailles avec Fiodor, qui est venu à la rencontre des siens dans l'impatience de rouvrir ses bras. Le papa promène ses filles pour se consoler du froid accueil de son épouse, dont il avait durant dix-sept mois égrené les charmes imaginaires. Puis la famille – s'il nous est permis de qualifier ainsi ces solitudes agglomérées – reprend sa route. Le convoi traverse la Sarre, que le traité de Munich vient d'arracher à la France pour en faire une pâture de la Prusse.

C'est l'aube. La frontière française n'est plus loin. Un brouillard les suit depuis les sylves palatines, qui se dissipe brutalement pour jeter sous les yeux de Sophie médusée un paysage de champs inondés, dont émergent les spectres d'arbres nus. Les pluies de septembre ont eu raison du pouvoir d'absorption de la terre et ces lacs accidentels sont des miroirs tragiques, qui effraient Sophie sans bien qu'elle sache pourquoi, comme un oracle d'une malveillante beauté.

Il est temps de clore son journal. En guise de colophon qui atteste son sérieux de toute jeune fille, elle inscrit son nom et la date du jour, avant de l'escamoter une dernière fois.

Pendant qu'au château de la Wartburg, symbole du nationalisme allemand – Luther n'y a-t-il pas mijoté les fondements de son violent antijudaïsme ? –, a lieu la première fête organisée par une association étudiante ultraconservatrice qui, depuis sa fondation, invite à brûler des livres symbolisant selon eux la réaction et le pouvoir napoléonien, la nichée Rostopchine débarque à Paris. On loge d'abord rue Chantereine, avant de s'installer avenue Gabriel. En pénétrant dans le vestibule, le visage de Catherine bleuit : des statues nues décorent le hall de leurs indécences. Fiodor, riant sous cape, fait aussitôt exécuter l'ordre conjugal de recouvrir de pudiques chemises blanches les appas des déités.

Sophie, que ces considérations morales indiffèrent, monte férocement les marches et court à la chambre qu'on lui a indiquée. Elle est tout en déclinaisons roses, les meubles sont exquis. Un magnifique cartel en bronze doré occupe le mur face au lit, entre deux gravures représentant l'une un rossignol du Japon, l'autre un geai bleu du Canada.

Et sur la cheminée, ce ravissant coffret en bois de palissandre, marqueté de nacre et de corne teintée, avec serrure et ornements en laiton ajouré. Des motifs floraux stylisés, acanthes et grappes de fruits, pampres et palmettes, des têtes de grotesques, rinceaux rythmés que terminent des serpents laurés, et deux *putti* appuyés sur des colonnes croulant sous les feuillages décorent le couvercle. Au-dessous, son père a fait graver les initiales de Sophie.

Il a dû l'acheter en pensant à elle dans une boutique du faubourg Saint-Honoré, en même temps qu'il choisissait les toiles destinées à compenser celles que l'incendie a détruites. L'objet, que Fiodor a calfeutré de satin ponceau, semble tout fait pour accueillir son manuscrit clandestin. Elle soulève le capitonnage intérieur et dépose la liasse de papier au fond de la cassette. Elle remet l'ensemble en place et va pour refermer le couvercle quand elle se reprend : elle ajoute la petite pièce de un kopeck, qu'elle a gardée tout ce temps, puis tourne la clé qu'elle serre dans un tiroir. La boîte est remise à sa place sur la cheminée.

À cet instant on l'appelle : elle redescend quatre à quatre, délivrée de ce secret qui lui a pesé tout le temps du voyage, mais qui l'a aussi réchauffée.

Aube (Orne), avril 1822

Radis au beurre – Soupe aux choux et au lard où la crème fait des œils – Croquettes de lapereau – Rougets en caisse – Daube en gelée – Fricot à l'ail et purée de pois – Turbot à l'impériale – Matelote d'anguille – Fricassée de poulet à la crème et pommes de terre frites – Poularde à l'estragon et choux de Bruxelles sautés – Salade à la crème – Camembert et pain bis à volonté (pour ces messieurs) – Fromage blanc au sel et à l'échalote – Fraises à la crème – Tarte aux prunes – Cidre, vin et eau-de-vie.

Assise à la table près de la grande fenêtre qui donne sur le parc, Sophie ferme les yeux pour mieux goûter. Elle détaille les sensations : les dents qui appuient doucement, la matière qui résiste, la fadeur d'abord et soudain la brûlure délicieuse, qui fait humer la vie. Une longue caudalie amère suit, qui appelle la réitération gourmande dès qu'elle a disparu.

Elle se saisit d'un deuxième radis, cette fois se force à l'examiner avant de le croquer : la nuance extraordinaire du blanc qui se transforme en rose, l'éclat presque fluorescent des brins de tige que l'on a laissés, verte chevelure qu'au grand dam de sa mère elle aime gober avec le reste du tubercule. Elle a commandé à l'office un petit déjeuner tout entier composé de son incongru péché, cette minuscule rave rose pour quoi elle professe une véritable passion.

La comtesse de Ségur regarde par la fenêtre de son nouveau domaine : son œil effleure la douceur des vergers où pendent les dernières poires d'hiver, conférences et comices tavelées par le froid.

Elle est chez elle, enfin.

Il y a bien des bouleaux comme dans les forêts de l'enfance, mais ils ne sont pas sacrés. Sophie s'en accommode : les troncs blanchâtres unissent passé et présent d'un trait qui la rassure (par ailleurs nous savons que le temps, uni à une dévotion appliquée de sa part, s'occupera un jour de les sanctifier – mais nous anticipons, ce qui n'est pas notre rôle).

L'heure n'est pas encore à la religion, mais à l'œuvre de la nature, dans les corps et dans les bois. On entend les branches grincer de revenir à la vie sous l'effet d'avril, étirant leurs membres hors de l'hiver. Les travaux sont enfin terminés au domaine des Nouettes, que le bon papa Fiodor a offert deux ans plus tôt, en guise d'étrennes, à sa Sophaletta alors enceinte pour la première fois. Sophie ne s'est pas posé la question en acceptant cet héritage du vivant de son père : c'était la clé de sa liberté. Et Fiodor n'est pas homme à faire payer sa générosité, qui compense l'avarice maternelle.

À Paris, elle n'était pas heureuse, malgré les efforts de son père pour égayer ses filles en les menant dans le monde. Les premiers temps, Sophie se laissait étourdir, mêlant en une agréable confusion œdipienne l'euphorie de retrouver son père et les premiers émois amoureux que provoquaient une fine moustache par-ci, une lèvre rose par-là. Puis un soir, au bal, elle a rencontré Eugène : elle est tombée dans le punch et la beauté de son sourire, lui dans le charme de ses boucles blondes, de son rire et de l'argent de Fiodor.

Toute la soirée, elle avait serré dans sa main la petite pièce souvenir de Russie, comme un talisman propitiatoire.

Six mois plus tard, Eugène et Sophie se mariaient. Non sans avoir dûment effectué un inventaire notarial sous le contrôle strict de la belle-mère Félicité d'Aguessau, qui ne voulait pas laisser échapper une miette de la dot. Le marié est beaucoup trop beau pour rendre heureuse son épouse, s'était lamenté Fiodor presque à voix haute. C'est un gaillard : il aura des maîtresses.

Trois ans ont passé, et Eugène s'est montré abondamment fidèle aux pronostics du bon papa. Fidèle aussi à sa mère et à ses infidélités, qui avaient envoyé son mari dans les remous bruns de la Seine. Le père d'Eugène, Octave, tâchant de faire naître en son épouse la honte qu'elle n'éprouvait visiblement pas à le tromper, s'était jeté depuis le Pont-Royal – poignets liés, car il se savait trop bon nageur pour résister à la tentation de l'espoir.

La nuit, Octave comptait les hommes passant sur le corps de sa femme comme on compte les moutons au-dessus de la barrière, de Napoléon au premier valet venu, de Chateaubriand au moindre duc qui passait, du quelconque grognard à son propre frère. Marié trop jeune, père à pas même vingt ans, rendu malheureux par son épouse dès le début de leur union, il s'était engagé comme simple soldat sous un faux nom et avait disparu pendant plusieurs années. À ce compte-là, son fils Eugène aurait aussi bien pu être celui du régent. L'eau du fleuve avait jailli en vagues glauques autour du corps jeté, matifiant le bruit du plongeon de son indifférence.

Mais Sophie sait qu'outre l'atavisme, c'est elle qui est cause des infidélités d'Eugène. Elle sait que lui répugnent sa personne comme ses goûts alimentaires – radis, ail frotté sur du mauvais pain, poissons fumés, tout ce qui sent et complique l'haleine est une réjouissance pour elle, une cause d'adultère pour lui. Pourtant Sophie est propre, elle se lave chaque jour avec une passion presque violente. Elle regrette le bidet en forme de cheval où elle se débarbouillait enfant et que la bigoterie de Catherine avait fait détruire par le feu, y voyant une manifestation évidente de Satan fait objet. Mais c'est l'immersion bienheureuse que Sophie aime le plus, la répétition du baptême dans des eaux tièdes. Elle envie les duchesses qui s'autorisent les bains de mer.

Elle reprend un radis. Elle est en deuil de son deuxième enfant, mort encore nourrisson il y a quelques semaines. Gaston, lui, vient d'avoir deux ans, c'est un fils à maman, et le premier paladin du monde chrétien aux yeux de son grand-père. Une tristesse la gagne à cette évocation : elle songe au domaine de Voronovo, que Gaston ne connaîtra jamais et qu'elle-même ne reverra sans doute plus ; à ce qu'il a fallu quitter de haine et de bonheur mêlés, qui font une enfance. Elle se rappelle les tortures d'animaux auxquelles sa cruauté se livrait alors, en éprouve un vague remords. Elle le noie en terminant son repas – outre les radis, deux œufs rituels et quelques gaudes, variante normande des gimblettes – par une croquette de riz, qu'elle grignote en détachant voluptueusement, grain à grain, les perles sucrées au goût de jadis.

Tandis qu'Antonio Canova s'apprête à mourir à Venise peu avant son soixante-cinquième anniversaire, précédant de quelques années Vivant Denon – lequel y trouve une satisfaction vengeresse –, Sophie s'installe dans une existence de mère porteuse dont semblent ne devoir sortir que frustration et dégoût. Le terrain se prépare pour que la religion prenne de plus en plus de place. (Nous enfreignons une nouvelle fois les règles du récit pour constater que l'écriture est encore loin. Et qu'elle n'a, depuis son mariage, jamais rouvert le petit coffret de palissandre.)

Paris, mars 1842

« Scrisse, amò, visse. »
(« A écrit, a aimé, a vécu. »)

Épitaphe de Henri Beyle, dit Stendhal

Ce n'est qu'au moment où Stendhal meurt à l'âge de cinquante-neuf ans, foudroyé par les excès autant que par l'ennui – il a eu quelques heures plus tôt son ultime attaque d'apoplexie, devant le ministère des Affaires étrangères, réalisant une prophétie ancienne en mourant dans la rue –, déçu par la littérature et ses combats, repu de mondanités diplomatiques et de voyages, insatiable d'amours qu'il a analysées plus qu'il ne les a éprouvées, c'est à ce moment-là donc, que Sophie rouvre le coffret, pour la première fois depuis vingt ans.

Dans la clarté douce du printemps parisien, elle tourne la petite clé, miraculeusement retrouvée au fond d'un tiroir. Elle a cédé aux supplications de sa dernière fille, Olga, six ans. Les grossesses ont été sa damnation et son refuge. Après Gaston puis Renaud, mort en très bas âge, d'autres enfants sont nés : Anatole, Edgar, Nathalie – enfin une fille, après quatre masculinades, il était temps. Elle s'y est ensuite tenue, enchaînant avec les jumelles, Sabine et Henriette.

Olga pour finir, qui porte le fardeau de la dépression post-partum, laquelle a obligé Sophie à communiquer en écrivant sur une ardoise durant des mois et à se nourrir de légumes crus au vinaigre – carottes, asperges, navets et poireaux –, coupés menu par ses enfants en deuil d'amour.

C'est qu'il fallait faire face aux infidélités d'Eugène, et aux autres douleurs. Elle n'a cessé de hurler intérieurement depuis la mort de son père, seize ans plus tôt, annoncée en quatre mots par un billet de sa mère. Du moins le décès de Fiodor était-il une mort signifiante, celle d'un homme dont le crâne était convoité par les phrénologues. Et pourtant : Fiodor avait été enterré loin de ses filles, seul au cœur de la grande solitude russe, face à la froideur de sa femme.

Les époux Ségur occupent désormais, lorsqu'ils sont à Paris, un appartement de la rue de Grenelle, à quelques numéros de l'ambassade de Russie. Mais la comtesse décidément n'aime pas la capitale, ses fracas et ses puanteurs, non plus que les domestiques qui la regardent avec componction dans la livrée jaune et noir des Ségur. Elle préfère gaffer auprès de ses paysans normands que dans le grand monde, se nourrir de galettes et de pain de ménage plutôt que des plats compliqués que l'on se sent obligé de servir ici.

Elle passe dès lors l'essentiel de son temps au château des Nouettes. Le domaine est devenu son royaume personnel, là où elle conserve un peu d'empire sur elle-même. Ce qui n'empêche pas l'insomnie : sa dernière grossesse a eu raison de son sommeil. Il est vrai qu'elle s'obstine à dormir sans matelas, à ne se couvrir si elle a froid que d'un journal éployé. Piété de qui reste fille de sa mère et ne saurait désavouer tout à fait celle qui lui a enseigné le bien-fondé de la souffrance.

Pour parfaire la tristesse de Sophie, Gaston, nommé attaché d'ambassade au Vatican, est à Rome depuis un mois. Heureusement qu'Olga est là pour atténuer la douleur de la séparation d'avec son amouret. Ils sont uniques, les jeux qu'elle partage avec l'adorable petite fille, devenue sa favorite, qui est aussi celle qui lui ressemble le plus physiquement.

Sophie ouvre le coffret et, subtilement, dissimule dans le creux de sa main un cercle de cuivre qu'elle montre de loin à Olga, comme une minuscule planète où survivrait le passé. Le léger bruit du papier sous le tissu a échappé à l'enfant, envoûtée par les reflets rouges qui, conservés à l'abri de la lumière, n'ont rien perdu de leur éclat.

À compter de ce jour, l'un des sempiternels plaisirs de Sophie et de sa préférée consiste à s'échanger la petite pièce russe : la comtesse donne le kopeck à l'enfant, qui le lui échange contre broutilles et gourmandises tirées du manchon de zibeline où Sophie abrite tout un monde de babioles. Chaque matin Olga, qui en a la permission, reçoit la clé des mains de sa mère et soulève pieusement le couvercle du coffret pour prendre elle-même la rondelle de cuivre aux valeurs changeantes.

Elle aime le vermeil altéré et l'odeur sanguine du métal, le toucher rugueux témoignant du long voyage effectué par la pièce. L'aigle bicéphale lui fait un peu peur, tout en évoquant avec un léger frisson d'audace la puissance de son grand-père, dont Sophie lui parle si souvent. Leur commerce terminé, elle la remet à sa place, puis referme soigneusement la boîte. La mère range la clé dans son tiroir, auquel l'enfant n'oserait jamais toucher elle-même.

Depuis qu'elle a rouvert la boîte pour Olga, Sophie éprouve un curieux malaise. Elle n'ose pas relire le manuscrit, comme s'il contenait tout ce à quoi elle a renoncé, rêves et illusions d'un autre temps, d'une autre géographie, dont elle craint qu'ils ne lui sautent au visage pour la mordre. Comme s'il abritait un fardeau ancien, que pour rien au monde elle ne voudrait remettre sur ses épaules. Encore moins sur celles de sa petite fille.

Sébastopol, septembre 1855

D'azur au rencontre de cerf d'or surmonté, entre les cornes, d'une moucheture de contre-hermine d'argent. – Supports : 2 lévriers. – Devise : « *Firmus ut cornus.* »

Armes des Cornulier

La mer Noire scintille, brûlante de sel dans l'automne commençant. En surplomb de la rade, la colline de Sébastopol est une Vénus à conquérir, lascive et aguicheuse, indifférente aux nations. Tandis qu'à Paris on danse dans le faste impérial, la vieille guerre entre empires, qui a repris sous un nouveau Napoléon et un nouvel Alexandre, fait rage en Crimée. Les Français, bientôt rejoints par les Britanniques, ont volé au secours des Ottomans pour préserver l'équilibre des puissances. Tout l'hiver, on a souffert des deux côtés : le froid, bien plus que les combats, a tué sans discontinuer. Au camp de Sébastopol, les soldats s'affairent de chaque côté de la rade, Français au large et au sud, Russes au nord et dans la ville, protégés par les vaisseaux qu'ils ont eux-mêmes sabordés.

Côté russe, à l'intérieur de la forteresse jadis ardente, tout mouvement a cessé. C'est la mort désormais qui grouille. Des chariots passent, chargés de cadavres dont on a pillé les bottes. Des officiers, rêvant à leur promise ou à la femme d'un autre pour ne pas défaillir, déambulent et enjambent distraitement, çà et là, des carcasses de chevaux écroulées dans la boue sèche, d'où montent comme une vapeur de bourdonnants essaims. La ville n'est plus que ruines, les maisons sans toit aux murs tenant debout sont des squelettes dont la chair a fondu. Sur les quais, là où deux mois auparavant l'on voyait s'agiter, parmi les pièces d'artillerie, une foule bigarrée de matelots, paysans, femmes en cheveux et, plus rarement, en chapeau, de vendeurs à la sauvette se mêlant aux troufions, il n'y a plus que la conscience du sursis.

Arpentant les rues désertes à la recherche de son régiment, un jeune soldat médite dans le sifflement des balles et rumine ses considérations littéraires – « Les Anglais de notre siècle sont bien supérieurs aux romanciers français, ce Balzac est un écrivain à la petite semaine », marmonne le soldat, qui n'a pas encore renoncé à tous les vices, en tirant sur son fume-cigarette.

Il s'appelle Lev Nikolaïevitch Tolstoï, il aura vingt-sept ans – le tiers de sa vie – demain selon le calendrier grégorien, et il est déjà connu en Russie pour ses souvenirs d'enfance, lesquels ne sont pourtant pas si lointains. Il a choisi, malgré le succès naissant, de rejoindre le front : la main à baïonnette vaut bien la main à plume. Depuis, il prend des notes d'entomologiste : il s'est interrogé sur les dernières pensées qui traversent le combattant au moment de mourir, un éclat d'obus fiché dans la poitrine ; il a été confondu par toutes les nuances de la psyché humaine, du courageux à l'inconscient, du bravache à l'humble, par l'ambiguïté des sentiments face au danger, à la guerre, à la mort elle-même.

Mais c'est la vanité, maladie du siècle, qui l'a surtout frappé, impressionné qu'il est par la lecture de William Makepeace Thackeray. Au mess comme au front, que l'on dîne de côtelettes – sous forme de hachis, c'est la guerre tout de même –, de chtchi bien gras ou de fromage au goût de savon, que l'on boive de la bière anglaise ou des vins fins, c'est l'orgueil qui décide, gouvernant les réactions comme les destins.

Tolstoï observe et décrit, cherchant le vrai plus que le beau, les conversations futiles sous les bombes, les fraternités des soldats ennemis qui se nouent entre deux engagements et deux langues

– la guerre a, de nouveau et paradoxalement, remis le français à la mode en Russie –, les petitesses comme les héroïsmes involontaires. Il observe et, dès lors qu'il observe, voit : les horreurs crues de l'ambulance et l'affairement pragmatique des femmes auprès de restes d'hommes gémissants ; des soldats dévorant de la pastèque verte en plein dans la poussière, les ruines et les odeurs de charogne ; un gamin, attiré autant qu'horrifié, touchant un cadavre et ne croyant pas à la mort – à moins qu'il n'ait lu cela chez Stendhal, ce qui revient au même.

Un officier qui fait feu ne s'intéresse qu'à ce qui nourrit son canon, qu'à ses pièces et ses gargousses, ainsi qu'au nombre d'archines que le boulet pourra parcourir ; de même, un écrivain dans la mêlée ne voit que ce qui nourrit son regard. Mais il se dédouble bientôt et, tandis qu'en lui l'homme ressent, peur et excitation mêlées, le grand choc de la guerre dans tout son corps, l'écrivain note pour plus tard la dualité de ses sensations, la sublimité triviale de la mort quand elle sert l'amour de la nation. Tolstoï sur le champ de bataille tremble et s'exalte. L'enthousiasme patriotique le gagne à mesure qu'il risque davantage sa vie, se confondant bientôt avec un mysticisme brutal.

*

Côté français, on râle. Les zouaves en particulier pestent contre leur tenue de combat. La chaleur commence à peine à décroître, qui tout l'été a laminé les crânes au-dessous de la chéchia. Le feutre rouge est une plaie incandescente sous le soleil de septembre. Le sarouel trop large s'accroche aux broussailles, le poignard algérien fait pâle figure dans un combat à l'obus, et le reste des pièces est trop exotique pour protéger des éléments. Mais l'uniforme arabe soude les soldats et les inspire, comme les inspirent ces montagnes qui rappellent l'Algérie. Ils auront tous la croix d'honneur. Et puis, la veste brodée émoustille les cantinières.

Mais l'heure n'est pas à la galanterie. Depuis trois jours, Français, Britanniques et Sardes coalisés pilonnent sans relâche les défenses russes, qui n'ont d'autre choix que de balancer leurs cadavres dans les fossés, par-dessus les parapets, pour dégager les batteries. La prise de la tour de Malakoff, sur la colline du même nom – également appelée Mamelon vert : s'en emparer relève ainsi d'une gloire plus érotique que militaire, si toutefois il est possible de distinguer les deux –, a été décrétée objectif principal. Il s'agit de rattraper la débâcle du mois de juin et de mettre fin à cette guerre. L'attaque ultime aura lieu aujourd'hui.

À midi les Français s'élancent, prenant les Russes par surprise, en cet horaire incongru et à une date qui ne commémore rien – les stratégies militaires reposent sur ces superstitions. Les Britanniques, prudents, attendent de voir le drapeau français s'élever au haut de la tour pour venir à la rescousse. C'est le cas à midi dix : un rectangle de tissu tricolore est planté sur un monceau de cadavres.

Le feu continue pourtant au long de l'après-midi ; de toutes leurs âmes, les canons expulsent une ultime salve de rage. Sous les coups de mortier, les corps s'étreignent et ne se lâchent qu'au moment de glisser à terre, les danses macabres se font au rythme cliquetant des vieux mousquets russes rencontrant les fusils alliés, des poignards zouaves, des haches, des pierres et finalement de tout ce qui passe à portée de main. La foudre déchire sans cesse les nuées, obus et bombes sont d'ironiques comètes dans un ciel apatride.

Un officier français, que nous souhaitons brièvement distinguer, se bat avec un courage plus ardent que les autres ; il s'appelle Alfred de Cornulier-Lucinière, descend d'une famille d'habiles traqueurs de cerfs et d'hommes politiques bretons, est un cousin très éloigné de Chateaubriand et commande le bataillon des chasseurs à pied de la Garde impériale.

Tout à coup, l'homme avise un gros corps gisant, blessé, aux couleurs ennemies. Le commandant français rampe jusqu'au général russe, l'enveloppe dans un drapeau et s'emploie à le traîner vers l'arrière, où se tiennent ses camarades. Une balle l'atteint à l'épaule, il continue ; une autre balle au cœur, qui le tue net. Il s'écroule, rend l'âme : Alfred a servi l'humanité avant de servir sa patrie. Pour autant, personne ne lui tiendra rigueur de son geste, et il aura ses trois lignes dans les généalogies familiales. Tenons-nous-en là pour le moment avec ce bon héros.

Les combats se poursuivent quelque temps mais, le soir venu, tout est dit : Sébastopol est aux mains des Français qui, ne doutant pas de leur triomphe sur la tour, baptisent du nom de Malakoff tout ce qui leur tombe sous la main :

une pâtisserie,
un rosier,
une agglomération issue du Petit-Vanves, au sud de Paris,
une construction en rotonde d'un goût discutable à Trouville-sur-Mer où s'établiront – à moins qu'ils ne fassent que l'envisager, les sources discordent – le duc de Morny, Marcel Proust ou encore Louis Pauwels.

Le lendemain, Tolstoï, dont c'est l'anniversaire, observe le désastre depuis la rive nord de la rade. Il pleure de honte et de colère en voyant les flammes tricolores s'élever dans l'incendie. Pour l'écrivain, la défaite morale est du côté français, mais l'ordre a été donné d'abandonner à l'ennemi la ville, ses ruines et ses cadavres, ses souvenirs d'héroïsme et ses lâchetés. La guerre pourtant n'est pas terminée et laisse place à toutes les perspectives. Comme à Moscou, comme ailleurs, chacun voit victoire à sa porte et choisit sa version de l'Histoire pour l'avenir.

Paris, octobre 1855

> Écartelé : au premier, du quartier des comtes conseillers d'État ; aux deuxième et troisième de gueules au lion d'or ; au quatrième d'argent plain.
>
> Armes des Ségur

Sophie dans sa cuisine engloutit un bortsch à même ses genoux. Elle a réveillé le grouillot pour qu'il lui émince choux et betteraves, dictant avec application la recette petit-russienne au pauvre diable somnolent. Elle monte à toute vitesse la cuillère en bois à sa bouche pour conjurer – le désamour de sa mère comme le reste. Ces derniers temps, elle avait moins de ces gourmandises soudaines ; mais sa fille Nathalie est à Londres, son fils préféré Gaston est devenu aveugle après s'être fait curé, son frère André se bat à Malakoff contre la France, son meilleur ami Louis Veuillot est en deuil de trois de ses fillettes emportées en quelques semaines… il faut bien se réconforter d'une manière ou d'une autre.

Chaque séjour forcé à Paris est l'occasion de ressasser ses tristesses. Aujourd'hui, comme souvent, elle pense à Gaston, à son départ pour la pension qui l'avait tant affligée autrefois et qui se renouvelle par son entrée dans les ordres, puis dans la cécité. Elle se souvient qu'elle l'avait longtemps, suivant et même prolongeant la mode de l'époque, habillé en fille. Il avait continué de lui-même, se déguisant volontiers en femme – plus exactement en Sophie, ce qui dès lors ne la dérangeait pas. Doué pour la peinture, il avait même réalisé un autoportrait en femme qui avait beaucoup amusé sa mère. Aujourd'hui, la robe de bure lui suffit.

Elle pense avec tristesse à cette autre manie qu'il a de se donner, d'un bras vigoureux malgré le jeûne et cerclé d'un bracelet de fer, la discipline dans sa cellule. C'est pour Sophie un pénible rappel du knout de son enfance. La foi de Gaston, qui ne pouvait quitter sa mère pour moins que Dieu, fut la seule victoire de la vieille Catherine, sa grand-mère, venue de Russie aux fins de le convertir. Une foi qui a d'abord désespéré Sophie, puisqu'elle éloignait d'elle son chérubin, avant qu'elle ne l'épouse elle-même, par ennui autant que par volonté de retrouver son fils, en fréquentant de plus en plus souvent l'église Saint-Thomas-d'Aquin lors de ses séjours parisiens.

La piété s'est épaissie chez la comtesse en même temps que sa taille. Elle s'affirme, fidélité à sa génitrice autant qu'hommage aux beaux yeux morts de Gaston – il a perdu un premier œil en peignant un sujet religieux, le second en déjeunant avec sa mère. Le corps a de ces détours qui fabriquent un destin.

Sophie reprend une cuillérée de soupe en rêvant à sa boulaie. À cinquante-six ans, malgré les chagrins, elle est devenue la grand-mère fantaisiste des images d'Épinal. Ses enfants sont élevés. Anatole et Henriette ont chacun justement convolé, Edgar courtise la fille du directeur du Louvre, Sabine a revêtu sa robe de mariée pour épouser le Christ, Nathalie pose aux côtés de l'impératrice Eugénie. Et Gaston donc mène tambour battant, sans avoir besoin d'yeux pour voir le chemin qu'il emprunte fermement, une carrière ecclésiastique et diplomatique.

Cinq petits-enfants sont déjà nés, cinq bambins qui grandissent et charmantissent, qu'elle éduque avec une générosité tyrannique héritée de son père. Elle n'a pas eu de répit dans l'élevage : Camille, la première du rang, est née au moment où Olga entrait dans l'adolescence. À peine avait-elle cessé de jouer avec sa cadette qu'il avait fallu barboter dans de nouveaux langes.

La mère de bonne famille se rappelle en souriant – un peu de soupe violine lui couvre le menton – ses jeux avec Olga, en particulier celui de la petite pièce; son sourire se crispe – mais se maintient – au moment où elle repense aux dérisoires tentatives de suicide de sa petite dernière lorsqu'elle était enfant. Olga tantôt commandait à sa docile servante de lapider son jeune corps à coups de bouchons de liège, tantôt se martelait la poitrine avec la pointe douce d'un couteau à bout rond. Sophie ne songe pas à ce qu'il y avait dans ce geste, pas plus qu'Olga n'y a songé ou n'y songera jamais. Mais Olga a grandi; elle ne joue plus avec la petite pièce, ne menace plus de se tuer. Elle est fiancée au vicomte Émile Simard de Pitray, ce qui n'est pas pour plaire à Louis Veuillot. L'ami fidèle, ultramontain et antisémite, grand amateur de radis et de thé russe, aime à reluquer Olga et ses vingt ans tout en courtisant la comtesse qui ne voit rien.

Elle ne distingue d'ailleurs qu'en myope ce qui se passe au-delà de son cercle puériculteur. Ses opinions en matière d'éducation ont plus de contours que ses vues en matière de politique – en dehors du fait qu'elle déteste ce qui est arabe ou juif, en cela du moins elle est bien de son temps –, et elle ne peut s'empêcher de considérer que toute idéologie, tout combat, n'est qu'écume vouée à disparaître.

Pourtant, la politique depuis cinquante ans ne cesse de remuer. Le régime monarchique n'en finit plus d'agoniser, de soubresaut impérial en esquisse républicaine. Les Ségur, oscillant entre bonapartisme et légitimisme, s'en inquiètent; Sophie fait poliment mine de s'y intéresser. Les épidémies la préoccupent davantage que les émeutes populaires. Paris le galeux peut bien brûler, ce n'est pas son affaire; Marrast, son maire, est loin d'être Fiodor.

La révolution de Février a ravagé Paris – sous l'œil sceptique de Gustave Flaubert, inquiet de Victor Hugo, ivre de Charles Baudelaire –, un Napoléon a chassé l'autre : le président s'est fait nommer empereur et n'a rien eu de plus pressé, en vue de l'Exposition universelle, que de réaménager et d'agrandir le Louvre en le reliant aux Tuileries, réalisant le grand dessein d'Henri IV. Ces travaux colossaux émulent les rivalités entre capitales et le Louvre est, en ces années-là, un lieu d'esbroufe diplomatique plutôt que de savoir. La rue de Rivoli vient tout juste d'être terminée. Celui que l'on surnomme Badinguet envisage aussi la construction d'une salle de jeu de paume, sport qu'affectionne la famille impériale, en complément de l'orangerie qui lui fait face aux Tuileries. L'hôtel des ventes de Drouot a été inauguré peu de temps auparavant. Au même moment s'achève à Saint-Pétersbourg la construction du Nouvel Ermitage, dont le portique est soutenu par de gigantesques atlantes. La rivalité muséale imite celle du front.

Sophie termine son bol en se rappelant sa discussion de la veille avec son grand ami Louis Veuillot. Louis lit les journaux, va souvent à Paris et lui a conté la bataille de Malakoff – avec, naturellement, tous les travers de sa subjectivité. Sophie en a été affectée plus que Louis ne s'y serait attendu, tant ces choses-là d'habitude l'indiffèrent ; mais les Russes contre les Français, ce sont deux moitiés d'elle-même qui se déchirent. Elle se sent française, mais l'âme slave gronde encore – elle a toujours, au grand agacement d'Eugène, du mal à s'empêcher de rouler les *r*.

Un roman serait une façon honorable de réconcilier en elle les deux patries : un général russe, bien brave et généreux comme elle aime, s'y battrait tel un lion, il serait blessé et secouru par un soldat français, modeste et humble comme elle aime… Si elle rêve à cette histoire en léchant sa cuillère, c'est que maintenant qu'elle a élevé ses enfants, un nouveau défi se présente à elle : il lui faut désormais coucher par écrit l'ensemble des histoires qu'elle a inventées pour son innombrable progéniture. Elle en a fait lire une à Louis, qui l'a encouragée à poursuivre et a transmis – à moins que ce ne soit Eugène, les sources discordent une fois encore, glissant quelques bâtons documentaires dans les roues romanesques – le manuscrit de ses *Contes de fées* aux éditions Hachette. Dans quelques jours, elle va signer son premier contrat.

Elle entame sans s'en rendre compte une carrière littéraire vouée à prendre toute la place. Il faut, certes, toujours en passer par les hommes : c'est bien à l'insistance de Veuillot et à la complaisance d'Eugène – qui n'a pas que des défauts – que tant de générations à venir devront d'être nourries par ses récits pareils à aucun autre. Mais elle compte bien aménager sa liberté, notamment en gardant le nom du père qu'elle a insisté pour faire figurer sur la couverture : *née Rostopchine*.

Elle n'a jamais relu le manuscrit de son journal de voyage, enfoui avec son enfance sous le satin, dans les profondeurs du joli coffret marqueté. Une même inquiétude la saisit chaque fois qu'elle y pense, et s'y attarder serait soulever le couvercle d'un tonneau d'émotions dont elle se passe fort bien. Depuis qu'elle ne joue plus avec Olga, elle n'a pas même rouvert le coffret, qu'elle n'a pas voulu emporter aux Nouettes et dont la petite clé s'est perdue dans les mols cahots de l'existence.

Elle repense à son roman réconciliant la France et la Russie : le général vouerait au soldat français une telle reconnaissance qu'il le sauverait à son tour, de la misère et de la solitude. Il le marierait, le doterait, lui donnerait de l'emploi…, mais les domestiques entrent à l'office, c'est l'aube déjà et il faut les laisser faire leur ouvrage. Elle pose sa cuillère et remonte dans sa chambre.

Paris, mai 1871

> « Le soleil expia de ses poumons ardents
> Les boulevards qu'un soir comblèrent les Barbares. »
>
> Arthur Rimbaud, « L'orgie parisienne »

Barils de poudre, bonbonnes de térébenthine, goudron liquide, pétrole répandu dans les appartements sur planchers et tentures : les communards n'ont rien laissé au hasard. Du château des Tuileries ne demeurent, après trois jours et trois nuits de flammes – que les incendiaires ont observées depuis la terrasse du Louvre en soupant paisiblement d'un repas froid –, que ruines fumantes. Voilà deux mois que les insurgés festoyaient sans limites dans le bâtiment pillé et saccagé, il était temps d'aller jusqu'au bout de la logique d'effacement du monde ancien. D'autant que la semaine a démarré dans le sang et menace de voir s'éteindre la Commune parisienne.

Tout Paris est un délire de feu, où se consument des bâtiments incarnant l'État, du Palais de Justice avec ses archives à l'Hôtel de Ville, de la Caisse des dépôts et consignations au Palais-Royal, mais aussi les demeures de Mérimée et de Michelet, des théâtres, des églises et la manufacture des Gobelins. Deux jours avant l'incendie des Tuileries, les collections du Louvre ont été sauvées par les manœuvres d'un commandant de chasseurs versaillais, dont le corps percé de balles a été ensuite retrouvé près de la rue des

Tournelles. Les livres et manuscrits de la Bibliothèque impériale, en revanche, sont partis en fumée.

La Commune de Paris, sous l'œil narquois d'un Rimbaud hypothétique, supérieur d'un Hugo – toujours lui – et méprisant d'un Gautier, a rougi les pavés parisiens d'une main et de l'autre terrorisé les nobles, dont la comtesse de Ségur, qui a pris soin d'emballer peintures et objets de prix pour les soustraire à la vermine révolutionnaire. Mais Sophie reste optimiste et écrit à son petit-fils que bientôt ils – lire, l'aristocratie – seront comme le phénix renaissant de ses cendres.

Elle est optimiste et se voit un avenir, car sa mère Catherine Protassova, veuve Rostopchine, que la méchanceté a conservée jusqu'à l'âge de soixante-quatorze ans, a fini par s'éteindre après avoir glissé sur son parquet trop ciré ; Eugène aussi est mort, il y a quelques années, au château de Méry-sur-Oise où il fuyait auprès de son frère la jalousie de Sophie, pourtant altérée par l'âge et la dévotion ; il a été suivi par Sabine, leur deuxième fille : imitant la piété fraternelle, elle était entrée en religion et devenue aveugle à son tour.

Les mois, les années passent. Après avoir publié en feuilleton *Guerre et paix*, où les attaques contre Rostopchine ont jeté Sophie à terre, Tolstoï a écrit le suicide d'Anna Karénine, inspiré par celui de la gouvernante et maîtresse de son voisin, qui s'était jetée sous un train à quelques pas de Iasnaïa Poliana, après la trahison de son amant ;

le futur starets Grigori Iefimovitch Raspoutine est né, sous le signe d'un météore annonçant une destinée extraordinaire ;

Marcel Proust est né lui aussi, sa santé définitivement affaiblie par les privations du siège prussien, d'une mère juive et d'un parrain grand collectionneur d'art (ici ajoutons une parenthèse d'ordre, disons, contextuel : depuis le milieu du siècle s'accroît sans cesse le nombre de collectionneurs, généralement peu soucieux de la provenance des objets qu'ils acquièrent – la collection d'antiques n'est plus réservée à une élite, et les bourgeois accèdent à un nouveau rapport à l'objet, qui prend sens d'être intégré à un ensemble ; fin de la parenthèse) ;

le dernier Napoléon meurt à son tour, sa moustache droite comme un T majuscule définitivement terrassée par la République ;

un jeune Alsacien nommé Lucien Kraemer quitte sa région natale, occupée par les Prussiens, pour monter un magasin d'antiquités à Paris ;

à Saint-Pétersbourg, on ne parle plus français mais anglais, et les nobles doivent désormais faire leur service militaire : tout se perd.

Sophie elle-même a déchu en vendant les Nouettes à un roturier, manière à elle de brûler ses terres avant de les quitter. Au cours des vingt dernières années, l'écriture a remplacé les desserts. Sa relation avec son éditeur, toute de conflits et de réconciliations, d'injures et de censures, a remplacé celle avec son mari, dont elle a su s'émanciper et qui, avant de mourir, lui a permis de toucher ses droits d'auteur, fait inédit pour une femme mariée. De Gaston, en revanche, elle s'est faite plus esclave encore en devenant tertiaire franciscaine sous le nom de sœur Marie-Françoise.

*

Les chirurgiens ont travaillé proprement. Le cœur de Sophie a été dûment et exhaustivement – ventricules droit et gauche avec leur sillon artère aorte, coronaires, pulmonaire et *subclavia sinistra*, *truncus brachiocephalicus*, oreillettes droite et gauche, veines des poumons – extrait du corps défunt, chairs décollées et côtes sectionnées, pour être embaumé et déposé dans un petit sarcophage d'ébène au monastère de la Visitation, dans le quatorzième arrondissement de Paris. Le reste, qui n'est que chairs vouées à la décomposition, est expédié en Bretagne pour reposer sous une pierre.

Avant de mourir, dans sa longue et répugnante agonie, entre deux onctions à l'eau miraculeuse – chrême contestable puisé à quelque source lourdaise – et trois marmonnements en russe – la langue paternelle revenant au seuil des ténèbres comme pour expier une vie de gauloiserie austère –, avant de mourir, donc, la chère maman a désigné à Olga, entre une statuette de Notre-Dame-de-Lourdes placée là par Gaston et ses volumes de Veuillot, le petit coffret de palissandre.

Il dormait depuis près de trente ans sur une étagère de sa chambre, rue de Grenelle, avant d'être emporté jusqu'à la rue Casimir-Périer où elle s'est retirée l'année précédente. La disparition de la clé en interdisait de toute façon l'ouverture, mais il suffit de remuer doucement la boîte pour s'assurer que la petite pièce russe, qui faisait les délices de l'enfant Olga, s'y trouve toujours.

« Il y a un autre trésor, souffle Sophie à sa cadette. Mais promets-moi de ne jamais l'ouvrir. Le passé doit rester là où il est. »

Ce sont ses derniers mots profanes, qu'Olga désespérée remise dans sa conscience. Suivent une déclaration d'amour au Christ et les gargouillements d'une lallation sordide.

Sophie meurt au même âge que sa mère, ultime communion morbide. Dans son épitaphe, elle a eu beau placer Dieu avant ses enfants, l'importance de la lignée se lit au cœur de l'inconsciente magie des coïncidences calendaires. La descendante de Gengis Khan est couchée dans son cercueil, le cœur décousu, vide dissimulé sous sa grande robe couleur pensée et sa coiffe évoquant irrésistiblement un cocker fleuri. Coincé entre ses mains, un crucifix d'argent qu'a béni son évêque de fils. Mais c'est un trou qu'avant d'expirer elle a senti au creux de sa paume, une absence large comme une pièce de un kopeck.

II

ARLETTE

Paris, novembre 1910

Deux œufs, un verre de lait.
Trois cuillerées de bouillie d'avoine.
Un peu de kéfir et du thé, parfois du café.

Assise en peloton dans un fauteuil d'osier trop grand pour ses six ans, Arlette écoute. Elle pourrait suivre pendant des heures le mouvement des lèvres d'Olga qui, à l'âge où ses propres mère et grand-mère sont mortes, peut s'enorgueillir d'une bouche toujours impeccablement dessinée malgré le satin noir des deuils, les rubans trop serrés, l'hébétude de l'âge et du chagrin. Insensible au froid que compense mal la médiocre chaleur crachée par la Salamandre en fonte, Arlette est tout entière dans les récits de son aïeule. Elle lui voue une admiration qui tourne parfois au culte. Culte qui ricoche depuis un autre, celui de la comtesse conteuse, la si célèbre, qu'elle n'a pas connue mais dont Olga lui raconte les souvenirs.

Quinze ans plus tôt, celle-ci avait déjà fait de ce culte un petit livre, qu'elle ressasse à présent oralement au seul bénéfice de l'enfant. Des anecdotes comiques pour l'essentiel, expériences fantaisistes, achats bizarres, goûts biscornus, fous rires, tentatives inutiles ou facéties des petits-enfants de la comtesse. Une folie douce où s'entend un désespoir, comme lorsque la vieille dame conte plaisamment à sa petite-fille ses propres tentatives, puériles et ratées, de mettre fin à ses jours.

Arlette est impressionnée par Olga, la si joyeuse et si mélancolique. Dans sa voix, l'enfant perçoit un crissement de craie : c'est le cri de l'ardoise sur laquelle Sophie, ayant perdu la parole tant le cœur lui pesait après la naissance difficile de sa dernière fille, avait dû se résoudre à inscrire le peu qu'elle avait le courage de livrer au monde – besoins plus que désirs, trivialités plus que ressentis. Sa voix s'était tue comme une pierre choit au fond d'un puits, alourdie de l'histoire de la Russie, de la bigoterie de sa mère, de l'ardence de son père. C'est ce fardeau qu'elle a déposé sur le cœur d'Olga, laquelle le dépose à son tour sur celui d'Arlette. La volonté de transmission, bien qu'aimante, a de ces brutalités.

L'enfant ressemble à Olga comme elle ressemble à Sophie, ainsi lui dit souvent son père. Paul retrouve dans sa fille les traits tartares, au physique comme au moral, de sa mère et de sa grand-mère. Il n'a que peu connu celle-ci, mais lui-même en a hérité les paupières tombantes et les pommettes asiatiques. La lignée se prolonge sur un fil unique qui va de Gengis Khan à Arlette, un fil auquel s'accrochent les fougues et les terreurs les plus féroces. La lignée se prolonge, mais une génération est proche de s'éteindre : Nathalie est morte à la fin de l'hiver, laissant Olga seule, dernière représentante de la nichée engendrée par Sophie.

Juste avant l'été, on a inauguré au jardin du Luxembourg un buste de la comtesse, sculpté par Jean Boucher. D'une blancheur immaculée, le visage triste, encadré de rubans, s'élève, avec son piédestal, à près de trois mètres de hauteur et se noie parmi les feuillages qui ont vu passer tant de poètes. Arlette a pu assister à la cérémonie, fascinée d'incompréhension muette devant cette muséification de la chair dont elle est la chair. Une fascination qui s'imprime en elle comme le burin dans le marbre, plus durable encore que celle suscitée par les mots d'Olga. Les solennités achevées, la famille est rentrée se restaurer à l'appartement de la rue de Moscou. Olga y a sa chambre, où elle trouve un peu de paix au cœur de la cohue parisienne quand elle se risque à quitter sa chère Normandie.

C'est en ce repaire, appartenant tout entier au siècle dernier, qu'Arlette vient écouter l'histoire de ceux qui la précèdent. Elle a remarqué depuis longtemps, sur l'étagère, les vibrations légères que font sous la lumière les éclats de nacre du coffret. Elle sait que sa grand-mère ne l'ouvre jamais, pressent qu'il serait malvenu de lui demander pourquoi. L'objet est si beau qu'il en est sanctifié ; surtout, il est entouré d'une aura de mystère de la même épaisseur, de la même saveur que celle qui enveloppe les récits séguriens. Dans cette jouissance sapide de la mémoire familiale s'informent ses propres inclinations, les désirs et les peurs qui seront ceux de l'adulte à venir.

Cette mémoire se distend à mesure que la famille s'étend, d'alliance en procréation, essaimant à Paris, bifurquant ses racines en Normandie ou en Bretagne, voire hors de France – Paul et Louise, les parents d'Arlette, sont allés jusqu'à se marier dans une église brésilienne. Depuis un siècle, les descendants de Fiodor plantent des arbres généalogiques voués à durer, à étaler leurs branches aussi loin que possible ; des arbres solides, sur leurs souches bien enfoncées au cœur du sol russe, dont la densité autorise toutes les libertés géographiques sans crainte de se perdre.

*

À trois ou quatre milliers de milliers de sagènes volantes de la rue de Moscou, Lev Nikolaïevitch, dit Léon, est sur le point d'en finir, à l'âge de quatre-vingt-deux ans, avec le fait d'être Tolstoï. Il s'est réfugié dans la maisonnette du chef de gare d'Astapovo – notre pouvoir omniscient nous informe qu'elle a depuis été rebaptisée Lev-Tolstoï en souvenir –, loin des disputes avec son épouse Sofia Andréïevna, des sollicitations de ses treize enfants et des errements de son siècle. Loin aussi des innombrables admirateurs, disciples et autres génuflecteurs qui le sollicitent sans cesse.

Léon Tolstoï se prépare à mourir dans la solitude, tandis que toutes les polices, toutes les rotatives de Russie sont mobilisées, les unes lancées à sa recherche, craignant des émeutes, les autres publiant manchette sur manchette tant la disparition, puis la maladie de l'écrivain, dont un seul mot peut faire lever les masses, que l'on vient consulter depuis Paris comme depuis la Perse et qui inspire jusqu'au Mahatma Gandhi, sont une secousse mondiale.

La fièvre catarrhale le dispute à la peur de voir surgir sa femme dans la chambre aux tentures fleuries. Le grand vieillard – un mètre quatre-vingt-un – tient à peine sur le petit lit du chef de gare, qui est allé s'installer ailleurs avec femme et enfants, bouleversé par l'honneur de recueillir chez lui les derniers râles, mots, soupirs, humeurs de l'immensément célèbre écrivain. Tolstoï quant à lui se réjouit – c'est presque une extase mystique – de mourir chez les humbles, dans une petite maison de bois rouge, et non parmi les fastes de son existence de comte. Il se réjouit aussi – c'est tout à fait une extase littéraire – de mourir non à l'hôpital mais dans une gare, comme Anna Karénine, les rails trempés de sang et l'infamie en moins.

Il est loin d'imaginer que le monde entier sait qu'il est là et s'y est précipité, que l'unique télégraphiste du coin frise la crise de nerfs, que la presse absorbe le moindre détail de ses bulletins de santé, que même le cinématographe a été envoyé sur place. Il ne se doute pas que la ferveur soulevée par la perspective de sa mort fait ressembler les funérailles de Victor Hugo, qui vingt-cinq ans plus tôt ont voilé Paris de noir, à un enterrement de village.

Il ne se doute pas que sa famille est tout entière accourue, de conserve avec une foule de curieux massée au buffet de la gare, entassée sur les banquettes de la salle des pas perdus ou devant le perron de la maisonnette. Tous guettent, tenus par l'angoisse, chaque instant de sa longue agonie, chaque degré qui augmente ou rabaisse sa température, chaque battement de son pouls trop rapide ou trop lent, chaque changement dans le dosage d'oxygène, de camphre ou de cocaïne, chaque gorgée de lait, chaque bouchée d'œuf péniblement avalées. Tous retiennent leur souffle à l'idée que va s'éteindre le père de la Russie éternelle, le défenseur du peuple.

C'est un Christ profane, un chamane mongol qui s'apprête à mourir. Lev Nikolaïévitch – tout le monde l'appelle par son prénom – est excommunié depuis dix ans, et le clergé a refusé aux cheminots une messe tant qu'il ne serait pas rentré dans le giron de l'Église : le métropolite s'en mêle, en vain ; un moine est dépêché afin de le convaincre, qui doit faute de place dormir dans les toilettes pour dames, en vain. La foi de Tolstoï est trop grande pour les cathédrales.

À défaut de prières, l'apostat marmonne des bribes de son dernier texte, une réflexion sur le suicide qui parle moins de suicide que de l'absurdité du monde et de l'indécrottable déraison humaine – qui sont, finalement, les meilleures raisons d'y avoir recours. Mais l'on se tue généralement pour échapper à la honte, s'indigne-t-il encore, indignation à laquelle vient mettre fin un accès de toux hoqueteuse.

Il sait que Sofia, en lisant une semaine plus tôt sa lettre d'adieu, avant-dernière d'une série de missives violentes et passionnées échangées entre un gandin de quatre-vingt-deux ans et une matrone de soixante-six, s'est désespérément jetée dans le lavoir où elle n'est parvenue qu'à tremper sa robe, et cet acte afflige Tolstoï comme égoïste, irraisonnable et immoral, sans parler du pathétique de l'échec.

Il ignore en revanche que seules quelques toises la séparent de sa chambre et qu'elle attend d'être autorisée à le voir, trépignant dans le wagon aménagé en appartement à son intention, ou pleurant sur le banc du jardinet qui jouxte la maisonnette rouge, bouillant de ne pouvoir étreindre son mari autant que de ne pouvoir accabler ses dernières heures par les reproches de quarante-huit années de mariage. Pour lui, être en sa présence équivaudrait justement à un suicide. C'est qu'il serait obligé de lui dire enfin ce qu'il pense vraiment d'elle, comme de toutes les femmes, et qu'elle le tuerait à coups de bec, il en est convaincu.

Léon ne revoit Sofia, sa cruelle, son aimée, aussi détestable qu'adorable, qu'à l'instant même d'expirer. Les médecins dépêchés de toute la province n'ont rien pu faire : neuf jours après avoir enfin réussi à quitter son épouse, ses enfants et son mode de vie aristocratique pour mener une existence conforme à ses convictions, tel un brahmane se retirant dans le calme de la forêt ou dans la paix du feu, le soleil de la Russie meurt sans confession dans l'appartement d'un inconnu. Sa longue barbe soudain se fige, les poils grésillent avant de perdre leur éclat définitivement. Ses yeux tournés vers la fenêtre se ferment sur le jardinet, au-delà duquel se devine la silhouette des trains qui passent, fantomatiques, dans la grisaille tardive d'une aube de novembre.

*

La secousse fait tanguer jusqu'à l'île d'Angleterre. À deux mille miles de là, Adeline Virginia Alexandra Stephen, qui s'apprête à devenir Virginia Woolf en épousant un jeune Juif malingre et brillant, s'exalte à la lecture de *Guerre et paix*. Elle lit, comme elle le fait partout, dans la maison de repos où les médecins l'ont installée. La lecture autant que la nouvelle de la mort de l'écrivain sont un coup de tonnerre, une électrocution littéraire où se découvre l'âme.

À trois cent mille verges de là, couchée près du poêle qui noircit les céramiques déclinant les fables de La Fontaine au mur de sa chambre, tout en haut de l'une des tourelles à six fenêtres donnant sur les collines de la grande maison du Mont-Noir flamand, dans le bruissement des châtaigniers absorbés par un ciel immense et couvrant le parc d'une ombre qui indistingue le givre matinal, Marguerite Antoinette Jeanne Marie Ghislaine Cleenewerck de Crayencour, une fillette inquiétante à force de sagesse, qui n'a que sept ans et n'est donc pas encore Yourcenar, suce rêveusement les dragées de son baptême en pleurant une autre mort – celle de son chien – et en lisant d'autres livres, qui ne sont pas du tout de son âge mais savent laisser leur empreinte, insensiblement, de même que de discrets rayons filtrant à travers les nuages impriment à la peau un hâle subtil mais indubitable.

À plusieurs centaines de pieds suisses de là, Frédéric-Louis Sauser, qui n'a pas encore pris de pseudonyme, ni Freddy Sausey ni Jack Lee ni Diogène, et surtout pas le plus brûlant, celui de

Blaise Cendrars – suggérant peut-être qu'un alias vaut pour ses vertus apyres –, s'apprête à retourner à Saint-Pétersbourg.

Il y a fait, quelques années plus tôt, son apprentissage d'adolescent, quittant la Suisse par un train qui était peut-être – nous aimons à le croire, confessons ici un goût vaguement honteux des coïncidences – le même que celui dans lequel le jeune précepteur Pierre Gilliard avait embarqué pour aller enseigner le français aux rejetons du tsar, tandis que la poétesse Marina Tsvetaïeva faisait le chemin inverse, de la Sainte Russie vers un pensionnat suisse.

Le père de Marina supervise au même moment, à Moscou, la construction du musée Alexandre-III. Le futur musée Pouchkine est en effet, pour une grande part, le projet d'Ivan Vladimirovitch Tsvetaïev, professeur d'histoire de l'art et d'archéologie à l'université de Moscou, et il en sera tout naturellement nommé directeur lors de son ouverture qu'il espère prochaine. Voilà près de vingt ans qu'il prône la construction d'un tel temple de l'art et promène sa fille dans toute l'Europe afin de comparer les différentes architectures muséales et d'en réaliser une synthèse à la gloire de l'Empire, hybridant les inspirations athéniennes des musées parisiens et les délires égyptiens de Florence ou de Vienne.

À Astapovo, où nous retournons un instant, le cercueil en chêne jaune de deux archines et neuf verchoks a accueilli le très grand corps, posé sur un modeste catafalque et installé, sans fleurs ni couronnes, sans croix ni ornements, dans le wagon mortuaire à destination du parc de Iasnaïa Poliana. Depuis deux jours, plusieurs milliers de personnes ont défilé devant la dépouille du grand penseur de l'humanité : paysans, aristocrates, écoliers, marchands, mères de famille, intellectuels et ouvriers. Des générations de partisans viennent chérir, creusée dans l'oreiller, l'empreinte qu'a faite la tête sacrée en mourant, l'ombre dérisoire d'un héritage formidable où fermentent les germes d'une révolution.

Versailles, juin 1919

> « Il faut plusieurs générations pour que les grandes révolutions philosophiques prennent véritablement vie. Et même nos terres brûlées refleuriront un jour. »
>
> Alfred Rosenberg, *Le Mythe du* XXe *siècle*

Les miroirs innombrables reflètent son inconvenance. Le mouvement s'est répliqué comme une série de dominos, l'exagérant d'autant, du moins à ses yeux. Il rougit sous l'abondance de poils, mais ne peut pas s'en empêcher : il a besoin d'entortiller ses doigts dans sa longue barbe très noire, de sentir sous la pulpe le léger tiraillement, satisfaction sensuelle autant qu'apaisement. Eugène sait que ce geste, associé à son visage encore puéril, presque féminin, qu'il tente de viriliser en laissant ce long bouc charbonneux envahir son menton, lui ôte de son crédit : ses collègues du ministère le lui ont laissé entendre. Mais c'est plus fort que lui, et il est convaincu que sa pilosité impressionne, sans voir qu'elle amuse les hommes et effraie les femmes. Effets que renforce une autre manie, celle d'avancer les lèvres pour sentir la douceur du poil sur le bout de son nez, l'odeur de brillantine ajoutant un délice supplémentaire à cet onanisme bénin.

Personne n'a rien vu, bien sûr, la foule est trop dense, l'attention trop concentrée sur ce qui s'apprête à avoir lieu, mais la répétition de son geste dans les reflets dorés de la galerie des

Glaces lui a rappelé que l'heure était aux choses sérieuses : dans quelques minutes sera signé avec l'Allemagne le traité issu des centaines de séances de négociations pour la paix menées à Versailles depuis des mois. Le capitaine Eugène Pépin y assiste en qualité de secrétaire du Comité de rédaction. Il a eu trente-deux ans la veille – il venait de fêter son vingt-septième anniversaire quand l'archiduc François-Ferdinand s'est fait assassiner à Sarajevo, date choisie pour ce jour si particulier – et se trouve au sommet de sa carrière diplomatique, laquelle n'est qu'un aspect de ses multiples capacités. Ce fils de commissaire-priseur venu de Touraine est non seulement un spécialiste d'histoire locale, mais il développe aussi des compétences nouvelles en droit aérien et spatial.

Cependant, ce sont aujourd'hui d'autres talents que l'on sollicite chez lui, puisque le ministère des Affaires étrangères l'a chargé de diriger la publication des actes de la conférence et qu'il doit aussi s'occuper des relations avec la presse. L'événement a été soigneusement préparé pour que le symbole soit explicite. Le château, durant les mois de négociations, a été partiellement fermé au public et aménagé pour la cérémonie. Des mesures d'ordre ont été décrétées dans toute la ville, des cabines téléphoniques installées au long des couloirs du palais afin de s'assurer que le monde entier serait informé au plus vite.

Sur les tapis précieux faufilés bord à bord – la photo des brunes cousettes fera la une des journaux – pour couvrir le parquet de la galerie, se pressent plusieurs centaines de personnes, assemblée hétéroclite qui mêle journalistes et diplomates de tous les pays. Vingt-sept délégations bigarrent la foule de leurs costumes, les turbans alternent avec les melons, les pantalons bouffants avec les uniformes, les jaquettes avec les capotes. Certains des délégués sacrifient au tourisme quelques minutes de diplomatie : ils ont à la main un petit guide Baedeker et vérifient le nombre des fenêtres que l'on voit au palais. Contre les portes vitrées de la galerie s'écrasent les visages de soldats, qui ont réquisitionné guéridons et tabourets pour y voir mieux dans cette foule impossible, multitude cosmopolite où mijote l'Histoire.

Dans la salle, on piétine en attendant les dignitaires allemands. La même crainte agite tous les cœurs : qu'ils ne viennent pas, qu'ils viennent mais refusent de signer, qu'il faille tout recommencer, les négociations, les préparatifs de cérémonie, la guerre pourquoi pas. Le ministre de tutelle d'Eugène Pépin, Stephen Pichon – dont la fierté tient tout entière dans l'arc magistral de son épaisse moustache blanche –, jette à son employé un regard noir : les doigts d'Eugène de nouveau se sont pris au plaisir de sa barbe.

Tout à coup, le silence se fait. Les délégués ennemis entrent dans la galerie noire de monde, accueillis par le reproche venu des tranchées que font les trous, les bosses, les aberrations faciales, les absences de membres des cinq gueules cassées que Georges Clemenceau, qui a le goût de la mise en scène, a sorties des hôpitaux. L'effroi des Allemands est visible. Quelques semaines plus tôt, ils jouaient encore au golf dans les jardins de Versailles, persuadés de pouvoir négocier honorablement une défaite qui n'avait pas encore été reconnue. Mais les Alliés ont d'autres projets ; si les Anglais veulent presser le citron tudesque, les Français sont les plus féroces : en un siècle, la haine a eu le temps de s'affûter. Les Allemands sont écrasés de pénalités, les poches des vêtements qu'on leur a ôtés sont vidées, les populations sont acculées à une famine où fermente plus de haine encore.

Outre leurs colonies et les régions de l'Est, ils doivent restituer trophées de guerre, œuvres et archives enlevés aux puissances alliées pendant les deux conflits qui ont précédé. On envisage même de reprendre certains objets qui, pillés par Napoléon, avaient été rendus par Denon à l'Empire germanique après le congrès de Vienne. Les Allemands, depuis la débâcle de Verdun, ont échoué à récupérer ce qu'ils considéraient comme de justes réparations du passé. À présent, ils doivent abandonner le peu qui leur reste. Les œuvres françaises, flamandes ou italiennes conservées à Berlin, Munich ou Dresde sont réclamées, la grossièreté teutonne n'étant, d'après la France qui n'a pas changé de point de vue depuis un siècle, pas à même d'en mesurer la valeur. Le désir de vengeance gonfle dans les larges poitrines prussiennes, attisé comme braise par l'hubris insouciante de la victoire.

Eugène présente le lourd traité à Hermann Müller, le plénipotentiaire allemand, assis dans le fauteuil néo-Louis XIV prêté par le Mobilier national. Ses yeux sont voilés de larmes tièdes, son visage défait, translucide à force de pâleur nauséeuse. La crise de nerfs le guette. Il a dégainé son propre stylo, il signe. Clemenceau expire, soulagé, lisse sa grosse moustache tigresque. Puis s'avance à son tour et, dédaignant le fauteuil, s'appuie d'une main sur le bureau XVIIIe – bois d'amarante et espagnolettes de bronze, pieds en sabots à griffes. Ces deux meubles sont le seul luxe de la cérémonie : nul drapeau, nul draperie, nulle plante et surtout pas de musique. Un peu serré dans sa redingote, le président du Conseil se penche sur le grand livre, armé d'une longue plume d'oie blanche.

(Précisons ici, pour le lecteur pointilleux, que ce n'est pas celle que l'on montrera en symbole de paix pour les siècles à venir, et dont la bague est décorée d'un rameau d'olivier en émail vert et mauve entrecoupant le mot « PAX », avec poinçon hexagonal représentant une tête de médecin grec. C'est une plume d'oie toute simple, aussi ténue, aussi fragile que la paix elle-même. Mais ce ne sont pas du moins les stylos allemands ou anglo-saxons : la France a le goût des symboles et le sens du passé. De fait, les lieux parlent : c'est dans la galerie des Glaces que Bismarck avait proclamé la naissance de l'Empire – en même temps que la nation célébrait les quatre cents ans de celle de son icône artistique, Albertus Noricus dit Albrecht Dürer. Et les Allemands sont logés à l'hôtel des Réservoirs, où le ministre des Affaires étrangères avait résidé au moment de saboter l'armistice de la guerre franco-prussienne.)

Les peintres et les dessinateurs s'affairent – on distingue nettement, sur l'huile de William Orpen, la moustache de Pichon –, mais une nouveauté excite tous les commensaux de cette cène historique, où c'est l'ennemi qu'on dévore : elle est filmée. Un caporal immortalise le moment dans le ronronnement pénible d'une caméra qu'il tient à la main, priant pour ne pas se faire expulser par Clemenceau, qui n'a pas le goût de l'exhibition. Il filme le discours du Tigre, la signature allemande – on aperçoit Eugène, à droite, sortir de l'image d'un air concentré. Autre fait inédit, le traité est rédigé en anglais. Deux siècles de domination de la langue française dans la diplomatie trouvent ici leur terme.

Moins d'une heure plus tard, tout est fini. Les Allemands s'éclipsent, et les vainqueurs vont se faire acclamer dans le parc. Quatre cent quatre coups de canon sont tirés, les grandes eaux s'exclament dans les bassins, un feu d'artifice achève la cérémonie.

*

Tandis qu'Anatole France, entre deux chines d'objets ou de livres rares – il fait partie de ces malades atteints de la passion du bibelot contre laquelle Maupassant prévenait ses lecteurs près de quarante ans plus tôt –, prend le temps de signer une protestation contre le traité de Versailles dans *L'Humanité*, prônant la réconciliation franco-allemande ; pendant que Marguerite de Crayencour, dont la maison d'enfance flamande vendue quelques années plus tôt a été détruite par un obus, passe son bac en candidate libre, qu'elle obtient avec une mention passable, et prend la décision de devenir écrivaine ; tandis qu'est fondé l'Office des biens et intérêts privés, visant à recueillir les demandes des propriétaires lésés par les préjudices de guerre ; pendant que tous ces événements, donc, si l'on en croit l'Histoire, se produisent et sont inégalement pris en considération par les uns et les autres, un Autrichien d'à peine trente ans allume des brasiers de mots dans les bas-fonds de Berlin.

Il crache ses langues de haine avec la conviction du dragon. Le groupe d'occultistes aryens dont Adolf Hitler fait partie, comme l'activiste et poète allemand Dietrich Eckart ou le baron balte

Alfred Rosenberg, et dont il emporte depuis quelques semaines l'adhésion brûlante, est obsédé par la grande juiverie, autant que par la nécessité d'abroger le traité de Versailles. Les revendications alliées sont un des principaux points du programme politique du parti national-socialiste en train de naître. La question des œuvres d'art préoccupe particulièrement l'artiste raté qu'est Hitler. Des listes sont établies, prémonitoires, qui décrètent d'importance nationale les œuvres ne devant quitter l'Allemagne sous aucun prétexte.

Dürer en particulier est jalousement protégé, comme emblème esthétique de la nation dans tout ce qu'elle a de plus *völkisch*, avec sa capacité de synthèse et son nom où l'on entend grincer la porte permettant le passage du Moyen Âge à la Renaissance. L'artiste devient une icône à mesure que le nationalisme se développe. Dürer fait figure idéale de sauveur de la culture et de l'art de toute éternité aux yeux des Allemands – la grivoiserie volontiers pédérastique du peintre et graveur n'entre certes pas dans le champ de leur hagiographie, de même qu'ils nient l'évidence des métissages, puisque les ancêtres d'Albrecht venaient des confins de la Hongrie, pays qui soit dit en passant désire tout autant s'approprier le génial personnage. Sous la plume des conservateurs, qui se servent de leur héros pour fustiger l'avant-garde et les influences étrangères sur la pureté germanique, Albrecht Dürer devient, à son corps défendant, le Führer artistique de la nation.

*

À Moscou, deux ans après le début de la Révolution russe qui, sans Tolstoï, n'aurait probablement pas eu lieu, disent certains, le confortant dans sa compétition avec le Christ et lui rendant ce qui appartient à Marx, à Moscou donc la guerre civile fait rage. La Révolution d'octobre a eu lieu sous l'œil, notamment, d'Alfred Rosenberg, un des suppôts d'Hitler, qui a su admirer la cohérence du système et en prendre bonne note : les œuvres d'art des aristocrates russes ont payé le blé américain qui a nourri la révolution léniniste.

Parallèlement, l'État soviétique a publié des décrets aux fins d'assurer la conservation du patrimoine culturel et la protection des monuments historiques. Lénine s'est résolu à faire fusiller les derniers tsars, en taisant soigneusement l'agonie des enfants impériaux, plus cruelle d'avoir duré ; car les bijoux qu'ils avaient, avant leur exil, cousus dans leurs sous-vêtements ont arrêté la plupart des projectiles, prolongeant la terreur outre mesure. La légende a protégé l'une des filles, Anastasia, qui aurait dit-on survécu – la même légende refusant l'idée que l'on puisse éliminer plusieurs siècles de règne avec quelques balles.

Pierre Gilliard, le précepteur des derniers tsars, a fini par quitter la Russie, faisant en sens inverse le trajet qu'il avait effectué des années plus tôt sans imaginer à quel point le tragique de l'Histoire croiserait son chemin.

Marina Tsvetaïeva, quant à elle, prend son temps pour partir. Elle ressasse des poèmes d'amour, des chansons brûlantes où le feu danse dans le cœur comme au fond des yeux, dans l'or des icônes comme dans la cheminée ou la profondeur des forêts, ces flammes qu'elle nourrit des livres et des roses d'un passé qu'elle est trop jeune pour posséder. Elle a convolé avec un contre-révolutionnaire juif – elle se dit juive, pour elle tous les poètes sont juifs –, un Russe blanc aux yeux tristes rencontré sur les bords de la mer Noire et épousé, donc, au moment où l'on inaugurait le musée de son père.

Les deux mariés tout neufs étaient trop jeunes, et trop nouvellement mariés, pour ne pas mépriser la révolution en marche, dont le tremblement se faisait pourtant sentir jusqu'en Crimée. Les convictions de Tsvetaïeva sont davantage guidées par l'amour que par l'idéologie. Car elle aime de tous côtés, hommes et femmes, dont Sofia Parnok, une actrice qui lui inspire une romance, exceptionnellement en prose, et paradoxalement imprégnée de ses lectures enthousiastes de la comtesse de Ségur.

À sept cents kilomètres au sud de Moscou, dans la ville de Saratov qui trempe ses racines au fond de la Volga, les écoles sont transformées en hôpitaux militaires. Les élèves doivent déplacer les livres de la bibliothèque vers des entrepôts commerciaux où l'école est transférée. Parmi eux, une toute jeune femme, Margarita Ivanovna Rudomino : à dix-neuf ans, elle enjambe les blessés et se hâte, les bras chargés de volumes, vers un destin où les livres tiendront la première place. Nous aurons l'occasion de la revoir.

*

À Paris, où les Russes blancs se sont finalement réfugiés avec un idéal d'universalité chevillé au corps, l'intelligentsia venue du pays des tsars anime les soirées les plus réussies. On y croise Nina Berberova, Marina Tsvetaïeva qui a tout de même fini par partir, Vladimir Nabokov en route vers l'Angleterre et même Lev Aslanovitch Tarassov qui, à peine entré dans l'adolescence, ne s'appelle pas encore Henri Troyat. On n'y croise pas Anna Andreïevna Gorenko dite Akhmatova qui, née à Odessa et ayant passé son enfance à Tsarskoïe Selo, refuse d'émigrer et de trahir sa patrie en dépit du nombre croissant de ses amis qui sont arrêtés, déportés ou exécutés.

En revanche, on y croise Joseph Kessel – Juif d'origine russo-lituanienne né en Argentine, apatride jusqu'à l'âge de vingt-deux ans où il obtient la nationalité française. Avec sa tête léonine, auréolé de son enfance russe et des contacts qu'il a conservés dans ce pays, Kessel est de ces soirées le prince incontestable, l'ogre tonnant, rugissant et broyant des verres de cristal entre ses mâchoires de boxeur, effrayant et séduisant à la fois cette houle déchue, rejetée par la grande mer patriotique sur la grève des nuits parisiennes. Demain, la plupart d'entre eux se lèveront à l'aube afin de se livrer à de basses besognes, voire, pour certains, de mendier de quoi revenir le soir chercher l'oubli dans la fête.

Arlette n'a pas encore l'âge de rejoindre l'intelligentsia, qu'elle soit russe ou française, dans les bas-fonds parisiens. Elle a l'âge d'écrire quelques poèmes balbutiants en rêvant aux amours passionnées que la fin de la guerre autant que l'adolescence promettent aux jeunes filles comme elle. Elle est triste pourtant : Olga se meurt, et Arlette plus que jamais sent combien le monde de la comtesse disparaît, laissant derrière lui un tas de cendres où ne brasillent plus que des fantasmes. Il est vrai, même si Arlette comme le siècle sont trop jeunes pour qu'elle puisse le formuler aussi nettement, que l'aristocratie doit se faire une raison : l'époque est décidée à ne plus lui laisser la place qu'elle a occupée jusque-là.

Ses parents doivent se faire une autre raison : leur fils aîné est mort dans les tranchées. Sans nouvelles de son rejeton, Paul père avait fait paraître une annonce dans *Le Figaro* ; mais le jeune homme – également prénommé Paul – était déjà mort, tué moins de deux semaines après que la France avait déclaré la guerre à l'Autriche-Hongrie, soit dans les tout premiers moments du conflit. C'est un paysan, attiré par des râles émanant des blés et des cadavres moissonnés, qui avait trouvé Paul. Le jeune caporal, tout juste diplômé en droit, réclamait à boire. Le paysan s'était empressé de remplir la gourde du blessé avec le lait d'une vache abandonnée ; Paul lui avait donné son nom et la bague qu'il portait au doigt, l'implorant de la faire parvenir à ses parents.

Paul senior, toujours sans nouvelles, s'était engagé – à cinquante-trois ans – afin de suivre la trace de son enfant, exigeant qu'on lui confie des missions chaque fois plus risquées. À croire qu'il cherchait avant tout, dans cette logique kamikaze, la rédemption pour avoir survécu. Il n'a pas retrouvé son fils, mais il a été fait chevalier de la Légion d'honneur, ce qui lui a fait une belle jambe, laquelle en sus a pris l'éclat d'un obus ennemi. Aujourd'hui le pied est guéri, la médaille est remisée au fond d'un tiroir et le deuil peut commencer. Les Pitray participent d'un billet de cent francs à l'édification d'un monument aux morts.

Tandis qu'à cent vingt kilomètres de la sépulture où repose la dépouille privée de cœur de la comtesse de Ségur, le poète et médecin de marine Victor Segalen meurt en forêt de Huelgoat à l'âge de quarante et un ans dans des circonstances tout à fait énigmatiques, Arlette se rend, comme tous les soirs, au chevet de sa grand-mère, rue de Moscou à Paris. Il est question de l'emmener en Normandie pour son dernier soupir, et dans les brumes de ces instants confus qui précèdent le néant, Olga dit adieu à son univers.

La petite chambre, où flotte une caractéristique odeur de déni – le soin que l'on met à masquer l'évidence, à grand renfort d'herbes brûlées et d'essences parfumées ! –, n'a plus l'éclat des jours d'enfance où Arlette écoutait pieusement les récits familiaux, les anecdotes délicieuses. L'adolescente regarde sur l'étagère le coffret qui lui semble renfermer ce passé et ses secrets, au point qu'il luit d'un mystère plus impénétrable encore que celui d'un reliquaire au cœur du tabernacle.

Berlin, mai 1933

« Tout Français doit lire ce livre. »

Maréchal Lyautey, exergue à la
première édition française de *Mein Kampf*

Sur la place noire de monde, chaque imprécation déchire avec une régularité glaçante le silence de la nuit, épaissi par le grondement des flammes. Le brasier, plus implacable encore que la pluie qui échoue à l'éteindre de ses trombes, tend dans le ciel noir de flexueuses langues jaunes.

C'est un sabbat immobile, dont la fureur, au lieu de se disperser dans la volte, alimente la noirceur des flammes, et dont les sorcières féroces sont de rectilignes silhouettes à la coupe irréprochable.

Ce sont des flammèches de givre qui montent, allumant les visages extatiques des étudiants en uniforme de la Section d'assaut, encadrés par leurs professeurs en toge et bonnet carré. Les milliers de pages, les mots et les idées de tous les intellectuels juifs, pacifistes, féministes ou simplement modernes s'évanouissent en pulvérulences dans le firmament, et cette poussière pénètre les poumons, que gonfle d'ardeur patriotique l'incandescence des phrases glapies dans la grisaille nocturne.

Elles sont devenues rituelles en l'espace d'une soirée, ces déclarations conjuratoires – *Je jette au feu, dévorez ô flammes* – qui visent à purger toute la littérature allemande de ce qui n'est pas l'esprit germanique, en particulier les chimères libérales des écrivains juifs.

Dans la foule, Erich Kästner regarde sans y croire l'effacement symbolique d'une génération littéraire. Beaucoup d'auteurs allemands se sont exilés au début de l'année, mais d'autres, venus du reste de l'Europe, sont à Berlin ce soir-là et assistent médusés à la fatale montée du nazisme. Depuis quatre semaines, une propagande intensive est menée contre l'*esprit juif*, qu'il s'agit d'extirper des librairies et des bibliothèques, mais aussi des cerveaux, par le boycott des magasins appartenant à des Juifs, l'affichage de thèses antisémites en lettres gothiques couleur sang, la propagande par tous les moyens. Des écrivains ont été sollicités pour participer à cette campagne, qui a mobilisé toutes les franges de la population : la plupart se sont abstenus, et le nom de ceux qui ont accepté est depuis tombé dans un oubli gêné.

Les ventes de *Mein Kampf*, le brûlot écrit en prison par le nouveau chancelier, ont atteint des millions d'exemplaires grâce à l'efficacité publicitaire de Joseph Goebbels – c'est le livre du jour, le cadeau de Noël idéal avec *Le Mythe du XX*e *siècle* d'Alfred Rosenberg ; on le publie même en braille, on oblige les fonctionnaires à l'acheter, et bientôt l'État l'offrira à tous les couples allemands en guise de cadeau de mariage –, reste à savoir qui le lit vraiment, qui en tout cas devine le péril masqué par la vilaine prose.

Une liste noire a été établie, où figurent le nom de Kästner mais aussi ceux de Stefan Zweig, Heinrich Mann, Karl Marx, Sigmund Freud, Franz Kafka, Bertolt Brecht et Heinrich Heine, ou encore de Gide, Proust, Romain Rolland ou Hemingway, sans parler de Maïakovski et de tous les leaders soviétiques. Des piloris ont été dressés dans l'enceinte de toutes les universités, des troncs d'arbres à taille humaine, où l'on a cloué les écrits considérés comme nuisibles.

Ce soir, on consacre la réussite de cette campagne par une cérémonie, dont la puissance rituelle et symbolique doit marquer les esprits. Les organisations étudiantes nationales-socialistes se sont inspirées de la fête de la Wartburg pour cet autodafé qui, outre la capitale, se répercute en écho dans une vingtaine de villes allemandes. Tout a été organisé avec une précision militaire, afin que tous les rituels soient identiques et se déroulent en même temps, de la même manière, partout dans le pays, avec retransmission radiophonique en direct ; ainsi la nation tout entière bénéficiera-t-elle de cette édification exemplaire.

À la tombée de la nuit, vingt milliers de volumes ont été conduits au bûcher à la lumière des flambeaux, entassés dans des chars à bœufs que décore un croc à fumier, transportés à travers tout Berlin sous la pluie. Le ciel lui-même désespère d'arrêter la marche terrible, d'étouffer les flammes, d'assourdir les cuivres de la fanfare jubilant sa haine. Le cortège d'étudiants, de jeunesses hitlériennes, de policiers à cheval, après s'être formé près de l'université, a continué le long de l'île aux Musées, par la porte de Brandebourg, sur l'avenue Sous-les-Tilleuls, pour rejoindre la place de l'Opéra.

La foule, de plus en plus excitée, a grossi jusqu'à envahir tout l'espace, suggérant que la nation ne fait qu'une pour plébisciter, torche brandie à la main, cette entreprise de purification. Plusieurs dizaines de milliers de personnes, unies par une voracité tremblante, assistent à la cérémonie. Elles tendent vers le bûcher leurs faces déformées tant par les flammes, qu'il a fallu alimenter d'essence pour lutter contre la pluie, que par la lumière des projecteurs de la télévision. Les civils eux-mêmes lancent de pleines brassées de livres, se retenant à grand-peine de courir pour sauter par-dessus le foyer. L'incarnat du brasier rend plus sanglant encore le rouge des drapeaux, plus profond le noir des croix gammées au bras des paramilitaires.

À deux reprises, Kästner entend son nom. La première, dans la bouche aboyeuse de l'étudiant qui annonce le nom maudit des auteurs dont il s'apprête à livrer les œuvres aux flammes ; la seconde, dans celle d'une femme qui l'a reconnu parmi la foule. Un instant, son corps entier cesse de battre ; mais rien ne se produit. L'alerte a passé, les hommes en habit brun n'ont pas bougé, d'autres noms poursuivent de s'égrener et nul n'a fait attention au cri éraillé de la femme.

Il est minuit. Un homme paraît à la tribune où les professeurs se sont exprimés, avant que les étudiants ne hurlent leurs malédictions. Il est petit, malingre, singulièrement laid, et sa bouche très féminine se tord en grimaces dérangeantes. Il frappe l'air d'un tranchant parkinsonien de la main à chacune de ses paroles, que crachote un micro à la peine.

Joseph Goebbels est en pleine forme. Il l'a écrit dans son journal intime avant de venir prendre la parole : cette cérémonie l'exalte. Il en perçoit les vertus pédagogiques et, surtout, les conséquences possibles pour l'avenir. Goebbels, ce journaliste frustré, médiocre, sinistre, qui brusquement s'est trouvé à la tête du monde culturel allemand, à présent qu'on l'y autorise éjacule avec vigueur sa rhétorique infâme. Il fustige ceux qu'il appelle les écrivains de l'asphalte, les Juifs qui parasitent les villes et les esprits, les faux prophètes qui corrompent. Il célèbre l'alliance entre une âme gothique et un romantisme d'acier. Du bûcher où iront mourir ces livres ignobles, doit renaître cette pensée germanique qui obsède le fanatisme hitlérien.

Les processions enflammées, d'une théâtralité wagnérienne, rappellent celles que Nuremberg organise, toujours plus grandioses, autour des dates anniversaires de la mort et de la naissance de Dürer. La dernière, très médiatisée, a eu lieu cinq ans plus tôt pour le quatre-centième anniversaire de la mort du peintre. Une exposition gigantesque avait fait converger les œuvres de Dürer des huit coins de l'Allemagne et de l'Autriche vers sa cité natale. (Autorisons-nous ici à souligner ceci : Erwin Panofsky, grand iconologue et spécialiste de Dürer, a été contraint, en tant que Juif, de fuir l'Allemagne nazie, comme tous ses collaborateurs de l'institut fondé par l'historien de l'art Aby Warburg – également juif.)

Le feu de joie de ce soir est aussi un écho jouissif de la spectaculaire retraite aux flambeaux que Goebbels a organisée, un mois plus tôt, en l'honneur de l'accession d'Hitler au poste de chancelier du Reich. Le démoniaque ministre de la Propagande s'était alors flatté d'un million de participants, quand il avait en réalité fait tourner en rond quinze mille marcheurs exténués.

Autre résonance, celle, fin février, de l'incendie du Reichstag. C'est dans les vapeurs champenoises d'une soirée mondaine chez les Goebbels qu'Hitler avait appris la destruction de ce symbole de la démocratie allemande. Magda Goebbels avait souri, de son sourire si fin. L'événement, probablement provoqué par les nazis eux-mêmes, tourné en complot communiste, leur offrait la parfaite occasion de suspendre les libertés civiles et d'écraser l'opposition.

De bûcher en incendie, le national-socialisme décline les liturgies de sa religion du feu, lequel associe en un effroyable paradoxe la pureté et l'enfer.

Lorsque le discours de Goebbels s'achève, il ne reste plus des livres brûlés qu'un tas de cendres, d'où s'échappe une fumée toxique – celle de la corruption, sans nul doute. Quelques fibres rouge, noir et or du drapeau de Weimar achèvent de se consumer. Kästner rentre chez lui. L'écrivain dresdois est rongé par la sensation d'être un cadavre vivant. Il n'est pas juif lui-même, mais celui qu'il soupçonne d'être son père – le médecin de sa famille – l'est, et ce lien supposé suffit à le faire étouffer d'horreur face à la violence et à la haine. Seul l'exil intérieur, après cette nuit de la honte, est désormais possible. La littérature est vidée de sa signification. Au moins, songe-t-il dans un soupir désespéré, l'élimination de la concurrence juive fera-t-elle le bonheur de quelques-uns parmi ses contemporains.

*

Tandis qu'en guise de dérisoire réaction aux autodafés allemands se créent des bibliothèques de la liberté à New York, Paris ou Londres, où des marches de protestation sont organisées en tout aussi vaine réponse aux défilés nazis, Marguerite de Crayencour arpente l'Europe.

Elle est devenue Yourcenar une dizaine d'années plus tôt, par la grâce d'une anagramme élaborée avec son père lors d'une ludique soirée de complicité. Son pseudonyme la constitue aujourd'hui aussi bien que l'eût fait un nom authentique ; en outre, il lui permet de s'inscrire dans une généalogie en conservant – à une lettre près – l'intégralité du patronyme paternel, tout en se mettant à distance. Par ce changement, elle s'est moins débarrassée du nom du père, qui se fichait bien qu'elle le perpétuât, qu'elle n'a jeté la particule aux orties – sa mère aussi d'ailleurs était à particule, or ces cumuls n'ont rien d'insignifiant dans l'élaboration d'un destin.

En tous les cas, cette libération des traditions familiales était bien du goût de Michel Cleenewerck de Crayencour, mort voilà quatre ans. Marguerite Yourcenar, perdant son père, avait perdu un ami, presque, du moins un allié. Il l'emmenait voir l'Europe et ses antiques avatars, la promenait de musée en ruine romaine, de galerie en champ de fouilles. Il s'était abondamment employé à favoriser sa carrière littéraire, adressant lui-même aux éditeurs ses écrits – qu'il signait tantôt de son nom, tantôt de celui de Marguerite, en une fusionnelle et réciproque contamination – et avait financé la parution des premiers livres de sa fille, publiés à compte d'autrice.

Marguerite se sentait contemporaine plutôt que descendante de ce géniteur fantasque à la moustache corsaire et au charisme irrésistible, voyageur désinvolte et infatigable, gourmet et gourmand à la fois.

Lorsqu'elle était encore enfant, Michel s'amusait à dorer les cornes de la petite chèvre qu'il lui avait offerte ou à suspendre des oranges dans les arbres quand la saison refusait les fruits. Il s'était fait artiste de cirque, lorsque les difficultés économiques l'avaient exigé. Un flambeur, un coureur et un noceur, certes, mais un homme remarquable, un humaniste à la mode tolstoïenne, qui avait, au mépris des convenances, autorisé sa fille à être plus remarquable encore, la faisant hériter de sa première qualité : l'indépendance d'esprit.

Aujourd'hui, Marguerite promène cette indépendance dans toutes les capitales européennes. À Naples, elle assiste aux vociférations d'Hitler : le chancelier visite en effet l'Italie et ses musées, où il fait son marché avec la complaisante assistance des édiles fascistes. Reviennent à l'esprit de Yourcenar les images, dix ans plus tôt, de Vérone où elle avait assisté à la marche sur Rome de Mussolini, la laideur des chemises noires collées par la sueur aux bustes imberbes de fins de race, grotesques d'héroïsme. Elle écrit un texte où une pièce de monnaie circule entre les personnages, pris dans la folle épouvante d'un attentat antifasciste. Elle troque ensuite l'Italie contre Vienne et longe comme on marcherait sur l'eau, flasque de cognac en poche, le Danube d'aval en amont et vice versa.

Revenue à Paris, elle vit ses années de dissipation. Conquérante en amour comme en écriture, elle hante les thés de femmes, certes – l'indépendance de l'esprit n'est rien si elle ne touche au corps –, mais aussi les galeries et les musées, les bibliothèques et les bouquinistes ; hier, elle a trouvé dans sa librairie favorite une monographie d'Albrecht Dürer, qu'elle a aussitôt emportée.

Elle a justement en tête un livre en trois sections, inspirées chacune d'un peintre. Elle a déjà envisagé Rembrandt et le Greco. L'œuvre du maître de Nuremberg lui inspire le troisième texte, où flamboient les ors noirs des Flandres médiévales et où apparaît pour la première fois le personnage de Zénon – le genre d'homme dont, à n'en pas douter, on incinère les livres.

Londres, février 1937

> «Je préfère, là où la vérité est importante, écrire de la fiction.»
>
> Virginia Woolf, *The Pargiters* (*Les Années*)

Dans la cheminée, les flammes luttent contre le crépuscule londonien. Deux femmes sont assises au creux de lourds fauteuils tendus de chintz, de part et d'autre d'une table à thé. C'est une rencontre singulière, unique, que l'on ne connaît pas ou peu – contrairement à celle entre Proust et Joyce qui, quoique stérile, ou peut-être parce que stérile, a fait couler toute l'encre des spéculations.

Cette autre rencontre aurait pu, pourrait faire date pour toutes les femmes se mêlant d'écrire, encore que rien de bien grandiose, là non plus, n'en soit sorti dont on ait eu connaissance. Après tout, ces messieurs n'ont pas le monopole de l'embarras poli. Dans son salon de Tavistock Square, Bloomsbury, qu'éclaire une bonne flambée de février, Virginia Woolf reçoit pour la première et dernière fois Marguerite Yourcenar.

La Britannique a carré ses longueurs dans les angles familiers de son siège, tandis que la Franco-Belge tâche de contenir ce qu'elle-même appelle sa fougue, alentie par ses ascendances flamandes. À trente-trois ans, Marguerite s'exprime avec assurance, de sa voix calme, un peu dure et dans le même temps douce comme un archet sur la corde d'*ut*. Elle parle un anglais fort malaxé, pétri d'un accent étrange, très français et vaguement américain, quoique dépourvu de toute tonicité yankee. L'accent peut-être d'une Canadienne qui aurait grandi dans la campagne flamande. En tous les cas, un accent soutenu par un phrasé extraordinaire, marqué par sa classe, et qui confère une aura d'inédit à tout ce qu'elle prononce.

Virginia, cinquante-cinq ans et quelques jours, s'essaie quant à elle un instant à articuler un français travaillé dans les pièces de Molière, qu'elle a souvent lues à haute voix, avant de retomber – timidité, orgueil ou décence – dans son anglais de Kensington, où s'entendrait la particule, y eût-il des particules en anglais. Les deux femmes ont en partage l'accent traînant de la noblesse, qui les fait se reconnaître indépendamment de l'idiome.

De quoi parlent-elles ? Ici, notre liberté comme notre devoir d'auteur – ou d'autrice – sont d'imaginer. Nous savons que Yourcenar vient consulter Woolf sur quelques points de détail concernant la traduction en français de l'un de ses romans. Mais il paraît raisonnable de supposer qu'elles commencent par s'observer.

Devant elles, un thé copieux : sandwiches miniatures, scones, saumon froid, petits pâtés – voire des framboises à la crème, bien que ce ne soit pas la saison, mais après tout, puisque nous inventons. Aucune n'y touche, l'une par indifférence, l'autre de peur de paraître gloutonne.

Elles s'observent, donc.

Marguerite remarque le visage de parque, si singulier. Elle voit franchement l'auréole qui le ceint d'un halo givré, comme une émanation de l'intelligence étincelante de Virginia, consumant sa vitalité derrière la vitre, si vulnérable, de son esprit.

Virginia remarque chez la Française – elle ne fait pas la différence entre Français et Belges – les lèvres rouges et l'allure masculine, les iris d'eau pure sous les sourcils trop marqués et les jolies feuilles d'or sur la robe noire, l'insistance à être au cœur des choses, les passions enfouies sous l'érudition. Les yeux mongols, bleu-blanc flamand, trahissent quand elle se tait l'enfance chez Yourcenar qui, dès qu'elle parle, affiche une assurance immémorialement adulte.

Le silence s'étale au-dessus de la table à thé. Elles jaugent – c'est réflexe – leurs beautés respectives. Ni l'une ni l'autre ne peut se targuer de traits canoniques, mais toutes deux aiment séduire et séduisent par la puissance de leur esprit, qui se voit presque encore mieux dans le mutisme de leurs pupilles. Toutes deux aiment la solitude au moment d'écrire, mais quand Virginia éprouve encore aujourd'hui un besoin désespéré de recevoir l'assentiment d'autrui, Marguerite n'a jamais subi ce joug particulier et sa visible autonomie renvoie l'Anglaise à ses propres démons.

Une fois la conversation engagée, il n'est pas exagérément audacieux de postuler que le sujet de la traduction est bientôt évacué. Virginia lui fait confiance, à cette madame ou mademoiselle *Youniac* – elle ne parvient décidément pas à retenir son nom –, cette femme dont elle sent la vie frémir sous l'apparent effort de tenue. Aussi qu'était-il besoin, pour scruter dans un tel détail le texte des *Vagues*, de gâcher l'une de ses rares soirées en solitaire – soirée qu'elle eût pu consacrer à l'importante question de savoir si elle est ou non une snob, à échafauder la biographie de son ami Roger Fry ou à l'angoisse précédant la parution des *Années* ?

La seule manifestation d'un désir de scruter, de la précision et de l'exigence qu'il suppose, eût suffi à convaincre Virginia de laisser à la Française toute liberté dans sa traduction. Elle ne devine pas combien Marguerite peut être aussi désinvolte qu'infidèle, et le devinerait-elle qu'elle en serait sans doute ravie, subjuguée par la sidérante rencontre de ces deux poétiques, en lutte presque, en harmonie tout à fait.

Ce travail, bien qu'il lui permette de toucher au plus précis d'une œuvre dont elle pressent qu'elle durera, est avant tout pour Yourcenar une besogne aux fonctions alimentaires. Elle est bien moins connue en son pays, et encore moins en d'autres, que ne l'est Woolf. Elles ont cependant toutes deux commencé leur carrière littéraire par des articles et se sont toutes deux chargées du fardeau d'écrire quelques livres avant de mourir, sans savoir, puisque peu de femmes avant elles s'y sont risquées, si elles auront la force de soulever ledit fardeau ou si, au contraire, elles en paieront le prix en glissant dans l'abîme.

Toutes deux accomplissent donc leur destin, plus ou moins volontairement bréhaigne, dans la procréation de livres. Ni l'une ni l'autre n'a fréquenté l'école, pour des raisons à peu près opposées mais qui, à chaque fois, tiennent au père. Car en dépit de leurs singularités, toutes deux sont de leur temps, un temps où une conversation sérieuse entre femmes s'acquitte nécessairement d'un tribut à la mémoire paternelle. Ayant été l'une et l'autre délivrées de leur mère assez tôt – l'une plus encore que l'autre puisque, si Julia est morte pendant l'adolescence de Virginia, Fernande a succombé peu après avoir donné naissance à Marguerite, lui léguant par instinct sa belle voix, son goût pour les livres et son sens de la liberté –, elles n'ont eu pour advenir à jouter qu'avec le père, ce qui n'est pas peu dire.

Celui de Virginia, une éminence du milieu intellectuel londonien, l'avait libérée en trépassant au moment où elle entrait en littérature – c'était il y a trente-quatre ans, presque jour pour jour, à peu de chose près l'âge de Marguerite. De même le père de celle-ci est-il mort au moment où elle publiait, sans grand succès, son premier roman. Mais au contraire de Leslie Stephen, qui n'aurait pas imaginé sa fille en écrivaine, Michel Cleenewerck de Crayencour semble avoir, en mourant, laissé volontairement la place à sa fille, car il se savait trop porté à occuper l'espace. Il fallait en laisser au génie de Marguerite, qu'il pressentait, afin qu'il se déploie.

(Il n'est pas interdit de mentionner ici que la libéralité de Michel concernait en particulier le sujet de l'homosexualité – mais de cela les deux femmes ne parlent sûrement pas, bien qu'elles aient en commun ces intermittences dans leurs inclinations sensuelles.)

Il est loisible d'imaginer que cette après-midi-là, elles échangent sur la place des femmes en littérature. Virginia connaît peu d'écrivaines françaises, moins nombreuses que les britanniques. Elle a entendu dire que tous les enfants de France lisaient la comtesse de Ségur, puis ne lisaient plus jamais les femmes. Elle-même n'a qu'un souvenir vague de ses lectures roses, davantage associées à de douloureux exercices d'apprentissage du français qu'à des plaisirs romanesques. D'ailleurs, les traductions anglaises sont souvent édulcorées, les manies françaises choquant la morale protestante et les coutumes éducatives – sans parler du sort peu amène souvent réservé aux Britanniques dans les aventures contées par Sophie Rostopchine.

Yourcenar confie à Woolf sa détestation de la comtesse : le rose de la bibliothèque l'écœure, les enfants de la Ségur n'ont rien de réel, leur prétendue vertu n'est qu'amas de conventions puantes et la sottise y rabaisse l'enfance. Elle hait les distinctions de classe, qu'à ses yeux les êtres se doivent de transcender pour exister pleinement, or la comtesse les entérine à chaque instant. L'idée de bonne famille, de famille tout court, la révolte.

« Mais qu'aimez-vous ? lui demande poliment Virginia, afin d'apaiser la fougue qui monte et jure avec le flegme du mobilier anglais.

– Il n'y a que Tolstoï, répond Marguerite. Le maître des maîtres. » Elle se reconnaît profondément dans sa pensée. Mystique sans Église comme elle, végétarien comme elle. Son père – encore lui –, qui avait appris le russe et se passionnait pour cette culture, en grand amateur de chants slaves fréquentait l'église orthodoxe de la rue Daru. Voilà, confesse Marguerite, qui a certainement infléchi sa propre vision du monde. C'est lui qui a fait lire Tolstoï à sa fille – laquelle lui a fait lire Stendhal.

Soulagée de voir un terrain moins glissant s'épanouir devant elles, Virginia renchérit : « Mes nièces lisent *Guerre et paix* en ce moment.

– Savez-vous que l'un des personnages est le père de la comtesse de Ségur ? Tolstoï n'est pas tendre avec lui. C'est sans aucun doute parfaitement mérité. Même si Fiodor Rostopchine m'intéresse profondément, à rebours des sornettes de sa fille. »

De nouveau, la fièvre de la jeune traductrice menace. Woolf prudemment revient aux écrivaines et aborde leur situation matérielle – elle rédige en ce moment un essai sur les conditions qui permettraient aux femmes de gagner en indépendance et donc en capacité d'apporter leur expérience singulière à la marche de la nation, notamment en vue d'éviter la guerre.

Nous pouvons ici légitimement penser qu'elles enchaînent en évoquant l'actualité. Virginia s'inquiète des malheurs qui menacent. Deux ans plus tôt, lors de son voyage en Europe avec Leonard, ils ont croisé la panse satisfaite d'Hermann Goering sur les bords du Rhin, que pavoisaient des bannières marquées d'imprécations et de menaces contre les Juifs. Elle avait dû, fuyant de colère et de peur devant la montée du nazisme, lever la main avec obséquiosité au moment de passer entre des enfants hitlériens qui tenaient, dans leurs petits poings confiants, de minuscules drapeaux rouges.

La haine des Juifs est incompréhensible à Marguerite, qui professe un grand respect envers ce peuple – elle dit « race », comme c'est de son temps – aux racines si anciennes. Virginia de son côté, si elle fustige sa belle-famille à grands coups de préjugés bon teint – là encore bien de son époque –, n'hésiterait pas à se dire juive pour protéger son époux de toute remarque, voire pour être emportée avec lui là où l'on voudrait l'emmener.

Marguerite profite de ce que Virginia est en train de parler pour gober un minuscule sandwich aux œufs durs et au cresson. N'osant mâcher, elle le laisse fondre entre langue et palais, craignant que l'Anglaise ne s'interrompe et ne l'interroge alors que sa bouche serait encore pâteuse de mie.

Mais Virginia continue : en Italie aussi, où ils étaient passés après l'Allemagne, elle lisant Stendhal et Leonard élaborant sa vision d'un monde véritablement socialiste, ils avaient senti le fascisme gangrener. Leur voyage s'était achevé par la France, et notamment la Normandie (précisément à Caudebec-en-Caux, où serait enterrée Olga de Pitray : nous nous amusons sans relâche des coïncidences de l'Histoire quand il s'agit de relier l'impossible). Virginia s'y était effarée de la vulgarité des Normands en congé, qui l'avait distraite des menaces sur l'Europe ou, peut-être, consolée en entamant un peu son intérêt pour la survie de l'humanité.

À ce stade, rien ne nous défend d'imaginer que la conversation dérive vers la question du suicide, recours possible en temps de guerre. Aux yeux de Yourcenar, qui ne considère que celui des philosophes antiques, c'est un geste de sage ou de dévot, le geste du brahmane qui se jette dans le feu pour atteindre la pureté, ou encore du pragmatique qui entend échapper à la souffrance physique en mettant fin à sa vie par ses propres moyens, à moins qu'il n'ait tout simplement vu que sa vie avait cessé d'être utile.

Elle en a conjuré la tentation, qui peut être aussi vorace que la faim ou le désir, en méditant dessus durant des heures, des jours, étudiant en scientifique tous les symptômes cliniques suscités par chaque façon de mourir, tous les stades de la douleur avant la délivrance.

Pour Woolf, c'est une bouffée régulière, qu'elle chasse depuis l'enfance. C'est une manière comme une autre, peut-être préférable à beaucoup d'autres, d'échapper à l'étreinte de ce qu'elle peine à nommer sa folie.

Yourcenar, qui à son tour souhaite éviter les épanchements, interroge Woolf sur le célèbre groupe de Bloomsbury, sur le fait de créer non pas comme elle dans l'absolue solitude mais au sein d'une communauté d'esprits, dont le pouvoir lui paraît aussi stimulant que limitant. Virginia n'est pas nostalgique, et reste lucide ; elle cite plaisamment les propos de son neveu Julian, le fils aîné de sa sœur Vanessa, qui a grandi dans l'effervescence mythique de Bloomsbury, mais se plaint de ce que cela ne lui a rien appris. Ce ghetto artistique et intellectuel, à ses yeux, ne l'a pas armé pour la vie, ne lui a donné qu'un vernis littéraire.

Marguerite, à cette évocation familiale, fait un drôle de sourire. Depuis la disparition de son père, nulle parentèle ne la relie plus à un quelconque sentiment de communauté. Elle ne sait si elle envie Virginia ou si la sensation renouvelée de sa liberté, qui lui parvient en effluves tièdes, lui est un soulagement.

Quatre heures sonnent à l'église voisine. Les anneaux de cuivre se dissolvent dans l'air épaissi par le fog. Marguerite prend congé. L'entrevue a duré presque deux heures. Virginia refermant la porte sur la nuit de février songe à tout ce que cette petite femme a déjà vécu et qui lui restera, elle en prend brutalement conscience, à jamais inconnu.

De retour à Paris, avant de rejoindre Athènes, Yourcenar fait une autre rencontre, imprévisible celle-ci. Au bar de l'hôtel Wagram, où elle est descendue comme à chacun de ses séjours parisiens, et tandis qu'elle prend un verre avec un ami éditeur, une longue femme, mince et séduisante en dépit d'un visage au menton trop présent, avec ses airs de pythie, de sibylle dépourvue de doutes, fait une intempestive irruption dans la conversation en donnant son avis d'un accent étasunien plein de hauteur.

Le lendemain, l'Américaine, qui répond au nom hollywoodien de Grace Frick, invite Marguerite à contempler les oiseaux sur le toit de l'hôtel. Elles montent sur les terrasses et en effet, appuyées à la balustrade de métal, tandis qu'à quelques centaines de mètres de là, place du Trocadéro, la sixième édition parisienne de l'Exposition universelle vient de s'ouvrir et que, deux kilomètres six plus à l'est, on s'apprête à inaugurer la station de métropolitain Ségur, elles regardent les oiseaux, elles regardent le ciel, elles regardent la rue de Rivoli et les jardins des Tuileries en contrebas, ces jardins où Marguerite se promenait enfant avec son père comme Virginia dans Hyde Park et, sans doute, Grace dans quelque parc de l'Ohio. Puis elles tournent la tête et se regardent l'une l'autre. Elles ne se quitteront plus.

Moscou, juillet 1937

> « Si le feu brûlait ma maison, qu'emporterais-je ? J'aimerais emporter le feu… »
>
> Jean Cocteau, *Clair-obscur*

À des milliers de kilomètres de la rue de Rivoli, Margarita Rudomino – rappelons au lecteur que nous l'avons rencontrée brièvement dans les remous de la Révolution d'octobre, charriant des caisses de livres – noie son angoisse dans l'action. Chaque jour, les procès staliniens envoient des centaines de personnes à la mort. Le monde de l'art n'est pas épargné. Les purges se multiplient, y compris à la Bibliothèque d'État des langues étrangères que Margarita a fondée quinze ans plus tôt dans un vieil immeuble moscovite. Audace qui, très vite, a fait d'elle une éminence dans le milieu de l'archivistique.

Margarita est une femme moderne, dans l'ordre soviétique : non seulement elle a conservé son nom de jeune fille pour y accoler celui de son mari, mais elle a demandé à ce dernier d'ajouter son patronyme au sien. Ils ont un fils, Adrian – prénom inspiré par l'empereur Hadrien –, qui prend le nom de sa mère pour perpétuer le patrimoine onomastique familial. Mais la modernité a un prix, et elle paie cher son attachement à la littérature occidentale : elle est régulièrement malmenée par des enquêtes incisives et des injonctions contradictoires de la part des commissions soviétiques.

Elle échappe plusieurs fois, de justesse, aux arrestations qui ont lieu dans la bibliothèque elle-même.

Elle sait qu'en France une exposition internationale se prépare au Jeu de paume, qui célèbre pour la première fois l'abstraction et le surréalisme. Organisée par un comité où le poète Jean Cassou côtoie des peintres comme Matisse, Braque, Picasso ou Léger, l'exposition tente d'ouvrir les esprits à l'art indépendant international en des temps où les idéologies s'efforcent de les fermer. Des artistes du monde entier sont représentés, dont quelques Russes – pas suffisamment au goût d'André Breton et consorts, qui fustigent le choix de certains au profit d'autres, injustement écartés selon eux.

Margarita médite sur ces polémiques avec un sourire amer ; elle sait que son grand ami Louis Aragon sera parmi les premiers à visiter l'exposition et s'exclamera dans les salles bondées de sa voix si reconnaissable. Aragon, qui a choisi Staline contre Breton, est souvent venu prononcer des conférences dans la bibliothèque moscovite de Margarita – laquelle est moins bien disposée à l'égard d'Ella Yourievna Kagan, dite Elsa Triolet, qu'elle considère comme une prédatrice. Mais c'est une autre affaire, qui n'a pas sa place ici.

Si Aragon goûte la fréquentation des Russes en Russie, il ne fréquente pas ceux de Paris, et pour cause – ce sont pour la plupart des blancs. Ainsi de Marina Tsvetaïeva, qui vit dans la banlieue sud depuis douze ans. Elle est déçue par l'Allemagne comme par un grand amour. Sans se rapprocher du soviétisme, elle se reprend à aimer son pays. Pour autant, elle évite avec soin – c'est réciproque – les mornes écrivains de l'exil. Elle hésite entre rouge et blanc, ou plutôt refuse d'autre couleur que celle des roses, sa fleur totem. Elle traduit en français, dans sa petite chambre vanvéenne, certains poèmes de Pouchkine dont c'est le centième anniversaire de la mort – une mort rimbaldienne, à trente-sept ans, et une mort galoisienne, en duel, d'un coup de pistolet dans le ventre. Mais personne ne veut de son Pouchkine. Contrairement à son mari, revenu de ses convictions blanches et glissant vers un engagement inverse, elle ménage sa fidélité impériale et sa haine de l'antisémitisme en un paradoxe que les poèmes s'efforcent de résoudre. Le seul parti qui vaille est celui de la poésie.

*

À environ cinq kilomètres de Vanves – les aléas de la recherche se refusant parfois à donner accès aux informations les plus précises, nous devons nous contenter de cette approximation –, Arlette éclate de rire. Elle vient de revêtir son petit garçon d'un costume de Tartare, et l'enfant pose, sérieux et barbare, ses yeux noirs braqués sur sa mère, avec la conviction d'un héros de steppe. Dans le grand appartement de l'Ouest parisien où les échos de la Russie aïeule sont entretenus avec la ferveur d'un culte, l'enfançon de six ans ne dépare pas un instant dans sa blouse satinée, serrée à la taille par une large ceinture, et dans son pantalon bouffant. Une toque et des bottes fourrées complètent l'ensemble. Arlette ne se remet pas de l'adorable cosaque qu'elle a engendré.

Quelques années plus tôt, elle a épousé Jacques, un publicitaire aux yeux francs dont elle sent qu'elle s'éloigne depuis la naissance de leur fils unique. Ce trésor a pris toute la place, il a relégué l'écriture elle-même qui pourtant agitait ses désirs d'adolescente. En revanche, être mère a réveillé en elle l'ardeur avec laquelle elle écoutait, enfant, les récits de sa grand-mère ; surtout, cela a ranimé son désir de s'inscrire dans une généalogie. Si elle adore son garçon, n'avoir pas de fille la désole : il lui semble qu'une lignée logique s'interrompt par sa faute. Elle aurait aimé transmettre le patrimoine ségurien à une petite fille – qu'elle n'aurait pas souhaitée modèle, mais à qui elle aurait au contraire appris à s'emparer de sa propre liberté. Elle lui aurait mis le costume de petit cosaque, et elles auraient galopé de conserve dans les échos du rire énorme de Fiodor.

*

À quelques centaines de kilomètres plus à l'ouest, dans son petit village du Sussex, Virginia Woolf lit – sans doute sur les conseils de Marguerite Yourcenar – *Que faire ?*, de Tolstoï. Elle n'est pas aussi impressionnée qu'elle s'y attendait : c'est vivant, mais verbeux. Elle referme son livre et repense à cette petite Belge un peu ronde au nom impossible, qui est venue la voir quelques mois plus tôt. Soudain, alors que la question ne l'avait pas effleurée tant elle ne songeait qu'à tenir sa position d'écrivaine face à elle, Virginia Woolf se demande à quoi peut bien ressembler ce qu'écrit Marguerite Yourcenar.

Mais on frappe : c'est le courrier, une lettre terrible de sa sœur Vanessa annonçant dans une infinité de chaudes larmes la mort de son fils aîné en Espagne. Julian avait décidé de s'engager auprès des républicains, espérant donner un peu d'armature à cette existence qu'il percevait comme vaine. Un pessimisme atavique tenaillait depuis Virginia qui, ne pouvant décidément trouver aucune justification à la guerre, était convaincue qu'il allait mourir. Depuis, elle noyait son anxiété dans le travail et les activités sociales. Mais le plus souvent, la noyade ne vaut rien contre les intuitions.

Deux jours plus tôt, tandis que Julian Bell recevait l'éclat d'obus fatal en conduisant une ambulance à Brunete, dans la province de Madrid, les collections du Prado étaient évacuées vers Valence, d'où elles finiraient par rejoindre Genève après avoir passé un moment infernal dans les batailles de Figueras.

L'évacuation a eu lieu sous la surveillance d'un Français, le sous-directeur des Musées nationaux Jacques Jaujard. Œil noir, visage glabre et cigarette permanente dont les volutes entourent un nœud papillon parfaitement aligné, l'homme a investi sa mission comme il l'a fait depuis le début de sa carrière déjà remarquable, avec un succès exemplaire autant que discret. À Madrid comme à Londres ou Amsterdam, les œuvres sont certes mises à l'abri des bombardements, mais aussi de la convoitise de l'Allemagne et de l'Italie, qui ont décidé d'apporter leur soutien à Franco.

Alors que la France et l'Angleterre ont refusé d'envoyer des armes aux républicains, et pendant qu'André Malraux se bat dans les Brigades internationales, Jaujard sillonne les routes d'Espagne sous le feu ennemi pour protéger les chefs-d'œuvre du patrimoine mondial. Aragon et Triolet sont là aussi, venus apporter une presse à imprimer à leurs amis écrivains du front, et donnent leur avis sur les meilleurs moyens de cacher les œuvres du palais du duc d'Albe, lesquelles seront en partie détruites par le duc d'Albe lui-même – la guerre a ses exigences. L'idée que l'on brûle l'art plutôt que de le vendre excite le romantisme adolescent de Jean Cocteau, qui observe depuis Paris et les colonnes des journaux. Chacun son point de vue sur les œuvres d'autrui et leur destin. (Ici nous ne nous priverons pas de préciser que Cocteau n'est pas insensible à l'alliance, en Adolf Hitler, entre le chef de guerre et le défenseur des arts.)

La protection des œuvres d'art en temps de guerre commence d'ailleurs de préoccuper les conservateurs de tous les pays. Il faut dire que le jour même où Julian Bell était tué d'un obus nazi, Hitler inaugurait, dans la toute nouvelle Maison de l'art allemand à Munich, une exposition à la gloire de ce qu'il considère comme le sommet de la création teutonne et donc mondiale, exposition antithétique de celle qui, au même moment et deux cents mètres plus loin, fustigeait l'art dit dégénéré.

De fait, le discours qu'Hitler vient, avec des mines surjouées de cantatrice, de prononcer sur l'art a de quoi soulever des inquiétudes : toute effraction à l'esthétique du parti entraîne des poursuites juridiques, voire un internement psychiatrique. L'art national-socialiste, comme le réalisme socialiste soviétique, doit être accessible aux masses, ce qui n'est pas le cas de l'art moderne, incompréhensible, donc haïssable, donc dégénéré, donc juif – que le peintre le soit ou non.

La rhétorique du nazisme, pétrie de l'humiliation de l'ignorant, aboutit à ces sophismes haineux. Dans l'exposition de Munich, plusieurs centaines d'œuvres d'avant-garde sont accrochées à l'anglaise – soit sans laisser le moindre espace au mur ni à la respiration de l'œil – et sous-titrées de citations haineuses, racistes et antisémites. Apogée d'une série d'expositions du même ordre qui se sont tenues depuis l'accession d'Hitler au pouvoir, c'est l'idéale application aux beaux-arts, après la littérature, d'une pédagogie pangermaniste.

Après les bibliothèques et les librairies, c'est donc au tour des musées d'être purifiés de l'esprit juif, qui a décidément le dos large. Les œuvres modernes sont retirées des cimaises, brûlées par milliers, vendues le plus souvent pour soutenir l'Empire. C'est l'ouverture d'une ère où la terreur meurtrière de l'idéologie gangrène l'expression du sublime. C'est le début d'un long glissement vers l'enfer, où s'annihile toute possibilité pour l'âme de conquérir sa liberté.

Paris, juin 1939

> « L'art est une mission sublime qui oblige au fanatisme. »
>
> Adolf Hitler, congrès du parti du Reich

Le pas est hésitant, sensuel d'autant plus. Le carrefour entre le boulevard Raspail et celui du Montparnasse s'ouvre comme une gueule souriante, prête à dévorer le vertige de liberté dont le vin grise Arlette. Elle est un peu ivre, très ivre, peut-être. Dans son dos s'éloigne la rue Huyghens, au tout début de laquelle se trouve le siège de sa maison d'édition. Elle a célébré la parution de son livre et le Tout-Paris était présent.

Arlette de Pitray, arrière-petite-fille de Sophie de Ségur née Rostopchine, a senti glisser de ses épaules un poids forgé sur plus d'un siècle lorsqu'elle a mis le point final à sa biographie de la comtesse. Cent quatre-vingt-douze pages, très inspirées du livre écrit cinquante ans plus tôt par Olga, d'anecdotes croustillantes, de savoureuses mésaventures, de pieuses images et d'un tas de choses exquises et charmantes. Sur la couverture, le nom d'Arlette est, comme celui de « Comtesse de Ségur », en lettres grasses et gothiques ; on croirait que le titre la désigne elle-même, ce qui l'a mise un peu mal à l'aise puisqu'il était pour elle, dans cette entreprise, tout sauf question d'identification.

Ce texte lui a bien plutôt permis de se débarrasser d'un fantôme, de se délivrer des histoires que sa grand-mère lui racontait et qui s'étaient insinuées en elle durant son enfance, délicieuse emprise dont elle n'imaginait pas qu'elle mettrait trente ans à se défaire. Sa dernière concession aux tendresses familiales a été de dédier le livre à son père adoré. Désormais, elle va pouvoir vivre pour elle-même, hors d'une généalogie sublime mais écrasante. Son aïeule, qu'elle n'a jamais connue, a été une contrainte toute sa vie, plus encore que son couple. Jacques, du moins, ne l'agace plus depuis longtemps avec ses prétentions conjugales ; elle a fait son devoir, elle lui a donné un fils.

Elle a bu, pour ancrer ces convictions d'indépendance neuve, de grandes quantités de champagne, sans penser à manger quoi que ce soit, et rentre chez elle – oh non, pas chez elle. Elle n'a aucune envie de croiser la face longue de Jacques, qui l'attend certainement en rongeant sa défaite amoureuse.

Et puis elle veut goûter encore un peu la compagnie de Marcel, qui la tient par le bras depuis qu'ils sont sortis de la maison d'édition. Il est si doux, si prévenant. Il la soutient avec une discrétion admirable. Le léger cheveu qu'il a sur la langue lui donne le charme des défauts inoffensifs. Sa crinière noire lissée en arrière, le reliquat de ses façons de gamin des rues derrière la police des manières acquises avec la fortune achèvent de le rendre attirant. Elle lui propose un dernier verre, boulevard du Montparnasse, ou peut-être chez lui, elle aimerait tant voir à quoi ressemble son antre. Elle voit un lion en cet homme de pouvoir, parti de rien et parvenu très jeune à la tête d'un empire dans le secteur tout neuf de la publicité. Un lion capable de se colleter avec la tigresse qu'elle se persuade d'être en ce soir d'exaltation.

Marcel Bleustein sait les pouvoirs fauves de celle qui n'est déjà presque plus l'épouse de son vieil ami Jacques, avec lequel il avait jadis monté une société de publicité préfigurant son empire actuel. Il suppose des amants, devine l'éloignement du couple après la naissance de leur fils, sait le divorce inévitable mais pas encore prononcé. La tentation est grande car Arlette flamboie, même fin soûle, son élégance brûle les pavés où ses fins talons titubent. Sa voix, voluptueuse et traînante, d'aristocrate sensuelle s'éraille un peu sous l'effet de l'alcool. Elle joue des perles de son deux-rangs, qui font avec son sourire de lumineux échos. Son rire éclate en magies, ses exclamations sont autant de blandices qu'attisent les deux années qu'elle a de plus que lui, infime maturité aux promesses excitantes.

Mais Marcel est fiancé, et qui plus est amoureux. En outre, une éducation stricte et la conscience que chaque victoire doit se remporter selon les règles ont permis son succès dans tout ce qu'il a entrepris, de la publicité à la radio, et ont surtout fait de lui un gentilhomme. Il la dirige doucement vers chez elle.

L'appartement est silencieux. L'enfant est chez sa grand-mère, comme souvent ; Jacques dort depuis longtemps. Arlette étouffe des rires, plonge dans le canapé. Dans la pénombre, des icônes anciennes jettent des lueurs inquiétantes. Il y a de la datcha dans cet intérieur bourgeois qui ne s'est jamais défait des héritages mongols d'Arlette, accordant ses origines à la mode russe qui a sévi pendant les Années folles, suscitée par l'omniprésence des aristocrates plus ou moins authentiques qui, recyclés en serveurs, danseurs ou prostituées, ont déroulé leur pedigree blanc comme les neiges de Sibérie dans les cabarets parisiens. Marcel, tendre et triste, va faire chauffer de l'eau pour un café.

Lorsqu'il revient, Arlette est debout au milieu de la pièce. Elle tient serré contre elle un petit coffret marqueté. Il est pour lui.
« Pas question.

– J'y tiens. Sans quoi je ne te laisse pas repartir. » Elle ajoute : « Il y a quelque chose d'incroyable là-dedans, j'en suis sûre. La clé en est perdue, et je n'ai jamais osé forcer la serrure. Ma grand-mère elle-même craignait de l'ouvrir, c'était comme s'il y avait toute son histoire à l'intérieur et qu'elle en avait peur. J'ai peur, moi aussi. Tu sais ce que la comtesse représente pour moi et dont je dois me défaire, dont je me suis défaite ce soir. Je dois achever mon geste. Toi, tu sauras quoi faire de cela. »

Marcel refuse de nouveau, Arlette insiste, il finit par prendre délicatement dans ses mains de galopin policé le coffret de bois précieux. En bougeant, la boîte émet un petit bruit qui cogne contre les parois. Il la retourne, découvre les initiales *SR* gravées sur le fond. Il a lu le livre d'Arlette et devine aussitôt que l'objet a appartenu à sa célèbre aïeule. Sa curiosité vainc ses dernières résistances, il accepte dans un sourire.

Satisfaite, la jeune femme se résout enfin à s'étendre. Marcel la couvre puis la laisse s'endormir doucement dans les plis du sofa, l'odeur du café qui refroidit et les lueurs tièdes des myrophores.

*

De retour chez lui, boulevard Pereire, Marcel s'interroge. Il caresse le couvercle du coffret, ses yeux se ferment, lui aussi a un peu trop bu. La peau d'Arlette est douce, elle glisse sous la pulpe en accrocs de nacre, laiteuse et changeante comme les éclats qui décorent cette boîte, les incrustations où dort le souvenir des huîtres fraîches pêchées dans l'atoll. Il engage un fil de fer dans la serrure, joue un instant et la cassette marquetée, pour la première fois depuis si longtemps, s'ouvre. Une pièce repose sur un minuscule matelas de satin rouge.

En attrapant le kopeck entre deux doigts, Marcel perçoit un craquement. C'est à peine plus qu'un froissement d'aile de phalène, mais cela vit, au-dessous du morceau d'étoffe incarnat. Marcel soulève le tissu et découvre un manuscrit. Quatorze pages foliotées et jaunies, entièrement recouvertes d'une calligraphie serrée à la plume, un petit module bien calé sur la ligne et justifié à gauche. Le tanin de l'encre a viré au brun presque rouge, la feuille laisse apparaître les fines bandes du pontuseau et un filigrane au motif floral. Le manuscrit n'a été ni gratté ni retouché, il a visiblement été écrit d'un trait sur du papier vierge, plié, et jamais déplié. Sur la dernière page, le colophon l'informe de l'autrice de ces mots qui vibrent à plus d'un siècle de distance.

Stupéfait, le publicitaire comprend aussitôt qu'il détient un trésor. Plus de soixante ans après sa mort, et alors que son œuvre est dans le domaine public depuis peu, la comtesse de Ségur reste une figure majeure de la littérature enfantine. Un manuscrit inédit, qui plus est susceptible d'apporter un point de vue nouveau sur le personnage puisqu'il relaie la parole de la toute jeune fille quittant la Russie, et non plus de la grand-mère installée en France depuis des décennies : cela ne peut qu'avoir une valeur énorme, sinon marchande, du moins historiographique.

D'autant que le texte est bouleversant, drôle et senti, plein de ces instants d'être, de ces impressions précieuses comme seules les toutes jeunes filles qui ont trop vécu savent les éprouver. Il apporte un supplément de sens à l'œuvre de la comtesse, explique sa puissance d'attraction sur des générations entières, en sus d'offrir à Marcel une vue inédite sur l'histoire familiale d'Arlette. Il pressent qu'elle lui a confié ce manuscrit en conscience, sachant qu'il en ferait bon usage, et qu'elle n'attend pas qu'il la consulte. À vrai dire, elle lui a fait comprendre qu'elle ne voulait rien savoir de ce qu'il trouverait.

Malgré l'heure tardive, il décide d'appeler son ami Gaston, directeur des éditions Calmann-Lévy. Insomniaque, Gaston répond immédiatement et immédiatement s'enflamme. Une publication de cet inédit serait extraordinaire. Mais aussitôt l'inquiétude, qui est depuis des mois la matière de ses heures, l'emporte sur l'enthousiasme : voilà près d'une année que les Juifs sont persécutés en Autriche, où les pogroms se multiplient. Leurs biens sont aryanisés, des ventes d'objets d'art spoliés s'organisent, en vue de financer le Reich, au Dorotheum de Vienne, la plus grande salle d'enchères européenne, devenue plateforme de recel. Les principales familles de collectionneurs ont été contraintes à l'exil, Ephrussi et autres Rothschild ont déjà été arrêtés, quand ils n'ont pas fui en abandonnant leurs palais. Les collections qui faisaient leur fierté et leur obsession ont été annexées.

Marcel partage l'angoisse de son ami : elle est en lui depuis qu'il a vu à Berlin, cinq ans plus tôt, le défilé des bottes nazies dans la fureur d'oriflammes gammées, qu'il a entendu le pas de l'oie résonnant dans la cruelle lueur des torchères et le battement de cœur sanglant que font les tambours contre les corps vêtus de brun. Il sait que l'heure est à la prudence. Magnat de la publicité et propriétaire de la station de radio privée la plus influente du moment, il est aux premières loges des rumeurs de guerre qui circulent. Quelque chose d'immonde se prépare, sourd et gronde dans les bas-fonds, et les deux amis n'ignorent pas qu'en France l'intelligentsia juive est la première menacée.

Marcel raccroche. L'excitation le dispute au malaise, qu'il dissipe grâce à son moteur habituel : l'action. Ils se sont accordés sur la nécessité de dissimuler le manuscrit en attendant une période plus propice. Son regard parcourt la pièce, un instinct lui fait lever les yeux. La gravure de Dürer, au-dessus du piano. Il s'est toujours dit que ce cadre extravagant de vilain bois doré, capitonné d'un velours écarlate de fort mauvais goût, ferait une cachette idéale. Un double fond peut y être facilement ménagé, le capiton mettant l'œuvre en retrait de la vitre, et son allure médiocre attire peu les regards. La gravure est belle, certes, mais ce n'est qu'une copie de la célèbre *Mélancolie*.

Elle lui avait été offerte, en guise de paiement pour un slogan, par un client américain qu'avait ruiné la crise de vingt-neuf. L'Américain lui-même l'avait acquise, par l'intermédiaire d'un agent, lors d'une vente aux enchères à Berlin. Une de ces ventes commanditées par l'Union soviétique pour écouler les biens des exilés russes, y compris ceux de la famille impériale et des musées d'État : il fallait bien de l'argent aux Soviets pour nourrir la population, quitte à disperser le patrimoine réuni depuis Catherine II.

La collection de Marcel est modeste, mais jouit de l'intérêt des amateurs, ce qui lui vaut une petite réputation. Il avait fait quelques recherches après avoir installé sa gravure – en conservant son cadre baroque, qui l'amusait trop pour qu'il y renonçât – au-dessus du

Steinway. Il apparaît que la copie du cuivre magistral de Dürer faisait partie de la collection personnelle d'Alexandre II, quelque thuriféraire la lui ayant offerte lors de son accession au trône. Après quoi la gravure, avant d'être récupérée par la Prusse, serait passée par les mains de Vivant Denon au Louvre, comme beaucoup d'œuvres issues des pillages napoléoniens dans les derniers moments de la campagne d'Allemagne.

Elle avait, comme en témoigne la marque à son verso – *Monasterii Montis Sancti Marie Mals* –, été copiée par un moine de l'abbaye de Marienberg, ou Monte Maria en italien. Marcel aime rêver à ce copiste de la fin du XVIIIe siècle se consacrant à la manière noire entre deux distillations d'eau ardente. Il voit très clairement la tonsure du gros moine – que son imagination a plaisamment baptisé Bartolomeo et qu'il se représente fils d'orfèvre, pour ainsi manifester ce talent et cette patience de graveur – penchée sur la plaque de cuivre polie, où son visage rond se reflète comme en un miroir rougeâtre et moqueur. Il devine son application béate.

C'est peu après laudes et dans l'atelier tout est muet. Le silence accueille seulement, entre les grattements d'acier que le burin creuse dans la matrice posée sur un coussin de cuir sombre, le roucoulement de la fontaine qui apaise le grand cloître, au-dehors. Mais ce son lui-même est loin, très loin de là où Bartolomeo se trouve en esprit. La lumière tamisée effleure les heures perdues du moine, qui se noie dans la taille-douce comme dans une rêverie profane autorisée. Le corps épais, tendre et ambigu de l'ange, son visage androgyne et renfrogné, écrasé dans sa main gauche et encadré de longs cheveux que l'on devine d'or brutal, font lentement dériver le gros moine vers les pleurs d'adolescence qui retenaient sa semence au seuil du péché. La terre italienne a beaucoup produit, sous le joug autrichien, de ces gros Bartolomeo et de ces déchirantes copies de Dürer.

Marcel se représente la suite : les ouvriers affairés autour de l'énorme presse bousculent le moine sans ménagement, un nuage encré l'entoure et pique ses yeux, les chiffons de tarlatane usagés roulent à ses pieds, salissant le bas de sa coule. Mais Bartolomeo est heureux. L'impression est splendide, le premier état est impeccable. Sa *Mélancolie* vaut les copies de Wierix, les tirages vont se vendre comme petits pains. Dürer est copié depuis des siècles ; avant même d'avoir trente ans, il lui avait fallu combattre les plagiaires, en particulier italiens, et traquer les innombrables contrefaçons que son génie faisait pulluler sur l'ensemble du territoire européen.

Le moine a tout juste reposé le tirage sur la table de gros chêne où s'étalent pointes et brunissoirs, lorsqu'un bruit de tornade éclate. Les outils de métal roulent sur le parquet dans un tonnerre dérisoire, sitôt avalé par le grondement envahissant des sabots. Bartolomeo se dirige vers la petite fenêtre qui donne sur le cloître. Des hommes à cheval hurlent en français, en polonais ou en danois. Emmenée par les troupes napoléoniennes, la furie des trophées s'abat alors sur les œuvres patiemment accumulées sous les doigts du copiste, la matrice et l'épreuve unique sont emportées. Bartolomeo voit avec effroi partir au flanc des chevaux toutes les heures avalées, les millions de pointes frappées par le burin et autant de mouvements de poignet douloureux. Surtout, il voit s'éloigner de lui, presque à tire-d'aile, la belle silhouette de l'ange.

Marcel sourit à ces images, souvent convoquées. Sa rêverie n'a jamais été que très légèrement perturbée par le cadre grotesque, ancien d'une vingtaine d'années tout au plus et certainement acquis dans quelque salle des ventes de province, où l'Américain avait cru bon d'enfermer ce chef-d'œuvre. Le livrant, ce sagouin, aux méfaits de la lumière, aussi dommageable pour l'estampe que l'était pour la peinture à l'huile l'eau bénite dont on l'aspergeait traditionnellement, au grand dam de Dürer lui-même.

Marcel n'a jamais eu le cœur d'ôter la gravure de son cadre, dont la gaieté paradoxale renforce la profondeur du sentiment atrabilaire. Il s'est contenté de l'accrocher dans un endroit peu exposé aux rayons du soleil. Le besoin de la regarder tient à l'énigme où elle invite à s'abîmer. Il la contemple, une fois de plus. Et une fois de plus est assailli par les lancinantes questions que posent, depuis quatre siècles, ces formes géométriques, sphère ou rhomboèdre ;

cet amoncellement d'objets hétéroclites, simples outils comme le trusquin ou le rabot, ou gorgés de symbolique comme la balance ou le sablier ;

ce carré magique de Jupiter, qui donne le nombre trente-quatre avec la régularité exaspérante d'une quadrature, pantacle en forme de fenêtre dont les chiffres dessinent la toile d'une araignée invisible ;

ce rat volant qui tient de ses petites griffes la bannière indiquant le titre de l'œuvre, *Melencolia*, flanqué d'un « I » présageant des suites jamais retrouvées ;

ce village caché derrière une échelle, ce chien maigre à la posture incompréhensible, où certains voient un mouton, cette jarre emplie de feuilles qui aussi bien sont des flammes ;

ce trousseau de clés qui, lourd du pouvoir qu'il représente, pèse à la ceinture de l'ange saturnien, dégoulinant le long de sa jupe enrubannée d'où dépasse un unique pied ;

ce monogramme sorcier – AD –, présence héraldique de l'auteur surmontée d'une date – 1514 – qui lutte contre l'incrédulité du spectateur face à une œuvre si moderne ;

cette comète venant frapper l'œil du même spectateur, que par nature inquiètent d'archaïques superstitions, globe ardent sur le point de fracasser l'horizon, souvenir d'une chute de météore aux accents apocalyptiques observée par Dürer ;

ce *putto* dépressif et grassouillet qui, perché sur une meule douillettement recouverte d'une couverture de soie frangée pour épargner à son fessier potelé de séraphin la morsure des échardes, tient un burin en main : c'est le graveur lui-même, préoccupé de son propre confort !

cet ange, enfin, que ni ses lèvres charnues, ni son ambiguïté orlandesque, ni sa couronne de simples, ni ses ailes ne pourront sauver de sa pesanteur et d'une durable acédie.

Bile noire ou bile blanche ? se demande Marcel, scrutant le visage opaque et ambigu.

Tous ces signes qui ne sont plus enfermés dans le rapport étroit au sens et s'abandonnent à la poésie, il a passé des heures à les observer. Il a épuisé son regard sur ce chaos d'objets, s'est égaré longuement dans le labyrinthe de ses implicites ésotériques, échos ambigus de la foi charbonnière et mâtinée de kabbale qu'il a conservée de l'enfance ; il a été saisi d'une authentique mélancolie, à force de méditer en vain sur les éléments épars d'une image dont les interprétations ont rempli des volumes sans retrancher une once d'opacité, une seule plume d'aile au mystère qui s'en dégage.

Mais il n'est plus temps de rêver, aujourd'hui le cadre risible de l'Américain est le bienvenu. Il suffit de démonter le dos pour insérer le manuscrit entre le bois de la gravure et le carton protecteur.

Marcel décloue le châssis et glisse les feuillets bien à plat. L'espace séparant la vitre du dessin en est réduit, mais il est impossible de s'en apercevoir à moins d'avoir, comme Marcel, contemplé cette œuvre chaque jour depuis des années. Il griffonne quelques phrases sur un bout de papier :

> *« Cette boîte m'a été donnée par l'arrière-petite-fille de la comtesse de Ségur. Elle contenait un manuscrit inédit de son aïeule, daté de 1817, que j'ai dissimulé au dos d'une précieuse copie* XVIIIe *de la* Mélancolie *de Dürer.*
>
> *M. B., Paris, juin 1939 »*

et le range dans le coffret marqueté, sous le tissu ponceau. Il s'agit moins pour lui de se souvenir de l'emplacement secret, qu'il s'imagine mal oublier, que d'un pressentiment qu'il ne sera pas forcément le premier à rouvrir cette boîte – y entre aussi peut-être un goût ancien pour les rébus, une manie de jeu qui se mue en désir d'intriguer celui ou celle qui s'aviserait de déterrer son trésor. Il dépose la petite pièce à sa place sur le taffetas et, de ses mains restées galopines, crochète de nouveau la boîte pour la verrouiller.

*

À deux millions cinq cent mille pieds de roi du boulevard Pereire, dans les salons du Grand Hôtel de Lucerne, Suisse, a lieu une vente aux enchères historique organisée par le Reich : un grand nombre des œuvres d'art qui, choquant le goût national-socialiste, ont été retirées des musées allemands, disparaissent en une purge bienfaisante et bien commode. Car l'État a besoin de devises, et si ces cochoncetés modernes peuvent rapporter de l'argent, Goebbels ne voit pas pourquoi il faudrait s'en priver.

En Suisse, on ne craint pas d'exposer la peinture dégénérée : la neutralité neutralise, d'ailleurs là-bas tout s'achète et tout se vend. Et si certains boycottent, nombre d'institutions en profitent pour étoffer leurs collections sous prétexte de protection. À Berlin en revanche, où l'on a brûlé au printemps des centaines d'œuvres dans la cour d'une caserne de pompiers, c'est clandestinement que les marchands présentent les peintres expressionnistes, lors d'expositions catacombes dans les caves de leurs galeries. Le marché de l'art se développe à tous les étages.

Hildebrand Gurlitt observe de près cette vente suisse très médiatisée. Ce respectable historien et conservateur dresdois, qui aime à porter la parole de l'avant-garde, est toutefois homme à s'adapter. Il est depuis peu l'un des grands marchands qui se sont mis au service d'Hitler : il achète dans toute l'Europe des œuvres destinées au grandiose musée que le Führer veut créer à Linz. L'ancien peintre en bâtiment qu'est Hitler, deux fois recalé aux Beaux-Arts de Vienne – échec qu'il impute à la conspiration judéo-maçonnique plutôt qu'à ses propres insuffisances –, caresse depuis longtemps cette idée d'un musée mondial, à même de rivaliser avec le Louvre et sis dans la ville d'Autriche où il a grandi. Manière de revanche sur une enfance de brimades grisâtres.

Parallèlement, Gurlitt génère des fonds pour le Reich en vendant les œuvres dites dégénérées. Cruel paradoxe, ces ventes ont contribué à protéger de la destruction les œuvres des artistes reniés, tout en alimentant le système de la spoliation – il n'est jamais facile de savoir de quel côté de l'Histoire l'on se trouve.

*

Arlette se réveille, la bouche laminée d'alcool. Sa première pensée va au cadeau qu'elle a fait à Marcel ; elle sait qu'il n'y a aucun regret à avoir, quand bien même elle ne reverrait plus ni l'homme ni l'objet. Il lui semble même s'être allégée d'un devoir qu'il ne lui incombe plus, désormais, de remplir. Elle revoit le moment où cette boîte est entrée en sa possession, ce jour où l'on a enterré sa grand-mère Olga – les sources discordent sur la date, là encore, comme elles discordent quant au lieu où se trouve le cercueil, énigme persistante, les seules certitudes étant qu'il y a un cercueil sans nom dans le caveau familial et que le cœur d'Olga a lui aussi été extrait de sa poitrine.

Arlette, quoi qu'il en soit – et puisqu'elle, contrairement à nous, connaît la vérité quant à ces menus faits –, se rappelle cette journée brune. Elle se souvient nettement du long ruban compassé revenant du cimetière. Olga dans son testament avait exigé un enterrement modeste, cela expliquant sans doute les incertitudes de sépulture. Puis tous les petits-enfants étaient entrés un par un dans la maison et avaient été invités à choisir un objet en souvenir de leur grand-mère. Sans hésiter, Arlette avait désigné le petit coffret marqueté qui s'était aussitôt retrouvé entre ses mains, chargé de son secret que seul trahissait le son de la piécette de cuivre allant et venant contre les parois. Plus que l'absence de clé, une forme de ferveur religieuse l'avait toujours engagée à respecter l'interdit de sa grand-mère, informulé et pourtant évident à ses yeux, et le petit bruit mat était demeuré celui du passé que l'on doit laisser là où il est.

Arlette ne veut pas davantage convoquer le futur, envisager la guerre qui menace. Elle préfère songer à la belle allure de Marcel, à ses mains qui ne la toucheront jamais, elle le sait désormais. De toute façon il y a Georges, un banquier rencontré récemment et dont elle espère beaucoup, si elle parvient à obtenir le divorce d'avec Jacques. Elle songe également au livre enfin publié, ce fardeau de passé dont elle s'est délivrée. Le sculpteur qui avait réalisé le buste de la comtesse, dont l'inauguration l'avait tant impressionnée, est mort la semaine précédente, elle ne peut s'empêcher d'y voir un signe.

Le château des Nouettes a lui aussi sombré dans l'oubli, vendu un an plus tôt à la commune après avoir transité dans toutes sortes de mains. Les dernières pierres du passé ont disparu, qui conservaient dans leurs plis durs le souvenir d'une époque, les traces de toute cette vie qui n'est plus, ne peut plus être la sienne ni celle de sa famille, comme elle ne peut plus être la vie d'aucune famille depuis le début du siècle. Des reliques subsistent, bien sûr : Olga, qui avait le goût bizarre des manuscrits, a transmis à Arlette nombre de ceux de sa mère, dessins naïfs et textes soigneux, presque dénués de ratures. L'original des *Malheurs de Sophie* gît quelque part, entre un samovar et deux estampes, dans l'ombre fantasque de l'appartement d'Arlette.

Elle a souvent rêvé sur ces paperolles jaunies, et sa propre graphie s'est ressentie des heures passées à scruter l'écriture de son aïeule pour y déceler son propre sang. De même que celles de Sophie, les barres de ses *t* se prolongent indéfiniment, comme pour jaillir au-delà de la page et de ses informulés.

III

ROSE

Château de Beaumanoir (Côtes-du-Nord), septembre 1939

> «On n'a pas le droit de s'en remettre aux autres pour faire le ménage de ses affaires, ni de ses souvenirs.»
>
> Marcel Bleustein-Blanchet, *Mémoires d'un lion*

La nuit est si noire que l'œil se plisse, de peur que le blanc de la sclère ne trahisse leur présence. Le bruit des roues y suffirait, mais l'appréhension du danger et l'épaisseur des bois épuisent toute logique. Les deux femmes qui se relaient pour conduire se raidissent sur le fil de leur périlleux voyage. Elles ont été envoyées de préférence à des hommes : non seulement la plupart d'entre eux sont mobilisés, mais les femmes attirent moins la méfiance des Allemands, quelle que soit la pertinence du préjugé. Leurs armes sont à portée de main, et elles défendront de leur vie les trésors qu'elles transportent dans un camion dont le brimbalement avale, à quarante kilomètres à l'heure, les routes fatiguées de Bretagne.

Ce n'est pas la première fois que les musées de France sont ainsi vidés : l'année précédente, déjà, le bruit terrible des clous plantés avait envahi de ses échos les galeries ; déjà, des centaines de caisses bourrées de fibre et d'amiante avaient reçu des milliers de tableaux et de sculptures, de gravures et de dessins, de bronzes et de bas-reliefs, des dizaines de convois s'étaient dirigés, notamment depuis le Louvre, vers les belles demeures de France pour mettre les pièces à l'abri des bombardements d'une prévisible guerre. Les accords de Munich, faisant croire à la paix, avaient interrompu le mouvement et renvoyé les œuvres vers Paris, mais on avait gardé les caisses dans un coin et peaufiné les plans d'évacuation – au cas où.

Or le cas est devenu réalité, tout juste un an après. Jacques Jaujard, que nous avions quitté évacuant le Prado sur les routes d'Espagne, et qui a entre-temps gravi un échelon en devenant directeur des Musées nationaux, supervise l'ensemble des évacuations des collections publiques, en particulier celles du Louvre.

Son expérience espagnole comme la répétition d'avant-guerre lui ont appris, outre les risques à prendre et à ne pas prendre, à sentir les signes dans le vent mauvais où passent, visibles pour qui sait voir, les plus clairs des présages politiques. Il a anticipé la déclaration de guerre, fermé le plus grand musée de l'univers et, avec l'aide du personnel, des gardiens et d'étudiants de l'École du Louvre, commencé dès la fin du mois d'août à évacuer les pièces. La galerie Daru résonnait des cris des emballeurs, on manipulait des Vénus, une main indifférente sur un sein et l'autre sur la corde enserrant la taille, on clouait en sifflotant des caisses pleines de Vinci et l'on transportait clope au bec des Delacroix ou des Rubens jusqu'aux camions patientant quai de Conti ou dans la Cour carrée.

Jaujard – fumant lui aussi, droit debout au bas de l'escalier aux courbes rythmiques de la cour Lefuel – présidait au départ des convois sous l'œil agressif des molosses sculptés, des sangliers et des loups vert-de-gris. Les œuvres du Louvre comme celles de nombreux autres musées parisiens ont d'abord transité par le château de Chambord, qui joue le rôle de gare régulatrice et où elles ont été triées et réparties à destination d'une quinzaine de châteaux de la Loire et de l'Ouest, situés à l'écart des villes et des gares susceptibles d'être bombardées. La couleur – jaune, vert ou rouge – et le nombre des vignettes rondes au dos des caisses de bois blanc, également frappées de numéros anonymes, indiquent l'importance du tableau et l'urgence de son évacuation.

La Joconde a trois points rouges au côté droit. Le sourire le plus célèbre de l'histoire de la peinture est parti pour Chambord dans un brancard d'ambulance à suspension élastique, caisse posée sur les genoux de Jaujard, dit la légende. Légende qui imagine la caisse brûlant les cuisses de l'homme sous le poids symbolique autant que réel de ce qu'elle contient, qui imagine lesdites cuisses restant engourdies durant plusieurs jours après ce voyage. La Joconde est passée par Amboise, où son auteur a terminé sa vie, avant de franchir de nombreuses autres étapes d'une histoire qui se perd dans les péripéties du siècle et qu'il ne nous appartient pas de conter ici.

Au Louvre, au moment précis où la Seconde Guerre mondiale commence officiellement, la Victoire de Samothrace descend, halée dans son costume martyr de couvertures et de cordages, les dernières marches de l'escalier Daru. Elle quitte sur un fragile chemin de madriers ce musée hanté par des cadres abandonnés au sol, par de vieux clous orphelins aux murs marqués de rectangles d'absence et par, assises sur le palier, les mânes de Vivant Denon qui se tient la tête entre les mains.

*

Le camion emprunte l'allée de hêtres, parvient dans la cour d'honneur et s'immobilise devant le perron du château de Beaumanoir. Tandis que le soleil cadent lisse ses premiers rayons sur leur corset d'ardoise, les tourelles néogothiques contemplent avec l'indifférence des pierres qui en ont vu d'autres les œuvres que les deux conductrices, aidées par le personnel du château, déballent et étalent dans l'herbe devant l'entrée. Au haut des quelques marches, un portail à barreaux de fer-blanc, assez large pour laisser passer les plus grandes pièces. Un musée en plein air se déploie peu à peu entre le bâtiment principal, de pierre sombre et d'ardoise, et les communs qui mêlent sans scrupules brique, granit rose, métal et bois. Les pièces viennent de la bibliothèque de Valenciennes et surtout du musée de Cambrai, que l'on a entièrement vidé alors qu'il venait tout juste de finir de panser les plaies de quatorze-dix-huit.

Le musée du Nord avait alors accueilli, aux côtés de ses propres possessions, les biens du clergé comme ceux des particuliers, avant que le tout ne parte pour Bruxelles, à la fin de la guerre, sous la menace des bombardements, puis ne revienne tardivement, péniblement, partiellement, pillages et escroqueries étant passés par là. Les plus modestes des musées témoignent de ces complexités historiques, qui imitent discrètement les balafres plus visibles des grandes institutions.

À présent, le contenu du musée de Cambrai trouve un exil breton. Tableaux et sculptures sont accueillis par la comtesse Henri de Saint-Pierre – dont le mari est mort deux ans plus tôt, mais qui porte toujours son prénom en sus de son nom, c'est la règle –, avant d'être inventoriés et répartis dans les différentes salles du château. Son allée praticable pour les convois, son large portail et, par-dessus tout, sa localisation idéale ont inscrit le domaine de Beaumanoir, commune du Leslay, sur la liste des lieux sûrs, propres à abriter les œuvres évacuées. C'eût été superstition crasse que de considérer son passif, à moins qu'il ne faille y voir une conjuration : l'un des propriétaires d'origine, Guy Eder de Lavardin de Beaumanoir, dit La Fontenelle, fut lors des guerres de religion du XVIe siècle l'un des grands pillards de la région, amateur – selon Flaubert qu'il ne faut pas toujours croire sur parole – de ripailles et de fiers coups d'épée.

*

À six cents kilomètres du Leslay, Marguerite Yourcenar attend d'embarquer pour New Haven sur un quai bordelais, où septembre fait souffler le vent du départ. Après leur rencontre à Paris,

Grace et Marguerite avaient parcouru la Grèce et l'Italie, avant de se rendre aux États-Unis, où Grace avait décidé de rester, tandis que Marguerite regagnait la vieille Europe. Elle y avait voyagé, en Italie de nouveau, où elle s'était inquiétée d'une guerre probable, puis en Suisse, où elle avait appris avec soulagement la signature des accords de Munich ; elle avait publié un livre lors d'un court passage en France, puis marché dans la neige de l'Autriche devenue nazie. Elle avait continué d'errer, Belgique, Grèce, Pologne peut-être, encore que les sources soient douteuses – Yourcenar elle-même prend plaisir à brouiller les pistes de sa biographie, ne nous facilitant pas la tâche. Peu avant la déclaration de guerre, Grace l'avait invitée à la rejoindre pour quelques mois.

C'est à Bordeaux que commence l'Amérique, se dit Marguerite, bien décidée à ne pas s'attarder outre-Atlantique. Son affection pour Grace – qu'en toutes circonstances elle appelle Grâce, autant par goût pour le circonflexe que par rejet de l'anglais – est tenace, mais le Nouveau Monde n'aura jamais à lui offrir que deux petits siècles d'histoire. Pas de quoi nourrir ses appétits d'antiques, eux-mêmes carburant de sa fièvre littéraire. Reste qu'il lui tarde de quitter cette ville désespérée, ces accablants quais de Garonne où s'entasse la cohue des exilés de tous ordres, migrants, soldats, Juifs, dans le regard desquels ne passe plus que du vide.

*

Il nous faut parcourir six cents autres kilomètres, cette fois vers le nord, pour pénétrer dans le musée du Jeu de paume. Un tiers des collections de la galerie d'art contemporain ont été évacuées vers Chambord et c'est l'apprentie conservatrice Rosa Antonia, dite Rose, Valland qui assure la garde des salles dénudées.

Elle a eu quarante ans quelques mois plus tôt, vit en vieille fille derrière ses sages bésicles et son visage tout rond. Elle travaille bénévolement dans ce musée depuis sept ans, rien d'autre ne compte à ses yeux. Ses recherches sur l'archéologie byzantine, ses cours d'histoire de l'art, les visites guidées qu'elle donne dans Paris et les articles qu'elle écrit pour *La Dépêche dauphinoise* – fidélité à ses origines iséroises – occupent le peu de temps que lui laisse l'organisation d'expositions contemporaines. Rose erre dans le musée, entre les Chagall et les Gris, les Picasso et les Van Dongen. Elle s'arrête un moment devant la collection Ephrussi – nombre de familles juives ont témoigné leur reconnaissance à la France en léguant une partie de leurs pièces à ses musées.

Rose erre et se demande combien de temps cette vie fantôme, semi-amputée, des premiers instants de la guerre devra durer, alors que ce n'est que le début. Elle suffoque à l'idée de devoir déjà renoncer à ce qu'elle a réussi à accomplir, si peu conforme à ce à quoi elle était destinée. Fille de charron, Rose Valland a contrevenu aux déterminismes les plus féroces en étudiant aux Beaux-Arts, à l'École du Louvre et à l'Institut d'art et d'archéologie. Elle dessine et peint avec un talent que son sexe a relégué au néant. Elle est néanmoins l'une des rares femmes à exercer le métier de conservatrice, bien qu'elle n'en ait pas le titre.

Elle se souvient avec une fierté un peu gênée – car elle est modeste – de l'exposition d'art futuriste italien qu'elle avait montée au Jeu de paume. C'était une des premières du genre en France et sa favorite ; y était notamment exhibé un bronze de Stendhal commis par Antonio Maraini, fasciste notoire et commissaire de l'exposition. L'art sait parfois échapper aux rets de la politique.

Mais les avant-gardes ne sont plus d'actualité, Maraini est fort occupé en Italie, entre Biennale de Venise et Syndicat national fasciste des beaux-arts, et Rose attend les ordres de l'homme qui a pris la décision de sauver coûte que coûte le patrimoine français.

À moins de deux kilomètres de là, derrière une fenêtre du pavillon de Flore, l'homme en question allume une cigarette. Il ôte ses affreuses lunettes à monture transparente qui polluent ses yeux gris-bleu à demi fermés par la fumée, frotte l'arête de son nez. Taiseux, sur son visage mat et lisse un air sévère enseigné du protestantisme, inlassable fumeur et travailleur impénitent,

Jacques Jaujard a toutes les qualités du diplomate. Il remet ses binocles, regarde à nouveau par la fenêtre qui domine les jardins des Tuileries. Le pavillon où il s'est réfugié, à l'image des lionnes placides qui en gardent l'entrée en contrebas, semble en cette heure matinale oublieux des angoisses qui agitent le musée.

Jacques a dû louer des remorques à décors de la Comédie-Française pour transporter les toiles qu'il était impossible de rouler sans qu'elles s'écaillent, comme *Le Radeau de la Méduse*. Il a fallu calculer les itinéraires, éviter les ponts et les fils électriques, élaguer les platanes dont les branches risquaient d'empêcher le passage des camions. Malgré les précautions prises, *Le Radeau* a plongé Versailles dans le noir. *Les Noces de Cana*, elles, peuvent être démarouflées après une existence tout en péripéties. Arraché par les conquêtes napoléoniennes aux murs d'un réfectoire vénitien, où il inspirait les bénédictins lorsqu'ils absorbaient leur pieuse pitance, coupé en deux et envoyé au Louvre, le tableau est cette fois moins malmené : on l'enroule autour d'un cylindre de bois au large diamètre, qui fait comme un canon menaçant les pillards.

Jacques sort de sa poche intérieure l'un de ses éternels cahiers à petits carreaux. Plissant un œil toujours enfumé, il aligne proprement, sur le fil à la minutie scolaire, un de ces aphorismes qui lui viennent parfois et qu'il lui faut coucher sur le papier pour ne pas étouffer, pensées sur la bravoure et l'honneur, le mensonge et l'innocence, l'espoir et la peur, l'amour et la mort, le bien et le mal, toutes notions auxquelles il tente d'ôter les capitales pour mieux les sentir – il n'en laisse une qu'à Dieu, qui ne saurait être senti.

Dans le florilège de ces courtes réflexions, il puise depuis des années la force morale de tenir la position compliquée où il se trouve, et où il pressent qu'il va se trouver encore davantage dans les mois qui viennent. De sa graphie rapide, sensuelle, il note au stylo-bille bleu ses pensées, qu'il fait précéder de tirets semi-cadratins. Il tient cette manie d'une affection pour les moralistes tardifs, Joubert au premier chef. Lequel compose, à égalité avec

Stendhal à qui il voue un véritable culte depuis sa jeunesse, le panthéon idéal de ses lectures. Jacques tâche d'en tirer un art de la vie, une droiture et une obstination à agir toujours selon la raison, et le courage d'être heureux sans chercher le bonheur trop ardemment – meilleure façon de le chasser. Mais d'autres courages, plus pragmatiques et immédiats, doivent être aujourd'hui convoqués. Jaujard rature la phrase qu'il vient tout juste de griffonner.

*

À deux mille kilomètres de là, Hermann Goering installe ses cent vingt-sept kilos devant un solide petit déjeuner. Un feu a été allumé dans la cheminée monumentale de la vaste salle à manger, au centre de son pavillon de chasse de Rominten, en Prusse-Orientale. Au-dehors, la lumière matutinale joue avec gourmandise parmi les feuillages, qui sont d'automne naissant et brûlent encore timidement leur or fauve, ocellant les murs où bruissent de giboyeuses promesses.

Le maréchal du Reich oublie Pologne et Sudètes dans l'excès de beurre, de saucisse, de terrines, de boulettes bavaroises et de fromage qui lui font une haleine de sauvagine et entretiennent sous la graisse une couche moite de culpabilité. Au-dessus de l'énorme silhouette se penchent d'innombrables têtes d'élaphes aux découpes héraldiques, imitées des succès du roi Guillaume II dont le pavillon, situé à quelques perches prussiennes, attise depuis des années la convoitise de Goering. Pour la peine, le maréchal s'est fait construire un chalet superlatif parmi les futaies et les étangs, où il reçoit tout ce que le Reich compte de sommités.

Les massacres fixent leur œil noir, où s'agite le souvenir de chasses sordides, sur le repas du favori d'Hitler. Le fumet de venaison qui épaissit l'atmosphère boisée ne lui coupe en rien l'appétit. Il prend sa tâche de grand veneur et maître des forêts de l'Empire très au sérieux – il a dessiné lui-même son uniforme, chemise à jabot et chasuble de daim – et se montre fort préoccupé de conservation des espèces. Il a créé de nombreuses réserves naturelles et réglemente sévèrement la chasse, de manière parfois fantaisiste. Le Reichsmarschall cultive le paradoxe, qui n'en est peut-être pas un, d'aimer tuer tout en interdisant aux autres de le faire. Quartaniers ou grasses laies, goupils ou harets, cygnes noirs en flotte, tous animaux sous la coupe de son désir cynégétique, lequel entend régir jusqu'au frouement de la chouette sur ses terres où alternent marais et aulnes sombres.

Même si les chasses obsessionnelles de son lieutenant agacent Adolf Hitler – à ses yeux, tuer des animaux est un acte profondément immoral –, il vient de nommer en Goering son successeur. Lequel est aux anges : son titre de maréchal du Reich lui a valu de recevoir un beau bâton en ivoire incrusté d'aigles d'or, de centaines de diamants et de croix gammées en platine, dont il badine avec la légèreté d'une majorette adipeuse. Ce n'est pas celui de Napoléon, qu'il rêve depuis longtemps d'ajouter à sa collection, mais ce symbole de superbe virile le réjouit comme un costume de héros réjouirait un enfant.

Il rutile d'une grotesque fierté, sa bedaine croissante sanglée dans le désormais célèbre pourpoint de cuir vert qui, par-dessus sa chemise à manches bouffantes et ses hautes bottes rouges, lui donne une allure d'elfe obèse et remplace, lorsqu'il est au pavillon, ses uniformes de plus en plus clinquants. En temps ordinaire, les brillants ornent les rares espaces que laissent les décorations ostensiblement pendues en lourdes grappes à sa poitrine. Il n'est pas jusqu'à sa chemise de nuit, verte comme il se doit – c'est sa couleur –, qui ne soit couverte de minuscules pierreries. Depuis qu'Hitler l'a nommé, quelques années plus tôt, à la tête du ministère de l'Aviation, Goering possède tout ce qui satisfait sa convoitise : l'indépendance, le pouvoir, l'argent, et surtout de beaux costumes.

Mais la guerre risque de mettre en péril sa condition de jouisseur comblé d'honneurs. À la veille de la déclaration, il s'est promené dans les bois avec Emmy, sa seconde épouse, tâchant de ne pas céder au désespoir devant ce qui s'annonce. Emmy elle-même voit en Hitler un dangereux maniaque menant le pays à la catastrophe. Par ailleurs, le maréchal est plus libéral que son Führer : la soif de pouvoir le guide davantage que des convictions nazies. Le boycott antisémite ne lui paraît pas stratégique. Il a même aidé à fuir les amies juives d'Emmy, ainsi que la baronne von Epenstein qui, au passage, lui a légué un château – feu son mari Hermann, un Juif de près de quarante ans son aîné, était le parrain de Goering, qu'il a initié à la peinture et de la mère duquel il avait été en temps voulu l'amant. (De là à tirer des conclusions sur l'hérédité réelle du numéro deux du Reich, il n'y a qu'un pas que les historiens se refusent à franchir – nous cédons à la tentation, nous drapant dans la liberté romanesque avec juste ce qu'il faut de mauvaise foi.)

Mais Goering reste un fanatique quand il s'agit d'Hitler : dès qu'il est en sa présence, son cœur descend dans ses bottes. Il l'imite en tout, gestes et intonations, la paternité spirituelle n'est pas à chercher plus loin. Ce, en dépit des humiliations que le Führer lui inflige, et à rebours du bon sens dont il fait preuve dès qu'il s'agit de sa carrière et de sa fortune. Il atermoie, perdu dans ses ambiguïtés et ses désirs de pouvoir. Mais puisqu'il n'est pas parvenu à contenir les velléités belliqueuses de son chef, de plus en plus incontrôlable dans sa volonté de conquête et de destruction, puisque, apparemment, ses discrètes tentatives de diplomatie avec les puissances alliées sont vouées à l'échec, il s'est fait une raison : la guerre aura lieu, elle sera terrible, et il va en tirer son parti.

Depuis la Nuit de cristal – et même bien plus tôt en Autriche –, la pratique du pillage est institutionnalisée aux yeux du régime nazi, mais continue de mettre le gros maréchal un peu mal à l'aise. Il se souvient des images spectrales de ce matin de novembre, du verre pilé couvrant les trottoirs d'une neige brûlante, maculée du sang des citoyens juifs, dont plusieurs dizaines de milliers ont été arrêtés et déportés en une seule nuit. Les corps une fois subtilisés, les biens laissés sans propriétaires reviennent en toute logique à l'État allemand. Mais si Goering a quelques doutes comptables quant à ce gâchis, il serait dommage de ne pas en profiter pour se servir.

À vrai dire, ce sont plutôt les destructions qui choquent le maréchal : contrairement aux ordres, les paramilitaires de la Section d'assaut ont incendié et massacré de nombreux objets de valeur cette nuit-là. Goering est horrifié par la perte de toutes ces jolies choses.

Car il se pique d'être versé dans l'art et ses mystères. Outre l'aviation, les honneurs et la drogue – cocaïne exorbitant les yeux et main gauche qui tremble –, dont il est dépendant depuis le putsch raté où une balle l'a blessé quand une autre passait à trente centimètres d'Hitler, il cultive une avidité dans la possession d'œuvres d'art, comparable à celle qu'il montre à la chasse au dix-cors. Les pots-de-vin et les cadeaux plus ou moins spontanés qu'il reçoit d'abondance prennent des formes variées, mais ses favoris sont ceux qu'il peut accrocher aux murs ou poser sur les cheminées de ses diverses demeures. Comiquement, c'est un point qu'il a en commun avec François-Ferdinand, l'archiduc par lequel tout commença, qui pouvait tuer près de trois mille mouettes en une journée et collectionnait les antiquités avec une rare boulimie.

S'approprier les chefs-d'œuvre de la création est au mégalomane maladif qu'est Goering un plaisir complice de celui qu'il goûte en battant les futaies à l'affût des daguets ou des hardes d'élans. La sensation de se grandir à ses propres yeux est la même, que ce soit en coiffant son chef bizard d'une couronne d'andouillers ou en se drapant dans le brocart du connoisseur de la Renaissance. Sa gigantesque fortune – bien qu'il utilise dès que l'occasion s'en présente les deniers de l'État – a fait de lui la coqueluche des marchands d'art européens. Autre preuve de son libéralisme, son esprit sait reconnaître le talent – ou du moins la valeur marchande – des artistes qu'Hitler considère comme dégénérés et dont il fait brûler les œuvres dès qu'il en a l'occasion, quand Goering préfère les vendre avec profit.

Adolf Hitler se pense lui aussi informé en la matière. Diriger l'Allemagne et annexer son pays d'origine sont presque de piètres objectifs, comparés à ceux qu'il fomente au nom de l'art. Napoléon est à Hitler une véritable inspiration. L'idée obsessionnelle de récupérer les œuvres pillées par l'ancien Empereur français, et de venger les humiliations du traité de Versailles, a débouché sur un inventaire secret élaboré par l'historien d'art Otto Kümmel. Un inventaire ambitieux et au dos large, une folie programmatique où figurent des œuvres dites germaniques qui vont des tableaux et sculptures d'artistes plus ou moins teutonnesques – Dürer mais aussi Rubens, Rembrandt ou Tintoret – aux canons et drapeaux prussiens saisis par l'Empereur honni au cours de ses conquêtes. Un inventaire dément, où prend sa source la rafle artistique la plus démesurée, la plus criminelle de l'Histoire.

Hitler a son Vivant Denon en la personne de Hans Posse, qui dirige la galerie de peinture de Dresde depuis plus de vingt-cinq ans. Ils ont en commun d'être des peintres manqués, mais Posse a sublimé cet échec en devenant un historien d'art émérite. La culture de Posse sert aussi à éviter des humiliations à Hitler, en réalité fort ignorant. L'expert promène son regard acéré sur les toiles accrochées dans le bunker du Führer et lui assène ses diagnostics esthétiques avec une impitoyable objectivité. Fils d'un éminent archiviste, l'homme avait été écarté de son poste du fait de ses idées peu nazies et de son goût pour l'art dégénéré.

Mais Hitler est un pragmatique, et il sait Posse le plus à même de mener à bien la conception de son gigantesque projet de Linz. Il l'a donc réhabilité dès avant l'été et lui a confié la tâche de réunir une collection de tableaux – il en espère deux mille pour son seul musée –, quelle que soit la modalité des acquisitions.

Goering de son côté, version individualiste des préoccupations de Jaujard, a anticipé et fait évacuer ses œuvres d'art depuis son logis berlinois, sis rue Hermann-Goering – comme il se doit –, vers sa demeure prussienne, Carinhall. Il l'a baptisée d'après sa première femme, une aristocrate suédoise qu'il a élevée au rang de déesse nordique. Outre le nom du domaine, il a rendu hommage à la défunte d'un cénotaphe au cœur de l'immense parc, d'un mausolée et d'une chambre conservant pieusement les objets qui lui ont appartenu, le tout sans qu'Emmy s'en montre particulièrement contrite – mais il est vrai que nous n'avons guère accès aux échanges sur l'oreiller, que nous devinons de soie, de ce bien curieux couple.

La bâtisse invraisemblable, nichée dans une forêt au nord de la capitale, a pour fonction d'héberger les mondanités du Reich, mal nécessaire qui ennuie Hitler et ravit Goering ; elle concrétise à ce titre tous les fantasmes princiers qui se puissent imaginer en matière de confort comme d'esbroufe. En son cœur, le salon de réception, dont les murs sont surchargés de toiles de maîtres visant à impressionner ses invités, souvent parmi les plus prestigieux du monde politique international. Et surtout, la galerie des merveilles, comme Goering la nomme lui-même sans crainte du ridicule : dix-sept mètres sur cinq d'un couloir saturé de chefs-d'œuvre.

Or la guerre n'a pas de scrupules esthétiques, et l'as du bombardier sait les dangers qu'encourent ses collections patiemment accumulées, même au cœur de la forêt. Cette pensée a enfin raison de son appétit d'ogre. Il essuie ses lèvres huileuses et hisse son énorme séant hors de son siège, balayant ses inquiétudes à la perspective de la chasse du jour. Le cerf dont il compte s'emparer du trophée n'aura guère à attendre, avant qu'il ne vienne lui montrer qui est le maître.

Paris, juin 1940

> « Pourquoi n'écrirait-on pas les Mémoires des choses au milieu desquelles s'est écoulée une existence d'homme ? »
>
> Edmond de Goncourt, *La Maison d'un artiste*

L'appartement bruisse de peur et de noirceur contenues. Toutes lumières éteintes, Marcel rassemble à la hâte quelques chemises, les lettres de sa mère, rasoir blaireau savon et brillantine – il est coquet –, un exemplaire de la Torah – qu'il n'a jamais lue, mais le volume l'accompagne depuis l'enfance, il l'avait à la communale de la rue de Clignancourt, il l'avait lors de son bref passage aux cours de l'avenue de Ségur –, tout ce qui ressemble à des souvenirs et qui tient dans une valise. En dépit du conseil qu'on lui a donné de partir pour l'Angleterre, il va dans le Sud rejoindre Sophie, qui est près d'accoucher. Il l'a épousée sept mois plus tôt après que, au grand dam de sa famille, elle s'était convertie au judaïsme pour ses beaux yeux noirs de poulbot montmartrois ayant réussi.

Marcel, pour la patrie, a fait ce qu'il a pu : outre son engagement militaire dans l'aviation, qui de passion vient de se muer en devoir, il a tâché d'informer au mieux les Français de ce qui se tramait en Allemagne et des réactions ambiguës de la France. Il a traqué l'information comme personne avant lui, tendant le premier ses micros aux hommes politiques, et contribué à la création d'un commissariat à l'Information pour contrer la propagande allemande. Il a fait de sa radio la chambre d'écho du monde.

Marcel s'est débattu tant que c'était possible, mais aujourd'hui sa vie est menacée. Mort, il ne serait guère utile à quoi que ce soit, il lui faut donc partir pour continuer d'agir. La drôle de guerre, les six semaines de combats, la capitulation ne sont pas parvenues à l'ahurir tout à fait ; il n'a jamais perdu la conscience aiguë de ce qui se passait, des risques à prendre et à ne pas prendre. Et puis sa plus grande angoisse persiste, celle de mourir avant la naissance de son enfant.

*

Pendant ce temps, Rose Valland s'active au château de Valençay. En compagnie du poète et critique d'art Jean Cassou, elle réceptionne les œuvres venues de différents musées parisiens après avoir transité par Chambord. La Victoire de Samothrace vient d'arriver. Rose tient à participer elle-même à désentraver la sculpture, tant les cordes meurtrissent sa superbe. Elle dénude le marbre avec des précautions que son respect justifie davantage que la fragilité de l'œuvre. La statue ailée est ensuite transportée, en compagnie de la Vénus de Milo, dans la grande réserve du château où l'on rangeait autrefois charrettes et carrioles. La nuit tombe sur le toit du garage qui incroyablement abrite, sous ses poutres centenaires, les chuchotements ardents de sculptures millénaires.

Épuisés, Rose et Jean s'installent aux cuisines pour un repas sommaire. Ils parlent à peine, soumis à l'hypnose de la radio qui, à bas bruit, capte les ondes émises depuis Londres. Tous deux se sont connus au Jeu de paume, où l'écrivain a participé à l'organisation des expositions d'art indépendant qui tiennent tant au cœur de Rose. Jean vient d'être nommé conservateur au Palais de Tokyo, mais il sent qu'il y fera long feu.

Soudain une voix puissante interrompt le frugal dîner : le général de Gaulle, après avoir survolé les forêts bretonnes en flammes au moment où Pétain faisait à la France don de sa personne – en une pathétique paraphrase du lyrisme de Churchill qui, un mois plus tôt, avait offert à son peuple du sang, du labeur, de la sueur et des larmes –, lance par-delà les remous insensibles de la Manche un appel vibrant à poursuivre la lutte contre l'ennemi. Rose et Jean se regardent : ils savent sans le moindre doute ce qu'ils ont à faire.

*

Au même moment, Ernst Jünger progresse en Belgique et dans les Ardennes. L'écrivain allemand a échappé, frustré autant que soulagé, à la Blitzkrieg et fait une campagne héroïque sans excès, protégé par son audace et les décorations gagnées en quatorze. Dans les villes détruites ou en cours de destruction, la préoccupation principale de ses soldats – dont il ne dédaigne pas de profiter – est visiblement de dégoter des bouteilles du meilleur vin au fond des caves abandonnées par leurs propriétaires. L'écrivain tâche toutefois de leur inculquer une élémentaire morale pillarde : ne prendre que ce dont on a réellement besoin, préférer la cuillère de fer-blanc à la cuillère en argent.

À Laon, il dresse un inventaire des collections du musée où il a établi un poste de police. Il fait aussi surveiller la cathédrale pour la protéger – l'écrivain esthète s'inquiète sincèrement du sort du patrimoine français sous le feu nazi et prononce sous les voûtes des serments envers le passé dont il se sent l'éternel débiteur. Dans une maison particulière, tel Stendhal un siècle et demi plus tôt, il déniche œuvres rares et autographes précieux – que, contrairement au jeune Beyle, il remet à leur place après les avoir consultés avec ferveur, s'attirant la reconnaissance éternelle des conservateurs. Il se désole de la décadence française, qui abandonne sans hésiter ses plus précieuses richesses artistiques à la rapacité nazie, et met un point d'honneur à ne pas ajouter à ces comportements qui, de quelque côté qu'il regarde, sont décidément lamentables.

*

Marcel, comme toujours, se concentre sur l'action. Il essaie de penser, très vite, à ce qu'il a de plus précieux. Un petit élancement au cœur lui rappelle le manuscrit caché derrière le Dürer. Il doit renoncer à l'emporter : tous les objets de valeur trouvés sur les Juifs sont voués à terminer dans l'escarcelle nazie, il ne veut pas le voir tomber entre des mains au mieux ignorantes, au pire destructrices. Il sait l'importance de la confiance que lui a faite Arlette et doit combattre à regret son premier instinct, qui serait de garder toujours le manuscrit contre sa peau.

De là sa pensée coule vers Jacques, sa solitude depuis qu'Arlette l'a quitté pour épouser, au printemps précédent, un banquier prénommé Georges. Mais Jacques est un homme d'affaires et de relations, il a de la ressource et il s'en sortira. Marcel de son côté n'a pas revu Arlette depuis qu'elle lui a confié le coffret. Elle n'a pas cherché à savoir ce qu'il contenait, il y a lu le signe qu'il ne devait plus la voir. Leurs destins se sont noués et séparés ce soir-là, dans les éclats de nacre d'un coffret, dans ceux de laiton d'une serrure verrouillée.

Il ouvre une dernière fois la fenêtre, longe du regard le boulevard Suchet, où vit depuis peu le roi déchu Édouard d'Angleterre avec son épouse Wallis, et que bordent le square Tolstoï et le square Alfred-Capus – Marcel a quitté le meublé chic du boulevard Pereire, qui ne convenait guère à une vie de famille –, referme la croisée avant de saisir une ultime image de son appartement. Ses yeux tombent sur le petit coffret.

Il s'approche, en caresse le couvercle doux. De nouveau, il rêve à Arlette. Il ouvre la boîte une dernière fois, hésite, puis saisit la petite pièce de un kopeck qu'il glisse dans sa poche comme un talisman. Du moins peut-il se permettre d'emporter ce si petit témoin d'une histoire qui n'aura jamais lieu. Superstition ou peur de la nostalgie, il s'interdit en revanche une dernière œillade à la gravure de Dürer. Il dissimule le coffret sur une étagère de la cuisine ; la cachette est piètre, mais il n'a pas le temps de peaufiner.

Ses yeux s'efforcent de ne rien fixer, lorsqu'il dit adieu à ces murs qu'allument doucement les premiers instants de l'aube. Il se contraint à un dernier rire et songe, avec cette tournure d'esprit qui est la sienne, qu'il se sera du moins bien amusé. Lorsqu'il referme la porte sur l'appartement, il songe aussi que ce congé donné à son passé est moins un renoncement qu'une curiosité envers la façon dont il reconstruira un nouveau destin – s'il en réchappe.

Chargé d'une valise discrète, Marcel Bleustein parcourt dans un Paris déserté les six kilomètres qui le séparent de son bureau du boulevard Haussmann, où il achève son pèlerinage d'adieu. C'est risqué, inutile sans doute, mais il ne conçoit pas de quitter la capitale avant d'avoir rendu cet hommage à un empire qui fort probablement s'est écroulé sans un bruit. Il boite un peu. Ce matin à l'entraînement, son avion personnel, dont il ignorait qu'il avait été saboté par les mécaniciens pour ne pas servir aux Allemands, s'est écrasé au décollage et a manqué prendre feu. Il n'en a retiré qu'une blessure bénigne, mais y a vu un augure, qu'il soit de mort ou de renouveau ; un présage de cendres, celles où l'on est réduit ou celles dont on renaît. Désormais la zone libre, un enfant sur le point de venir au monde et un avenir incertain l'attendent.

*

À quelques centaines de mètres de là, pendant que la capitale coule en rigoles noires sur toutes les routes de France, en cargaisons hétéroclites et visages affolés, en camions, voitures, charrettes, vélos et poussettes, en valises, sacs et ballots, Adolf Hitler qui vient d'entrer dans Paris s'accorde sa première – et dernière – visite de propriétaire. Il tourne sur lui-même, contemple son rêve à trois cent soixante degrés. Il admire la colonnade du Louvre, la tour Eiffel, l'Arc de triomphe, qu'en quelques heures les Allemands ont pavoisés de svastikas dextrogyres. Il tient à faire visiter à ses caudataires les coulisses de l'Opéra, dont il connaît parfaitement les plans et où il se promène comme en une résidence secondaire récemment acquise, ce que lui est tout entière la capitale française à genoux. Une semaine plus tôt, il testait avec la même satisfaction nantie le confort du fauteuil de Foch dans le wagon de Compiègne, relançant d'un armistice revanchard les dés de l'ancienne défaite. Les Français n'ont pas le monopole du symbole.

Le Führer a pour son nouveau terrain de jeux de nombreux projets, dont le moindre n'est pas celui qui concerne l'appropriation des œuvres d'art. Pour ce faire, Hitler a nommé différents hommes, auxquels il prend un plaisir stratégique à donner des ordres incompatibles, entretenant la puissance du chef par le conflit entre subalternes. Il jouit notamment d'opposer le directeur de son service de protection des arts – le *Kunstschutz* –, le comte Franz von Wolff-Metternich zur Gracht – descendant du Metternich de Napoléon, car tout se tient, c'est l'avantage avec la généalogie – à l'ancien espion et nouvel ambassadeur Otto Abetz.

Celui-ci planche notamment sur une nouvelle liste noire, qui porte curieusement son prénom de préférence à son patronyme et qui recense les ouvrages interdits à la vente, textes d'auteurs juifs, communistes ou opposants au nazisme, dont ceux de Zweig, Trotski et Rolland, Marx et Freud, Einstein et Engels, Jung et Koestler, Mann et Loti, Kessel et Aragon, Churchill et Malraux, mais aussi, allez savoir pourquoi, les romans d'amour d'Aristide Bruant ou encore le brûlot d'Hitler lui-même : si elles l'ont été dans d'autres langues, sous forme expurgée, la traduction et l'édition en français de *Mein Kampf* n'ont pas été autorisées par le Führer. Il ne tient pas à révéler la teneur véritable de son programme au moment où il essaie de conquérir l'Europe, en particulier à l'ennemi principal que constitue cette nation si favorable aux parasites de tous ordres.

Chacun des séides nommés par le parti est chargé de mettre en sécurité les œuvres d'art ; libre à eux d'en choisir la méthode. Abetz a la sienne, qui consiste à saisir. Il confisque pour commencer les tableaux des principaux marchands d'art parisiens et les entasse rue de Lille, dans les salles de l'ambassade qui se transforme en succursale de Drouot, où chacun vient faire ses emplettes. S'il le pouvait, Abetz happerait l'ensemble des œuvres contenues dans les musées parisiens. Mais Wolff-Metternich s'y oppose, mettant au service de son éthique les langueurs de l'administration française.

Ce spécialiste de l'architecture médiévale, qui n'appartient pas au parti nazi, est convaincu d'avoir réellement été missionné pour protéger les arts. Il entend se conformer rigoureusement aux exigences de la convention de La Haye, conformité où il met toute la noblesse de sa tâche. Sa francophilie suspecte de même que son allure peu militaire – épaisses lunettes de myope sous un front dégarni, fine moustache, corps mal ajusté à l'uniforme, poitrine creuse, une épaule plus basse que l'autre, l'air mal à son aise en toutes circonstances – font de lui un don Quichotte en terre nazie. Il respecte sa hiérarchie mais, comme Jaujard avec lequel il entretient une confiance mutuelle, entend rester dans les stricts termes de l'obéissance passive et ne pas faire de zèle. Il entraîne son équipe, composée d'experts et d'archéologues, de conservateurs et d'historiens, tous connaisseurs dévoués à la cause patrimoniale, dans cette lutte par l'inertie.

Ainsi joue-t-il la montre lorsque Jacques lui indique les dépôts d'œuvres, laissant au Français le temps de les déplacer avant l'arrivée des suppôts d'Abetz. Les deux hommes se sont d'abord jaugés, Metternich faisant de l'ironie, Jaujard avalant sa salive. Mais ils ont vite compris qu'ils étaient tous deux au service du même maître, le patrimoine. C'est un léger repos pour Jacques, dans cette constante nécessité où il est de dissimuler ses sentiments. Cet étrange aristocrate le change avec profit des personnages abjects auxquels il est contraint d'avoir affaire pour accomplir son devoir. Il entend bien en tirer parti.

Il lutte contre tous les vents, ceux de Vichy comme ceux d'Hitler, les griffes nazies comme les bombardements alliés. Il a fait évacuer en zone libre ce qu'il a pu. Mais il faut aussi lutter contre les facéties de la nature. Jacques a fait placer des ventilateurs, du chauffage, des appareils à mesurer l'hygrométrie, des autopompes à incendie dans les châteaux où le personnel des musées, tenaillé par la faim et le froid, reçoit moins de soins que les tableaux et sculptures, qui eux n'ont pas à planter des pommes de terre dans le parc pour se nourrir.

*

Revenue de Valençay, Rose Valland a repris sa place au Jeu de paume. L'été passe dans une langueur que les premiers temps, incompréhensibles, de l'Occupation hébètent encore davantage. Pendant que la canicule accable l'exode des Parisiens, qui se poursuit vers la Bretagne, la Normandie ou le Centre, Rose s'efforce de tenir le plus droit possible. Elle reste debout, immobile entre les murs du musée, comme si s'asseoir risquait de provoquer leur effondrement. Elle patiente ainsi jusqu'à l'automne, espérant que quelque chose se passe qui infirme la terrible vérité, ou qui lui indique sa mission exacte. Elle sait qu'elle a un rôle à jouer et attend que les signes s'éclaircissent pour s'y jeter tout à fait.

Aujourd'hui la température est plus clémente, et les nazis ont rouvert les portes du Louvre. La visite est gratuite pour les Allemands, mais coûte un franc aux autochtones. Les sacs de sable ont été ôtés des serliennes de la Grande Galerie, mais les salles ne sont peuplées que de copies en plâtre des sculptures originales, toujours à l'abri dans leurs dépôts respectifs ou dans les réserves secrètes aménagées sous l'escalier Daru et dans les anciennes écuries impériales. Seule une partie du rez-de-chaussée peut être visitée, le reste n'abritant que fantômes de tableaux et cadres vides. (Offrons-nous ici une petite parenthèse, puisque rien ne se passe encore pour Rose, et précisons que ces cadres ont été donnés au Louvre par Jules Strauss, grand collectionneur dont les œuvres seront elles aussi spoliées, et qui avait incité le Louvre à adapter les encadrements aux toiles dont ils étaient l'écrin, plutôt que de toutes les enserrer d'un uniforme style Empire.)

Des salles sont fermées pour d'hypothétiques travaux, barrières et cordons interdisent l'accès au néant. Rose soupire. Ce n'est qu'une parodie de musée, qui sauve les apparences diplomatiques et satisfait l'appétit ambigu des soldats en permission. Des panneaux en allemand contrent le principe de déambulation libre, indiquant en lettres brutales le sens de cette absurde visite. D'autres interdisent aux troufions d'allumer leurs cigarettes ou d'apposer leurs empreintes graisseuses sur les œuvres, ce qui est toujours ça de pris sur l'inconvenance.

Cette visite s'inscrit dans la logique touristique de Goebbels qui, en bon ministre de la Propagande, veut faire de la France, outre le grenier du Reich, son parc d'attractions culturel. L'inauguration est marquée par une allocution vibrante, dans la galerie Daru, de Wolff-Metternich, qui malgré tout croit encore à la protection des arts et à la liberté de ceux qui s'y adonnent. Jacques fait semblant d'applaudir, ruminant de nouveaux plans pour freiner l'appétit nazi.

Le Louvre, bien qu'ouvert au public, sert de lieu de stockage pour le principal rival d'Otto Abetz. L'*Einsatzstab Reichsleiter Rosenberg*, dont le sigle grasseyant – ERR –, que nous n'aurons pas le choix d'utiliser désormais, malgré notre répugnance, désigne l'équipe d'intervention du théoricien Alfred Rosenberg, délégué du Führer pour la formation et l'éducation spirituelle et idéologique du parti national-socialiste.

Alfred Rosenberg contrôle désormais toute l'orientation intellectuelle du Reich : les éditeurs éditent ce que Rosenberg veut qu'ils éditent, les archéologues fouillent là où Rosenberg veut qu'ils fouillent, les écrivains écrivent ce qu'il veut qu'ils écrivent, les chercheurs cherchent, etc. L'ERR – comme ces raccourcis sont pénibles –, qui a son siège à l'hôtel Commodore, boulevard Haussmann, procède depuis le début de l'été, au nez d'un Jaujard et d'un Metternich impuissants, aux saisies des collections particulières dans les galeries, ateliers et appartements des Juifs arrêtés ou en exil forcé, mais aussi dans les dépôts nationaux. Le romantisme germanique, féru d'accumulation, les incite à saisir tous les tableaux sans distinction – ils seraient de toute façon bien en peine de différencier le chef-d'œuvre du trumeau.

Ces opérations, préparées très en amont grâce à des repérages et à l'établissement de fiches sur ce qui, dans le patrimoine français, serait susceptible d'intéresser le Reich, ont commencé dès l'arrivée des Allemands. Le séquestre du Louvre a bientôt été réquisitionné par Rosenberg pour y entreposer les œuvres récupérées à ces sinistres occasions.

Tandis que Rose au Jeu de paume peine à respirer tant elle se tient droite, et que des milliers de cartons d'archives diplomatiques, qui n'ont pu être évacuées avec les œuvres, brûlent dans les jardins du Quai d'Orsay pour ne pas tomber dans les mains des occupants – les flammes ont parfois de ces vertus protectrices –, Hans Posse, le directeur des musées de Dresde entré au service d'Hitler, pénètre dans la Cour carrée.

C'est sa première visite parisienne, et il escompte se mettre en relation avec tous les acteurs de la spoliation. Il souhaite surtout dénicher pour Linz quelques pièces intéressantes parmi ce qu'ils seront parvenus à accumuler ces derniers mois. Il inspecte le dépôt du Louvre avec la moue de qui n'entend pas être floué par moins expert que lui. Un seul tableau trouve grâce à ses yeux – il nous faut ici avouer qu'il n'a pas été possible de déterminer lequel, et que notre audace romanesque renonce à inventer. Le Dresdois, de toute façon, s'intéresse davantage aux collections privées, où il sait que sont les véritables trouvailles.

Hans doit se concentrer pour adhérer aux désirs de son maître et étouffer les siens, à la fois plus fins et plus libéraux. Ami du peintre expressionniste Oskar Kokoschka, qu'il a été jusqu'à héberger chez lui, il soutient, en son for intérieur du moins, les artistes que le national-socialisme classe comme dégénérés. Pendant la Première Guerre mondiale, envoyé sur le front occidental français, il avait voulu faire partie de la division attachée au Louvre et avait ensuite contribué à défendre l'art allemand d'avant-garde à la Biennale de Venise. Il avait même été accusé d'être juif.

Toutes ces contradictions doivent être contenues dans le masque qu'il appose sur son visage trop mince, ses cheveux exagérément lissés enserrant un crâne où volettent des pensées auxquelles nous n'avons, c'est notre drame, irrémédiablement pas accès.

Paris, novembre 1940

> «On est rarement ce qu'on est. Chacun passe sa vie à éteindre son feu.»
>
> Jacques Jaujard, *Feuilles*

En cédant, la porte fait un bruit de mourant, qu'aussitôt étouffent les aboiements maîtrisés du colonel. Les soldats et les soldates en imperméable de cuir s'engouffrent dans l'appartement, inoccupé depuis des mois. Le baron Kurt von Behr s'avance, la mâchoire occupée par l'amertume d'un bâton de réglisse et, à la main, l'ordre de réquisition de l'appartement de Marcel. Le gras Goering sera en joie, sa collection va s'enrichir de quelques curiosités dénichées dans l'appartement de ce publicitaire juif. Derrière son monocle, l'œil de verre du colonel brille dans l'ombre de sa casquette, les effluves d'une eau de toilette exagérément dispensée s'échappent de sa longue redingote verte au col ourlé d'une fourrure sombre, autrefois arrachée à un loup dans quelque forêt de Prusse.

La pelisse recouvre son éternel uniforme noir de la Croix-Rouge qu'il avait, curieusement, dirigée en son temps. Bardé de croix gammées, l'uniforme imite celui de la Schutzstaffel dans l'espoir de faire oublier qu'il n'a pas de grade véritable, n'est pas même soldat, ne possède en guise de pedigree qu'un passé dissolu et une noblesse aux origines douteuses. Ce bel homme terrifiant, mondain, séducteur, d'une ignorance crasse en matière d'art se sent néanmoins, en tant qu'ancien agent secret, autorisé à œuvrer dans tous les domaines. Entre autres atouts, il offre celui de parler un français d'autant plus exquis que son léger accent pourrait être de n'importe où ailleurs que d'Allemagne.

Ces qualités insignes lui ont permis de prendre la tête de l'ERR – diable, nous ne nous faisons pas au sigle – et de présider à ces visites auxquelles il a immédiatement pris goût. Elles suivent une procédure désormais rodée : les appartements des collectionneurs sont d'abord visités et mis sous scellés, deux dérisoires cachets de cire liés par une cordelette – l'insuffisance de l'interdit physique témoigne de la puissance de l'interdit moral –, puis les clés sont remises aux concierges, avec ordre de ne laisser entrer personne en attendant l'équipe d'intervention. Ce qui n'exclut pas les pots-de-vin, certains antiquaires soudoyant lesdits concierges pour pénétrer dans les appartements et remplacer les meubles de style par des meubles ordinaires. Mais ce n'est là que l'écume d'un raz-de-marée de spoliations.

Deux mois plus tôt, les nouvelles lois raciales visant à exclure les Juifs de toutes les sphères d'influence ont vidé Paris d'une énergie et d'un espoir. Tous les biens de Marcel, l'agence, son appartement donc, sa chère Delage, la station de radio, ont été réquisitionnés dès la signature de l'armistice et remis entre les mains sans soupçon, pures de toute trace d'ascendance juive, d'administrateurs provisoires au service des nazis. La confiscation des œuvres appartenant aux Juifs est une compensation des efforts faits par le Reich pour débarrasser l'Europe de ce que les nationaux-socialistes – qui ne sont pas les seuls – désignent comme la grande juiverie.

À ce stade, seules les œuvres d'art et les archives intéressent les Allemands. Si tout est passé en revue – les tiroirs vidés, les lustres dépendus, les vêtements arrachés aux armoires qui s'empilent en tas sinistres d'où émerge çà un faux col, là un gant que la main ou le cou de leur propriétaire ne remplira plus jamais –, les pillards ne saisissent que ce qui concerne la grande entreprise idéologique.

Ainsi le coffret échappe-t-il à leurs tenailles. La copie de Dürer et son secret, en revanche, quittent l'appartement dans un claquement de bottes et de jurons, laissant derrière eux le saccage d'un passé et de grands rectangles d'absence jaunie sur les murs.

Lorsque les derniers reflets du cuir noir ont disparu dans la nuit et que le hall est de nouveau silencieux, une porte s'ouvre, qui était jusque-là restée discrètement entrebâillée. Une femme entre deux âges s'avance au bas des escaliers, un panier à la main. Elle tend une oreille appliquée.

Rassurée par le calme, la concierge monte jusqu'à l'étage de Marcel. Sur le seuil de l'appartement dévasté, où von Behr a négligé de poser les scellés, elle mesure l'étendue du carnage. Elle s'avance parmi les débris de verre, les meubles renversés, les barbes des huisseries défoncées, la bourre des sièges qui mousse sur le parquet rayé par les talons brutaux. Elle récupère ce qu'elle peut, une babiole, un tapis négligé, quelques boîtes de conserve dans la cuisine. Sur l'étagère du haut, derrière les paquets de lentilles et de sucre qu'elle entasse dans son panier, un éclat saisit sa pupille. Elle grimpe sur une chaise et découvre un ravissant coffret marqueté. Elle se persuade qu'elle ne fait que mettre les objets à l'abri, et qu'elle les rendra à leur possesseur à son retour. L'époque autorise ces petits compromis avec sa conscience.

*

À deux kilomètres du siège de l'ERR, l'activité est intense. Sous l'œil de Rose Valland, qui reste sur un quant-à-soi prudent mais observe maniaquement la scène, on s'affaire au musée du Jeu de paume. Viennent tout juste d'y être livrées, par de jeunes Allemands enthousiastes et féroces, quatre cents caisses d'œuvres saisies dans les galeries, appartements et garde-meubles des collectionneurs juifs.

Un ciel de Toussaint observe le funeste emménagement des services de l'ERR dans les salles du musée qui, il y a encore peu de temps, célébrait l'art moderne. Il abrite à présent la plus périmée des conceptions esthétiques. La tension est palpable : les œuvres vont être exposées pour les yeux gourmands du Reichsmarschall, qui fait le déplacement tout exprès depuis son pavillon de chasse. Rien d'autre que son appétit de possession artistique ne peut le décider à venir à Paris.

Von Behr est là qui supervise ; tant de statues s'entassent à l'étage que les parquets menacent de céder, obligeant Rose à intervenir pour que les pièces les plus lourdes soient transférées au rez-de-chaussée. Les œuvres sont entassées, mises en caisse ou simplement posées contre les murs, décadrées ou non, parfois déchirées, piétinées par des soldats que dépasse l'ampleur du butin. Le dos des toiles est gammé à l'encre noire, et souvent estampillé *Verkunft unbekannt* – « Origine inconnue ». Experts en blouse blanche et troufions en bottes, casque patibulaire, harnais dévorant la mandibule se côtoient dans un brouhaha sinistre.

Rose Valland a eu quarante-deux ans deux jours plus tôt et n'a pas songé à les fêter. Elle contemple, incrédule, les mains rouges qui s'affairent, molles vermines, sur les chefs-d'œuvre dont elles corrompent la grâce. Chaque manipulation la crucifie, chaque coup de tampon la fait sursauter. En dépit de leurs maladresses, elle constate que les Allemands inventorient scrupuleusement les œuvres. Elle est fascinée par ce mélange de méticulosité et de sauvagerie.

Elle s'ébroue et commence à faire une liste mentale des plus endommagées. Elle en rendra compte à son chef, monsieur Jaujard, qui a insisté pour qu'elle se maintienne coûte que coûte au musée et devienne son espionne depuis que le Jeu de paume a été réquisitionné par les nazis, faute de place au séquestre du Louvre. Elle a le profil idéal, quoique atypique. Son élocution claire et assurée, parsemée de *n'est-ce pas* chroniques et où pointent des accents de titi malgré ses origines grenobloises, contraste avec une allure médiocre que sa haute taille ne parvient pas à contredire.

Dans sa voix gît sa véritable nature, et elle en est si consciente qu'elle s'applique, dès qu'elle s'adresse aux Allemands, à en altérer la fermeté. Elle porte une chevalière à l'auriculaire gauche, dont nul ne sait d'où elle lui vient. Rares sont d'ailleurs ceux à l'avoir remarquée – rares sont ceux qui remarquent Rose, c'est son talent –, car elle a tendance à la cacher de l'autre main, obéissant à sa manie de la faire tourner autour de son doigt lorsqu'elle est nerveuse.

C'est brusquement le silence : un garde-à-vous tacite est décrété. Le maréchal fait son entrée, pesante et avide. Sa *Blauer Max* – « Pour le Mérite », en français dans le texte –, plus haute décoration prussienne, remise par le Kaiser à la fin de la Première Guerre, chatoie sur sa large poitrine. Il en est très fier et la porte dès que l'occasion s'en présente. Il arbore en outre sur son visage charnu, que surmonte un coûteux chapeau de feutre, un air que l'on dirait mutin si l'on ne craignait d'oublier la cruauté sous la tendresse du mot ; sa lèvre supérieure entame celle du dessous en une coquetterie troublante. Hermann Goering, boudiné dans sa redingote, déambule devant les œuvres présentées à son intention.

L'exposition est splendide. Évoluant sous les yeux baissés d'une pudique baigneuse de Houdon ou le regard aguicheur d'une Vénus du Cranach, écrasant les tapis moelleux disposés à l'intention de ses bottes vernies, il s'y promène une heure durant, les glandes salivaires contractées par une convoitise vorace, dans une tension qu'extrémise encore l'effet de la drogue absorbée peu avant. À main gauche, il tient une coupe de champagne – les jeux de transparence que font les fines bulles dans l'émeraude à son doigt, tout près de la bague à cyanure, le ravissent tout à fait –, à main droite un épais cigare, prolongement obscène de ses doigts de brute. La cendre menace les toiles qu'il désigne afin qu'on les décroche, sous la vigilance consternée de Rose Valland.

Elle a conscience d'être un témoin crucial, car aucun autre Français n'est admis pendant ces visites. Von Behr la surveille tout en marchant dans les pas du Reichsmarschall, lui-même suivi par quelques soldats prêts à emballer les toiles sélectionnées. Sûr de son goût et de son autorité, mû par une pulsion libidinale d'accumulation, que le mot « collection » vient ennoblir, Goering choisit les œuvres à expédier en Allemagne – c'est-à-dire la totalité, à peu de chose près, de ce qui lui a été montré. Les toiles des artistes que la pensée aryenne considère comme impurs, frappés par l'opprobre de la dégénérescence morale et esthétique, sont regroupées dans une salle qu'un rideau à l'éloquente simplicité sépare du reste du musée, et que Rose appelle à part soi la salle des martyrs. Goering, qui connaît son affaire, ne néglige pas cette pièce : les modernes ont de la valeur dans la frange obscure du marché de l'art, et il n'y a pas de petit profit. Il en met de côté un certain nombre pour son propre compte et achève sa visite.

De retour dans la suite qu'il occupe au Ritz, il défait sa redingote, ôte foulard en soie et souliers, délicatement tire de son doigt empâté l'émeraude dérobée aux Rothschild. Il vide sur le trumeau de la cheminée, près des seringues et des flacons de morphine, le contenu de ses poches : piécettes superflues – tout lui est toujours offert –, pilules de codéine – il en gobe une par réflexe –, émeraudes encore – il en raffole, aime à jouer avec les petites lumières vertes qui font, dans l'ombre de ses paumes, de frénétiques feux follets.

Il s'enveloppe d'un peignoir de soie cramoisie ourlé de vair, arpente sa suite d'un pas impérial en reniflant. Ses yeux limpides sont un gouffre bleu pâle, où se mêlent intelligence et démence, hubris bouffie et bêtise, émotivité et violence, peur de l'abandon et désir de pouvoir. Un coup frappé à la porte fait passer un éclair dans cet abîme : c'est le champagne commandé pour son arrivée. Il est remarquablement frais et promet de faire, avec le sentiment de calme puissance qui commence à l'envahir sous l'effet de l'opium, une délicieuse alliance.

Mais Goering est un pragmatique et sait mettre la loi au service de ses fringales. Il va publier une ordonnance opportune, lui permettant d'agir en toute liberté. Il réservera au Führer, en guise d'allégeance, quelques-unes des œuvres les plus spectaculaires, et sa collection personnelle se goinfrera du reste. Les toiles de moindre valeur serviront à l'édification des pupilles du Reich ;

quant aux modernes, elles seront vendues aux enchères. La guerre est un gouffre qu'il s'agit de nourrir.

Le plus jouissif dans l'affaire est que tout cela ne lui coûte rien. Il suffit de puiser dans les caisses du ministère de l'Aviation. Obtenir une œuvre par spoliation lui apporte en outre la satisfaction de répondre aux exigences de la pensée aryenne. Enfin, ultime délectation pour le maréchal : saisir des œuvres à la barbe de cet arrogant de Hans Posse. Le butin qui, sur ordre d'Hitler, devrait parvenir au conservateur du musée de Dresde pour garnir les futures – et hypothétiques – salles de celui de Linz est irrésistiblement détourné par Goering.

C'est la seule concession à son fanatisme : son avidité en matière d'art l'emporte sur son adoration envers le Führer. Après tout, il le mérite : c'est lui qui permet de retrouver les œuvres indûment cachées par l'ingéniosité sadique de leurs propriétaires illégitimes, c'est lui aussi qui manœuvre avec habileté entre les différentes rapacités égotiques des fonctionnaires du Reich. Les membres de l'ERR n'hésitent pas non plus à se servir dans les collections spoliées pour décorer un appartement parisien ou se confectionner un trousseau à l'occasion d'un mariage, il faut bien que chacun trouve son compte à cette guerre.

Outre les conflits avec Metternich, de nouvelles luttes d'intérêt ont germé avec la création du service de Rosenberg. Jusqu'en septembre, c'était l'ambassade d'Otto Abetz qui, sur ordonnance du Führer, confisquait les biens. Mais Goering, qui tient à prendre la main sur la question des œuvres d'art, a décidé d'utiliser à son bénéfice les capacités de l'ERR, dont les actions, de même que la recherche des œuvres et de la judéité de leurs possesseurs, sont menées avec la collaboration de la police française, que Goering sait amadouer grâce à des fonds dédiés à la corruption : l'ampleur de la spoliation ne connaît plus de limites.

Goering a vite pris l'habitude de ces visites au musée où Rose Valland, malgré les tentatives de von Behr pour l'écarter, se maintient, solide arbuste face aux tempêtes des éructations nazies, obtuse comme un chien fidèle dont la peur ni l'orgueil n'obère le désir de protéger son maître. En général, le maréchal annonce sa venue à la dernière minute, créant la panique parmi le personnel du musée. Il fait son choix, après quoi les tableaux sont chargés sur des camions ou dans l'un de ses deux trains privés.

Il a longuement hésité à sélectionner pour Hitler la petite gravure de Dürer dans son cadre baroque si amusant ; il sait le Führer particulièrement amateur du maître de Nuremberg, qu'il se plaisait à copier à l'époque où il étudiait les beaux-arts et se piquait de peinture, et dont une trentaine de dessins – confisqués – ornent les salles de réunion de son quartier général.

Depuis son accession au pouvoir, la propagande du chancelier a continué de s'appuyer sur Dürer. Même les magazines féminins du Troisième Reich suggèrent aux ménagères allemandes, en guise de décoration d'intérieur, des reproductions de ses œuvres, comme elles ornent les murs des dortoirs réservés aux filles des Jeunesses hitlériennes. Une des gravures emblématiques est celle du *Chevalier* dit *Le Cheval de la mort* dit *Le Chevalier, la Mort et le Diable*, qui synthétise idéalement les vertus virilistes de l'aryanité. Le maire de Nuremberg en a d'ailleurs offert à Hitler, pour l'un de ses anniversaires, un tirage original.

Goering possède aussi son épreuve du *Chevalier* – elle lui a été offerte avant la guerre par l'un de ces amis aux attentions courtisanes qui l'entourent depuis qu'il est proche du Führer. Il se reconnaît parfaitement dans le sinistre personnage : c'est tout lui, ce caractère chevaleresque et passionné. Son ascendance en témoigne, qui le relie directement à Frédéric de Prusse et à Charlemagne – aucun scrupule ne l'a retenu de se faire établir un arbre généalogique fictif. Le sanguinaire Gengis Khan est l'une de ses figures favorites, et il aime à se faire réveiller par la marche des héros du *Crépuscule des dieux* : si ce ne sont pas des preuves de son propre héroïsme !

Mais lorsqu'il regarde cette petite *Mélancolie*, expression toute différente de l'idéal allemand, mêlant observation naturaliste et symbolisme des formes, Goering se voit tout aussi bien et se reconnaît intimement dans cet autoportrait spirituel de l'artiste. L'allégorie illustre parfaitement la manière dont il aime à se percevoir : personnage baroque aux faims esthétiques jamais assouvies, esprit éclairé à la manière de ceux de la Renaissance. La multiplicité l'enchante des interprétations de cette gravure à clés mystiques, rappelant l'occultisme dont les nazis sont friands. C'est décidé : le Dürer ira dans l'une des caisses frappées des initiales HG, pour Hermann Goering.

*

D'un aboiement typique, l'officier a rapidement interrompu Rose dans ses tentatives de procéder, comme cela avait été négocié, à un inventaire des œuvres transitant par le Jeu de paume. Inventaire qu'elle a tenté de mener à la volée, malgré la mauvaise volonté des soldats qui accélèrent la manœuvre pour l'en empêcher. Rose capitule et se rencogne dans sa discrétion. Elle se tient en permanence sur la crête entre la nécessité de rassembler le plus d'informations possible pour espérer retrouver les œuvres qu'elle voit partir chaque jour vers l'Allemagne, et celle de ne pas éveiller les soupçons pour mener à bien sa tâche en restant au Jeu de paume.

Depuis la visite de Goering, elle a compris quelle était la nature de sa mission. Et l'interdiction d'inventorier ne fait que confirmer son intuition, abondée par les instructions de sa hiérarchie, quant au rôle qu'elle a à jouer dans cette épreuve historique. Sa conviction tire son origine d'une histoire personnelle faite de contre-courants et ne saurait être ébranlée par la peur. Elle mettra tout en œuvre pour faire à Jacques Jaujard, clandestinement, le compte rendu détaillé des œuvres qui transitent par le musée, des collections dont elles proviennent et des lieux où elles sont envoyées.

Comme Rose, Jacques prend des risques constants ; il a déjà reçu un certain nombre de menaces et doit soigneusement dissimuler ses liens avec la franc-maçonnerie – il a le titre de maître depuis près de quinze ans –, c'est-à-dire avec le réseau résistant qui commence à se mettre en place. Bien qu'obéissant en apparence aux ordres de Vichy, il déploie des trésors de ruse et de diplomatie pour remplir son devoir de protection. Il préempte pour le compte des musées nationaux des pièces dans des collections juives spoliées dont, malgré ses efforts, il ne parvient pas à endiguer la saisie ni le transfert vers l'Allemagne.

Jaujard est pourtant imaginatif et sans scrupules lorsqu'il s'agit de patrimoine. Outre que la guerre les autorise, l'art mérite toutes les transgressions. Il n'hésite ni à mentir ni à falsifier des documents, antidatant des dons de collections pour qu'elles ne tombent pas sous le coup des lois iniques d'Hitler, qui rendent caduques toutes les transactions postérieures à la déclaration de guerre et font inexorablement tomber les œuvres des particuliers entre les mains des nazis.

*

À trois cents kilomètres, vingt-cinq milles nautiques et deux cents miles de là, la lune est pleine et entame son décours. Elle éclaire de sa désinvolture gibbeuse les prémices d'une tempête de feu. Les Allemands bombardent sans relâche l'Angleterre depuis septembre, et Londres, ravagé par des missiles incendiaires pleuvant sur les églises comme sur les immeubles, n'est plus que torche vive. Des bourrasques de flammes et de cendres oblitèrent le ciel de décembre, qui n'avait pas besoin de cela pour s'assombrir. À soixante miles au sud de la capitale embrasée, Virginia Woolf, qui s'est réfugiée dans sa maison de campagne et dans les souvenirs de son passé, parcourt le récit du grand incendie londonien de mille six cent soixante-six. Elle est assise devant un feu de cheminée où crépite l'actualité que Leonard, la détournant de sa lecture, vient ruminer sans résoudre quoi que ce soit. D'autres bombes s'écrasent non loin, désormais habituelles. Virginia y songe et n'y songe pas. Même les éclairs peuvent se muer en routine.

Château de Neuschwanstein (Bavière), mars 1941

«Pour l'essentiel, l'homme est ce qu'il cache : un misérable petit tas de secrets.»

André Malraux,
Les Noyers de l'Altenburg

Une méharée de camions s'étire sur le flanc bleu. Sous les roues jaillissent sans cesse, malgré la vitesse réduite, de minuscules cailloux, qui vont résonner dans les lointaines profondeurs de la montagne bavaroise, ricochant au faîte des sapins chargés de neige tardive. En haut de l'éperon se détache la grise silhouette, que grisent encore les molles rafales de mars.

Le château de Neuschwanstein, bâti sur le modèle des anciens châteaux forts allemands, conçu pour accueillir Wagner dont les œuvres suscitaient chez Louis II de Bavière, tant elles le bouleversaient, de véritables crises d'épilepsie – hélas le compositeur est mort sans voir l'écrin que son roi lui réservait –, est resté inachevé comme un conte de fées, de ceux qui laissent le lecteur sur sa faim en taisant les malheurs à venir.

C'était pour le roi Ludwig la première pierre d'un empire chimérique, où il pourrait continuer à se rêver souverain. Dans un esprit où le romantisme le disputait aux flammes des légendes médiévales, le palais lui permettait de fantasmer une monarchie absolue déjà condamnée.

Mais ces considérations aujourd'hui sont loin de préoccuper les soldats qui s'affairent au pied du château. Lorsque les véhicules parviennent enfin à l'entrée, plusieurs des chauffeurs sont près de sangloter ; le froid et la tension, en se relâchant, secouent leurs poitrines en frissons muets. Après avoir voyagé dans des wagons de luxe, chauffés et affrétés tout exprès par Goering, les œuvres issues des confiscations ont souffert de la fin du voyage. L'humidité et le risque d'accident sont les principaux ennemis, car l'on ne craint pas la surenchère de pillards : le convoi est accompagné par plusieurs voitures de la police criminelle et de la Luftwaffe.

(Le lecteur sera peut-être curieux d'apprendre qu'à l'image de Neuschwanstein, plusieurs caches nazies, chiffrées et frappées du secret défense, ont été établies dans de belles demeures du Reich, bavaroises, autrichiennes et même tchèques, qui ont été réquisitionnées et transformées en dépôts. À Vienne, qui dès avant la guerre a subi le plus de spoliations – l'État annexé est décidément le brouillon de l'Europe –, les collections pillées s'entassent dans divers musées et leurs dépendances.)

Le Reichsmarschall apparaît dans l'encadrement de l'entrée principale. Il a revêtu par-dessus sa redingote une pelisse de fourrure tiède qui lui donne l'allure d'un vieil ours efféminé. Ses mains avides piaffent devant les caisses que des soldats exsangues extraient péniblement des camions. Tout est prêt pour accueillir les œuvres, qui sont méthodiquement inventoriées et photographiées. Un atelier de restauration a même été installé au sein du château pour accueillir celles que le transport aura endommagées. Goering a noté avec soin ses instructions sur un carnet à tranche dorée.

Parmi les tableaux qu'il se réserve, le joli petit Dürer, cette *Mélancolie* qui inspire tant le gros maréchal et qui ira rejoindre son exemplaire du *Chevalier*, ainsi que cette autre délicieuse production du maître de Nuremberg, un dessin de la Vierge entourée de deux saintes femmes qu'il vient d'acheter à prix d'or – mais le franc est tellement dévalué que cela revient à une paille – à un marchand parisien.

L'Astronome de Vermeer, volé aux Rothschild, sera le clou de l'opération aux yeux d'Hitler. Il détournera son attention des caisses vouées à enrichir la collection de Goering. Celles frappées au pochoir des initiales AH sont entreposées d'un côté, elles seront destinées à Linz. Celles marquées HG – un peu plus nombreuses – iront à Carinhall.

Mais Goering doit rester prudent, dans ce cercle étroit où les sbires sont forcément des rivaux. Il sait qu'il doit manœuvrer avec habileté. La circonspection est d'autant plus de mise que la liberté d'agir est presque totale désormais. De nouvelles lois d'aryanisation ont été promulguées qui permettent de vider entièrement les appartements des Juifs et de les attribuer aux fonctionnaires du Reich ou de Vichy, ainsi qu'à tous les sympathisants qui en auraient l'utilité.

*

À sept cents miles de là – mais peu importe la distance dans l'espace comme dans le temps car depuis, et sur une grande partie de la planète, ce corps de la littérature n'en finit plus de glisser et de voguer –, un long corps chute dans une rivière, les poches chargées de pierres blanches. Virginia Woolf meurt à l'âge de cinquante-neuf ans après avoir écrit l'une des plus belles lettres d'adieu de la littérature et les derniers mots de son journal, lesquels nous informent que Leonard, qui quelques jours auparavant avait guetté une comète dans le ciel, est en train de tailler les rhododendrons.

Virginia Woolf meurt de se cogner sans cesse au mur aveugle que la guerre présente à sa vision d'écrivaine, la rendant caduque, impuissante à la faire adhérer au réel ; il en va de même, quelques semaines plus tard, pour Marina Tsvetaïeva, qui se pend en Tatarie à l'âge de quarante-huit ans faute d'avoir pu réconcilier la femme et la poétesse, l'amante et l'épouse, la Russe et l'exilée, l'anarchiste et la légitimiste, faute d'avoir su vivre au cœur du feu et s'accommoder du harcèlement de la vie quotidienne, rendu inévitable par une constante misère – tandis que James Joyce, quelques semaines plus tôt, n'était mort que d'un ulcère.

*

Mai arrive, développant la guerre dans un fracas de pollen. À Paris, Ernst Jünger, installé depuis peu comme officier d'état-major, se promène entre deux défilés de son régiment. Il est dans Paris occupé comme en villégiature, fuit sa caserne de Vincennes à la première occasion. Les délices de la capitale, fruits de mer, antiquités et jeunes femmes, accaparent ses appétits.

La séduction des œuvres d'art et des livres, à portée d'un Reichsmark singulièrement puissant, s'exerce sur lui comme sur beaucoup d'intellectuels parmi les occupants. L'écrivain, aussi adepte des mondanités collaborationnistes que dédaigneux de la plèbe nazie, se prête en outre volontiers au tourbillon de vernissages, dîners, concerts et autres joyeusetés : Drieu la Rochelle, Montherlant, Paul Morand ou Sacha Guitry, Marcel Jouhandeau ou Paul Léautaud, mais aussi Jean Cocteau sont ses compagnons de salon.

Louis Ferdinand Destouches, dit Louis-Ferdinand Céline, trop ostensiblement antisémite, déplaît toutefois à Jünger. Il l'a croisé avec un vague embarras lors de l'inauguration de l'Institut d'études des questions juives sis rue La Boétie, dans l'ancienne galerie désormais aryanisée du collectionneur Paul Rosenberg – prononcer *rozinbère*, pour ne pas confondre avec l'idéologue nazi – où les photos de Pétain ont remplacé les matisses et les picassos.

Rose ce matin n'a pas résisté ; au lieu de s'arrêter au Jeu de paume, elle a continué sa route et poussé, en amazone sur son éternelle bicyclette, jusqu'à la galerie. Elle a vu les œuvres de la collection Rosenberg arriver massivement au Jeu de paume, elle a besoin de voir de ses yeux l'endroit d'où elles ont été arrachées. Mais quelques instants devant la vitrine constellée de vindictes antisémites ont suffi à lui faire rebrousser chemin, nauséeuse et plus déterminée que jamais.

Elle croise sans la voir la longue silhouette de Jünger qui, embourbé dans ses contradictions, montre sa gêne et sa désapprobation à l'égard de la pensée dominante – au service de laquelle il est pourtant malgré lui – en saluant ostensiblement les Juifs qu'il croise dans la rue (et en nouant, mais c'est une histoire sur laquelle nous garderons un silence pudique, une liaison avec une pédiatre en partie juive). Il tient pour se consoler et sauver un peu de chacune de ses journées absurdes un fabuleux journal, où des fleurs ramassées au bois flétrissent lentement sur ses considérations mondaines comme militaires, amoureuses comme artistiques.

Pendant que la fine fleur de la collaboration française s'égaie loin du front, les appartements, collections et bibliothèques d'autres intellectuels poursuivent d'être saisis, tels ceux, avenue de Camoëns, d'Alexis Léger dit Saint-John Perse, exilé aux États-Unis et dont les archives, manuscrits et documents sont envoyés en Silésie ; ou bien ceux, rue Raynouard, de la famille Badinter ; ou encore, le même jour, rue de Monceau ceux des Kraemer, et rue Clément-Marot ceux de Michel Georges-Michel, deux familles dont les descendants deviendront cousins. Les aléas de la spoliation créent parfois, pour le futur, de ces liens inattendus.

Palais de Pouchkine (oblast de Leningrad), octobre 1941

« Il est interdit à notre génération éprouvée de penser au-delà d'elle-même. »

Stefan Zweig, *Le Monde d'hier*

Le vide est plus béant d'avoir été comble de richesses incommensurables. Il ne reste rien : tableaux et sculptures, miroirs et porcelaines, lustres et tapisseries, tout jusqu'aux plus petits objets a été emporté ou détruit ; les murs sont de pâles cloisons qui soutiennent à peine le souvenir de leur grandeur, les sols mêmes laissent voir de tristes étendues de vide ; les toiles du XVIIIe et les panneaux de soie ont été découpés au rasoir, les boiseries et parquets précieux ont été arrachés, les bibliothèques entièrement pillées. Le palais aux splendeurs baroques, aux joyaux néoclassiques, où la Grande Catherine avait accumulé une collection exceptionnelle à coups d'ambassades dans toute l'Europe, est laissé, exsangue, à l'impudique merci de l'Histoire.

Même les lambris marquetés du cabinet d'ambre, que les Russes estimaient inamovibles, ont été démontés et emballés en moins de deux jours par les petites mains vandales de Rosenberg. Ils sont expédiés avec le reste, par camion, dans le giron germanique auquel, d'après l'idéologue, ils appartiennent : que l'empereur prussien en ait fait cadeau au tsar deux siècles et demi plus tôt n'a selon lui aucune valeur.

Des centaines d'objets, meubles précieux ou œuvres d'art, ont néanmoins pu être évacués avant l'occupation allemande, comme cela a été fait au musée de l'Ermitage. Embarqués sur la Volga à destination de la Sibérie, certains n'ont pas le temps de dépasser Saint-Pétersbourg – pardon, Leningrad – et sont dissimulés dans les sous-sols des cathédrales ou des musées, à commencer bien sûr par ceux du même Ermitage, en un cycle sans fin d'évacuations et d'entreposages. Pour les conservateurs, c'est à en perdre son slavon.

Tsarskoïe Selo – baptisée Pouchkine depuis le centenaire de la mort du poète, après avoir pris à la Révolution le nom de Detskoïe Selo : intéressante succession où, entre les tsars et les poètes, on glisse les enfants, que désigne le mot *dets* – n'est pas la seule ville martyre. L'opération Barberousse, qui a permis au début de l'été l'invasion de la Russie soviétique en déchirant sans préavis sa frontière comme une soie délicate, a entraîné le pays dans une guerre qui la fragilise tout entière. De cette invasion émergent, en outre, les concepts les plus hideux formés par l'idéologie nazie : ceux qui prolongent la privation des biens par la destruction des corps.

À Leningrad, on a aussitôt évacué l'essentiel, avant de protéger ce qui ne pouvait être emporté. Entourés de sacs de sable ou de planches, enterrés ou camouflés, monuments et sculptures intransportables sont demeurés sous la menace de ces ciels sans nuit du solstice, qui soulignent la beauté des bâtiments abandonnés autant que l'ironie du couvre-feu. À présent Leningrad reste inaccessible aux Allemands, alors que l'Allemagne triomphe partout, mais Leningrad est assiégée.

La ville est soumise depuis un mois à un blocus terrible. La famine déjà menace, quand l'hiver n'est pas encore là et que plusieurs années de ce siège se préparent. À l'Ermitage, douze mille personnes gardent les collections, vivant dans les sous-sols du musée pour protéger ce qui n'a pas pu être emporté en Sibérie, se nourrissant de colle de poisson et de cire de bougie.

Contrairement à ce qui se fait à l'occident, le patrimoine culturel de l'Est ne doit pas être pillé mais détruit, selon la logique délirante de la théorie aryenne. L'espace vital germanique doit être préservé. Biens et possessions sont à annihiler en même temps que leurs propriétaires, les archives doivent être brûlées et non transférées comme en Europe de l'Ouest, où elles ont potentiellement une valeur stratégique ou culturelle. Tandis qu'en France, l'ERR entreprend de saisir les dépôts faits par les grands collectionneurs dans les châteaux, on détruit tout ce qui ressemble à la mémoire en Russie.

(Faisons une très brève incursion, à titre d'exemple, à Iasnaïa Poliana, la propriété de feu Léon Tolstoï : le domaine est occupé par une cohorte de troufions teutons affairés et ravageurs, qui détruisent ces lieux mystiques – où en temps normal affluent pèlerins et fanatiques de tous ordres – sous l'œil impuissant et furieux du prophète, qui assiste au désastre depuis le monticule de terre sans croix ni épitaphe sous lequel il est inhumé, une tombe anonyme dont Stefan Zweig a témoigné du poignant pathétique. Au verger, les pommiers sont morts depuis longtemps. Il ne sert à rien de s'attarder ici.)

C'est Rosenberg qui supervise le pillage en zone orientale ; en dépit des consignes qu'il a lui-même dictées, il conserve un œil avisé sur les œuvres volées : si l'art slave est considéré comme mineur, il ne faudrait pas perdre une occasion d'enrichir l'Empire. Hans Posse, lui aussi, profite de ce qu'il a toujours la confiance d'Hitler pour rester attentif à ce qui transite en Russie, en particulier les collections de Leningrad.

Posse continue néanmoins ses voyages à travers l'Europe au service du projet grandiose du Führer. Il consigne d'une plume pragmatique et dénuée d'émotion, à l'encre noire ou bleue glaciale, tout ce qui concerne ses acquisitions. Dans ses petits carnets, les dessins alternent avec les listes d'œuvres et les noms de diverses personnalités du Reich, ainsi qu'avec le détail de ses dépenses

– comme Dürer le faisait lui-même en voyage, rien ne nous interdit de supposer là une inspiration.

À ceci près que, contrairement au peintre qui voyageait chichement, Posse loge dans les plus grands hôtels, à Paris comme à Cracovie, et que la chancellerie lui rembourse tous ses frais, y compris ses cigares, voire les pralines dont il raffole et qu'il consomme de l'air pincé dont il ne départit jamais son maigre visage. Ce même air, fait de dissimulations et de compromis, qui ne le protège pas des désaccords entretenus avec le Führer sur la vision de l'art, pas plus que des paradoxes intérieurs qui grignotent peu à peu sa langue en métastases d'angoisse.

*

Rose pousse un cri. La chandelle éclairant sa table s'est renversée, elle s'est brûlé la main et a manqué faire partir en fumée les notes qu'elle a commencé à prendre et qu'elle compulse chaque soir dans son modeste logement de la rue de Navarre. Elle est de plus en plus mortifiée par l'isolement où la met sa résistance au joug fasciste, qui lui paraît pourtant si naturelle. Elle ne parvient pas à comprendre comment ses compatriotes peuvent accepter si aisément, avec une inertie parfois même enthousiaste, l'exclusion des Juifs de la société. Acceptation favorisée par l'entretien, au niveau gouvernemental, des préjugés les plus simplistes.

Aujourd'hui s'est ouverte, boulevard des Italiens – à quatre cents mètres des anciens bureaux de Marcel Bleustein, coïncidence qui ne veut pas rien dire –, une exposition dont le succès abasourdit Rose de plus belle. L'immeuble du palais Berlitz accueille une analyse des rapports entre « la France » – en lettres droites et pleines – et « le Juif » – en lettres ondulantes, vaguement hébraïques. Cette justification toute pédagogique des mesures discriminatoires à l'encontre des Juifs s'appuie sur des connaissances anthropologiques prétendument irréfutables. À force de moulages, maquettes et illustrations, la défaite de la France est montrée comme la conséquence évidente de la grande juiverie corruptrice, que l'on se plaît à représenter sous la forme d'une araignée suçant le sang de la nation.

Les personnalités du monde intellectuel et politique y sont violemment caricaturées. On y trouve notamment Marcel, qui heureusement n'est pas là pour se voir – le pauvre assiste accablé, depuis le Sud, à la trahison de toute son ascendance, venue de Russie, par le pays qu'elle avait choisi de respecter en s'y installant. Dans sa paume, comme une obsession, le kopeck tourne sans cesse, chaque face étant un pan du passé dont il faut se défaire.

L'exposition se drape dans la légitimité scientifique et les signes distinctifs permettant de reconnaître le Juif sont déclinés avec une conviction presque naïve, châle de prière, barbe et cheveux longs, nez présenté comme caractéristique, yeux mongols où luit un regard avide, et bien sûr mains crochues enserrant le globe terrestre en une entreprise de possession cosmopolite. Après tout, si l'on y songe bien, l'occupation allemande est un moindre mal, si elle permet de se débarrasser d'un tel ennemi pour retrouver une nation pure, ordonnée selon les critères de son authenticité première.

Peu avant s'est ouverte au Jeu de paume une autre exposition, tout aussi édifiante : *L'Art du front* présente des œuvres réalisées par les artistes amateurs de la Luftwaffe. Goering en est fier comme il le serait des colliers de nouilles de sa progéniture. Rose Valland, qui s'est battue pour défendre l'avant-garde, sent les larmes monter en voyant exposées dans son temple ces croûtes tout juste bonnes à orner un living-room bavarois. Elle va d'affliction en affliction.

Elle a pourtant, enfin, été titularisée ; cela ne signifie pas grand-chose en temps de guerre et d'occupation, mais c'est la possibilité pour elle de rester au Jeu de paume et de poursuivre son travail de recension, sa seule raison de vivre pour le moment. Alors que des vagues d'arrestations touchent les Juifs étrangers à Paris, que le statut des Juifs tel que défini par les lois de juin se précise vers de mortelles finasseries que saura bientôt exploiter l'occupant, les collections sont désormais saisies de manière aussi méthodique qu'exhaustive – les protestations de quelques-uns, de Jaujard au maréchal Darlan, n'y font rien. Rose doute si son rôle de colibri est vraiment utile, mais elle ne doute pas qu'il faut s'y atteler, s'engouffrer dans l'action comme dans la seule brèche de l'étreinte implacable où le régime nazi, avec le complaisant soutien de Vichy, enserre le monde de l'art.

Au moment où sept écrivains français, dont Pierre Drieu la Rochelle et Robert Brasillach, embarquent dans un train touristique à destination de Weimar, se réjouissant de ce petit interlude dans leur dur labeur intellectuel, sans voir au loin les fumées du camp de Buchenwald emplir le ciel, des groupes assassins marchent dans l'Europe de l'Est tout entière. À Odessa, les armées roumaines assistées par les nazis massacrent des dizaines de milliers de Juifs, éliminant la presque totalité de la communauté locale. L'année s'achève sur la rafle de plusieurs centaines de notables juifs parisiens, que la Gestapo envoie au camp de Compiègne. De la mer Noire à la Seine, l'élimination systématique a commencé.

New York, février 1942

> D'azur à trois étoiles à cinq rais d'or ; au chef d'argent chargé de trois merlettes de sable.
>
> Armes des Cleenewerck de Crayencour

La nuit américaine n'existe pas. Les deux femmes marchent comme en plein jour, malgré minuit passé depuis longtemps, malgré février qui s'attarde sur les trottoirs en replis sales, en colombins grisâtres de ce qu'il devient difficile d'appeler de la neige. Grace est hors d'elle ; ses manières américaines ont été choquées par la facilité avec laquelle Marguerite, une nouvelle fois, n'a pas hésité à dire ce qu'elle pensait. Elles sont de passage à New York, où elles viennent rarement, et de retour d'un dîner, chose encore plus rare, car Grace protège Marguerite de tout ce qui risque de l'enlever à elle – et au premier chef, de tout ce qui la relie à l'Europe et au milieu intellectuel.

Or chez ce couple de Russes émigrés, elles ont rencontré toutes sortes de gens, parmi lesquels nous imaginons que se trouvent Antoine de Saint-Exupéry, Jules Romains ou Frederic Prokosch, voire quelques Allemands comme Klaus et Erika Mann. Nous avons aussi l'intuition qu'elles y croisent André Breton, et que c'est avec lui que le conflit – le débat, corrige Yourcenar, exaspérant encore davantage son amie – a commencé. Marguerite entretient des rapports ambigus, entre incompréhension et curiosité un peu méprisante, avec le surréalisme, et les poèmes de Breton comme de sa clique ne sont pour elle qu'obscures expérimentations de laboratoire.

Le pontife du mouvement a pourtant d'autres cordes intéressantes à l'arc de ses passions : c'est depuis vingt ans un collectionneur sinon scrupuleux quant à la provenance de ce qu'il acquiert, du moins avisé quant à sa qualité. Il vend et achète pour d'autres, mais possède quant à lui dans son atelier de la rue Fontaine des centaines de livres, tableaux, manuscrits, photographies, objets d'art africains, océaniens ou américains, et même ces curieuses trouvailles – papillons, pierres, racines, insectes, test d'oursin, carapace de pangolin ou os de baleine – qui font sa fierté la plus poétique.

Mais Marguerite n'en a cure et s'est exprimée devant Breton comme si elle-même l'accueillait en son territoire. Ici pas plus qu'ailleurs elle ne se voit dans la peau d'une émigrée, partout et nulle part étant sa demeure.

Les deux compagnes vivent désormais à Hartford, Connecticut, où Grace enseigne et où la maison de Mark Twain, avec ses briques rouges et ses formes hexagonales, rappellerait un peu à Marguerite, si elle avait pu le voir – dans toutes ses errances, qui sait si elle n'est pas passée devant : nous n'en mettrons en tous les cas pas notre main à couper –, le manoir néonormand qui a remplacé, dans le grand parc au cœur des Flandres, le château de son enfance. Elle n'a pas encore commencé à enseigner aux jeunes filles de l'université, ce qui l'obligera à passer la semaine dans une petite chambre de la banlieue de New York. La perspective ne la réjouit guère, mais du moins elle s'occupera, et cela rassure Grace.

Depuis le début de la guerre, Marguerite végète dans une mélancolie tenace. La pensée de la mort est son perpétuel épicentre. Elle a, au cours de l'une de ses vagances, acheté une gravure de Piranèse représentant la villa d'Hadrien, qu'elle avait découverte avec son père en un éblouissement où filtrait tout l'héritage culturel de l'humanité ; elle s'efforce de ne pas se rappeler, en regardant la gravure, ce vieux projet de roman explorant les pensées intimes de l'empereur, un projet qu'elle a abandonné, honteuse d'y avoir même rêvé. Elle brûle ses papiers comme on brûle ses vaisseaux. Elle vit sa nuit de ce que, faute de mieux, il faut bien nous résoudre à appeler l'âme.

Elle n'écrit presque plus, sauf quelques articles, dont – semble-t-il, bien que les sources, en l'occurrence elle-même, pour changer ne soient pas fiables – une critique virulente de la bible nazie publiée par l'épouse de Charles Lindbergh, livre de propagande qui fait fureur aux États-Unis. Mais l'aviateur, qui s'était laissé décorer par Goering avec jubilation quelques années plus tôt, soutient l'effort des Américains depuis le choc de Pearl Harbor. Car les États-Unis, garants de la liberté, ont pris le relais de la France dans l'hubris : ils sont entrés en guerre quelque deux mois plus tôt comme un homme entre sur un champ, à l'aube, la marque du gant rougissant encore sa figure outragée.

*

À sept mille sept cent soixante-dix kilomètres au sud de Hartford, à Petrópolis au Brésil, Stefan Zweig – cet autre nomade – et son épouse Charlotte, respectivement âgés de soixante et trente-trois ans, mettent fin à leurs jours en avalant du véronal. Une photographie pathétique fixera l'éternel désespoir dans l'éternelle union des deux amants.

Zweig a soigneusement préparé son suicide, imité de celui d'Heinrich von Kleist, qu'il admirait tant. Il a fait ses adieux et laissé ses affaires en ordre. Il a achevé son autobiographie, testament de portée universelle rédigé dans sa chambre brésilienne, sans notes ni livres pour secourir sa mémoire, dont il sait qu'elle aura conservé l'essentiel.

Retranché derrière ses souvenirs les plus heureux comme, toute sa vie, il s'est réfugié derrière l'épaisseur pudique de sa moustache, l'homme qui s'est toujours senti libre de n'avoir jamais planté racine a décidé de ne pas voir l'issue d'un conflit pour lui définitif.

La montée du nazisme lui avait fait fuir l'Autriche, puis finalement l'Europe tant aimée ; la mondialisation de la guerre et l'effondrement de ce qu'il considère comme sa patrie spirituelle le décident à fuir la vie. Sa femme est malade, l'écroulement de la vieillesse le menace ; surtout, l'âme du monde n'est plus, et cette nuit n'aura pas de fin.

Un pas a été franchi avec la confiscation de sa fantastique collection, constituée comme une œuvre d'art à part entière au gré de ses périples à travers l'Europe. Une collection composée aussi bien d'autographes et de manuscrits – Nietzsche, Goethe, Balzac, Léonard de Vinci, Napoléon même – que de partitions – Bach, Brahms, Chopin, Haydn, Mozart ou Beethoven – ou de dessins – un portrait du roi Jean sans Terre par William Blake est sa pièce favorite.

Outre le goût de l'exploration et de la quête, lui importe la relation physique avec l'objet réellement touché par les mains divines de ses maîtres, fétichisme juvénile qui se combine à son goût pour les repentirs, lesquels brutalisent et adornent à la fois le texte premier. Son intérêt pour l'origine de l'œuvre, pour l'éjaculat liminaire du génie sur la page, tient à ce que s'y lit la création en acte, dans sa forme la plus pure qui est celle de la liberté intellectuelle et morale, de l'élévation de l'individu au-delà de lui-même, sur la crête étroite où se concentre la puissance de son esprit. Voilà ce qui a informé sa vision de l'art, plus sûrement que toute théorie.

Le sevrage brutal de cette passion coupable et obsédante l'a rongé. Il n'a plus aucune illusion sur le fait de recouvrer ses trésors. Il n'est point tel le collectionneur aveugle de l'une de ses nouvelles, qui se croit en possession d'un ensemble de gravures et d'eaux-fortes où se côtoient Dürer – avec notamment la *Mélancolie*, la coïncidence là aussi nous arrête dans notre lecture –, Rembrandt et Mantegna, alors que les pages qu'il tient entre ses mains sont d'approximatives reproductions ou tout simplement des feuilles vierges enserrées d'un passe-partout. Car les chères estampes du collectionneur ont été peu à peu, et à son insu, vendues par sa famille, afin de faire face à la folle inflation qui a submergé l'Autriche après la Première Guerre.

Contrairement à son personnage, Zweig n'est pas dupe. C'est en toute conscience qu'il s'efforce de penser à sa collection invisible comme s'il la possédait encore, pour la réincarner dans cet impossible réel, de même que l'on tente en vain de faire son deuil en inventant le fantôme de l'être aimé.

Mais cela ne suffit pas. La dispersion et la destruction de sa collection ont été l'ultime étape d'un processus d'annihilation commencé avec l'autodafé de ses œuvres, juste après l'annexion de l'Autriche, sur une place de Salzbourg. Il y avait vécu entre les deux guerres, dans une maison perchée sur les hauteurs d'où, pour un peu, il aurait pu voir à l'œil nu la villa d'Hitler, à Berchtesgaden.

Stefan Zweig achève à présent ce chemin vers la désintégration. Il le fait librement et lucidement, de sa propre main. Il le fait pour purger la bile noire qui l'étouffe, pour oublier qu'il a dû renoncer à tout ce qu'il était. Il le fait à des milliers de kilomètres du lieu de sa naissance, cette Autriche en cette Europe qui a sombré dans l'hier ; il le fait, tandis que le carnaval carioca envahit tout l'espace de sa ferveur démente.

Paris, mars 1942

« C'est du pays tout entier qu'on hérite. »

Marguerite Yourcenar,
entretien radiophonique, 1975

Arlette est inconsolable. Son père, Paul Simard de Pitray, vient de s'éteindre, et le monde de la comtesse avec elle. Cette fois définitivement puisque, dans l'entourage d'Arlette, Paul était le dernier à l'avoir connue. Il avait poussé le désir de relier les branches de son arbre familial jusqu'à inclure Arlette dans une réécriture des *Mémoires d'un âne*, réunissant sa grand-mère et sa fille par le truchement des mots.

Plus que jamais, Arlette perçoit le devoir de transmission dont est chargée cette perte. C'est à elle de continuer à porter l'héritage symbolique et culturel de son aïeule. Sa biographie de Sophie Rostopchine, contrairement à ce qu'elle espérait, n'a rien résolu. On ne se défait pas en quelques pages d'une telle empreinte.

Elle a trente-neuf ans aujourd'hui, c'est la guerre, et elle ne sait vers quoi ni vers qui se tourner. Georges, son nouvel époux, est assombri par le mauvais état de ses affaires. Après deux ans à peine de mariage, elle sent déjà qu'ils s'éloignent l'un de l'autre. Elle sent aussi que l'écriture lui manque, mais elle n'a pas la force de créer une œuvre ex nihilo. Le sujet tout trouvé que lui était la vie de la comtesse de Ségur a déclenché un désir, tout en étouffant la possibilité de l'assouvir. Elle craint d'être enfermée dans cette relation généalogique. Même si la guerre a interrompu la promotion de son livre, tous les enfants de France continuent de lire la Bibliothèque rose et sa plus éminente représentante. Ce qui fait d'elle, Arlette, la dépositaire d'un fardeau culturel national, et lui est un empêchement à écrire pour elle-même.

Que la transmission de l'héritage aux générations suivantes soit un devoir, Rose Valland l'a compris elle aussi. Rose la célibataire, qui enfin, à quarante-quatre ans, n'a plus à justifier son choix de n'avoir pas d'enfant. En eût-elle désiré que son aspect rugueux et, plus encore, son esprit d'indépendance eussent probablement repoussé tout géniteur potentiel. Elle aime sa solitude et le fait que personne ne dépende d'elle ; que personne, surtout, ne vienne entraver la mission qui est la sienne.

Comme elle, Jacques ainsi que toutes celles et tous ceux qui luttent pour la protection des œuvres n'ont pas hésité à charger ce devoir sur leurs épaules. C'est aussi une manière de conjurer la peur, de répondre à – ou de se dissimuler – la barbarie organisée qui dévore les corps : si l'âme d'une nation qu'est son patrimoine peut être sauvée, ainsi soit-il. Aucun risque ne justifie qu'ils se dérobent à leur tâche. L'idée que leur progéniture et la progéniture de leur progéniture – toute théorique chez Rose, donc – ne puissent contempler ces chefs-d'œuvre conservés pendant des siècles leur est insupportable, qu'ils soient gardiens de musée ou hauts fonctionnaires ; mais c'est aussi l'occasion de jouer un rôle, d'agir dans une situation où tout est contrôlé par l'ennemi.

Maintenir, c'est sauver ; et protéger, c'est créer : Jacques, par cette formule où pointent ses inclinations aphoristiques tâche de rassurer le personnel des musées. Il leur dit la fierté que leur action lui inspire. Par son courage et son intégrité, il sait susciter les efforts et faire lever les meilleurs instincts chez ces hommes et ces femmes, qu'il dirige avec une sensibilité de diplomate sincère. Fort de l'autorité naturelle qu'il exerce sur son équipe, il peut manier vis-à-vis des Allemands la menace d'une démission collective et en faire un levier pour obtenir ce qu'il souhaite avant toute chose : conserver les chefs-d'œuvre du patrimoine dans le giron français.

C'est aussi dans ce but que Rose – qui, parallèlement, vient de soutenir une thèse sur les fresques byzantines de la zone archéologique d'Aquilée – se montre aimable autant que faire se peut avec les occupants du musée. Elle s'efforce d'adoucir ses façons anguleuses, notamment en présence de Kurt von Behr, afin de conserver son poste.

Elle a pris l'habitude, depuis le printemps de l'année précédente, de noter tout absolument, chaque détail pouvant compter au jour du jugement. Avec l'aide des gardiens complices, de sa mémoire exceptionnelle et de son sens de l'observation, armes qui rivalisent avec l'avidité et l'arrogance des nazis, elle tient la chronique des pillages et inventorie les œuvres qui trouvent un asile provisoire au Jeu de paume.

Ce matin, comme tous les matins, au prétexte de vérifier quelque installation électrique ou alarme incendie, Rose note mentalement tous les numéros de caisses, toutes les directions.

Ce soir, comme tous les soirs, elle récupérera au fond des corbeilles les papiers carbone où figurent les listes établies par l'ERR des œuvres expropriées et des dépôts où elles sont envoyées, tirant profit de l'inévitable négligence des vainqueurs.

Elle empochera discrètement les documents et les rapportera chez elle, dans son petit appartement du cinquième arrondissement, pour les recopier studieusement durant la nuit, avant de les remettre en place le lendemain, avec le soin aux apparences négligées que requiert l'activité d'espionne.

Elle pourra ainsi communiquer les emplacements à Jacques Jaujard, qui lui-même les transmettra aux Alliés afin qu'ils les épargnent de leurs bombardements. Sa mission a pris une forme régulière qui, n'étaient les risques encourus, serait presque une routine.

*

Depuis son éternelle fenêtre, ledit Jacques contemple les jardins des Tuileries vidés de touristes et hantés de soldats, les tomates incongrues plantées par le Secours national au pied des colonnades. Les difficultés se multiplient pour lui, qui n'est parvenu qu'à empêcher von Behr de s'approprier les tableaux du Louvre. Il y a déjà suffisamment de quoi pleurer avec ces salles dépouillées, ces marbres fendillés par les clous des bottes teutonnes, ces abris antiaériens dont l'odeur d'angoisse renfermée envahit tout le palais, ces cimaises béantes, ces encadrements qui ne protègent plus que des lettres à la craie rappelant les joyaux disparus et ces socles stériles accusant les hommes de ne pas avoir su prendre soin de ce qui seul faisait leur grandeur.

Au loin, le directeur des musées devine le toit du pavillon de l'Orangerie, où vient de s'ouvrir une exposition des œuvres d'Arno Breker, un proche d'Hitler. (Il nous faut ici mentionner qu'elle a été saluée par Jean Cocteau, dont la myopie d'artiste a décidément le don de tout flouter.) Le printemps a été chargé en contrariétés et désillusions pour Jacques. Wolff-Metternich a été limogé poliment sur demande de Goering, du fait de son opposition aux confiscations des biens des Juifs et en particulier au vol du retable – à quoi s'ajoute la méfiance d'Hitler envers tout ce qui appartient peu ou prou à l'aristocratie. Mais le successeur de Wolff-Metternich est lui aussi particulé et professe les mêmes goûts francophiles : il y a des atavismes contre lesquels il est vain de vouloir lutter.

Reste que le service n'a que très peu de marge de manœuvre face au cercle hitlérien et à ses rapines. Un nouvel individu traîne depuis un moment ses guêtres élégantes dans les couloirs du Jeu de paume, qui répond au titre désarçonnant de *Sonderauftragsbevollmachtiger des Herrn Reichsmarschall des grossen Reiches*. Bruno Lohse – que Rose appelle le docteur *Lauzé*, marquant son mépris pour cet expert rapace, distinct en cela de la plupart des autres spécialistes, qui font profil bas et leur travail en tâchant de se poser le moins de questions possible –, long visage de séducteur en dépit d'oreilles et d'un nez trop grands, petite moustache qu'il entortille sans cesse entre ses doigts, s'est mis au service de Goering dont il s'emploie à enrichir la collection.

Lohse supervise notamment les échanges selon une mathématique simpliste, où un ancien vaut dix modernes, manière de donner un vernis de légalité à ses trafics. Historien d'art spécialiste de peinture hollandaise, fils d'un marchand de tableaux berlinois, il parle lui aussi un excellent français. Il possède d'ailleurs un appartement à Paris, qu'il est urgent de décorer. Il aime à y songer lorsqu'il détaille ses prises à Goering, confortablement installé dans un canapé tendu de satin, parmi les crédences marquetées et les fauteuils Régence qui résonnent encore de leur violente saisie dans l'appartement de familles aujourd'hui exilées, voire déportées.

Hans Posse continue d'exercer, à distance, une pression sur von Behr et Lohse, qu'il a rencontrés lors de son dernier voyage parisien, à l'automne précédent. Mais la nouvelle qu'il vient d'apprendre atténue ses fièvres d'acquisitions : ses douleurs à la langue ne sont pas anodines, elles trahissent le développement d'un cancer que les médecins lui ont annoncé comme fatal. Il ne peut plus se déplacer hors d'Allemagne et craint, presque autant que la mort, la réaction du Führer – à présent qu'il lui est inutile, rien ne dit qu'il continuera à fermer les yeux sur son peu d'enthousiasme vis-à-vis du national-socialisme.

Tandis que les œuvres qui arrivent au Jeu de paume baissent en qualité, incitant Goering à s'en désintéresser et Rosenberg à reprendre la main, le système s'est organisé à d'autres niveaux avec la mise en œuvre, sous la direction du colonel von Behr, de l'opération dite Meubles – *Möbel Aktion*. Il s'agit de visiter, grâce aux listes fournies par Vichy, qui a la main sur les possessions immobilières des Juifs parisiens, tous les appartements vides dont les contenus ne serviront plus à personne, puisque décision a été prise d'exterminer leurs propriétaires.

L'opération Meubles récupère meubles, donc, mais aussi pendules, globes, argenterie et porcelaine, vêtements, prises électriques, manteaux de cheminée, cahiers d'écolier, ampoules, rideaux, jusqu'au moindre brimborion, et les envoie en Allemagne au profit des populations que les bombardements des Alliés ont sinistrées – l'armée et l'establishment se servant au passage en pianos et autres biens plus précieux. N'échappe à la rapacité nazie que ce que les propriétaires sont parvenus à dissimuler dans des niches ménagées derrière des miroirs, dans des pièces secrètes camouflées par un mur repeint ou une armoire normande.

Les appartements de la bourgeoisie israélite, comme on dit alors, des beaux quartiers sont pillés au même titre que les ateliers des petits tailleurs, les manuscrits de Jules Romains sont raflés avec autant de désinvolture que les livres de comptes des épiciers, et le tout s'entasse, notamment au Jeu de paume. La disparition de Wolf-Metternich a libéré le champ d'action des nazis, qui ne se contrôlent plus et violent à grand renfort d'impunité toutes les règles internationales.

C'est durant l'été qu'un rapport d'Heinrich Himmler, peut-être le plus répugnant – s'il nous est possible d'effectuer une quelconque hiérarchie dans l'effroi – des dignitaires nazis, établit le lien abject : l'argent tiré des œuvres spoliées servira à la Solution finale. Les chambres à gaz ont commencé de fonctionner au printemps – nous devons nous résoudre au fait qu'il n'est pas de façon subtile de l'écrire – et les rafles se succèdent depuis celle du Vélodrome d'Hiver en juillet.

Goering, lors d'une conférence du Reich, a décidé de ne plus mettre de formes – si tant est qu'il en ait jamais mis – et s'est dit fermement résolu à se livrer au pillage systématique. Même le très correct Joachim von Ribbentrop – un descendant probable du Prussien qui œuvrait au Louvre un siècle et demi plus tôt, décidément, tout s'hérite –, surnommé le Bismarck hitlérien, ennemi de Goering et son rival dans le cœur d'Hitler, plonge les mains dans un butin que plus personne n'est là pour réclamer.

*

Le maréchal est contrarié. Sur la terrasse de bois de Carinhall, qui ouvre une extraordinaire perspective sur le Döllnsee, il joue pour se détendre avec un joli lionceau, s'amusant de ses facéties comme d'un maladroit chaton. Mais l'agacement est tenace. Hans Posse vient de quitter les lieux, après une visite toute de protocole que Goering a d'abord perçue comme un hommage, totalement aveugle à la stupeur condescendante que le conservateur affichait devant le décor contestable de Carinhall. En particulier, la bibliothèque : dix mètres d'acajou incrusté de svastikas en bronze, côtoyant une table aux pieds que la légende – nous n'avons cependant pu dénicher aucune preuve de ce qu'elle avance – décrit en forme de pénis insérés dans des poitrines de femmes. Goering était, par-dessus tout, fier de faire visiter au conservateur sa galerie personnelle au centre du grand bâtiment de pierre et de béton.

Mais au moment de lui montrer, avec une morgue où entrait de la coquetterie, son petit Dürer nouvellement acquis, Goering a reçu une gifle. Posse lui a froidement asséné qu'il s'agissait d'une copie – très belle, certes, mais copie tout de même – du XVIIIe siècle. Après quoi, le conservateur s'est livré à une implacable démonstration : l'agencement spatial approximatif, et surtout le systématisme des hachures, trahissant la main appliquée du copiste.

« Vous n'aurez pas manqué de remarquer, a insisté Posse avec une cruauté que la conscience de sa supériorité attisait, cruauté encore accrue par le sentiment de sa fin prochaine, que lorsque c'est la main originale qui les grave dans un mouvement premier, les lignes sont plus incertaines, plus humaines, amoureuses presque. Le geste est hésitant parce que initial, et pourtant tellement sûr car guidé par la puissance créatrice… »

Goering très vite a cessé de l'écouter, consumé par une rage honteuse. Malgré la valeur de l'objet, dont Posse l'a assuré en retenant difficilement un petit sourire de triomphe méprisant, l'humiliation a poussé le maréchal à lui jeter la gravure au visage, aboyant qu'il ne lui restait qu'à en orner les murs médiocres de son satané musée – les mots qu'il emploie en réalité sont impossibles à écrire – et à exiger que l'on soustraie à son regard trop sensible cette imposture à l'esprit germanique.

(Le lecteur sera en droit de se demander si tout cela relève du document historique. Mais le réel étant fiction et réciproquement, nous ne pourrons que lui garantir le vraisemblable.)

*

Dans la galerie vide du musée de Dresde, Hans s'installe à son aise sur l'un de ces canapés ronds en velours écarlate que, depuis deux siècles, on trouve dans tous les musées d'Europe, lesquels rivalisent dans l'identité plus que dans la différence. Il tient la *Mélancolie* à bout de bras : se plonger dans cette merveille éloigne le spectre de la maladie qui le ronge. Posse cite fièrement, en français, les mots de Victor Hugo sur la mélancolie, ce *bonheur d'être triste.* Il cite de sa langue endolorie par le cancer et de son accent doucereux qui jouit de chaque syllabe. Il cite avec la fougue que lui autorisent non seulement la solitude et la satisfaction d'avoir joué un bon tour à Goering, mais aussi la gravure elle-même, dont la puissance d'évocation le saisit plus fortement à mesure qu'il l'observe. Pour un peu, il citerait Aby Warburg, mais citer un Juif même mentalement est trop risqué.

Posse se félicite d'avoir ainsi, sans vraiment le vouloir, dépossédé le gras détrousseur de tableaux. Si cette copie ne vaut pas les pièces inestimables de Dürer acquises par le musée de Dresde à la fin du XVIe siècle, lesquelles ont marqué les débuts de la collection aboutissant à la galerie actuelle, elle est d'une précision remarquable. Posse a exagéré les défauts de la gravure aux yeux de Goering, moitié pour l'humilier, moitié dans l'espoir qu'il n'en veuille plus. Malgré les mauvaises conditions dans lesquelles elle a été conservée, elle garde une fraîcheur émouvante, comme si elle avait été imprimée la veille. Il est surprenant qu'elle n'ait pas jauni d'avoir été ainsi insolée. Mais ces appartements parisiens sont si sombres.

Il est en tout cas urgent de la sortir de son cadre grotesque et de la ranger dans le portefeuille où il conserve sa collection personnelle d'estampes. Elle n'aura rien à faire dans le fonds de Linz, puisque ce n'est qu'une copie ; il n'a donc pas à craindre les foudres d'Hitler. À moins qu'elle ne rejoigne les joailleries et orfèvreries retirées du trésor de la Voûte verte, collection européenne majeure héritée des princes de Saxe, et transférées dès les premiers temps de la guerre dans la forteresse de Königstein.

Cette Bastille saxonne, construction du plus pur gothique flamboyant et réputée imprenable, domine l'Elbe et ses boucles lentes de sa terrifiante hauteur. Il est, selon toute apparence, impossible de s'en échapper ou de l'assiéger, aussi abrite-t-elle des prisonniers de guerre de haut rang comme les trésors les plus précieux.

Posse ôte délicatement le carton qui protège l'arrière du cadre. À sa grande surprise, quelques feuillets pliés s'en échappent. Une écriture très serrée, où il reconnaît immédiatement du français et la graphie du siècle dernier, couvre la presque totalité du papier. Il va directement à la fin, recherchant un paraphe, et découvre le colophon, daté du début du XIXe et signé d'une certaine Sophie Rostopchine. Le nom ne lui évoque rien. Il range soigneusement les feuillets parmi ses documents personnels.

*

Pendant que l'été s'installe et qu'Ernst Jünger continue de flâner dans Paris, promenant de pâtisserie en bouquiniste, à longues enjambées d'esthète, son physique avantageux et glacial, admirant les mollets des jeunes femmes sur lesquels sont peintes les coutures de faux bas, sirotant des ersatz de café, regardant faner des glaïeuls ou lisant sur Venise, ce qui est une autre façon de visiter Paris ;

tandis que Grace et Marguerite entraperçoivent une nouvelle vie possible en découvrant dans le Maine une île portant le nom inoubliable de Monts Déserts, dont les roches sont les premières du continent à recevoir le soleil, dont les pins et les mâts se dressent à la vue comme des flambées d'espoir dans le ciel lourd de Marguerite, tout près de Bar Harbor où galope Natalie Clifford Barney chaque été depuis son enfance, entre deux lectures de la comtesse de Ségur qui lui a appris l'amour de la langue française ;

le siège de Sébastopol, démarré au printemps, s'achève par la chute des défenses soviétiques installées au sommet de la tour Malakoff.

La bataille de Stalingrad qui s'engage alors est l'obsession d'Hitler. Il y voit l'occasion d'incinérer dans les mémoires le nom même de Staline. Celui-ci commence à estimer les pertes et à réfléchir au moyen de les compenser. Un oukase est émis, qui s'appuie sur le traité de Versailles comme sur les conventions de La Haye, et s'emploie à répertorier les œuvres détruites par les nazis. Sur la liste, on ajoute – après tout, pourquoi se priver – un certain nombre de biens qui ont été détruits, voire vendus, bien avant l'arrivée des Allemands.

Tandis qu'au Jeu de paume Hermann Goering effectue l'une de ses dernières visites, lors de laquelle il admire notamment les œuvres de la collection Kraemer devant une Rose aux poings toujours plus crispés, Hans Posse meurt à Dresde, à l'âge de soixante-trois ans. C'est décembre et c'est Goebbels qui, à son enterrement – d'ampleur nationale, car Posse était tout de même l'un des principaux lieutenants ès arts d'Hitler –, se charge de lire l'éloge funèbre. Aucune mention n'est faite du musée de Linz, encore secret d'État. Dans les archives de Posse, qui disparaissent intégralement à l'exception de carnets de voyages que l'on retrouvera bien plus tard, un manuscrit en français connaît le sort probable, quantique, de milliers d'écrits d'importance : l'oubli et la possibilité qu'ils n'aient jamais réellement existé.

*

À moins que ce sort ne se refuse d'emblée, et que le roman de l'Histoire, qui a ses exigences, n'arrache les archives à l'oubli en la personne de Franziska, la nièce de Hans Posse.

La jeune fille a été chargée par Elise, la veuve de Hans, de trier les archives de son oncle. Elise est dévastée par le chagrin, et Franziska, à presque dix-huit ans, est une jeune femme aussi énergique que rigoureuse, dont les pulsions sont à canaliser. Sa mère, la sœur d'Elise, en convient : ce travail minutieux sera parfait pour elle. D'autant plus que Franziska était proche de son oncle, né comme elle au mois de février et qu'elle considérait comme son parrain.

Elle ne cessait de l'interroger sur ses voyages. En particulier, ceux qu'il avait effectués en France, à Nice et surtout à Paris : Franziska nourrit depuis l'enfance une passion pour tout ce qui est français, notamment la littérature, et elle ne parle que de visiter la Ville lumière sitôt la guerre terminée. Elle lui demandait sans relâche ce qu'il avait vu dans la capitale, s'il avait rencontré des écrivains – les artistes intéressent moins la jeune femme –, s'il avait eu le temps de se promener le long de la Seine, de fouiller dans les boîtes mystérieuses des bouquinistes, ces écrins fantastiques de bois vert qu'elle a contemplés durant des heures sur des photographies.

Franziska, assise à son petit bureau face à l'Elbe, feuillette les archives, tantôt ennuyeuses, tantôt étonnantes, de son oncle. Elle parcourt une vie complexe, faite de paradoxes. Elle admire les dessins qui égaient ses documents professionnels, s'étonne à ses correspondances avec les artistes honnis par le régime, lit avec intérêt les notes prises pour son dernier livre, un essai sur Cranach.

La jeune fille rougit en lisant la correspondance entre Hans et sa gouvernante Elise, ensuite devenue sa femme, à laquelle il écrivait sans cesse durant ses tournées européennes à la recherche d'œuvres pour le musée de Linz. Entre deux lettres où les recommandations alternent avec les évocations licencieuses, Franziska tombe sur un document dont le papier détonne. Soudain, regardant de plus près la fine écriture à l'encre brunie, elle se rend compte qu'il s'agit d'un texte en français.

Sa connaissance de la langue est encore approximative, mais elle comprend rapidement que le texte date de plus d'un siècle, qu'il a été écrit par une jeune fille de son âge et qu'il relate un voyage de la Russie vers la France. Elle ouvre le tiroir de son bureau et soulève le couvercle de la boîte en fer-blanc où elle dissimule ses secrets d'adolescente – de la mèche de cheveux que lui a donnée son premier amoureux aux lettres, qu'elle s'imagine sulfureuses, échangées avec sa meilleure amie depuis qu'elles ont dix ans – pour y glisser le manuscrit.

Excitée par sa découverte, dont elle sait avec certitude qu'elle va la garder pour elle, Franziska fait mine de continuer sa tâche, tandis que sa mère, qui vient d'entrer dans la pièce, s'affaire à quelque rangement dans son dos, ignorant la rapine de sa fille sur laquelle nous entendons, pour l'heure, fermer des yeux pleins de réserve.

Paris, juillet 1943

> « Bien l'bonjour m'sieur Lévitan, vous avez des meubles, vous avez des meubles. Bien l'bonjour m'sieur Lévitan, vous avez des meubles qui durent longtemps. »
>
> Slogan des magasins Lévitan

La noire colonne de fumée qui s'est élevée toute la journée s'efface dans le crépuscule et la nuit forcée du couvre-feu. D'épais relents intoxiquent tout le quartier du Louvre.

Rose est découragée. Elle n'a rien pu faire pour sauver les centaines de toiles de Pablo Picasso, André Masson, Francis Picabia, Suzanne Valadon, Paul Klee, Juan Miró, Max Ernst, Fernand Léger, Michel Georges-Michel, et tant d'autres artistes dont la quête, indifférente au sol et au sang, choque l'esprit germanique par son incapacité à appartenir à l'espèce humaine (ou plutôt par son obstination à s'en extraire, si nous pouvons nous permettre une parenthèse linguistique : le mot allemand *entartete* désignant un mouvement de sortie de l'espèce, étymologie presque aussi intéressante que celle du mot *vernichtet*, littéralement « destiné au néant », que l'on appose sur le dos des œuvres vouées aux flammes).

La vigie du Jeu de paume n'a pas pu empêcher que ces chefs-d'œuvre soient lacérés au couteau dans le séquestre du Louvre, avant de former un bûcher sur la terrasse des Tuileries, au beau milieu du jardin intérieur sur lequel Rose a vue depuis les fenêtres du musée.

Ce fut d'abord un embrasement brutal des châssis, exacerbé par la vapeur d'essence, la pyramide en torche remuant dans la protestation vigoureuse des flammes contre cette infamie, avant de se transformer en cendres impuissantes. Les toiles ont alors lentement noirci, cloqué, les pigments fondant et se mêlant en une inexorable et grésillante agonie. Des centaines d'œuvres martyres sont devenues poussière, dissolvant dans le ciel d'été leurs couleurs assombries. Avec, pour seuls témoins, les vestales de pierre en contrebas du musée, le grand lion de la terrasse et le désespoir de Rose.

Elle s'incline devant la misère de son époque et rentre chez elle, où l'attendent solitude et ouvrage. À l'arrière de sa bicyclette, une sacoche chargée de documents qu'il va lui falloir copier pendant la nuit. Elle est toujours tolérée entre les murs du musée, extraordinairement. Toutefois, malgré ses précautions, malgré son sexe qui la rend insignifiante de fait, malgré sa capacité à se rendre invisible, elle commence de susciter la méfiance.

Chaque matin, elle entre au Jeu de paume avec une angoisse qui jamais ne décroît. Elle a subi, il y a peu, un interrogatoire qui a manqué la faire condamner. Les Allemands, la soupçonnant de sabotage, ont tâché de lui faire prêter serment, exigeant qu'elle garde le silence sur leurs activités au Jeu de paume, quelle que soit l'issue de la guerre. Mais elle n'a pas cédé, et cette victoire symbolique l'a contre toute attente ancrée encore davantage à son poste.

C'est aussi qu'elle est utile à l'officine d'Alfred Rosenberg : l'ERR, c'est commode, peut mettre sur le dos de Rose tous les vols commis par son personnel. Elle encaisse et, cantonnée dans un petit bureau d'où elle peut en réalité tout surveiller, développe de nouvelles habiletés.

Avec la régularité que lui impose sa droiture, elle fait depuis deux ans ses rapports à son directeur de son écriture nette et énergique. Dans la vivacité de la plume se lisent sa rigueur et son courage.

Comme Jacques ses aphorismes, elle sépare ses différentes « notes de service » par des tirets semi-cadratins. Elle consigne tout ce qui lui semble pouvoir être utile à la récupération des œuvres une fois la guerre terminée, car elle croit à la fin de la guerre et à la défaite allemande.

*

À cinq kilomètres du Jeu de paume, square Alfred-Capus, Arlette fume, allongée sur sa méridienne. Elle est épuisée par sa journée comme infirmière volontaire, mais elle ne s'accorde que quelques minutes de pause avant de se remettre à écrire. Arlette, guerre ou pas, vit dans l'urgence et sent combien chaque instant de vie est compté. Elle a fini par se remettre à l'écriture – le besoin d'argent a joué un rôle dans le déclic – et commence à trouver une certaine aisance, une voix personnelle qui, croit-elle, la libère enfin de l'éminence pesante de son aïeule. Après la parution de ses *Fleurs de légende*, planches d'artistes contestables qu'elle commente avec raffinement, elle s'est lancée dans l'écriture de nouvelles et, ce soir, elle laisse aller ses rêveries en volutes qui donnent leurs contours à ses personnages.

Autour d'elle, l'accompagnant en tous ses logements comme une aura qui ferait partie intégrante de son être, la même chaleureuse ambiance de datcha qui régnait dans l'appartement de son premier mariage. Certains objets sont des nécessités qu'elle impose à la décoration et à ses compagnons de vie. Un portrait du comte Rostopchine, notamment, au bas duquel se lisent les armes qui frappaient ses calèches, et qui orne le mur du fond de la pièce, face à un immense tableau représentant un Ségur quelconque, dont l'air sévère occupe tout l'espace au-dessus de la cheminée.

Au milieu du salon, un éléphant à roulettes tout ébène et ivoire, dans lequel on a creusé et recouvert de cuivre une cuvette, lui infligeant sa triviale destination. De fausses armes en forme de « M » entrelacés frappent le flanc de la bête. C'est un cadeau que la marquise Mathilde de Morny – dite le marquis, dite Missy, dite oncle Max, selon que l'on veut insister plus ou moins sur sa masculinité – a fait à Arlette peu avant la guerre. Elle avait informé son amie, d'un ton faussement solennel, que ce bidet était tout ce qui lui restait de son père et qu'il était urgent de lui en faire cadeau.

Arlette sourit à ce souvenir et murmure un obsédant fredon. Depuis quelques jours, elle ne parvient pas à chasser de sa tête le slogan des magasins Lévitan, devant lesquels le chemin de l'hôpital la fait passer quotidiennement. L'obsession vient non seulement de l'efficacité de cette ritournelle radiophonique, qui a permis le succès de la marque, mais surtout de ce qu'elle a été conçue par Marcel, dont trois des sœurs ont épousé des frères Lévitan. C'était l'un de ses tout premiers slogans, qui a fait de Marcel un pionnier de la chanson publicitaire. Tout le monde le connaît, tout le monde le chantonne en passant rue du Faubourg-du-Temple.

Arlette depuis quelques jours le chantonne elle aussi, sans savoir si c'est le slogan qui provoque le souvenir de l'homme ou l'inverse ; sans savoir non plus que le grand magasin de meubles Lévitan, sis rue du Faubourg-Saint-Martin, après avoir été aryanisé, a été réquisitionné – de même qu'un emplacement près de la gare d'Austerlitz – comme camp annexe de Drancy.

Il est en effet impossible de deviner, de l'extérieur, que l'énorme bâtisse de quatre étages, deux sous-sols et une terrasse sert désormais de dépôt pour tous les meubles et objets quotidiens saisis dans les dizaines de milliers de logements appartenant à des Juifs, lesquels ont disparu sans que personne cherche bien à savoir comment ni où. Les accolades élégantes des arcades séparent le rez-de-chaussée en boxes, où des chambres et des salons ont été reconstitués dans le moindre détail à l'intention des dignitaires nazis, lesquels, insensibles au lugubre de ces mises en scène, viennent régulièrement visiter le dépôt pour y dénicher quelque objet à leur goût.

Dans la discrétion du matin, les travailleurs forcés accueillent, bras serré par un bandeau où flamboie leur matricule, les camions que déchargent des déménageurs français regroupés en un service dédié. Submergés par l'afflux de caisses que l'on entasse dans le monte-charge, noyés dans les fétus qui envahissent l'atmosphère de leur poussière toxique, les prisonniers travaillent ensuite dans les étages supérieurs, alignant sur d'interminables rayons des éclats de vies déchiquetées : casseroles et cuillères où s'accrochent des restes de nourriture, ultimes témoignages d'une existence interrompue brutalement ; poupées déchirantes et disques trop écoutés ; horloges qui ne comptent plus les pas vers la mort de personne ; matelas transformés en suaires par la marque des corps disparus, chaussures révélant de dérisoires oignons, bibelots de prix ou banales ampoules. Des balustrades ouvragées empêchent la main-d'œuvre de se jeter en bas – elle ne ferait d'ailleurs que se blesser.

Ces internés, loués au camp de Drancy pour apporter leur force de labeur dans les entrepôts parisiens, sont provisoirement exemptés de déportation : ce sont des femmes de prisonniers de guerre, otages potentielles protégées par les conventions internationales, des conjoints d'Aryens ou encore des Juifs à moitié seulement, voire au quart.

Les travailleurs voient fréquemment arriver dans ces entrepôts leurs propres biens ou ceux de leurs proches, ces bouleversants objets pillés à leur domicile et qu'il leur faut à présent trier, astiquer, recoudre ou réparer, puis reconditionner à destination de l'Allemagne. Chaque carafe, chaque marmite est répartie selon son type, toute notion de propriété ainsi dissoute dans la multitude indifférenciée d'ustensiles en apparence identiques, désormais dépouillés de leur capital sentimental et historique. Les archives et les photographies ont pour la plupart été brûlées, éradiquant la mémoire et l'histoire personnelle des victimes. L'entreprise de destruction des Juifs a trouvé là une nouvelle manifestation de sa perversité.

Les internés campent au premier étage du magasin dans des conditions pénibles mais toujours plus supportables qu'à Drancy.

L'encadrement est moins présent, mais tout aussi impitoyable. Kurt von Behr, qui dirige désormais le dépôt d'Austerlitz, leur rend de fréquentes visites, annoncées par avance à grand fracas de haut-parleurs pour que chacun se tienne bien droit et pour que les objets lui soient présentés aussi élégamment que les tableaux le sont à Goering. Tout en prélevant quelques cadeaux destinés à ses hautes relations parisiennes, le colonel veille à la discipline. La moindre erreur, le moindre faux pas, le moindre contact avec l'extérieur peut renvoyer le fautif au camp drancéen, escorté d'une dizaine de prisonniers choisis au hasard.

La plupart des Parisiens ignorent ce qui se trame derrière les expositions de meubles qui, occupant toujours les vitrines, sauvegardent les apparences. Les camions bâchés qui entrent et sortent n'évoquent aux yeux des badauds qu'une vague collaboration mercenaire avec l'ennemi. Arlette, pas plus que les autres, ne sait quel gouffre de haine et de misère a remplacé la joie des jeunes ménages venant acheter sereinement leur premier canapé. Elle ne sait pas non plus où est Marcel. Elle a entendu dire qu'il s'était engagé dans la Résistance, on prétend même qu'il aurait rejoint de Gaulle à Londres. Quels beaux yeux il avait.

*

En effet, Marcel Bleustein, après s'être caché avec femme et enfant à Aix-les-Bains – où il a écrit la première des nombreuses versions de ses Mémoires, histoire de tromper l'ennui autant que l'angoisse d'être recherché par la Gestapo –, cherche à gagner l'Angleterre pour rallier le Général. Il est depuis peu devenu Marcel Blanchet, à la faveur d'un faisceau électrique. Éclairant le monument aux morts d'un village savoyard traversé dans sa fuite, la lampe avait sélectionné le patronyme d'un soldat inconnu. S'illuminant par la seule loi du hasard, celui-ci avait décidé de la nouvelle identité du résistant.

Il est parvenu, non sans difficultés, à passer la frontière espagnole, c'est alors le seul moyen de gagner l'Angleterre. Il est aidé par une filière de la Résistance et accompagné de son ami d'enfance Lazare Rachline, dit Lucien Rachet, dont la famille a fui les pogroms en Russie. Lucien, évadé d'Allemagne, très actif dans la Résistance, faisait partie du groupe qui, autour de Marcel, avait contribué à financer, à des fins d'information, la traduction en français de *Mein Kampf*. Ils avaient vainement distribué, avant la guerre, le texte aux autorités politiques françaises pour leur faire prendre conscience du danger, palpable depuis plusieurs années déjà. Mais seuls de fins lecteurs comme Winston Churchill ont su prendre la mesure de la folie hitlérienne, et rien n'a été fait pour l'arrêter à temps.

Dans ses fuites, c'était fatal, Marcel a perdu la petite pièce de un kopeck. Après un moment de désarroi, où des douceurs de peau et des cils charbonneux ont glissé leurs tentations nostalgiques, il s'est convaincu que c'était mieux ainsi. Les circonstances l'obligent à ne pas regarder en arrière, et à se concentrer sur le présent.

New York, septembre 1943

> «XXVI : Payer un objet d'art sa valeur n'amène au cœur aucun contentement. »
>
> Champfleury, *Soixante conseils aux collectionneurs qui fréquentent l'hôtel Drouot*

Le monde de l'art new-yorkais est en effervescence. Un seul sujet obsède désormais chaque conversation : la nécessité de ne pas ajouter l'extermination du pérenne au massacre de l'éphémère. Il s'agit de préserver les valeurs durables, qui sont l'essentiel en ces temps agités. Eisenhower et Roosevelt s'accordent à ce sujet depuis des mois, ils avaient même dès la déclaration de guerre anticipé les moyens d'épargner monuments et œuvres d'art. Mais enfin, c'est désormais concret. Le Monuments, Fine Arts, and Archives Program est né, commission d'officiers destinée à protéger le patrimoine européen en accompagnant les divisions de l'armée.

Tandis que Marguerite Yourcenar reprend quelque goût, encore convalescent, à l'écriture et achève une relecture du mythe d'Électre, la bibliothèque Frick – aucun lien avec Grace – devient l'épicentre des réflexions sur la protection de l'Ancien Monde par le Nouveau en matière d'art. Durant l'été, un catalogage et un atlas répertoriant les œuvres d'art européennes ont été établis. Des cartes approximatives ont été réalisées à destination de l'armée, afin de déterminer où il apparaît pertinent de larguer ou non des bombes. Quant à savoir si ces intentions patrimoniales seront bien reçues par les militaires, c'est une autre question.

En début d'année, les Alliés ont signé une déclaration solennelle frappant de nullité les transferts de propriété effectués par l'ennemi dans les pays occupés. Cette disposition, miroir inversé de celle de Vichy qui rendait illégales les ventes réalisées après le commencement du conflit, est également signée par les Russes, qui ne pensent plus qu'à compenser les destructions massives en leur pays par une politique des trophées, symboles de la victoire espérée contre le fascisme.

Staline, pas à une parodie près de son meilleur ennemi, commence à caresser le rêve d'un musée à sa gloire, qui rassemblerait les trophées saisis dans tous les musées d'Allemagne en guise de réparation. Politique de vases communicants, à l'image de celle consistant à vider les demeures allemandes de leurs meubles et objets du quotidien pour en garnir les maisons côté soviétique.

Après tout, il n'y a pas de hiérarchie dans l'attachement matériel : une casserole peut avoir autant de valeur symbolique dans une famille qu'un Vermeer dans une autre, et se charger de récits aussi poignants qu'un chef-d'œuvre à mesure de ses trajets quand, spoliée à Paris, elle se retrouve au fin fond de la Russie après un séjour dans un foyer germanique.

Les rêveries de Staline sont autorisées par le fait que le vent a infléchi la direction de son souffle : Hitler a épuisé ses hommes à Stalingrad, l'été a vu la dernière opération allemande en Russie tourner au désastre, et l'obstination du Führer n'a réussi qu'à décimer ses troupes. Hermann Goering ne sert plus à grand-chose. Depuis quelques mois, il sombre dans un univers de délire où ne compte plus que la jouissance, au sens propriétaire autant qu'hédoniste du mot. Il se prélasse à Carinhall, chasse et dévore ce qu'il chasse en un cercle vicieux de goinfrerie morbide. Ce faisant, il grossit de plus belle et perd peu à peu la confiance de son maître : Goering se disperse, et la drogue lui fait oublier quelles sont les priorités.

Mais Goering dans ses brumes a un éclair ; la débâcle allemande en Russie est un avertissement. Il lui faut sauver ses œuvres s'il veut, comme il en rêve depuis des années, ouvrir un musée à son nom – décidément, c'est une manie. L'illumination – à vrai dire, l'idée a été lancée par les musées viennois, saisie par Hitler et attrapée au vol par la gueule vorace de Goering – est la suivante : il va mettre à l'abri une partie de sa collection dans les mines de sel d'Altaussee, en Autriche. Ses trésors iront rejoindre ceux des dépôts actuels, que l'on est en train de vider. Venues notamment de Neuschwanstein par plusieurs centaines de kilomètres de routes glacées, transportées sur des pistes de boue neigeuse, déchargées puis rechargées sur de petits chariots à moteur, poussées sur un chemin de fer étroit à travers des conduits tortuant dans les entrailles des montagnes styriennes jusqu'aux cavernes minérales, pour être rangées sur des échafaudages en bois à l'abri de la roche, les œuvres trouveront enfin le repos.

Le sel qui strie les parois ocre de superbes ondulations blanches absorbe l'humidité mieux que n'importe quelle technique moderne, c'est donc le parfait refuge pour leur préservation, laquelle garantit la gloire future de nos gangsters. Car Hitler et Goering sont des gangsters, la séduction italienne en moins, et sans le bon goût de qui sait limiter ses crapuleries au fait divers.

Les mineurs d'Altaussee sont réquisitionnés pour creuser de nouvelles galeries et charpenter les écrins de bois qui accueilleront les chefs-d'œuvre, les chevalets géants et l'atelier de restauration. Toiles et sculptures sont minutieusement inventoriées et photographiées, tout répond à des impératifs administratifs très réglementés. La tâche monumentale se poursuit sur des semaines, des mois. L'hiver glisse en flocons lents sur les salines. La neige ensevelit les bouches d'ombre où vont dormir des joyaux, ces gîtes incongrus et indécelables au cœur des montagnes.

*

Les pieds entrent, synchrones, dans la flaque de lumière progressant sur le pavé ; Jeanne et Jacques avancent leurs jambes à l'unisson dans l'auréole de la lampe torche qui compense l'absence d'éclairage nocturne.

Jeanne Boitel s'est engagée dans la Résistance très tôt. Elle a rejoint Jacques depuis le printemps sous le nom de code « Mozart », afin de l'aider à la sauvegarde des œuvres. Envoyée par le réseau pour devenir sa secrétaire, l'agente secrète, comédienne dans le civil, d'une beauté à l'avenant, a fait chavirer le cœur sévère de Jacques Jaujard.

Le couple croise, à chaque coin des rues gorgées de nuit, des socles vides : les statues de métal qui les ornaient ont été fondues pour l'effort de guerre. Jacques se lamente. L'art est meurtri et menacé, considéré comme non essentiel en temps de conflit, et pourtant le marché qui l'exploite ne s'est jamais si bien porté : la guerre nourrit ceux qu'elle ne tue pas, et l'art est un investissement pérenne, la seule valeur à pouvoir servir de refuge en ces époques douteuses. Tout le monde cherche à profiter de la manne que représente l'arrivée massive d'œuvres sur le marché alliée à un taux de change inégalé.

Certains antiquaires dans ce marigot jouent un rôle ambigu, informant les Allemands des caches qui contiennent les collections les plus intéressantes, en contrepartie d'une juteuse commission sous forme de tableaux. Ces opérations se jouent dans les ventes aux enchères publiques, où sont parfois mis à l'encan des biens dits israélites – pénible métonymie. Justement, on vient d'en annoncer une à Drouot pour le jour suivant.

Jeanne demande à Jacques s'il est vraiment tenu de s'y rendre. Hélas, il faut continuer à donner le change, et peut-être, s'il s'y trouve quelques tableaux, aura-t-il ainsi l'occasion de protéger des œuvres volées à des familles juives, qui pourront les récupérer après la guerre auprès du musée national – si toutefois Jaujard parvient à s'y maintenir jusque-là.

Le lendemain, il pousse les grandes portes vitrées de l'hôtel des ventes. Les couloirs de Drouot bruissent de monde. Les lois raciales en ont fort tôt – bien avant les cafés, théâtres, musées ou piscines, le marché de l'art est précoce – interdit l'entrée aux Juifs par de très explicites panonceaux frappés de caractères élégants, subliminalement gothiques.

L'hôtel de perdition que décrivait Champfleury quatre-vingts ans plus tôt, où l'enchère était un jeu et une maladie chronique, a perdu de sa pittoresque légèreté, illustrée en son temps par les caricatures impitoyables de Daumier. Mais l'endroit est fascinant, et si le badaud n'y entre souvent qu'en curieux, trop démuni à l'ère du rationnement pour imaginer acheter quoi que ce soit, il est aussi mû par un désir peu avouable d'assister aux derniers dépouillements d'existences déjà niées par l'appareil d'État.

Jacques gravit les escaliers, guidé par les cris et les coups du marteau d'ivoire qui résonnent sous les hauts plafonds et jusque dans le cœur métallique des châssis que secoue le va-et-vient du monte-charge hydraulique. Il se rend directement à l'étage supérieur, où il sait que les ventes les plus importantes ont lieu, le rez-de-chaussée étant réservé aux biens ordinaires. Quant au sous-sol, où quelques années plus tôt se vendaient canards et autres animaux, c'est un champ de corps morts, de machines à coudre innombrables entassées là comme pour crier l'absence de leurs propriétaires déportés, assassinés, annihilés.

La salle est comble, où se presse une foule bigarrée. Les messieurs côtoient les fripiers, les dames les panailleux, la noblesse la camelote. Les murs sont tendus d'un rouge où resplendissent les teintes des tableaux, même les plus médiocres. Jacques observe les acheteurs, comme leur corps se met à trembler, comme leur pied piaffe dans le cuir luxueux avant de lever la main, remuement qui ne s'achève qu'une fois l'œuvre emportée. Il devine la sueur à leurs tempes, les démangeaisons nerveuses de qui hésite, la bouche devenue pâteuse du collectionneur aguerri qui repère une proie.

Crieur et aboyeur règnent sur cette ruche d'émotions ; de robustes représentants de la communauté des Savoyards, vêtus d'une veste de drap noir ou bleu sombre à collet rouge et d'une casquette aux armes de Drouot, surveillent les opérations et se tiennent prêts à transporter buffets et grands formats de la salle au camion. Jacques considère avec le flegme triste de sa générosité protestante le comportement de ces acheteurs, qui acquièrent à tour de bras sans souci de la provenance des œuvres. Il a pourtant un motif de satisfaction, puisqu'il a réussi à sauver l'antependium de Bâle, joyau d'or ciselé que convoitait Goering, en lui livrant un chef-d'œuvre moins crucial mais qui obsédait le maréchal : *La Belle Allemande*, un bois sculpté figurant Marie-Madeleine. Goering l'a vu au Louvre trois ans plus tôt, et il lui a irrésistiblement fait penser aux gravures de Dürer ; Jaujard a su exploiter avec habileté cette association discutable.

Les prises scandées par les commissaires continuent à ricocher sur les murs de la salle bondée. Drouot est une Bourse artistique d'où, en temps de guerre, montent des odeurs de charogne. Si le lieu a toujours eu à partir avec le malheur, au point que Champfleury, qui soit dit en passant était en matière d'antisémitisme bien de son temps – nous commençons à nous dire que ce temps n'a ni début ni fin –, comparait le bâton d'ivoire du commissaire-priseur à la faux macabre, le contexte d'aujourd'hui est plus sinistre que jamais. Jacques n'y tient plus et quitte les lieux en tirant sur une nouvelle cigarette.

Paris, juin 1944

« Aucune époque ne vit entièrement détachée des autres ; chaque civilisation se fonde sur ses propres réussites mais aussi sur ce qu'elle a hérité du passé. »

Ronald Balfour,
projet de conférence destinée à des soldats

La pluie cannelle de ses rigoles les façades de pierre grise. L'averse a surpris Ernst Jünger au pied des Invalides et l'a contraint à s'abriter au musée Rodin, qu'il n'apprécie que médiocrement. Dans les jardins, les statues regagnent un peu de lustre à ses yeux lorsqu'il s'imagine qu'un jour elles seront retrouvées par des archéologues sous les ruines et les chenilles de tanks abandonnés. Mais Ernst Jünger n'a pas le goût de ses contemporains ; il est avant tout un grand admirateur d'Albrecht Dürer, dont il aime à parler durant des heures dans des chambres de bonne parisiennes, ou plus vraisemblablement dans les salons de l'ambassade allemande ou chilienne, en compagnie de peintres centraméricains exilés.

Jünger repense aux chars qu'il a vus passer quelques jours plus tôt, surmontés de ces jeunes guerriers teutons saturés du mélancolique enthousiasme de la bataille à venir, ripaillant sur les blindés et suscitant chez l'écrivain d'attendrissantes images de soldatesque romaine. Il observe les derniers moments de la guerre avec une distance qui ne peut que nous sidérer : il est d'abord préoccupé de lectures et de promenades banlieusardes, de plaisirs de bouche – ah, les fraises trempées dans le bourgogne – et de corps, toutes ces délices auxquelles la fin du conflit risque de mettre un terme.

Tandis qu'au camp de concentration de Dora, François Le Lionnais s'efforce de résister au désespoir en décrivant des tableaux du Louvre à ses compagnons de détresse ;

que Marguerite Yourcenar poursuit de griffonner ses grecqueries, qui sont tout ce qu'elle peut faire en cette période de disette mais qui, bien qu'elle pense avoir abandonné toute ambition littéraire, préparent le terrain pour l'essentiel ;

que dans les bois du château de Beaumanoir des maquisards se regroupent avec la bénédiction de la comtesse de Saint-Pierre – que nous avions vue accueillant des œuvres avec la même bienveillance au début de la guerre –, en vue de s'exercer au maniement des armes et de retarder l'arrivée des renforts allemands ;

les plages normandes sont envahies d'Américains convaincus de leur mission.

Dans le sillage des militaires décidés à venir à la rescousse du Vieux Continent, cahotant leurs carcasses d'intellectuels, galopent une douzaine d'hommes maladroits aux armes, mais experts dans leur domaine : ceux que la légende, moins précise que l'Histoire, appelle les Monuments Men. Ces historiens et conservateurs aux mains chargées de cartes et de listes de bâtiments à protéger sont les officiers nommés par Eisenhower dans le cadre de son ordre officiel de protection du patrimoine.

Les monuments français, symboles par excellence de la civilisation occidentale et de ses productions les plus éminentes, sont sous la bonne garde de ces officiers venus du civil, empêcheurs de bombarder en rond avec lesquels doit composer l'armée. Les Alliés évitent les châteaux grâce aux informations que leur a transmises Jacques Jaujard, mais aussi grâce aux grandes lettres blanches, visibles depuis le ciel, qu'ont inscrites au sol les gardiens des dépôts afin d'indiquer la présence d'œuvres venues du Louvre.

À présent, il s'agit avant tout pour ces officiers assignés à la protection des beaux-arts de retrouver les œuvres au milieu des décombres. Les premières semaines de recherches sont éminemment frustrantes. Les hommes traversent des villages normands en ruines, vont d'indication maligne en bonne foi erronée.

Les locaux ont fabriqué, de bric et de broc, de flambantes bannières criblées d'étoiles pour accueillir les Américains. Tablettes de gomme et sourires se distribuent en échange de renseignements, qui ne sont pas toujours fiables : la propagande allemande est passée par là, prétendant que les Américains n'ont qu'une idée en tête, récupérer les œuvres pour les revendre au plus offrant, leur ignorance notoire les rendant inaptes à juger de leur valeur – l'argument décidément est à géométrie variable.

Après un temps d'adaptation, néanmoins, les soldats eux-mêmes apportent volontiers leur aide aux officiers. Il leur arrive bien d'offrir une ou deux toiles aux donzelles qui passent – on tombe vite amoureux en temps de conflit, à plus forte raison quand il touche à sa fin et se gorge de promesses. Parallèlement, les résistants maquisards menacent les gardiens des dépôts, volent leurs armes et leurs salaires ainsi que l'essence des autopompes. Il y a toujours plus de deux côtés dans une guerre.

Les officiers ont aussi pour mission de protéger les dépôts identifiés de la convoitise des maraudeurs, autochtones affamés comme soldats de leur propre armée. Ils entourent de rubans blancs les propriétés ou floquent les portails des châteaux de pancartes s'évertuant à limiter, par la menace de mines ou l'injonction autoritaire, la pénétration intempestive des lieux par de plus ou moins avides, de plus ou moins curieux intrus. Les Français sont invités à accrocher eux-mêmes les panonceaux, histoire que les Américains ne prennent pas à leur tour le visage d'occupants.

Les Allemands détroussent sans plus de formes, à présent que le vent tourne à la déroute – le pillage est plus ou moins gai, selon qu'on est vainqueur ou vaincu. Quelques derniers massacres, en guise de baroud, ensanglantent le pays, et partout des dépôts d'œuvres sont incendiés. À Valençay, la Kommandantur embrase la ville et pénètre dans le château, assassinant un gardien. Le conservateur qui assure la protection des œuvres mises à l'abri dans le dépôt valencéen, et notamment de la collection d'art graphique d'Edmond de Rothschild, est de ces hommes qui dorment avec la Joconde pour mieux veiller sur elle. Il parvient à convaincre les Allemands de ne pas détruire le domaine, appuyé par le propriétaire, un descendant de Talleyrand. Le dépôt est épargné, et la Joconde conserve le sourire.

Dans le parc – où il y a encore peu s'ébattaient, parmi les biches et les faons, quelques kangourous et lamas surmontés d'un envol de cacatoès –, le bruit des ultimes combats se répercute, faisant vibrer la sève au cœur des aubours.

*

Tandis que le Führer, décidé à faire de la capitale un monceau de cendres, ordonne sa destruction à von Choltitz qui botte en touche – tous les matins depuis des mois, le baron a admiré la silhouette du Louvre, il ne se résout pas à le démolir –, Rose Valland depuis la fenêtre du Jeu de paume observe Paris se libérant. D'où elle se trouve, elle ne voit pas la statue du lion qui, abattue, gît au pied du grand escalier, mais elle sait les désastres qu'il faudra réparer.

Elle a déjà oublié ses faits d'armes de la veille ; grâce à ses indications, un train contenant des centaines de tableaux – Monet, Cézanne, Dufy et Braque, Renoir, Picasso, Foujita et Gauguin, Modigliani, Vlaminck, Degas, Laurencin, Bonnard et Toulouse-Lautrec – a été intercepté par la division Leclerc sur sa route vers l'Allemagne, où les bombardements l'auraient sans nul doute détruit. Par un hasard qui n'a pas sa place dans un roman, mais que nous ne résistons pas à mentionner – notre soif de coïncidences est décidément impossible à étancher –, le commandant du peloton est le fils du collectionneur Paul Rosenberg, à qui appartiennent nombre de ces œuvres.

Rose songe moins à son propre courage qu'à celui de son directeur. D'autant que Jacques est d'une beauté qui s'accroît avec la fatigue, et même avec l'âge : à quarante-huit ans, son charme est à son acmé, qu'attise la situation d'héroïsme quotidien où il se trouve. Mais à cela Rose ne songe pas non plus – c'est son chef. La séduction qu'exerce peut-être sur elle, à son insu, le noir freux de ses cheveux plaqués en arrière et de ses sourcils qui exaltent le pâle gris-bleu de ses yeux, l'odeur de cigarette et de parfum viril, se noie dans des rêveries informes, languides et illisibles qu'elle oublie au réveil.

Elle a sans doute davantage de difficulté à oublier les charmes de Jeanne, la maîtresse de Jacques – mais l'Histoire ne le dit pas, car l'Histoire rarement parle. Pour l'heure, tout est étrangement calme dans l'esprit comme sous les yeux de Rose. Les jardins sont déserts, la terrasse s'ombre paisiblement de la balustrade et du souvenir du grand lion qui surveille la Concorde. La Cour carrée du Louvre, transformée en camp de prisonniers, a des airs de vacances, malgré les mitrailleuses sur les toits des pavillons. Les soldats en maillot de corps dorment sur le pavé recouvert de leurs capotes, digérant les chétives boulettes qu'on leur lance à travers les grilles.

L'un d'entre eux, désœuvré, dessine à la craie blanche sur le noir encrassé de la pierre une femme nue à genoux, les mains en prière. Un peu plus loin, le regard de Rose se porte sur les Américains en bivouac entre les haies des Tuileries, où les tranchées creusées par les Allemands font office de latrines et où d'innombrables jeeps stationnent en attente de la suite.

Quelques jours plus tôt, l'atmosphère était tout autre. Un féroce incendie – observé par Ernst Jünger avec un trouble ravissement – allumait le ciel de la capitale. Après plusieurs heures de fureur pyromane, la bataille de Paris avait transformé le Jeu de paume en camp retranché, quelques Allemands avaient été tués sur place et les trois cents autres s'étaient rendus. Jaujard avait hissé le drapeau français sur le Louvre.

La position de Jacques est rien de moins qu'intenable en ces jours précaires ; le fait que le Louvre soit miraculeusement épargné par les obus, son maintien – d'autant plus courageux mais toujours ambigu, vu de l'extérieur – dans le nid de frelons de l'administration durant toute la guerre, ainsi que ses tentatives d'amadouer les fauves, facilement interprétées comme des faiblesses, le rendent suspect aux yeux de certains.

Rose est consciente de ces difficultés ; elle-même les encourt, car toute la semaine elle a lutté pour empêcher les soldats d'accéder aux sous-sols du Jeu de paume – y sont en effet stockées les œuvres que l'ERR, avant sa dissolution, n'a pas eu le temps de transférer dans le séquestre du Louvre. La conservatrice a été l'incrédule témoin de ces ultimes et désespérées rapines ; la vénalité prenant le pas sur la sécurité l'aurait stupéfiée, n'était ce à quoi elle a assisté durant toute la guerre.

Elle n'a pas le temps de s'étonner, d'ailleurs. Il lui faut faire face aux virevoltes de l'esprit humain, qui la mettent en position périlleuse. Sa défense des sous-sols du musée l'a fait soupçonner d'y cacher des Allemands. La foule, entre liesse et révolte, a besoin d'émissaires sur qui passer l'énergie comprimée pendant quatre ans d'occupation. Ignorante et manichéenne, avide de coupables faciles, elle a insulté, blâmé, imploré la fusillade.

Rose est outrée, blessée dans son sens de l'honneur. Tous les efforts et tous les risques, toute la tension, toute la droiture douloureuse, pour être ainsi accusée ? Heureusement, des témoignages d'amis résistants innocentent bientôt Valland comme ils innocentent Jaujard. Tous deux obtiennent des excuses publiques, qui compensent mal la blessure. Rose, échaudée, se tient prudemment à l'écart des célébrations.

À quelques volées de pigeons de là, sur le balcon de l'Hôtel de Ville, Marcel au contraire est au cœur de la victoire. Revenu d'un exil actif, il se tient aux côtés du général de Gaulle – mais ne figurera pas sur la photo, trop occupé qu'il est à serrer son camarade Lucien Rachet dans ses bras, qu'il avait perdu de vue après leur périple résistant.

Ils avaient gagné l'Espagne ensemble, cachés sous des bâches et des paniers au fond d'un camion, lors d'une pénible équipée pyrénéenne ; avaient été arrêtés et incarcérés durant trois mois d'enfer dans la puanteur et la vermine d'une prison phalangiste ; s'étaient fait passer pour des aviateurs canadiens en puisant dans leurs lectures nord-américaines pour donner le change ; avaient été libérés par des Anglais, avant de rejoindre l'Écosse puis la banlieue de Londres, où huit jours d'un interrogatoire minutieux leur avaient été infligés avant d'être admis à intégrer la Résistance.

Après quoi ils avaient été séparés : Marcel avait manqué de partir en mission sur le front russe ; dirigé les services de presse du général Koenig ; virevolté dans des tempêtes de feu aériennes, entrechassant les avions allemands au-dessus des côtes atlantiques en un ballet de mort ; précipité la libération de Paris en l'annonçant à la BBC avec deux jours d'avance ; reçu la croix de guerre des mains du Général, s'était appelé Smith ici et Wilberforce là, en oubliant jusqu'à son vrai nom, dissimulé si loin derrière son pseudonyme de résistant comme derrière ceux de la survie.

Loin de ressasser ce qu'il a perdu, il est tout entier à ce qu'il retrouve et s'estime chanceux d'avoir survécu et protégé son épouse comme ses filles tout en œuvrant à la cause. Il ne se préoccupe pas des efforts qui sont déjà consacrés à la récupération des œuvres spoliées par les nazis et ignore – le saurait-il qu'il ne s'y intéresserait guère – qu'au même moment se tient la première réunion de la Commission de récupération artistique, chargée de retrouver les œuvres et de les restituer aux familles rescapées du gouffre.

La Commission est majoritairement composée de femmes, dont Rose qui en est la secrétaire. Elle se donne à l'ouvrage avec la méthode et l'énergie qu'elle met en toute chose, et avec l'engagement dont elle a fait preuve pendant la première partie de sa mission, au Jeu de paume. Aujourd'hui, il s'agit de tirer profit de son intransigeance d'alors. La besogne est insensée : les dossiers de réclamation arrivent par milliers. L'Office des biens et intérêts privés, fondé dès la signature du traité de Versailles, est sis avenue de Malakoff dans le seizième arrondissement, tandis que la Commission s'installe au Jeu de paume pour exorciser les mauvais souvenirs ; le Répertoire des biens spoliés est constitué ; tout se met en place pour organiser la récupération des œuvres artistiques.

Des annonces ont paru dans la presse, invitant les propriétaires spoliés à visiter les entrepôts parisiens où les biens ont été rassemblés à des fins d'identification et de récupération. Des pianos notamment, retrouvés dans les suites des grands hôtels, sont exposés au sous-sol du musée d'Art moderne de la Ville de Paris – aile est du Palais de Tokyo –, à l'endroit précis où les Allemands les avaient stockés – souvent à la verticale, autre crime.

On voit aussi de ces biens dits identifiables – ceux qui ne le sont pas sont distribués aux nécessiteux – au Parc des expositions de la porte de Versailles, ou encore dans le palmarium du Jardin d'Acclimatation. Dans une ambiance tropicale, où flotte le souvenir de soufre des expositions ethnographiques mettant en scène des groupes humains, les familles se pressent. Revenues par miracle, lentement reconstituées au fil des semaines, elles s'évertuent à récupérer ce qu'elles peuvent de ce que, quatre ans plus tôt, elles avaient abandonné derrière elles. La quasi-totalité des Juifs parisiens ont été touchés par cette spoliation dite – le mot est terrifiant – ordinaire, étape logique de l'extermination.

Les propriétaires spoliés doivent, en théorie, présenter divers documents justificatifs, listes, factures, photographies, mais la difficulté de prouver la propriété d'un objet est telle que les mécanismes de compensation jouent à plein, un équilibre subtil entre confiance et compassion faisant le reste. Ainsi Léon Blum, qui reconnaît son piano à l'oreille, est-il autorisé à l'emporter, bien que toutes les preuves aient disparu dans la tempête nazie. Les concierges eux-mêmes se montrent coopératifs, fournissant certificat de bonne foi sur certificat de propriété, venant en aide à ceux dont les appartements sont aujourd'hui soit saccagés par les occupants au moment de fuir, soit habités par les groupes de résistants. Le relâchement administratif est une manière comme une autre de contribuer à l'effort. L'époque répare comme elle peut.

Dresde, février 1945

> « L'humanité est devenue assez étrangère à elle-même pour réussir à vivre sa propre destruction comme une jouissance esthétique. »
>
> Walter Benjamin, *Essais*

Les joies du carnaval ont fait long feu, absorbées tout rond par la gueule ardant et dévorant, sans distinction, tout ce qui vient à tomber sous ses crocs. Une tornade de flammes aspire les corps en rapides tourbillonnants, lesquels alimentent d'autres rapides plus brûlants encore, créant leurs propres mécanismes de combustion lascive et renaissant sans cesse d'eux-mêmes, s'engendrant avec une insatiable concupiscence, se vautrant dans l'orgie féroce de chairs et de briques avec la voracité d'une horde de faunes.

La ville flamboie ses dernières mesures comme une mer embrasée achève sa symphonie dans une tempête. La chaleur rayonne jusqu'aux confins urbains, où elle allume de nouvelles incandescences. La chair humaine fond, détrempant d'une humeur infecte la terre du parc où les habitants ont trouvé refuge, croyant échapper à la chaleur du premier raid. Des bombes incendiaires ont été lancées par tonnes depuis les nuées par la toute-puissance alliée. Un ouragan de phosphore ravage la ville de Dresde.

Lorsque, moins d'une heure plus tard, les feux s'apaisent, repus, un nuage de cendres beige recouvre la région tout entière. La lumière de l'incendie reste visible à des dizaines de kilomètres, et l'on retrouve des objets à vingt lieues de leur place d'origine, emportés par l'ivresse des vents ignés. La ville historique est détruite. Des pans de murs écroulés se dressent encore çà et là, tenus par la vaine résistance de barreaux de métal qui ne protègent plus rien. Des rampes de fer forgé surgissent des décombres, entre une carcasse d'automobile calcinée et un amas de pierres éboulées. Des statues éventrées, démembrées, étêtées parfois, maintiennent leurs restes négligeables sur les rambardes affaissées. Par mesure d'hygiène, on ajoute du feu au feu : les cadavres sont amassés et brûlés en tas. Les survivants sont hébétés. Un million de personnes s'étaient crues réfugiées dans cette ville trop belle pour être bombardée. Sa richesse artistique, son peu d'intérêt stratégique, ses nombreux hôpitaux auraient dû la protéger. Mais il s'agissait pour Churchill de faire démonstration de sa force, et surtout d'empêcher les Soviétiques de récupérer les biens industriels dans cette zone.

La galerie de peinture n'a pas échappé aux flammes. Plus de deux cents tableaux ont brûlé. Des têtes de marbre éborgnées contemplent le massacre de leur œil béant. Une grande partie de la Voûte verte a été détruite. Mais le pire – du moins, en matière de patrimoine artistique – a été évité grâce à l'évacuation de la plus grande partie des œuvres, qui ont été envoyées dans des dépôts secrets, ou bien dissimulées au fond de grésières et de mines de calcaire abandonnées, au cœur des massifs montagneux. Les gravures, les tableaux rangés par ordre de taille côtoient dans cette humidité brute lingots et pièces, alliances et plombages, bijoux et vêtements, en attente d'une incertaine délivrance.

*

Tandis qu'à l'autre bout de l'Allemagne, à Clèves près de la frontière néerlandaise, l'historien médiéviste et membre des Monuments Men Ronald Balfour meurt à tout juste quarante et un ans, touché par un éclat d'obus en tâchant de protéger des œuvres d'art, et que cinq jours plus tard Pierre Drieu la Rochelle parvient enfin, après plusieurs tentatives, à mourir volontairement à l'âge de cinquante-deux ans, Américains et Anglais continuent de bombarder l'Allemagne sans rencontrer de résistance particulière de la part de la Luftwaffe.

Son chef a la tête ailleurs : il patauge dans la drogue et les plaisirs en attendant la fin, et consacre son peu d'énergie à mettre à l'abri ses quelques milliers d'œuvres d'art. Au printemps, Hermann Goering en remplit trois trains et plusieurs camions avant de les faire évacuer de Carinhall, plus préoccupé de leur sort que de celui de l'Allemagne. Il enterre la statuaire trop lourde et les objets de valeur intransportables dans le parc de sa résidence, ainsi que dans la forêt et la lande alentour.

Dès l'automne, il avait fait brûler le pavillon de chasse de Rominten, juste avant que le traité de Yalta ne le situe en zone russe. De même, à Carinhall, il donne l'ordre d'installer des charges de dynamite et quitte à jamais son palais de démence.

Le décret néronien d'Hitler l'a inspiré, qui accuse le peuple allemand d'avoir échoué dans cette guerre et lui dénie le droit de conserver les infrastructures du Reich. La politique de la terre brûlée s'impose à la mégalomanie des derniers sbires du Führer : ce qui n'est plus à eux ne sera à personne, et les Alliés n'auront plus que des cendres à conquérir.

Par cet ultime acte de foi dans sa propre puissance, Hitler parachève sa furieuse identification avec l'empereur romain, chanteur et architecte, amateur de spectacles excessifs et déments, joueur de cithare dont la légende – toujours elle – a fait un monstre pyromane. Mais aussi matricide, et instigateur du suicide de Sénèque, comme Hitler lui-même pousse ses subordonnés à se donner la mort.

Goering rejoint le bunker où le Führer s'est retiré, sous les jardins de la chancellerie berlinoise. Au fond de sa folie de béton enterré, Hitler passe des heures à contempler, en compagnie de son architecte Albert Speer, la maquette du musée de Linz derrière laquelle il se retranche. Dans son esprit déréglé, la version de carton et de petit bois est désormais à taille réelle.

Ce soir, c'est son anniversaire : les sycophantes montrent leurs derniers signes de loyauté en bravant bombes alliées comme artillerie soviétique pour gagner le bunker. Ceux qui y vivent depuis des semaines, à cinquante marches sous le niveau du sol, taupes ratines aux yeux devenus rouges à force d'obscurité et d'ivresse oublieuse, ne sont plus au monde. Chacun hésite entre fuite et suicide, abruti par le bruit permanent de l'air conditionné, par la fumée qui se mêle aux odeurs atroces – vapeurs d'alcool qui ne désengorgent pas les chairs, fumet persistant du chou fermenté qui fait leur ordinaire, corps entravés et grignotés de l'intérieur par l'angoisse.

Tandis que Berlin est pris en étau entre l'armée soviétique et la résistance allemande, laquelle n'est plus à vrai dire qu'un troupeau défait de soldats mal formés ou d'adolescents désarmés qu'une enfance fanatique dans les Jeunesses hitlériennes a convaincus d'être là, les dignitaires nazis sabrent le champagne entre deux tonnerres d'obus, parodiant les gestes d'une ultime festoyade. Pas de cadeau, pas de tableau de maître soigneusement sélectionné pour conquérir les grâces du guide. Adolf Hitler – ou ce qu'il en reste – est une épave. L'un de ses bras pend, inerte, comme un échec avoué, une reddition. La présence d'Eva Braun, inédite dans son ostentation, souligne plus lourdement encore que la fin du règne est consommée.

Pendant ce temps, à Nuremberg, le maire est assassiné d'une balle dans la tête au moment même où les Alliés hissent le drapeau américain au-dessus du stade où se déroulaient les rassemblements du parti. La ville est ravagée presque entièrement, les monuments sortis de l'imagination grandiloquente d'Albert Speer sont en ruines. L'hôtel de ville, dont Dürer avait réalisé les fresques murales, a été détruit et le grès de l'église Saint-Sebald est marqué de cicatrices calcinées. Sur la façade extérieure, au niveau du chœur, il est presque impossible de distinguer le petit bas-relief représentant des Juifs abouchés aux mamelles d'une truie, médaillon de pierre dont le macabre est renforcé par le noir de fumée.

Goering est le premier à quitter la fête. Le Führer et lui ne se reverront plus. Le maréchal sinue jusqu'à sa limousine blindée où il entasse son corps massif entre ceux, minces et terrifiés, d'Emmy et de leur fille Edda. Suivi d'un convoi de voitures contenant son personnel, ses dizaines de valises, ses mallettes de pilules stupéfiantes, ainsi que sept camions chargés d'œuvres d'art dont il n'a pas voulu se séparer – sa poire pour la soif, dit-il élégamment, en un équivalent métaphorique que nous renonçons à traduire depuis l'allemand –, il prend la direction des Alpes bavaroises et de leurs routes tortueuses.

*

Neuf jours après la plus étrange fête d'anniversaire de l'Histoire, Adolf Hitler passe au doigt d'Eva Braun une alliance récupérée dans les fonds de la Gestapo où sont stockés les biens saisis sur les déportés. Il s'est rêvé un destin à la Néron, il aura du moins sa fin. Les deux jeunes mariés se suicident quelques heures plus tard, aux âges respectifs de cinquante-six et trente-trois ans, d'une capsule d'acide pour l'une, d'une balle dans la bouche pour l'autre, juste après qu'Hitler a exécuté lui-même son berger allemand prénommé Blondi et à peu près au moment où l'avocat qui les a mariés reçoit dans le front une autre balle, soviétique celle-là.

Hitler, pour éviter l'humiliation qu'ont connue les dépouilles de Mussolini et de sa maîtresse, exhibés tête en bas juste après leur exécution, a ordonné que son cadavre et celui d'Eva soient incinérés dans les jardins de la chancellerie. Goebbels a fait la même demande, mais faute d'essence, son corps reste à moitié calciné dans une crispation hideuse.

À quatre cents kilomètres de là, réfugié entre les murs splendides de l'abbaye bavaroise de Banz, dans les sous-sols de laquelle sont cachées, avec les archives d'Alfred Rosenberg, des dizaines de caisses contenant la dîme prélevée par le colonel sur les objets d'art spoliés au nom du Reich, Kurt von Behr verse le contenu d'une capsule de cyanure dans deux flûtes de champagne dont le millésime date de la première chute de l'Empire.

Von Behr a échoué à négocier sa liberté, bien qu'ayant remis aux Américains toutes archives, fichiers et autres inventaires permettant la récupération des œuvres. Il n'ignore pas qu'en mourant, il devient le coupable idéal, voué à endosser les actes de ses complices. Mais après lui le déluge. Il tend une flûte à son épouse et boit d'un trait en la regardant au fond des yeux.

Berlin, mai 1945

1 table bois blanc dessus émail carreaux
1 glacière laquée blanche
2 tabourets
1 cuisinière gaz Martin (fournir facture)
1 lustre plafond verre dépoli
1 applique verre dépoli
1 arrêt porte
Linoléum sur toutes les planches
1 service porcelaine blanche de table
12 couteaux grand modèle
12 couteaux petit modèle
1 hache
1 tire-bouchon
1 boîte ordures se fermant
1 balance avec ses poids
1 chiffonnier genre ancien rustique
1 service table (fournir facture)
1 samovar en cuivre

Inventaire partiel extrait d'un dossier
individuel de réclamation

La Spree bouillonne d'une activité intense le long de l'île aux Musées qui fourmille de soldats russes, parmi lesquels Adrian, le fils de Margarita Rudomino, l'audacieuse et obstinée bibliothécaire moscovite. Après avoir exploré la Russie et ses bibliothèques outragées, notamment à Leningrad, elle se trouve elle aussi dans la capitale allemande, chargée de récupérer – avec la mesure que lui impose son bon sens – des livres en vue de renflouer les bibliothèques détruites en son pays.

L'Armée rouge vient d'entrer dans Berlin, peu après avoir repris Sébastopol en ruines. Sur la photographie qui immortalise la conquête du Reichstag par les Soviétiques, il a fallu effacer la deuxième montre du soldat chargé de hisser le drapeau, gommer cette preuve de pillage à son poignet.

Les Russes sont bien décidés à venger les massacres menés chez eux et à tout saisir à titre de compensation, l'argent et la nourriture, les meubles et les objets, et surtout les œuvres d'art. Maisons et magasins, musées et tours antiaériennes sont visités et vidés dans une urgence organisée.

Outre la perspective de l'automne et de son humidité préjudiciable à la conservation des toiles, les zones d'occupation qui divisent l'Allemagne, et Berlin au premier chef, entre les différentes puissances ne sont pas encore clairement définies : il ne faudrait pas que les Américains arrivent avant eux et récupèrent des objets qui leur appartiennent légitimement. La Russie a tellement souffert.

Staline, pour soutenir la propagande de la victoire dans sa grande guerre patriotique, vient de créer dans le plus parfait secret les brigades des trophées, rattachées à l'Armée rouge. Chargées de sélectionner et de mettre à l'abri les œuvres à même de redorer le blason national, ces commissions de confiscation rassemblent historiens, ingénieurs, conservateurs, artistes, traducteurs, archivistes et restaurateurs. Ces intellectuels opposent au pillage auquel se livrent les bataillons de l'armée régulière, motivé par une volonté de compensation, une saisie présentée comme légale, s'appuyant sur le bien-fondé de la protection et du sauvetage des biens culturels.

L'une de ces commissions est dirigée par la critique d'art Natalia Sokolova. À quarante-huit ans, Natalia n'en est qu'au début de sa carrière. Elle a l'énergie d'une jeune femme et le visage rond de la lune. Elle est rédactrice en chef pour les rubriques artistiques de la principale agence de presse de l'Union soviétique, créée peu après l'attaque allemande d'il y a quatre ans.

La brigade de Natalia, tout juste arrivée à Berlin, apprend fort opportunément qu'un document secret vient d'être découvert par des officiers dans la cave murée et minée de l'Albertinum de Dresde, document codé indiquant l'emplacement de cinquante-trois caches – puits de mine, tunnels, caves et greniers – dispersées sur les deux rives de l'Elbe. L'équipe de Natalia est alors aussitôt envoyée dans ce qui, quelques années plus tôt, était encore la Florence allemande.

Natalia se réjouit à l'idée de quitter Berlin et sa violence. Elle ne supporte plus cette atmosphère de pillages, de viols, de gouffres humains où elle s'enfonce à chaque pas ; mais Dresde, où elle parvient le jour même de la signature de l'armistice, ne l'accueille pas plus légèrement.

La capitale artistique de l'Allemagne n'est plus. Les monuments, autrefois sublimes, sont réduits à quelques arches pathétiques, où s'enroulent les longues traînes fantomatiques du souvenir. L'odeur des cadavres qui congestionnent toujours les rues menace de faire perdre l'esprit à Natalia.

Au milieu des décombres, un cerisier tors déploie ses branches parées de milliers de minuscules fleurs pâles qui sont un nuage velouté dans l'air tremblant de chaleur crasse, une ironie rosée dans la ruine de l'âme. Au pied de l'arbre, un corps semble tombé là juste un instant plus tôt, préservé comme miracle par la blancheur du printemps. La chemise est grande ouverte, le sous-vêtement bée et n'abrite plus aucun battement. Le regard exorbité dévore le visage, transi dans une dernière grimace terrifiée. L'officière de l'Armée rouge se penche et referme à grand-peine les paupières de la jeune morte sur ses yeux immenses.

Arpenter cette débâcle devrait faire passer au second plan la recherche d'œuvres d'art. Mais la nécessité qui meut Natalia depuis l'adolescence reprend le dessus. C'est le seul endroit où elle puisse agir, le seul élan de vitalité possible dans cette mort qui est partout. La plupart des autres membres des brigades n'ont pas ses scrupules – d'ailleurs les ordres sont les ordres – et s'emparent sans renâcler des tableaux qui n'ont pas été détruits. Le département des manuscrits de la bibliothèque de Dresde recèle des trésors miraculeusement sauvegardés : ils sont tous emportés en zone soviétique.

Dans les mines qui pullulent à la périphérie de la ville, véritables catacombes du Troisième Reich, des centaines de tableaux sont retrouvés, Rembrandt et Raphaël, Dürer et Ruysdael, pas même emballés. Leurs cadres dorés brillent dans l'ombre des grottes, comme une larme dans l'ombre des paupières de Natalia. Mais il n'est pas temps de s'attendrir. Il y a une autre cache, réputée inviolable, qu'il s'agit d'explorer avant les Américains.

*

La forteresse de Königstein dresse ses – presque – infranchissables murailles à quarante kilomètres de Dresde. Perchée au sommet du royal rocher qui domine à pic les lacis de l'Elbe, elle contemple avec une dérisoire fierté sommets et contreforts, défiant le massif de Bohême qui lui fait face. Les monts Métallifères et les Sudètes qui déclenchèrent la guerre, la Moravie et ses dépôts dont l'exploration la clôt, se devinent au loin depuis le chemin de ronde sur lequel se tient Natalia. Les soldats de l'Armée rouge n'ont rencontré en arrivant qu'une résistance médiocre, les militaires allemands ont déserté la forteresse.

Une partie des collections évacuées par le successeur de Hans Posse à la tête des galeries de Dresde – et du musée virtuel de Linz – a rejoint la Voûte verte et les autres trésors de la galerie, entreposés depuis le début de la guerre dans les différentes parties de la forteresse. L'Armée rouge y pénètre et emporte tout : tableaux et sculptures, objets et mobilier, dessins et gravures.

Parmi ces dernières, la copie de la *Mélancolie* de Dürer, gravée un siècle et demi plus tôt dans l'abbaye de Marienberg par un moine à l'innocente tonsure, avant de transiter par la Russie des tsars, les États-Unis de la crise, le Paris des premiers temps de la guerre et les mains grasses de Goering pour, finalement, être entreposée dans cette forteresse. Natalia, après en avoir admiré la facture, la glisse avec d'autres estampes dans de grands cartons destinés à Moscou.

(Le lecteur pointilleux sera en droit de nous objecter ceci : la logique eût voulu que la copie de Dürer, de par sa consubstantialité germanique, fût dédaignée par les Russes. Mais c'est si beau, et puis les brigades ne font pas dans le détail.)

Des milliers d'objets provenant des différents musées de Dresde sont envoyés dans la capitale russe, pour l'essentiel au musée Pouchkine, où une équipe de conservateurs entreprend de les accueillir et de les répertorier. Parmi eux, la fraîchement diplômée mais déjà farouchement acquise à la cause des trophées Irina Antonova, infirmière reconvertie dans l'histoire de l'art – nous aurons l'occasion de la recroiser elle aussi.

*

La main posée sur le bastingage tient la cigarette, l'autre est dans la poche. Le regard, qu'occulte une paire de lunettes noires, se noie dans le sillage d'écume. Rose Valland traverse le lac de Constance pour rejoindre le quartier général français, à Lindau. Nommée officier parmi les officiers, capitaine de la première armée, elle a enfin obtenu l'autorisation de se rendre en Allemagne. Elle s'est taillé comme elle l'a pu l'équivalent d'un uniforme dans celui d'un ami aux formes généreuses. À cette tenue s'ajoute un bouton provenant de la redingote de Goering, qu'elle accroche fétichistement à sa liquette, si nous devons en croire une nouvelle fois la légende qui ne s'embarrasse de préciser ni quand ni comment elle s'est procuré ledit bouton. L'essentiel est qu'il s'agit de ne jamais oublier les exactions du maréchal ni ce qu'elles lui ont révélé de l'humaine rapacité.

Depuis la Libération, elle attend de passer la frontière pour participer concrètement à la récupération et à la restitution des œuvres. Elle va enfin pouvoir agir au grand jour, mener à bien sa mission hors l'angoisse de la clandestinité.

Rose a pris de l'assurance. Sa parole s'est libérée en même temps que le pays et, bien que conservant une réserve propre à la prudence, elle développe une éloquence qui s'affirme en même temps que ses formes, lesquelles se sont épaissies – dans les limites de ses tailleurs stricts. Elle s'est résolue à la nécessité de fumer abondamment, habitude contractée sous l'Occupation et renforcée par l'arrivée des Américains et de leur séduisant tabac blond : ces cigarettes, douces comme des friandises, ne peuvent pas faire de mal. Alors, c'était pour combattre l'anxiété ; aujourd'hui, elle se convainc que le tabac lui est carburant de sa volonté. Son chignon se tient moins bien, et elle fait plus ostensiblement jouer la chevalière autour de son auriculaire gauche.

Rose a fait deux mois plus tôt la connaissance de James Rorimer, un conservateur new-yorkais francophile qui fait partie de la commission des Monuments Men. Elle a noué avec lui une relation de confiance, depuis qu'il a permis d'éviter la réquisition du Jeu de paume par ses compatriotes. Si elle doute parfois de leurs intentions, craignant qu'ils ne profitent des récupérations pour envoyer les œuvres aux États-Unis, elle collabore sans difficulté avec les Américains, qui sont impressionnés par sa modestie, son intégrité, sa diplomatie désintéressée. Le comportement de Valland est à mille lieues de l'arrogance française à laquelle ils ont eu affaire depuis leur débarquement.

James a embarrassé Rose, lorsqu'il lui a parlé de cette arrogance, et du contraste qu'elle faisait avec la curiosité effarouchée des Allemands. James a ému Rose, lorsqu'il lui a conté leur traversée de la vallée de la Sarre en ruines, la beauté des paysages gothiques figés dans le passé qui voisinait avec les preuves lugubres de la puissance de destruction du Reich, capable de brûler ses propres terres pour en priver autrui. L'Américain partage avec la Française le goût des nuances, lequel se traduit notamment par la volonté de ne pas confondre Allemands et nazis. Volonté qui n'est pas sans éveiller les soupçons, mais la droiture morale est parfois à ce prix.

Après quelques atermoiements – il faut lui arracher ce qu'elle sait bribe à bribe –, Rose a fini par lui livrer les informations qu'elle avait amassées au Jeu de paume et qu'elle est seule à détenir ; en particulier, la liste des dépôts allemands où sont entreposées les œuvres.

Le conservateur évite ainsi les lenteurs d'une administration aussi éprouvée par les années d'occupation que par un tropisme naturel de complexité et de trouille, de préoccupation constante de se couvrir, quoi qu'il en coûte, même lorsque l'on ne sait plus bien de quoi ni de qui il faut se préserver. Rose et James ont d'abord suivi péniblement les traces laissées par l'ERR dans la capitale française. Mais tout le monde se tait, et bien peu de chose est ressorti de ces investigations parisiennes.

En revanche, grâce aux indications de Rose, les Américains retrouvent aujourd'hui des œuvres partout, dans les châteaux comme dans les mines, sous le foin d'une étable comme au fond d'une église. Ils ne sont pas toujours bien accueillis, et les craintes de Rose ne sont pas toujours infondées : certaines œuvres prennent plus ou moins discrètement la direction des États-Unis.

Dans la mine d'Altaussee, sont retrouvées plus de dix mille œuvres, une grande partie des collections amassées par Hitler et Goering – *Madone de Bruges*, *Astronome* de Vermeer, ou encore retable de *L'Agneau mystique*, dont l'un des volets a été utilisé comme table par les gardiens du dépôt. La légende voit encore, à la place des grisailles qui couvrent ordinairement le dos des triptyques, les marques du couteau ayant découpé leur pain et leur fromage – cela dit, rien ne nous oblige à prolonger la légende d'un commentaire.

Il s'en est pourtant fallu de peu que ces trésors ne se consument dans la ferveur zélée du gauleiter local, convaincu de la nécessité d'obéir aux ordres posthumes d'Hitler en faisant exploser la mine, histoire que les œuvres ne reviennent pas aux Alliés. Des caisses de dynamite avaient été installées au fond des tunnels. D'héroïques mineurs décidés à sauver les œuvres – ou leur outil de travail, mais ce n'est pas le lieu de chipoter – ont pu les extraire à temps pour déjouer l'explosion, avant de condamner les entrées grâce à d'autres déflagrations de gravats, celles-ci soigneusement calculées. D'un feu l'autre, la vie se protège comme elle peut.

*

À cent vingt kilomètres de la mine de sel, une Mercedes à fanions gammés fait une entrée tapageuse dans le camp de l'armée américaine installé au château de Fischhorn – où serait caché le cabinet d'ambre du palais de Catherine, mais chut. Le véhicule, escorté de soldats américains, est lesté de quelques œuvres d'art, d'un accordéon, de deux valises qui, à chaque cahot, trahissent d'un bruit de castagnettes leur chargement de pilules codéinées, et d'un maréchal obèse.

Quelques heures après la signature de l'armistice – précédée de diverses mésaventures, entre arrestation par les SS, séquestration dans un tunnel bétonné étouffant où les rescapés du nazisme ont dû attendre la fin des bombardements sur Berchtesgaden, transfert dans le château de son enfance où il retrouve les joies d'une cave bien remplie, libération par ce qui reste de l'état-major nazi et attente d'un entretien chimérique avec Eisenhower –, Goering a choisi de se rendre.

Il s'y emploie avec l'arrogance de qui reste persuadé que la guerre est un jeu qu'il s'agit de perdre avec honneur, ou de gagner en respectant son adversaire. Il console Edda, rassure Emmy, persuadé qu'il va être traité avec les égards dus à son rang. Il l'est d'ailleurs, au début ; ce matin, une conférence de presse a été organisée sous les marabouts du campement. L'ambiance est surréaliste : Goering plaisante, tire de son accordéon quelques teutonneries propres à réjouir les soldats américains, hilares dans leurs uniformes impeccables. Lorsque les officiers finissent par réussir à l'interroger, il se défend d'avoir servi quiconque en dehors de sa patrie, convaincu par sa propre mythomanie.

Mais ses fanfaronnades finissent par agacer les Américains, qui l'envoient dans une prison luxembourgeoise, où il attend son procès. Fouillé, dépouillé de ses médailles dont ne demeurent que de pitoyables trous d'épingle à son uniforme, sevré de ses pilules, affamé, humilié par le déshabillage qui révèle ses manies les plus étranges – les ongles de ses orteils sont, à l'instar de ceux de ses doigts, vernis de rouge sang –, le seul survivant des principaux dignitaires nazis se sent outragé.

Rien n'y fait : aucune humiliation ne l'amènera à remettre en cause l'image qu'il a de lui-même. Un soir, un officier français lui rend visite dans sa cellule ; s'aidant de quelques goulées d'un alcool que nos recherches ne nous ont pas permis d'identifier, l'officier glisse habilement ses questions sur les pillages d'œuvres d'art – c'est James Rorimer qui lui a demandé de les poser à Goering. S'affirmant préoccupé avant tout de préserver les chefs-d'œuvre du génie humain, l'ancien maréchal martèle ses qualités d'homme de la Renaissance. Il nie avoir commis le moindre vol dans les collections françaises, il nie même les lois initiales de confiscation des biens des Juifs, évitant d'impliquer sa corpulente personne dans les pillages, mais livrant enfin quelques informations choisies sur l'emplacement des trains d'œuvres d'art : ceux-ci seraient immobilisés dans des tunnels, quelque part près de Berchtesgaden.

En effet, sous la montagne cerclée de brume, les Alliés retrouvent les wagons de Goering, emplis des œuvres qui n'avaient pas été envoyées à Altaussee. Mais les soldats de Leclerc sont passés par là avant les Américains. Ils ont visité le nid d'Hitler et le train de Goering, et se sont servis au passage. Les mots de « prise de guerre » sont sur toutes les lèvres, guidant les mains avides des troufions avec la bénédiction des officiers. Les objets sont subtilisés au petit bonheur, selon le goût de ces jeunes ignorants :

un album du XIXe siècle sur Cranach
un manuscrit calligraphié du XVIIe
un manuscrit du général Franco décernant une décoration au maréchal
un coffre en bois orné de croix gammées offert au Führer
un exemplaire du traité de Versailles – les sources divergent quant à savoir si c'est celui relié de cuir blanc ou brun, s'il s'agit d'une copie volée par les nazis à la famille Rothschild ou d'une archive du Quai d'Orsay
un petit napperon brodé de l'aigle nazi, du monogramme AH et d'une croix gammée
de grands crus français
des livres

L'arrivée des Américains met fin au pillage gaulois, comme un adulte interrompt de sa sagesse d'enfantines frivolités.

Les trains ont par ailleurs déjà subi les assauts des habitants qui, déçus de n'y pas trouver de nourriture mais seulement de vieilles tapisseries, en ont récupéré certaines pour en faire des rideaux. Des tableaux aussi ont été volés, destinés à moisir dans les greniers pour des générations, dissimulés sous la honte des pillards et de leurs descendants. Au sommet de la montagne, des centaines d'œuvres destinées au musée de Linz sont également retrouvées, entreposées dans les somptueuses demeures qu'ont effondrées les obus britanniques.

James Rorimer, toujours sur les conseils de Rose, s'est ensuite rendu au château de Neuschwanstein, devenu tel Chambord au début de la guerre une gare de triage pour les œuvres. Aux yeux de l'officier américain, la folie de Louis de Bavière, lisible dans le monument, fait écho à celle des hommes. Comme à celle, soupire-t-il en tirant sur sa cigarette, yeux levés vers les pont-levis et donjons flamboyants, qui l'a mené depuis son Ohio natal jusqu'à ces contrées altières, ces solitudes ébréchées comme la roche au sommet de laquelle se dresse le délire de pierre.

Ce qu'il découvre à l'intérieur n'est pas moins vertigineux dans ses excès. Le château regorge d'objets précieux qui s'entassent en pyramides démentes, sculptures et tableaux, meubles rares, pièces d'argenterie et écrans de tapisserie empilés sur des étagères de bois à perte de souterrains, bijoux et tabatières ruisselant des caisses.

Parmi les bibliothèques complètes et les monceaux d'archives, un détail a attiré sa sensibilité : un petit livre à la couverture de percaline vieux rose, issu d'une collection entre toutes reconnaissable par les enfants de France. À l'intérieur, un attendrissant ex-libris et une dédicace célébrant l'anniversaire d'une fillette. James songe que l'enfant en question avait reçu ce livre en un temps révolu, un temps où il était encore possible de croire en la légitimité de l'espèce.

(Ici, au-delà des considérations métaphysiques de l'officier américain, nous jubilons d'une nouvelle coïncidence qui fait de cette découverte aussi anodine que touchante un lien avec notre histoire : rien ne nous dit, en effet, que ce volume de la Bibliothèque rose trouvé par James soit un livre de la comtesse de Ségur ; néanmoins, rien ne nous interdit de le croire, les statistiques même joueraient plutôt en notre faveur : là gît le délice de la rencontre entre la fiction et l'Histoire.)

*

Rose parcourt l'Allemagne en dépit des bandes armées qui continuent d'essaimer dans le pays. Elle a sympathisé avec Edith Standen, une conservatrice américaine spécialisée dans les tapisseries. Edith et Rose font partie des rares femmes parmi ces officiers chargés des beaux-arts, et une affinité naturelle les lie rapidement. À bord des jeeps américaines, elles observent les longues files de réfugiés – la victoire est amère, quand on peut se reconnaître dans les vaincus.

Rose est désormais basée à Baden-Baden, où s'est installé le quartier général de l'occupation française. Elle y bénéficie d'un bureau équipé, d'une voiture avec chauffeur et des moyens nécessaires à ses pérégrinations dans les dépôts identifiés. Elle ne perd pas courage malgré les écueils constants, parfois absurdes, auxquels sa quête se confronte. Ainsi, elle a fait la veille six cents inutiles kilomètres pour se rendre à Neuschwanstein, où elle n'a pas pu pénétrer. James Rorimer avait interdit l'entrée du château à quiconque – sans imaginer que son ordre s'appliquerait à son alliée. Elle n'a pu que profiter de l'incongru contraste entre le romantisme des lieux et la sinistre provenance des trésors devinés en leur sein. Contraste qui trouvait écho dans l'étrangeté des taches que les tableaux, sortis du château en attendant d'être emballés, faisaient dans la boue et la neige bavaroises.

Lorsqu'elle peut enfin y pénétrer quelques semaines plus tard, l'émotion la saisit malgré elle. Elle retrouve, sans y croire, les caisses si reconnaissables qu'elle avait vues partir du Jeu de paume, et surtout les œuvres dont elle a été la compagne la plus attentive au cours des cinq années de guerre. Elle découvre également avec stupeur les archives complètes de l'ERR, source qui documente scrupuleusement les spoliations et va permettre les restitutions.

Les tableaux et sculptures sont évacués des zones les plus à l'est, qui seront bientôt sous la coupe des Russes, puis transférés dans les points de collecte établis en zone d'occupation américaine. Le principal est celui de Munich, installé dans ce Führerbau où avaient été signés les accords d'une paix très provisoire – la symbolique rappelle celle de Compiègne : le vainqueur d'aujourd'hui aime à s'asseoir dans le fauteuil du vaincu, en particulier quand celui-ci était le vainqueur d'hier. Les œuvres récupérées à Neuschwanstein ou Altaussee occupent le grand hall et ses galeries, mais aussi toutes les pièces aux murs décrépits par la défaite. Elles attendent d'être rendues à leurs propriétaires légitimes, lorgnées par de peu scrupuleux courtiers qui guettent une occasion de s'en emparer.

Indifférents aux charognards de tous ordres, des fonctionnaires allemands y inventorient les œuvres sous la direction des Américains. Il n'existe souvent aucun indice permettant d'identifier leur propriétaire, et les différentes puissances divergent de points de vue sur la méthode comme sur la symbolique en matière de réparations.

Tandis que Rose tente d'obtenir l'autorisation de participer à l'inventaire des œuvres demeurées à Neuschwanstein, le premier d'une longue série de rapatriements a lieu : plusieurs dizaines de tableaux reviennent au Jeu de paume, qui devient purgatoire vers l'espoir après l'avoir été vers l'enfer.

Moscou, août 1945

> « Une personne qui ne transmet pas à ses descendants un minimum de connaissances sur son origine, sur l'histoire de la famille, non seulement ne suscite pas le respect de ses proches, mais mérite d'être condamnée par ses enfants et petits-enfants. »
>
> Margarita Rudomino, source inconnue

Les œuvres récupérées à Dresde et à Königstein font une entrée triomphale au musée Pouchkine, sous l'œil ému de Natalia qu'écrase la chaleur d'août. Les conservateurs moscovites sont étreints par la fierté et le sentiment de responsabilité patriotique devant cette réunion de collections aussi inestimables. Ils ont la conviction de participer à une grande entreprise de protection patrimoniale, initiée par les brigades des trophées qui ont défendu les œuvres contre flammes et chancres, et redoublent d'ardeur dans leur travail de restauration.

Ils ont déjà bien de l'ouvrage avec les œuvres revenues de leur exil, les palais et monuments qu'il faut reconstruire à l'identique. Toutefois, les tableaux qui ont souffert du froid et de l'humidité ont désormais leur priorité. Colle de poisson et papier à cigarettes avaient permis les premiers soins sur place. Mais bientôt, les excès de la chaleur allemande, autant que les difficultés à protéger efficacement les abris des sabotages, avaient décidé du transfert des œuvres à Moscou pour une restauration plus sérieuse. C'est ainsi que les toiles emballées dans des caisses ou enroulées autour de grands cylindres de bois sont arrivées, sous bonne garde militaire, au pied du majestueux escalier du musée Pouchkine.

Les experts découvrent à chaque caisse ouverte des trésors putréfiés, des christs tavelés ou des nobles flamands au visage presque effacé par la moisissure. Peinture et enduit se décomposent, boursouflures et crevasses défigurent les sujets, le vernis s'écaille et un duvet olivâtre couvre l'envers comme l'endroit des toiles. La dorure des cadres reste sur les doigts telle la poudre du passé.

La *Madone* de Raphaël, dans la centième caisse, est un éblouissement. C'est la plus pure des beautés, l'idéal humain aux yeux des poètes de la Russie éternelle. Elle a traversé les massacres et les bombes, et sur son front clair passe une ombre terreuse qui témoigne de l'enfer d'où elle vient. La *Mélancolie* de Dürer, conservée dans un album par les bons soins de Posse, et dans un carton par ceux de Natalia, n'est quant à elle que très peu abîmée. La gravure est dépoussiérée à la mie de pain pour ôter l'humidité et les taches, avant d'être envoyée au cabinet des estampes de l'Ermitage, suivant les politiques de compensation qui répartissent toiles et sculptures dans tous les musées de Russie. La gravure rejoint le secret de centaines d'œuvres qui ne verront pas le jour avant plusieurs décennies. Son goût de l'ombre est satisfait pour longtemps.

Le lieutenant-colonel Margarita Rudomino, munie comme Rose d'un grade d'officier, dirige la brigade des trophées chargée du livre et des archives. Après avoir transformé pendant la guerre sa bibliothèque en un centre de propagande antifasciste, elle a aujourd'hui pour mission, outre celle de retrouver les fonds pris par les Allemands en Russie pour compenser, toujours compenser, celle de confisquer tout écrit politique pouvant entretenir l'idéologie fasciste.

Des centaines de milliers d'archives sont saisies, au nez et à la barbe alliés, par la cohorte que mène Margarita. L'essentiel est transféré à Moscou et déposé aux Archives spéciales : un dépôt secret destiné aux trophées, que l'on sépare des archives d'État. Ce dépôt, judicieusement surnommé le goulag, engloutit durablement les documents.

Faute de place, certains sont envoyés à Kiev ou Minsk. Il va falloir trier tout cela, entreprise désespérante tant tout est disséminé : les fonds ne sont pas respectés, la recherche de documents politiques est privilégiée sur la logique archivistique de l'ensemble. On manque de tout, de coffres et d'armoires, on manque d'archivistes qualifiés – la plupart d'entre eux ont été décimés par les grandes purges. Ceux qui restent sont, avant toute chose, des communistes convaincus, or l'enthousiasme idéologique ne compense pas toujours l'incompétence.

Margarita tente d'y mettre un peu d'ordre, elle a conscience de la nécessité de conserver à l'Allemagne un patrimoine et s'évertue à freiner les ardeurs revanchardes qui animent son équipe. Mais ses efforts en tous sens se révèlent souvent vains, Berlin est dévasté, presque aucune habitation n'a été épargnée, et le désespoir menace d'éteindre tant la blondeur de ses cheveux que son sourire permanent, troué d'un espace où, selon la maxime populaire, se loge ordinairement le bonheur.

*

En France aussi, même si les grades et les honneurs sonnants et trébuchants ne suivent pas toujours, les femmes sont au premier rang de la sauvegarde et de la restitution. Jenny Delsaux est l'homologue de Margarita en France et l'homologue de Rose dans le domaine des livres. Ayant grandi en Alsace occupée, Jenny parle parfaitement l'allemand. Elle refuse pourtant de prononcer, depuis la déclaration de guerre, le moindre mot dans cette langue. Sa rudesse n'est que l'habit de sa radicalité intellectuelle, comme pour Rose, comme pour Margarita, comme pour Edith Standen, comme pour d'autres – dont nous n'hésitons pas à citer les noms, ne serait-ce qu'une fois : l'Américaine Ardelia Hall ou l'Autrichienne Evelyn Tucker.

Jenny travaillait depuis le milieu de la guerre à dépouiller les sections anciennes de la bibliothèque de la Sorbonne avec des étudiants. La Direction des bibliothèques lui a confié les tâches dantesques de retrouver, en lien avec la Commission de récupération artistique, les livres spoliés mis en dépôt dans les points de collecte en Allemagne, de les rapatrier, trier, inventorier, puis d'identifier leurs propriétaires aux fins de restitution.

L'équipe qui entoure Jenny est cosmopolite et, malgré une moyenne d'âge vénérable et des conditions de travail pénibles, pleine d'ardeur. Dans les dépôts, où la poussière et l'humidité serrent la gorge, on circule difficilement entre les audacieuses pyramides. Comme dans les magasins Lévitan, où des milliers d'archives et de livres restent en attente de tri, la difficulté d'attribution est une impasse désespérante. Les nazis ont eu de la suite dans les idées, alors même qu'ils gardaient une trace administrative de tous leurs pillages : lorsqu'une bibliothèque spoliée arrivait dans les camps parisiens, leur première urgence était d'arracher les pages portant ex-libris, envois ou dédicaces, ajoutant au délit de pillage le crime d'annihilation par l'anonymat.

*

Rose est revenue en France entre deux déambulations allemandes et entend bien profiter de la pause estivale pour rendre visite à sa famille de Saint-Étienne-de-Saint-Geoirs (Isère), sa ville natale, à quelques coudées de Grenoble – où Stendhal vit le jour, décidément tout se tient quand on se donne la peine d'y songer. Fille unique, ce qu'elle appelle sa famille se réduit pour l'essentiel à ses cousins favoris, Marguerite et Adrien. Chaque séjour là-bas passe aussi vite qu'une gorgée d'air entre deux plongées, et chaque fois il lui semble, dès son retour, qu'elle a rêvé son échappée.

Avant de partir, elle se fend d'une visite au Louvre, qui rouvre peu à peu et présente depuis juillet une exposition sur le rapatriement des collections nationales, complétée le mois suivant par une autre concernant l'activité des musées pendant la guerre.

Gênés aux entournures, les panneaux de présentation s'efforcent de montrer comment les conservateurs ont pu, en se maintenant sur une crête ambiguë entre résistance et collaboration, continuer leur mission de protection du patrimoine national pendant toute l'Occupation. Rose note avec intérêt que les acquisitions faites dans cette période sont également exposées, accompagnées de la précision vertueuse selon laquelle aucune ne provient d'une spoliation. Jacques y a veillé : toutes les œuvres qui avaient été préemptées ont été rendues à leurs propriétaires légitimes.

Au moment précis où Rose monte dans le train pour Grenoble, la première bombe atomique choit du ventre d'un bombardier sur la côte nord de la mer intérieure de Seto, Japon, pour, après moins d'une minute de chute libre, exploser en rasant d'un seul coup une ville tout entière. Soixante-quinze mille personnes meurent en quelques secondes dans la déflagration. Depuis l'île de Monts Déserts, Marguerite Yourcenar apprend la nouvelle par la radio ; quelques jours plus tard, elle entend les sirènes des bateaux de pêche annoncer la fin de la guerre dans le Pacifique, comme elle avait entendu, traversant le lac Léman sur un paquebot désert, les tocsins suisses annoncer la déclaration de guerre ; comme d'autres, se dit-elle effarée, entendaient autrefois le glas annoncer la peste.

*

À treize mille kilomètres d'Hiroshima, dans une petite cité de Westphalie septentrionale, c'est novembre. Et comme à peu près partout au nord de l'équateur, novembre est un désastre. La ville de Bünde, grise tout à fait dans le gris uniforme d'un décor dévasté d'après-guerre, a été relativement épargnée. Elle fait partie de la zone d'occupation britannique – généralement signalée en vert sur les cartes, mais parfois en orange, le vert revenant alors aux Américains, quand les Français ont sans exception le bleu en partage et les Russes, cela va sans dire, le rouge.

La porte de l'avion militaire glisse dans un bruit de tempête métallique. La tête blonde d'une jeune Anglaise en émerge, encore brouillée par le vol depuis Londres. Anne Olivier Popham, fille d'un éminent conservateur qui s'est occupé de mettre à l'abri les collections du British Museum, fait partie de la section des Monuments Men and Women mise en place par le Royaume-Uni.

Elle a été recrutée par un jeune dandy excessivement britannique, lors d'une soirée comme il s'en fait beaucoup dans les milieux culturels depuis la signature de l'armistice. Sa connaissance de la langue – elle a vécu en Allemagne avant la guerre – et sa formation en histoire de l'art la prédisposaient à une telle mission. La préservation des œuvres lui tenant à cœur, la conviction d'avoir un rôle à jouer l'a incitée à accepter aussitôt. C'est également pour elle l'occasion de trouver une place légitime dans ce nouveau monde qui advient, quand la plupart des femmes, outre les difficultés liées à leur sexe, ont vu leur destin démoli par la guerre.

Elle prend ses quartiers avec modestie et curiosité. Chez les Anglais, seuls les hommes sont autorisés à pénétrer dans les mines abandonnées ou dans les mystérieux châteaux où sont entreposées les œuvres. Les femmes – c'est-à-dire Anne, car elle est la seule – sont cantonnées aux tâches fastidieuses d'inventaire et de logistique. Elle a toutefois le rang de major et coordonne l'action des officiers chargés de retrouver les œuvres dans un pays ravagé, par les bombardements mais aussi par la volonté néronienne de feu Hitler.

Anne trouve une profonde satisfaction à cette tâche nouvelle pour elle, tout en méthode et en méticulosité. Elle tient un journal exhaustif – c'est sa manière – des quinze mois qu'elle passe en Allemagne. Elle consigne avancées et frustrations, manque de moyens et difficultés logistiques. Pourtant, bien que moins nombreux que les Américains, les Anglais ont les ressources techniques d'un véritable service de renseignements. Tous les jours sont retrouvés des trésors, cachés dans des dépôts ou enterrés, grâce aux indications fournies par des témoins, des prisonniers, ou les archives très précises de l'ERR.

Ayant œuvré au ministère de l'Information comme assistante de recherche pendant une bonne partie de la guerre, Anne était en première ligne dans la réception des images des camps. Elle a également participé à la surveillance des raids aériens. Malgré cela, aucun sentiment de revanche ne l'a envahie en traversant l'Allemagne. La vue des décombres où erraient quelques fantomatiques survivants n'a fait que l'affliger d'amertume. Elle ne tient pas le peuple allemand en lui-même pour responsable de cette guerre et, comme Rose, distingue très nettement les Allemands des nazis. Elle n'a aucune difficulté à travailler avec eux dans le cadre de la recherche d'œuvres d'art.

Elle sympathise tout particulièrement avec le comte Wolff-Metternich, que nous revoyons ici non sans curiosité et dont l'aristocratique distinction trouve écho dans l'éducation anglaise de la jeune femme. Le plaisir qu'elle prend à siroter en sa compagnie un verre de gin au club des officiers a pour conséquence sa mise à l'écart. Les autres membres de l'équipe lui pardonnent d'autant moins cette compromission avec l'ancien ennemi qu'elle est la seule femme de la base, et l'objet de toutes les attentions.

Anne comprend mal l'hostilité de ses collègues, qui ne voient pas l'intérêt de prendre en considération ces hommes capables d'échapper aux griffes du manichéisme. Elle, ne voit pas l'intérêt de frapper qui est à terre : à vingt-neuf ans, sa vision du monde est encore saturée d'idéal.

Les Anglais sont tout aussi timorés sur la question des restitutions. N'ayant pas eux-mêmes été spoliés, ils en mesurent mal l'importance symbolique et jouent sans cesse avec les nerfs de Rose, agaçants dans leurs atermoiements comme une clé qui tourne folle dans la serrure.

Les restitutions se multiplient néanmoins, en France mais aussi en Belgique, où *L'Agneau mystique* est la toute première œuvre rendue à ses propriétaires. Experts, scientifiques, historiens de l'art, conservateurs, restaurateurs du musée des Beaux-Arts de Bruxelles – tout en blouses blanches, lunettes et pipes – se pressent autour du retable. Ils le manipulent et l'examinent, lui font subir épreuves et radiographies comme à un malade en puissance. Ces gestes composent le nécessaire rituel d'une réappropriation, préalable à la remise solennelle en la cathédrale de Gand – lors d'une cérémonie à laquelle la France n'a pas été invitée, sa complaisance à l'égard des Allemands concernant le retable ne plaidant pas en sa faveur.

Moins médiatisées, les restitutions individuelles sont l'occasion d'émouvantes solennités, où l'ambiguïté a sa part : s'il est vertueux de restituer, c'est avec le sentiment coupable d'avoir contribué à la spoliation, ne serait-ce qu'en ne l'empêchant pas. S'il est heureux de récupérer, cela n'efface ni ne compense les violences et les irréparables pertes subies. Mais ces états d'âme sont, du moins pour le moment, vite noyés dans le faste et la propagande de la victoire. Plusieurs dizaines de milliers d'œuvres sont rendues, en grande partie grâce aux notes de Rose.

Celle-ci, de retour en Allemagne, ne s'attarde pas sur ces succès : il y a encore tellement d'ouvrage. (Nous ne pouvons que déplorer le manque d'archives intimes, cohérent avec sa discrétion naturelle dont elle a fait une arme si efficace, mais qui nous prive de l'accès à ce qu'elle ressent à ce moment-là. Nous ne pouvons dès lors que spéculer sur la fierté contenue, sur l'espoir, sur la colère qu'attisent ambiguïtés et mauvaises fois diverses.)

Nous savons en revanche, par ses démarches, qu'elle se demande dans quelle mesure cette expérience inédite des spoliations nazies va permettre d'inscrire dans la loi, mais aussi dans les pratiques et surtout dans les esprits, une nouvelle manière d'envisager la protection du patrimoine en temps de guerre. Comme beaucoup de ses contemporains, mais avec pour sa part des attentes toutes particulières, elle tourne son regard vers Nuremberg, où aura lieu dans quelques jours la première audience de ce que les Américains, avec leur goût de l'emphase, désignent déjà comme le plus grand procès de l'Histoire.

Nuremberg, février 1946

> «Le vainqueur sera toujours le juge et le vaincu l'accusé ! »
>
> Hermann Goering, procès de Nuremberg

L'incompréhension est grotesque. Les procureurs américains n'entendent goutte à ce que marmonnent les avocats, à ce que vocifèrent les accusés. Des toux ponctuent les déclarations, rendues moins vigoureuses par la nécessité de répéter ou de parler moins vite. Les voix des interprètes, qui s'échinent derrière leurs vitres, ne font qu'ajouter à la confusion – la traduction simultanée en est à ses premiers bégaiements, et les quatre langues en présence font de ce tribunal un enfer babélien.

Il brûle, depuis plus de deux mois, au rythme des ampoules qui clignotent rouge ou jaune quand le discours va trop vite, s'attise du grésillement capricieux de micros rudimentaires et de l'inconfort de ces casques dont chaque crâne est affligé – y compris celui des avocats anglais, qui doivent renoncer à leurs traditionnelles perruques – et dont les antennes saugrenues entament la solennité de l'événement.

La première des trois journées consacrées aux pillages culturels pendant la guerre vient de s'ouvrir à Nuremberg, où se tient le procès des crimes nazis devant un jury composé de magistrats anglais, français, américains et russes. Sur les bancs, cinq cents spectateurs – essentiellement des hommes – et vingt et un des vingt-quatre accusés dont certains – Goering lui-même s'y laisse aller à l'occasion – portent de risibles lunettes noires, toutes du même modèle bas de gamme.

Pour la première fois, le crime contre l'humanité figure parmi les chefs d'accusation. Pour la première fois, une guerre se clôt par un procès et non par un traité de paix – on avait bien envisagé de juger Napoléon après les Cent-Jours, mais on y avait renoncé ; de même, le traité de Versailles stipulait quelques jugements que la réalité n'a pas permis d'appliquer.

La ville choisie, Nuremberg, est presque entièrement détruite, de même qu'une grande partie de l'Allemagne ; ne surnagent que çà quelques débris de remparts, là une tour de l'ancienne fortification. Toutefois, le palais de justice et la prison, qui lui est reliée par un tunnel, ont résisté aux bombardements et se dressent au milieu des ruines. La salle du tribunal a été remise en état et adaptée à l'installation de caméras, pour que puisse avoir lieu au bénéfice du monde entier le plus symbolique des procès, dans la plus symbolique des cités allemandes, aujourd'hui située en zone d'occupation américaine.

Le cliché est irrésistible : c'est dans ce berceau qu'est Nuremberg que vagirent les premières lois antisémites du Reich national-socialiste, c'est là que se tenaient les grands rallyes nazis. Nuremberg est aussi, par-dessus tout, le couffin de l'art allemand dit authentique, puisque c'est la ville natale d'Albrecht Dürer.

Les journalistes sont pour la plupart déjà repartis, telle Erika Mann qui a quitté la ville après avoir assisté aux préparatifs durant tout l'automne, seule femme parmi les correspondants de guerre à suivre le procès. Ou tel Joseph Kessel, qui a chroniqué les premiers jours du procès pour *France-Soir*. Des années plus tôt, dans les bas-fonds d'un troquet berlinois, camouflant sa judéité pour enquêter, il avait écouté Hitler préparer les ouvriers des quartiers pauvres à la haine dont allait se nourrir son ogre, et dénoncé les lois raciales dans *Le Matin de Paris*. Avec le résultat que l'on sait.

Kessel a raisonné au long d'une semaine les débordements de son énergie dans le box réservé à la presse. À ses yeux, cette salle aux boiseries sombres, aux fenêtres soigneusement occultées est le seul lieu du monde qui ne déçoive pas dans l'atmosphère de fausse victoire qui appesantit l'Europe.

Du procès de Nuremberg, Kessel a tiré plusieurs articles d'une âpreté de regard stupéfiante. (Nous sortons une nouvelle fois de notre réserve pour engager le lecteur à lire sa description du visage des accusés qu'il a observés à la jumelle dans l'impitoyable détail de leurs émotions, cinéma muet qui se jouait pour lui seul au bout de deux cylindres optiques. Le masque de Goering, en particulier, lui est l'image même de la cruauté défaite par la peur. Sous les traits pourtant humains, au long des rides et dans les veines aux tempes, il a vu palpiter le souvenir couleur de sang frais des massacres ordonnés ou permis, des machinations et des saccages.)

Elsa Triolet n'est pas encore arrivée, elle n'assistera au procès qu'à partir du mois de mai. Anticipons ici – foin de la chronologie – pour constater qu'elle témoignera d'une vision très sombre du procès, de son organisation et de ses conséquences possibles. Elle fera le lien entre dehors et dedans les murs, se promènera dans les ruines de Nuremberg, harcelée par les spectres monstrueux de ceux qu'elle retrouvera, gluants, sur le banc des accusés, et de ceux qui sont morts ou disparus mais dont l'émanation faisandée épaissit davantage l'atmosphère du tribunal, filtrant de sous les décombres où continuent de se décomposer des milliers de cadavres. Ces spectres que l'on tente de chasser le soir en dansant au Grand Hôtel où logent les juges, dans un luxe nauséeux que condamnent les vestiges pourrissant au-dehors.

Triolet craindra que ces atermoiements et ces festivités aux relents coloniaux ne favorisent la fuite de certains responsables qui n'auraient pas encore été arrêtés. Qu'ils ne rallument, avant tout, la flamme nazie dans l'esprit des Allemands, lesquels suivent certes les audiences du tribunal à la radio, mais ont bien autre chose à penser et à restaurer que la splendeur de l'aigle aryen.

Rose Valland, en revanche, est là aujourd'hui. Elle s'avance à la barre dès le premier jour des audiences consacrées aux pillages, venue témoigner en tant qu'experte. Elle a œuvré pour que les trente-neuf albums qu'Alfred Rosenberg avait envoyés à Hitler, afin qu'il y fasse son marché, soient photographiés et conservés sur microfilms. Certains des lourds catalogues traversent la salle du tribunal, passant de main en main jusqu'aux bancs des juges qui les examinent sans jamais parvenir au bout de leur surprise, dont les ressorts ont pourtant eu l'occasion de s'exténuer au fil des semaines.

C'est encore grâce à l'intervention de Rose que les spoliations en France occupent les débats. Le sujet a d'abord été écarté, au prétexte que les Américains l'avaient déjà évoqué dans leur propre réquisitoire contre Goering. Mais l'avocat général a insisté pour répondre aux dénégations de Rosenberg, qui prétendait n'avoir fait que recueillir les œuvres à des fins de protection.

S'égrène alors la liste interminable des pillages contraires aux conventions de guerre, liste où le nom de Goering revient comme une antienne. Apparaît peu à peu le caractère systématique des spoliations, apparaissent surtout la perversité avec laquelle ces pillages ont été administrativement fondés ainsi que l'intention qui y a présidé, si différente de celle qui commande les ordinaires vols de guerre. Rose frissonne, prend subitement la mesure de l'importance de ce qu'elle a fait pendant toutes ces années fantomatiques : lutter pied à pied, de sa silhouette vulnérable, contre ce qui aujourd'hui prend le nom gigantesque de crimes de guerre.

Si Goering occupe une grande place dans le réquisitoire français, le principal accusé en la matière est Alfred Rosenberg, responsable de toutes les opérations de pillage, bien que ne les ayant pas subordonnées à son bénéfice personnel, contrairement à Goering. L'idéologue, opportunément matois, se dit d'ailleurs assez gêné face aux détournements opérés par le gros maréchal.

Les têtes dodelinent de plus en plus et les attentions s'égarent dans le crépitement des sténographes. Il faut dire que le procès dure depuis plusieurs mois et que chaque élément de preuve doit subir une fastidieuse traduction dans chaque langue. Certains des accusés, même, piquent du nez pendant les plaidoiries qui s'enchaînent.

De là où nous sommes, et Kessel comme Triolet ne nous sont d'aucune aide en l'espèce, il est impossible de dire si ces hommes ont conscience qu'ils vont très probablement être exécutés. Ce n'est pas faute, pour les Américains, d'avoir cherché à théâtraliser leurs démonstrations : ils ont notamment exhibé le crâne qui servait de presse-papiers à Ilse Koch, épouse du commandant de Buchenwald. Celle-ci, entre deux soirées libertines, aimait à réunir têtes réduites ou abat-jour en peau humaine, trophées qu'elle appelait avec un à-propos contestable ses estampes.

Depuis le début du procès, Goering a tant fanfaronné qu'il lui a été interdit de communiquer avec les autres prisonniers. Il déjeune désormais dans une pièce à part – ce qui ne fait que renforcer son sentiment d'exception, lui qui se compare à Napoléon. Il est convaincu que son héroïsme sera reconnu par la postérité, qu'elle saura pieusement remiser ses ossements dans un reliquaire de marbre nationalement célébré.

Mais il change de visage, lorsque sont diffusées les images concentrationnaires. Dans l'assemblée, tous les corps se crispent et se dégingandent, agités de frissons trismiques, les dents grincent, les nausées empuantissent l'atmosphère et sur quelques joues d'accusés glissent des larmes au sens indécidable. La mise en scène est impeccable : toute la salle est plongée dans le noir à l'exception des deux rangées de dix accusés, dont les réactions inconscientes sont livrées aux regards du public qui vont de l'écran où se joue l'impensable à cet autre film sans paroles, à vingt personnages immobiles, dont les visages baignent dans une laiteur de cauchemar.

Au premier jour du procès, Goering avait émergé du couloir menant de la prison au palais de justice et pénétré avec assurance dans la salle du tribunal, souriant d'être le premier à entrer et de toute évidence la vedette des semaines à venir. Serré dans son uniforme gris, retouché pour tenir compte de son changement de format, l'homme parade.

Dans le camp luxembourgeois de luxe où il a été détenu ces derniers mois, il a accepté de subir une cure de désintoxication et d'amaigrissement, afin de mieux paraître – afin surtout, les Américains y tiennent, de rester en vie pour pouvoir répondre de ses actes – et ne pèse plus que quatre-vingt-onze kilos. Son visage, note encore Kessel, est celui d'une vieille femme méchante, son vêtement est sale. Pourtant, il cabotine sans relâche et a clairement l'ascendant sur les autres accusés. C'était le premier à se lever quand les magistrats ont fait leur entrée – l'éducation militaire ne fond pas, comme la graisse, en quelques jours de prison.

Après lecture de l'acte d'accusation, le juge avait appelé Hermann Wilhelm Goering à plaider coupable ou non coupable. Étant assis en bout de rang, il lui avait fallu couler péniblement sa silhouette relativement affinée devant ses camarades accusés – Hess, Ribbentrop, Rosenberg, Keitel et consorts –, ces fausses déités aujourd'hui réduites à la médiocrité que décrit Kessel, pour venir jusqu'au microphone – sans oublier de se recoiffer coquettement – asséner de sa voix nasale un *nicht schuldig* fricatif en diable et retourner s'asseoir tout aussi laborieusement.

Rudolf Hess s'était contenté d'un *nein* dont le laconisme avait suscité l'ironie du juge. En réponse, Hess avait montré des dents de rat dans un rire incongru, écho des gloussements obscènes dont il accompagnera tout le procès. Alfred Rosenberg, lui, était resté calme, Speer presque timide. Chacun avait révélé quelque chose de lui-même dans sa manière de livrer cette laconique plaidoirie. Tous, sans exception, s'étaient affirmés non coupables.

À présent, dans le regard que Rose tend vers Goering, passent tous les moments où, sans qu'il la remarque, elle l'a observé se vautrer dans son arrogance rapace. Elle tripote le bouton de son uniforme dans l'espoir puéril qu'il le reconnaisse. Lui s'effare de cette femme insipide – elle n'a rien des blondes langueurs où va sa préférence en matière féminine – à laquelle il n'avait, en effet, jamais prêté attention et qui aujourd'hui plaide contre lui avec la ferveur d'un meilleur ennemi. Il comprend qu'elle n'a été dupe de rien, et une gêne bizarre l'étreint brièvement : pour la première et seule fois de sa vie, il a un peu honte.

Lorsque, quelques mois plus tard, l'accusé peut enfin répondre de ses actes devant les juges, Goering se montre souverain. Il est souvent arrogant, parfois wagnérien, toujours habile. Sa stratégie consiste à se défendre d'avoir fait quoi que ce soit d'autre que servir son pays, duquel le nazisme était à ses yeux le meilleur maître comme le meilleur esclave. Goering croit encore en son propre héroïsme médiéval.

Feu le Führer prend tout. Les morts ont le dos large et le maréchal qui, depuis vingt ans, s'efforçait d'être au plus près de l'épicentre hitlérien s'en désolidarise à présent. Sa rhétorique et son assurance – il ne lit pas les notes soigneusement préparées – ont régulièrement le dessus, impressionnant ses coaccusés comme le tribunal.

Mais à mesure que les journées passent et qu'il est confronté à ses crimes personnels, l'ancien as de l'aviation se défait peu à peu. Le lipome sur sa joue gauche enfle et contraste avec un visage dont l'angoisse a durci les traits. Interrogé sur les œuvres pillées par l'ERR, il se défend maladroitement en prétendant qu'elles ont été achetées et non volées, et que le musée de Carinhall était destiné à revenir au Reich – après sa mort, bien entendu.

Pendant les mois qui suivent, les témoignages accablants écrasent Goering au fond de son box. Speer rappelle comment la main-d'œuvre rare et précieuse qu'il destinait à la production d'armement était détournée par Goering pour le transport de ses œuvres d'art. Et pourtant : le paladin du diable sort de ces joutes épuisantes plutôt faraud, fier d'avoir tenu tête à ce que le monde dit libre compte de meilleur en termes de juristes.

Lorsque, en octobre, près d'un an après l'ouverture du procès, les jugements sont rendus et les verdicts énoncés, rien ne se devine sur les faces exsangues des accusés. Les peines sont égrenées par le juge britannique, où résonnent avec une régularité hallucinatoire les inflexions nasales de la peine capitale : *death by hanging.* Hormis dans le cas de Goering, unanimement condamné, les délibérations ont été houleuses. Le juge russe, seul avec son suppléant à porter l'uniforme, aurait volontiers requis la mort pour tout le monde ; quant au français, il s'étrangle de voir trois accusés repartir libres et acquittés de tout crime.

Goering retourne dans sa cellule sous l'œil insatiable des caméras, dissimulant ses mâchoires serrées, son visage plus blanc que le rectangle blanc des feuilles qu'il tient devant lui et où gisent, désormais inutiles, les notes prises pour sa défense. Il n'y a guère qu'Emmy pour être surprise par le verdict, elle qui voyait son époux finir en un exil insulaire digne de sa stature napoléonienne.

Le maréchal réclame une exécution par balle plutôt que par l'indigne procédé civil de la pendaison. S'imaginer perdant toute superbe, pendouillant à quelques centimètres au-dessus du sol tel une grotesque et priapique baudruche, sa face semée de vilaines pétéchies, une ultime éjaculation faisant pousser la mandragore au pied du gibet ou, pire, ses intestins se vidant publiquement des maigres rations de la geôle, lui est insupportable. D'autant plus qu'au seuil de la mort, il se compare désormais au grand foudre Hannibal. Mais cette dernière volonté est refusée à son orgueil ; il va lui falloir trouver une autre manière d'échapper au pire, l'humiliation.

Deux heures avant son exécution, frustrant le bourreau de la plus belle opération de sa carrière, Hermann Goering se soustrait à la juste expiation de ses crimes dans une violente odeur d'amande amère. Il a cinquante-trois ans.

Quant à savoir comment il s'est procuré le cyanure, c'est une question qui fait encore aujourd'hui l'objet de spéculations. Nous ne ferons ici référence qu'à l'un des scénarios plus ou moins fantaisistes élaborés par la légende, lequel place la capsule dans un stylo-plume transmis par l'intermédiaire d'un jeune garde, qu'une jolie Allemande avait amené par la séduction à servir son fanatisme national-socialiste.

Toujours est-il que, malgré la surveillance constante dont les prisonniers sont l'objet, Goering a réussi à suivre la voie de son maître. Une voie facile – ce qui n'est pas toujours le cas –, signant la même volonté de contrôle que celle qui leur faisait brûler la terre derrière eux. Essarter la vie jusque dans la mort, telle est leur ultime vanité.

Une photographie est prise de la dépouille, qui laisse aux générations futures le témoignage de la souffrance grotesque éprouvée, au moment de mourir, par l'un des plus féroces dirigeants de l'Histoire. Hermann Goering meurt ridicule en voulant mourir digne, comme toute sa vie ses démonstrations de vanité ont fait de lui la risée de son entourage. Son cadavre est brûlé dans le plus grand secret et ses cendres sont dispersées dans une rivière munichoise avec celles de ses coreligionnaires ; à moins que, comme l'indiquent d'autres sources facétieuses de l'Histoire, elles n'aient été jetées dans le dernier incinérateur de Dachau, ironie morbide que seules les fables autorisent.

Paris, juin 1946

« La grandeur d'une destinée se fait de ce que l'on refuse autant que de ce que l'on obtient. »

La Montespan, source inconnue

Au moment où sort dans les salles françaises une adaptation cinématographique des *Malheurs de Sophie* par Jacqueline Audry, une exposition vient de s'ouvrir, exhibant à l'Orangerie une partie des chefs-d'œuvre retrouvés en Allemagne. Elle recoupe celle que le Louvre avait organisée l'année précédente, mais la Commission de récupération artistique a modifié la mention au catalogue : les *chefs-d'œuvre des collections françaises* sont devenus les *chefs-d'œuvre des collections privées françaises*, et dans ce *privées* gît la mesure du crime.

Tout Paris s'y presse, désireux de retrouver les joies frivoles et nécessaires de l'admiration esthétique, mais aussi captivé par la révélation des pillages d'une ampleur impossible à saisir. Penser que tel Cézanne, tel Vélasquez sont passés par les mains de Goering, que tel Fragonard ou Watteau a fait la fierté des murs d'Hitler provoque une exaltation équivoque. Nombreux sont également ceux qui viennent voir s'il ne s'y trouverait pas une œuvre provenant de leur propre collection.

Rose, toujours scrupuleuse, y fait un tour, mais ne s'attarde pas. Elle est trop occupée à tâcher de retrouver les œuvres toujours disparues, en lien avec les armées qui continuent de parcourir les routes d'Allemagne ; trop déçue, aussi, par les conclusions du procès de Nuremberg, occasion manquée de vraiment juger la spoliation, finalement occultée dans les réquisitoires par des crimes, elle doit le reconnaître, incomparablement plus tragiques.

Elle croise Jacques Jaujard au moment de sortir, qui la salue chaleureusement. Lui non plus ne compte pas rester : il doit retrouver Jeanne, leur fils est né quelques jours avant l'ouverture de l'exposition. Entre deux petits-fours, il salue Louis Farigoule, dit Jules Romains, accompagné de Julien Cain, ancien administrateur de la Bibliothèque nationale, qui revient tout juste de Buchenwald, et d'Émile Salomon Wilhelm Herzog, dit André Maurois.

Maurois est à peine remis du choc d'avoir retrouvé sa maison neuilléenne et, surtout, sa bibliothèque entièrement vides – des milliers de livres, de Littré à Stendhal, des souvenirs bouleversants comme le recueil de nouvelles russes offert par son professeur de sixième qui lui prédisait un avenir d'écrivain, toute sa collection d'autographes littéraires, ses archives, y compris les manuscrits en cours qu'il lui sera à jamais impossible de reprendre : tout a disparu entre les mains des sbires de Kurt von Behr, qui ont compensé leur échec à se saisir de l'homme en capturant son passé.

L'éminent académicien avait émigré aux États-Unis, où il enseignait Proust et Tolstoï à de jeunes Américains enthousiasmés par le pays qu'ils s'apprêtaient à sauver avec un légitime entrain. De retour, il écoute chaque écho d'une vie qui ne reviendra pas, considérant avec émotion chaque objet épargné, sauvé par ses domestiques qui ont assisté impuissants à la mise sous scellés, à l'inventaire, à l'emballage et au chargement de ses biens.

Ses amis lui ont envoyé des piles d'ouvrages pour compenser, mais un livre neuf ne remplace jamais un livre lu, senti, touché, annoté. Dans le prolongement des démarches entreprises par sa femme auprès de la Commission de récupération artistique, tandis qu'il était encore aux États-Unis, Maurois a entrepris un inventaire détaillé, nécessairement lacunaire en dépit des efforts déployés à partir de ses souvenirs et des photographies qu'il examine, armé d'une loupe obstinée, pendant des heures.

Marcel Bleustein est là aussi. Lui a tout perdu : son entreprise – l'État a nationalisé les radios qui sont devenues son monopole –, ses biens – son appartement, après avoir été entièrement vidé par von Behr, a été vendu à un industriel – et deux de ses sœurs, qui ont disparu dans les camps. Il a tout perdu fors l'honneur et l'amour des siens, ce qui est l'essentiel, et c'est sur quoi il entend se reconstruire, rebâtir son œuvre et son entreprise, en s'appuyant sur une vitalité décuplée autant que sur le soutien de sa femme et de ses deux, bientôt trois filles.

Elles se sont longtemps cachées rue Parmentier, à Neuilly, pour échapper à la Gestapo, toujours sur les traces de Marcel. Il a eu, à son retour, peine à reconnaître Marie-Françoise, qui va aujourd'hui sur ses six ans, et a découvert Élisabeth, conçue pendant l'Occupation, née au moment précis où, effectuant sa première mission aérienne pour la Résistance, il épargnait une ville picarde et bombardait une voie ferrée belge. Elle vient d'avoir deux ans et s'apprête à accueillir une petite sœur – Marcel et Sophie, décidément, ne savent faire que des filles.

Marcel a tout perdu, mais il ne désire pas récupérer quoi que ce soit. Il envisage un instant d'intenter un procès pour retrouver son appartement, mais abandonne vite un projet aussi épuisant qu'inutile. Son énergie a d'autres priorités, c'est dans sa manière que de ne jamais regarder en arrière. Le passé ne reste où il est que si l'on ne l'excite pas.

Grâce au fonctionnaire qui, dans le bureau voisin du sien à l'office de presse du général Koenig, liste depuis les premiers temps de l'Occupation les appartements réquisitionnés par les Allemands, il trouve bientôt à louer : un petit bureau rue Tronchet, ainsi qu'un logement rue Raynouard – à deux pas de chez les Badinter, lesquels attendent toujours l'issue du procès qui leur permettra de réintégrer leurs pénates.

Marcel emménage dans un appartement où l'occupation nazie a laissé de sinistres traces, dans un vide qu'il va falloir combler : un long manteau de cuir noir a été abandonné là, suspendu au mur comme une dernière éclaboussure de pétrole sanglant ; sur la table, des grenades et un pistolet traînent négligemment parmi les reliefs en putréfaction d'un ultime petit déjeuner ; les lieux, abandonnés dans l'urgence par quelque nazi qu'a surpris la Libération, vont devoir retrouver leur sens.

Il va aussi falloir tout remeubler, reconstruire en quelques semaines l'environnement qu'une vie avait élaboré objet après objet, souvenir après cadeau ou trouvaille de brocante. Il faudrait racheter, ce que la pénurie rend à peu près impossible, tout ce qui façonne un quotidien, sa chaleur et sa familiarité.

Du moins la concierge du boulevard Suchet n'aura-t-elle pas emporté dans un paradis bien lointain ce qu'elle a récupéré chez Marcel à la barbe de l'ERR : elle est morte quelques jours après l'armistice. Ses possessions, pour la plupart glanées dans les divers appartements de l'immeuble, ont été vendues aux enchères, faisant le bonheur des antiquaires du faubourg Saint-Germain.

Marcel refuse d'y assister. L'idée de devoir racheter ou réclamer des fragments de son propre passé lui est insupportable. Il préfère encore renoncer tout net à ce qui n'est pas le présent et ses nécessités, ou l'avenir et ses espérances. Il ne songe pas plus à la petite cassette en palissandre ou au tableau à double fond qu'à ses autres possessions englouties à jamais. L'oubli est une nécessité hygiénique en ces temps-là.

Depuis qu'Arlette a quitté Jacques – qui vient de fonder le prix du Quai des Orfèvres, distinction littéraire récompensant des romans policiers – pour épouser un banquier au tout début de la guerre, il a tout à fait renoncé à la revoir, et son souvenir s'efface dans l'urgence de la résurrection.

Carinhall, novembre 1947

> « Avoir été déranger la science et la philosophie pour fracturer un coffre-fort, c'est là l'extraordinaire nouveauté. »
>
> Jean Cassou, *Le Pillage des œuvres d'art*

Il y a du décor de théâtre dans cette façade solitaire qui domine la vue immense, désormais champ de ruines, de l'ancienne demeure d'Hermann Goering. Rose trébuche parmi les gravats. Son pied cherche les reliquats dérisoires du trésor dérobé sous ses yeux par le gros maréchal. Elle fait une affaire personnelle, une passion presque, de la nécessité de recouvrer la totalité des six cents œuvres spoliées pour sa collection. Elle est allée jusqu'à interroger elle-même la veuve de Goering pour comprendre où sont passés certains tableaux.

Depuis l'armistice, elle n'a cessé d'enquêter et de sillonner l'Allemagne, parfois guidée par d'anciens agents de l'ERR qui font profil bas et tentent, en aidant, de faire oublier le rôle qu'ils ont eux-mêmes joué dans les pillages. Parmi eux, Bruno Lohse. Rose, dégoûtée par son onctueuse hypocrisie, éprouve envers l'ancien expert de Goering une aversion particulière, et ne la lui cache pas.

Ce n'est pas la première fois qu'elle se rend à Carinhall, pourtant situé en zone russe. Mais aujourd'hui, elle n'a pas obtenu l'accord des autorités soviétiques. À vrai dire, une seule de ses visites a été officielle, celle effectuée au printemps dernier. Elle y avait d'ailleurs reçu un accueil des plus cordiaux par des fonctionnaires empressés. Un chauffeur et un officier avaient été mis au service du trio qu'elle formait avec un colonel du musée de l'Armée et une interprète.

Mais aucun officier soviétique n'est spécialisé dans les beaux-arts, et les Russes se montrent plus prompts à se dédommager avec des biens allemands qu'à rechercher ce qui a été pillé chez eux. Ils sont bien loin d'être mus par le désir de réparation, même minime, même symbolique, qui incite Rose à parcourir en tous sens les ruines de l'Europe depuis deux ans. Ils font simplement – elle s'y résigne avec un brin de mélancolie – la part du feu.

C'est ainsi en clandestine qu'elle retourne aujourd'hui à Carinhall, drapée dans son obstination et sanglée dans une tenue civile dont la rigueur est assortie à la discipline toute martiale de son investissement. Plus tôt, elle est passée de nouveau entre les deux guérites de pierre gravées des armoiries de Goering qui marquent l'entrée du domaine, a parcouru la double allée de châtaigniers qui mène à la propriété, pour trouver un chantier démesuré. S'y ébattent une foule de volontaires qui ramassent et trient les débris de bois et de pierre. Nombreux sont les chasseurs de trésor à fantasmer sur les œuvres qui vibrent encore potentiellement sous la terre, arpentant les lieux, inscrivant à la bombe des signes mystérieux sur les troncs d'arbres, dégradant plus qu'autre chose le peu qui pourrait être retrouvé.

Le parc est aussi un terrain militaire, sur lequel les soldats s'exercent au tir en visant les statues trop lourdes pour être enterrées ou emportées par les trains spéciaux de Goering. De blanches naïades de marbre hantent ainsi, mutilées qui d'un bras, qui du bout du nez, la forêt où déambule l'équipe de Rose. Dans les bunkers construits par Goering, au fond desquels elle n'hésite pas à ramper sans souci de la bienséance, se trouvent encore quelques vestiges de sculptures et de meubles. Ainsi Rose déniche-t-elle une Diane appartenant aux Rothschild, ou encore des copies en plâtre des statues du Louvre.

Elle sait que l'essentiel est soit détruit, soit aux mains des Russes, et voué à n'être sans doute jamais récupéré. Au cœur du parc, la tombe de Carin, première femme de Goering, est une plaie béante, profanée par quelque antifasciste aussi tardif que désinvolte. Sous la chaussure de Rose apparaît un macabre tesson de boîte crânienne. Troublée, elle hésite, puis se décide à enterrer décemment les pauvres restes de celle qui fut la déesse d'un être voué aux diableries. Son geste, outre qu'il raffermit l'estime que lui portent les Allemands, déjà séduits par sa droiture et sa détermination, lui paraît ajouter un maillon de complexité à la chaîne qui la relie malgré elle au défunt maréchal.

Plus loin, Rose retrouve aussi deux lions de granit rose, copies Renaissance du lion de Venise, que Goering avait transformés en porte-drapeaux et placés au sommet d'énormes piédestaux, dont les dimensions avaient peu à envier à ceux de la place Saint-Marc. (Nous nous autorisons une petite projection pour préciser, afin de n'avoir pas à y revenir, qu'elle les rapportera à Berlin clandestinement, cachés sous des gravats à l'arrière d'un camion. Ils seront ensuite mis à l'abri dans une cave de la zone française de Berlin, puis transférés à Paris par le général Koenig – qui n'a pas que ça à faire, mais acceptera de transporter dans le train spécial qui le ramène en France ce qu'il considère, après tout, comme de symboliques trophées.)

Au fond du lac de Carinhall dorment encore quelques statues de bronze. Dans les villages environnants, des meubles de provenance française, pillés par les habitants parmi les ruines du domaine, sont également retrouvés. À quelques kilomètres de la demeure détruite, enfin, dans le petit château d'Emmy, Rose découvre des toiles peintes par Boucher et Fragonard pour le plafond de Bagatelle – ou du Palais-Bourbon, les sources aiment à diverger sur ces points de détail. Ce qui importe ici, et qui émeut Rose, c'est que les toiles ont été conservées grâce à la délicatesse des réfugiés, qui ont pris la peine de les ôter de leurs châssis avant d'utiliser le bois pour réchauffer leur misère. La faim et le froid ne sont pas toujours ennemis de la civilisation.

*

À six cents kilomètres de là, tandis que dans *Lisez-moi Historia* paraît un témoignage d'Arlette de Pitray sur son aïeule Sophie de Ségur – lorsque l'on croit se défaire d'un fardeau, il trouve toujours le chemin pour revenir sur nos épaules –, Jenny Delsaux poursuit ses investigations sur les millions de livres spoliés partout en Europe et dans l'Union soviétique. L'essentiel des archives et livres français se trouvent en zone britannique ou américaine. Le dépôt d'Offenbach, emprès Francfort, est le plus important pour ce qui est des livres. C'est un chantier monstrueux de tri et d'attribution où se dévoile une véritable archéologie des procédures de spoliation. Le dépôt a été installé par les Américains dans les entrepôts des usines Farben – qui avaient, notamment, conçu les gaz utilisés à Auschwitz : nous nous abstiendrons pour une fois de commenter le symbole.

Les nombreux experts travaillent à la tâche chimérique d'identifier la provenance des livres, très exceptionnellement signalée par quelque miraculeux ex-libris – une étiquette collée, gravure ravissante et désuète au bas de laquelle s'étale en lettres choisies le nom du propriétaire ; un nom enjolivé d'un dessin individuel, tamponné de façon plus ou moins heureuse, avec débords et zones moins nettes, là où l'encre n'a pas bien pris – ou par un cachet, un timbre, une dédicace, une improbable facture insérée. En réunissant ces indices d'appartenance dans des albums, l'équipe parvient à restituer plusieurs millions de livres aux pays victimes des pillages nazis.

On croise à Offenbach Anatole Bisk dit Alain Bosquet, poète natif d'Odessa qui, après avoir débarqué en Normandie, tente à présent de récupérer les manuscrits disparus de Saint-John Perse, en vain. On y croise le grand rabbin Maurice Liber, qui retrouve avec émotion les archives de l'Alliance israélite universelle. Y sont aussi entreposées les archives de la banque Rothschild, des caisses de livres provenant de Carinhall ou des bibliothèques personnelles d'Eva Braun et Hitler. Une grande partie du contenu de la bibliothèque de Chinon, fréquentée dans sa jeunesse par l'ancien diplomate Eugène Pépin – le lecteur de peu de foi pensait sans doute ne plus jamais entendre parler de lui –, est également stockée en ces lieux.

Jenny Delsaux est éblouie tant par la richesse des fonds que par les prodigieuses colonnes babéliennes qui s'élèvent jusqu'au plafond. Les livres sont empilés en un autel éphémère dressé à la mémoire des propriétaires, puis mis en caisses et renvoyés dans leur pays d'origine par wagons entiers – moyen de transport qui aura joué tant de rôles durant cette guerre.

Elle communique régulièrement avec Paris en la personne de Julien Cain – que nous avions croisé à son retour de Buchenwald et qui a retrouvé sa place à la tête de la Nationale. Il dirige la commission de choix chargée d'affecter les livres retrouvés aux bibliothèques, qui ont été entièrement vidées pendant la guerre. La réintégration des livres se fait discrètement : le plus souvent, seule la mention « récupération » est apposée dans les registres, sans autre précision. Ces ellipses ont, à l'échelle de l'Histoire, des conséquences mémorielles durables, puisqu'elles font disparaître dans les plis du temps la signification profonde du trajet des ouvrages.

Les spoliations sont pourtant déjà documentées : Jean Cassou – qui est entré dans la Résistance après avoir été révoqué, comme il s'y attendait, du musée d'Art moderne – a écrit une préface pour un recueil de textes sur le sujet. Il y montre que la vacuité de l'idéologie nazie se révèle de façon perverse dans la question des pillages, où la monstruosité des massacres n'est pas là pour l'escamoter.

Rose ne voit plus beaucoup Jean, même si leurs préoccupations se rejoignent, fidèles à leurs promesses d'avant-guerre. Elle vient d'être nommée représentante à Berlin de la Commission de récupération artistique, qui a quitté le Jeu de paume, devenu entre-temps le musée des Impressionnistes, pour des locaux plus adaptés. La Commission œuvre avec plus de foi que de moyens ; ses résultats sont impressionnants, au vu de l'abondance de revendications qu'elle reçoit. Mais les familles qui visitent les dépôts en reviennent le plus souvent déçues voire traumatisées par ce pandémonium, où il leur est impossible de retrouver la moindre résonance de leur ancienne vie.

Aussi les restitutions ne vont-elles pas toujours dans le sens qu'il faudrait, il y a quelques dérapages, et certaines des œuvres récupérées n'avaient pas nécessairement été spoliées. L'urgence de la reconstruction et le chaos d'après-guerre expliquent, sinon justifient, ces légers flottements. Dans les innombrables mouvements d'œuvres circulant dans des wagons plombés des caches allemandes vers les points de collecte puis vers l'ouest, à moins qu'elles ne se dirigent vers les confins de l'Union soviétique, de Kiev à Minsk, de Tsarskoïe Selo à Nijni-Novgorod, il y a toute la place pour les approximations.

Rose est attentive aux dérives possibles : il n'est pas question pour elle de trophées compensatoires à la mode russe. En tout, l'ancienne attachée de conservation, qui approche la cinquantaine, tente d'imposer sa logique de justice et de bon sens. Mais ses bonnes intentions sont régulièrement contrariées par ce qu'il faut bien appeler l'atavisme scélérat de la pâte humaine : tout le monde pille et ment et triche quelque peu en cette affaire, hormis peut-être les Anglais qui demeurent parfaitement et flegmatiquement corrects – il est vrai qu'ils sont les seuls à n'avoir pas été pillés.

Les réunions de restitution tournent parfois au pugilat entre Alliés, du fait des Soviétiques principalement, mais les Américains ne lésinent pas non plus sur leurs exigences.

S'estimant en droit de s'octroyer quelques bénéfices à titre de récompense pour leurs héroïques efforts et de compensation pour les dépenses de guerre, ils s'arrogent des droits contestables sur les biens spoliés en Union soviétique, offrant ici des œuvres pillées dans les pays Baltes ou en Albanie à des associations d'émigrés aux États-Unis, restituant là aux hoirs de familles royales des dessins de Dürer nationalisés par les Soviets, rallumant enfin des incendies entre des États à l'histoire complexe et séculaire, avec l'arrogance du Nouveau Monde qui n'a sur les mains que du sang d'Amérindiens.

Ils se servent ainsi au passage – la célèbre canne vert et blanc de Goering a disparu, et l'inévitable légende la dit quelque part aux environs de Washington –, parfois simplement à des fins de propagande : au printemps, deux cents peintures font une tournée d'expositions aux États-Unis, dont les bénéfices servent à l'aide humanitaire en Allemagne.

Au même moment, une exposition aux buts similaires quoique servant une idéologie opposée, prévue à Moscou, est annulée : le secret d'État sur la question des œuvres d'art saisies par l'Armée rouge est institué par un décret du Comité central. Les fonds spéciaux sont mis au secret. À l'Ermitage, seuls le directeur et, naturellement, le *Komitet Gossoudarstvennoï Bezopasnosti* sont autorisés à voir les œuvres trophées. Les dépôts secrets se multiplient, dans les provinces comme dans les ministères moscovites. Les Russes, peut-être incertains de leur bon droit, choisissent d'éviter la publicité concernant ces trophées.

C'est qu'il faudrait admettre alors que nombre d'œuvres ont été saisies dans les musées allemands, et qu'elles surpassent largement en qualité ce qui avait été pillé en Russie. L'heure n'est pas encore venue où les clés des cachettes passeront de main en main, ouvrant quelques serrures en vue de décorer de ces trésors les murs des ambassades, des institutions ou encore, et surtout, les datchas des dirigeants. Les œuvres, dissimulées dans les sous-sols des musées soviétiques, à commencer par le musée Pouchkine, entrent ainsi dans un long sommeil. Le blocus de Berlin et la division de l'Allemagne suivent, tandis que s'installent les frimas durables d'une guerre sans combats.

*

À peu près au moment où Marguerite Yourcenar se fait naturaliser américaine, entérinant son nom de plume et un destin apatride où elle se sent à son aise – elle se refuse pourtant toujours à laisser la langue anglaise la pénétrer, le français étant son patrimoine le plus précieux et le plus inaliénable –, moment qui est aussi celui où Klaus Mann, le frère d'Erika, se suicide à l'âge de quarante-deux ans et où les diverses conventions de Genève et de l'Organisation des Nations unies incluent la question des biens culturels dans la notion de crime de guerre et de génocide, s'ouvre à la Bibliothèque nationale de Paris une autre exposition, montrant livres précieux et manuscrits – Proust, Vigny, Hugo – retrouvés en Allemagne et restitués par la Commission de récupération artistique, qui en profite pour se dissoudre.

Nous ne pouvons nous retenir de mentionner que l'exposition ne montre pas le livre de la Bibliothèque rose découvert par James Rorimer à Neuschwanstein, dédicacé à une petite fille dont il est insoutenable d'imaginer le destin. L'urgence est à la célébration de la paix retrouvée, quel que soit le prix du silence.

IV

GEORGETTE

Paris, janvier 1950

> «Les liens du sang sont bien faibles, quoi qu'on dise, quand nulle affection ne les renforce ; on s'en rend compte chez les particuliers, durant les moindres affaires d'héritage.»
>
> Marguerite Yourcenar,
> *Mémoires d'Hadrien*

Le carillon de la porte se noie, inaudible dans les extases des castagnettes et du glockenspiel, des clarinettes et du célesta qui colonisent chaque recoin de la boutique. Une silhouette microscopique file jusqu'au comptoir, derrière lequel s'évente la masse énorme de Georgette. C'est janvier, et en dépit du froid qui vient saisir l'ombre où s'amoncellent meubles XVIIIe, tableaux au cadre vieil or, curiosités diverses, les chaleurs de l'âge et du surpoids écrasent la vieille femme sur son fauteuil Voltaire.

Le petit visage de Blanche, six ans, se lève vers la matrone dans un sourire barbouillé. La surprise arrache un bon rire de gorge à sa grand-mère, qui ne l'avait pas vue entrer. Elle ôte l'aiguille du vieux gramophone, interrompant les pompes de *Casse-Noisette* – et du même geste réveillant les canaris dans leur cage – afin d'entendre ce que la petite, qui a toujours quelque chose à dire, est venue lui demander. Elle a fait toute seule le chemin depuis la rue de la Chaise jusqu'au magasin de la rue Bonaparte. Sa mère ne s'en est pas préoccupée outre mesure : Odile a déjà trop à faire avec ses inquiétudes d'épouse, les frasques des adolescents, les caprices du petit dernier.

« Tiens, ma jolie salamandre. » Blanche, qui vient tout juste d'entrer chez les jeannettes, où elle a reçu en totem l'animal ignifuge, obtient de sa grand-mère la friandise espérée – un fondant, sa préférée – sans avoir à prier. Elle n'en demandait pas plus. Le carillon retentit de nouveau, net et sans appel cette fois, lorsque la petite flèche brune franchit le seuil et s'enfuit dans la rue Bonaparte.

Mais la note dure : la porte est retenue par une main, que moule un gant de suède impeccable. Une femme, toute élégance apprise, fait une entrée aussi majestueuse que le lui permet l'étroit passage disponible entre deux monceaux, suivie d'un jeune homme péniblement dégrossi qui, selon toutes les apparences, lui sert de novice. Depuis le fond, Georgette tonne un « Son Altesse royale ! » rien moins que respectueux.

Le plaisir à chiner de la duchesse de Windsor est gâché d'emblée : elle sait ce que la gouaille ironique de Georgette insinue en utilisant ce prédicat que la morale britannique lui interdit. Son statut de double divorcée comme sa nationalité américaine ayant forcé le roi Édouard à abdiquer pour l'épouser, le titre lui est une douloureuse insulte. Sous les sourcils parfaitement virgulés, des cernes accusent cinquante années de vicissitudes. Wallis Simpson tend une main dégantée à l'antiquaire énorme qui fait mine de la baiser.

L'aristocrate soupire et renfile son gant pour se donner une contenance ; son œil scrute dans le fouillis de meubles précieux, promptuaire des errances familiales de la noblesse française. L'œil passe sur les toiles entassées sans conscience, grimpe le long des tumulus bizarres et inspirants, les tableaux plus ou moins crustacés et les compositions céramiques biscornues auxquelles Georgette s'amuse entre deux clients.

C'est Jansen qui a conseillé à Wallis les boutiques de la rue Bonaparte. (Remarquons ici que le célèbre décorateur est parvenu à faire classer sans suite son dossier d'épuration et à faire oublier que sa maison a continué son activité sous l'Occupation. En particulier, au service de prestigieux clients nazis, de la Reichsbank au gouverneur de Pologne, jusqu'à l'ambassade d'Allemagne d'Otto Abetz. Jansen n'a rien perdu de sa réputation et œuvre aujourd'hui pour de richissimes amnésiques : les Rothschild eux-mêmes n'ont pas trouvé à redire à ses états de service collaborationnistes. Il faut toutefois, par équité, signaler que la maison Jansen n'a pas hésité à cacher dans ses entrepôts des biens appartenant à des collectionneurs privés, afin de les préserver des griffes nazies.)

L'œil de la duchesse de Windsor s'arrête sur une étagère – une surface hasardeuse, accidentellement planifiée par un accumulat plus cohérent que les autres – et repère, parmi les rossignols au rebut, une petite boîte marquetée. Les incrustations de nacre luisent doucement dans l'ombre, comme une tentation discrète qui se mérite. Wallis pointe un doigt velouté vers l'objet à l'intention du grouillot, qui se dégingande plus encore pour l'attraper. Il manque échapper le coffret, déstabilisé par la voix rocailleuse de Georgette braillant qu'il n'est pas à vendre. À la demande de justification qui lui est faite, la vieille antiquaire répond de deux mots définitifs : « Conviction personnelle. – *I beg your pardon ?* » articule la duchesse dans un anglais oxfordien qui, imitant de lointains ancêtres, s'efforce de dissimuler son accent yankee. « Nous n'avons pas les mêmes fréquentations. »

L'Américaine n'a pas besoin de davantage d'éclaircissements. Ce ne sont ni sa réputation d'intrigante ni sa vie conjugale mouvementée qui lui valent l'opprobre de Georgette, ce n'est pas même son appartenance au Nouveau Monde, pourtant peu du goût de la Française de souche belge. Ce sont, bien plutôt, les sympathies nazies qu'elle et son époux ont entretenues avant la guerre et que sa supposée liaison avec Ribbentrop empêchera d'effacer des tablettes de l'Histoire. Étouffant son humiliation dans un rire qui tourne court, la duchesse regarde à nouveau autour d'elle et se rabat sur une boîte à couture marquetée en loupe d'amboine, dont les motifs rappellent vaguement ceux du coffret de palissandre. Mais c'est du Napoléon III, et Georgette ne peut retenir un petit soupir de mépris devant ce goût de chambre d'hôtel.

C'en est trop pour la duchesse, qui fait signe au jeune homme de poser la boîte, de rassembler ses membres épars et de la suivre. Elle salue la vaste antiquaire avec un respect qui se voudrait condescendant – s'attirant un « Adieu, madame Simpson » où les nasales fleurent le titi – et sort. De toute façon, la duchesse de Windsor a la réputation d'être mauvaise payeuse.

Sa disparition révèle une présence, celle d'un homme d'une trentaine d'années. Son pas et son sourire sont si décidés que le carillon a renoncé à tinter. Il regarde Georgette avec l'intensité de qui sait qu'il a affaire à partie égale. « C'est un très bel objet que vous avez là, du Boulle le plus exquis. Vous ne voulez vraiment pas le vendre, ou votre éthique est-elle corruptible ? – Il n'est pas à vendre. – Dommage. Vous savez que ce n'est plus à la mode, les gens ne jurent plus que par le Louis XV. Vous aurez du mal à trouver acheteur, quant à moi je vous en donnerais un bon prix. – Pas à vendre, vous dis-je. Et d'ailleurs, que vous fait ce coffret s'il n'a aucune valeur ? – Nous n'avons pas les mêmes stratégies d'acquisition, chère madame. – Parce que vous êtes également antiquaire ? – Modeste, chère baronne, je commence, ou plutôt je recommence. »

Georgette se radoucit, l'homme est irrésistible et ce titre de baronne, qu'il vient de rappeler à son souvenir, lui est un émoustillant amadou. « C'est que je compte l'offrir à ma fille pour son anniversaire. – Dans ce cas, je n'insiste pas. Mais si toutefois vous veniez à changer d'avis, voici ma carte. À bientôt, chère baronne. » Georgette rougit un peu en attrapant le bristol. La lecture du nom provoque un sursaut de ses chairs pourtant peu alertes, elle lève les yeux – mais déjà la porte s'est refermée, toujours sans un bruit.

L'homme s'appelle Philippe Kraemer. Elle connaît la dynastie d'antiquaires, que la guerre a ruinés. La marqueterie Boulle étant abordable, et pressentant son imminent retour en grâce, ils ont choisi d'en faire l'instrument de leur renaissance après que tous leurs biens ont été spoliés. Cette résilience impressionne Georgette bien davantage que les duchesses déchues de la perfide Albion – ou que les minauderies de l'Aga Khan, un autre de ses prestigieux chalands.

Sa surprise s'éteint dans l'arrivée carillonnante – c'est un moulin que cette boutique – d'une dame menue, que Georgette accueille d'un tonitruant : « Son Altesse la marquise Jeanne d'Étienne ! » Georgette accole des particules à tous ceux qui lui chantent et en ampute les noms de ceux qui lui déplaisent. C'est une marque de tendresse pour elle que d'anoblir ainsi ses contemporains, de les créer comte ou vicomtesse, duc ou marquise – et plus profonde est la roture dont ils viennent, plus l'adoubement lui semble adéquat.

Jeanne Étienne, la camériste de Georgette, vient annoncer à sa patronne, dans l'habituel rire gêné qu'elle oppose à sa manie particulaire, que les panthères sont arrivées rue de la Chaise. Les vieilles copines de Georgette, qui tirent leur surnom félin de temps trop immémoriaux pour nous être accessibles, tiennent régulièrement salon dans la boutique, échangeant les derniers potins sur la clientèle huppée et buvant un petit verre de rosé sucré en guise de thé au milieu du fatras et du pépiement des canaris. Mais aujourd'hui, elles attendent Georgette chez elle pour préparer la fête : c'est l'anniversaire de Claire, la fille préférée, la cadette, qui exceptionnellement vient rendre visite à sa mère.

Georgette glisse le coffret au fond de son filet à provisions, s'extrait de son capharnaüm dans le sillage de Jeanne et se dandine, cage à oiseaux pincée entre ses doigts boudinés – elle ne se sépare jamais de ses canaris déplumés, les emmène avec elle au magasin, chaque jour, comme de vivants gris-gris –, jusqu'au premier immeuble de la rue de la Chaise, à l'angle de la rue de Grenelle.

Sur le chemin, que son allure étire suffisamment pour multiplier les chances de rencontrer des personnalités du quartier, Georgette croise Julien Gracq, qui demeure rue de Grenelle, sous son vrai nom de Louis Poirier – il a trouvé son prénom d'emprunt chez Stendhal et la suite de son pseudonyme dans la mythologie. Georgette ne le reconnaît pas. Elle croise aussi André Gide, qui habite la rue Vaneau, marche à tout petits pas vers la mort – plus lentement encore que Georgette –, et qui ne la reconnaît pas. Elle ne croise pas en revanche André Malraux qui a déjà quitté la rue du Bac pour s'installer à Boulogne, ni Romain Gary qui n'est pas encore arrivé dans la même rue du Bac, pas plus que Louis Aragon et Elsa Triolet qui, bientôt, habiteront rue de Varenne.

Julien Gracq, voyant passer l'obèse antiquaire, soulève son chapeau, car lui la reconnaît : dans le quartier, hormis les écrivains expatriés et ceux qui regardent vers la mort, tout le monde sait qui est la baronne Georgette Duboÿs de La Vigerie.

La chine coule dans ses veines de mère en fille. Virginie, sa génitrice, une aristocrate wallonne au caractère ombrageux, avait exercé comme antiquaire en Belgique, à Orléans puis à Versailles. Elle avait abandonné son métier en se mariant dans la plèbe avec un certain Georges Gilliard, banquier. Virginie était venue accoucher de Georgette à Paris quelque neuf années avant que son époux ne se pende, criblé de dettes et de roture.

Georgette, probablement par désir de réparation filiale, épousant un Duboÿs de La Vigerie avait récupéré un titre de baronne, aussitôt renvoyé au néant par sa propension à n'accoucher que de filles. Le baron une fois décédé de la grippe espagnole pendant les négociations du traité de Versailles, tout signe extérieur d'aristocratie avait à jamais disparu des tablettes familiales. Georgette chérit d'autant plus son titre de baronne qu'il ne signifie rien, que ni fortune ni rang social ne lui sont associés, elle est donc libre d'en faire une plaisanterie, aussi légère qu'une étole de faux vison drapée autour de sa gorge replète.

Gracq la salue, donc, mais Georgette se moque bien des écrivains, même sous pseudonyme, elle ne pense qu'à sa fête, et au coffret qu'elle a prévu d'offrir à sa favorite. Elle se félicite tout particulièrement, aujourd'hui, de cette trouvaille qui remonte à la fin de la guerre. Elle avait déniché la boîte dans une vente aux enchères, lorsqu'elle avait repris son activité d'antiquaire après cinq ans passés à charpir pour les soldats – comme il était de bon ton chez les nobles, argentés ou non, de faire en ces temps-là.

Depuis qu'a été découverte l'ampleur des spoliations de biens sur fond de marché de l'art florissant, antiquaires et marchands d'art se croisent toujours avec une complicité ambiguë ; ils ont en partage la désagréable sensation d'être regardés de travers, eu égard aux bonnes affaires qu'ils seront toujours soupçonnés d'avoir faites pendant la guerre.

Georgette se défend d'avoir profité de quoi que ce soit. Elle a bien fréquenté quelques ventes aux enchères, mais si peu, et jamais au grand jamais elle n'aurait acquis des objets qu'elle aurait sus spoliés. On a sa dignité. Elle a appris à tirer parti de sa condition de femme seule pour en faire une force, voilà tout, et se targue d'une histoire sans tache – sa petite aventure avec un ambassadeur russe, entre les deux guerres, qu'elle aime à évoquer avec de grands airs de conspiratrice, ne saurait ombrer le comportement en tout point exemplaire de cette figure emblématique du septième arrondissement.

Georgette parvient rue de la Chaise, pousse en soufflant la porte cochère de l'immeuble très balzacien où elle demeure et ahane jusqu'à l'appartement que lui loue une famille d'aristocrates bretons. La fille aînée de Georgette est déjà là et tient compagnie aux trois panthères, qui inlassablement fument en la regardant œuvrer.

Odile a tout préparé, jouissant de la fin des restrictions – la famille n'est pas riche, ni chocolat ni champagne, mais guimauves, fondants, oranges envoyées d'Algérie par un oncle pied-noir, flans et autres gâteaux, tout est bon pour Georgette tant qu'il y a du sucre, beaucoup de sucre, tout ce sucre qu'il a fallu rationner pendant quatre ans et dont elle se gave depuis la fin officielle des tickets, deux mois plus tôt. Son gendre, époux d'Odile et père de Blanche, de retour des camps de prisonniers en Allemagne, a quitté la Marine et traîne désormais ses traumatismes dans d'obscures démarches de vendeur-représentant-placier au bénéfice de la maison sucrière Lebaudy-Sommier. Elle n'est donc jamais à court.

On s'installe autour de la table, s'interdisant de toucher aux friandises avant l'arrivée de Claire. On fait toutefois honneur au vin rosé doucereux, principale source d'hydratation de Georgette. Odile se tait, assistant au ballet verbal familier auquel se livrent les commères avec d'autant plus d'animation que leur veuvage leur pèse moins. Georgette n'est pas en reste et rabâche ses anecdotes d'avant guerre. Les deux chattes siamoises dorment d'un œil méprisant qui guette, par réflexe, l'évolution de l'ébriété des canaris, régulièrement ravitaillés en vin sucré par Georgette.

Blanche fait une apparition, vole un nouveau fondant et un volume de la Bibliothèque rose volontairement oublié sur un guéridon par sa grand-mère, puis repart en courant – il n'y a qu'un étage à monter pour gagner le minuscule appartement, surnommé la roulotte, qu'elle partage avec ses parents, ses deux frères et ses deux sœurs. Odile n'a pas le temps de la réprimander qu'elle a déjà disparu vers ses fantasmagories d'enfant. Heureusement, Blanche entrera dès l'automne prochain à la communale, il ne restera plus à Odile que le petit dernier sur les bras. À bientôt trente-sept ans, elle est exténuée.

Les heures passent, la conversation se tarit. Les canaris sont aussi soûls que Georgette, et Claire n'arrive pas. Les siamoises ont entrepris de miauler sans discontinuer, exaspérant l'humeur des femmes réunies dans le salon étroit. Le grand cartel sonne six coups contre le mur tendu de jute moutarde. La matrone entreprend alors de se lever, sa masse lentement se dresse et s'appuie, cherchant un équilibre formidable et refusant toute aide. Elle attrape la petite cassette sur la table et la tend à Odile. Il se trouve que celle-ci fête son anniversaire deux semaines après sa cadette : « Comme ça, ce sera fait. »

Odile remercie, ravalant la honte de recevoir par défaut ce que l'on destinait à une autre. « Bon, tu verras, elle ne s'ouvre pas, la serrure est cassée, mais c'est de la bonne camelote, tu peux me croire. » Sur ces paroles qui ne rattrapent rien, Georgette fait signe qu'elle va se coucher. Odile entreprend, dents serrées, de ranger les reliefs du goûter dans le silence que meuble à peine la fumée des panthères.

S'étant acquittée de sa besogne, elle rejoint, tenant à la main le coffret, son petit garni sous les toits, la roulotte qui abrite trop d'enfants pour étancher sa solitude. Elle rajuste son sourire perpétuel, celui qui lui donne la réputation d'une femme comblée. Puis reprend son rôle de mère de famille nombreuse – elle vient d'apprendre qu'une médaille allait lui être remise, pour avoir si gaillardement fourni de la main-d'œuvre à la nation, reconnaissance qui la flatte et la consterne à la fois –, après avoir remisé le coffret de palissandre aussi loin que possible de sa tristesse.

Paris, août 1950

Un rocking-chair de bois sombre, un poêle en fonte surmonté de carreaux de Delft, des plaids écossais, une gravure du Piranèse, des livres, un vaisselier d'acajou rempli d'assiettes décorées de bateaux, un fauteuil tendu de soie verte, des livres encore, un large bureau de merisier, des souvenirs pieux, des photographies représentant des marbres d'Antinoüs, l'aurige de Delphes, une furie ou un hermaphrodite, un châle, une huile de Coypel représentant Pomone trompée par l'amour, des dossiers, des livres toujours, une lampe de banquier, d'autres lampes, une coupe en argent, une page d'antiphonaire, une corbeille à papier, des livres et des livres…

Inventaire partiel de deux pièces
de Petite Plaisance

Bruno Lohse, à pas même quarante ans, accuse la fatigue d'une demi-décennie derrière les barreaux. Il n'a pourtant rien perdu de sa morgue et adresse à Rose un dernier clin d'œil arrogant avant de quitter le tribunal. Le procès, instruit dans l'indifférence générale, de six responsables de l'ERR – une peau de chagrin comparée à tous ceux qui auraient dû être inculpés – vient de s'achever.

Ont été jugés Walter Hofer, le principal expert de Goering, condamné par contumace à dix ans qu'il ne purgera pas ; Bruno Lohse, donc, acquitté après ses cinq années de prison – on estime qu'il en a fait assez – ; Gerhard Utikal, directeur de l'antenne centrale de l'ERR et auteur, avant la guerre, d'un livre d'idéologie antisémite remarquablement féroce et très en vogue dans le parti nazi ; Robert Scholz, qui se décrit comme directeur de musée, peintre et critique d'art ; Georg Ebert, recteur de l'École supérieure de Nuremberg ; et Arthur Pfannstiel, spécialiste de Modigliani et ami de Céline, dont il a traduit *Bagatelles pour un massacre* peu avant la guerre.

Rose a fait de fréquentes allées et venues entre Baden-Baden et Paris pour témoigner à ce procès, en particulier contre son ennemi personnel Bruno Lohse. Celui-ci s'est dit fort stupéfait de l'ampleur des actes commis par Hermann Goering, mettant tout sur le dos des morts – celui de von Behr notamment s'élargit à mesure de sa déposition –, arguant que lui-même n'a jamais épousé les convictions nazies, qu'il s'est contenté de faire son devoir – scie des défenses de l'époque – et a même pris le risque de sauver quelques Juifs.

L'expert est condamné pour complicité, mais sort libre du tribunal malgré les accusations de vol de tableaux prononcées contre lui par une Rose Valland outrée, dépossédée de ses propres convictions qu'elle ne peut étayer faute de preuves matérielles. Lohse part s'installer à Munich, où il compte ouvrir un commerce d'art dont le pignon ne s'embarrassera pas d'être sur rue, tandis que les autres accusés reprennent tranquillement leurs activités qui d'historien, qui de critique d'art.

Le verdict est chétif, mais le procès a le mérite d'avoir eu lieu : le pillage artistique, considéré comme secondaire, n'a été jugé dans aucun autre pays si ce n'est ponctuellement, à l'instigation de collectionneurs spoliés. Du point de vue allié, les prisonniers allemands ont suffisamment aidé les Américains à retrouver les œuvres après la capitulation pour gagner leur liberté. Et les accusés ont été convaincants : ils étaient au service de leur gouvernement, pas de leur propre enrichissement, et n'ont fait, une fois encore, qu'obéir. Précisons que les premières lois d'amnistie apparaissent et que les prémices du rapprochement franco-allemand commencent à se faire sentir : le désir d'oubli est encore plus puissant que la rancune, et dans son alliance avec le temps il gagne bien souvent.

Pour noyer sa frustration face aux complaisances d'après-guerre et au gâchis relatif de son labeur des dernières années, Rose s'est lancée, depuis la fermeture de la Commission de récupération artistique, dans l'espionnage militaire pour le compte de l'État français – c'est du moins ce que dit la légende, qui décidément a un avis sur tout. Quoi qu'il en soit, elle déploie une activité intense et suffisamment discrète, on ne se refait pas, pour susciter tous les fantasmes. Elle émet d'incessants rapports, réalise d'innombrables croquis, sans pouvoir apaiser sa rage.

Elle doit se battre avec les désirs d'appropriation de pouvoir de certains, mais surtout se résigner au fait que la dynamique de restitution s'est éteinte. Il n'y a plus guère qu'elle pour s'y intéresser, et peut-être Ardelia Hall de l'autre côté de l'Atlantique. Evelyn Tucker est allée ouvrir une galerie sur la côte californienne, Edith Standen est désormais conservatrice au Met. Quant à l'esprit français, il veut passer à autre chose, reconstruire et regarder vers l'avenir. Au cœur du silence, épaissi de culpabilité pour les uns, de honte d'en avoir réchappé pour les autres, qui entoure le génocide, il est clair que la spoliation des biens appartenant aux Juifs n'est pas un sujet.

La Commission de récupération artistique a été dissoute, les trois quarts des œuvres rapatriées ont été restituées et le reste a été réparti entre, d'une part, l'administration des Domaines, qui s'est empressée pour abonder le Trésor public de les vendre aux enchères, et, d'autre part, une réserve, purgatoire où les œuvres dont on ignore la provenance, mais qui ont probablement été spoliées, attendent d'hypothétiques propriétaires. Elles y sont mystérieusement désignées par les lettres MNR qui renvoient, en une syntaxe presque plus contestable encore que le sigle lui-même, à la formule « Musées nationaux récupération ».

La dénomination MNR concerne aussi des objets commandés par les nazis à des manufactures françaises – tel un service de porcelaine que Goering s'est fait fabriquer à Sèvres pour recevoir dignement les invités de son pavillon de chasse, service qui a été retrouvé à Berchtesgaden et envoyé au point de collecte de Munich – ou allemandes, telle cette tapisserie gigantesque conservée au Louvre et où une citation de *Mein Kampf* s'étale auprès d'un aigle héraldique, d'une croix gammée et de l'estampille *AH*. La tapisserie est tissée d'une grande quantité d'or potentiellement issu des bijoux, voire des dents ayant appartenu aux Juifs déportés.

Il s'agit en tout cas d'œuvres suffisamment inestimables pour venir orner les murs des musées désignés comme détenteurs précaires dans l'attente d'une réclamation de la part de leurs propriétaires. Réclamation d'autant moins probable que rien n'est mis en œuvre pour la susciter : la précarité est faite pour durer. La sélection de ces œuvres se fait de manière assez confuse, par les musées eux-mêmes, abrités derrière d'opaques commissions de choix sans réel pouvoir de décision. Avant de rejoindre les musées, les œuvres estampillées MNR sont d'abord exposées à Compiègne, où leurs propriétaires éventuels peuvent toujours venir les chercher, s'ils ont l'idée et le courage de se rendre jusque-là.

Rose s'afflige sans relâche de la pusillanimité des décisions prises. Elle continue néanmoins de travailler au retour des œuvres et de négocier avec les Russes, naviguant sur la crête de la guerre froide et des deux Allemagnes. Mais les Soviétiques entendent ne rien restituer et demeurent intraitables sur ce qu'ils considèrent comme des butins de guerre. Rose doit user de ruses de plus en plus sophistiquées pour entrer dans leur zone d'occupation. La dernière fois, elle s'est même fait passer pour une écrivaine en quête d'informations romanesques.

À coups de hasards et de coïncidences, mais aussi de petits cigares et de cognac – plus efficace que l'alcool à brûler qui sert souvent à ce type de négociations – qu'elle se met à respectivement fumer et boire avec eux, elle parvient à amadouer les fonctionnaires. De rendez-vous en rendez-vous à la Fonderie soviétique, les Russes finissent par lui concéder plus de la moitié des canons saisis par les nazis au musée de l'Armée, ainsi que des drapeaux dérobés aux Invalides et à l'église Saint-Thomas-d'Aquin. Rose tient à ces emblèmes du viol national opéré par le fascisme presque autant qu'aux chefs-d'œuvre de l'art. Le sens de la patrie se confond chez elle, comme chez la plupart des acteurs de la récupération artistique, avec celui du patrimoine.

Mais elle finit par céder aux bâtons qu'on lui met constamment dans les roues – on lui a notamment confisqué sa voiture – et décide de rentrer chez elle. Elle a bataillé – un peu – avec les Allemands, qui finalement se sont montrés les plus coopératifs et désireux de prouver leur antinazisme. Elle a noué quelques amitiés, a rencontré von Choltitz et a pu le remercier d'avoir dit non au bon moment, Kümmel aussi qu'elle a trouvé bien trop roux, bien trop myope et bien trop doux pour avoir fomenté un pillage si démesuré, aux conséquences si vastes et si cruelles. Elle a bataillé – beaucoup – avec les Russes ; batailler avec les Français lui est un combat de trop.

Dans le train qui la ramène en France, elle songe au procès qui vient de s'ouvrir, celui d'une escroquerie monumentale menée par une vingtaine de personnes liées à la Commission de récupération artistique, qui ont détourné une centaine de tableaux, près d'un millier de pianos, d'innombrables meubles, tapis et tapisseries, et même des machines à écrire.

Rose est consternée par l'inéluctabilité de l'humaine convoitise. Il semble que jamais l'homme ne rattrape l'homme, que malgré les efforts de certains, l'inertie rapace du plus grand nombre finisse par gagner.

De retour à Paris, elle continue de s'activer, remet des rapports tamponnés « très secret », répond aux demandes des propriétaires spoliés, défend les œuvres contre les tentatives des marchands de récupérer des biens précieux vendus à bas prix pendant la guerre. Tous les soirs, en remontant la rue Monge jusque chez elle, elle refait en pensée le chemin inattendu qu'elle a parcouru ces dernières années, elle interroge le combat qui est devenu celui de toute sa vie. Elle n'aurait jamais imaginé que son amour de l'art ferait d'elle une justicière plus préoccupée de débats juridiques qu'esthétiques. Et pourtant : elle a endossé l'habit de l'espionne et de l'héroïne sans même y réfléchir.

*

À cinq mille deux cents kilomètres à vol d'albatros de la rue de Navarre, Marguerite et Grace sortent de chez le notaire. Elles viennent de signer l'achat sur l'île de Monts Déserts, Maine, où elles ont décidé de s'installer définitivement, d'un cottage en bois blanc qu'elles baptisent Petite Plaisance (nous ne résistons pas à mentionner, avec peut-être un peu de malice, que c'est le nom donné au château d'*Après la pluie, le beau temps*, dernier roman de la comtesse de Ségur, dont les écrits donnent la nausée à Marguerite).

Yourcenar s'apprête à publier *Mémoires d'Hadrien*, dont elle a finalement abouti à une version définitive, écrite en longs jets brûlants au fil d'un saisissant voyage à travers l'Amérique, dans des trains, des gares et des tempêtes de neige. Rédaction entamée après avoir reçu depuis la vie d'avant, c'est-à-dire depuis son passé, c'est-à-dire depuis nulle part, une vieille malle. De tout ce qu'elle contenait, Marguerite n'a conservé que quelques pièces d'argenterie familiale, dont l'usage la confortait dans le sentiment de la lignée, et une phrase de ses notes pour les *Mémoires*. Outre la maie providentielle, c'est la rencontre monstrueuse avec le nazisme qui l'a incitée à reprendre ce projet ancien. Elle éprouve plus que jamais la nécessité de penser ce que pourrait, ce que devrait être un pouvoir éclairé.

L'année suivante, *Mémoires d'Hadrien* connaît un succès auquel Yourcenar ne s'attendait guère. Grisée par la reconnaissance publique, elle s'abandonne aux mondanités. De retour en France pour la première fois depuis le début de la guerre, elle fréquente le Tout-Paris littéraire, rencontre Colette et sympathise avec Victoria Ocampo. Elle croise aussi Ernst Jünger, dont les œuvres sont de nouveau autorisées de publication et qui est revenu dans la capitale française. Enfin, Marguerite devient membre de la Société des gens de lettres, fondée un siècle plus tôt pour défendre les droits des auteurs. C'est pour elle, bien qu'elle n'ait pas l'intention de jamais mettre un pied dans l'hôtel de Massa où l'association a son siège depuis vingt ans, une manière d'affirmer qu'en dépit de son installation aux États-Unis, elle est décidément une écrivaine française.

Dresde, août 1955

> «Les atteintes portées aux biens culturels, à quelque peuple qu'ils appartiennent, constituent des atteintes au patrimoine culturel de l'humanité entière.»
>
> Convention de La Haye, 1954

Les deux voix, légèrement compassées, sont caractéristiques de l'époque. Celle de Louis Aragon est mouillée de salive, datée déjà pour son temps, pompeuse en dépit des vulgarités d'élocution, des voyelles avalées et des négations niées; celle de Jean Cocteau est nette et nasillarde. Le tout est implacablement rendu par la cruelle précision du magnétophone, encore accentuée par la mise en ondes radiophoniques.

«Dans le cadre des "Soirées de Paris", la Radiodiffusion-télévision française présente "Visite au musée de Dresde" avec Jean Cocteau, de l'Académie française, Aragon et Robert Mallet. Réalisation Guy Delaunay. Aragon et Cocteau se sont donné rendez-vous aujourd'hui pour voir ensemble de la peinture et pour en discuter. Les voilà tous les deux qui se serrent la main sur le perron du musée de Dresde.»

Aucun bruit de pas n'est audible sur l'enregistrement: Jean Cocteau et Louis Aragon – qui a perdu son prénom dans la bouche du journaliste – semblent léviter lorsqu'ils visitent l'exposition organisée tambour battant au musée de Dresde, à l'occasion de la restitution de tableaux vaillamment sauvés par l'Armée rouge.

Aucun bruit de pas n'est audible, et pour cause : cette conversation n'est que la mise en scène d'une visite qui n'a jamais eu lieu. Louis Aragon et Jean Cocteau ne sont jamais allés en République démocratique d'Allemagne. Ils ne se sont jamais serré la main sur le perron de la galerie de peinture de Dresde.

Ils n'ont fait qu'enregistrer leurs commentaires à partir de photographies de tableaux sur un magnétophone diabolique chez Aragon, dans son petit appartement de la rue de la Sourdière mangé par les chenilles, l'année suivant l'exposition.

Ni Cocteau ni Aragon ne sont allés à Dresde ; toutefois, en cette fin d'été mil neuf cent cinquante-cinq, des tableaux ont effectivement annoncé leur retour au musée d'État de la ville. C'est qu'avec la signature du pacte de Varsovie au mois de mai, l'URSS veut se montrer obligeante avec ses nouveaux alliés et promet des restitutions à toutes les Républiques populaires pour apaiser les tensions grandissantes.

Le premier tableau récupéré à Moscou par les représentants de la République démocratique d'Allemagne, lors de la cérémonie de clôture de l'exposition, est le *Portrait de Bernhard von Reesen* d'Albrecht Dürer. Le peintre et graveur, depuis quatre siècles, aura décidément porté bien des causes et des emblèmes sur ses épaules voûtées par le labeur. L'homme de la Renaissance qu'il a portraituré symbolise aujourd'hui la généreuse entreprise soviétique, au service de l'art avant tout.

L'exposition, ouverte quinze heures par jour, court depuis le mois de mai au musée Pouchkine, soutenue par une titanesque campagne de propagande avec manuels, conférences, guides spécialisés à l'intention des Soviétiques, catalogues, brochures et cartes postales, abondantes publicités diffusées dans les salles de cinéma.

Les toiles ont été longuement restaurées – il fallait bien dix ans pour que le bois sèche, que les moisissures soient nettoyées, que le vernis soit ôté grâce aux vapeurs d'alcool, que toute trace d'un stockage douteux, brisures et cloques, soit effacée – et, enfin, remises à la République démocratique d'Allemagne en ce jour glorieux célébré par les deux poètes.

Dans cet échange artificiel, nulle polémique, nulle politique. Ils ont mis leurs désaccords de côté et complaisamment devisent, sans toujours écouter l'autre, d'un peu tout, de peinture et d'histoire, bien sûr, mais aussi beaucoup de littérature : Watteau est comparé à Rimbaud, la dame espagnole de Manet associée à Anna Karénine ; ils évoquent Proust, Baudelaire, Balzac, Loti et Zola, et en écrivains inlassablement se réfèrent à d'autres écrivains.

Jean Cocteau, bien qu'ayant du mal à faire oublier son attitude vis-à-vis des Allemands durant la guerre, ne perd pas une occasion de parler de lui. Il précise que son grand-père était collectionneur d'art ; il ne précise pas en revanche que son père – qui s'est suicidé lorsque Jean était encore enfant – était peintre amateur. Il ne peut y avoir qu'un seul artiste par famille.

Cocteau s'avise que les musées sont une invention tardive, un agrégat artificiel de cadavres raflés à l'ennemi après la victoire et brandis comme dépouilles opimes devant le peuple subjugué. Louis saisit cette aimable occasion fournie par son camarade pour rappeler qu'en l'espèce, c'est à un sauvetage et non à un pillage que l'on a affaire, grâce à la valeureuse intervention soviétique dans les ruines de Dresde où, négligeant pièges et mines, l'Armée rouge s'est lancée à la recherche des tableaux pour les protéger des bombes occidentales, naturellement sans aucune intention de se les approprier.

À grandes brassées d'érudition, les deux poètes développent l'idée que la guerre, par les mélanges et les exodes d'œuvres et d'hommes qu'elle provoque, non seulement diffuse l'art mais l'enrichit. Le sang humain versé est la contrepartie du sang de l'art, qui se trouve ainsi libre de circuler dans les veines de la civilisation.

Ils ne précisent pas que si les Russes ont rendu quelques toiles à Dresde, ils n'ont pas l'intention de restituer la plus grande partie de ce qu'ils ont saisi et qu'ils considèrent comme des trophées : ainsi du trésor archéologique de Priam, retrouvé par l'Armée rouge à Berlin et voué à demeurer dans les sous-sols du musée moscovite.

Comme Cranach et Rembrandt, comme Vermeer aussi, tous génies qui incarnent leur époque, Albrecht Dürer est l'étalon de leurs réflexions. Deux de ses toiles figurent parmi celles qu'observent les deux poètes : d'une part le retable de Dresde, d'autre part le *Bernhard von Reesen* susmentionné, dont la toque rappelle à Cocteau celle des appariteurs de l'université d'Oxford, où il vient d'être nommé docteur *honoris causa* – parfaite opportunité de placer une référence à ce nouvel honneur qui lui a été fait. Aragon s'appuie sur la *Mélancolie* pour évoquer l'homme dürerien, qui est tellement de son temps qu'il anticipe ceux à venir.

Ils ne sont pas allés à Dresde et ignorent donc, en devisant à propos de Dürer, qu'une copie admirable de la même *Mélancolie* fait partie des œuvres restituées par la Russie. Y fussent-ils allés qu'ils l'auraient de toute façon très probablement ignoré, puisqu'elle a été sitôt son arrivée mise au secret du cabinet des estampes.

Natalia Sokolova a souvent repensé à ces œuvres qu'elle a contribué à protéger, se demandant parfois si c'était la plus juste des décisions – pour aussitôt chasser ces peu patriotiques pensées. Décorée quelques années plus tôt de l'ordre du Mérite par la toute jeune République démocratique d'Allemagne, en même temps qu'elle était nommée citoyenne d'honneur de la ville de Dresde, Natalia exerce désormais des fonctions académiques prestigieuses. Elle suit avec une distance prudente, mais attentive, ce retour des œuvres en Allemagne, partagée là encore quant au bien-fondé de la démarche.

Comme Natalia, Rose suit ces ostentatoires restitutions russes avec attention. Elle a participé à la Convention de La Haye en tant que déléguée française l'année précédente, aux côtés de Julien Cain, de la Bibliothèque nationale. Depuis, elle s'efforce de mettre en œuvre les pieux principes développés lors de cette historique conférence : protection du patrimoine culturel en temps de guerre, illégalité de la notion de trophée, prohibition des spoliations. Rien de très compatible avec la réalité de ce qui s'est produit pendant le conflit, mais l'intention vaut mieux que le silence. C'est à cette convention qu'est fait recours, pour la première fois, à la notion juridique de patrimoine culturel commun de l'humanité – manière plus ou moins consciente de prévenir toute réclamation de la part des pays du tiers-monde où les empires ont jadis tant prélevé, sans qu'alors qui que ce soit s'en soit indigné.

Désormais à la tête du Service de protection des œuvres d'art, Rose prospecte des lieux de dépôt susceptibles d'abriter des œuvres en cas de conflit. Elle conçoit même des plans d'évacuation adaptés à la menace nucléaire. Elle a enfin reçu, au printemps, le titre de conservatrice – ou conservateur, c'est selon – mais de septième classe – la catégorie la plus basse – avec un salaire inférieur à celui de ses collègues masculins, même moins expérimentés, même moins érudits. Le milieu de l'art, très élitiste, n'accueille pas facilement cette fille de maréchal-ferrant en son sein.

Sa probité aussi dérange. Elle aurait aimé reprendre ses activités au Jeu de paume, mais sa hiérarchie s'y oppose. Jacques Jaujard – qui, comme Rose, a été décoré, outre de la médaille de la Résistance, de la Légion d'honneur, qu'il a également fait obtenir à Wolf-Metternich – a bien tenté de la faire nommer au Mobilier national. Las, son influence grandissante n'y suffit pas : le corporatisme misogyne des milieux culturels autant que les méthodes de Rose, aussi efficaces que peu protocolaires compliquent ses avancées de carrière. La route est longue quand on s'essaie à marcher debout.

À chaque vacance de cette folle mission qu'elle se renouvelle à elle-même, Rose ne manque pas de se rendre à Saint-Étienne-de-Saint-Geoirs, où elle jouit de moments où rien n'existe de ce qui se passe là-haut, dans la capitale. Institutions, restitutions, ces mots ne signifient plus rien dès l'instant où elle retrouve ses montagnes.

Son existence est scindée en deux moitiés hermétiques. Jamais elle n'invite sa famille ou ses amis stéphanois à lui rendre visite à Paris, où l'anonymat lui permet de préserver ce qu'elle a de plus intime.

Nul ne sait quels secrets elle abrite derrière sa rigueur et ses apparences d'obsessionnelle ascète.

Nul ne sait qu'à Paris elle vit avec une femme. Joyce Heer, une jolie Écossaise de dix-neuf ans sa cadette, travaille comme traductrice à l'ambassade américaine.

Si l'Histoire, en taiseuse qu'elle sait être parfois, ne dit pas où elles se sont rencontrées, il nous est loisible de rêver à une scène : Rose entrerait à l'ambassade avec le plus grand sérieux, à cent lieues de toute considération romantique. Elle viendrait déposer quelque requête ayant trait aux archives conservées par les Américains, à moins qu'elle n'apporte elle-même au moulin étasunien, avec la conscience qui la caractérise, des informations qu'elle jugerait pertinentes. Dans l'entrée, ou peut-être l'ascenseur, elle croiserait une silhouette voluptueuse et blonde. Ce serait un immédiat frisson.

Puis elle attendrait que Joyce débauche à la sortie de l'ambassade : si elle est professionnelle, Rose est avant tout déterminée, et sa détermination s'exerce aussi dans l'amour (Joyce d'ailleurs, leur relation entamée, désignera sa virile amie du sobriquet de *pushka*, argot russe pour fusil – ce qui en dit autant sur sa précision que sur son inflexibilité). Rose regarderait Joyce, qui sentant son regard tournerait la tête vers Rose. Elles se regardent l'une l'autre. Elles ne se quitteront plus.

*

Chaque soir, Georgette ferme sa boutique et se transporte, aussi lentement que possible, jusque chez elle. Pénétrant dans l'appartement après la pénible ascension d'un étage, elle reprend son souffle. Elle sourit dans son asthme et fait mine de ne pas savoir que sa petite-fille est déjà là, dissimulée dans le grand placard où elle range ses livres et magazines. L'enfant s'y réfugie depuis qu'elle sait lire pour dévorer les revues d'histoire, en particulier la captivante *Lisez-moi Historia*.

À onze ans, Blanche a délaissé dès longtemps les livres de la comtesse de Ségur, qui d'ailleurs est tombée depuis la guerre dans une vague disgrâce, tant ses préoccupations aristocratiques paraissent éloignées des urgences de la reconstruction. Le numéro de la revue que préfère Blanche est celui consacré aux Romanov. Le mystère d'Anastasia, la jeune grande-duchesse qui aurait survécu à l'exécution des derniers tsars, passionne l'enfant. Outre l'énigme non résolue, outre l'incertitude excitante du secret porté par les jeunes filles successives ayant prétendu être la princesse au destin tragique, c'est la solitude de cette fillette, unique survivante d'une famille de conte de fées annihilée dans la hideur du massacre, qui lui semble extraordinaire et attise le sentiment d'une proximité douloureuse.

Blanche mène l'enquête avec ses moyens d'enfant, les pouvoirs d'imagination qui sont les siens et le bon sens acquis chez les jeannettes. Elle scrute les photographies disponibles, compare les similitudes et les différences dans les visages, dessine et redessine au calque le portrait de la princesse, guidée tant par les fantasmes puérils d'un désir de diadème que par une macabre obsession pour ce que sont devenus les corps des petits monarques.

Elle se sent même un peu amoureuse du précepteur français – il est en réalité suisse, mais aux yeux de Blanche c'est du pareil au même – de la famille Romanov, Pierre Gilliard. Ce libre-penseur, qui parvint au côté de l'absolutisme à conserver ses convictions, est de fait admirable d'indépendance d'esprit et d'intégrité. Blanche l'admire donc sans réserve, comme on aime admirer à onze ans, et son impressionnante barbiche à l'impériale n'y est pas pour rien.

Il est d'autre part tout à fait possible que l'une des motivations de son béguin soit toute de circonstance : une coïncidence – nouvelle occasion de nous délecter – veut que son patronyme soit identique au nom de jeune fille de Georgette, née Gilliard. Nous laisserons au lecteur le plaisir de spéculer. Reste que depuis des mois, Blanche rêvasse un voyage en Suisse pour le rencontrer. Chaque année, le magazine s'abîme un peu davantage entre ses mains avides de passé, les pliures blanches s'accentuent et les pages s'affinent à force d'être lues.

*

Dans les années qui ont précédé, Joseph Staline est mort et Maurice Schérer, qui n'est pas encore Éric Rohmer, a dû renoncer à terminer le tournage de son adaptation de l'un des plus grands succès de la comtesse de Ségur, *Les Petites Filles modèles*, son producteur étant accusé dans une affaire de mœurs pour laquelle il est défendu par le tout jeune avocat Robert Badinter. Le prix Goncourt a récompensé plusieurs livres traitant du génocide, ce qui nous autorise un sourire acide, si nous évoquons les tendances antisémites de ses fondateurs – le prix ayant été à l'origine financé par la vente aux enchères de la collection d'objets d'art, dessins du XVIIIe, livres, estampes et autres japonaiseries, constituée par les deux frères et en particulier Edmond, manière de la préserver de l'affreuse modernité et de la grande juiverie.

Marcel Bleustein est devenu Bleustein-Blanchet, ajoutant officiellement son nom de résistant à son patronyme. Il est parvenu à ne plus trop penser à Arlette, laquelle se remet difficilement de ses deuils : son second mari, Georges, s'est pendu quelques années plus tôt à l'âge de quarante-huit ans. (L'exemple du père de Georgette, banquier ruiné, nous incite à inférer une cause financière à ce suicide. Mais rien dans les archives ne nous autorisant à de telles spéculations, nous nous abstiendrons de commenter davantage.)

Arlette ne s'était pas encore consolée de ce que sa grande amie Missy avait pris la même décision ultime que Georges. Trois semaines après le débarquement en Normandie – les deux événements bien sûr n'avaient aucun rapport, mais s'étaient étrangement télescopés dans l'esprit d'Arlette –, l'androgyne marquise de Morny avait enfourné sa tête aux cheveux devenus rares, son long nez mélancolique et ses bajoues creusées dans l'ombre de sa gazinière. Les cicatrices de sa précédente tentative de suicide – un seppuku –, mal refermées, saignaient doucement sous sa chemise de percale. Elles lui faisaient encore mal lorsqu'elle s'était éteinte, dans une lente asphyxie, à l'âge de quatre-vingt-un ans. Le bidet qu'elle avait offert à Arlette était devenu insoutenable de trivialité et avait rejoint dans un garde-meubles d'autres inconvenants souvenirs.

Arlette en a voulu à Georges comme à Missy, tout en les admirant d'avoir ainsi eu la force de décider, contre toute considération altruiste, de ne plus consentir à la souffrance. Elle-même n'a pas à se plaindre, elle a survécu honorablement à la guerre et à ses chaos, son fils de vingt-quatre ans lui est un réconfort quotidien. Elle a continué d'écrire, essentiellement des nouvelles, et même le scénario d'un film à relatif succès. Pourtant, le ressort qui faisait son pétillement s'est brisé, comme chez beaucoup de ses contemporains.

Elle est toujours régulièrement sollicitée pour parler de son aïeule et doit faire un autre deuil : celui de sa liberté vis-à-vis du passé. Elle accepte, désormais, que son histoire soit indéfectiblement liée à celle de Sophie de Ségur, née Rostopchine. Elle aurait aimé savoir ce que contenait le petit coffret, mais une légère honte, que le temps a confirmée plutôt qu'atténuée, entoure le souvenir de cette soirée où, ayant trop bu, elle s'était montrée entreprenante. Pour rien au monde elle n'oserait recontacter Marcel. Et puis, nos secrets ne sont jamais si bien gardés que lorsqu'on les ignore soi-même.

*

À neuf cents kilomètres du square Alfred-Capus, Marguerite Yourcenar, qui a délaissé les frimas du Maine, passe l'hiver à Fayence, dans le Var. Tout en écoutant Bach ou Orlande de Lassus dans de vastes pièces démeublées auprès de la grande cheminée Renaissance, elle reprend le fil, amorcé vingt ans plus tôt, d'une conversation intime avec le personnage de Zénon, qui apparaissait dans une nouvelle parue avant guerre et intitulée « D'après Dürer ». Marguerite sent qu'elle n'en a pas fini avec lui.

Les flammes léchant les pilastres de pierre lui inspirent la liberté de ce médecin, philosophe et alchimiste. Un compagnon du feu, manieur de foudre médiéval, dont la quête de soi, poursuivie sur toutes les routes d'Europe, devrait finir sur le bûcher et finira, elle en est désormais certaine, par un suicide.

Le soir même, en furetant dans l'extraordinaire bibliothèque d'art de l'ami américain, éminent directeur de musée, qui lui a prêté la maison, Marguerite déniche une monographie de Dürer. Elle feuillette lentement l'ouvrage, se souvenant que l'œuvre du peintre et graveur avait nourri l'écriture du premier texte. Elle s'amuse de la coïncidence (nous n'avons pas le monopole de ce penchant) qui la fait justement tomber sur ce livre, alors qu'elle vient de décider de renouer avec ce projet ancien. Soudain la *Mélancolie*, au détour d'une page, lui brûle la rétine.

La conjonction entre la conversation qu'elle vient de mener au coin du feu avec son personnage et cette sombre et amère méditation d'une figure qu'elle identifie au génie humain suscite une évidence. Allant plus loin, et comme parfaisant le processus créateur initié alors qu'elle avait à peine trente ans, l'ange de la *Mélancolie* donne forme au personnage de Zénon.

Certes, tandis que celui-ci explore le monde entier, l'ange reste enfermé dans sa toile et son atelier, mais la mélancolie qui interrompt son travail est de même nature que celle que Zénon sollicite, s'offrant le temps de la contemplation au risque d'une inquiétude métaphysique féconde, pour relancer le grand processus de recherche.

Marguerite rencontre Zénon plus qu'elle ne l'invente. C'est un personnage brûlant et glacé à la fois, sec et ardent mais aussi frileux, brun et maigre, nerveux, placé sous le signe saturnien de l'automne et de la terre – quoique, elle en est convaincue, Zénon soit né sous un signe d'eau. Il faudra qu'elle dresse la carte de son ciel astral.

L'humeur âcre de Zénon, loin de l'empêcher, est ce qui le guide vers la création. Ce qui est considéré comme le plus calamiteux des tempéraments par le Moyen Âge lui permet au contraire de plonger loin en lui-même pour y percevoir, par sympathie, l'écho du monde et en remonter la vérité à la surface. Le génie se puise dans le vide que creusent les souffrances et qu'au lieu de s'acharner à remplir on examine par sa sensibilité. C'est ce que fait Yourcenar quand elle écrit, Zénon quand il cherche. Cette sympathie atteint son acmé dans le suicide, par la lucidité extrême avec laquelle il entre dans la mort, yeux grands ouverts.

La gravure à la manière noire de Dürer est le pendant de la première phase du processus alchimique, celle qui se passe des couleurs pour aller au cœur des choses, celle de la calcination de la matière. C'est la phase délétère, où le mercure se dissout, où le soufre coagule, où l'ensemble se transforme sous l'effet de la chaleur en une substance qui n'est rien d'autre que de la bile noire. C'est la phase subversive, celle où se défont préjugés et croyances, celle où l'âme se dénude pour atteindre à sa liberté suprême.

Peu à peu, Marguerite prête à cette silhouette ses pensées, sa vision du monde, ses goûts alimentaires même, simples et chtoniens, le pain, les fruits et les racines – ce qui ne l'empêche pas de préparer avec Grace les pâtisseries les plus américaines, muffins, *carrot cakes* et pains d'épices d'Halloween, auxquels se mêle parfois quelque gaufre flamande ou une tartine dite russe et pourtant indiscutablement belge. Peu à peu, elle fait de lui un ami, un frère, un alter ego, qui en mourant volontairement l'autorise à ne pas mourir elle-même.

Moscou, février 1963

> «Il y a un honneur de l'art comme il y a un honneur de la France.»
>
> Charles de Gaulle, source inconnue

C'est l'aube. Irina Antonova monte les marches et, tout en sortant de sa poche le lourd trousseau de clés, passe entre les colonnes à l'ordre ionique. Elle n'a pas encore surmonté l'émotion qui la saisit chaque fois qu'elle ouvre – toujours la première – les portes du musée Pouchkine. À quarante ans, celle que l'on commence à surnommer la dame de fer a conscience de l'importance de son parcours. Elle fêtera bientôt son deuxième anniversaire à la tête du musée moscovite.

Elle s'est déjà fait connaître pour son audace dans le choix des expositions – elle a présenté Picasso quelques années plus tôt en tant que commissaire, avant de montrer aux Russes les chefs-d'œuvre de l'impressionnisme haï par Staline – et pour ses positions très nettes quant aux questions de restitution. Passe encore que l'on ait rendu certains chefs-d'œuvre à Dresde, après tout c'est presque la Russie, et il fallait bien faire un geste – heureusement, on a gardé l'or de Troie. Mais les fuites s'arrêteront là. L'honneur de la grande patrie en dépend.

Tandis qu'à Paris se signe le traité de l'Élysée scellant la réconciliation franco-allemande, elle arpente en propriétaire les sols de marbre, saluant les sculptures grecques comme les momies égyptiennes, les chefs-d'œuvre de la Renaissance italienne comme les tableaux impressionnistes que les autorités soviétiques ont répartis, quinze ans plus tôt, entre le musée Pouchkine et l'Ermitage. Ces œuvres sont sa famille, autant qu'elles incarnent la fierté de sa nation. Elle entend les protéger coûte que coûte.

*

À quelques dizaines de kilomètres de Moscou, le monastère orthodoxe de la Trinité-Saint-Serge sommeille. De fines cicatrices grimpent au long de son corps de bête ancestrale, souvenir des lianes de houblon qui autrefois poussaient au pied du rempart de brique rouge. La neige éteint, sous le ciel bleu déchirant, tout élan de vitalité, malgré les rayons d'aube qui se fracassent sur les bulbes dorés ou coulent en rigoles pâlies sur les coupoles turquoise. L'énergie des lieux se concentre tout entière dans la ferveur des pèlerins, qui fréquentent de nouveau la laure. Sa majesté spirituelle a su retenir la main soviétique de la mettre à bas, comme la plupart des édifices religieux du pays. En son centre, le haut clocher est muet depuis que les cinquante cloches ont été fondues par la Révolution, mais les murailles se dressent toujours, plus hautes encore d'être silencieuses.

Le monastère est brusquement éveillé par un fracas d'essieux. Cela fait des mois que de lourds camions viennent, dans l'ignorance du monde entier, décharger des milliers de trésors entre ses murs. Les chefs-d'œuvre saisis par l'Armée rouge ont quitté les sous-sols des musées pour s'abriter derrière les épaisses maçonneries, que fortifient une douzaine de hautes tours, de ce dépôt très secret.

Nul n'entre ici s'il n'est du Comité.

Au bas d'un escalier de pierre, sous d'immenses voûtes, dort le musée clandestin. Créé après la Première Guerre au sein de l'édifice pour en gommer un peu la vocation religieuse, il avait déjà accueilli les toiles des peintres maudits de l'avant-garde russe et nombre de copies d'antiquités grecques et égyptiennes. Aujourd'hui, les trophées emballés de papier ou de jute – huiles, bronzes, meubles, instruments de musique, bahuts cadenassés abritant pièces de porcelaine estampillées, armes, monnaies anciennes et archéologiques – rejoignent, comme on retrouve des camarades oubliés, les objets qui y demeurent depuis des décennies. À l'ensemble, se mêlent quelques vestiges à l'effigie de Staline : on les stocke ici depuis sa mort, dans l'odeur persistante du poisson que les moines, autrefois, pêchaient et conservaient sous quelques arpents de neige. Tout est soigneusement inventorié, rangé et protégé par des barreaux aux fenêtres qui donnent sur les gouffres.

*

Il s'en est passé, des événements susceptibles de nous intéresser, dans les quelques années qui ont précédé :

Pierre Gilliard s'est éteint quelque part en Suisse, remisant à jamais les fantasmes de Blanche au rang de l'impossible ;

un mur a été érigé entre les deux âmes de Berlin ;

un film de propagande germano-soviétique est sorti dans les salles est-allemandes, évoquant avec un lyrisme complaisant le sauvetage des œuvres de Dresde ;

l'Algérie, devenue indépendante, a demandé à la France la restitution de plusieurs centaines d'œuvres qui avaient été transférées d'Alger à Paris sous prétexte de protection contre d'éventuelles représailles de l'Organisation de l'armée secrète. L'ancienne colonie, qui attend depuis un siècle et demi la restitution des objets saisis sous la tente de l'émir Abd el-Kader – ainsi que la tente elle-même –, entend restaurer son patrimoine culturel. Signalons ici à toutes fins utiles que, parmi ces œuvres, les Algériens ont choisi de ne pas faire figurer les antiquités romaines issues de leur sol : l'identité culturelle de la jeune nation souhaite avant tout s'émanciper de l'ascendance latine.

Jacques Jaujard est devenu secrétaire d'André Malraux. Jacques évite de se souvenir que quarante ans plus tôt, le tout-puissant ministre des Affaires culturelles – qui n'était alors qu'un écrivain putatif et désargenté – avait, sans scrupules et sous le couvert d'une fictive mission du ministère des Colonies, dépouillé en compagnie de son épouse opiomane quelque pagodon cambodgien, sciant à l'égoïne dans le grès rose non poli, massacrant sa douceur pelucheuse pour en extraire de précieux bas-reliefs khmers qu'il escomptait, à son retour, revendre à de riches Américains. Le piquant tient dans ce qu'il pillait par là même sa propre patrie, Angkor étant alors sous protectorat français. L'épisode avait eu pour conséquence notable le renforcement des règles régissant l'exportation d'objets d'art depuis l'Indochine.

De Gaulle non plus n'est pas dupe du passé de Malraux, pas davantage qu'il ne l'est de son engagement tardif dans la Résistance. Mais l'homme est précieux à divers titres. C'est un écrivain, et de Gaulle n'admire rien tant que les écrivains. Eux seuls ont accès à cette strate supérieure de l'esprit où se tient l'idée qu'il se fait de la grandeur humaine. Malraux est fervent et promène sans relâche ses tics dans l'ombre haute du Général. Il est subtil enfin, et sait s'ajuster aux situations diplomatiques les plus délicates. Il était présent lors de la venue à Paris de Nikita Khrouchtchev, trois ans plus tôt, et avait eu le bon goût de célébrer la première visite d'un chef d'État soviétique avec une exposition d'archives franco-russes.

De Gaulle, surplombant le crâne chauve de Khrouchtchev, avait admiré la laideur de sa bouille ronde en même temps que les diplomaties étudiées de Malraux. Madame Khrouchtchev, de son côté, avait honoré d'une visite le lycée de filles Claude-Monet – la légende, cette anti-Cassandre qui se trompe souvent mais que l'on ne se lasse pas d'écouter, prétend qu'elle aurait offert à son directeur les *Nymphéas avec rameaux de saule*, tableau dont il ne serait dès lors pas interdit d'interroger l'origine. La Russie avait par ailleurs fait cadeau à la France d'archives extraites des trophées.

Quelques restitutions sporadiques avaient suivi, mais le discours officiel s'était maintenu côté russe : tout a été détruit, ou reste sous protection étatique.

Marcel Bleustein, qui mène une carrière virevoltante entre médias et politique, s'était lui aussi impliqué dans cette visite du tsar rouge. Bénéficiant de l'estime, presque de l'amitié du Général, il avait organisé une projection de deux reportages – l'un américain, l'autre soviétique – sur Khrouchtchev avant sa venue, afin que le chef d'État français se fasse une idée de la personnalité de son homologue.

Julien Cain avait, de son côté, invité une délégation de bibliothécaires soviétiques, dont Margarita Rudomino. Le directeur de la Bibliothèque nationale de France a noué avec la directrice de la Bibliothèque d'État des langues étrangères à Moscou une relation privilégiée, tant du fait de son intérêt pour la culture russe que de sa volonté de faciliter les relations entre la France et la Russie soviétique. Margarita admire l'intelligence de vues de son hôte et les améliorations qu'il a apportées à l'organisation des bibliothèques françaises. Trente ans plus tôt, lors de sa première visite à Paris, elle avait été choquée de voir combien celles-ci, contrairement à ce que son jeune enthousiasme imaginait, étaient moins bien organisées qu'en Russie. Mal éclairées, désordonnées, poussiéreuses, elles étaient placées sous la garde maladroite de pauvres invalides de guerre, que l'on n'avait jugés bons qu'à cette tâche subalterne : prendre soin des livres.

*

À quelques battements d'ailes de pigeon de là, Blanche s'apprête à frapper à la porte de sa grand-mère. Avant toute chose, elle prend soin de s'administrer quelques copieuses claques. Elle sait que si Georgette trouve ses joues trop pâles, elle voudra les rosir en la forçant à boire de son épouvantable vin sucré, qui a fini par tuer ses canaris.

Blanche est de plus en plus proche de son aïeule. Parallèlement à ses études d'histoire, elle l'aide régulièrement au magasin, et la vieille antiquaire emmène sa petite-fille dans d'homériques virées chez les brocanteurs bellifontains ou même bourguignons, parcourant les routes de l'Yonne en quête de crédences, de bonnetières, de bonheurs-du-jour et autres tables à en-cas.

Pour ces tournées, Georgette entasse péniblement son quintal dans des taxis qu'elle loue à la journée, récompensant le chauffeur d'un bon mot et d'un pourboire ridicule – elle n'a pas bien intégré le passage au nouveau franc cinq ans plus tôt –, pour la plus grande confusion de Blanche. Mais la jeune femme passe tout à sa grand-mère, dont elle admire passionnément la fantaisie et l'audace.

Cette figure hyperbolique, qui ne rechigne jamais à la blague, entend depuis la fin de la guerre profiter le plus possible de ce que la vie a encore à lui offrir, et nulle convention ne l'en empêchera. Si seulement elle ne radotait pas son Pétain, qu'elle continue de voir à Verdun – comme avec la nouvelle monnaie, elle refuse au temps l'autorisation de passer ; aussi, elle n'a jamais pu se faire aux longs bras du général de Gaulle, qu'elle considère comme un ingrat intrigant.

En ce jour de solstice d'été, Blanche vient, entrailles et cœur bouchonnés, annoncer à sa grand-mère qu'elle va se fiancer. Elle a fait la connaissance, par l'intermédiaire d'une ancienne camarade de lycée, d'un jeune archéologue aux promesses bouillonnantes. L'entente a été immédiate. Amateurs de signes et de coïncidences – eux aussi ! –, ils s'amusent de ce qu'ils se sont certainement croisés lorsqu'ils étaient enfants. Michel de Saint-Pierre est en effet le petit-fils du propriétaire de l'immeuble où vivent non seulement sa grand-mère, au premier étage, mais aussi elle-même, tout en haut, dans la minuscule roulotte qu'elle partage avec sa famille. Ils se sentent naïvement désignés l'un à l'autre. Le jeune homme est monté de Bretagne pour ses études, et sa passion l'emplit d'une fougue qu'il transforme en désir pour Blanche.

Celle-ci retrouve de son côté, dans les origines nobles de Michel, quelque chose d'un plaisir d'enfance, de ce Paris des beaux quartiers qu'elle aime tant, bien qu'elle ne l'ait contemplé que depuis une modeste lucarne. C'est aussi qu'elle ne se défait pas du fantasme de sa généalogie aristocratique, laquelle de n'avoir pas été vécue se voit exemptée de tout défaut. La baronnie de Georgette, tenue d'un grand-père que Blanche n'a pas connu, est une décoration que la jeune femme s'accroche à l'âme comme elle le ferait d'un déguisement, un blason dont les armes ne sont que fantaisie d'un peintre fou, dont la devise ne signifie rien puisqu'elle se prononce dans une langue inconnue.

Georgette ouvre sur une humeur plus joyeuse encore qu'à l'accoutumée. Un sourire égrillard reste sur sa figure, ajoutant un pli à ceux, innombrables, qui froncent sa peau d'obèse. « Ma petite salamandre, il faut que je te raconte ça ! » Elle revient de la rue Bonaparte, où les étudiants des Beaux-Arts lui ont offert un spectacle réjouissant. Pour son plus grand plaisir – elle s'est d'ailleurs convaincue que l'événement a été organisé à sa seule intention –, ils ont défilé entièrement nus face à sa boutique. La farandole bacchanale entamait sa procession vers la porte de Versailles pour y tenir la soixante et unième édition du bal des Quat'z'Arts, sur le thème : « L'Ost Franc reçoit la Mirifique Ambassade d'Haroun al-Rachid. »

Les splendides pièces de costume, turbans fantasques et gilets brodés, que portaient certains étudiants sont passées totalement inaperçues aux yeux voraces de Georgette. Elle n'en avait que pour ceux qui avaient choisi le plus simple appareil, pour ces corps juvéniles et musclés, avides d'une liberté dont ils commencent à comprendre que personne d'autre qu'eux-mêmes ne la leur donnera. Blanche rit et incite sa grand-mère à entrer dans le détail de la scène, cherchant à repousser le moment où elle devra annoncer la grande nouvelle. Sa nervosité vient de ce que l'opinion de Georgette lui importe plus que tout : sa mère est trop occupée à jouer son rôle de soutien de famille pour avoir une opinion ;

quant à son père, il est mort trois ans plus tôt, au soir de la Saint-Sylvestre, d'une rupture d'anévrisme qui l'a effondré au beau milieu de la rue tandis qu'il rentrait du travail, les bras chargés d'une dinde pour le réveillon.

Georgette exulte lorsque, enfin, Blanche lui avoue son bonheur. Après celle de Claire, qui malgré – ou peut-être à cause de – son ingratitude accapare une grande part de son amour, c'est la compagnie de sa petite-fille qu'elle apprécie le plus. À mesure qu'elle grandissait, leur intimité s'est affermie et approfondie. Georgette se reconnaît en Blanche, qui lui ressemble sur l'essentiel – la truculence en moins. Blanche est aussi curieuse qu'elle de l'histoire des hommes et des femmes, de ce que les objets qui nous entourent aspirent et reflètent. La grand-mère envoie sa fidèle salamandre chercher dans le placard, derrière le rideau à larges rayures vertes et jaunes, une bouteille de vin rosé, qui exceptionnellement pour l'occasion pétille.

V

BLANCHE

Paris, mai 1968

> « L'historien est contraint à rêver devant les faits, à replâtrer les failles, à rétablir de chic le bras manquant d'une statue qui n'existe tout entière que dans sa tête. »
>
> Jean-Marie Blas de Roblès, *Là où les tigres sont chez eux*

L'ardoise assombrie des mansarts contraste avec le ciel de mai, bientôt noyé d'une fumée qui bouche la vue aux étudiants et aux forces de police, nuques collectivement tendues vers ses boucles ahuries. Les combles de la Sorbonne, qui abritent la bibliothèque, sont en feu. Rien ne le prouve, mais certaines de nos sources sont allées jusqu'à avancer que l'incendie a été déclenché par des manifestants pour détruire les archives des lieux et ainsi éradiquer l'histoire de cette vieille institution, où se perpétue une conception obsolète du savoir.

Blanche, qui tient de sa grand-mère le goût de la mémoire, est navrée par le geste de ses camarades. Alors que son époux Michel est en coopération en Algérie, où il enseigne l'archéologie à l'université de la capitale – les fouilles y sont interdites aux Français depuis la fin de la guerre et l'indépendance, il faut bien se contenter de transmettre –, elle est restée à Paris pour mener à bien ses études d'histoire. Mal lui en a pris : elle aurait mieux fait de partir avec lui, ces agitations ne sont pas dans sa nature. Elle se sent proche – au grand dam de Georgette – des positions du général de Gaulle, pour qui le sens de l'Histoire et l'honneur demeurent les mètres étalons de tout comportement individuel.

Il lui fallait aussi rester pour protéger le magasin où elle a pris le relais de sa grand-mère. Bien malgré elle, l'antiquaire a dû renoncer à exercer ce qui, plus qu'un métier, était ce qui lui donnait lieu d'être. Trop obèse pour se déplacer, trop sénile pour tenir des comptes et déjouer les escroqueries de ses confrères, Georgette s'est mise à la retraite. Elle a surtout été écartée par Claire, qui a fait dix ans plus tôt un beau mariage d'argent. Son riche époux, après avoir accepté de prendre le magasin en gérance, se montre de plus en plus rétif à l'idée de payer les charges d'un commerce de moins en moins rentable. Claire est bien décidée à le récupérer pour le vendre.

En attendant de trouver acquéreur, elle a proposé à sa nièce Blanche de tenir la boutique, moyennant un loyer qu'elle paie sur ses bénéfices. Il n'y a pas de petit profit, et cela vaut mieux que de garder le rideau baissé. Dans le même temps, Claire pille l'appartement de sa mère. Chaque fois qu'elle lui rend visite, elle repart avec un objet : un tapis que Georgette n'aurait plus la force de nettoyer, une ménagère en argent sous prétexte que Georgette ne reçoit plus, un tableau dont Claire assure qu'il lui appartient – car Georgette n'a plus sa tête, elle ne se souvient plus. Ce ne sont qu'avances sur héritage, en somme.

La vieille femme, attristée, se confie à Blanche lorsque celle-ci, comme chaque soir, vient répondre aux questions de sa grand-mère sur ses ventes, ses clients, ses trouvailles. Georgette interroge, inlassable, buvant doigt sur doigt de porto et se gavant de chocolats à la cerise.

Elle se meurt de sucre et de tristesse, lentement, sous les yeux de sa petite-fille. Blanche ne sait comment l'aider et ne peut qu'accepter, malgré sa gêne, les cadeaux qu'elle lui fait quotidiennement. Chaque objet, chaque miniature que Georgette glisse à Blanche – « Tiens, ma salamandre, c'est toujours ça qu'ils n'auront pas »

– est une liberté qu'elle reprend, et un peu d'amour que Blanche parvient à ensauver. Claire, à chacune de ses venues qui sont autant d'inventaires pour l'avenir, ne peut que ravaler sa frustration lorsqu'elle constate qu'un nouveau bibelot manque à son inspection.

Blanche défend son territoire et tient le magasin telle Rose Valland en son Jeu de paume : droite, incorruptible, mais suffisamment souple pour avoir l'ennemi à l'usure. Elle a entrepris de rénover les lieux et s'est découvert un talent pour la théâtralisation de l'espace. La boutique a été repeinte – foin du jaune moutarde qui assombrissait les murs, tout est désormais clair et lumineux. Des plantes égaient l'ameublement, subtilement éclairé et conçu comme celui d'un appartement confortable. Les objets, posés sur des étagères de verre, semblent flotter dans les airs, animés d'une vie propre où leur singularité est mise en valeur. Les meubles contemporains côtoient avec une intelligente audace les canapés Louis XVI. Chaque antiquité est mise en scène dans un quotidien élégant, où les clients se reconnaissent.

Certains clients, du moins : ceux qui n'ont pas le goût de la chine, de la poussière et de l'encrassement volontaire, qui est aussi celui de l'exploration et de l'espoir du miracle, de la sensation illusoire mais délicieuse de découvrir un objet que le vendeur lui-même n'avait pas remarqué dans son fatras. Mais ce regard est celui de Georgette, et il est d'hier. Blanche a d'autres idées sur la question, malgré la déférence émue qu'elle continue de témoigner à sa grand-mère. Le jour de l'inauguration, une anxiété lui tord néanmoins le ventre : elle craint la réaction de l'aïeule, qui pour l'occasion a promis de traîner ses guêtres jusqu'à la boutique.

Or passé les premières stupeurs, Georgette n'est plus que fierté. Elle bombe ce qui semblait impossible à bomber davantage, poitrine et estomac. Elle s'incruste dans le fauteuil Louis XIII qu'on lui présente et s'aise dans le confort inattendu de son univers totalement transformé. Toute l'après-midi, un petit verre de cristal entre ses doigts boudinés où luit le doux rose de son vin favori, elle jouit du ballet des clients et des amis de Blanche, tout en recevant pour son compte les hommages des antiquaires du quartier.

Blanche partage son temps entre ses études, le magasin et les puces de Vanves ou de Clignancourt, où elle se rend toutes les fins de semaine. Elle répond de quelques phrases laborieuses aux interminables lettres que Michel lui écrit. Lui développe, à longueur épuisante de pages tachées de café et de soleil, sa fascination pour les pierres de la terre et du ciel. Il a consacré trois missives à la pluie de météorites qu'il a manquée l'année précédente et qui ne se reproduira pas avant trente-trois ans. Les poussières d'étoiles des Léonides sont pour lui l'écho direct, à l'échelle cosmique, de la mémoire qu'il passe ses journées à fouir pour tâcher de comprendre quelque chose à ce qui se trame dans l'esprit humain. Blanche, elle, n'aime pas écrire, pas plus qu'elle n'aime parler ; les mots ne sont pas faits pour s'en servir au-delà du nécessaire. Elle préfère les choses et leur silence.

Il lui tarde que son mari revienne, même si les jours passent si vite qu'elle n'a pas le loisir de s'ennuyer trop violemment de lui. Les clients prestigieux se succèdent, conquis par sa capacité à redonner vie à un objet ancien en le restaurant. À lui offrir, par son placement soigneux parmi d'autres trésors, le supplément d'âme qui rend son achat indispensable. Louis Aragon et Elsa Triolet – ils se sont entre-temps installés rue de Varenne, quittant le galetas de la Sourdière – sont entrés plus d'une fois dans le magasin. Blanche ne les avait pas reconnus, mais c'est en voyant le nom du poète sur le chèque laissé en échange d'une tabatière en forme de crâne, un grès du XIXe siècle, qu'elle a su qui venait de lui acheter ce curieux objet. Le directeur des *Lettres françaises*, trente ans après avoir accueilli avec enthousiasme la signature du pacte germano-soviétique, met désormais toute son énergie à fustiger les ravages du stalinisme.

Dans l'après-midi, il s'est fait huer place de la Sorbonne par des étudiants criant au traître et à la vieille barbe. Tandis que les fumées de la révolte continuent de hanter les nuées, passe un peu plus loin – le quartier Latin a des frontières larges – le journaliste et biographe Jean Chalon. Il tient à la main un bouquet de campanules bleues qui, dans tout le rouge que déverse cette journée, fait une tache mièvre et incongrue. C'est qu'il se rend à la toute dernière fête que donne, dans son temple mondain de la rue Jacob, la poétesse Natalie Clifford Barney.

L'amazone, étourdiment aristocrate, ne se préoccupe guère des événements, sinon pour comparer l'incendie des voitures qui monte dans le ciel à celui du Bazar de la Charité, soixante-quinze ans plus tôt. Elle est tout occupée à rire du bouclier floral que Jean a présenté aux Compagnies républicaines de sécurité pour se défendre, quand surgissent Marguerite et Grace, venues à pied – l'hypocondrie de Marguerite exclut le métropolitain – depuis la rue de Rivoli, en passant par le pont des Arts pour éviter la police et son hostile grossièreté.

Elles ont entendu sonner les vêpres à Notre-Dame, et chaque fois Marguerite se croit dans le cachot ultime où elle a fait mourir Zénon. C'est l'une des plus grandes émotions sonores de son existence, avec le chant de liturgie entendu dans la cathédrale Saint-Nicolas de Leningrad six ans plus tôt. Pour un peu, elle se serait convertie à l'orthodoxie par pur plaisir esthétique.

Grace et Marguerite sont reconnaissables de loin, l'une à son jabot de dentelle blanche – qui est en réalité du nylon, nous savons que Jean Chalon ne fera que livrer ses fantasmes lorsqu'il décrira la scène, quelques années plus tard, à qui voudra bien l'entendre –, l'autre à ses renards blancs – eux aussi tenant tout entiers des divagations de Chalon, puisque les convictions de Grace autant que la chaleur saisonnière lui interdisent le port d'une telle dépouille animale. Les deux femmes ont cependant pour l'occasion mis de côté leurs tenues excentriques, qui leur valent le surnom de sorcières à Monts Déserts, et promènent leur élégance surannée dans Paris, plus précisément à l'hôtel Saint-James-et-Albany où elles sont descendues, comme elles en ont pris l'habitude depuis que le Wagram a été détruit dans un incendie.

Elles ont été amenées en France, après douze ans d'absence – seuls les livres sont capables de convaincre Marguerite de revenir dans l'Hexagone –, par la publication toute récente de *L'Œuvre au noir*. Laquelle, bien qu'un peu éclipsée par les heurts sociaux, est le prétexte même de la fête donnée par Natalie. Aux yeux de la presque centenaire et ultime salonnière du siècle, cette publication fait bien davantage événement que les revendications puériles de quelques jeunes bourgeois chevelus. Natalie Barney est, curieusement, l'une des rares personnes que Marguerite considère comme une amie véritable. Elle admire en l'Américaine sa capacité à se mouvoir avec grâce dans les remous parisiens, sans être contaminée par les bacilles de la frivolité mondaine. Elle-même n'y parvient pas, c'est sans doute là une de ses rares impuissances.

Pour Marguerite, ce qu'il s'agit aujourd'hui de fêter au champagne – son alcool favori avec le cognac – est moins la publication elle-même que la liberté conquise de publier chez l'éditeur de son choix. Là encore, en dépit du bon accueil réservé aux *Mémoires d'Hadrien*, elle a le sentiment d'avoir écrit au bénéfice de dix personnes tout au plus. Elle ne songeait pas aux ventes lorsqu'elle conversait avec Zénon au coin d'une cheminée varoise, ou lorsqu'elle s'abîmait au Metropolitan dans la contemplation déroutante de la copie que Hieronymus Wierix, au tout début du XVIIe siècle, a réalisée de la *Mélancolie* et que le musée new-yorkais a acquise trois ans plus tôt.

Elle ne songeait pas aux prix littéraires, lorsqu'elle a fait dresser la carte du ciel de son personnage et y a vu glisser chaque moment de son destin, inéluctable et muet, vers un abîme où frémissent toutes les significations. Et pourtant, elle espère un succès, elle espère être lue, elle espère surtout être comprise. Voyant passer les cortèges sur le boulevard Saint-Germain, Marguerite Yourcenar se dit que, peut-être, la révolte de Zénon, son désir alchimique de changer la vie, fera écho aux préoccupations de la jeunesse contemporaine.

*

Tandis que la France change de paradigme, Rose Valland continue ses recherches, imperturbablement et dans l'indifférence presque générale. Elle a publié quelques années auparavant le récit de son action au service des œuvres d'art. Lorsque Plon a voulu pilonner les invendus du *Front de l'art*, soit le gros des quatre mille exemplaires optimistement tirés, Rose est parvenue à en sauver quelques centaines en les rachetant elle-même. Elle s'est ensuite engagée dans la diffusion indépendante de son témoignage, qu'elle envoie aux bibliothèques à ses frais. Elle tente bien de se faire distribuer par d'autres, comme la Société des gens de lettres, ou de faire rééditer l'ouvrage, en vain. Là encore, elle lutte seule contre l'inertie générale, à grand renfort de cigarettes et de droiture. Elle a laissé à Joyce le monopole des robes à fleurs et des jupes, et porte désormais sans complexe la veste et la cravate.

Elle reçoit toujours régulièrement, de la part de familles spoliées, de mélancoliques photographies montrant des salons richement parés de tableaux et de sculptures, où évoluent des êtres fantomatiques, des assemblées d'ombres qui s'effacent lentement. Des images d'une existence qui ne reviendra pas, sinon, éventuellement, par quelques centimètres carrés de lin, d'huile et de nostalgie. Ces toiles que Rose continue de mettre toute son énergie à retrouver, dans l'espoir de les rendre à ceux pour qui elles comptent vraiment.

En dépit de la confidentialité des archives, en dépit des requêtes illégitimes qui lui font perdre temps et énergie, elle parvient parfois à tirer un fil entre une œuvre récupérée et une famille requérante. D'un grand *R* rouge, féroce comme sa joie, elle indique alors comme restitués certains tableaux. Peu à peu, grâce à ses innombrables fiches, elle creuse dans les archives un chemin de lecture que pourront emprunter les générations de chercheurs à venir – que nous empruntons, d'ailleurs, avec reconnaissance. Elle vient de prendre sa retraite, ce qui la plonge dans un insoutenable vertige – il lui faudrait donc réapprendre à vivre sans action, et surtout sans grandeur ?

Elle trouve d'autres manières de mener à bien la tâche qu'elle sait lui être destinée, qu'importent les agacements suscités par son obstination. Les agacements cependant se sont transformés en menaces, qui la font pour une fois reculer et renoncer à publier la seconde partie de son opus. Il nous faut ici confesser notre impuissance à trouver cette archive pour en témoigner correctement, nous ne pouvons que signaler qu'il y est question de l'après-guerre et de quelques complaisances, de quelques lâchetés aussi, moins ambiguës et, partant, moins pardonnables que celles de l'Occupation.

Or l'époque est au déni et au refoulement, à la reconstruction de l'Europe et non à la mémoire du conflit, à la réconciliation et non à la remembrance morbide. L'amitié franco-allemande est devenue un concept familier, qui sert à recouvrir l'inertie. Rose, qui était l'une des premières à insister sur la nécessité de distinguer Allemands et nazis, se réjouit du principe tout en en déplorant l'effet. Exemple édifiant, celui du film de John Frankenheimer sorti en salles quelques années plus tôt, qui met en scène le sauvetage du train chargé de chefs-d'œuvre que Rose avait permis d'intercepter à la toute fin de la guerre, avant son bombardement par les Alliés. Pas une fois le mot « Juif », pas une fois le mot « spoliation » n'y sont prononcés. Ce silence impensable assourdit de la même façon la plupart des productions traitant de tels sujets.

Il est vrai que les acteurs véritables de cette grande rescousse commencent à disparaître, et que ceux qui restent ne se soucient guère de se rappeler les faits d'armes des autres. Jacques Jaujard est mort d'une embolie pulmonaire l'année dernière, en attendant en vain un appel repentant d'André Malraux, qui l'avait limogé sans façon quelques mois plus tôt.

Après avoir été à la tête de nombreuses institutions culturelles, dont l'Association française d'action artistique qui envoie les artistes français de par le monde ; après avoir été membre de divers conseils, avoir œuvré dans tous les champs de l'art en supervisant nombre d'expositions, en institutionnalisant la Sécurité sociale des auteurs et les commandes publiques aux artistes, ou encore en créant les centres dramatiques nationaux, Jacques s'est retrouvé face au néant. Il s'est éteint dans une amertume plus meurtrière encore que le tabac dont il avait fait son viatique.

Le même Malraux, qui est décidément partout, vient d'inaugurer le transfert, dans un monastère sur les hauteurs de Grenoble, du Musée dauphinois. Il ne sait pas que la région est le fief de Rose Valland, qui sur les photographies est toujours dans son dos. Il ne sait pas que le musée rendra cinquante ans plus tard hommage à cette résistante discrète, un peu oubliée, qui exaspère les administrations culturelles avec ses histoires d'un autre âge. Il n'a pas hésité à lui faire quitter le bureau qu'elle occupait pour y installer un centre d'art contemporain. Il n'a pas non plus donné suite à la lettre dans laquelle Rose lui suggérait de créer un musée de la Résistance dans les blockhaus de Saint-Germain-en-Laye, qui abritaient le commandement de la Wehrmacht et qu'elle est parvenue à vouer à la sauvegarde des œuvres en cas de conflit.

À l'heure où les jeunes s'efforcent, à coups de slogans, de mettre l'imagination au pouvoir, les créations du passé et leur protection ne sont décidément plus à la mode. Les musées eux-mêmes sont vus comme de poussiéreux cimetières, où les hommes s'ennuient autant que les œuvres. Le monde a changé.

Marcel Bleustein l'a compris, qui constamment s'adapte. Sa société de publicité est florissante, il côtoie les grands de ce monde – André Malraux, toujours lui, est venu plusieurs fois honorer de sa présence les soirées que Marcel organise rue Raynouard – et multiplie les initiatives originales et modernes. Très influencé par les États-Unis, il a ouvert le premier drugstore français sur les Champs-Élysées. Il a créé une formation de publicitaires en

Sorbonne, une fondation de la Vocation. Il se met enfin à rédiger sérieusement ses Mémoires. Sa vie commence à ressembler à celles sur lesquelles d'autres écrivent.

Le début d'année a toutefois fait basculer son existence dans le tragique, qui frappe de nullité tous ses succès. Sa première fille, Marie-Françoise, s'est tuée dans un accident de voiture le soir du réveillon. Elle avait divorcé quatre ans plus tôt du fils de Lucien Rachet, le camarade de résistance de Marcel. Lequel Lucien est mort trois semaines après Marie-Françoise, sa dernière joie ayant été de recevoir, grâce à Marcel, un mot d'encouragement à vivre de la part du Général.

*

À deux mille cinq cents kilomètres de la rue Raynouard, tout au cœur de la casbah, Michel n'est pas plus tôt revenu sur le dos qu'il tend le bras vers ses cigarettes. La peau moite d'Aylanna refroidit aussitôt. Elle se drape et se lève pour se rhabiller, se ravise et laisse tomber le drap pour s'agenouiller près de lui. Elle sait qu'il aime la regarder nue dans cette position, que sa soumission de vestale brune l'excite, or elle a un service à lui demander. Son frère Yahia, cultivateur près de Cherchell, a trouvé un objet dans les pierres, une belle tête en marbre qu'Aylanna a identifiée comme celle d'Antinoüs. Un simple coup de bêche a mis le jeune paysan sur les traces d'une fortune que, depuis lors, son imagination peint à toute la famille sous des traits délirants.

Mais s'il est convaincu que ce qu'il a déterré possède une valeur véritable, il sait qu'il lui sera impossible de le vendre dans son pays. Il a donc besoin de l'aide d'un Européen, afin de faire sortir ses trouvailles d'Algérie. La France n'est pas bien vue par les autorités algériennes, mais avec ses connexions à l'ambassade comme dans la police, son amant ne pourrait-il pas faire quelque chose pour son frère ?

Elle a parlé de Michel à Yahia ; pas de leur liaison, bien sûr, ce serait suicidaire, mais de la qualité des cours qu'il donne au Centre de recherche en archéologie, auxquels depuis quelques mois elle se montre fort assidue. Même si Yahia n'est pas habitué à l'idée qu'une femme fasse des études – le phénomène est encore récent dans le pays –, il est très admiratif de sa sœur et respectueux du Français. C'est pourquoi il espère que celui-ci acceptera de l'aider.

Peut-être pourrait-il passer par la valise diplomatique – l'expression semble à Aylanna chargée d'une envoûtante aura – pour envoyer ses trouvailles – elle répète le mot plusieurs fois, trouvailles, il lui caresse les lèvres, elle entend entrailles, celles du désir, mi-intérêt mi-admiration juvénile, qu'elle éprouve pour son professeur – et les revendre en France ? Michel est fier de se voir sollicité pour un pouvoir qu'il s'exagère, autant qu'il l'exagère auprès de cette femme qu'il méprise par réflexe culturel et estime pour sa volonté – vouée à l'échec, selon lui – de s'extraire de sa condition. Il expire une réponse nonchalante et enfumée : il verra ce qu'il peut faire. Il doit rester prudent, car le régime algérien soupçonne la plupart des coopérants comme lui d'être des agents secrets – il savoure à son tour la valorisante expression, avant de basculer Aylanna sur le ventre.

Paris, mars 1970

> « Les raz-de-marée, les éruptions volcaniques, les tours qui s'effondrent, les incendies de forêts, les tunnels qui s'effondrent, Publicis qui brûle et Aranda qui parle ! Horrible ! Terrible ! Monstrueux ! Scandaleux ! Mais où est le scandale ? Le vrai scandale ? Le journal nous a-t-il dit autre chose que : soyez rassurés, vous voyez bien que la vie existe, avec ses hauts et ses bas, vous voyez bien qu'il se passe des choses. »
>
> Georges Perec, *L'Infra-ordinaire*

L'appartement est vide. Ne subsistent que les traces pâles que dessine l'absence de tableaux sur les murs et les rayures des meubles disparus sur le parquet, dont les défauts apparaissent crûment dans la lumière pénible d'un mars de glace. Une fine neige poisse le ciel et les yeux de Blanche qui, brûlant d'une colère de chagrin, s'arrachent à la fenêtre et reviennent sur les pièces désertées. Son passé a été dévalisé. Ils ont tout pris, se sont approprié la mémoire de la famille sous prétexte de dette historique.

Ils ont vidé l'appartement de Georgette, comme ils ont vidé la boutique dont ils ont chassé Blanche, l'École des sciences politiques toute proche s'étant opportunément présentée pour racheter le bail au moment où Georgette rendait l'âme. Du moins celle-ci n'aura-t-elle pas assisté aux ultimes cruautés de sa fille Claire. Elle est morte à l'hôpital, où l'on avait transporté sa masse énorme après son attaque et où elle a passé un mois d'une oiseuse souffrance. Elle est morte dans les bras de Blanche, après lui avoir glissé un dernier cadeau, une petite barbotine rescapée des mains basses de la cadette. Blanche serre le bibelot dans son poing et s'écarte pour laisser l'agent immobilier fermer la porte sur son enfance.

Le lendemain, malgré l'hiver qui n'en finit pas, refusant à coups de neige vaseuse de se muer en printemps, elle décide de marcher depuis l'église Saint-Thomas-d'Aquin où a eu lieu la cérémonie jusqu'au Père-Lachaise. Georgette a choisi d'y être enterrée, dans la concession de son père pendu plutôt que dans celle, à Montparnasse, de son mari baron, à qui elle se sentait moins le devoir d'être fidèle.

Sa tombe est déjà entourée par la foule quand Blanche, transie, parvient dans l'allée. De précoces arondes filent par-dessus les sépultures, rappelant aux vivants que toute vie n'est qu'un soupir. Tous les commerçants du quartier ont fait le trajet depuis le centre de Paris.

Michel est là aussi, rentré d'Algérie quelques semaines plus tôt, plein d'un enthousiasme furieux, d'une excitation où se tapissent les mystères exhumés du sol rifain. Depuis son retour, il montre à Blanche, sans voir qu'elle souffre de cette allégresse qui ne doit rien à l'amour, ses trouvailles extraordinaires. En particulier une tête d'Antinoüs, dont il confie à son épouse qu'il est censé la vendre mais qu'elle lui plaît beaucoup trop pour cela, il va s'arranger pour la conserver, et tant pis pour ses clients.

Blanche ne saisit pas bien la manière dont son mari acquiert et revend les objets qu'il rapporte d'Algérie, alors que les fouilles sont interdites. À vrai dire, elle est même étonnée qu'il puisse leur faire franchir les frontières. Mais Michel élude les questions – Blanche n'insiste pas, moins elle en sait et mieux se porte son déni – et enchaîne sur de nouvelles considérations anthropologiques. Il est obsédé par l'intuition d'un lien entre Celtes et Berbères, dont il s'efforce de découvrir la preuve archéologique. Comme lui, comme chacun, nous nous employons à donner du sens à nos choix en les reliant à ce qui nous dépasse et sans hésiter à forcer les coïncidences – nous en savons quelque chose, qui en faisons la matière de ces pages.

Blanche est heureuse du retour de son mari, bien qu'elle sente que sa passion les éloigne et que jamais il ne se consacrera comme elle le souhaiterait à leur couple. Ils n'ont pas encore d'enfant – ils ont le temps, dit-il, pour l'heure il veut se dédier corps et âme à son métier, peu compatible avec une vie de famille. Blanche le comprend qui, il y a quelques mois encore, trouvait à peine un instant pour penser à lui, tant elle était absorbée par ses études et surtout par son activité d'antiquaire. Mais depuis que la boutique lui a été enlevée, plus rien ne l'exalte, le ressort qui lui permettait de rester du côté de la vie s'est brisé. Elle se laisse aller dans l'abîme d'une stérile colère, et un désir de maternité resté tu jusque lors commence de l'obséder, transformant peu à peu la flamme de son amour envers Michel en un ressentiment ardent, logé en plein thorax.

Le cortège se défait à l'entrée du cimetière. Les proches se donnent rendez-vous chez Odile, rue de Lourmel. L'appartement où la mère de Blanche s'est installée après le départ du petit dernier est encombré d'objets. Sa visite s'amorce par une reptation le long d'un couloir qui s'avère impraticable pour tout individu dépassant une certaine circonférence – Georgette, fût-elle parvenue à escalader les quatre étages, n'eût jamais pu l'emprunter. Pour Odile, cette protection contre l'invasion maternelle était une mesure de survie.

La faute en incombe à la vitrine qui court sur toute la longueur du couloir en question et qu'emplissent des centaines de coquillages précieux, collectionnés par la mère de Blanche au fil des décennies. En Parisienne qui n'a jamais voyagé, Odile professe une véritable passion pour l'océan et ses productions. Ces milliers de bouches, d'où s'échappe le chant de la mer, lui sont une basse continue sur laquelle s'élabore, depuis dix ans, la mélodie de son veuvage.

Blanche embrasse sa mère et pose son sac sur un guéridon avec les gestes brusques qui sont les siens depuis que sa vie a tourné à l'aigre. « Pas ici, tu vas tout faire tomber. » Ce *tout* désigne le petit coffret que Georgette a donné, par défaut, à sa fille aînée vingt ans plus tôt. Odile n'a jamais osé l'ouvrir : elle prétend que cette boîte contient l'amour de sa mère et qu'elle craint qu'il ne s'en échappe. Mais il a toujours occupé une place de choix parmi les multitudes d'objets, de meubles et de bibelots accumulés en l'honneur de cet amour, tout hypothétique soit-il.

La veillée se dispose comme elle le peut, entre les guéridons et les crédences, les napperons et les majoliques, pour un dernier hommage à la vieille antiquaire. Blanche fixe le coffret. Odile perçoit ce regard et, comme si l'intensité dans les yeux de sa fille pouvait l'abîmer, ou peut-être l'ouvrir, elle se lève brusquement et le range dans un placard, avant de se réinstaller, le souffle un peu court, dans l'ambiguïté de son recueillement filial.

*

Peu après que s'est achevé le tournage d'une adaptation érotique des *Petites Filles modèles* à Auneau, Eure-et-Loir, et que Michel Tournier a publié son roman *Le Roi des Aulnes*, qu'il dédie à Raspoutine et où Hermann Goering, l'ogre des bois prussiens, fait une apparition remarquée dans ses costumes flamboyants et ses caprices forestiers, précisément au moment où est signée à l'Unesco une convention majeure contre le trafic illicite de biens culturels, le général de Gaulle meurt à Colombey-les-Deux-Églises, quelques jours avant ses quatre-vingts ans.

Il meurt en novembre, il meurt au mois des morts, comme le fera son épouse neuf ans plus tard, comme l'ont fait Tolstoï et Proust, Rimbaud et Apollinaire, Kleist et Dylan Thomas, comme

Kimitake Hiraoka dit Yukio Mishima qui se fait seppuku à l'âge de quarante-cinq ans, deux semaines après la mort du Général, comme il se doit enfin dans une vie de cohérence.

Les mois passent. À Nuremberg, s'organise une rétrospective de l'œuvre d'Albrecht Dürer pour les cinq cents ans de sa naissance, en vue d'infléchir définitivement la lecture nationaliste de son œuvre à coups de *« Dürer statt Führer »* (« Dürer au lieu du Führer ») scandés tout au long de la campagne de promotion de l'événement. Au même moment, et tandis que l'on retrouve à Monte-Carlo le corps de Bella Darvi, qui jouait Madame de Rosbourg dans l'adaptation érotique des *Petites Filles modèles*, une semaine après qu'à l'âge de quarante-deux ans elle a ouvert le gaz pour asphyxier sa carrière et sa vie sentimentale ratées, Marguerite Yourcenar qui vient d'être élue à l'Académie royale de Belgique se promène dans Bruges.

Elle a entrepris un long périple dans sa généalogie personnelle et cela joue sur sa perception de la géographie, qui n'est pas séparable de l'histoire : la ville passée lui apparaît dans la pierre de la ville présente.

Elle suit le parcours de Zénon, dont elle ne fait pas le deuil. Dans une maison médiévale de la Oude Zomerstraat où de sympathiques Flamands l'ont invitée à boire un thé qu'ils lui servent dans une théière en fonte réveillant ses tropismes asiatiques, elle converse avec Zénon devant une nouvelle cheminée. Elle rend visite à son amie la sœur Marie-Laurence, une religieuse française qui vit au couvent anglais de Bruges et se trouve être l'arrière-petite-fille de Sophie Rostopchine (une aussi délicieuse coïncidence que celle-ci a fait sursauter nos recherches et notre cœur lorsque, achevant l'écriture de ce livre dans la demeure située sur les terres familiales de Marguerite de Crayencour, nous en avons pris connaissance, aussi faut-il y insister et nous en ébaubir sans cesse : tout se tient, c'est indubitable).

*

Marcel est dévasté. Son œil faussement calme regarde les dernières flammes avaler ce qui reste de l'immeuble de Publicis, entre les Champs-Élysées et la rue Vernet. C'est la nuit, et pourtant il fait jour, le feu a conquis le ciel. Une foule se presse autour de l'homme d'affaires. Les pompiers se font prendre systématiquement au piège par un déluge de feu qui semble indomptable et doté d'une volonté propre, délibérément dressée contre celle – c'est du moins ce que lui se dit – de Marcel lui-même.

Il s'inquiète brusquement pour ses archives ; mais un jeune ingénieur, Maurice Lévy, né au Maroc de parents ayant fui le nazisme, n'a pas hésité à se déguiser en pompier pour entrer dans l'immeuble encore brûlant, aux murs calcinés menaçant de s'effondrer sur lui, aux salles inondées empêchant sa progression. Il parvient à sortir par les fenêtres les coffres ignifugés, l'ensemble des fichiers et des bandes magnétiques sur lesquelles il avait fait enregistrer toutes les données de la clientèle de l'agence. Ce fait de gloire lui vaut la reconnaissance éternelle de Marcel. Pourtant, celui-ci a perdu ses collections, les objets qu'il chérit :

Des toiles de Miró, Gauguin, Chagall et Dalí
Une photo dédicacée du Général
Des lettres
Des photographies
La canne de sa mère
La porte du premier local de sa radio

Tout brûle, et il faudra de nouveau reconstruire une vie de souvenirs et d'objets, comme après la guerre. Cette fois il n'y a personne à accuser, et il est seul face à ce qu'il appelle la fatalité et qui, de nouveau, le défie.

*

Tandis que les lions de Carinhall – leur propriétaire légitime n'ayant pu être retrouvé – sont transférés du Louvre jusqu'aux Invalides, où ils veillent depuis sur les jardins du gouverneur militaire de Paris, Rose Valland reçoit la médaille de la République fédérale d'Allemagne. Elle est désormais la femme la plus décorée de France. Au sortir de la guerre, tout en lui remettant la médaille de la Résistance, sa patrie l'a faite chevalier de la Légion d'honneur – elle est devenue officier quinze ans plus tard. Les États-Unis l'ont en outre décorée de la médaille de la Liberté. Elle accueille ces rubans, qui viennent colorer son battle-dress défraîchi, avec un enthousiasme ingénu – qui s'éteint sitôt qu'elle se rappelle celui que suscitaient en Goering ses grotesques colifichets.

Elle n'a jamais revu Jeanne, la compagne de Jacques, depuis la mort de ce dernier. Elle apprend par hasard que les aphorismes – dont elle ignorait jusqu'à l'existence – de son ancien directeur ont été rassemblés en un recueil publié à titre posthume. L'ensemble est, comme il se doit, élégant et discret. Un beau livre, relié de cuir rouge. Le papier est de qualité, la reliure soignée, le titre poétique – *Feuilles*.

Un an s'écoule avant que Michèle Girardon, qui jouait Madame de Fleurville dans l'adaptation érotique des *Petites Filles modèles*, ne se suicide par ingestion de barbituriques à l'âge de trente-six ans, manquant la projection à la télévision française, un mois plus tard, du *Train* de John Frankenheimer, projection suivie d'un débat auquel Rose participe sans conviction.

André Malraux meurt l'année suivante – en novembre bien sûr, sa fidélité au Général l'imposait – à l'âge de soixante-quinze ans. Il a poussé sa mythomanie jusque dans la cause du décès, un cancer de la peau maquillé en congestion pulmonaire. Quelques mois plus tard, Joyce Heer, la compagne de Rose, meurt à son tour, d'un cancer du sein à l'âge de soixante ans, après avoir repris des études à la Sorbonne et soutenu une thèse que Rose fait publier aux Belles Lettres, rendant ainsi public le lien qui les unit.

Elle assume leur relation de façon plus manifeste encore en faisant enterrer son amie dans le caveau familial, à Saint-Étienne-de-Saint-Geoirs. Elle se contente toutefois de la présenter aux Stéphanois comme quelqu'un de cher – il faut de la mesure en toute chose. Personne de toute façon ne lui pose de questions indiscrètes, pas même lorsqu'elle lui attribue, dans son épitaphe, le titre de docteur. Rose se retrouve seule, à l'exception des visites régulières du frère de Joyce. La vie se termine dans cette attente morne, en l'absence de mission – hormis, peut-être, celle d'arrêter de fumer, ce qui est impensable.

L'année suivante, pendant que l'allée Vélasquez du parc Monceau devient par arrêté municipal l'allée de la Comtesse-de-Ségur et que se tourne au château de Beaumanoir une adaptation du roman de Thomas Hardy, *Tess d'Uberville*, une exposition se déroule à Dresde, réunissant les chefs-d'œuvre des principaux musées de la ville des splendeurs. L'exposition est tout à la gloire des Soviétiques, que le directeur des collections – dans un texte farci de bons sentiments chantant la réconciliation des peuples, le socialisme et la classe ouvrière – remercie d'avoir sauvé et protégé les œuvres, les arrachant aux crocs funestes d'un destin qui sans eux aurait été fatal.

Un dernier feuillet tombe, une dernière année passe avant que Grace Frick ne succombe à la maladie – un cancer du sein elle aussi –, contre laquelle a lutté l'amie, l'amante, le bourreau et la victime de Marguerite Yourcenar pendant vingt années. Elle meurt en silence – et en novembre – par un beau soir étoilé, à l'âge de soixante-seize ans. Marguerite fait jouer un air de Haydn sur une petite boîte à musique suisse, puis ouvre la fenêtre pour laisser le dernier souffle de Grace, son âme flottant dans la brume, s'envoler parmi les astres. Un rite de passage dédouanant quelque peu Marguerite du sentiment de délivrance qui, du moins les premiers jours, fait cortège à la disparition de sa compagne de près d'un demi-siècle.

Partout en Europe, la guerre est loin déjà dans les mémoires. Les conflits se déroulent désormais très au-delà des frontières et les pillages sont des pratiques barbares, que l'on se souvient à peine avoir connues dans nos pays civilisés. La spoliation des biens ayant appartenu aux Juifs n'est plus d'actualité. On est passé à d'autres sujets plus brûlants, et notamment la restitution du patrimoine africain. Elle est, naturellement, imminente. La mémoire des Africains, incendiée par le colonialisme au fil du siècle écoulé, va enfin leur être rendue. Bientôt. Incessamment. Un jour. On s'en occupe.

L'inconscient collectif peut dormir tranquille, les secrets de famille ne seront pas révélés de sitôt. Comme ces secrets, comme ces mémoires, comme ces morts, comme les *Feuilles* de Jaujard couvertes de ses injonctions à la grandeur, les années continuent de tomber, une à une, dans l'immense vase de l'oubli de l'Histoire, où il s'agit d'aller les repêcher.

Paris, février 1980

> «L'important, c'est que nous avons de la mémoire. L'important, c'est que nous pouvons rire et ne tacher personne avec notre sang. L'important, c'est que nous sommes debout et que nous ne sommes devenus ni lâches ni cannibales.»
>
> Roberto Bolaño, *Entre parenthèses*

Le néon pâlit, grésille dans la salle aux tons de désespoir. Les instruments se poissent de suint, ternissent sous la lumière fade. La flavescence s'installe dans le ventre, les humeurs se raffinent et s'épandent. Une marée de lymphe, de sang et de colique naît des noirceurs du gouffre.

Il se dit que c'est au moment précis du passage que s'engluent les désirs, que sédimentent les peurs, que c'est dans le gouffre tendu de muqueuses et de varech que naissent les premiers élans et les premiers freins, au vouloir des à-coups de l'expulsion, des encoches, des aspérités, des étranglements du vagin que se décide tout ce qui suit. Que prolifèrent les germes de passions et de pulsions, qui s'attrapent à la volée, sans tri, sans conscience, dont on fait un tribut ou dont on s'accommode. Mais il est des naissances sans passage, où rien ne vient s'implanter fermement et qui nourrissent un doute inépuisable.

Les mains plongent dans le massacre pubien, extraient placenta et nourrisson dont la tête est inconsidérément restée tendue vers le haut du corps maternel. La césarienne interdit à l'être de s'achever en achevant la naissance, cette séparation confisquée infuse l'esprit, l'épaissit, et l'empoisonne. L'enfant est emporté loin de la peau, le moi se mêle au monde comme il peut.

Dans le couloir, Michel dort, après sept heures d'une attente où tous les espoirs, les regrets, les dénis, les peurs, les désirs de fuite et les hilarités se sont succédé au rythme des cigarettes que les infirmières ont fini par renoncer à lui interdire. Au-dehors, février se consume dans un petit frisson coquet, le boulevard parisien murmure, comme par égard pour la nouveau-née, les premiers sons de l'embauche matinale.

Au moment où Blanche sort de la clinique après une semaine de pénible convalescence, les bras chargés d'un nourrisson qu'elle a lestée de sa tristesse et des prénoms de Mathilde Anastasia Georgette, Marguerite Yourcenar qui navigue au large des États-Unis sur le *Mermoz*, un paquebot de croisière faisant route vers les Caraïbes, apprend qu'elle est la première femme élue à l'Académie française.

Elle avait, de la même manière, été instruite du commencement de la guerre alors qu'elle se trouvait sur un paquebot suisse. Marguerite s'arrange pour être au large des changements du monde, y compris lorsqu'ils la concernent au premier chef. Coquette, elle feint l'indifférence, et d'être bien malgré elle rattrapée par les honneurs. Reste que le drapeau français est hissé sur le pont et le champagne sabré.

Au même moment – qui coïncide avec la fondation de l'Association des amis de la comtesse de Ségur destinée à créer un musée et placée sous l'égide d'Arlette, ravie de cette consécration qui donne une stature d'écrivaine nationale à son aïeule, et avec la qualification par le président en exercice de l'année mil neuf cent quatre-vingts en année du patrimoine, modifiant dès lors le sens de ce terme de patrimoine, qui s'élargit du père à la patrie dans les dictionnaires comme dans l'esprit français, et modifiant à cette occasion le rapport collectif à la mémoire et au sentiment du passé ;

au même moment, donc, avenue des Champs-Élysées, Marcel Bleustein-Blanchet regarde par la fenêtre l'Arc de triomphe comme s'il le voyait pour la première fois. Il a de plus en plus souvent de ces éblouissements, ces remises à neuf de son regard, cet éternel étonnement face au monde, dont il considère qu'il lui permet de rester jeune. Jamais il ne s'attache à remuer les couches de passé qui pourraient laisser, à la surface du présent, des particules de vase susceptibles d'obérer l'avenir.

Dans son bureau d'angle du siège de Publicis, il a pourtant réuni quelques objets qui importent : un lion de bronze patiné d'or, une photographie de lui-même en compagnie d'un fauve aux allures de camarade fier de poser à ses côtés, une bible rescapée de l'incendie par Maurice Lévy, devenu son ami et collaborateur depuis ses faits de gloire huit ans plus tôt, un portrait de son père Abraham – qui nous évoque irrésistiblement Sigmund Freud – et un autre du général de Gaulle. Quelques bribes de passé, permettant de recréer en peu d'images un monde intérieur que Marcel, si souvent, a dû réinventer.

*

Malgré la naissance de Mathilde, la brûlure thoracique continue de rougeoyer ses braises au cœur de Blanche. C'est qu'il y a eu des femmes pour distraire les nuits kabyles, lui a avoué Michel, menton baissé, et rien ne peut cicatriser l'ulcère. La grossesse fut un répit, mais dès l'enfant extraite de ses entrailles, Blanche a senti que tout revenait, la crampe permanente sous le plexus, la difficulté à respirer, le corps prisonnier de lui-même encore davantage, l'angoisse post-partum majorée de l'abandon.

Depuis la fermeture de la boutique de Georgette, elle a renoncé à s'épanouir et travaille dans un bureau, s'occupant à des tâches insignifiantes que seul justifie le maigre salaire qui leur est associé.

Elle avait encore son couple pour croire à la pertinence de vivre, mais Michel a fait éclater la bulle de confiance naïve où elle les avait enfermés. Il vient en outre de lui apprendre qu'il repartirait dès le début de l'été, un nouveau chantier s'est ouvert près de Tigzirt, dans le nord de l'Algérie. Blanche contemple sa propre tristesse dans le regard bleu sombre de son nourrisson.

Après un bref printemps, au cours duquel il ne cesse de s'extasier sur la beauté de son enfant, éveillant chez Blanche un mélange d'espérance et de jalousie dont elle est incapable de démêler l'écheveau, ses émotions toujours enchevêtrées dans les désastres du corps parturient, Michel repart donc.

Juin se referme sur ce qu'il y avait d'espoir. Et la mère et la fille se retrouvent seules dans l'appartement du quatorzième arrondissement où le couple s'est installé peu avant la naissance de Mathilde, selon les vœux de Michel : près de la gare Montparnasse et donc de la Bretagne, où il ne va jamais, mais qui doit être à portée de main – comme une famille qu'on ne fréquente pas, mais qui a le mérite d'exister à saine distance. Et non loin d'Orly, d'où partent les avions pour l'Algérie.

Leur nouveau logis est situé au fond d'une impasse au nom énigmatiquement italien, la villa Leone, où l'écrivain Roger Gilbert-Lecomte vécut avec sa compagne Ruth avant la guerre et jusqu'à sa mort, laquelle intervint quelque temps après la déportation de son amie. L'allée fleurie donne sur la rue Bardinet – dont, à notre grand regret, l'odonymie n'enseigne rien – par un large porche. Au temps où le quartier de Plaisance était encore un faubourg et où le cimetière du Montparnasse attirait modeleurs et graveurs, de lourds fardiers y charriaient les œuvres monumentales des sculpteurs qui avaient là leurs ateliers.

L'appartement est petit, mais agencé de manière à séparer les solitudes avec efficacité. Bien que Michel l'ait choisi lui-même, ce lieu est à peine le sien. Blanche, qui aurait préféré le centre de Paris pour demeurer auprès de son enfance, a pris en charge tout l'aménagement, retrouvant brièvement la joie, éprouvée dans la boutique de Georgette, que suscite en elle la mise en rapport des choses selon leur usage, leur apparence et leur résonance intime.

Chaque objet est placé dans l'espace en fonction d'une logique secrète dont elle seule connaît les arcanes, mais qui séduit d'emblée par sa cohérence esthétique. Hormis son bureau, où s'entassent documents et objets archéologiques empoussiérés de secrets, Michel ne sait rien de ce qui se trame au sein de cet autre mystère qu'est la vie domestique menée par sa femme et sa fille dans le reste de l'appartement.

L'automne s'amorce, et il ne rentre pas. À une trentaine de kilomètres de la villa Leone, où plane l'épaisse haleine de l'abandon, Rose Valland vient de s'éteindre, au tréfonds d'une banlieue comme il en existe tant d'autres. Elle est inhumée à Saint-Étienne-de-Saint-Geoirs auprès de sa chère Joyce, sans discours ni banquet. Elle a vécu aussi longtemps que possible dans son domicile de la rue de Navarre encombré de souvenirs, de statues, de maquettes de bateaux, de cartes postales et de livres, jusqu'au malaise qui l'a menée dans une maison de convalescence à Ris-Orangis, Essonne, et de là au cimetière. Elle a vécu pour l'art, qui était à ses yeux un moyen comme un autre de s'approcher de Dieu.

Seules six personnes assistent à ces modestes funérailles. Le cimetière de Saint-Étienne-de-Saint-Geoirs est désert en ce début d'automne, et la maigre procession s'éloigne, chargée de quelques souvenirs qu'il faudra charroyer le plus longtemps possible, jusqu'au futur qui s'y intéressera peut-être. Elle longe l'ombre des noyers, dans le bois desquels Rose avait fait tailler sa bibliothèque – c'est un détail qui révèle son sens du symbole, auquel nous avouons accorder une certaine tendresse. Un mois plus tard, l'église Saint-Louis des Invalides n'est guère plus peuplée lors du service religieux qui se tient à sa mémoire, à deux pas des restes de Napoléon et au moment précis où Louis Guilloux s'éteint à l'âge respectable de quatre-vingt-un ans dans sa maison des hauteurs de Saint-Brieuc.

L'écrivain briochin précède de peu, et sans violence, Roman Kacew dit de Kacew dit Romain Gary dit Émile Ajar. Un mois après que celui-ci s'est tiré une balle dans la bouche, à l'âge de soixante-six ans, pour ne pas voir venir la décrépitude, Marguerite Yourcenar est reçue à l'Académie française par Jean d'Ormesson, qui prononce pour la première fois le mot « madame » sous la Coupole.

Marguerite, toujours coquette, s'est fait confectionner pour l'occasion une tenue par Yves Saint Laurent, et son insolite silhouette, la longue robe noire couvrant son corps trapu, la cape réglementaire et une étole blanche dont elle s'est entouré les épaules et la tête comme une femme d'Orient, s'avance sur la pointe de ses ballerines pour un discours à nul autre pareil, un hommage à Roger Caillois dont elle prend le fauteuil – où Clemenceau lui-même en son temps s'était assis.

L'année suivante, tandis que Marie-Georges Faisy, dite Marie-Georges Pascal, interprète de Madeleine de Fleurville dans l'adaptation érotique des *Petites Filles modèles*, se suicide par un moyen indéterminé à l'âge de trente-neuf ans, après une honorable carrière théâtrale menée parallèlement à une discutable carrière cinématographique, Marguerite entre – c'est une image, car elle est à ce moment précis en train de visiter Venise – dans la bibliothèque de la Pléiade.

Après avoir été la première à l'Académie française, elle est la troisième femme avec Madame de Sévigné et George Sand à intégrer ce Panthéon de papier. C'est un privilège rare d'être ainsi embaumé vivant : seuls une poignée d'écrivains avaient jusqu'à présent eu cet honneur, sur lequel Yourcenar médite en regardant longuement, depuis sa table du café Florian qu'éclaire un lustre en verre de Murano, passer les masques du carnaval vénitien.

Paris, mai 1984

> « Là, il y avait le Louvre (...), il y avait le commencement du grand rêve de l'Histoire, le monde de tous les vivants du passé. (...) Quand on aime la vie, on aime le passé parce que c'est le présent tel qu'il a survécu dans la mémoire humaine. »
>
> Marguerite Yourcenar, *Les Yeux ouverts*

Michel est à Paris. Pour Blanche, c'est un répit dans la brûlure. Pour Mathilde, c'est un miracle quotidien. Elle a quatre ans et découvre son père, qui est un dieu aux apparitions miséricordieuses. Il lui montre les objets terrifiants, les productions fantastiques qu'il a extraits lui-même des entrailles maurétaniennes, lui fait toucher d'un doigt petit autant que timide les papiers friables de ses recherches. La pièce préférée de Mathilde est une tête d'Antinoüs, que son père lui a raconté avoir trouvée quinze ans plus tôt dans les ruines des thermes de Cherchell, l'antique Caesarea, inscrite depuis peu sur la liste du patrimoine de l'Unesco.

Le bas du visage est abîmé, mais le détail des cheveux – qui est ce par quoi on reconnaît, outre la mélancolie de son regard baissé vers le sol, l'ancien amant d'Hadrien, ces boucles épaisses, fouillées au trépan, qui serpentent sur le front pur avec l'arrogance de la jeunesse – est extraordinairement préservé. De plus la statue sourit, ce qui est rare, et ce sourire est une blessure dans la mâchoire meurtrie, un éclat dessiné d'un trait de lame sur les lèvres de l'éphèbe, un rictus taillé dans la matière du désespoir. Michel raconte à sa fille la mort du jeune homme, le culte qui a suivi, le règne de cet empereur unique que fut Hadrien, philosophe et bâtisseur. Antinoüs est le premier amour de Mathilde.

Son père l'entraîne souvent au Louvre, et leur visite commence immanquablement par la salle Borghèse du département des antiquités grecques, étrusques et romaines. Elle abrite la collection vendue de force et à prix cassé par Camille Borghèse au Louvre, sous la pression de son beau-frère Napoléon Bonaparte, au tout début du XIXe siècle.

Parmi ces pièces, l'extraordinaire tête acrolithe d'Antinoüs Mondragone, avec ses orbites vides et outrées, et sur la fontanelle la béance laissée par la disparition d'une fleur de lotus – à moins qu'il ne s'agisse d'un cobra. Non loin, un autre Antinoüs, celui-ci en Aristée, le médecin des abeilles, puis un troisième en Osiris, buste décevant car privé, par le couvre-chef pharaonique, des boucles si désirables qui font la beauté du Bithynien. Contrairement au quatrième, situé dans une autre salle : les mèches dépassent orgueilleusement sous l'uraeus qui orne la coiffe.

Un cinquième – copie dite d'Écouen – se tient, superbement efféminé, dans son marbre impeccable du XVIIIe siècle, dont l'original trouvé à la villa Adriana est conservé au Prado. Un sixième, enfin, présente une tête d'éphèbe toute blondeur et candeur, paradoxalement montée sur un corps d'Hercule aux attributs de brute ; une brute dont la peau de lion fait écho, juste sous les yeux de la statue, à un fauve de basanite verte qui trouble Mathilde, puisque le lion est le signe astrologique de Michel et qu'elle associe ce dernier à tous les fauves qu'elle croise.

Le plaisir des visites où l'entraîne son père est augmenté de l'ouverture, l'année précédente, des travaux du Grand Louvre destinés à l'édification d'une pyramide en verre et métal, dont la modernité engendre des débats aussi politiques que culturels.

Michel a été invité par un ami à intervenir sur les spectaculaires, et inédits, chantiers archéologiques établis à l'emplacement du futur monument. C'est loin de sa spécialité, mais son intérêt passionné pour tout ce qui touche au Louvre et la proximité des techniques de fouilles l'ont convaincu d'accepter de se mêler à la centaine de jeunes archéologues qui fouissent dans les dessous des cours Napoléon et Carrée.

Michel fait découvrir à sa fille cet impressionnant dédale de pierres descellées, de chemins en bois ménagés dans les entrailles urbaines et de sables évoquant les déserts, en contrebas d'une rue de Rivoli où les automobiles des Parisiens poursuivent leurs pressantes affaires. Il lui fait toucher le pouvoir haruspice de l'archéologue, qui devine le futur d'une nation en lisant le passé dans ses sous-sols. Il lui enseigne le jargon de son métier, et les mots magiques s'impriment dans la jeune cervelle de l'enfant comme dans la glaise. Il lui détaille les différentes étapes d'une campagne, l'établissement de l'emprise par le traçage au sol d'un damier, dont les rectangles sont délimités au fil à plomb, le nettoyage du terrain, les premières fouilles, grossières, à la truelle, puis les plus fines, au pinceau, l'élaboration de fiches, les sondages et les relevés. Il lui fait écouter le sol, deviner à l'oreille quelle couche, à l'odeur – voire au goût – quelle terre a été atteinte.

Si le Louvre en est l'annexe monumentale, le bureau de son père demeure l'endroit au monde qu'elle préfère. C'est à la fois le repaire du savoir et un lieu de sécurité où la tristesse de sa mère n'entre pas, même pour faire le ménage. Une odeur de vieux manuscrit, de pierre chauffée, de poussière de soleil et d'insectes crayeux l'enivre dès qu'elle y pénètre.

Là comme sur les chantiers du musée, Mathilde développe l'impression confuse de voyager dans le temps et l'espace, et la ferme conviction que son père détient le pouvoir de défaire les frontières géographiques comme historiques. En témoignent tous ces objets qui s'entassent dans son antre et qu'il est parvenu à rapporter sans encombre depuis les siècles passés.

Ces trésors font écho – un écho muet, car Mathilde non plus que Blanche ne fait le lien, la première est trop jeune et la seconde souffre trop – au fatras hétéroclite et séduisant qui emplit l'appartement d'Odile. Par un mimétisme suppliant, en attente d'un amour sans cesse insatisfait, celle-ci a copié le goût de sa mère Georgette pour l'accumulation. Les objets sont moins précieux, car Odile s'est toujours davantage intéressée aux histoires qu'ils racontent et aux pans de vie qu'ils recèlent qu'à leur valeur marchande ou historique, mais ils sont tout aussi nombreux.

Tous les mercredis, Blanche laisse Mathilde chez sa grand-mère pour passer du temps avec son époux si volatile. L'enfant aime baigner dans cette atmosphère chaotique de merveilles. Lorsqu'elle se retrouve seule, Mathilde aime caresser les coqs en plâtre, jouer avec les innombrables figurines, fouiller dans les corbeilles qui encombrent les rayons des placards. L'un d'entre eux, pourtant, ne s'ouvre jamais. L'enfant, frustrée, y devine un secret qui achève de donner à l'appartement de sa chère Mamina, comme elle l'appelle tendrement, les dimensions d'une caverne de conte.

Tigzirt, juillet 1987

> « Plaise à Celui qui Est peut-être de dilater le cœur de l'homme à la mesure de toute la vie. »
>
> Épitaphe de Marguerite Cleenewerck
> de Crayencour, dite Marguerite Yourcenar

La nuit algérienne est dévorée d'étoiles, qui stridulent leur lumière au rythme des grillons. Il ne sert à rien d'ouvrir la fenêtre, il fait aussi chaud dehors que dedans. Surtout, le bruissement que font les fouilles concentrées des chacals, dans le champ d'oliviers derrière l'hôtel, crispe l'enfant, attisant son insomnie. Le chacal n'a pourtant pas vocation à croquer les petites filles, il s'attaque de préférence, l'été, aux cosses des melons qui pourrissent dans les poubelles de Tigzirt. Tout de même, Mathilde préfère garder la vitre close. D'autant que le crissement des pattes des goélands qui nichent sur les toits ajoute à l'impression de menace et noircit encore l'épaisseur de la nuit.

Aujourd'hui, heureusement, son père sera avec elle, interrompant le temps d'une journée les fouilles qu'il mène dans les ruines d'Iomnium, ancien nom de la petite ville côtière. Elle s'ennuie de lui comme elle s'ennuie de la France, et les montagnes du Djurdjura l'inquiètent. Malgré la proximité de la mer, la chaleur est devenue insupportable. Elle en veut à sa mère de l'avoir emmenée dans cet enfer : injuste par puérilité, elle omet de se rappeler qu'elle a elle-même insisté pour qu'elles aillent retrouver son père durant l'été. Mais elles l'ont à peine aperçu au cours de ces dernières semaines, il est absorbé par les découvertes incessantes que recèlent les vestiges romains et byzantins de cet ancien comptoir punique.

Elle voit son père arriver de loin, serti dans une braise de premier matin du monde. Sa beauté brune, ses cheveux un peu longs font de lui une figure de légende aux yeux de l'enfant. Il lui prend la main d'un sourire et l'emmène sous le regard inquiet, ou peut-être envieux, de Blanche qui souffre sous ces latitudes plus que de raison. Père et fille vont se promener dans la fraîcheur relative des premières heures. Michel, la pupille fébrile, raconte à Mathilde l'histoire du lieu, développé sous les bons Antonins.

Il lui montre avec quelle audace les vestiges d'un temple romain dédié au génie tutélaire local côtoient ceux d'une basilique chrétienne ; il lui décrit les corniches, les frontons et les dosserets ornés de rosaces ou de croix, les sculptures champlevées ou épannelées, les chrismes et les corbeaux, tous ces mots sublimes qui enchantent Mathilde et dessinent en son esprit des images qui, bien que très éloignées de la réalité, sont parfaitement vraies pour elle. Il lui parle des stèles où de captivantes épigraphies, quoique à moitié calcinées, se devinent encore depuis le lointain de siècles révolus. Il évoque des dolmens qui veillent sur le site et le font rêver à ses origines bretonnes, sur lesquelles il ne s'attarde pas de peur d'être obligé d'en dire davantage.

Il lui dit les lieux sacrés de cette contrée où tout est rituel, perception animiste du monde, communication œcuménique avec les saints, les plantes et les pierres. Il lui narre le parcours des femmes qui, pour guérir ou prévenir certaines maladies, commencent par se rendre, à la sortie du village de Charfa, au pied d'un arbre votif aux branches duquel elles accrochent des fils ou des bouts de tissu, avant de tourner autour et d'invoquer le saint gardien du lieu. Après quoi elles vont rendre hommage au prophète local, béatifié par les habitants de la région. Elles se couvrent de son burnous pour en aspirer les effluves, d'autant plus bénéfiques qu'ils sont nauséabonds, espérant recueillir un peu de la candeur de cet être exempt de tout péché.

Michel conte à sa fille avec feu comment cette version moderne de la pythie grecque, en échange d'une pomme ou d'une paire de pantoufles, répond de façon suffisamment évasive et énigmatique aux questions pour que ceux qui les posent puissent se livrer à des interprétations satisfaisantes à partir de leur propre vie. Mathilde est remuée, sans être capable de mettre des mots sur son émotion, par cette foi qui ne ressemble à rien de ce qu'elle connaît. Elle fait un vague lien avec la messe à laquelle sa grand-mère Odile se rend chaque dimanche, sans qu'il soit jamais question qu'elle y emmène sa petite-fille. Comme s'il était entendu que la religion était une affaire qui ne la concernait pas.

L'enfant s'étonne de voir son père tout pénétré de ces croyances, tellement éloignées de l'athéisme qu'il professe par ailleurs – non que Mathilde soit en mesure de se le formuler ainsi, mais elle sent confusément l'étrange facilité avec laquelle il s'est intégré à cette vie, si différente de celle qu'elle-même mène à Paris avec Blanche. Le prestige du père augmente encore à ses yeux d'être ainsi ancré dans cet ailleurs géographique et spirituel, auquel il appartient bien plus qu'aux avenues parisiennes ou aux rivages armoricains.

Michel l'entraîne plus haut dans les montagnes. Elle peine à le suivre, tandis qu'à grands pas et d'une voix qu'elle reconnaît de moins en moins, il lui conte à présent les visites que les femmes des environs rendent au saint janiteur de la grotte aux portes, laquelle surplombe toute la région de Tigzirt et s'ouvre, comme une béance, sur le cri mystique et bleu de la mer Méditerranée. Les pleureuses s'y livrent à un rite d'appel aux absents et aux exilés, hurlant leurs noms à travers les ouvertures qui donnent vers l'eau. De l'autre côté de la grotte, certaines grimpent une façade escarpée et passent à sept reprises, pour gagner en fertilité, à travers deux orifices que la nature a voulus parfaitement ronds. Avant de partir, elles déposent une offrande en pièces de monnaie, ou bien de la nourriture qu'un vagabond ou un enfant, dûment prévenu dans ses rêves par les appels du saint, viendra récupérer plus tard.

« C'est cette grotte-là ? » Michel s'est arrêté devant une ouverture de pierre creusée dans la montagne, à quelques kilomètres à l'ouest de Tigzirt. Il fait signe que non, regarde autour de lui et s'accroupit. Dans un chuchotement que l'excitation suraiguise, le père confie son secret à l'enfant : une inscription latine se trouve dans cette autre grotte, inconnue des Européens, méconnue même de la plupart des habitants. Signalée par un grand spécialiste des épigraphies d'Afrique romaine, elle n'avait jamais été retrouvée jusqu'à ce qu'un berger y emmène Yahia, qui voulait connaître les limites d'un terrain appartenant à son grand-père.

« C'est qui, Yahia ? demande Mathilde. – Un grand ami. Je te le présenterai », répond Michel à sa fille, qui fronce les sourcils à ce prénom inconnu, réflexe acquis des soupçons maternels. Michel pour changer de sujet la mène jusqu'à l'énoncé lapidaire : *« PONTIUS ET NUNDINAS. »* D'après un de ses collègues, il s'agirait de deux gentilices en forme d'invocation rendue à la mer par un couple d'amoureux, peut-être un soldat romain entiché d'une autochtone dont il tentait de gagner l'amour par cet hommage propitiatoire.

Michel continue à fantastiquer, développe mythes et croyances auxquels il semble accorder foi, égrène de fausses vérités et des demi-mensonges que l'ignorance et l'idolâtrie de son enfant ne sauraient démentir. Mathilde reçoit sans broncher les éclats obtus de cette folie grandissante, qu'elle ne déchiffre pas autrement que comme une évidence, celle de ce que doit être l'autorité toute-puissante du père.

Elle ne sait pas, ne peut pas savoir ni comprendre, que Michel n'existe plus pour personne ici, sinon pour quelques trafiquants d'objets, pour Aylanna qu'il épuise depuis vingt ans et dont il a obéré l'existence comme la carrière, et pour le frère de sa maîtresse, Yahia, qui ne voit plus depuis longtemps l'intérêt de subir les frasques de ce Français envahissant. Michel a perdu ses appuis et ses relations en même temps que son statut d'archéologue et de professeur. Il s'est relégué hors du cercle des expatriés à force de diatribes déréglées provoquées par l'alcool mais aussi, et surtout, du fait de ses liens suspects avec les autochtones.

Les jours qui suivent, Mathilde n'a guère l'occasion de voir son père. Quand il n'est pas à gratter la terre de quelque tumulus, il écrit fiévreusement dans son carnet de fouilles, explique-t-il en guise d'excuse lorsque épouse et fille lui rendent visite sur le site, où il dort la majorité du temps. Ses yeux brillent de plus en plus. La beauté de son père effraie Mathilde. Il loge dans une cahute spartiate bâtie à la hâte entre deux pistachiers, où il les fait entrer fièrement mais d'où elles ressortent aussitôt, chacune chargée de sa propre révolte. L'enfant ne comprend pas pourquoi son père ne dort pas avec elles dans l'hôtel, plutôt agréable, de la station balnéaire où elles logent. Blanche comprend trop bien.

Toutes deux, délaissées, s'ennuient dans cette chaleur solitaire, où l'odeur des lentisques d'abord agréable finit par brûler la gorge. Pour occuper ses journées, la fillette quadrille le jardin sableux, derrière l'hôtel, avec des ficelles et ramasse des pierres – au grand dam de sa mère qui, ajoutant avec complaisance de triviales anxiétés à sa tristesse, s'inquiète des excédents de bagages pour le retour.

Mathilde veut être archéologue elle aussi et n'a pas de jouet plus précieux que la boîte où elle range ses trésors lithiques, dont elle prend conscience avec émotion que des êtres humains, il y a si longtemps, les ont tenus entre leurs mains. Elle a sept ans, c'est l'âge où les souvenirs des années précédentes s'enfouissent comme fossiles dans le sable, parfois pour toujours. Seule la libre errance de l'âme pourra les mettre au jour, sérendipité intime et involontaire qui les fera remonter à la surface. Comme ces cailloux enfouis depuis des siècles et que l'effet du temps, du travail de la terre par les vers, des influences compliquées de la pluie et de la lumière font réapparaître un jour.

Elle est dans le champ d'oliviers, grattant la terre avec une petite truelle de plastique, imitation puérile de celle de son père, sursautant et gloussant au passage des lézards. Un morne caméléon l'observe immobile depuis une bonne heure, lorsqu'elle entend le hurlement.

Un instinct en elle comprend aussitôt, et aussitôt décide de se taire. Elle poursuit de gratter, de fouir, elle est résolue à ne plus rien voir ni entendre autour d'elle, à rester là jusqu'à ce que la terreur qui l'a saisie n'ait plus d'objet, jusqu'à ce que son corps disparaisse dans les sables, jusqu'à ce qu'un homme la saisisse et l'entraîne de force vers l'hôtel. Il la porte dans le lobby, où sa mère se tient prostrée sur une banquette, dont le skaï par endroits se fend en cicatrices blanchâtres.

Les grandes dalles de carrelage marron, les plantes en pots qui fatiguent, le papier peint crasseux, les photographies jaunies représentant les montagnes ou l'îlot qu'il suffit de sortir sur la terrasse pour voir mieux, la sonnette cassée sur le comptoir, chaque détail s'incruste dans la mémoire de Mathilde, transformant en rêve une scène qu'elle refuse d'informer en réalité.

C'est l'homme qui lui explique. Un incendie s'est déclaré sur le chantier, anéantissant en quelques minutes les cahutes de bois encore fragilisées par la sécheresse de juillet. Michel est mort très vite, asphyxié par les produits toxiques dont l'emballage a fondu en quelques instants sous l'effet de la chaleur.

Une vision fantastique se grave dans l'esprit de Mathilde, de son père s'évaporant au firmament du ciel algérien, rejoignant l'une de ces comètes dont il aime tant lui parler. Blanche est tétanisée, inutile au désespoir de sa fille qui s'est mise à hurler, tirant sur sa robe de coton mince, cherchant des bras qui plus jamais ne pourront se refermer sur qui que ce soit. Mathilde se laisse glisser au sol et ferme les yeux, ses paupières effaçant la vérité que les mots de l'homme n'ont pas su imposer à sa foi.

*

Tandis que Rudolf Hess, en un sinistre écho au suicide de Primo Levi intervenu quelques mois plus tôt, se pend dans les jardins de sa prison allemande à l'âge de quatre-vingt-treize ans, après quarante-six absurdes années passées en détention, Blanche rentre à Paris où ne l'attend que le deuil d'un passé qu'elle se met aussitôt à réinventer. Comme elle l'avait fait avec son père, mort lui aussi avant d'avoir atteint sa cinquantième année, elle modifie insensiblement la vérité de son mari.

Parallèlement au processus de décomposition que subit le corps de Michel, rapatrié dans l'avion où sa femme et sa fille ont pris place après d'interminables formalités liées à l'autopsie et aux autorisations de transport de la dépouille, une mutation tout aussi inexorable s'opère sur le souvenir que les vivants conservent de lui.

De même que Blanche, recourant aux pouvoirs spectaculaires du déni, élabore consciencieusement pour l'avenir une figure rêvée de son mari, délestée de ses mensonges et de ses crimes, Mathilde infuse l'image idéalisée de son père. Une image qu'elle n'avait à vrai dire jamais songé à contester et qui, par la grâce précipitée de la mort, n'aura jamais à l'être.

C'est pourquoi lorsque, le jour des funérailles, personne de la famille de Michel ne daigne faire le déplacement, Blanche ne perçoit que le camouflet. Au sortir du cimetière du Montparnasse, elle entraîne sa fille sans un mot. Les arbres sont déjà entrés dans l'automne, et le couple désuni que forment désormais Blanche et Mathilde descend la rue Raymond-Losserand en piétinant des cadavres de feuilles rousses. Mathilde perçoit le malaise de sa mère, mais n'ose rien demander. L'enfance ne s'interroge pas sur ce qu'elle ignore.

Il faut encore passer le grand portail, saluer les voisins et leur mine contrite, monter les deux étages jusqu'au petit appartement. Ce n'est qu'une fois la porte passée que Blanche lâche la main de Mathilde. Dans le salon que l'absence n'envahit pas, tant Michel y était peu, elle ordonne à l'enfant, d'une voix qu'elle aurait aimée moins dure, de s'asseoir dans le canapé. Elle va lui parler un peu de la famille de son père.

C'est la première fois, et Mathilde comprend que c'est la dernière ; elle sent qu'il lui faut entendre chacun des mots que sa mère va prononcer et les inscrire au fond d'elle-même, les y conserver quitte à ne plus jamais les convoquer.

Blanche dit sa tristesse. Elle dit sa frustration, sa souffrance de voir l'injuste mépris dans lequel ce héros de l'archéologie est tenu par sa famille. Elle parle d'un milieu aristocratique – Mathilde ne sait pas ce que cela signifie, elle comprend juste que c'est très loin d'elles –, elle dit que Michel disait vouloir, un jour – il faut choisir le bon moment pour les grands événements, répétait-il –, emmener sa fille dans cette famille pour la lui présenter. Une famille très nombreuse, sur laquelle règne l'autorité d'une comtesse de légende, la tante de Michel, épouse du tenant du titre et âme du château familial. « Une comtesse, comme la comtesse de Ségur ? Ou une vraie ? » demande Mathilde, pour qui l'idée de comtesse comme celle de château n'ont pas plus de réalité – ou peut-être en ont-elles autant – que celle que leur donnent les romans de la Bibliothèque rose.

Blanche ne répond pas. Elle dit ce qu'elle a à dire, et se tait. Mathilde sait qu'elle n'en apprendra pas davantage.

*

C'est décembre, et Marguerite Yourcenar à son tour se meurt – novembre est à ses yeux un mois trop triste pour trépasser, aussi a-t-elle fait durer l'agonie. Après une période de délire joyeux, entrecoupé d'atroces moments de lucidité où elle exigeait d'en finir, elle expire sans rite de passage, sans boîte à musique, sans ariette de Haydn. Seule concession au mystère, l'infirmière pense à ouvrir la fenêtre pour laisser son âme embrumée s'échapper.

Elle meurt parmi les objets – les tableaux et les photographies, le vase bleu de chez Lalique acheté avec ses premiers droits d'auteur, les livres, la page d'antiphonaire, les carreaux de Delft et les gravures de Piranèse –, ces multitudes de compagnons silencieux que Grace inventoriait sans cesse, au même titre que les événements et les menus détails de leur santé à toutes deux.

Elle meurt en ayant mis sous scellés lettres, notes et autres griffonis confidentiels, qui ne devront être révélés que cinquante ans après sa mort. Tous documents jugés trop intimes pour être publiés, et trop importants pour être brûlés : l'été passé, Marguerite a jeté une grande quantité de ses documents dans sa cheminée de Petite Plaisance. Elle veut contrôler ce que la postérité héritera d'elle, le moindre fragment, la moindre trace de son passage. Toute sa vie, elle a vu et revu son testament, toujours préoccupée de laisser quelque chose en son âme et conscience, d'avoir une mort utile comme elle a mené une vie utile. Elle avait le goût des feux de joie qui exorcisent et purifient l'âme, et brûlait son passé comme elle brûlait, chaque matin, les notes prises pour l'écriture d'*Hadrien* dans un état de transe nocturne.

Elle meurt en tâchant de garder les yeux ouverts, ce qui est insoutenable. Comme ceux de Zénon, les yeux de Marguerite de Crayencour en mourant voient ce qu'ils n'auraient pas dû voir. Elle a quatre-vingt-quatre ans.

Elle meurt sans rite mais ses funérailles, qu'elle a minutieusement planifiées puisqu'elles doivent être identiques à celles de Grace, auprès de qui elle va reposer, ne sont que rituel. Elle est incinérée, et ses cendres sont triplement enveloppées d'étoles et du châle qu'elle portait le jour de sa réception à l'Académie. Elles sont ensuite placées dans un panier tressé d'herbes avant d'être enterrées, sous l'œil apitoyé du chien Fu-Ku, dans le petit cimetière sur lequel glisse, le long d'un ciel pur et gelé comme seule l'Amérique sait en peindre, une nuit envahissante.

Château de Beaumanoir (Côtes-d'Armor), juillet 1989

Palefarzet, d'au 1 e glazur, e erez dispaket en arc'hant, pigoset hag iziliet e gul ; d'au 2 en aour, e leon kudennek e sabel, e dreustellig e gul ; d'au 3 e glazur e tour en aour, eilet gant div rozenn kevliv ; d'au 4 e glazur, teir steredenn en arc'hant ; e dreustell en aour balirant.

Armes des Saint-Pierre

La forêt est un chaos de pierres, et dans le désordre des fayards centenaires aux nuances pourpres, des séquoias obèses, des chênes verts et des cyprès chauves qui gisent au sol ou dont la canopée gémit, se lisent encore les signes de l'ouragan qui a ravagé les lieux deux ans plus tôt. Un envol de choucas par-dessus les tourelles néogothiques accueille les visiteuses, qui empruntent à pied l'allée longeant le lac, entre les deux pans du bois. Elles n'ont pas osé franchir en voiture le vieux portail soutenu par deux immémoriales colonnes granitiques. Les murs d'enceinte ne sont pas très hauts et laissent apercevoir, surtout là où les pierres s'éboulent, les splendeurs d'un château de conte de fées.

Mathilde a neuf ans, et c'est la première fois qu'elle vient au domaine familial, ce château de Beaumanoir dont lui a parlé sa mère au retour des funérailles de Michel ; pour Blanche, c'est un souvenir qui date de jamais, tant il s'est alourdi de douleurs depuis sa dernière visite, laquelle remonte à l'époque de son mariage, plus de vingt ans auparavant.

Elles s'engagent d'abord, par modestie plus que par erreur, dans la cour de la ferme attenant au château. Un rectangle sablé, qu'entourent écurie, cellier ou poulailler, et dont le centre est occupé par une monumentale fontaine creusée de deux auges. La ferme est déjà une impression d'antan, et cet anachronisme englue un peu plus encore la mère et la fille dans le sentiment d'illégitimité qui freine leur pas depuis leur arrivée. Tout à coup, deux hommes à la mine peu avenante surgissent et les rabrouent sans délicatesse : le domaine est privé, elles n'ont rien à faire là. Blanche fait mine d'entraîner Mathilde vers la voiture et de quitter les lieux pour toujours, non sans soulagement.

Mais une voix claire, teintée d'une affable autorité, les interrompt dans leur fuite. Une femme au sourire réflexe les accueille. Son élégance, qui affronte la soixantaine approchante avec fermeté, impressionne la mère plus encore que la fille.

Ce qui n'empêche guère la dame de plonger, aussitôt que les deux hommes ont disparu à quelque recoin de la propriété, dans une litanie de plaintes. Celles-ci laissent à peine la place aux salutations d'usage, et la comtesse de Saint-Pierre, tante par alliance de Michel, ne se soucie pas d'admirer la charmante enfant qu'est Mathilde, bien qu'il s'agisse de sa petite-nièce et qu'elle ne l'ait encore jamais rencontrée.

Un début d'incendie s'est déclaré dans la bibliothèque, imposant de faire le point sur les héritages de chacun. La comtesse a entrepris de mettre à jour les inventaires pour éviter les querelles, le dernier datant de la fin du XIXe siècle. Cette nécessité a provoqué la première invitation de Blanche au château depuis son mariage avec Michel. L'incident – dont l'ironique parallèle avec la mort de son mari est amèrement goûté par Blanche, tandis qu'il relève, dans l'esprit moulé par la superstition puérile de Mathilde, d'une imparable logique – réveille des angoisses anciennes chez les Saint-Pierre.

Des angoisses pieusement transmises de génération en génération, des peurs héritées de la Terreur, qui a ravagé tout l'ouest de la France et a détruit par le feu une partie du château.

Elles avancent vers le perron. La porte principale du château, qui surplombe quelques marches de pierre très larges, est insensée. Une flamboyante accolade la coiffe en guise de fronton, que contrarie à peine la solidité rugueuse de la pierre bretonne. Elles pénètrent dans le hall, et Blanche se recroqueville pour ne pas entendre ses talons résonner sur les grands carreaux ocre et beiges. Un immense escalier de marbre blanc aux rampes ouvragées écrase leur arrivée de son élégante majesté. Des portraits de famille, où gisent les dernières traces d'une hérédité oubliée, saccadent la montée de leurs couleurs passées. En haut des marches recouvertes d'un épais tapis et menacées par un lustre précieux, une tête d'élan démesurée. Elle fait écho à celle, au-dessus de la porte d'entrée qui fait face à l'escalier, d'un sanglier hilare, comme à deux autres andouillers qui surmontent les colonnes du grand hall.

Elles vont s'installer dans le petit salon, près de la monumentale cheminée – elle aussi de marbre blanc – où dorment, sous deux girandoles breloquantes, les souvenirs de tant d'hivers. La pièce est surchargée. Chaque pan de mur est assailli par une tapisserie, un masque exotique, une toile ancienne. Chaque tablette, chaque regard de fenêtre est veillé par son bibelot, rapporté de pays lointains par quelque aïeul aventureux.

Une autre vitrine abrite de magnifiques parures, dont Mathilde se demande à quels cous elles ont pendu – à son âge, elle se satisfait de rêver à des princesses de contes et à des bals glorieux –, tandis que les deux femmes entament une conversation bancale.

La comtesse de Saint-Pierre parle sans discontinuer, indifférente au compte à rebours tiquetant d'une anachronique comtoise. Blanche sent qu'elle doit prendre le parti de son mari contre sa belle-famille, qui a rompu tout contact avec lui sans jamais véritablement donner de raison. Elle a toujours pris cette rupture pour elle, convaincue sans pouvoir l'expliquer qu'elle en était la cause. Dans le même temps, elle perçoit combien la tension qui émane de cette femme n'est pas naturelle. La comtesse est divisée entre son amabilité spontanée, dont elle aimerait faire profiter celles qui, après tout, sont de sa famille, et la nécessité de conserver une froide distance. Après deux tasses de thé accompagnées de mignardises auxquelles Mathilde ne se prive pas de faire honneur, la comtesse propose à Blanche de leur faire visiter ce domaine dont elle doit se souvenir, mais qui a tellement changé depuis toutes ces années qu'elle en sera sans nul doute ébahie.

Elle leur montre d'abord l'extérieur, et notamment les écuries – célèbres dans toute la région, nous devons à l'orgueil de la propriétaire de le préciser –, qui ne manquent pas d'impressionner la mère et la fille, pour la plus grande satisfaction de la comtesse.

Le manoir du XVe siècle a été remanié au fil du temps. La restauration complète effectuée par le comte et la comtesse Henri de Saint-Pierre l'a notamment mâtiné de style victorien et néogothique. « Mes beaux-parents, cela dit, n'ont eu de cesse d'y installer tout le confort moderne, et vous voyez ici… » – pendant que la comtesse entre dans ces détours historiques, Mathilde regarde autour d'elle avec l'étonnement de l'âge où les tendresses se muent en curiosité.

Un mouvement soudain l'attire, à quelques mètres de là où elles se tiennent : elle s'approche et découvre dans une flaque, en lisière de buisson, trois salamandres dont deux minuscules s'agitent. Leurs lignes jaunes tranchent sur le sol sombre, et la vitesse de leur valse est comme un message secret adressé à la timidité des cimes.

Mais la comtesse a repris sa marche, il faut s'arracher à la vision en renonçant à la déchiffrer. L'élégante femme va si vite, que Blanche et Mathilde ont grand-peine à la suivre. C'est au pas de course qu'elles visitent l'intérieur, les innombrables chambres – moulures, parquets à chevrons, papiers peints raffinés, tapis et bois précieux, tableaux anciens et bibelots rares, lits au baldaquin soutenu par des montants torsadés –, les boudoirs et les salles de bains, le placard des punitions – Mathilde frémit à cette appellation, sur laquelle elle ne désire pas en savoir davantage –, la salle des archives, l'escalier du donjon – nouveau frisson – et la porte du grenier.

Les deux femmes et l'enfant vont et viennent, montent et descendent les volées innombrables. Par les fenêtres, se devinent les reflets de l'étang, au milieu du parc sans fleurs qu'enserrent les petits bois dévastés. Sur l'eau, les nymphéas font des yeux blancs à la surface et sont aussi artificiels que les aménagements – cascatelles et rochers de contes, fontaines encore –, l'embarcadère pour canoter et le saut-de-loup qui l'entoure.

Enfin l'on arrive dans la bibliothèque, où le feu s'était déclaré quelques semaines plus tôt : une escarbille avait jailli depuis la cheminée et enflammé une liasse de papiers. Mathilde s'accroche à ce mot curieux, escarbille. L'odeur de suie, les murs noircis, la vision obscène des huisseries tordues indisposent la petite fille. Le bois des étagères a gauchi sous la chaleur, les livres sont couverts d'une pellicule noire, collante, qui les voue aux ordures. Une collecte a été lancée parmi les proches – le terme frappe Blanche, puisqu'il l'exclut d'emblée – pour reconstituer l'ensemble.

Mais rien ne pourra remplacer le patrimoine familial façonné au fil du temps. Chaque livre est porteur d'une biographie propre, de l'histoire de son achat ou de son don, de la somme de ses lectures, des notes qui y ont été prises, des pages qui ont été cornées. On ne reconstitue pas une bibliothèque disparue, entre le rare et le commun, l'unique et le multiple. Il paraît à Mathilde, depuis sa minuscule expérience et sans qu'elle se le formule en mots, aussi frivole, aussi criminellement désinvolte, de vouloir remplacer des livres déjà lus par des neufs, ou par des livres appartenant à autrui, que le serait le fait de remplacer par d'autres des enfants disparus.

« Cela me fait l'effet, dit la comtesse, d'un immeuble que l'on fait sauter alors qu'y demeurent des objets privés, ne serait-ce que ces fragments de papiers peints sur lesquels des yeux inconnus et insomniaques, fermés depuis longtemps, ont rêvé pendant des heures en des temps qu'un instant et quelques grammes de poudre ont engloutis à jamais. »

Elle fait le parallèle avec les intellectuels juifs, dont les bibliothèques ont été systématiquement spoliées lors de la Seconde Guerre mondiale, et en profite pour apprendre à Blanche qu'à Beaumanoir avaient été mises à l'abri, pendant les premières années du conflit, une grande partie des collections du musée de Cambrai et de la bibliothèque de Valenciennes.

Mathilde se représente, avec l'exaltation de qui aime exagérément à fréquenter la fiction – Blanche songe à Georgette, en voyant les yeux de sa fille s'allumer –, les tableaux accumulés dans le grand hall, dans le salon où elles ont pris le thé et où ne paraît pas pouvoir tenir une esquisse de plus, dans la bibliothèque où les livres venus du Nord ont dialogué, le temps d'une guerre, avec leurs congénères installés pour certains depuis des générations sur ces rayons.

Le trouble de la comtesse est visible. Elle n'est pourtant ni écrivaine ni universitaire, mais Blanche sent combien l'idée de perdre le contenu de cette pièce l'affecte. « Les nazis l'avaient compris qui, dans leur volonté d'éradiquer la culture juive, savaient que détruire les corps n'était pas suffisant, qu'il s'agissait d'éliminer les esprits symboliquement incarnés par les bibliothèques. Seuls sont en mesure de comprendre ceux qui savent ce que signifie d'être dépossédé de la patiente accumulation, tout au long d'une vie, d'un savoir que les livres incarnent, sans parler des écrivains qui, avec leur bibliothèque, perdent souvent plusieurs décennies de notes prises dans les volumes ayant servi à leurs recherches. »

La comtesse insiste sur cette nécessité de protéger le patrimoine ; Blanche, qui connaît l'histoire des ancêtres Eder – dont le manteau de la cheminée, dans la salle des Gardes, arbore les initiales, les armes et les écussons – et notamment celle de l'ancêtre maudit, familier des rapines, devine combien il importe de faire oublier ce passé pillard. L'accueil des œuvres d'art pendant la guerre est une rédemption modeste, mais c'en est une.

En refermant la porte derrière elles, la comtesse sent une résistance, force un peu. Et s'aperçoit avec horreur qu'elle a tranché le corps d'une salamandre. Blanche le prend comme un signe et frissonne. Mathilde s'effare.

Mais, là encore, elle n'a pas le temps de s'y attarder : la comtesse poursuit, dans le long couloir sombre qui mène à l'escalier, de se lamenter sur les dégâts occasionnés dans le reste de l'aile, où le feu s'est propagé. Le château vient heureusement d'être classé au patrimoine historique, ce qui leur permettra d'obtenir des aides pour les réparations. Un film a aussi été tourné sur place durant l'été précédent, apportant quelques subsides bienvenus. Le domaine attire les réalisateurs, et celui-ci l'a choisi pour la majesté de l'arrivée sur son parvis, pour sa disposition, pour la dramaturgie de son organisation – en particulier le grand escalier central –, autant que pour son isolement, qui donne la sensation d'être transporté dans le temps.

« Le film est sorti dans les salles en février dernier, il a été tourné ici en grande partie, ainsi qu'à Morlaix et dans la forêt de Huelgoat. Cela s'appelle *Je suis le seigneur du château*, l'avez-vous vu ? » Blanche fait signe que oui. D'une voix mal assurée, elle ajoute qu'elle y a emmené Mathilde pour son neuvième anniversaire, lequel tombait quelques jours après le lancement du film. Blanche sait qu'une avant-première a eu lieu à Saint-Brieuc pour les membres de la famille, et qu'elle n'a bien entendu pas été invitée. Elle n'y fait pas allusion.

Elle ne dit pas non plus qu'elle a été bouleversée de voir à l'écran le domaine appartenant à la famille de feu son mari, qu'elle n'a cessé d'y projeter une vie qu'ils n'ont jamais eue. Cela suffit à la faire dégringoler, replonger dans le désespoir quiescent qu'elle charrie depuis si longtemps. Au fil de cet écroulement intérieur, elle entend la comtesse enchaîner les anecdotes sur le tournage, auquel les propriétaires aimaient assister. Ils installaient discrètement quelques chaises où ils s'asseyaient sans un mot, se délectant de voir de célèbres acteurs vivre et évoluer dans leur décor familier. Tout en parlant, la comtesse de Saint-Pierre continue d'ouvrir et de fermer d'innombrables portes donnant sur des pièces parfois vides, parfois en attente immémoriale de restauration. Blanche et Mathilde ont le tournis, ce couloir semble sans fin.

Lorsque, enfin, elles atteignent l'escalier dont elles entreprennent la descente, Mathilde ose demander ce que c'est que cette énorme tête aux bois étranges, sous laquelle elles passent pour la seconde fois. Avec fierté, la comtesse conte l'histoire de ce massacre d'orignal, trophée que l'on doit à la célèbre Geneviève, dite Vefa de Saint-Pierre, grand-tante de son époux, incroyable chasseresse à la silhouette râblée que coiffait, par tous les temps, un informe couvre-chef, et dont les exploits, canadiens comme australiens ou sud-américains, ont fait une figure de légende.

Après une éphémère carrière de religieuse, puis un mariage qui n'aura duré que quelques mois aux abords de la quarantaine, Vefa s'est consacrée à mêler les destins de voyageuse, d'écrivaine et de bardesse. Elle n'oubliait jamais de défendre la culture bretonne et finançait clandestinement les écoles enseignant le *brezhoneg*. Mathilde n'ose pas demander ce que c'est que cela, ni si c'est aussi Vefa qui a chassé le sanglier de l'entrée, mais quelque chose lui dit que non, l'animal est trop commun pour un tel personnage.

Remuant, chacune à sa manière, ces fabuleuses imaginations, elles regagnent toutes les trois le petit salon pour attendre l'heure du repas et l'arrivée des autres membres de la famille. Blanche, qui commençait à être légèrement moins anxieuse grâce au naturel avec lequel la comtesse l'avait accueillie, sent son estomac se contracter à l'idée qu'il va lui falloir affronter le reste de la tribu, évoquer un héritage auquel rien ne lui donne la conviction qu'elle puisse prétendre. Elle s'assoit prudemment sur le sofa Empire tendu de satin vert, face à la comtesse qui feint, par bonne éducation, d'ignorer son malaise. Mathilde, après avoir demandé une permission que Blanche lui accorde en chuchotant, s'installe dans un coin avec un livre.

Elle relit pour la troisième fois *Le Lion*, de Joseph Kessel. Lors de sa première lecture, quelques mois plus tôt, une émotion nouvelle l'avait envahie, imprimant une marque brutale et définitive en son cerveau ductile. Non pas celle provoquée par la mort du lion, empathie de surface, mais un bouleversement secondaire, lié au pouvoir de la littérature. Cet émoi profond, unique, qui naît au contact de la beauté générée par l'esprit humain. Bien que son jeune âge en ignorât les tenants, cet éprouvé inédit lui avait donné du même mouvement, pour la toute première fois, le sentiment de sa propre individualité. Elle avait pris acte du fait qu'elle pouvait penser par elle-même, et que la littérature était en mesure de lui en apprendre sur ses ressentis autant, et peut-être même davantage encore, que le monde réel.

Depuis qu'elle a passé l'époque des lectures puériles, *Le Lion* est son livre préféré, avec la série des *Émile* d'Erich Kästner et les légendes arthuriennes dont son père, par tropisme celtique, lui faisait la lecture quand elle ne savait pas encore décrypter les mots, et qu'elle se plaît à redécouvrir par elle-même. Elle lit aussi très souvent *Après la pluie, le beau temps*, le dernier roman de la comtesse de Ségur. À sa manière, ce livre sait, avec la lucidité des impressions naïves, apaiser l'angoisse terrible que soulève en Mathilde le sentiment d'injustice. Comme toujours dans les romans de la comtesse, mais ici selon des rebondissements d'intrigue qui la touchent singulièrement, tout finit par être réparé. Mathilde ne se lasse pas de recourir aux vertus balsamiques de ce petit conte très moral.

Soudain des bruits de voix, des fracas joyeux leur parviennent depuis le grand hall, brisant l'atmosphère de confidence et de mémoire qui s'était installée. Le comte de Saint-Pierre, bel homme d'une soixantaine d'années plein d'une amène assurance, entre et se joint aux femmes tandis que l'apéritif commence d'être servi. C'est brusquement un désordre d'enfants criards, d'adolescents un peu mous et de jeunes gens dégingandés, que l'on présente à Mathilde comme ses cousins.

Tout le monde est sympathique et aimable, mais Blanche ne parvient pas à se défaire de l'impression qu'elle n'est pas la bienvenue et n'a rien à faire ici. L'incendie est prétexte à un rassemblement familial, mais elle n'est pas de cette famille et ne l'a jamais été. Elle n'est pas en état de considérer le fait que sa fille, au contraire, lui appartient par le sang. Et ne l'éprouvant pas elle-même, elle serait bien en peine de lui transmettre ce sentiment d'appartenance.

Mathilde justement a disparu, entraînée par ses cousins dans des jeux à l'extérieur. Un garçon de son âge, qui lui a dit s'appeler Louis et a posé sur elle un regard si étrange qu'elle n'a pas su résister à sa dangereuse proposition de jeu, l'a incitée à grimper sur un muret et défiée de parvenir jusqu'à son extrémité.

Quelques instants plus tard, Blanche accourt aux hurlements : Mathilde est tombée dans un buisson d'aubépines. Sa robe est déchirée, de longues saignées scarifient la chair tendre de ses mollets hérissés d'aiguillons douloureux.

Louis regarde sa cousine sans un mot, ni regret ni amusement ne paraissent sur son visage. Mathilde pleure en silence. Elle est la Geneviève du dernier livre de la comtesse, sortant du petit bois de ronces où l'ont entraînée les folies de Georges, dont elle s'évertue à dissimuler les fautes. Cette identification avec son héroïne apaise son humiliation et sa douleur, mais c'en est trop pour Blanche, qui y voit l'occasion de fuir cette réunion de famille où elle ne comprend pas quelle est sa place.

Arguant d'une longue route à faire et assurant à son hôtesse qu'elle lui fait toute confiance quant aux affaires d'héritage, Blanche prend congé. La comtesse, tout exquise politesse, fait mine d'accepter le prétexte, mais insiste pour accompagner Blanche et sa fille jusqu'au portail.

« Blanche, je ne vous laisserai pas partir sans vous dire que nous tenons, mon époux et moi, à ce que vous sachiez que nous vous considérons comme faisant partie de la famille. En dépit de ce qui nous a séparés de vous, et de ce que vous devez croire, nous vous conservons toute notre estime. Simplement, les choses sont toujours plus compliquées qu'elles ne le paraissent dans notre monde.

– Où voulez-vous en venir ? la presse Blanche d'une voix qu'étrangle le désir de fuir.

– Nous aimerions que vous acceptiez une somme d'argent destinée à Mathilde, qu'elle touchera lorsqu'elle sera majeure et qu'il lui faudra trouver à se loger. Un toit en propre est la chose la plus précieuse au monde. Cela lui permettra de se lancer sans trop d'angoisse dans des études supérieures, si bien sûr elle le désire. Elle pourra mener l'existence qu'elle entend mener, sans se préoccuper de payer un loyer. »

Blanche ne sait que répondre. Elle ne s'attendait pas à ce qui n'est pas une proposition, mais un don, lequel se refuse d'autant moins qu'il n'est pas pour elle. Elle acquiesce et remercie maladroitement avant d'entraîner Mathilde vers sa voiture, garée tout au bout de l'allée.

*

C'est novembre, le mois des funérailles. Aujourd'hui c'est à Aube que l'on enterre, dans une tombe démesurée que surmonte un christ à l'avenant, Arlette de Pitray qui a expiré à Banyuls quelques jours plus tôt. Elle emporte avec elle le souvenir de ce qu'elle a fait des nombreux manuscrits de son aïeule, dont elle avait hérité et qui ont disparu du patrimoine familial. Son fils ne s'en est pas longtemps inquiété et a chassé les importuns, issus de la vague et innombrable parentèle charognarde, qui prétendaient s'y intéresser. Il s'est occupé d'offrir à sa mère l'enterrement qu'elle méritait, et c'est bien là tout ce qui compte. Plus personne ne lit la comtesse de Ségur, de toute façon.

Pas même Marcel, qui ne vient pas aux obsèques. Il n'apprendra d'ailleurs la mort d'Arlette que longtemps après, si tant est qu'il l'apprenne un jour – le silence des archives couvre d'un voile cet aspect de nos recherches. Marcel vieillit, se fait monument. L'année précédente, le parc de la Turlure, dans le dix-huitième arrondissement de Paris, a été renommé en son honneur. Il contemple avec un mélange d'incrédulité, d'agacement et de vague fierté la manière dont ces politiques toponymiques signalent la résurgence, lente mais sûre, d'un désir de mémoire.

Au moment où les nombreuses personnes venues rendre hommage à la toute dernière vestale du foyer ségurien s'égaillent hors du petit cimetière ornais, Mathilde entend, s'échappant de la radio allumée par sa mère dans la cuisine du petit déjeuner, le bruit d'un mur qui se fendille et chute, à un bon millier de kilomètres de là.

Elle ne comprend pas bien ce que cette chute signifie, mais sent que quelque chose d'important a eu lieu. Sa mère a monté le son et pour une fois écoute les nouvelles qui, d'ordinaire, se répandent dans la pièce avec autant de conséquence que les paroles des chansons populaires qui les entrecoupent.

L'écho du mur qui tombe fait trembler jusqu'aux musées est-allemands, lesquels ont profité de la guerre froide pour ne pas rendre les œuvres acquises, de façon potentiellement suspecte, pendant le conflit. Côté russe, la perestroïka a profondément modifié le rapport de l'État aux archives. La transparence est l'une des trois branches de la trinité et l'existence des trophées soviétiques est révélée au public.

Margarita Rudomino qui, bien malgré elle, était contrainte depuis quarante-cinq années de dissimuler au public dix mille ouvrages dans des réserves secrètes, est morte au printemps et n'est plus là pour voir à travers la vitre que certains s'efforcent de nettoyer.

Si la volonté de restituer se heurte au refus des conservateurs, des communistes et des nationalistes – le butin demeure pour le Kremlin une arme de négociation redoutable –, une convention bilatérale entre l'Allemagne et l'URSS est finalement signée en faveur de la restitution des biens culturels.

Un long processus de négociation s'enclenche alors, à grands frais diplomatiques. Après qu'a été révélée la présence en Russie de nombreuses archives françaises spoliées par les nazis et récupérées par l'Armée rouge, ce sont des centaines de cartons que l'on entend restituer à la France.

Des cartons parfaitement inventoriés par les Russes, dont la culture bureaucratique de la conservation et de l'écrit a soigné l'examen des dossiers français. Un inventaire en cyrillique accompagne chaque chemise cartonnée et numérotée, les étapes de consultation sont dûment recensées.

Le retour des archives russes est un retour du refoulé : ce que l'on croyait – ou prétendait – brûlé ou détruit revient inéluctablement. Il s'agit essentiellement d'archives concernant la Sécurité intérieure, mais quelques dizaines de boîtes sont emplies de documents provenant des bureaux et bibliothèques d'artistes et d'écrivains juifs, pillés par l'*Einsatzstab Reichsleiter Rosenberg* – offrons-nous la coquetterie de ne pas utiliser le sigle – dans les appartements parisiens, près de cinquante années auparavant.

On exhume aussi côté russe, puisque la chute du communisme l'autorise, quelques cadavres qui, grâce aux tests ADN, sont identifiés comme étant ceux de la famille Romanov. Blanche, apprenant la nouvelle à la télévision, est un peu déçue ; au fond d'elle-même, elle continuait de croire à l'évasion d'Anastasia.

VI

MATHILDE

Neuschwanstein, mai 1994

> « On ne peut à la fois porter un fardeau et faire quelque chose de ses mains que si on s'attache ce fardeau sur le dos. »
>
> Léon Tolstoï, *Anna Karénine*

Le monde grouille. D'odeurs grasses, de sueurs et de bêtise. Mathilde a supplié sa mère de lui épargner ce voyage scolaire : dès le moment où il a été annoncé, la perspective de se voir privée pendant cinq jours entiers de sa chère solitude, en particulier de la possibilité de lire tranquillement – elle absorbe en continu les livres, depuis qu'elle sait les déchiffrer –, lui a donné la nausée. Mais Blanche n'a pas cédé, sa foi en l'autorité de l'Éducation nationale l'emportant sur son dévouement maternel.

Les échanges entre les petits Français et leurs correspondants allemands sont au cœur du processus de réconciliation, et toutes les bonnes volontés sont requises. Mathilde n'a cure de ces considérations diplomatiques ; à quatorze ans, elle se complaît dans le rôle d'adolescente farouche et complexée qu'elle s'imagine devoir jouer, et toute interaction lui est violence.

Elle ne supporte plus, en particulier, le babillage inepte de sa voisine de car. Elle sait qu'elle devra partager sa chambre avec cette fille, prénommée Aurélie, et cette idée l'épuise d'avance. Depuis qu'elles ont quitté la France avec leurs classes respectives, sa camarade lui rebat les oreilles des poèmes de Louis Aragon.

Fille de fervents communistes, admirateurs du surréaliste repenti, Aurélie – baptisée comme il se doit en référence à l'un de ses romans – se vautre dans sa poésie engagée, clamant à qui refuse de l'entendre ses ponts de Cé ou ses odes à Elsa. Ses parents lui ont transmis l'amour du poète, en même temps qu'un certain esprit de contestation.

Lequel s'exprime tout particulièrement à l'occasion de ce périple, puisque celui-ci évite avec soin l'ancienne République démocratique. Ils ont même prévu d'aller en Autriche, ce qui a fini de scandaliser les parents d'Aurélie.

Gisela Mauleggert, la professeure d'allemand de Mathilde, a en effet imaginé un parcours qui, faisant fi du cahier des charges de son ministère de tutelle, ignore sans scrupules les lieux communs de l'Allemagne réunifiée – Bonn, Leipzig et autre porte de Brandebourg berlinoise –, préférant visiter les lieux où furent entreposées les œuvres spoliées pendant et après la guerre, du fol château bavarois de Neuschwanstein, où ils viennent d'arriver, aux couloirs sinueux des mines de sel d'Altaussee, en passant par le point de collecte américain de Munich.

Gisela, par son histoire personnelle dont Mathilde ne sait rien et dont à vrai dire, dans les vapeurs languides de son âge, elle se fiche tout à fait, Gisela se sent concernée au premier chef par la question des spoliations.

Elle est allemande, comme l'indiquent son nom et son léger accent, lequel donne encore davantage de sens à ses propos. Leur teneur passionnée était parvenue à hisser quelque peu Mathilde hors de sa torpeur, lorsque l'enseignante leur avait expliqué, avant leur départ, l'enjeu et la thématique du voyage. Loin de tenir à un quelconque sentiment de culpabilité collective, son ardeur avait avant tout témoigné d'un désir de faire justice. Mathilde en avait été vaguement émue, avant de se renfrogner dans son aspiration obstinée à rester seule chez elle.

Pour le moment, la jeune fille ne se préoccupe pas plus des spoliations que des motivations profondes de sa professeure. Elle meurt de chaud. Elle ne comprend pas ce qui leur interdit de descendre de l'habitacle, embrasé par le printemps excessif comme par l'adolescence baveuse de ses camarades de classe. Quitte à subir la foule, autant que cela soit en plein air. Elle se tord le cou pour apercevoir les hauteurs de ce bâtiment absurde, ces tours grotesques et tarabiscotées qui s'élèvent dans le ciel bleu avec l'évidence des aberrations suffisamment anciennes pour n'être plus questionnées. Ces extrémités qu'elle devine, tout en tourelles d'ardoise et de calcaire immaculé, ont le mérite d'être trop hautes pour qu'y accèdent les touristes.

Du château de Neuschwanstein, les dépliants qui ont été distribués aux élèves ne disent rien de plus qu'une légende y situant la demeure de la Belle au bois dormant – chaque pays a la sienne : pour la France, c'est en forêt de Chinon que la belle assoupie sommeille depuis des siècles entre les murs d'un château de chimère.

Parvenue il y a trop peu de temps à la frontière mince qui la sépare de l'enfance, Mathilde refuse la fable tout en conservant au fond d'elle-même une vague envie d'y croire. Mais sa professeure d'allemand remise ces fantasmagories au rang de sornettes. Elle parvient même à ranimer l'intérêt de la jeune fille en évoquant avec feu l'invraisemblable dépôt d'œuvres pillées que fut le château de Neuschwanstein, conçu pour la démesure par le roi fou de Bavière.

Au moment où la classe et ses excès d'hormones sont enfin extraits du car et brinquebalés jusqu'à la file d'attente, essentiellement japonaise, qui sinue sur la route en pente raide depuis l'entrée du château, une autre foule se presse à Mulhouse, devant l'hôtel de ville, en vue de la spectaculaire et très politique restitution de vingt-huit tableaux de maîtres à la France par le chancelier, qui espère être reconduit dans ses fonctions. Les toiles ont été décrochées des musées est-allemands après un parcours que le président français qualifie très diplomatiquement de romanesque, ne jugeant pas nécessaire d'insister sur les interrogations soulevées par l'aventure en question.

Le brouillard vaporisé ce soir-là par la France, pour la plus grande aise de l'Allemagne, sur les drames de l'histoire entre les deux pays est la base de la reconstruction de l'Europe, grande famille où les relations sont, d'emblée, tissées par le déni.

Tandis que le président serre la main du chancelier – répétition désormais banale du geste symbolique qui, dix ans auparavant, avait scellé la réconciliation franco-allemande – et que Mathilde descend, à la traîne de ses camarades, les marches menant à la somptueuse salle du trône – où brille un luxe de boiseries, d'ors et de lapis, de fresques byzantines déployant toutes sortes de fariboles mythologiques, billevesées de l'imaginaire germanique, entre deux faux piliers de porphyre –, des camions d'archives spéciales venues de Moscou arrivent à Vincennes, d'où elles seront transférées au Quai d'Orsay.

Après les lenteurs de plusieurs années de négociations, l'administration française n'y croyait plus, et l'apparition massive et rapide de toutes les archives conservées en Russie déconcerte. Elle en inquiète même certains dans le monde politique, par les révélations auxquelles leur consultation fouillée pourrait donner lieu. Le discours russe de la compensation ou du sauvetage réapparaît çà et là dans les bouches françaises pour freiner les ardeurs réparatrices que plébiscite l'opinion.

Une conscience commence toutefois à émerger, en même temps que la notion de mémoire de la Shoah. Un avis au public, rappelant les annonces d'après-guerre en moins ambitieux, a paru – en tout petits caractères – dans *Le Monde*, qui invite les propriétaires ou héritiers, au physique ou au moral, à se manifester pour récupérer leurs fonds d'archives. Le résultat de cet appel est proportionné à la place qu'occupe l'encart dans le quotidien : négligeable.

Une grande partie des fonds revenus de Russie sont néanmoins restitués. C'est le cas de ceux du contre-espionnage, mais aussi de certaines archives privées, comme celles d'André Maurois, du comte de Paris, de Georges Mandel, ou encore d'autres membres de la famille Rothschild. Mais le mouvement vertueux est de courte durée : très vite, les restitutions sont interrompues et les archives bloquées à Moscou par l'intransigeance d'une partie des députés de la Douma, qui voient là, avec le lyrisme de leur mauvaise foi, une braderie du patrimoine national.

Pendant que Mathilde et ses camarades remontent dans le car, saturés de grandiose et de démesure, à Paris les services diplomatiques s'emploient à rechercher les ayants droit, souvent sans résultat : la tâche est abyssale. Les cartons les moins sensibles sont répartis entre différentes institutions qui acceptent de les prendre en dépôt ; ainsi, toutes les archives concernant des personnalités plus ou moins littéraires sont déposées à la Société des gens de lettres. Déplacer le problème vers un endroit où l'on n'a pas pour mission de le régler est la meilleure façon de s'en débarrasser.

*

La nuit allemande est complexe, surtout quand elle se devine à travers les vitres noires d'un bus qui ramène chez eux une soixantaine d'élèves, inégalement transformés par ces quelques jours de dépaysement. Allongée sur sa couchette, bercée par le roulis doux des plates autoroutes de la Sarre, Mathilde ne parvient pas à dormir. Elle a faim, comme toujours. L'adolescence lui est un vide constant au ventre, qu'elle s'est employée toute la semaine à remplir de pain noir et de gras fromages teutons, en vain.

Pour distraire sa fringale, elle remue les différentes étapes de leur séjour : après Neuschwanstein, ce fut donc Munich où, plutôt que le château de la Nymphe ou les pinacothèques, les élèves ont pieusement visité les locaux de l'ancien point de collecte central des œuvres récupérées par les Alliés après la guerre. Le bâtiment, aujourd'hui, abrite un conservatoire des arts du spectacle, rejoignant sa destination initiale puisque, suivant l'avis de Wagner, Louis II de Bavière y avait créé une école de musique avant que le parti nazi ne construise son Führerbau à la place.

Mathilde, malgré sa propension à l'imaginaire et les efforts de sa professeure, malgré la beauté de l'atrium, a échoué à lire le passé dans le présent. À l'exception de quelques pièces de mobilier d'origine, dont rien ne signale d'ailleurs qu'elles le sont, toute trace de ce dont ces lieux ont été témoins a été effacée, sans doute davantage par négligence que par déni.

Les mines de sel en revanche l'ont impressionnée. Un parcours, mené avec intelligence par un guide que même Gisela n'a osé interrompre, y détaille l'histoire de ces dépôts où cohabitaient des chefs-d'œuvre de l'esprit humain, l'angoisse de la guerre et la nécessité pour les mineurs de protéger leur source de revenus. Mathilde a été transportée dans ce passé à l'atmosphère si particulière, ressuscité par l'odeur du sel qui s'est incrustée sous sa peau en même temps que le froid dont, en dépit de la chaleur extérieure, elle a mis longtemps à se remettre.

Favorisée par le sentiment de puissance qu'offrent la noirceur, le voyage, le caractère inédit de ce qu'elle a découvert ces derniers jours, une ivresse intellectuelle la gagne, dont elle n'avait jamais fait l'expérience. Ce fil historique tendu par madame Mauleggert dans l'espace géographique l'a plus interpellée qu'elle ne saurait l'admettre. Elle a peu à peu abandonné son ennui de posture pour s'intéresser à ce qui lui était raconté. Emportée par son enthousiasme, elle forme le projet d'un exposé sur la question. Le sens de l'Histoire, dont lui parle sa mère depuis qu'elle est en âge de comprendre, et qui jusque-là ne rencontrait aucun écho, a commencé à prendre quelque épaisseur dans sa conscience. À mesure que le sommeil la gagne et que le car absorbe les arpents d'une nuit chargée de résonances, Mathilde entame le long chemin vers une autre perception d'elle-même.

Saint-Pétersbourg, avril 1995

> «L'oubli (...) est un si puissant instrument d'adaptation à la réalité parce qu'il détruit peu à peu en nous le passé survivant qui est en constante contradiction avec elle.»
>
> Marcel Proust, *Albertine disparue*

Dans la centaine d'yeux que font les fenêtres du Palais se reflètent les mouvements lents de la Neva où dérivent, en direction du golfe de Finlande, quelques blocs de glace abandonnés par l'hiver disparu. Mais les touristes comme les autochtones qui se pressent entre les colonnes d'albâtre de la grande salle impériale n'ont d'yeux que pour les toiles. Les chefs-d'œuvre impressionnistes sont désignés par le titre de l'exposition comme des trésors cachés – l'euphémisme ignore tant l'agent de la dissimulation que ses causes – ou, selon la finesse équivoque de la traduction, des trésors à la provenance inconnue, qui par la magie du catalogage deviennent des trésors retrouvés. La guerre froide se prolonge dans les incertitudes linguistiques.

L'exposition est l'une des multiples manifestations commémoratives liées au cinquantenaire de la victoire russe dans la Grande Guerre patriotique. Les amoureux se déclarant leur flamme dans le jardin de Renoir, la danseuse de Degas étirant ses coudes vers le ciel, les mornes Tahitiennes de Gauguin, Cézanne lui-même en son autoportrait regardent en retour les amateurs qui passent devant eux, et c'est un triple mouvement d'indifférence, la glace sur le fleuve, les touristes ignorants, les sujets morts depuis longtemps et embaumés dans la toile.

Privés de public comme de lumière – ce qui a du moins permis de les bien conserver –, car victimes de la réclusion des trophées décrétée par Staline, ces soixante-quatorze dessins, toiles et aquarelles viennent de collections allemandes privées qui, pour certaines, ont été alimentées par des spoliations. Mais la Russie ne songe pas un instant à s'en formaliser. L'essentiel tient en un principe simple et définitif : ces œuvres sont de légitimes compensations pour la destruction et le pillage du patrimoine russe par les nazis.

L'ouverture du bloc soviétique a néanmoins suscité des prises de conscience dans toute l'Europe, parallèlement à l'ouverture d'archives et au développement de la recherche sur la mémoire de cette époque. La question des biens culturels commence à émerger, en particulier en France. Des parutions déflagrent, qui dénoncent la passivité des musées comme celle de l'administration française en général. Un silence de trente ans se fendille, avec plus ou moins de bonne foi de part et d'autre.

Deux mois plus tôt, à Moscou, une autre exposition des trophées a eu lieu. Irina Antonova, la métallique directrice du musée Pouchkine, a exhumé quelques Degas et Picasso, Goya et Greco, pour une exposition aux accents revanchards baptisée *Deux fois sauvées* – deux fois volées, marmonnent en écho les Hongrois, à qui ces toiles ont été prises. À quoi les Russes répliquent qu'il ne fallait pas collaborer avec l'Allemagne nazie. Dont acte.

Antonova est toujours convaincue que la Russie ne doit rien à personne. L'or de Troie continue de jouir d'un sommeil usurpé dans les réserves du musée, en compagnie de centaines de tableaux et de milliers de dessins, dont beaucoup proviennent du monastère de la Trinité-Saint-Serge, à Serguiev Possad – anciennement Zagorsk –, oblast de Moscou.

L'exposition du trésor de Priam, qu'elle organise peu après, vise d'ailleurs à entériner la propriété russe davantage qu'à faire œuvre de transparence. Elle déclenche une polémique européenne : la communauté internationale, qui croyait ces trésors disparus, prend la mesure de l'ampleur des pillages soviétiques. Antonova s'adosse à l'Histoire pour justifier ces prises de guerre : Napoléon mais aussi le sac de Rome, César ou même Ulysse, et le modèle romain antique est un argument d'autorité suffisant pour les considérer comme un gage légitime de domination et de gloire. Le peuple russe, dont les souvenirs douloureux sont ravivés par la commémoration du cinquantenaire, a de toute façon besoin de ces symboles que sont les trophées, dernières traces de la victoire de leur pays sur le mal absolu.

*

L'été s'est installé. Voilà huit ans que Mathilde entretient le souvenir idéal de Michel, comme la vestale un inutile foyer. L'absence de père pèse autant que s'il était là. Le jour anniversaire de sa mort – au moment précis où le président français de l'époque prononce, dans l'arène du Vél' d'Hiv', un discours fondateur pour les politiques de mémoire, en reconnaissant la responsabilité de la France et le caractère irréparable de ses actes sous le régime de Vichy –, elle regarde, comme chaque année, les photos d'Algérie.

Son père près de la cahute, un bras par-dessus les épaules de Blanche.

Sa mère, à l'air comme toujours un peu triste, fumant face à l'eau indifférente où l'îlot de Tigzirt, au-delà de la jetée, fait une verrue sur la peau calcinée de la Méditerranée.

Les alentours arpentés avec Michel, peuplés de récits et de fables locales, de pythies en forme de vieux fou et de mythes dérisoires.

La grotte et l'énigmatique inscription.

Son bras la démange. Elle est déchirée par le souvenir et ses paradoxes. Sa cuisse la démange. Elle refuse la souffrance de sa mère, sauve son père à chaque instant et c'est épuisant. Son flanc la démange, puis l'épaule, la main, le genou.

Dans les jours qui suivent, des plaques apparaissent sur tout son corps, des boursouflures évoquant des piqûres d'araignée. Les démangeaisons brûlent jusqu'à la douleur, sous ses doigts les plaques sont à la fois dures et d'une douceur bizarre. Mathilde est fascinée par son corps ainsi devenu monstrueux, envahi d'une étrangeté rosée qui s'imprime en caractères ondoyants sur la pâleur de sa peau. Son corps planisphère. Son hommage intime au père. Le caractère géographique de ces archipels éruptifs ravit en elle l'amoureuse de cartes et d'estampes.

Elle entreprend de faire le portrait de ce corps qui lui devient, en cet âge mutant où elle barbote, commodément étrange. Depuis près d'un an, elle consacre ses heures de rêveries à la peinture. Pour la première fois, elle n'a pas besoin de l'assentiment d'autrui. Enfermée dans sa chambre avec les toiles et les pinceaux que sa mère a bien voulu lui offrir pour habiter sa solitude – celle de Mathilde, pas celle de Blanche, encore que nous autorisions le doute au lecteur –, elle prend des décisions qui n'appartiennent qu'à elle. Elle choisit ce qu'elle veut peindre, les formes et les couleurs, et si le résultat n'est pas à la hauteur de ses espoirs, elle goûte le fait d'en être pleinement responsable. Elle vient d'avoir quinze ans, et c'est sa première – sans doute sa seule, mais c'est la plus importante – maturité. Elle se tient en la matière pour unique juge autorisé d'elle-même, et c'est un juge impitoyable.

Blanche profite de la réclusion volontaire de sa fille pour creuser plus profondément dans sa propre solitude. Depuis la mort de son mari, elle erre dans l'appartement vide, que seule la musique s'échappant de la chambre de Mathilde anime d'un semblant de vie. Elle a conservé, intact, le bureau de Michel, qu'elle dépoussière respectueusement chaque semaine, sans déplacer le moindre objet. L'accumulation de souvenirs de fouilles et de documents a pris l'aspect d'un cénotaphe à la gloire d'une chimère. Blanche s'interdit le deuil en s'interdisant le mouvement, et dans cette immobilité enterre la possibilité de se remettre à vivre.

*

C'est décembre, et huit ans après sa mort, Marguerite Yourcenar a elle aussi droit à un hommage. La capitale française lui accorde enfin une rue, ou du moins une allée – dans le quinzième arrondissement, nous devons à sa grandeur de faire preuve de précision. Mathilde ne prête pas garde à cette nomination lorsqu'elle longe l'allée en question pour rejoindre le square qui, tout au bout de la rue de Lourmel, accueille ses tristesses chaque fois qu'elle sort de chez Odile. Sa grand-mère perd la tête, et c'est pour Mathilde insoutenable. Elle fait de nouveau, à bas bruit, l'expérience de la perte, et il lui semble que l'hiver où s'enfonce sa chère Mamina ne s'achèvera jamais.

L'hiver finit pourtant par passer, et le printemps qui n'apporte pas que la vie voit s'éteindre Marcel Bleustein-Blanchet. Marcel meurt à l'âge de quatre-vingt-neuf ans, en vieux lion insatiable. Il laisse une épouse et deux filles aux prises avec un héritage symbolique et financier démesuré. Nous ne saurions dire s'il a songé à Arlette dans ses dernières années ; il est probable que non, tant son regard évitait de se tourner vers le passé, et tant l'oubli est une vertu que la fiction romanesque néglige trop souvent.

Washington, décembre 1998

« Toute méditation sur l'histoire finit par être une méditation sur le temps. »

Marguerite Yourcenar,
entretien radiophonique, 1975

Les délégués s'égaillent à la sortie de l'austère rotonde de pierre blanche, pas mécontents d'échapper à l'atmosphère pesante dans laquelle ils baignent depuis quatre jours. La mémoire est une douleur constante en ce musée de l'Holocauste, dont la construction s'est achevée cinq ans plus tôt. Elle est inscrite dans la structure même du bâtiment, inspirée de celle des camps et des ghettos. Mais la salle du Souvenir, cloître hexagonal qu'échoue à réchauffer une flamme à l'éternelle consomption, est à présent derrière eux, et le soulagement s'ajoute au sentiment du devoir accompli.

Après de longues discussions, les quarante-quatre pays qu'ils ont représentés cette semaine à Washington ont adopté par consensus onze principes concernant la vente, l'achat, la détention et l'échange des biens culturels confisqués par les nazis. Rien de véritablement contraignant n'a été décidé, mais du moins le silence sur la question ne sera-t-il plus possible. L'ouverture des archives et la simplification des recherches, le signalement systématique de biens identifiés comme spoliés et la centralisation des informations, la facilitation des demandes de requérants, l'exigence de recherche de la provenance des œuvres comme d'une solution juste et équitable dans le cas d'une spoliation avérée sont l'essentiel de ces principes formulés.

En France, les suites du discours présidentiel prononcé trois ans plus tôt ont été réelles : une mission a été créée, qui vise à étudier les conditions dans lesquelles les biens immobiliers et mobiliers appartenant aux Juifs résidant en France ont été confisqués ou acquis par fraude, violence ou vol, tant par l'occupant que par les autorités de Vichy. La question est de plus en plus présente dans l'espace public, les musées sont montrés du doigt et caricaturés.

Parallèlement, les carnets de Rose Valland – neuf cents volumes de fiches et de notes – ont été rendus accessibles aux chercheurs de manière anticipée, son livre a été réédité et très vite épuisé. Ce n'est pas pour autant que sa figure est médiatisée. Elle est rarement citée et sa prodigieuse action en faveur de l'art est éclipsée par l'atmosphère de revanche qu'engendre la prise de conscience des langueurs muséales en matière de restitutions.

La mission française à Washington annonce un processus de réflexion, tout en résistant à la volonté américaine de mettre aux enchères les œuvres rapportées d'Allemagne et non réclamées – les fameux MNR –, considérées comme d'ultimes prisonniers de guerre. La Russie elle-même s'est engagée, pour la première fois, à quelque effort de restitution. La Douma a pourtant voté l'année précédente, à la presque unanimité des voix – dont un certain nombre d'âmes mortes –, un texte de loi nationalisant tous les biens culturels rapatriés en URSS pendant la Seconde Guerre mondiale, sans exception de propriété ou de circonstances. Protection et compensation sont les drapeaux brandis par ce texte qui révolte le président russe en exercice et ses engagements envers la France.

Malade et affaibli, il a eu beau s'y opposer, il a finalement été contraint de signer. La signature intervient quelques mois avant la réinhumation des cadavres des Romanov – il en manque deux – dans la cathédrale Pierre-et-Paul de Saint-Pétersbourg. Ce qui n'empêche nullement les imposteurs de continuer à faire de sporadiques apparitions, se prétendant rescapés du massacre, ni les nostalgiques de prêter foi à ces fables.

Blanche ne suit plus que de très loin ces rebondissements. Elle se repaît d'ennui, celui de son travail qui ne lui apporte plus rien, celui de son temps libre qu'elle ne parvient pas à combler en dépit de ses efforts pour s'adonner à toutes sortes d'activités auxquelles elle-même ne croit pas, celui, anticipé, de sa retraite qui approche lentement. Elle a peu d'amis, ne songe pas un instant à refaire sa vie. Elle voit sa fille, seule source de mouvement dans son existence, inexorablement s'éloigner. Mathilde est majeure depuis le début de l'année – elle a fêté son dix-huitième anniversaire dix jours après que le romancier allemand Ernst Jünger s'est éteint à l'âge de cent deux ans –, bientôt elle quittera l'appartement nucléaire pour habiter seule. L'argent, envoyé par la comtesse comme promis, et que sa mère a fait fructifier ces dix dernières années, y pourvoira aisément. Blanche rallume une cigarette et joue avec le store, sans avoir même l'idée de regarder par la fenêtre derrière laquelle plus rien ne se passe.

Paris, février 1999

> «Chacun s'est reçu comme un héritage et cet héritage empêche la plupart de rêver à être autrement.»
>
> Jacques Jaujard, *Feuilles*

Les noms gravés dans la pierre disparaissent sous la mousse, rongés par la nature et la corruption de l'oubli. Les lettres qui forment celui d'Odile n'échapperont pas à cet effacement, aussi Mathilde se promet-elle qu'elle viendra chaque semaine racler le lichen saxifrage, nettoyer la tombe de sa grand-mère avec la régularité qu'elle mettait autrefois à lui rendre visite. Elle sait que quelques poussières d'osselets du père d'Odile, le baron Duboÿs de La Vigerie qui a permis à sa famille maternelle de s'enorgueillir, le temps d'une génération, d'un titre et d'une particule, subsistent sous cette dalle, bien que l'on ne puisse plus distinguer que deux ou trois lettres de son interminable nom sur la pierre. Au contraire, sur la tombe de Georgette au Père-Lachaise c'est le nom qui seul demeure visible; les dates, elles, ont plongé dans le noir des généalogies oubliées.

Le cortège s'éloigne vers la sortie principale du cimetière du Montparnasse, tandis que les pelletées de terre achèvent d'ensevelir l'enfance de Mathilde. Elle prend conscience, se dirigeant seule vers la sortie côté rue Froidevaux, de ce que sa grand-mère représentait pour elle. Odile était devenue son unique repère, dans une famille aussi tentaculaire qu'invisible.

Mathilde ne sait rien de son histoire côté paternel, sa mère s'emmurant dès qu'elle tente une question. Le souvenir d'une journée bretonne n'a laissé que des traces floues comme des cicatrices effacées. Côté maternel, ce n'est guère mieux. Blanche s'est éloignée de ses frères et sœurs, dont elle n'a de toute façon jamais été vraiment proche. Les aînés sont morts depuis déjà quelques années, le petit dernier est ailleurs, comme il l'a toujours été. À force de tarder à se reproduire, Blanche a créé un gouffre d'années entre Mathilde et ses cousins. Quant à sa tante Claire, elle n'a jamais fait partie de sa vie que pour le pire.

Seul subsiste dirait-on, au sein de la mythologie familiale, le personnage de Georgette, dont la qualité de baronne n'intervient pas pour rien dans le fantasme où Mathilde l'a enveloppée. Son lien avec l'aïeule existe indubitablement, quand bien même elle ne l'a pas connue. Souvent, elle scrute les rares photos de Georgette qu'a conservées Blanche, cherchant sur son visage les traits de sa grand-mère, de sa mère, les siens surtout, s'appuyant sur la réalité de cette lignée féminine comme sur le seul chemin éclairé dans la nuit de sa généalogie. Cette relation avec un fantôme est à certains égards plus satisfaisante qu'aucune autre, puisqu'elle peut y projeter ce qui lui convient, et qu'un ancêtre disparu jamais ne déçoit. À cette pensée son cœur se pince, elle chasse l'évocation d'un autre fantôme, dissous dans le ciel algérien sans avoir répondu à la moindre question.

La perte de la particule maternelle est à ses yeux un illogisme ontologique, métabolisé en un profond sentiment d'illégitimité. La noblesse de Georgette Duboÿs de La Vigerie, quoique désagrégée dans l'éther du présent, lui paraît bien plus tangible que celle, inscrite pourtant dans son patronyme, de sa famille paternelle.

Mathilde de Saint-Pierre. Son nom l'incommode, car sa particule lui pèse comme une imposture. La gêne l'emporte sur la fierté, et elle ne se sent pas capable de défendre ce nom qui ne l'inscrit dans aucune filiation, ne correspond à aucune tribu, sinon celle, entraperçue lorsqu'elle était enfant dans la valse de deux salamandres et l'éclat du mot escarbille, qui lui a fait comprendre qu'elle ne pouvait pas en être. Le sentiment d'exception que son nom, remarquable entre tous, aurait pu lui offrir n'a jamais eu la moindre saveur.

Grandir dans les quartiers bourgeois de la capitale n'a fait que renforcer son impression : côtoyer cette classe à laquelle son nom lui indique sans cesse qu'elle devrait appartenir, mais dont elle a été exclue par sa propre famille, lui est une pénible gêne. Son nom est plus obscène encore d'être ce faux signal de reconnaissance, qui fait venir à elle ceux de son milieu ou, du moins, de sa caste onomastique, lesquels s'aperçoivent bientôt de leur erreur : Mathilde, en dépit de la préposition qui lie son prénom à son nom, n'a rien à partager avec eux. Elle entretient dès lors, vis-à-vis de qui porte la particule avec naturel et évidence, la même ambiguïté douloureuse, faite d'attirance et de rejet, d'envie et de colère, qu'avec les femmes qui, contrairement à elle, ont le sens inné de l'élégance vestimentaire ou de la repartie.

Mathilde de. Son prénom lui-même est un fardeau ; outre le hiatus qu'il crée avec sa particule, cet imperceptible bégaiement qui l'a toujours empêchée de se présenter à autrui sans éprouver un léger embarras, il charrie un héritage stendhalien irritant de déterminisme. La référence au personnage exaspérant de Mathilde de La Mole, que les cuistres rarement lui épargnent, pèse sur ses épaules comme pèserait et sanguinolerait sur ses genoux la tête tranchée de l'amant exécuté en place de Grève.

La mort de sa grand-mère est également celle d'une histoire familiale qu'Odile n'a pas voulu transmettre, et que la trop jeune femme n'a pas songé à lui extorquer. Mathilde se retrouve les mains vides, privée d'accès à son passé sinon par sa mère, dont elle sait qu'elle préférera toujours le silence.

Elle avait néanmoins construit avec sa grand-mère une relation certes tout aussi silencieuse qu'avec sa mère, mais fondée sur la tendresse physique. Autant les bras de Blanche n'avaient plus été capables de se refermer autour de sa fille après la mort de Michel, autant Odile avait su, bien plus que ses propres enfants, combler Mathilde d'une bienveillance de gestes plus que de mots.

Dans ses cheveux, qu'elle avait eus très blancs très tôt – ils avaient pâli brusquement, juste après la mort de Georgette, libération aux conséquences chromatiques insoupçonnées –, dormait une odeur maternelle, moelleuse, qui incitait à se nicher dans ses bras. La blancheur de sa chevelure faisait contraste avec la noirceur de celle de Blanche, qui porte si mal son prénom. Enfin, Odile ne quittait jamais le chapelet de grosses perles transparentes qui entourait son cou et avec lequel Mathilde aimait jouer en s'asseyant sur ses genoux.

Mamina avait achevé de perdre la tête et passé les tout derniers mois de sa vie dans une institution. Mathilde n'avait pas été capable de s'y rendre, considérant que cette femme aux yeux égarés n'était déjà plus sa grand-mère. L'idée qu'elle ne la reconnaisse pas était insoutenable. Aujourd'hui, naturellement, elle culpabilise de n'avoir pas profité de chaque instant où elle était en vie.

Tout en marchant vers la rue de Lourmel, où il est convenu qu'elle retrouve sa mère pour finir de vider l'appartement inoccupé depuis longtemps, Mathilde recense affectueusement les souvenirs qu'elle a d'Odile, souvenirs en partie idéalisés par l'adolescence et sa perception du temps : à cet âge, un an vaut neuf vies. Elle s'est étonnée du nombre de personnes présentes à l'église puis au cimetière, de tous ces visages inconnus témoignant de ce qui a eu lieu avant sa naissance, dont elle ignore tout et qui est pourtant son histoire.

Un homme en particulier, d'une élégance désuète, a marqué son esprit. Elle ne l'avait jamais vu, et pourtant il est venu saluer Blanche avec une émotion palpable. Il l'a regardée, elle, de loin et il lui a semblé qu'il lui faisait un petit signe de tête. Si c'était un salut, ce n'était clairement pas une invitation. Elle a brusquement le sentiment qu'un univers celé existe parallèlement au sien, un monde dont elle n'a pas la clé, auquel tout lui rappelle qu'elle n'appartient pas, et qui pourtant la concerne au premier chef.

Sa mère l'attend au milieu d'un fouillis de coquillages sous papier bulle. C'est à Mathilde qu'échoit le tri des livres. L'essentiel est dispensable : hormis un ou deux auteurs russes mal traduits et mal imprimés sur le méchant papier des éditions Marabout, la bibliothèque de sa grand-mère n'offre guère de trésors. Si ce n'est peut-être une carte postale retrouvée en guise de signet dans un vieux Troyat, adressée à Odile par une certaine Azon, depuis la Provence où des mimosas au jaune terni par le temps s'étalent au premier plan. Bien qu'anecdotique, l'archive est émouvante, comme le sont toutes les archives puisqu'elles contiennent une part de la vérité de la famille, lorsque celle-ci n'est plus que cendres.

Mathilde sourit en découvrant les livres de la Bibliothèque rose, en particulier ceux de la comtesse de Ségur :

> *« éditions début de siècle de la librairie Hachette illustrée, à la couverture de percaline framboise estampée d'or, aux tranches dorées, reliées in-8, avec frontispices et gravures noir et blanc en hors-texte, en bandeaux et en culs-de-lampe par Foulquier, Castelli ou Bayard, quelques rousseurs parsemant certains volumes. »*

Elle relit des passages, ressuscite les images qui ont construit ses rêveries et prend soudain conscience de l'effet que ces livres ont exercé sur l'élaboration de son imaginaire.

Elle sent combien ce monde suranné de trousseaux, de soufflets et de cœurs excellents, de petites filles bien bonnes et de chasse aux insectes l'a marquée de son empreinte. En particulier, se dit-elle en parcourant quelques pages des *Petites Filles modèles*, ses préférences alimentaires proviennent autant de souvenirs réels que de ces lectures. Des termes comme « entremets » ou « collation » lui paraissaient garantir des plaisirs inaccessibles à l'époque contemporaine, des jubilations gustatives à jamais perdues pour elle. Plus simplement, voir écrits les mots « crème » ou « fromage » équivalait à en percevoir le goût sur sa langue, à en éprouver la consistance dans sa bouche. Ces sensations qui déterminent les goûts s'originent dans les expériences gustatives premières, qui peuvent être à la table familiale mais aussi de papier.

En revanche, une partie de ces univers séguriens lui restait irreprésentable : les cabanes des vacances, les jeux de jardin, les joies de château qu'elle imaginait être ceux de ses cousins et cousines inconnus, et qui lui étaient interdits pour avoir grandi dans la solitude des livres. Une phrase telle que « Les vacances étaient près de leur fin ; les enfants s'aimaient tous de plus en plus » – la phrase la plus mélancolique de la littérature française, d'après le général de Gaulle – ne suscitait aucune espèce d'écho familier dans l'esprit de Mathilde. L'idée d'amour entre enfants lui paraissait dénuée de sens.

Elle se demande, en rangeant les volumes dans un carton, quelle influence morale l'œuvre de la comtesse a également pu exercer sur son esprit. Le manichéisme, la bigoterie, l'antisémitisme, la xénophobie, la scatologie occasionnelle. Les enfants qui boivent de l'alcool. Le rapport ambigu à la violence, en particulier avec les animaux, cathartique des cruautés de l'âge prétendu tendre. Mais aussi la raison et cette hésitante notion de bonté, qui finissent toujours par triompher du mal. Là où une morale saine et sensée peut agir, la référence à la chrétienté rendait tout obscur et abscons aux yeux de la petite fille élevée dans l'athéisme le plus complet par une mère indifférente et, occasionnellement, par un père que seules exaltaient d'exotiques croyances.

Mathilde referme les pans du carton sur ces bouffées d'enfance et lève le nez vers les dernières étagères à débarrasser. Derrière une rangée de livres naïfs et démodés, recueils de cantiques, romans d'aïeules et autres berquinades, un volume jauni achève de répandre sa poudre dans la poussière d'une existence révolue. Il a visiblement été caché à dessein.

Mathilde s'en saisit et découvre une édition partielle de *Mein Kampf*, datée de mille neuf cent soixante-deux, avec les commentaires de C. Louis Vignon alertant sur les dangers de la doctrine hitlérienne. Cet avertissement figurait déjà dans l'édition d'avant-guerre, bien que l'optimisme fût alors encore possible, et valut à l'ouvrage de se retrouver sur la liste Bernhard des textes censurés par les autorités d'occupation ; il valut aussi à Vignon d'être recherché par les Allemands dès leur entrée à Paris.

Au dos du livre – cent vingt-six pages mal brochées – édité par Gagey – 4, rue Rollin, Paris Vᵉ –, une réclame avec force extraits de presse pour l'ensemble de l'œuvre dudit Gagey, où l'on apprend qu'il a pour prénom Roland, qu'il est professeur et doublement spécialiste, d'éducation sexuelle et de religion. Ses thèmes de réflexion vont des tortures de l'Inquisition aux scandales des couvents, en passant par d'embarrassantes hybridations de ses deux champs de compétences. Sa maison d'édition n'aura, semble-t-il, servi qu'à publier ses propres œuvres, à l'exception notable, donc, de celle d'Adolf Hitler.

Mathilde ignore que quelques années avant la guerre, Hitler a intenté – et gagné – un procès aux éditions Fernand Sorlot pour avoir traduit intégralement son pamphlet malgré son désaccord. Mathilde ignore aussi que les lois de la propriété littéraire et, partant, le droit moral du chancelier ayant été bafoués, la Société des gens de lettres s'est saisie de cette affaire et a dénoncé la contrefaçon au nom de la convention de Berne pour la protection des œuvres littéraires et artistiques, réaffirmée par le traité de Versailles qui, en l'espèce, s'est montré fort utile aux intérêts du Führer.

Elle ignore que Fernand Sorlot, qui a aussi publié *Renaissance de l'Allemagne* de Goering et *Bagatelles pour un massacre* de Céline, n'était pas sans ambiguïté dans sa volonté de faire œuvre citoyenne par cette publication et a continué de vendre le livre, plus ou moins sous le manteau, jusqu'à la fin des années soixante-dix, où il a décidé de le republier, profitant de l'atmosphère de réouverture de la mémoire de la Seconde Guerre mondiale, et s'attirant un nouveau procès ; comme elle ignore que dans les années précédant immédiatement la guerre, plusieurs éditeurs de

Saint-Germain-des-Prés ont publié leur version, souvent dommageablement affaiblie voire faussée, des délires hitlériens.

Elle ne sait pas non plus qu'en Allemagne, le livre est aujourd'hui interdit de diffusion et de reproduction : après la guerre, on a fondu les plaques ayant servi à imprimer la bible nazie dont les tirages restants ont été soit brûlés, soit dissimulés au fond des enfers – en allemand littéral, les chambres à poison – de toutes les bibliothèques du pays. Même si bien souvent les particuliers, ne sachant qu'en faire, ont enterré leur exemplaire dans leur jardin ou l'ont remisé au grenier.

Elle n'a pas tous ces éléments en tête, mais elle sent que la présence de ce livre chez sa grand-mère adorée complique l'idéalisation, qui est décidément réflexe chez elle, s'agissant des disparus. Elle chasse cet obstacle importun d'un mouvement de tête, secondée dans l'oubli par sa mère qui l'appelle depuis l'autre pièce. Blanche est assise dans un fauteuil bas recouvert de tapisserie – de ceux qui font grotesques et phasmatiques les jambes de qui a la malheureuse idée de s'y installer. Derrière elle, grand ouvert, le placard que Mathilde a toujours connu verrouillé. Blanche tient entre ses mains un petit coffret de palissandre. La jeune femme interpelle sa mère, alarmée par son air égaré. Blanche lève les yeux vers elle et lui tend le coffret.

Elle n'a jamais parlé à sa fille de cet objet, demeuré depuis la mort de Georgette dans l'ombre d'un placard dont Mathilde a toujours perçu la vague aura de mystère qui l'entourait, lui creusant une place à part dans la scénographie compliquée de l'appartement grand-maternel. Blanche n'a jamais, dès lors, parlé à sa fille de la mythologie familiale dont sa propre mère avait chargé le coffret : pour Odile, c'était comme s'il contenait l'âme, ou plutôt les frustrations, de la lignée de femmes dans laquelle il leur était, à toutes, si difficile de s'inscrire.

Blanche n'en a jamais parlé à Mathilde, et n'en parlera pas davantage aujourd'hui. Elle se contente d'évoquer les origines un peu sulfureuses du coffret : elle se souvient que Georgette, un soir où le vin rosé l'avait rendue nostalgique, avait parlé de ces ventes aux enchères où nombre d'antiquaires, après le conflit, avaient réalisé quelques bonnes affaires en évitant de s'interroger sur la provenance des objets vendus.

Il se disait que beaucoup venaient des appartements de Juifs exilés ou déportés. Georgette avait laissé entendre qu'elle s'était, une seule fois, rendue à une telle vente, où elle avait en effet récolté quelques merveilles, mais qu'elle n'avait jamais pu se résoudre à vendre les objets acquis à cette occasion. Blanche se souvient que le coffret était au nombre d'entre eux. Sa phrase sitôt achevée, la mère de Mathilde se referme. Elle n'en dira pas plus. La jeune femme n'ose commenter ni questionner, sachant d'avance que Blanche ne livrera aucune réponse.

De retour dans l'intimité de sa chambre, qui est encore celle d'une adolescence à peine achevée et qu'elle s'apprête à quitter, Mathilde déballe ce qui lui reste de sa grand-mère : un vieux châle en laine noire orné de fil d'or, où l'odeur familière entre les mailles trop lâches provoque encore des chocs d'enfance au cœur ; le collier de grosses perles dont elle a déjà entouré son cou, soumettant désormais entièrement ses choix vestimentaires à cet accessoire désuet ; la collection presque complète des volumes de la comtesse ; le coffret mystérieux que, moitié par fidélité à la superstition grand-maternelle, moitié par une nonchalance propre à son âge, Mathilde n'a pas l'idée de crocheter : de plus elle l'imagine vide, puisque aucun son ne se fait entendre lorsqu'elle le secoue. Mathilde dépose la boîte sur une étagère, où elle retrouve son immobilité.

Enfin, elle extrait le livre insupportable du sac de ses rapines, où elle l'a glissé sans en parler à sa mère, incapable d'expliquer pourquoi elle avait besoin de le conserver. Elle le serre dans un tiroir de son bureau, tout de même pas disposée à l'exhiber sur une étagère. Mais à chaque fois qu'elle passe devant le meuble, elle éprouve un malaise, qui envahit peu à peu sa chambre comme une odeur de cadavre. De fait, le livre exhale une pestilence de grenier moisi, un remugle de papier qui démange la gorge jusqu'à la suffocation et filtre à travers le tiroir. Elle finit par l'emballer soigneusement de plastique, avant de le dissimuler tout au fond d'un placard, y creusant un enfer littéraire dont les émanations restent à exorciser.

Tandis qu'à quelques centaines de mètres de la rue Bardinet est créée, sur recommandation du rapport de la mission dédiée, la Commission pour l'indemnisation des victimes de spoliations intervenues du fait des législations antisémites en vigueur pendant l'Occupation ;

que dans la salle des spectacles municipale de Saint-Étienne-de-Saint-Geoirs, une toute première exposition est organisée autour de Rose Valland ;

qu'à La Haye, un nouveau protocole de la Convention est mis en place concernant les biens culturels, visant à améliorer et affiner le précédent – ce qui n'empêche en rien l'anéantissement d'innombrables chefs-d'œuvre de la création humaine par les conflits du monde entier, de plus en plus destructeurs ;

qu'à Moscou, la Cour russe rend un dernier jugement qui entérine le principe de la restitution des œuvres et des archives appartenant aux pays ayant lutté contre l'Allemagne ;

Mathilde, visage lunetté tendu vers le ciel, contemple sa première éclipse de lune.

L'astre, après n'avoir plus laissé paraître qu'une épaule dénudée et rouge sang, s'éteint entièrement. La jeune femme pense à son père qui, né sous le signe inflammable du Lion, attendait impatiemment l'automne de cette année, où d'exceptionnelles léonides étaient prévues, comme il n'en passe que tous les trente-trois ans.

Michel répétait souvent combien il était déçu d'avoir manqué les précédentes, alors qu'il avait vingt-cinq ans et bien d'autres choses à observer. Depuis sa mort, cette frustration paternelle nourrissant chez elle un obscur désir de réparation, Mathilde a contracté l'habitude de noter les dates des pluies d'étoiles dans son agenda : léonides, donc, mais aussi géminides ou taurides, qui forment un calendrier à part dans son existence quotidienne. Voilà douze ans que, fixant le ciel bouché de Paris, elle se rêve admirant ces giboulées sidérales en compagnie de son père, yeux unis dans la contemplation du firmament algérien. Aujourd'hui, face à la lune qui réapparaît doucement, elle sent nettement le poids de sa main sur son épaule.

Paris, mars 2000

> « Quoi qu'on fasse, on reconstruit toujours le monument à sa manière. Mais c'est déjà beaucoup de n'employer que des pierres authentiques. »
>
> Marguerite Yourcenar,
> carnets de notes de *Mémoires d'Hadrien*

Au carrefour des rues de l'Arrivée et du Départ s'étreignent les sables de plaques tectoniques géantes. On croit voir, sous le bitume, le dessin des eaux préhistoriques changées en ballet de voitures. Mathilde s'éloigne de la fenêtre, balaie le salon du regard et fixe sa mère avec un embarras réjoui. Elle ne dit rien, mais la moue concentrée qu'elle affichait jusqu'ici s'est muée en une acceptation silencieuse. L'appartement lui convient parfaitement. Deux pièces claires, avec poutres apparentes, cuisine américaine et baignoire, au dernier étage d'un immeuble haussmannien.

En bas, déjà, la façade à l'enseigne des Bains d'Odessa l'avait séduite. Au-dessus de la porte cochère, une inscription désuète précise que lesdits bains sont vapeur. Les sonorités orientales de leur nom, qui est aussi celui de sa rue, l'ont transportée jusqu'aux confins vagues de la mer Noire, sans qu'elle ait une idée plus précise d'où se situe cette ville portuaire. Sa curiosité en matière historique, malgré les efforts de sa mère et le bref sursaut qu'avait été le voyage scolaire en Allemagne, n'excède pas la moyenne de celle des personnes de son âge. Elle ignore donc à quel point Odessa fut une cité d'importance, fameuse pour ses synagogues et ses richesses intellectuelles, pour son énergie polyglotte et industrieuse. De même, elle n'imagine pas que les Juifs de l'Est étaient assignés à résidence dans cette zone située à la frontière occidentale de l'Empire russe, dont ils ont été ensuite chassés par les pogroms de la dernière partie du XIXe siècle.

À vingt ans depuis quelques jours, Mathilde, en revanche, sait son privilège. La plupart de ses camarades de faculté sont tenus de vivre chez leurs parents, ou pour les provinciaux en cité universitaire, quand les mieux lotis louent un studio microscopique. Elle ne sait pas au juste comment Blanche a trouvé l'argent nécessaire à l'achat de cet appartement, si ce n'est que sa provenance est liée à sa famille paternelle et qu'il n'est donc pas question d'en parler. À vrai dire, elle évite d'y penser – l'on ne s'interroge souvent sur ses origines que lorsqu'il est trop tard pour apprendre l'essentiel. Aujourd'hui, tout ce qui l'intéresse, c'est qu'elle va enfin quitter la rue Bardinet et le silence d'un duo dévastateur, où l'absence du troisième est une dévorante béance.

Après s'être mise d'accord avec le vendeur sur les termes de l'acquisition, Blanche retourne à la villa Leone, tandis que Mathilde décide d'une grande marche dans Paris. Elle longe la rue de Rennes et ses boutiques jusqu'au boulevard Raspail, puis rejoint la Seine en passant par la rue de la Chaise pour un hommage à son arrière-grand-mère fantasmée. Elle traverse le fleuve par le pont du Carrousel comme elle le faisait avec son père, promène sa nostalgie dans les Tuileries qu'une résurgence tardive de l'hiver a désertées.

Elle se rappelle, bien qu'elle fût alors très jeune, les visites au Louvre toujours suivies – ce fut le cas au moins une fois, mais la mémoire bien souvent ritualise l'exception – d'une glace dans les jardins et de l'autorisation de monter sur les épaules paternelles. Mathilde se souvient sans se souvenir de la période où fut érigée la pyramide. Elle ne sait plus ce que Michel en pensait, et se demande de quel côté il se rangeait dans le débat sur la modernité provocante du monument.

Les pensées de son père, ses opinions comme les idées qu'il pouvait développer dans d'innombrables domaines, sont d'une manière générale regroupées en une masse informe que Mathilde est incapable de contempler. Elle s'avise qu'elle ne sait rien de ce qu'il était en dehors des gestes qu'il avait à son endroit, de ce qu'il lui apprenait, des faveurs qu'il lui accordait lors de ses présences, rendues éblouissantes par leur rareté, au domicile familial. Finalement, l'héritage qu'il lui a légué tient en quelques bribes de savoir, en la crise d'urticaire qu'elle subit désormais chaque année à l'époque de sa mort, ainsi que dans le regard perplexe qu'elle pose sur le monde.

Mathilde longe l'allée transversale, passe devant le bassin rond des jardins où se dressaient, avant que les travaux du Grand Louvre ne les envoient au musée d'Orsay, nombre de sculptures du XIXe siècle qui donnaient à l'endroit une atmosphère replète, propre à rassurer les honnêtes gens. Signalons ici, pour le plaisir, que certaines d'entre elles avaient grandement impressionné Marguerite Yourcenar lorsque, enfant, elle se promenait elle aussi en compagnie de son père Michel dans ce même jardin et développait sans s'en apercevoir le goût de la mythologie et de l'Antiquité.

Mais les statues n'y sont plus, d'ailleurs nous n'avons pas le loisir de nous y arrêter davantage car Mathilde est en retard pour son cours d'égyptologie, il lui faut gagner au plus vite l'Institut Michelet.

Au moment de décider dans quelles études elle voulait s'engager, elle a longuement hésité. La littérature n'était pas une option, en dépit de son goût pour les livres : les lire lui suffit, les étudier eût été en détruire tout le potentiel, les empêcher d'exercer l'influence sur son inconscient dont elle éprouve la nécessité. Il y avait bien l'archéologie, mais les fossiles ensorcelants de l'enfance ont depuis longtemps été relégués au rang de jouets – manière de ne pas s'avouer à quel point ils étaient matériau hasardeux, indices indéchiffrables de son propre passé. Plutôt que de fouiller la terre, elle s'est convaincue de son désir de fouiller la mémoire, ce qui est peut-être la même chose. Elle a donc choisi l'histoire de l'art, décision dont elle n'a compris qu'après coup qu'il s'agissait d'une revanche.

Non pas sur ses incapacités artistiques, car elle a vite abandonné ses tentatives picturales. Elles ne lui servaient qu'à tenter de se saisir elle-même, enjeu propre à l'adolescence. Mais bien plutôt en ce que, pour elle, l'entrée dans l'histoire par l'angle artistique dont le langage est, depuis l'enfance, le seul qu'elle comprenne à peu près, est une manière possible d'exorciser le handicap dont elle se sent affligée vis-à-vis de la matière historique.

En effet, au grand dam de Blanche – dont les études, bien qu'elle ne les ait pas achevées, ont représenté un espace de liberté intellectuelle où elle aurait pu, se dit-elle parfois en classant d'insipides documents dans l'anecdotique fonction où elle barbote en attendant la retraite, s'épanouir davantage –, les notes de Mathilde ont toujours été catastrophiques en histoire, à l'exception des moments où le sujet touchait au domaine artistique.

De même qu'elle cultive une inaptitude remarquable à se repérer dans l'espace, et qu'il lui est impossible de se représenter sa ville autrement que par petites zones bien délimitées qu'elle ne parvient pas à relier les unes aux autres, elle est incapable de considérer le temps historique dans son ensemble et de mettre les événements en perspective – mot à entendre au sens russe, d'une artère suffisamment ouverte pour offrir à qui l'arpente un regard constant sur le but de sa promenade.

Mathilde analyse ses propres difficultés en termes neurologiques, la science ayant le dos large. La lecture d'une étude comparant les cerveaux masculin et féminin sur la question de l'orientation l'a tranquillisée, en imputant ses déficiences à la biologie, ou plutôt à la société puisque le cerveau des femmes a été modelé pendant des siècles selon une perspective étroite, celle du domestique et de l'intime. D'après l'étude, elles seraient donc plastiquement inaptes à considérer le monde avec la largeur de vues nécessaire à la compréhension de l'Histoire.

(Autorisons-nous ici à intervenir, pour préciser que Marguerite Yourcenar constitue une exception notable à cette généralité – par ailleurs contestable, mais nous n'avons pas non plus la main sur toutes les distorsions psychiques de nos personnages – en ce qu'elle a reçu une éducation mâle, d'un père authentiquement anticonformiste qui, lui léguant entre autres son goût irrémédiable pour l'Histoire, l'a éduquée exactement comme il l'eût fait d'un fils : même son berceau était bleu, précise-t-elle dans ses souvenirs – mais brisons là, car Mathilde n'a jamais lu une seule ligne de Marguerite Yourcenar.)

Elle se sent incapable de contempler l'infinitude du temps historique, de considérer d'un seul regard la toile d'araignée démesurée que tissent les événements les uns avec les autres sur tous les points de la planète et à toutes les époques. Mais son principal problème tient au caractère relatif de l'Histoire, qui génère chez elle un affolement proche de la panique. Par nature peu dotée en certitudes, elle affronte un nouveau gouffre en constatant que rien de fiable ne peut être envisagé dès lors que l'on se mêle de comprendre quoi que ce soit au passé.

Selon le point de vue – géographique, temporel, culturel, moral – où l'on se place, un même événement n'est jamais perçu de la même façon ; selon l'endroit où l'on est sur le champ de bataille, selon qu'on est prince ou soldat, français ou russe, libéral ou conservateur ; selon, surtout, que l'on est vainqueur ou vaincu, le visage de l'Histoire change, et le compte rendu historique est aussi friable et volatile que le romanesque.

(Nous cédons au plaisir d'invoquer ici Tolstoï qui, lorsqu'il fustige la subjectivité des historiens, est lui-même victime de son propre point de vue pacifiste, croyant et anticlérical. Lorsqu'il dépeint Rostopchine sous les traits de la démence mégalomaniaque, il est aussi subjectif qu'André de Ségur dépeignant son grand-père en génie humaniste.)

Mais Mathilde n'a jamais lu Tolstoï non plus, et d'autre part son choix est désormais arrêté. Ces considérations sont principalement, il nous faut l'admettre au risque de trop insister, l'expression d'une fidélité à son père, pour qui l'histoire ne pouvait être que tromperie, puisqu'elle s'inventait en fonction des époques et des idéologies. Au contraire, l'archéologie n'est pas soumise au doute, c'est un roc solide auquel arrimer toutes ses angoisses.

Mais cette voie sur laquelle elle s'engage est avant tout, à son insu, un chemin qui la relie à son arrière-grand-mère. Il ne nous appartient pas d'en dire davantage sur le sujet pour le moment ; elle a quelques années devant elle avant de comprendre quoi que ce soit à ce qui la meut, et nous devons faire preuve d'une patience qu'heureusement la fiction, nous offrant la grâce de commodes ellipses, nous autorise à ne pas solliciter à l'excès.

Paris, octobre 2003

> «Les personnes physiques ou morales ou leurs ayants cause dont les biens, droits ou intérêts ont été l'objet, même avec leur concours matériel, d'actes de disposition accomplis en conséquence de mesures de séquestre, d'administration provisoire, de gestion, de liquidation, de confiscation ou de toutes autres mesures exorbitantes du droit commun en vigueur au 16 juin 1940 et accomplis, soit en vertu des prétendus lois, décrets et arrêtés, règlements ou décisions de l'autorité de fait se disant gouvernement de l'État français, soit par l'ennemi, sur son ordre ou sous son inspiration, pourront (...) en faire constater la nullité.
> Cette nullité est droit.»
>
> Article 1 de l'ordonnance n° 45-770
> du 21 avril 1945

Elle n'y parviendra pas – son bras se lamine contre le chambranle, on l'écrase, elle étouffe. La foule d'étudiants se presse sur le seuil de la salle, refoulée comme houle, tout le monde voudrait entrer mais il n'y a pas, loin de là, suffisamment de chaises. Mathilde est au désespoir d'avancer, de braver ce chaos de jeunesse qui grouille dans une atmosphère saturée par la nostalgie des années soixante-dix. Les cheveux longs des garçons, courts des filles se mêlent et les toiles de jean s'effilochent au sol en un vaseux désastre textile. L'enthousiasme le dispute à la satisfaction purement mesquine de parvenir à entrer devant les autres.

Le séminaire sur les œuvres d'art spoliées par les nazis est, parmi ceux que propose l'Institut national d'histoire de l'art, l'un des plus demandés. Le sujet est à la mode, et la possibilité, désormais, de regarder le passé en face a relancé l'intérêt pour le patrimoine spolié. Plus largement, la mémoire de la Seconde Guerre mondiale devient un sujet d'intérêt prioritaire, en particulier pour la génération qui ne l'a pas connue, mais qui y perçoit justement un nœud essentiel de sa propre histoire. À grand renfort psychogénéalogique, la jeune génération s'évertue à comprendre les traumatismes des précédentes et à fourrager dans son propre inconscient avec un guide qui a le mérite de ne plus être là pour protester.

Mathilde ne fait pas exception – nous ne prétendons pas à l'originalité de notre personnage – et la mort de sa grand-mère, suivie de la découverte du livre d'Adolf Hitler dans sa bibliothèque, l'a conduite à se passionner pour cette période et pour la manière dont le Führer a fait de la conquête artistique un élément de sa monstrueuse entreprise.

Tout à coup, elle se sent poussée vers l'intérieur par une puissante énergie venue de derrière elle. Une grande blonde à l'air décidé dissout l'agrégat informe des jeunes gens, qui s'écartent malgré eux devant son charisme sans réplique. La femme referme la porte sur les protestations d'un amas d'adolescences mal dégrossies.

Mathilde ne sait pas bien comment, mais elle est entrée. Surprise d'avoir bénéficié de ce privilège, elle fixe la femme, qui ne doit pas avoir beaucoup plus de trente ans. Elle paraît un peu jeune pour diriger un séminaire ; l'autorité de son pas la désigne pourtant sans le moindre doute comme la professeure. Elle se fraie un chemin vers le bureau qui, depuis la modeste estrade, domine la salle enfin apaisée. Mathilde se glisse entre deux corps aux nonchalances étudiées et sort son carnet de notes.

Isabelle Pépin se présente : historienne de l'art, elle a participé à la mission créée, à la toute fin du siècle précédent, dans le sillage de la signature des principes de Washington, avant de devenir attachée culturelle aux musées de France et chercheuse de provenance. L'expression engendre un murmure de curiosité parmi les étudiants.

Mathilde est peu à peu, en écoutant Isabelle, envahie par une impatience presque pénible, un enthousiasme qui énerve son corps. Son genou trépide, sa respiration est plus courte. Elle est happée, pour la première fois, par une véritable excitation intellectuelle, qui se traduit par une sensation de lucidité inédite.

(Il nous faut faire ici preuve d'exactitude et rappeler, bien qu'elle-même l'oublie en cet instant, qu'elle avait éprouvé un embryon de ce sentiment lorsque, sur la route du retour d'Allemagne, elle avait repassé le fil de son séjour et, mue par un enthousiasme que favorisait la nuit, envisagé un exposé qu'elle n'avait finalement jamais réalisé.) À présent, de même, elle commence à imaginer un sujet pour son mémoire de maîtrise : pourquoi ne pas mettre en relation les spoliations nazies et les pillages archéologiques ?

Elle est convaincue – ce n'est pas notre rôle de la détromper – que ses choix sont guidés par son libre arbitre et détachés de tout déterminisme. Le sentiment d'autonomie que la pratique de la peinture lui avait, dès l'adolescence, permis d'éprouver trouve ici un accomplissement intellectuel. Bien sûr, elle est consciente qu'il entre ici une forme de fidélité au passé, mais à ses yeux c'est une fidélité strictement volontaire. Elle n'a qu'une crainte, celle que tous les autres étudiants n'aient la même idée. Pour un peu, nous oserions lui souffler que c'est assez peu probable.

Mais la révélation va plus loin qu'un simple sujet de recherche : elle sent que son regard sur le milieu de l'art vient de connaître une inflexion radicale. Elle ne voit plus les collections et objets culturels comme de simples véhicules de plaisir esthétique, mais comme des éléments constitutifs d'un patrimoine que certains, dont elle aimerait être, se sont donné la mission de protéger.

Elle a lu, le matin même, un article à propos de la collection d'André Breton, qu'une vente aux enchères a récemment dispersée aux quatre vents. L'idée l'a attristée, évoquant l'image de frères et sœurs placés dans des foyers différents. Soudain sa réflexion bifurque, elle se demande d'où venaient tous les objets exotiques qui, outre les Miró, Magritte et autres Man Ray, composaient une grande part de la collection : Breton les avait-il volés, comme Malraux au Cambodge ?

Ses pensées ont dérivé, elle n'écoute plus l'enseignante depuis un moment ; malgré, ou peut-être à cause de l'intérêt que tous ces sujets soulèvent en elle, il lui faut faire un effort pour, de nouveau, se concentrer sur ce qu'explique Isabelle Pépin. La recherche de provenance est une discipline récente, encore méconnue, particulièrement en France. Depuis les accords de Washington, des protocoles ont été mis en place pour systématiser l'attention à l'origine des œuvres, dans les musées comme dans les maisons de vente. Mais le réflexe est loin d'être acquis.

Un étudiant interrompt l'exposé pour demander si des restitutions ont toujours lieu, aussi longtemps après les faits ; elles restent rares, répond la jeune enseignante. Néanmoins, trois décennies de silence s'étant écoulées, laissant aux esprits la possibilité de se dédouaner, elles ont repris une certaine actualité.

Isabelle Pépin évoque également le retour, au Quai d'Orsay, des archives restituées par la Russie après la chute du Mur : près d'un million de dossiers, soit sept kilomètres linéaires de cartons frappés de lettres cyrilliques. Mathilde, comme ses camarades, n'en a jamais entendu parler – il est vrai, précise Isabelle, que ces restitutions, moins spectaculaires que celles des œuvres d'art, n'ont suscité qu'un écho médiocre dans la presse.

L'étudiante se figure la scène : une noria de camions bâchés, dont jaillissent des militaires chargés de boîtes indéchiffrables. Elle visualise miradors et barbelés entourant l'énigmatique déchargement. Ce serait à l'aube, peut-être. Le ciel couvrirait d'une lueur de pêche le beige des cartons, dont les ficelles flotteraient dans le petit matin frais.

Isabelle, brisant l'image dans l'esprit de Mathilde qui se reconcentre sur ses notes, développe ensuite le détail concret de son métier. Dans un premier temps, la recherche passe par l'exploration de diverses sources écrites : catalogues de vente, gazettes de la maison Drouot qui avait le monopole des ventes publiques jusqu'à ce qu'elle capitule l'année précédente sous la pression des sociétés anglo-saxonnes, procès-verbaux détaillés conservés aux Archives de Paris après leur versement par les commissaires-priseurs, correspondances et inventaires des collectionneurs et des galeristes. Les catalogues raisonnés des artistes sont également une piste, apportant des informations sur la localisation et le parcours des œuvres. Dans toutes ces sources, les lacunes constituent une alerte, dès lors qu'elles concernent la période de l'Occupation.

Pour ce qui regarde les archives directes sur la question, tout chercheur se doit de se rendre au Quai d'Orsay. C'est là que sont réunis les fonds de la Commission de récupération artistique, dont les dossiers de réclamation des familles spoliées. Mais aussi les notes concernant les œuvres passées par le Jeu de paume, prises par une certaine Rose Valland. À entendre, résumée à grands traits, l'action menée par cette résistante exemplaire, Mathilde sent son excitation redoubler. Son sujet de mémoire prend un nouveau tournant.

Une autre source précieuse se trouve à Coblence – Mathilde manque quelques phrases de l'exposé d'Isabelle, elle s'est lancée dans des calculs évaluant la somme nécessaire à un voyage en Allemagne –, où sont réunies les archives nazies contenant, notamment, les photos prises par l'opération Meubles dans les appartements spoliés.

Enfin, l'évocation des Fonds spéciaux de Moscou, ouverts aux chercheurs depuis la chute du bloc communiste, et en particulier des archives militaires où se trouvent les documents concernant les trophées de l'Armée rouge, accroît l'impatience de Mathilde. Isabelle raconte qu'à sa dernière visite, l'on entendait encore dans les couloirs le bruit des machines à écrire, sur lesquelles de zélés fonctionnaires peaufinaient leurs inventaires.

Si nombre de fonds ont été restitués, s'y trouvent toujours des documents spoliés par les nazis chez les exilés juifs parisiens, puis saisis par l'Armée rouge au sortir de la guerre. Parmi ce reliquat des trophées – que le pouvoir russe entend conserver comme moyen de pression sur l'Ouest –, l'un des fonds concerne les œuvres d'art déposées au musée Pouchkine et venues de Dresde. Il inclut des correspondances entre les autorités du Reich et celui qui rassembla pour Hitler quantité d'œuvres destinées à former le grand musée de Linz : Hans Posse, le directeur des musées de Dresde.

(À un millier de kilomètres de la galerie Colbert, la nièce dudit Hans Posse prépare un café. Franziska – que nous avions laissée dans sa chambre d'adolescente soixante ans plus tôt – vient de faire installer un ordinateur chez elle, et cette révolution initiée par sa petite-fille Juliana ne s'est pas faite sans réticences. Passe encore d'utiliser ces outils lorsqu'elle travaillait – et même là, elle avait réussi à minimiser, en le déléguant, son propre recours à cette infernale machine –, mais elle avait longtemps résisté à se faire envahir chez elle. Ajoutant un sucre à son café, remuant la vase brune dans la porcelaine décorée de fleurettes, la vieille dame soupire. Il va bien falloir s'y mettre.)

Mathilde se voit déjà pénétrer dans un grand bâtiment stalinien du boulevard Pouchkine, jusqu'à ce qu'Isabelle précise que la connaissance du russe est indispensable à la consultation des fonds. Elle ajoute au découragement de Mathilde en précisant que les archives militaires, compulsables uniquement dans une cabine surchauffée, sont fort mal organisées et que les processus de commande et de réception sont invraisemblablement lents et contraignants. En outre, les recherches sont là-bas, encore plus que n'importe où ailleurs, soumises au bon vouloir des conservateurs et à leur humeur du jour, comme au degré de sympathie que le chercheur leur inspire.

C'est lorsque Isabelle aborde l'examen du tableau lui-même, à la recherche des indices de provenance, que l'attention de la salle, à commencer par celle de Mathilde, se fait la plus dense. L'enseignante éveille chez ses étudiants une curiosité gourmande, un désir d'enquête qui se mue en exaltation à mesure qu'elle décrit avec précision la manière dont la matérialité de l'œuvre peut se faire source et livrer, par les détails les plus ténus, des informations insoupçonnées sur son parcours.

Le dos du tableau, en particulier, est une mine potentielle. La toile et le châssis, loin d'être de négligeables supports identiques d'une pièce à l'autre, offrent d'innombrables marques qu'il s'agit d'interpréter : étiquettes, annotations, numéros d'inventaire et même, parfois, journaux utilisés pour le rentoilage du tableau, dont la date indique le moment de la restauration. Du reste, le plaisir suscité par la contemplation de ces dos, qui ont la beauté des vanités, suffit à justifier de s'y absorber longuement.

Mathilde doit se retenir de courir au Louvre retourner toutes les toiles. Son sens du romanesque est exacerbé par les explications de la jeune professeure. Celle-ci poursuit en avertissant les futurs chercheurs : la frustration sera leur lot face aux difficultés spécifiques à ce type d'enquête. Des zones grises existent, parfois volontairement créées, qui rendent le passé illisible et le parcours d'une œuvre, inconnaissable. Penser que la malignité des humains a pu se mêler d'effacer les traces d'une histoire si précieuse est insoutenable.

L'intervenante développe ensuite l'aspect juridique de son métier, en réponse à la question d'un étudiant sur le cadre légal permettant la restitution d'une œuvre possédée par un musée. La charge de la preuve de propriété échoit pour l'essentiel à l'ayant droit, puisque c'est dans ses archives familiales que figurent les éléments permettant d'identifier la provenance d'un bien culturel. Ces restitutions peuvent alors n'avoir lieu qu'après plusieurs années de démarches. D'autant plus que l'inaliénabilité des collections interdit toute contrainte par l'État auprès d'un musée peu coopératif. Isabelle précise que seul le tribunal de grande instance peut reconnaître la propriété d'une œuvre en invoquant l'ordonnance de nullité édictée à la toute fin de la guerre.

Ces considérations juridiques assomment quelque peu Mathilde – comme le lecteur sans doute, mais il faut en passer par là. En revanche, elle est frappée par l'émotion avec laquelle l'enseignante exprime, à demi-mot, la honte qu'elle ressent parfois face au comportement des musées. Isabelle vibre en évoquant la figure de Jacques Jaujard, qui outre son action pendant la guerre est allé jusqu'à utiliser son droit de préemption après le conflit pour racheter des œuvres aux musées allemands afin de les rendre aux familles auxquelles elles avaient été prises. Cet autre personnage précise encore davantage le sujet de mémoire de Mathilde, qui met progressivement de côté la question archéologique – c'est toujours une fidélité de moins.

L'enseignante cite des exemples de parcours suivis par des MNR – ou OAR pour les objets, RFR, REC, AOR –, chaque type d'œuvre possède son sigle propre, qui épaissit encore de sa barbarie le mystère entourant sa provenance.

Ces objets retrouvés en Allemagne juste après la guerre ont d'abord été rassemblés dans des points de collecte, dont le principal était situé à Munich. À ce nom, Mathilde se fige et pousse une brève exclamation, provoquant des regards courroucés chez ses voisins de table : elle vient brusquement de se rappeler le périple en Allemagne effectué, dix ans plus tôt, en compagnie de sa classe, et surtout le thème qui avait motivé le parcours imaginé par sa professeure d'allemand. Elle est stupéfaite de n'y avoir pas pensé plus tôt et se demande dans quelle mesure l'intérêt éphémère qu'avait éveillé ce voyage s'est gravé dans son inconscient pour ressurgir, des années après, au moment de choisir l'inscription à un séminaire. Elle réalise qu'elle n'avait finalement jamais fait d'exposé et éprouve devant cette preuve de son dilettantisme un léger malaise.

Elle se demande ce qu'est devenue Gisela Mauleggert – était-ce bien son nom ?

Lorsqu'elle ramène son attention vers ce que dit Isabelle, la blonde enseignante est en train de développer un certain nombre de cas pratiques. Elle termine par l'exemple d'une boîte, dont l'historique est incomplet dans la période qui occupe les chercheurs, soit de l'accession d'Hitler au pouvoir jusqu'à la fin du conflit mondial. Ce beau coffret marqueté, d'inspiration Boulle, est répertorié parmi les objets récupérés en Allemagne et inventoriés par l'Office des biens et intérêts privés. Il vient selon toute vraisemblance de Berchtesgaden où l'armée américaine l'a retrouvé, ce qui laisse supposer que Goering l'avait acheté lui-même. Revenue en France, la boîte a été exposée au château de Compiègne pendant près de vingt ans, avant de revenir au Mobilier national. Elle a été confiée, il y a quelques jours seulement, au département des objets d'art du Louvre.

Mathilde pense au coffret de sa grand-mère, qu'elle n'a jamais tenté d'ouvrir. Attentisme et paresse, sans doute, mais aussi une peur, l'intuition archaïquement héritée qu'y végètent un passé, voire des injonctions qu'elle n'est pas pressée d'affronter. Elle se rend compte que, bien qu'arrière-petite-fille et fille d'antiquaire, elle ne s'est jamais interrogée sur la provenance des rares objets, sculptures ou bijoux, qu'elle tient de sa famille.

Pour la première fois, elle considère son héritage personnel, matériel et symbolique, d'un œil historique. Pour la première fois, elle ose s'interroger sur le parcours de cette petite boîte qui, bien que vide, semble renfermer tant de secrets. Lui revient alors en mémoire la confidence faite par Blanche, qui avait évoqué les origines suspectes du coffret, liées à la spoliation des Juifs. De nouveau, la coïncidence la fait s'exclamer tout haut, suscitant derechef chez ses voisins sourcils froncés et moues de mécontentement. La jeune femme se rencogne dans ses notes.

*

Le séminaire achevé, Mathilde regarde l'enseignante sortir de la salle avec une admiration de jouvencelle. Elle voudrait lui parler, mais sa réserve l'en empêche. Une impulsion peu dans sa manière l'engage toutefois à la suivre jusque dans la rue Vivienne, et finalement à l'interpeller timidement pour lui parler de son sujet de mémoire.

Isabelle lui sourit, mais elle est pressée ; elle lui propose de marcher avec elle et de lui expliquer en chemin quelles sont ses idées. En dépit du peu d'années qui les séparent, Mathilde est très impressionnée. Elle parvient tant bien que mal à formuler un projet où entre à peu près tout ce qu'a développé Isabelle Pépin dans son séminaire. Après avoir encouragé la jeune femme à affiner son sujet, Isabelle l'interroge plus précisément sur les motivations qui ont déterminé le choix de ses études. Mathilde s'envase, se surprenant à développer les détours alambiqués de ses névroses.

De son côté, Isabelle déploie sans complexe son pedigree en même temps que son arbre généalogique, convaincue que son parcours a été infléchi d'une manière ou d'une autre par l'extraordinaire figure que représentait son grand-père.

Eugène Pépin, juriste et féru d'histoire, en particulier locale, était d'une curiosité illimitée. Après une carrière de diplomate – il était présent à la signature du traité de Versailles –, il fut l'un des premiers à utiliser la photographie aérienne et à développer son usage stratégique en temps de guerre.

Isabelle l'a bien connu, puisqu'elle-même avait une quinzaine d'années lorsque l'aviateur tourangeau est mort, deux mois jour pour jour avant son cent unième anniversaire. Une plaque commémore ce grand homme à Chinon, sur la place qui porte son nom et où Isabelle se rend toujours avec une certaine fierté.

Mathilde ne s'était jamais véritablement interrogée sur l'importance qu'il peut y avoir à éprouver de la fierté vis-à-vis de ses parents et ancêtres, à être en mesure de se reposer sur la conviction qu'ils ont vécu en braves et choisi leur destin. Elle-même a toujours eu le réflexe d'être fière de son père, que sa mort précoce a su préserver de toute contestation adolescente.

Mais depuis quelque temps, cette fierté se voit discrètement fendillée par un léger embarras, une gêne mal définie qu'elle a jusqu'ici fait en sorte de se dissimuler et dont aujourd'hui, tandis qu'elle devise avec cette presque inconnue – le fait qu'elle soit sa professeure l'incite peut-être à davantage de sincérité –, les pans s'écartent trop franchement pour qu'elle puisse continuer à la nier. Elle ne s'est jamais demandé si elle était fière de sa mère, qui s'est débattue seule avec tant de fantômes.

Enhardie par le désir de changer de sujet, Mathilde à son tour interroge l'enseignante et ose lui demander quelles raisons l'ont poussée à la choisir, elle, au moment de pénétrer dans la salle et d'y faire entrer quelqu'un à sa suite.

« Je ne vous ai pas choisie. Vous aviez décidé que vous entreriez, et c'est ce que vous avez fait. Je n'y suis pour rien. »

Mathilde rougit violemment de s'être montrée si présomptueuse : évidemment, pourquoi l'aurait-on choisie, elle, de préférence à d'autres ? Engluée dans sa complaisance à se flageller, elle n'a pas entendu l'essentiel dans ce qu'a dit Isabelle : la décision venait d'elle.

« Je vois que vous n'êtes pas comme tous ces jeunes gens qui étudient l'histoire de l'art pour se donner des airs bohèmes, par désœuvrement ou par conviction que leur paresse pourra s'y épanouir. »

Mathilde est en proie à des sentiments contradictoires : l'instant d'avant elle avait honte, comme si elle avait exprimé un besoin relationnel hors de propos et qu'il eût été fort logiquement bafoué, et voici à présent que sa professeure la distingue. Elle a l'impression que l'on vient de la déshabiller au beau milieu du jardin des Tuileries. Les deux lions en bronze de la porte éponyme la regardent d'ailleurs d'un œil vaguement égrillard.

Paris, mai 2005

> « La pluie est silencieuse, et l'Empereur
> S'effondre sur la couche. Sa souffrance est telle une rage,
> Puisque les dieux vont reprenant la vie qu'ils donnent
> Et vont pillant toute beauté qu'ils ont fait vivre. (...)
> Nulle chaleur ne saurait dégeler ce bloc de glace humaine,
> Nulle flamme attiser les cendres d'un tel feu. »
>
> Fernando Pessoa, *Antinoüs*

Le retour à l'air libre est saisissant ; il faut quelques instants à Mathilde pour recouvrer ses esprits, en s'accrochant au calme de la rue plantée d'hôtels particuliers. Elle se réfugie dans le parc et son offre relative de nature. Elle a eu son content d'objets manufacturés après les deux heures qu'elle vient de passer dans la galerie, rue Monceau, de la longue lignée d'antiquaires Kraemer.

Sa visite avait pour objectif une consultation concernant un meuble potentiellement spolié, aujourd'hui exposé au musée des Arts décoratifs. Les Kraemer étant en mesure d'apporter leur expertise, Isabelle, dans le cadre de son rôle de rapporteure à la Commission pour l'indemnisation des victimes de spoliations, les a sollicités et a demandé à Mathilde de récupérer le résultat de leur enquête. La jeune femme a en effet obtenu, par le truchement de son ancienne professeure, un stage rémunéré à la Commission. En parallèle, elle achève son mémoire, dont elle a finalement décidé d'élargir le sujet en le dédiant à l'histoire des spoliations depuis Napoléon jusqu'aux politiques contemporaines de réparation. Cette recherche l'amenant à conjurer, plus radicalement qu'elle ne l'envisageait au départ, ses difficultés vis-à-vis de la perspective historique.

Elle mesure le privilège qui a été le sien d'être ainsi guidée par le fils de la dynastie Kraemer parmi les siècles et les styles, les anecdotes et les souvenirs – ce cabinet acheté lors de la vente d'objets russes après la Révolution, transporté sur un cargo vers les Amériques, revendu, puis de nouveau acquis quelques décennies plus tard et rapporté en France par le descendant du premier acheteur ; ou ce buffet marqueté d'une préciosité infinie, ces crédences et ces cartels, cet ascenseur intérieur et les mondanités fantastiques dont il raconte l'histoire. Tous ces objets et ces meubles dont le trajet épouse les détours de la folie humaine avec la courageuse constance de l'inanimé.

Elle mesure son privilège, toutefois elle a besoin de reprendre souffle à renfort de feuillées et de couleurs naturelles. Ce parc tombe à point nommé. Elle emprunte, sans prêter attention à son nom, l'allée de la Comtesse-de-Ségur et vague un moment dans l'âme du joli mai, ressassant les merveilles tout juste dispensées à son imagination chez les Kraemer.

Aménagé par les frères Pereire dans la deuxième moitié du XIXe siècle, le parc Monceau visait à satisfaire le besoin de verdure des riches financiers juifs installés tout au long de l'avenue dans leurs immeubles aux façades rustiquées. Pour beaucoup, des collectionneurs : Ephrussi, Camondo, Cernuschi et autres Rothschild. Toutes familles parmi les premières à avoir été spoliées par les nazis, surtout celles qui, comme les Ephrussi, vivaient à Vienne lors des prémices de la guerre.

Charles Ephrussi étant un personnage particulièrement inspirant, attardons-nous brièvement sur sa biographie : né à Odessa, émigré idéal dans la Vienne fin de siècle où les Juifs pallient la défection grandissante de l'aristocratie en matière de mécénat, ce collectionneur fervent aurait même inspiré à Proust le personnage de Swann, titre de gloire littéraire que la légende, qui souvent varie, confère à plusieurs personnalités de l'époque – tant il est vrai que toute entreprise romanesque se doit, pour construire un personnage, d'emprunter les traits de diverses personnes réelles.

Charles est l'auteur d'une étude poussée sur Albrecht Dürer, dont il a recherché les dessins dans toute l'Europe, écumant musées, galeries et cabinets particuliers. Il y conteste notamment l'hypothèse selon laquelle la *Mélancolie* constituerait, avec le *Chevalier* et *Saint Jérôme dans sa cellule*, une trilogie sciemment élaborée par le graveur. Pour Ephrussi, les trois estampes sont indépendantes. Nous pouvons imaginer ce mécène en peignoir chinois, fumant debout parmi les toiles impressionnistes. Il dicte à son secrétaire, le timide Jules Laforgue, des passages de son travail – à moins que, comme le dit encore la légende, Ephrussi ne dicte au jeune poète que les lettres à destination de ses nombreuses relations mondaines, Laforgue composant lui-même l'étude en question. Conjecture qui satisferait les historiens allemands, plus que rétifs à l'idée qu'un Sémite prétende entendre quoi que ce soit à l'œuvre d'un authentique Teuton.

Ces familles forcent l'admiration de Mathilde par leur capacité de résilience ; lorsqu'elles ont survécu, c'est en ayant tout perdu – propriétés immobilières, placements, or, jusqu'aux plus petits objets d'un quotidien grandiose, construit à force de capacité à tracer un sillon indifférent aux revers et aux oppressions. Elles ont tout perdu, parfois à plusieurs reprises, et ont pourtant toujours réussi à reconstruire une gloire et une fortune. Les Kraemer sont de cette eau.

Mathilde profite de la clémence du ciel pour se rendre à pied rue Bardinet. Elle a prévu de déjeuner chez sa mère, ce qui ne l'enchante guère. Mais Blanche est si seule. Elle longe l'avenue de Messine et la rue de Miromesnil, passe devant les ambassades du faubourg Saint-Honoré et la banque Rothschild, tourne dans la rue Saint-Florentin et longe l'hôtel du même nom – où Talleyrand vécut, négocia pour Vienne et mourut, où plusieurs Rothschild vécurent et collectionnèrent leurs œuvres avant et après sa réquisition par l'armée allemande –, pour rejoindre le musée du Jeu de paume, qui depuis vingt ans se consacre à l'art contemporain.

Elle veut aller voir la plaque qui a enfin, quelques jours plus tôt et après six années d'incompréhensibles atermoiements de la part de la Direction des musées, été apposée sur le bâtiment en l'honneur de Rose Valland. La tiédeur de la reconnaissance témoignée à ce personnage formidable révolte Mathilde.

Elle ne sait pas qu'à ce moment précis, rue du Faubourg-Saint-Martin, une autre plaque est apposée sur la façade des anciens magasins Lévitan, rappelant que

> *«… sous l'Occupation et avec l'aide du gouvernement de Vichy, cet immeuble, alors magasin Lévitan, a servi d'annexe au camp de Drancy. Ici, de juillet 1943 à août 1944, des centaines de Juifs, dont beaucoup furent ensuite déportés à Auschwitz et Bergen-Belsen, étaient contraints de trier les meubles et les objets pillés par les nazis dans les appartements des familles juives. N'oublions jamais.»*

Près d'une centaine de photos ont été découvertes l'année précédente dans les archives de Coblence, qui documentent la période où les magasins remplissaient cette morbide fonction. Le sujet est encore méconnu, ceux qui ont travaillé dans les dépôts se sont censurés, moitié par culpabilité de n'avoir pas été déportés, moitié par sentiment d'illégitimité, puisqu'ils n'étaient qu'en partie juifs. Comme si décidément la parole, où que l'on regarde, ne pouvait qu'être soit confisquée, soit arrachée de haute lutte à ses propres empêchements.

Mathilde continue vers le sud par la rue du Bac, détourne par l'église Saint-Thomas-d'Aquin – elle y entre un instant, pour la fraîcheur, admire la coupole baroque, la statue de saint Michel et les grandes orgues – puis par la rue de la Chaise – hommage rituel à Georgette – pour se rendre, via le boulevard Raspail et la rue de Rennes, l'avenue du Maine et la rue Raymond-Losserand, chez sa mère pour la première fois depuis un mois.

Blanche vit toujours – seule, bien sûr – dans cet arrondissement qui n'est pas vraiment le sien, où elle ne s'est installée que par procuration et où elle attend que le cours de son existence, interrompu dix-huit ans plus tôt, se décide à reprendre. Rien ne semble devoir ranimer son être, qui s'est affaissé dans le lobby d'un hôtel algérien. Elle n'a jamais retrouvé non plus l'enthousiasme qui la guidait lorsqu'elle tenait la boutique de Georgette, et la retraite prise l'année précédente n'a fait qu'apporter plus de néant dans une existence qu'elle ne sait à quoi raccrocher. De même qu'elle habite l'appartement de la villa Leone par fidélité à son défunt mari, elle ne vit que par les activités de sa fille. Blanche n'a en propre que du chagrin.

De sa voix éteinte qui exaspère Mathilde, elle l'interroge sur ses recherches. Elles arrivent à leur terme. Les difficultés de consultation des archives sont un des principaux obstacles. Il existe bien un répertoire des biens spoliés, ou du moins réclamés et non restitués, qui a été constitué après la guerre, ainsi qu'une base de données présentant les notices des MNR. Et les archives elles-mêmes sont consultables dans une magnifique salle boisée du Quai d'Orsay, où elles ont été transférées après avoir stagné, à peu près inaccessibles, dans les caves d'un château à Rueil-Malmaison.

Mais y accéder relève de la gageure, exige d'innombrables dérogations et autres engagements dûment signés à la confidentialité, certes, mais aussi à la prudence pratique. Une paranoïa toute soviétique règne sur ces fonds – Blanche à cette remarque de sa fille esquisse un sourire depuis son abîme. La préposée à la communication des documents veille sur ses trésors comme sur sa propre couvée et n'hésite pas à prétexter d'imaginaires forfaits – miettes de croissant trouvées dans les dossiers après consultation, ordre des documents inversé, pages mélangées – pour interdire l'accès à tel ou tel dossier, selon un arbitraire désespérant.

Blanche, abreuvée de détails, n'en demandait pas tant et se repent d'avoir posé la question par réflexe. Elle est sans cesse déchirée entre son désir de montrer à sa fille qu'elle s'intéresse à ce qu'elle fait, puisque c'est là le devoir d'une mère, et la réalité à quoi elle doit se résigner : tout l'indiffère profondément. Interroger ou commenter est déjà au-dessus de ses maigres forces, sans parler du fait de dire. Elle ne peut que faire, du mieux possible, semblant d'écouter.

Mathilde, aveugle au malaise de sa mère, ne s'arrête plus, lancée dans le développement de ses réflexions historiques et de leur articulation, souvent maladroite, avec la réalité de son nouveau métier dont, malgré qu'elle en ait, l'encore étudiante ne saisit pas bien les limites.

Pourtant ses recherches, comme les nombreuses lectures qui y sont liées, l'obsèdent authentiquement ; elle néglige sa vie personnelle, les sporadiques amitiés qu'elle parvient à nouer ici et là se délitent dès lors qu'elles sortent du champ professionnel. Et même là, elles demeurent de surface. Elle noie son besoin d'autrui dans ses recherches, qu'il s'agit d'approfondir toujours plus.

L'effet collatéral de cette obsession est qu'elle éveille chez elle le désir d'en savoir davantage sur sa propre histoire familiale. Malgré la résistance de sa mère, elle la questionne de plus en plus souvent sur le sujet. Surtout, elle regarde désormais tous les objets du passé avec suspicion. Elle commence à s'interroger sur leur provenance, en particulier celle des objets qui encombrent toujours le bureau de son père, dont Blanche a fait un véritable mausolée.

Celle-ci, n'y tenant plus, brise la logorrhée de sa fille sous prétexte d'une course nécessaire à leur déjeuner. Désœuvrée, légèrement vexée par l'interruption brusque de sa mère dont elle a pourtant l'habitude, Mathilde pénètre dans le bureau paternel, comme à chacune de ses visites depuis quelque temps, non sans passer par la cuisine.

Munie d'un paquet de biscuits, elle s'assoit au creux du fauteuil club, dont le cuir se défait en téguments sombres malgré le soin que lui apporte Blanche, et observe autour d'elle, attendant que quelque chose lui apparaisse, fantôme ou illumination. Son regard, tout naturellement, va se fixer sur le buste d'Antinoüs, qui a fasciné toute son enfance et continue de lui parler bien après la mort de son père. Lorsqu'elle entend la clé dans la serrure signalant le retour de sa mère, un déclic se fait en elle qui la pousse à agir sans réfléchir : elle saisit un plaid, y enroule la statue et glisse le tout dans son sac.

Le lendemain, elle pousse la porte vitrée d'une galerie de la rue des Tournelles spécialisée dans l'art venu d'Afrique du Nord. Le lieu est intimidant, comme le sont pour elle toutes les galeries ; mais l'atmosphère particulière qui y règne, autant que le but de sa venue, l'inquiète encore davantage. Les murs sont noirs, la salle est plongée dans le tamis d'une ombre calculée, où seules les œuvres – rares et très belles – sont éclairées, mises en valeur avec une précision onirique. Au fond, un homme âgé vers lequel Mathilde se dirige craintivement.

Après l'avoir salué en bafouillant, elle lui présente sa requête : accepterait-il de l'aider à identifier un objet ? Comme toujours, elle parle trop bas, et l'homme lui enjoint, avec une certaine brusquerie qui la paralyse, de répéter sa question. Elle s'exécute tout en extrayant maladroitement la tête d'Antinoüs de son sac. Le visage du vieux galeriste s'éclaire. Il affirme que le buste est magnifique et témoigne sa surprise à voir une si jeune femme posséder une œuvre si rare. Cependant, au lieu de l'interroger sur sa provenance, il lui offre un bonbon à la réglisse qu'elle accepte avec empressement – elle a une passion pour la réglisse –, avant de lui parler longuement des difficultés que connaît le milieu de l'art.

Mathilde s'impatiente, elle voudrait seulement qu'il lui fournisse des indices quant à la provenance possible de la statue.

Elle ose finalement l'interrompre pour lui demander s'il accepterait de faire quelques recherches en ce sens. Tout en la prévenant qu'il ne trouvera sans doute rien, l'homme accepte. Au grand soulagement de Mathilde, il ne lui demande pas de pouvoir conserver le buste, un cliché suffira, que son assistante exécute aussitôt. La jeune femme prend congé, il l'invite à revenir et l'assure qu'il la tiendra au courant.

Elle sort de la galerie confiante dans les capacités de l'homme à l'épauler dans sa quête. Par-dessus tout, elle est satisfaite d'avoir eu le courage ne serait-ce que d'entrer dans l'un de ces lieux qui lui font si peur et soulèvent en elle un vague sentiment de transgression. Débouchant rue Saint-Antoine, elle se demande soudain si elle n'aurait pas dû donner le nom de son père au galeriste ; après tout, c'est un petit milieu, tout le monde doit se connaître. Mais quelque chose lui dit que son instinct l'a conseillée au mieux, et qu'elle a bien fait de se taire.

Paris, janvier 2007

> « Dans ce désir de réussir, ne serait-ce qu'un instant, à remonter le temps et à toucher du doigt tout ce qui jadis a été, il y a quelque chose d'une croyance magique. »
>
> Olga Tokarczuk, *Récits ultimes*

Des restes de neige sale s'obstinent sur les trottoirs, qui manquent de la faire glisser. Au pas de la prudence, Mathilde emprunte le pont de l'Alma sous lequel dorment, surveillés par le zouave, les souvenirs de Crimée régulièrement noyés par les crues.

Elle longe sans le voir – son regard est fixé côté Seine – le Palais de Tokyo, où soixante ans plus tôt se pressaient des foules venues échouer à distinguer leur Steinway parmi les Steinway, à reconnaître leur Pleyel grâce à la petite marque sur le couvercle, à la touche soixante-dix-sept qui ne répondait plus ou au quatrième *fa* un peu faux, des hordes désespérées de prouver leur droit à la propriété après cinq ans d'exil ou de ghetto.

Elle entre dans la cour de la rue de la Manutention, passe devant le pavillon de brique où l'œil rond d'une lucarne, dans la peau d'ardoise du mansart, semble la fixer avec une ironie pénible. Ce n'est pas la première fois qu'elle se rend dans cet hôtel particulier transformé, à grands frais étatiques, en bureaux institutionnels. Mais après deux ans passés à alterner stages et vacations, elle espère enfin être embauchée de façon pérenne par la Commission.

Aujourd'hui le dessin des pavés lui apparaît plus nettement : tous ses sens sont aiguisés à la perspective d'entrer dans l'âge adulte, un peu tard mais mieux vaut que jamais. La dame de l'accueil, qui chaque fois fait mine de ne pas la reconnaître et qui, d'ailleurs, n'est probablement jamais la même mais une parmi les innombrables copies de poupées découpées que l'on fait alterner derrière le comptoir, l'invite à patienter dans les fauteuils du hall. Monsieur le préfet va la recevoir.

Une demi-heure plus tard, la porte s'ouvre sur un homme nerveux, qui articule sèchement le nom de la visiteuse et la fait entrer, puis asseoir face à lui. Le directeur de la Commission est visiblement pressé et s'agace de ne pas bien entendre ce que dit Mathilde, dont l'appréhension s'exacerbe devant la mauvaise humeur et l'autorité de cet homme. Sa voix, déjà faible et sourde en temps ordinaire, devient presque inaudible. L'entretien d'embauche, qu'elle avait préparé avec soin, dure quelques minutes à peine. Mathilde ressort du bâtiment un peu sonnée, au bord des larmes. Les pavés battent dans ses tempes leurs lignes rendues criardes par la sournoise pluie de janvier.

Par superstition envers ses espoirs douchés, dont elle craint qu'ils ne hantent le chemin qu'elle a parcouru à l'aller, elle décide de changer d'itinéraire ; c'est aussi qu'elle est aveuglée – et prend cela comme un signe, car comme nous, nos personnages aiment à penser que tout est signe, mais de quoi ? – par un rayon de soleil qui heurte, face à elle, la flamme de la Liberté, dont elle ignore qu'elle a été donnée par les États-Unis à la France au moment précis où son père brûlait en Kabylie.

Au lieu de tourner vers le pont de l'Alma, elle emprunte la passerelle Debilly qui prolonge la rue de la Manutention, longe le quai Branly en jetant un œil au tout nouveau musée dont les jardins ne sont encore que de douteuses promesses, passe devant le Mémorial de la guerre d'Algérie inauguré quelques années plus tôt.

Elle repense à cette nouvelle lue le matin dans la presse spécialisée : l'Algérie justement, qui a mis en œuvre une politique de sauvegarde de son patrimoine matériel et de lutte contre le pillage archéologique, a récupéré plusieurs centaines de pièces vendues en ligne. Elle se demande si le buste d'Antinoüs qu'elle avait, en vain, tenté de faire expertiser aurait pu avoir ce destin. Le galeriste de la rue des Tournelles avait fini par abandonner, incapable de rien trouver quant à sa provenance, et elle n'avait pas insisté, presque soulagée. La quête de soi a de ces détours inutiles.

Elle en avait été quitte pour un sermon de Blanche, qui s'était naturellement aperçue de la disparition, même éphémère, de ce clou de la collection paternelle. Mathilde à ce souvenir ferme les yeux, manière à elle d'effacer ce qu'elle ne veut pas voir.

Elle tourne le dos à la tour Eiffel pour entrer dans le Champ-de-Mars. Elle s'avise qu'elle n'était pas retournée depuis l'enfance dans ce parc aux atmosphères proustiennes où Odile l'emmenait, depuis la rue de Lourmel, faire un tour de balancelle ou de poney, assister à une pièce dans le petit théâtre de marionnettes ou déguster une glace quand la saison s'y prêtait. Toutes ces impressions inattendues, tous ces souvenirs qui étaient l'exception du bonheur, la détournent un moment de sa honte au présent et de sa peur de l'avenir.

Elle ne reconnaît rien d'abord. Le long de la poussiéreuse allée Anatole-France, démesurément qualifiée d'avenue, les luxueux hôtels particuliers lui évoquent davantage ceux dont les fenêtres donnent sur Central Park. Un instant, elle n'est plus à Paris, le monde s'est très légèrement déplacé, juste assez pour la faire se sentir en terre étrangère. Elle ne prolonge pas la sensation jusqu'à l'inquiétude, se retranche dans la collection consciencieuse de ses souvenirs.

(À tout juste mille kilomètres du Champ-de-Mars, Franziska éclate de rire : Juliana vient de souffler pour elle les quatre-vingt-deux bougies de la forêt-noire – son dessert favori – qu'elle lui a apportée pour son anniversaire. Mais la petite-fille de Franziska n'est pas venue uniquement pour déguster une pâtisserie. Elle a promis à sa grand-mère de l'aider à faire du tri dans ses vieilleries, et notamment dans les innombrables cartons de papiers et de livres qui datent de l'époque de la guerre et dont elle n'est jamais parvenue à se débarrasser. Elles ont de l'ouvrage devant elles.)

Quelques jours plus tard, contre toute attente, un appel informe Mathilde qu'elle peut venir signer son contrat. Elle retourne à la Commission avec un tout autre état d'esprit, sa confiance dans un avenir professionnel lumineux éclaire cette fois les pavés sans nuance.

Sa première tâche consiste à mettre de l'ordre dans les quelque vingt milliers de dossiers qui n'ont cessé d'affluer depuis la création de la Commission, huit ans plus tôt, et sous lesquels les autres agents sont ensevelis. Les archives excédant les rayonnages d'origine ont été, après avoir peu à peu colonisé tous les étages de l'immeuble, entreposées dans un bungalow provisoire qui occupe la plus grande part de la cour de sa masse carrée.

L'édifice, heureusement voué à disparaître dès que le tri aura été fait, est d'une laideur dépressive avec ses murs beiges. L'entrée donne sur un intérieur beige lui aussi, meublé d'une simple table de bureau – beige – sur laquelle trône un téléphone dont la couleur reste indécidable, mais que nous pouvons aisément classer dans la famille des beiges, d'une chaise et d'étagères en métal sur lesquelles sont placés les dossiers, dont les numéros sont indiqués par une feuille scotchée à la tranche des étagères.

Mathilde est déçue de ne pas travailler dans les élégants bureaux du bâtiment principal, mais dans la froidure de cet étrange cabanon trônant au milieu des pierres centenaires. Cependant, sa besogne ne lui déplaît pas ; la nécessité de s'y retrouver parmi les listes, les annexes, les *bis* et les *ter*, le défi de parvenir aux chemins logiques lui permettant de traiter cette masse de dossiers, tout cela excite son esprit d'organisation. Des notions d'archivage de base lui reviennent, lointainement héritées d'une formation de quelques semaines suivie pendant ses études. En outre, elle éprouve une satisfaction véritable, une gourmandise esthétique presque, à œuvrer à la disparition de cet affreux bungalow.

Mathilde interroge agents et rapporteurs, désireuse de se faire une vision claire du fonctionnement des différents services où circulent les dossiers. Elle optimise et réorganise, dessine des plans et réaménage – non sans créer divers mécontentements – dans une frénésie qui la surprend elle-même. Elle se découvre une capacité à la rationalisation qui correspond, elle le pressent, à l'excès d'émotions menaçant de la submerger chaque fois qu'elle ouvre un dossier. Peu à peu, elle pénètre les arcanes de la Commission et s'identifie aux victoires que sont les restitutions, si rares et toujours saisissantes dans leur solennité presque dérisoire eu égard à ce qu'elles s'efforcent de réparer.

Elle est blessée par les attaques dont ses collègues sont victimes, les reproches qui sont faits à l'institution tout entière d'aller trop lentement, l'incompréhension des requérants, du public, des journalistes qui ne voient pas que, si peu de requêtes aboutissent, c'est que plus de soixante ans après la guerre les témoignages sont rares, les souvenirs flous et contradictoires, les graphies approximatives, variables et fautives, les archives disparues ou souvent encore classifiées, et que c'est le respect qui impose de ne pas faire d'erreur dans l'attribution d'un bien à un requérant.

Pour mieux appréhender la situation de ces familles, Mathilde lit d'abondance sur le sujet, récits, monographies, Mémoires, témoignages épistolaires, sur la période de l'Occupation mais aussi en amont : creuser dans le temps l'aide à comprendre les mécaniques à l'œuvre et à mettre en perspective les événements sur lesquels repose son activité quotidienne. Elle envisage dans la durée les conséquences du passé sur le présent, ce qui l'amène dans le même temps à reconsidérer son histoire familiale de façon plus organique, à mettre en relation les circonstances collectives et les événements individuels qui la concernent directement.

Tandis que Bruno Lohse meurt à Munich, âgé de quatre-vingt-quinze ans, et que l'on découvre dans le coffre-fort numéro cinq de la banque cantonale de Zürich plusieurs toiles de maîtres lui appartenant et identifiées comme spoliées ;

tandis qu'Anne Olivier Popham, devenue Bell en épousant le neveu de Virginia Woolf – ces coïncidences ! il est impossible de s'en lasser –, Virginia Woolf dont elle a établi le Journal avec la même rigueur méthodique et la même modestie toute britannique que dans son action au service de la protection des œuvres d'art, est décorée par l'ambassadeur des États-Unis pour sa contribution à la cause alliée, le Congrès américain ayant voté une résolution pour saluer officiellement le travail des Monuments Men, contrairement au gouvernement britannique qui ne l'a jamais reconnu ;

s'ouvre à Paris, plus précisément passage du Désir, une exposition sur l'histoire de l'immeuble du Faubourg-Saint-Martin, ancien siège des magasins Lévitan. Lequel abrite aujourd'hui une agence de publicité – clin d'œil involontaire, mais que notre manie nous incite à relever, à Marcel Bleustein-Blanchet.

Dans le bureau de ce dernier, avenue des Champs-Élysées, rien n'a bougé. Sa fille cadette y pénètre uniquement pour vérifier que les objets – lions, statuettes et photographies – sont toujours à leur place et régulièrement dépoussiérés. Une nouvelle biographie de son père, qui aurait eu cent ans quelques mois plus tôt, vient tout juste de paraître. Devenu personnage, Marcel garde la main sur sa légende. Laquelle ne peut, en aucun cas, lui conférer la position de victime.

Le chapitre de ce que la guerre a englouti n'a jamais figuré dans les conversations familiales, songe sa fille avec une fierté où entre un peu de regret. Ni elle-même ni la benjamine de la sororie n'ont envisagé de déposer un dossier de réclamation. Quant à leur mère, décédée trois ans après Marcel, elle n'avait jamais abordé le sujet. Il n'a jamais été question de récupérer quoi que ce soit. Tout cela concerne un temps et une existence qui n'étaient pas les leurs.

*

Comme chaque soir désormais, quel que soit l'état du ciel, Mathilde longe la Seine par l'avenue de New-York ; elle se promet, comme à chaque fois, d'aller dîner à la Cantine russe, haut lieu de la vie mondaine pour les exilés blancs entre les deux guerres, franchit le pont de l'Alma, suit l'avenue Bosquet qui tranche le Gros-Caillou, puis traverse le septième arrondissement, celui des femmes de sa famille mais qui n'a jamais été le sien, en croisant les avenues de Lowendal, Ségur et Breteuil, avant d'emprunter le boulevard des Invalides puis celui du Montparnasse.

La veille, elle a assisté à la soutenance de thèse d'Isabelle sur la mise aux enchères des œuvres spoliées avant et pendant la guerre. Le moment était naturellement aussi brillant qu'émouvant, pourtant quelque chose en Mathilde est resté, tout du long, extérieur à ce qui se disait. C'est sa vocation, le centre de son existence, elle y consacre le moindre instant, au détriment de sa vie intime, mais c'est comme si pour elle il s'agissait moins de désir que de culpabilité. Comme si travailler à réparer, même illusoirement, le passé d'autrui était une manière de réparer le sien, sans qu'elle sache au juste ce qu'il lui faut ravauder. La nuit tombe, ajoutant son poids à celui de la neige qui écrase les branches et les chiens-assis des beaux quartiers.

Malakoff, novembre 2007

> «Je me demandais quel genre de présent on pouvait avoir sans connaître les histoires de son passé.»
>
> Daniel Mendelsohn,
> *Les Disparus*

La porte s'ouvre dans un éblouissement de térébenthine. L'odeur transporte aussitôt Mathilde jusqu'à sa chambre d'adolescente, lorsqu'elle s'essayait à la peinture à l'huile en remuant de confus désirs. Le brouillard du souvenir qu'a fait lever l'arôme se dissipe en un instant sous l'effet du lumineux sourire qui l'accueille. Elle sait que la dame, vêtue d'une blouse tachée – mais dont le turban immaculé assure à lui seul l'élégance –, a près de soixante-dix ans, pourtant son regard est d'une très jeune fille. Il pétille et l'invite à entrer.

La requête de Sylvia Baruch est le premier dossier confié entièrement aux soins de Mathilde, qui appréhendait cette visite depuis la veille. Elle a passé la nuit à remuer ses arguments tout en se répétant le prénom musical et le patronyme de prophète. Elle vient aujourd'hui apporter à Sylvia les premiers résultats de ses recherches, ce qui, apprendra-t-elle par la suite, est très inhabituel ; outre le temps que cela exige, peu compatible avec le nombre de dossiers, c'est une pénétration dans l'intimité qui engage le chercheur sur la piste dangereuse de l'émotion.

La peintre l'assied d'autorité dans un fauteuil défoncé, tandis qu'elle-même va préparer du thé, disparaissant d'un pas souple au fond de la petite cuisine qui prolonge l'atelier. Mathilde sent fondre son anxiété. Elle respire bien dans cette vaste pièce à la fois encombrée et parfaitement lisible.

L'œil, sans cesse happé, jamais ne s'épuise, tant l'intelligence des sens commande l'ensemble. Les grandes baies vitrées éclairent et justifient chacun des innombrables objets : lézards en bronze et oiseaux empaillés posés tout naturellement sur de délicats guéridons, lion d'étain sur ses gardes depuis l'Antiquité d'Égypte, béliers et truies de plâtre vaguant au pied d'un très grand châssis dont la toile est protégée par une couverture des regards indiscrets – une œuvre en cours, certainement, se dit Mathilde –, chiffons, enduits, toiles roulées contre les murs, broderies et dessins étalés au sol, tubes et palettes qui traînent un peu partout et composent un décor : chaque chose, malgré l'apparent chaos, occupe la place qui est la sienne selon une logique incontestable.

L'harmonie, comprend Mathilde, vient des lampes. Des dizaines de lampes, toutes allumées en cette après-midi de fin d'automne, bravant de leur chaleur tamisée le jour bis du pire mois de l'année. De ravissantes petites lampes ouvragées aux abat-jour anciens, toile de Jouy, velours, soie ou satin brodé à galons, aux pieds sculptés en étain ou en albâtre, de minces lampadaires se fondant admirablement dans les lignes de la pièce. Mathilde malgré elle compte les luminaires, tandis que retentit le sifflement rassurant de la bouilloire. Il y en a bien une centaine.

Cent six, précise fièrement la peintre en revenant au salon, chargée d'un plateau sur lequel sont disposées une théière et deux tasses en barbotine évoquant des nénuphars – d'un goût tout aussi douteux qu'exquis, ou plutôt qui serait douteux n'importe où ailleurs, mais trouve dans ce contexte une cohérence exquise – et qu'elle dépose sur une table basse encombrée de livres.

«Je me suis installée ici dans les années soixante-dix. Les ateliers ne coûtaient rien, c'est pourquoi il y a autant d'artistes ici.

Boltanski habite au bout de la rue avec Annette Messager, Sophie Calle n'est pas loin non plus. Ils ont acheté ensemble une usine désaffectée au début des années quatre-vingt pour y travailler. »

Mathilde souffle sur le thé, aspire le pamplemousse brûlant. Elle n'a jamais rien bu d'aussi bon. La transition est brutale, quoique adoucie par cette voix qui frise sans cesse vers les aigus du sourire :

« J'avais quatre ans quand mes parents ont été déportés. Mon grand-père paternel venait de Pologne. C'était un banquier, et un grand collectionneur. Il avait fait fortune et accumulé suffisamment de biens pour mettre à l'abri toute sa famille. Croyait-il. Il est parti pour les États-Unis avec ma grand-mère dès le début du conflit, mais il a fait une crise cardiaque sur le bateau. Son fils – mon père, donc – y a vu un signe qu'il ne fallait pas fuir. Il était très orgueilleux. La Gestapo les a arrêtés, lui et ma mère, devant mes yeux. J'étais petite, mais je me souviens de tout. Juste avant, ma mère avait demandé à une femme de me prendre par la main et de faire comme si j'étais sa fille. Cette femme m'a sauvée.

« Après la guerre, ma grand-mère Rachel est rentrée en France et je suis allée vivre avec elle. Son appartement du boulevard Haussmann avait été réquisitionné, elle n'a pas pu le récupérer tout de suite. On le lui a finalement rendu, à peu près dans l'état où l'avaient laissé les Allemands en partant. Ils avaient enlevé tous les meubles pour faire de la place aux matelas des soldats. Elle a retrouvé un brassard gammé et un presse-papier en métal avec un svastika qu'elle a choisi de garder, pour des raisons un peu obscures je dois bien l'avouer. »

Mathilde a déjà lu tout cela dans le dossier de requête déposé par Sylvia, mais l'entendre de sa bouche donne à ce témoignage une épaisseur nouvelle, une force qui provoque chez la jeune femme de véritables décharges d'empathie. Le récit de la peintre est d'autant plus bouleversant qu'elle le livre dans son atelier, où s'impose à quiconque y pénètre la sensation d'être passé de l'autre côté du monde, ou d'un miroir où l'on refuse de se regarder.

« Qu'est-ce qui vous a décidée à déposer un dossier, si longtemps après ?

– Comme souvent, ce sont les jeunes générations qui ébranlent les précédentes. Ma petite-fille Julie, qui vient d'avoir dix-huit ans, a commencé à me poser des questions. J'ai pris conscience que j'étais le dernier lien entre ce passé et l'avenir, qu'elle représente, et qu'il était de mon devoir de transmettre ce qu'il était encore possible de transmettre. Sans quoi, Julie comme ses éventuels descendants seront en droit de m'en vouloir. Et je n'ai pas envie d'être maudite sur des générations !

« Je crois que ce qui peinait le plus Rachel, c'était de se dire que les tableaux de son mari, qu'il avait acquis et réunis avec tant de patience et d'expertise, d'amour même, pendaient en toute impunité dans la salle à manger d'autres personnes. Que d'autres personnes mangeaient dans les assiettes en porcelaine ou avec l'argenterie héritées de sa famille, lisaient les livres qu'elle avait elle-même chinés dans les librairies d'occasion, sous des lampes achetées au cours des voyages qu'elle avait faits en compagnie de son mari. Tout en sachant que c'était injuste, elle haïssait ces inconnus, presque plus que les pillards qui les avaient volés en toute conformité avec les lois du Reich. »

En dépit de l'émoi que ce récit suscite en elle, Mathilde tâche de se concentrer sur son rôle. Elle demande d'abord à la peintre de l'excuser de n'être pas venue plus tôt : elle n'a reçu la réponse du ministère des Affaires étrangères concernant le dépôt d'un dossier par la grand-mère de Sylvia que la semaine précédente, bien que l'enquête ait débuté à l'été, bien surtout qu'il s'agisse d'une recherche simple : il suffit d'entrer un nom dans la base de données du Quai d'Orsay pour voir si une réclamation a été effectuée, après guerre, auprès de la Commission de récupération artistique. Mais la meilleure des volontés ne peut rien contre l'inertie administrative.

La jeune femme, dont les indignations ne sont pas encore lénifiées par l'habitude, est gênée de ces lenteurs qu'elle ne sait comment justifier. Si elle-même en comprend les raisons, elle mesure la frustration que ces atermoiements peuvent générer. Sylvia d'un mouvement de paupières lui fait comprendre qu'elle ne lui tient rigueur de rien et qu'elle en a vu d'autres. Le simple fait de savoir que quelqu'un s'occupe de sa mémoire familiale lui suffit.

Mathilde a néanmoins une nouvelle importante : la grand-mère de Sylvia avait, en son temps, approché la Commission de récupération artistique pour retrouver les œuvres d'art de son mari. L'information oblige la peintre à reposer sa tasse sur la table. Sa main tremble. Elle se lève, attrape un mouchoir en tissu dont elle se tamponne les yeux avec une grâce désarmante.

Sylvia ignorait en effet – elle n'était alors qu'une enfant, et ce n'étaient pas des choses dont on parlait – que sa grand-mère avait eu l'énergie de constituer un dossier. Elle-même, peu après la mort de Rachel, avait déposé une demande d'indemnisation auprès du gouvernement allemand, mais cela n'avait abouti à rien, et elle avait rapidement abandonné.

Le dossier de Rachel Baruch, dont Mathilde a apporté une copie, comprend quelques photographies très floues de l'appartement familial. Aux murs se devinent des toiles, dont le sujet ne peut être identifié. Sylvia tremble toujours, lorsqu'elle parcourt les différents courriers et témoignages tâchant d'expliquer les circonstances de la spoliation, les attestations de marchands ayant vendu les œuvres, les inventaires soigneusement dactylographiés par sa grand-mère. Elles les regardent ensemble, les lisent à voix haute comme une litanie tâchant d'épuiser l'incompréhensible passé.

Mais rien n'est plus poignant que les esquisses au crayon noir qui s'essaient à représenter le plus fidèlement possible l'aménagement des pièces. Dans la précision désespérée du dessin coulent toutes les désillusions de la main qui l'a tracé. Mathilde perçoit aussitôt que la peintre n'a jamais fait le lien entre son métier de plasticienne et l'expérience de spoliation vécue par ses grands-parents.

Dès qu'elle tente de l'aiguiller dans cette direction, elle se heurte à un mur. Elle n'insiste pas.

Elle insiste d'autant moins que Sylvia possède le talent de faire parler. Bientôt c'est Mathilde qui, en confiance avec cette femme dont les yeux savent si bien voir, se met à évoquer les inquiétudes soulevées par un épisode qui s'est déroulé le matin même. Au téléphone, un requérant l'a accusée, avec une violence d'autant plus dure qu'elle était froide, de ne pouvoir comprendre sa souffrance. Il refusait de l'avoir pour interlocutrice, arguant que, n'étant pas juive elle-même, elle serait incapable de saisir ce que les Juifs avaient vécu. D'autant plus qu'elle représente un État qui n'a pas su protéger ses citoyens en temps voulu. Mathilde fait bien sûr preuve de compassion vis-à-vis du désarroi de cet homme. Elle n'en est pas moins révoltée par l'impasse où ces accusations l'acculent. La peintre la rassure d'un sourire immense, qui brille de blancheur sous son gracieux turban.

« De tels propos relèvent d'une forme d'antisémitisme, puisqu'ils essentialisent les Juifs et en font des êtres différents des autres. Vous souffrez de notre souffrance comme être humain, qui voit des humains s'en prendre à d'autres humains. C'est une empathie fondamentale de l'espèce qui vous anime, ne faites pas attention aux fâcheux. »

Sa voix est réconfort, chaleur et simplicité. Mathilde a conscience que ses interrogations sont, sinon absurdes, du moins stériles. Est-ce que Rose Valland s'est posé la question au moment d'agir ? Gisela Mauleggert, sa professeure de collège, culpabilisait-elle d'être allemande lorsqu'elle se passionnait pour le parcours des biens spoliés ? La jeune femme sait qu'elle œuvre dans le bon sens et n'a pas de doutes sur le bien-fondé de sa mission. Mais elle conserve un malaise similaire à celui de qui se rend, croyant bien faire, à l'enterrement de quelqu'un qu'il connaissait à peine.

Sylvia sourit, comme si ces derniers mots venaient conclure une séance de psychanalyse, invitant Mathilde à y réfléchir jusqu'à leur prochain entretien. « J'ai été ravie de vous rencontrer. »

Mathilde comprend le message et suit la peintre jusqu'à la porte – au passage, elle remarque pour la première fois l'unique indice des origines juives de Sylvia, une menora de taille discrète aux branches supportées par deux lions de Juda en laiton. Il est temps de saluer.

« Au revoir, Sylvia.

– Vous pouvez m'appeler Susha. C'est le surnom que me donnait ma grand-mère. »

Mathilde émerge dans la grisaille banlieusarde comme d'un rêve difficile à se remémorer. Elle comprend mieux que jamais la phrase de Virgile, que leur répétait Isabelle à longueur de cours, l'intraduisible « *Sunt lacrimae rerum* » : « Les choses ont leurs larmes. » Dans la pluie fine de novembre qui embruine Malakoff, la jeune femme voit couler les pleurs qui hantent les objets dépossédés de leurs propriétaires. La nuit, qui menace depuis l'aube, a encore approché et risque de l'envelopper avant qu'elle n'ait atteint la station de métro.

Elle ignore – pourquoi le saurait-elle ? – que le nom de cette ville qu'elle traverse pour la première fois vient du patronyme d'un capitaine prénommé Michel, comme son propre père. Un marin dont les activités de contrebande n'avaient pas empêché, avaient peut-être même permis, que son prestige donnât son nom à une haute colline de Crimée, péninsule qui fait face à cette ville d'Odessa dont le nom la subjugue.

Elle ignore que sur cette colline, souvent et curieusement désignée comme le Mamelon vert, Russes et Français se sont battus férocement pour gagner la tour qui la surmonte. Tour qui a inspiré au propriétaire d'un hôtel, devant lequel Mathilde passe sans le voir, un émouvant trompe-l'œil.

Elle ignore aussi qu'après cette guerre de Crimée, dont les rebondissements ont tenu en haleine l'essentiel des Français, un entreprenant promoteur immobilier a fait construire dans ces faubourgs de Paris un espace de loisirs, au centre duquel s'élevait, parmi d'autres attractions intéressantes, une gigantesque tour érigée à la gloire de Napoléon III et en référence à la tour de Malakoff, toujours elle.

Mathilde ignore enfin qu'à deux pas de l'atelier de Sylvia, sur le même trottoir de la rue Hoche, à l'époque baptisée rue de Finlande, se trouve la villa que Marie Lahy-Hollebecque, érudite et militante, féministe et communiste, venait de faire construire avec son mari lorsque les milliers de livres de leur bibliothèque, ainsi que les archives qu'ils croyaient avoir mises à l'abri, furent spoliés par l'ERR, transférés à Berlin puis en Silésie et enfin, après leur sauvetage par l'Armée rouge, à Minsk et à Moscou où ils sont restés entassés dans des caisses empilées, avant de revenir en France à la toute fin du XXe siècle sous la forme de cartons ornés de caractères cyrilliques.

*

À cent cinquante kilomètres de Malakoff, tandis que Mathilde pénètre dans le métro, une vieille femme descend de l'autobus qui vient de s'arrêter au centre de la petite ville normande d'Aube (Orne). Elle trottine jusqu'au microscopique musée dédié à la comtesse de Ségur. Elle y a pris rendez-vous le mois dernier et vient tout exprès de Dresde (Saxe).

Dans un français impeccable, quoique très légèrement teinté d'un accent allemand, elle se présente à la femme qui se tient à l'entrée, tout sourire ; la secrétaire du musée l'attendait avec impatience. Au fond de la petite serviette de cuir que Franziska tient farouchement en main, se trouve un manuscrit qui l'a accompagnée toute son existence comme la mémoire d'une époque non vécue. La femme l'invite à s'asseoir et écoute le récit de l'octogénaire. Celle-ci lui narre ce qu'elle sait du parcours de ce manuscrit ancien, qui fait le lien entre l'Allemagne et la France par son histoire, mais aussi entre la France et la Russie par son contenu.

Franziska ne se doutait pas un instant de la valeur de ce texte. Elle l'a trouvé soixante-cinq ans auparavant parmi les archives de son oncle Hans Posse, conservateur des galeries de Dresde, qu'elle était chargée de trier. Elle évite de mentionner les activités de son oncle auprès du Führer, et nous déplorons, autant certainement que le lecteur, le fait que personne ne songe à lui poser la question. Elle a conservé le manuscrit par goût adolescent pour le secret autant que par passion francophile, avant de l'oublier au fond d'une boîte. C'est seulement quelques mois plus tôt, et tandis que, se voyant vieillir, elle a voulu profiter de ce qu'elle était encore en forme pour mettre en ordre les souvenirs de toute une vie, qu'elle est retombée sur le manuscrit.

La possibilité, récente pour elle, de faire des recherches en ligne lui a très vite permis de comprendre de qui était ce texte et l'importance qu'il pouvait revêtir pour le public français. Par réflexe familial de confiance dans les instances de conservation mémorielle, elle a immédiatement décidé d'en faire don au musée consacré à la comtesse de Ségur, née Sophie Rostopchine. La dame n'a pas cessé un instant de sourire.

VII

MÉRÉDITH

Venise, février 2008

> « Entre l'œuvre et le lieu j'aime que les liens se distendent. »
>
> Yves Bonnefoy, *L'Improbable*

La lumière blanche l'accable d'un coup. Le ciel brutal est une nausée, qui l'oblige à fermer les yeux. Mathilde vient de passer une demi-heure à contempler, stupéfaite, la bouleversante beauté des chevaux de la basilique Saint-Marc. La mise en scène des originaux, dans l'ombre délicatement éclairée de la loggia, est idéale. Les répliques ont été installées sur la façade de l'imposante cathédrale peu après la naissance de Mathilde.

Elle s'est tenue longtemps au-dessous des poitrails vert-de-gris, dont l'or a été griffé pour éviter la réflexion du soleil. Les veines au cou de l'une des bêtes palpitaient jusque dans sa propre gorge, les yeux tristes des quatre équidés la fixaient avec une telle détresse, qu'elle n'imaginait plus pouvoir les quitter, y revenait sans cesse, happée par cet appel du fond des siècles. À présent, debout sur le balcon, se tenant à la jambe de l'une des répliques, elle absorbe entre ses cils mouillés la splendeur de la place Saint-Marc.

La matinée, passée tout entière à l'Accademia, l'a déjà saturée d'émotions – outre les Véronèse et les Tintoret, les flammes infernales de Bosch et les éclairs de Giorgione, elle y a admiré le buste de Napoléon par Canova, tête et épaules nues, dépouillé des attributs du pouvoir. L'humaine modestie des mèches et du regard baissé a livré à son œil surpris la beauté insoupçonnée du conquérant.

La veille, à la Scuola di San Rocco, elle s'est longtemps absorbée dans d'illisibles allégories en bois sculpté, en particulier une *Mélancolie* aux traits androgynes dont le regard vrille le cœur comme un appel *de profundis*.

Après avoir visité, par réflexe et une sorte de révérence, le premier ghetto de l'Histoire dans Cannaregio, elle a ensuite passé un autre long moment dans la Chiesa dei Gesuiti. Le thème de la douleur, partout présent, s'y illustre jusque dans l'odeur de fleurs pourries émanant des vases placés sous les fresques sordides de la sacristie. Elle a lu dans son guide l'histoire du bâtiment – l'expulsion des pères débauchés, puis leur réhabilitation et la restitution de leurs biens – et n'a pas pu s'empêcher d'y trouver des échos, comme partout depuis qu'elle est à Venise, à ses préoccupations.

Les fresques et toiles absorbées au fil de son séjour virevoltent comme feuilles dispersées dans son esprit éreinté, les Tintoret les Véronèse les Titien, les saints suppliciés, les madones, les chérubins et les archanges, les mille et une paraboles se confondent, enfouis dans des plis de vêtements lourds, bruns, rouges, tachés de sang et de martyre. Les symboles surtout l'étourdissent, lions serpents aigles et taureaux, roues flèches et crânes. Toute cette puissante naïveté métonymique l'ébranle dans ses fondations esthétiques : elle se sent presque trop savante pour en apprécier la puissance, trop lucide pour la mériter.

Elle ne peut se garder de faire des liens, de convoquer un savoir qui informe son regard malgré elle. Elle pense au parcours des œuvres pillées, qui souvent ont été arrachées aux églises où elles étaient accessibles au spécialiste comme au plus ignorant des fidèles, lequel pouvait jouir de leur beauté entre deux prières. Par le miracle de son inscription simultanée dans l'Histoire et dans le présent de son usage liturgique, l'église désamorce tout recours à la référence, quand les musées peuvent intimider, voire aseptiser l'expérience esthétique.

Elle tente de chasser les souvenirs de cours et de lectures, d'apprécier avec candeur ce qu'elle a sous les yeux, mais les réflexes sont ancrés. On ne se défait pas facilement de trop d'années d'études.

Le matin même, d'épuisantes et stériles réflexions théoriques parasitaient la torpeur de l'insomnie qui la tenait, depuis l'aube, écrasée entre les draps rêches de la petite chambre qu'elle a louée dans un palais décrépit de la calle Lunga Santa Maria Formosa. Divers objets oscillant entre le mauvais goût et la parodie touristique décorent la pièce, meubles dépareillés et tapissés de vieillots motifs, dessus-de-lit imitant les peaux de diverses bêtes, tentures et coussins de velours ayant capturé la poussière de générations de visiteurs.

L'unique fenêtre donne directement sur les étals de la librairie que Luigi, le propriétaire, tient à la journée longue. La location de sa chambre d'amis aux touristes de passage arrondit les fins de mois approximatives d'un commerce qui l'est tout autant, bien que la librairie Acqua Alta soit devenue, au fil des ans, une attraction touristique à part entière.

D'innombrables chats serpentent entre les piles de volumes, dont aucune tentative de classement n'est jamais venue perturber le tranquille assoupissement. Bouquinaille jaunissante et magazines détrempés s'entassent dans la cour arrière, où ils forment un folklorique pourrissoir, autant qu'à l'intérieur où ils remplissent baignoires, gondoles et autres embarcations plus ou moins fantaisistes, lesquelles ne les protègent en rien des ravages annuels des hautes eaux. Au fond de l'échoppe, l'ouverture donnant sur l'un des deux cents canaux de la ville est une provocation au bon sens, et le nom de l'enseigne, une dérision vainement apotropaïque. Mais c'est aussi, davantage que des pulsions bibliophiliques, la personnalité du pantagruélique propriétaire des lieux qui drague le chaland dans cette invraisemblable librairie.

(Accordons-lui une petite parenthèse, pour le plaisir de la digression et en hommage à cette figure du quartier : Luigi est un ancien marin reconverti dans la vente de livres pour d'indécidables et sans doute peu littéraires motifs. Il tient de ses nombreuses cabotes une connaissance suffisante de toutes les langues européennes et une légèreté dans ses yeux limpides qui contraste avec son impressionnante circonférence. Il se sait curiosité locale et en profite pour asseoir les jeunes et blondes voyageuses sur ses genoux, au prétexte d'une photographie souvenir. Ces canailleries et la vente de cartes postales constituent l'essentiel de son activité. Nous nous contenterons de ce portrait sommaire, libre au lecteur de creuser la question en se rendant sur place.)

*

S'éloignant de la basilique Saint-Marc, Mathilde titube sans savoir laquelle des ruelles étrécies, lequel des ponts instables emprunter. Elle monte et descend des infinités de marches, traverse en les confondant des placettes livrées au silence de l'hiver sous la bonne garde de leur église – car chaque place, à Venise, a son église. Elle parvient par nous ne savons quel miracle jusqu'au Rialto, où la foule soudaine est un cauchemar. Vite, elle s'extrait de la cohue plastique, des couleurs criardes du souvenir standardisé, longe un peu le Grand Canal avant de s'enfoncer de nouveau dans les minuscules *calle*. Midi l'enveloppe d'éloquentes odeurs de poulpe et de palourde, d'ail et d'huile d'olive, de pâtes et de tomate, un haut-le-cœur menace de la faire trébucher.

Son malaise est accentué par la récurrence hypnotique des figures de lion ; partout les fauves la suivent du regard, têtes dévorées par la moisissure au ras des canaux, bouches béantes où l'on glissait autrefois les dénonciations anonymes, sculptures fièrement dressées au pied des statues d'illustres, marteaux de porte imposants ou modestes écrins de sonnettes, toutes ricanant de l'incapacité de Mathilde, au sens de l'orientation déjà déficient en temps normal, de se repérer d'une quelconque façon dans cette cité dédale.

L'alternance incessante entre ombre et soleil exaspère encore son vertige. Les reflets de l'eau se confondent avec la noirceur humide des venelles ; souvent, elle ne sait plus si c'est trottoir ou canal devant elle et doit tâter le sol à chaque pas.

Elle débouche dans un nouveau jet de lumière au pied du Ponte delle Tette, dans l'ancien quartier des lupanars. Une silhouette est accoudée au balustre. Une silhouette souple, à la courbe de roseau, et parfaitement immobile. Si le contre-jour ne l'aveuglait pas, Mathilde verrait que le visage de la femme est sans expression décelable, que les beaux yeux noirs aux paupières un peu tombantes fixent le bouillon sale et que les lèvres charnues paraissent closes sur un éternel secret.

Mathilde chancelle au moment de poser le pied sur la première marche du pont. Son vacillement anime, comme par ricochet, la silhouette qui alors se déplie, ondule un peu et, sans qu'elle ait eu l'air de faire un pas, est déjà près d'elle et l'aide à se relever.

« Syndrome de Stendhal ? » Mathilde ne se demande pas, tant il y a d'évidence dans cette sinueuse apparition, comment la femme a deviné qu'elle était française. « Juste un étourdissement », répond-elle en flageolant de nouveau dans un faible sourire.

La femme, qui doit avoir peu ou prou son âge, semble venir de siècles très lointains. Sa voix elle-même, grave et un peu traînante, a l'accent des croisades et des familles éteintes. Sa chevelure, brune et veinée de rousseurs, est dessinée sur le ciel plutôt qu'elle ne prolonge son visage. Son vêtement, dont la légèreté méprise le froid de février, est lui aussi hors du temps, hors de l'espace, et ne renvoie à aucune référence identifiable.

Un chat se faufile sur le pont. Le suivant des yeux avant de revenir à Mathilde, l'apparition sourit, et par ce sourire prend soudain réalité. Elle se présente, avec une solennité que dément la langueur de sa posture : Mérédith de Cornulier.

Mathilde, séduite par l'étrange prénom chargé de paysages celtes et de légendes fort peu latines qui soulèvent brusquement un vent de falaise sur ce petit pont vénitien, ne prête pas tout de suite attention au patronyme tout aussi singulier, ni même à la particule qui relie aussitôt, et malgré elles, les deux jeunes femmes dans une communauté inconsciente de classe et de culture. Quelle que soit la raison de son immédiate confiance, elle n'hésite pas à suivre Mérédith lorsqu'elle lui propose d'aller prendre un verre pour se remettre.

Elle n'hésite pas davantage lorsque sa nouvelle compagne de voyage, après qu'elles se sont installées malgré le froid au comptoir extérieur d'une *osteria* – Mathilde se réjouit de voir que, comme elle, la fascinante jeune femme dédaigne les tables –, lui propose de célébrer par quelques bulles leur rencontre. Ce dernier mot scelle, en un instant, la pérennité du lien. Mérédith commande du champagne de Bisseuil, hébétant le serveur qui leur apporte, non sans lever les yeux au ciel, une bouteille de prosecco.

« Savez-vous que Venise est constituée de cent dix-huit îlots, qui portent chacun leur église, reliés par quatre cent vingt-trois ponts ? Il y a de quoi trébucher. Une chance que vous ne soyez pas tombée à l'eau, comme lord Byron fit en son temps lorsqu'il chut dans le Grand Canal au sortir de quelque libertinage. Que faisiez-vous donc dans ce scabreux quartier ? »

Mathilde rougit. « Je crois que je m'étais égarée… Et vous ? Que faisiez-vous immobile sur ce pont, quand dans Venise il semble impossible de rien faire d'autre que marcher ?

– Je saluais les prostituées qui, il y a cinq siècles, montraient leurs seins aux chalands pour les attirer depuis les fenêtres donnant sur le canal. Saviez-vous que c'était une loi sénatoriale qui les obligeait à ainsi exhiber leurs tétons, afin de lutter contre l'homosexualité masculine ? Je viens les encourager dans leur difficile labeur, que le froid endurcit encore. »

Voilà Mathilde confirmée dans son intuition que la jeune femme – qui parle aux fantômes sans s'inquiéter de savoir s'ils l'entendent, puisqu'elle en est convaincue – fait fi des frontières du temps. D'ailleurs, Mérédith est venue en train, tant par phobie de l'avion que par désir d'adhérer aussi intimement que possible au passé de la ville ; elle est à Venise depuis le début du carnaval, quand Mathilde s'est arrangée pour l'éviter en arrivant à la toute fin du mois. L'idée lui plaisait de fouler, avec une complaisante mélancolie, les confettis obsolètes, signes éteints et maculés de boue d'une fête à laquelle, volontairement, elle n'avait pas participé.

Mathilde précise : « C'est aujourd'hui mon anniversaire. J'ai toujours rêvé de le fêter à Venise.

– Voilà une païenne tradition que je réprouve. Mais je ferai une exception pour vous, et pour justifier les bulles. Cependant, chaque exception a ses exigences, aussi déclaré-je solennellement qu'à partir d'aujourd'hui, nous fêterons ensemble chaque 27 février dans une ville différente. Longue vie et à Dieu vat ! »

Mathilde est subjuguée. Cette amitié incontestable que lui offre, ou lui impose, cet étonnant personnage la trouble et la ravit. Mérédith est un mystère croissant. Elle ne s'inscrit, selon toute apparence, dans aucune réalité professionnelle ou sociale. Elle prétend exercer – ce sont ses mots, nous nous garderons bien d'en juger la pertinence – la *noble et lamentable activité d'écrivain* et avertit sa nouvelle compagne : les écrivains sont des vampires. Ce préambule posé, elle insiste pour que Mathilde lui rende compte de tout ce qu'elle a vu, de tout ce qui s'accumulant a eu raison de son équilibre.

La jeune femme commence par lui décrire l'église des Jésuites, mais s'aperçoit bientôt que Mérédith en sait davantage sur le sujet qu'elle-même ne pourrait lui en apprendre. L'étrange jeune femme possède sans conteste une intarissable culture, notamment en matière d'histoire religieuse. Elle avoue nourrir une passion esthétique pour la liturgie, qui l'a menée à explorer les méandres de la catéchèse. Elle se dit même parfois catholique extrême, pour le plaisir de choquer son entourage.

Mathilde alors bifurque vers un sujet qu'elle maîtrise mieux, les toiles saisies par Napoléon et que Paris a dû rendre, notamment à l'Italie, après les Cent-Jours. Elle s'anime en évoquant l'histoire complexe de ces œuvres restituées aux églises, où leurs mauvaises conservation et qualité d'exposition – ô l'absence d'éclairage au bas des Tintoret – sont compensées par le tribut qu'elles apportent, en étant ainsi visibles par tous, à l'édification du peuple.

Tandis que Mathilde, ayant informé Mérédith de la nature de ses activités professionnelles, entreprend d'élaborer un parallèle laborieux entre les spoliations nazies et les pillages napoléoniens, une mouette passe en trombe, chipant un *cicchetto* aux anchois dans le plat – affolement de Mathilde, indifférence de Mérédith qui pose sur sa compagne un regard dont la dureté ne pouvait, dans cet organisme tout de souplesse et d'ondulation, être soupçonnée un instant.

« Ne voyez-vous pas l'indécence d'un tel rapprochement ? Bien sûr, Napoléon comme Hitler, comme Goering, ont en commun l'hubris la plus répugnante ; bien sûr, c'étaient d'avides mégalomanes désireux de posséder les plus grandes richesses pour leurs nations respectives, de faire de Paris ou de la médiocre bourgade de Linz le centre de l'Europe, et donc du monde. Bien sûr, les pillages ont toujours eu lieu, et pas uniquement en temps de conflit ; Néron pillait des statues dans les sanctuaires de Corinthe, si l'on en croit l'Hadrien de Yourcenar. Savants et érudits du XVIIe siècle n'hésitaient pas à rapporter de leurs périples ce qu'ils avaient prélevé dans les sols ou les monastères, antiquités et artefacts, mais aussi restes humains, momies et sarcophages, et quantité d'insectes et d'animaux plus ou moins empaillés.

« Mais ces rapprochements hâtifs sont très dangereux. La notion de trophée de guerre, de butin légitime, remise à la mode par Napoléon, n'est qu'un prétexte pour Hitler. Chez lui tout est alourdi, envasé par l'idéologie qui recouvre chacun de ses actes d'une moisissure abjecte. À grand renfort de loi du talion et de références au traité de Versailles, Hitler s'autorise le dépouillement des biens pour mieux éliminer les corps. »

Mathilde est un peu blessée de la sévérité avec laquelle cette inconnue l'a prise en flagrant raccourci intellectuel, mais elle s'incline : de Mérédith émane une telle intransigeance, que l'on ne saurait en sa présence s'abaisser au déni.

Percevant son malaise, cette dernière change de sujet et fait glisser la conversation sur le terrain de la littérature. Elle relit – pour la vingtième fois au moins, car elle l'emporte dans tous ses voyages – *L'Œuvre au noir* de Marguerite Yourcenar, écrivaine que Mérédith aime à citer sans modération. Il lui plaît d'imaginer Bruges à Venise, comme elle l'a fait dans d'autres villes auxquelles le commun applique la métaphore vénitienne – Amsterdam ou Stockholm, Recife ou Bangkok.

Mathilde commence à comprendre que la culture de Mérédith ne se limite pas à la religion : elle est démesurément érudite. La sensation, curieusement agréable, de se sentir inférieure, sans en éprouver de honte tant l'exigence est placée haut, gagne peu à peu Mathilde.

« Vous lisez beaucoup, j'imagine ? Plutôt des livres d'histoire ou des romans ?

– Tout ce que je sais de l'Histoire, je l'ai appris dans les romans. Mon approche reste poétique, à sauts et à gambades comme disait Montaigne, mais c'est ainsi que j'intègre le mieux les faits. Et quoi de préférable à la fiction pour fixer le réel ? Ne lisez point Michelet, Taine ou Tocqueville, lisez Tolstoï, Stendhal ou Yourcenar…

– J'avoue que je connais mal Yourcenar. En fin de compte, j'ai peu lu les écrivaines. En particulier françaises… Ah si, il n'y a pas longtemps, j'ai découvert Virginia Woolf. Ça a été un choc. Quand je la lis, j'ai l'impression de mieux saisir qui je suis. C'est comme si… »

Mathilde s'interrompt. Son regard s'est posé au-delà de Mérédith, et subitement embué. À une table située dans le dos de sa nouvelle amie, un petit homme aux cheveux presque blancs, ses yeux de myope à l'abri derrière d'épaisses lunettes, est absorbé dans la dégustation d'un dessert considérable de crème, de fruits et de café.

Mathilde s'excuse pour ce trouble passager : elle est décidément bien émotive aujourd'hui. Elle confie à Mérédith que la gourmandise l'émeut chez les hommes, en particulier un peu âgés. Les yeux du gourmet se posent sur elle, il a visiblement compris qu'elle parlait de lui. Mathilde rougit, l'homme sourit. Il se lève et tend la main vers les deux jeunes femmes.

« Jacques, enchanté. »

Embarrassée d'avoir été ainsi devinée, Mathilde répond d'une nouvelle érubescence, tandis que Mérédith invite l'homme à finir son dessert à leur comptoir tout en s'extasiant sur la présence française à Venise : « On se croirait en mille sept cent quatre-vingt-seize, en pleine occupation ! Vous qui parliez de Napoléon... » Mathilde, écarlate, ne relève pas, et se concentre sur Jacques. Libraire en Bretagne, il les a entendues parler de littérature, suscitant chez lui le désir d'engager la conversation. Ce que la remarque de Mathilde lui a fourni l'audace de faire.

Chaque année, Jacques passe quelques jours à Venise, où il se rend la plupart du temps seul – pour se délecter de pâtisseries sans regards indiscrets, plaisante-t-il, faisant rougir Mathilde derechef. Pour le plus grand plaisir de Mérédith et de Jacques, déjà complices dans leur tendresse envers la jeune femme. Lorsque l'homme ôte ses lunettes et frotte l'arête de son nez, sa tristesse envahit l'espace un instant. Une tristesse généreuse, qui nourrit le sourire illuminant son visage glabre – fait rare chez un libraire, se dit Mathilde, qui n'est pas à un préjugé près et sacrifie volontiers à l'imagerie du barbu ronchonnant parmi des piles de livres poussiéreux.

« Quelle Bretagne, si je puis me permettre ? s'enquiert Mérédith, pour qui l'exactitude est la politesse de l'esprit.

– Saint-Brieuc. »

Mathilde s'exclame : « Ma famille en vient aussi ! Je... » Elle s'interrompt de nouveau, elle-même surprise par ce possessif.

Mais Jacques déjà lui demande de préciser, et lorsqu'elle évoque non sans répugnance le château de Beaumanoir, il commente :

« Il a été vendu à des Russes, n'est-ce pas ? » Elle n'en savait rien. « Il est en chantier depuis des mois, tout le monde en parle à Quintin. » Mathilde pressent que Blanche en sera affectée, bien qu'il n'y ait aucune raison objective à cela, puisqu'elle n'y est pas allée depuis près de vingt ans. Jacques ajoute : « Il paraît qu'il y aura des portes ouvertes en octobre, quand les travaux seront terminés. »

Détachant son regard des gras pigeons vénitiens en quête de pitance à leurs pieds, Mérédith prend la parole comme si elle venait seulement d'entendre la réponse de Jacques à sa question : « Saint-Brieuc. Une de mes aïeules y a fondé un couvent. Je descends, comme le Christ descend de l'arbre de Jessé, de ces vieilles familles bretonnes confites dans la dévotion. » Elle constate la coïncidence avec la tranquille assurance de qui est accoutumé à voir les ramures de son arbre généalogique s'enrouler autour de toutes les occasions.

Jacques, mal assuré si Mérédith plaisante ou non, coule sa myopie inquiète vers Mathilde. Mais la jeune femme a fermé les yeux, saisie par une irrésistible envie de dormir, et surtout de se retrouver seule en vue d'assimiler les rebondissements de cette singulière journée. En manière d'excuse à ses bâillements, elle invoque une nuit difficile. « Réjouis-toi – Mérédith a pris, sans que nous y soyons pour quoi que ce soit, la décision de tutoyer ses nouveaux camarades – quand tu échoues à dormir. La beauté appartient aux insomniaques. »

Mathilde, incrédule, prend congé.

*

De retour dans sa petite chambre baroque, allongée sur l'édredon panthère qui couvre le lit, elle grignote des biscuits salés au fenouil en forme d'anneaux, qu'elle trempe dans le prosecco dont elle a, sur l'insistance de Mérédith, emporté le restant.

Subitement, être seule lui pèse, à présent qu'elle ne l'est plus. Faire l'expérience de la rencontre lui a rendu indispensable la présence d'autrui. Elle ouvre le petit recueil de textes sur Venise dont elle s'est munie. Elle s'identifie au Marcel d'*À la Recherche du temps perdu* qui, lorsque sa mère le laisse à lui-même dans la cité des Doges, n'est plus capable d'éprouver la ville, laquelle lui est devenue étrangère d'y être soudain seul. Tout en parcourant distraitement le volume, elle se dit que ces deux liens, noués si vite et de manière si rapprochée, ne sauraient être anodins.

Elle est près de s'imaginer que ces deux êtres sont ses anges personnels, dont les vertus séraphiques seront à même de la guider sur un chemin où ils se sont délibérément placés, et dont elle ignore encore tous les détours. Entre deux gimblettes italiennes, Mathilde interroge sa solitude que berce, juste derrière la porte, le ronronnement des chats.

Paris, juin 2008

> Livres reliés partant en poussière, meubles branlants, belettes et laies empaillées, crâne humain à l'origine indécise, tapis et tentures lourds et majestueux, vaisselles anciennes ébréchées, Vierges à l'Enfant en bois polychrome, vis de pressoir récupérée chez un vieil oncle dont le chai produisait du vin qui rend fou, christs sulpiciens en plâtre effrité ; au mur, plans de Turgot, ou bien de Truschet et Hoyau, innombrables et inutiles horloges, gravures et toiles disparates, huiles et pastels représentant les demeures familiales vendues au fil des ans…
>
> Inventaire partiel de l'appartement des Cornulier

La porte est entrouverte. Mathilde entre toujours timidement dans cet appartement de la rue de Varenne. Un motet d'Orlande de Lassus occupe de ses douleurs les trois pièces encombrées.

La jeune femme suit les mélancoliques inflexions des voix mêlées, passe devant une vieille malle, constamment ouverte au milieu du salon comme en attente de recevoir ou d'expulser quelque merveille ; devant, aussi, des piles d'ouvrages de généalogie bretonne qui soutiennent une énorme table à gibier où, deux siècles plus tôt, les rebelles vendéens avaient signé leur serment à la duchesse de Berry. Cette dernière – n'a pas manqué de préciser, au moment de conter l'anecdote, une Mérédith que ces confusions ravissent – était allée jusqu'à se déguiser en homme pour prendre le maquis.

Le jour entre, comme porté par la musique, à travers la fenêtre béante devant laquelle Mérédith de Cornulier, assise, concentrée, vêtue d'une robe fuseau rouge fendue qui bâille sur ses pieds nus, tient en joue Matignon. La .22 long rifle épouse ses paumes et fanfaronne vers les œils-de-bœuf qui percent les mansardes de l'hôtel particulier confisqué à Talleyrand par Napoléon.

« C'est une fausse, hélas. »

Mérédith abandonne son embuscade et repose la carabine, dépitée. Tandis qu'elle leur sert deux verres de Machrie Moor accompagnés de quelques canapés – saumon fumé ou roquefort, Mérédith a le sens de l'accord –, Mathilde lui raconte sa dernière visite à Sylvia Baruch.

Elle revient de Malakoff, où elle a peiné à convaincre la peintre que la Commission s'occupait réellement de faire avancer son dossier. Sylvia, d'abord si magnanime, commence à s'impatienter. Elle ne supporte pas de devoir respecter un protocole à ses yeux superflu, et que cela puisse entraver la reconstitution de son histoire personnelle. L'injustice lui paraît trop flagrante, trop absurde. Elle oublie parfois que Mathilde fait de son mieux, quitte à transgresser certaines règles d'une administration qui suffoque de sa propre rigidité, mais ne saurait s'en écarter sans dommages.

Indifférente à des problématiques auxquelles personne ne peut rien, Mérédith dégaine l'une de ses doctes confidences, précédée de l'intimidante formule qui est sa marque : « Savais-tu que la bataille de Malakoff a vu s'affronter, côté russe, un certain Léon Tolstoï et, côté français, mon arrière-grand-oncle au cube, Alfred de Cornulier ? »

Au-dessus de Mérédith, Mathilde le soupçonnait, s'éploient d'innombrables branches, entrelacs sophistiqués d'anecdotes et de hasards qui n'en sont pas.

« À propos de Tolstoï, as-tu lu *Guerre et paix* ? »

Mathilde doit confesser que non. Une nouvelle fois, elle constate avec lucidité son manque de curiosité, d'esprit d'observation et de culture. Elle conçoit pour son amie, dont elle se sent l'humble parèdre, une forme particulière d'admiration, faite de sidération craintive et de complaisance dans la soumission.

« Chaque chose en son temps. Après la guerre de Crimée, on a donné le nom de Malakoff à tout un tas de choses, et notamment à différents mets : des sortes de beignets frits à base de fromage, d'ail, de muscade et de vin blanc tartinés sur du pain rassis. Ou encore un gâteau très écœurant, une variante de charlotte avec des biscuits à la cuillère et beaucoup de crème. Il existe aussi une boisson typiquement malakoffiote et totalement dénuée d'intérêt, fabriquée à partir de goudron de pin, le Clacquesin. C'était l'apéritif des Années folles, du moins se décrivait-il ainsi. À la santé d'Alfred de Cornulier », conclut Mérédith en achevant son whisky d'une lampée.

La jeune femme, comme ne l'indique pas sa silhouette, se proclame fanatiquement gourmande. Rien ne lui plaît tant que d'imaginer de savoureuses compositions, aubergines confites et raisins secs, chocolat et cardamome, carottes et curcuma. Mais c'est davantage l'idée de la nourriture et les mots qui la désignent que Mérédith aime à goûter, quand Mathilde est sujette à des fringales intempestives qui la plongent dans une détresse empâtée. Elle entretient ses « scrupules » – le mot lui plaît, qui s'inspire de l'unité de mesure romaine retenue des leçons paternelles et lui sert à désigner ses kilogrammes superflus – à coups de gourmandises sporadiques. Si elle a tendance, pour exorciser la honte, à se vanter de ses débordements comme de titres de gloire sensuels, c'est avant tout une faiblesse qui la ronge.

Ainsi, sur le chemin qui la menait chez Mérédith, et bien que s'étant raisonnée tout au long de sa marche, Mathilde est entrée dans une boulangerie. Dans la file d'attente, elle s'est plusieurs fois promis de prendre ce que le comptoir lui proposerait de plus léger, et s'est entendue commander la plus grasse et la plus sucrée des viennoiseries. Elle l'a absorbée par petites bouchées rapides, nerveuses, faisant croître un nauséeux sentiment de culpabilité. Qui ne l'empêche pas, à présent, de reprendre un canapé au roquefort, et de se haïr pour cela.

Ce malaise vient s'ajouter à un autre – qu'elle tentait d'ailleurs de contrecarrer par cette gourmandise –, celui qui tient à son rapport aux familles de requérants. Le fait de parcourir, chaque jour, les labyrinthes de généalogies complexes, de débrouiller l'écheveau des rapports parfois étroits, parfois décevants, souvent sordides entre les membres d'une même tribu suscite en elle des impressions mitigées.

Elle est à la fois jalouse de ces appartenances et soulagée de n'avoir pas à subir les problématiques d'héritage qui déchirent souvent les ayants droit. « Voilà pourquoi je n'ai pas d'enfant et dépense chaque sou que je gagne ! claironne Mérédith en resservant Mathilde en whisky.

– Mais tu as des liens forts avec ceux de ton sang.

– Je suis une chimère de ma propre famille. C'est comme si l'inscription dans une généalogie éminente me dissolvait au cœur d'une entité dont je ne représente qu'un maillon. Je me sens comme ces feuillages marcescents, qui continuent de pendre aux branches, alors même qu'ils sont déjà morts et n'appartiennent plus à l'arbre qui les a générés.

« J'ai davantage souffert de mon nom à particule que du fait d'être une femme, c'est dire. Il y a une culpabilité à porter un patronyme noble dans un État qui a évincé la noblesse. Les gens parfois jalousent ce nom. Chacun sa croix, la mienne est élégante et richement ornée, donc je me sens coupable. D'autant plus que je n'y ai aucun mérite. Les remarques négatives sont désagréables, mais les positives mettent elles aussi mal à l'aise. Dans le même temps, elles génèrent un sentiment d'exception auquel il est difficile de renoncer. Il y a aussi cette attente déçue, cette présomption d'argent et de château que l'on m'attribue et que je ne possède pas.

« C'est la possibilité d'une mémoire qui distingue des autres les membres de la noblesse. C'est le recours potentiel à l'arbre généalogique et au tutoiement des ancêtres, auxquels ils peuvent faire appel ou référence dans les situations pénibles de l'existence. Ainsi invoqué-je souvent Alfred, mon ancêtre mort en Crimée, pour me donner du courage. Mais je sais bien que ce n'est qu'une illusion.

– Tu as déjà songé à prendre un pseudonyme ? En tant qu'écrivaine, cela a dû te traverser l'esprit…, hasarde Mathilde.

– Ce serait un refus d'héritage que je ne me sens pas prête à assumer. Je reste très attachée à cette histoire qui me définit malgré tout. Je sais l'incohérence fondamentale de ma relation à la noblesse, mais c'est la seule façon pour moi de la vivre. »

Tout en finissant son deuxième verre, Mathilde s'étonne : elle l'envie d'entretenir un véritable rapport à l'aristocratie.

« Je préfère le mot noblesse. Il charrie davantage le poids de l'Histoire, la durée, l'ancrage terrien, et surtout les valeurs : l'honneur, le courage, le sens du pardon, la charité. Le socle de l'éducation nobiliaire, c'est hériter et transmettre. »

Mathilde, que le sujet autant que l'alcool invitent à s'obstiner, insiste : « D'accord, ta noblesse… elle est profondément inscrite dans ton éducation, dans tes réflexes, dans ta relation aux autres, elle marque ta singularité.

– Singularité de pacotille, tranche Mérédith. Et toi, que te fait cette particule ? »

Pour la première fois, Mathilde est amenée à formuler à haute voix les interrogations – jusque-là conservées dans la tourbe rassurante de son intimité, où elles ne pouvaient faire grand dégât – qui font cortège à l'héritage de son nom. Rien ne s'y rattache, sinon les souvenirs flous d'une après-midi passée, lorsqu'elle était enfant, dans un château de conte, et les larmes de sa mère où se noyaient chaque fois les explications demandées.

« Il n'y a plus trace de rien, et c'est comme s'il n'y en avait jamais eu. Du côté maternel ont survécu de maigres anecdotes liées au personnage fantasque de mon arrière-grand-mère Georgette, avec qui le titre et la particule ont disparu, évaporés dans les règles de la patrilinéarité. Côté paternel, il y a une rupture totale, dont j'ignore la raison, avec une famille qui existe bel et bien. Pour le coup, il y a de l'argent, et le château aussi existe, là-bas en Bretagne…

– À Saint-Brieuc.

– … C'est cela. Mais je n'y ai pas accès. Je n'y suis allée qu'une fois, lorsque j'étais enfant, et j'en garde un souvenir flou, un peu douloureux. Je ne suis pas sûre d'ailleurs que j'aurais su hériter, si j'avais eu à hériter de quelque chose. Cela se mérite. »

(Faisons ici observer que Mathilde omet de mentionner l'appartement qui lui a été offert par une famille invisible, comme s'il n'y avait là rien qui s'approchât d'un héritage ; mais la puissance du déni outrepasse les pouvoirs de la narration, même omnisciente.)

« Je n'ai que ce nom que m'a légué mon père, qui me pèse et me fascine à la fois, qui est un harcèlement et peut-être ce que j'ai de plus précieux. Comme toi, c'est une ambiguïté. Mais au contraire de toi, qui as de la famille avec qui partager, je n'ai personne pour échanger sur le sujet, pas de culture commune à quoi me rattacher. Cela existe et cela n'existe pas.

– C'est comme un héritage fantôme, au sens où l'on parle d'un membre fantôme. Cela devrait être là, mais cela n'y est pas.

– Exactement. Du reste, ce qui semble manquer est probablement un fantasme. Même s'il y a nécessairement une trace psychique de l'héritage aristocratique, noble pardon, quand bien même les signes matériels du pouvoir ont disparu, quand bien même l'éducation ne s'est pas faite en ce sens.

– Tu crois donc qu'il y a un marquage génétique de la noblesse ? Si c'était le cas, nous aurions réellement du sang bleu ! »

Mathilde se ressert un nouveau verre sans attendre que Mérédith le lui propose : « Je crois fondamentalement que c'est cette sensation d'appartenance qui me manque. Mon nom est un mensonge, car il me signale comme devant appartenir à une communauté spécifique, alors qu'elle m'est tout à fait étrangère. Ce qui me manque aussi, ce sont les traditions. Cela n'existait pas chez moi. J'ai grandi seule avec ma mère, et il n'y avait aucun rituel. Pas de restaurant en famille, pas de célébration annuelle, pas même de rôti du dimanche… C'est à peine si nous fêtons Noël. »

Mérédith repose laborieusement son verre sur la table basse, dont la vitre claque de trop d'alcool. C'est généralement le signe du départ, et de ce qu'elle a reçu assez de confidences pour la journée. Mathilde se tait. La bouteille de whisky d'Arran est vide. Mérédith a fermé les yeux et s'endort lentement dans les moiteurs fin de siècle de son sofa. Mathilde s'attarde, ivre elle aussi, contemple sa belle amie avec une tendresse un peu triste.

Voyant qu'elle s'est vraiment assoupie, elle finit par prendre congé en silence. En longeant la rue de Varenne, elle remue doucement la pièce dorée à l'effigie des chevaux de Saint-Marc que Mérédith avait achetée dans un distributeur automatique destiné aux touristes et lui avait offerte à la fin de leur séjour vénitien. Elle la conserve depuis dans sa poche comme un talisman. Cet enfantillage, insolite venant d'une telle créature, l'avait profondément touchée, mais elle se demande à présent si elle n'y avait pas mis trop de sens.

Leur amitié, moins sororale qu'elle ne le voudrait, reste marquée par la distance que l'intelligence de Mérédith met en toute chose, par son érudition qui ne veut avoir affaire qu'aux émotions de papier. Il n'y a rien d'ambigu dans le désir de proximité de Mathilde – la beauté littéraire de Mérédith ne renvoie d'ailleurs à aucune sexualité particulière –, mais la rareté des liens que la jeune femme entretient avec autrui fait qu'ils prennent parfois à ses yeux une importance démesurée, urgente comme une pulsion de gloutonnerie. Elle se dit qu'il lui faudrait s'émanciper de cette attache, apprendre à penser par elle-même et cesser de s'identifier à ce qu'elle lit dans le regard de l'autre. Mais c'est si difficile. Elle se demande en quoi sa personne peut bien intéresser Mérédith, si brillante quand elle se sent si banale, et à qui elle n'a rien à apprendre. Un découragement la prend, que son ébriété n'arrange guère.

Mathilde effectue pour rentrer chez elle un infime détour par la rue de la Chaise, comme elle incline à le faire chaque fois qu'elle a évoqué ses ancêtres. Elle a le sentiment d'accomplir, plus qu'un hommage, un geste propitiatoire lorsqu'elle passe devant l'appartement où vécurent cette arrière-grand-mère mythique, cette grand-mère aimée, disparue depuis bientôt dix ans, cette mère qui l'exaspère mais l'émeut, cette lignée de femmes qu'elle est convaincue d'interrompre et où elle désespère de s'inscrire franchement, incapable qu'elle est d'avoir accès à ses propres contours.

Elle ne reconnaît pas l'homme qui s'est arrêté devant elle et la fixe avec l'assurance des vieux messieurs face aux jeunes filles, cette sûreté d'eux-mêmes qui dissimule parfois une impuissante lucidité, celle de ne plus être en mesure de les séduire.

Devant le silence étonné de Mathilde, l'homme finit, un peu vexé, par se présenter : c'est le père d'Isabelle, ils se sont rencontrés à sa soutenance de thèse, l'année précédente. Il tient un magasin d'antiquités dans le Carré Rive Gauche, que fait-elle déjà dans la vie ?

Mathilde ne lui a pas plus tôt rappelé qu'elle travaille, comme Isabelle, sur la question des restitutions, que l'homme déjà s'emporte. Peu soucieux d'éviter de la froisser, il fustige les gens de son espèce, qui cassent la fluidité du marché de l'art et ne sont qu'empêcheurs de commercer en rond. Il le répète sans cesse à sa fille, qui refuse d'entendre, mais il faut voir les choses comme elles sont. Elle et sa clique feraient mieux de s'occuper des vrais problèmes, au lieu de remuer des vieilleries dont plus personne n'a rien à faire. « Tout ça, avec nos impôts, évidemment. Car vous êtes fonctionnaires, on est d'accord ? »

Mathilde se fige, la surprise et l'alcool l'empêchent de répondre, sa bouche est pâteuse. Des larmes naissent face à la violence des propos de cet homme. Devant, surtout, une si injuste remise en cause de tout ce pour quoi, chaque jour, elle lutte, en même temps qu'elle se débat sans cesse avec la question de sa propre légitimité. Elle se rappelle soudain l'orgueil que son ancienne professeure tire du parcours de son grand-père Eugène et comprend mieux pourquoi sa fierté saute une génération. Elle n'a pas le temps de répliquer – l'ivresse ne le lui aurait de toute façon pas vraiment permis –, l'homme a déjà tourné les talons, retournant à son aigreur et la laissant à ses propres failles.

Saint-Brieuc, octobre 2008

> « Même si je me doutais que l'essentiel restait ailleurs, inaccessible, scellé dans la chambre des mémoires et du temps, tel un morceau d'inconnu et de silence, il me fallait arpenter les lieux. »
>
> Jean-Luc Coatalem,
> *La Part du fils*

La petite place – qui ne s'appelle pas encore Anna-Politovskaïa, du nom de la journaliste assassinée deux ans plus tôt – s'évase à mi-chemin de la rue Fardel, ancien sentier pavé qui antiquement menait de Paris jusqu'à Brest. Mathilde descend la rue à la pente mythique, gravie chaque année en une course laborieuse par toutes sortes de véhicules anciens plus ou moins fantaisistes. Elle a rendez-vous avec Jacques au Pain des Rêves, sa librairie, baptisée d'après un roman du Briochin Louis Guilloux.

Elle passe, rue Saint-Jacques, devant le fantôme de la maison aujourd'hui disparue de la famille Eder – celle du brigand de Cornouaille, qui fut un temps propriétaire du château de Beaumanoir. La demeure a été remplacée par un terrain de sable dépressif, entouré de boutiques à louer dont la déshérence contraste avec le charme des quelques colombages ayant résisté au temps. Un peu plus loin, les lourdes tours gothiques de la cathédrale Saint-Étienne ombrent de leur désapprobation les rares âmes errant autour des halles, s'attardant aux cafés où ricane la misère.

Parvenue devant la librairie, elle trouve Jacques en équilibre et en chaussettes dans la vitrine, occupé à installer avec un soin maniaque ses découvertes de la semaine. Dans leurs retrouvailles filtre une joie pudique. Depuis leur rencontre à Venise, quelques mois plus tôt, ils ont entretenu à trois une correspondance nourrie, où la tendresse de Jacques adoucissait la rigueur savante de Mérédith. En attendant celle-ci, qui naturellement est du voyage, Jacques parle à Mathilde de Louis Guilloux, dont elle n'a jamais rien lu, et dont il insiste pour lui offrir *Le Pain des rêves*. Il y est question, elle le verra, d'un château de granit et de songe, impossible et lancinant – un peu comme celui de sa famille.

Jacques conte à Mathilde la participation du romancier, aux côtés d'autres écrivains, à un voyage décevant en Union soviétique avant la guerre. Il lui apprend aussi l'engagement politique de Guilloux et son soutien aux réfugiés espagnols, ses relations avec la Résistance, son rôle d'interprète auprès des libérateurs américains en Bretagne.

Mathilde une nouvelle fois s'effare de sa propre ignorance, qu'elle dissimule comme elle peut en récoltant d'autres livres au hasard de la boutique. C'est au moment où elle s'efforce de convaincre Jacques de la laisser payer que Mérédith fait son apparition. Elle porte une robe de velours très moulante, au moiré brun, qui ondule en harmonie avec son corps souple comme une seconde peau plus fragile. Nulle autre qu'elle ne pourrait se vêtir ainsi avec autant de naturel ; Mathilde, de son côté, s'est équipée en randonneuse en vue de la promenade sur le sentier des douaniers que leur a promise Jacques. C'est pourtant elle qui se sent inappropriée.

Mérédith les salue à peine et va fouiner dans le fond de la librairie. Elle en rapporte *Guerre et paix* ainsi que *L'Œuvre au noir*, qu'elle règle malgré les protestations de Jacques et dépose dans les mains de Mathilde : « Cadeau. Tu n'auras plus d'excuse », avant de sortir pour signifier à ses amis qu'il est temps de se mettre en route.

Tandis que Jacques baisse le rideau de fer, après avoir chassé les derniers clients avec l'autorité naturelle de sa bienveillance, elle lance l'une des questions bien de sa manière : « Saviez-vous que Yourcenar a souvent dit que si elle vivait en Europe, ce serait probablement en Bretagne ? Elle évoquait aussi la Suède et les Cornouailles, mais s'agissant de la France, elle ne concevait que l'Armorique. Sa mère Fernande avait d'ailleurs écrit une nouvelle qui se passait dans un manoir breton, alors qu'elle-même n'avait jamais mis les pieds en Bretagne. » Mathilde et Jacques se contentent de sourire et de suivre Mérédith, qui chantonne un vers potache d'Alfred Jarry – « Ah ! Quel triste pays que Saint-Brieuc des Choux ! » –, vers la promenade que Jacques leur a organisée.

Il leur propose d'abord – il a de ces fétichismes, auxquels les deux femmes se prêtent volontiers – d'aller voir la maison où est né Louis Guilloux, dans le vieux centre. Ils s'arrêtent pieusement devant son anodine façade, puis remontent la rue du Chapitre, où Jacques ne peut s'empêcher de voir dans les maisons récentes, abandonnées par la crise, les logis délabrés de la romanesque rue du Tonneau, plus réelle à ses yeux que la voie qui figure sur les cartes. Ils grimpent ensuite jusqu'à la demeure où l'écrivain est mort, dans les hauteurs de la ville dominant le Gouët, en une boucle topographique qui se fait miroir d'une boucle existentielle.

Ils se rendent ensuite au cimetière Saint-Michel, où s'impose un arrêt sur la tombe de Guilloux, mais aussi sur celle de Roger Nimier, puis de Lucien Camus, le père de l'écrivain. Ils déambulent entre les tombes de soldats des armées napoléoniennes. Mathilde aimerait surtout retrouver le caveau familial des Saint-Pierre, dont sa mère lui avait dit un jour qu'il se trouvait à Saint-Brieuc.

Mais aucun panneau n'indique les concessions, et elle ne sait comment chercher. Mérédith s'élance, conquérante et toujours parée à la croisade, tandis que Jacques, pragmatique, suggère de chercher du côté des chapelles et des enfeux, puisqu'il s'agit d'une famille de la noblesse. Ils se dirigent vers la section concernée lorsque retentit un cri. Mérédith a trouvé, et se tient devant une chapelle de style antiquisant. Penchée presque à angle droit, elle tente de voir à travers la grille et la noirceur du caveau.

Mathilde la rejoint et déchiffre les noms gravés, où celui de son père brille par son absence : Vefa, Henri, Claude de Saint-Pierre – il y a même une Mathilde –, tous ces noms qu'elle devrait prononcer souvent, qui devraient faire partie de son quotidien et de son histoire. Elle contemple longtemps cette absence de lien qui dort sous la pierre.

Jacques les invite délicatement à quitter le registre commémoratif pour aller découvrir la baie de Saint-Brieuc. Sur la route qui mène à la pointe d'Illemont, d'où ils partiront pour suivre le sentier des douaniers, un panneau indiquant une commune baptisée Malakoff provoque chez Mérédith l'irrépressible désir de clamer – en latin, cela va sans dire – un hommage à son aïeul Alfred, qui tomba au champ d'honneur d'un autre Malakoff. Dans le rétroviseur, Jacques la regarde avec une indulgente curiosité ; Mathilde est un peu gênée par l'exubérance de son amie – qu'elle envie à la fois. Encore sous l'effet de sa visite au cimetière, elle ne songe même pas au dossier de Sylvia Baruch, qui habite la commune alto-séquanaise du même nom.

Un été indien les accueille sur la côte, les éblouissements du soleil accompagnant leur marche sur les hauteurs. Ils croisent peu de monde, la sueur aux tempes est un délice, la mer est très loin et les moires sur le sable les transportent plus loin encore. Ils sont au désert et leur concentration est d'une silencieuse méharée. Parvenus au tournant de deux chemins, un surplomb de falaise d'où le point de vue est particulièrement saisissant, ils s'arrêtent sans se concerter.

Tout est immense. Plissant les yeux, Mathilde suit la progression d'une silhouette, en bas sur le sable. Elle est trop éloignée pour qu'il soit possible de déterminer son sexe. C'est seulement un fin caractère d'encre noire qui trace une diagonale vers la baie.

Des fougères rousses aux feuilles en forme d'aigle impériale crépitent sous le vent, des ancolies hors de saison jaillissent en joies mauves dans le creux des roches. Les abeilles dansent leur géranos subtil pour indiquer à leurs consœurs l'emplacement exact où piller le pollen.

Devant les roches douces qui s'égrènent du rose au brun pâle tout au long de la côte, devant la placidité tiède des pins parasols abritant le fracas des vagues, Mathilde est saisie d'une tendre allégresse, comme un début de paix. Rien ne compte que ce qu'elle attrape du regard. Il n'est ni passé ni avenir qui vaille, et la plénitude, quoique fugitive, laisse son empreinte d'avoir su être au moins une fois.

Elle est sur le point de partager sa sensation, mais Mérédith l'interrompt, qui fait remarquer à ses amis la taille impressionnante des chardons bordant le sentier : « Savez-vous que dans certains musées, on en pose sur les fauteuils de tapisserie pour empêcher les visiteurs de s'asseoir, de préférence à des cartels injonctifs que personne ne respecterait ? Ces piquantes dissuasions m'ont toujours amusée. » Mathilde sourit. Elle se réjouit d'avoir gardé pour elle son ressenti, Mérédith l'aurait sûrement détourné et réduit à une savante anecdote ; elle se promet de le cultiver comme une ressource.

C'est le lendemain qu'a lieu l'événement constituant le prétexte initial de leur voyage : les portes ouvertes du château de Beaumanoir annoncées par *Le Télégramme* la semaine précédente. Mathilde éprouve une inquiétude grandissante, mêlée d'un confus sentiment d'injustice, à l'idée de visiter au même titre que tant d'autres, c'est-à-dire en étrangère, cet endroit où elle devrait se sentir chez elle.

Pour la deuxième fois de sa vie, elle passe le grand portail qui, elle note le cliché, lui paraît plus modeste que dans son souvenir d'enfant. Le château lui-même a perdu de son austérité, du moins celle que le filtre du temps lui avait laissée en impression lors de cette brève et unique tentative d'entrer en relation avec ce qu'elle peine toujours à nommer *sa* famille. Sa mère lui rappelle souvent que sa première visite avait eu lieu au moment de l'anniversaire de la mort de son père, donc en juillet – saison urticante. Mais son souvenir est si sombre, qu'il lui semble toujours que c'était en hiver. Elle réalise que ce château, bien qu'elle n'y soit venue qu'une seule fois dans son enfance, a dessiné l'image idéale du château des contes ou des histoires qu'elle lisait. Notamment, dans les livres de la comtesse de Ségur, que son esprit de petite fille faisait se dérouler à Beaumanoir, la confusion se renforçant du souvenir de cette dame que sa mère n'avait jamais appelée autrement que « la comtesse ».

Aujourd'hui, la liesse populaire efface toute possibilité d'introspection. Les allées ont été débroussaillées pour l'occasion. Les familles se pressent entre les stands, où galettes et saucisses graissent l'air en vibrations pulsatiles, et les animations destinées aux enfants. Les nouveaux propriétaires se réjouissent visiblement de l'affluence et serrent mille mains.

Mathilde, fort mal à l'aise, observe ces foules piétinant les pelouses, surprend en elle des mouvements de répugnance qui l'embarrassent plus encore. Elle s'interroge, honteuse, si son dégoût provient d'un réflexe de classe lointain ancré malgré elle ou de l'impression que ces curieux endimanchés la spolient de ce qui devrait lui appartenir.

Le verbe, émis par son cerveau de façon réflexe, lui fait penser à son métier, alors que depuis son arrivée en Bretagne ces préoccupations étaient restées en sommeil, comme enfouies sous les émotions neuves que propose ce voyage. Le lien entre son orientation professionnelle et l'histoire de sa famille existe sans nul doute, mais ce n'est pas ici qu'elle l'éclaircira. Il n'est pas même utile de tenter de parler avec ces Russes. Elle n'ose de toute façon pas les aborder et n'a qu'une crainte : que Mérédith, avec son audace habituelle, ne s'y essaie.

Celle-ci justement fait mine de se diriger vers le couple de Russes d'un pas décidé ; devant l'effroi visible de Mathilde,

Jacques, compatissant, rattrape leur espiègle compagne et tempère ses ardeurs, lui demandant gentiment de cesser de provoquer la jeune femme. Mérédith hausse les épaules et feint d'être déçue par la pusillanimité de son amie, qui n'est qu'à moitié rassurée.

Mais la noble conquérante a changé de stratégie, et insiste pour que Mathilde tâche de se rappeler sa visite d'enfance, de rassembler ses souvenirs partiels, brûlés à la lisière. Elle était venue avec sa mère, elle ne sait plus vraiment pourquoi, une obscure histoire d'incendie qui avait incité la famille à un regroupement peu dans les usages. Sa mère avait alors accepté de s'y rendre pour des motifs qui se perdent aujourd'hui dans les méandres d'une inaccessible psyché. De même, Blanche était partie brutalement, avant le dîner, sans que Mathilde puisse s'en rappeler la raison.

Elle se souvient en revanche que, s'ennuyant ferme, elle avait passé un moment seule au jardin à observer des salamandres baguenauder dans un trou d'eau. Les amphibiens lui avaient alors paru infiniment plus proches que les membres de cette famille qui s'agitaient au loin, dont les éclats de voix lui parvenaient et dont elle ne comprenait pas bien les liens qui l'unissaient à elle.

Elle avait aussi gardé le souvenir pénible de jeux d'enfants auxquels on l'avait forcée. De vagues cousins, aux noms et aux visages perdus dans le passé, avaient couru après elle jusqu'à l'extrémité d'un muret, la contraignant à se jeter dans un buisson d'aubépine dont les traits acérés avaient laminé sa chair à mesure qu'elle s'était débattue pour se relever. Elle ne se souvenait pas que l'on se soit inquiété, ce qu'elle avait vécu – avec le sens du tragique propre à l'enfance – comme une terrible trahison.

Là encore, le mot fait ricocher son esprit. C'est précisément le sentiment d'une trahison qui l'a empêchée de parler à sa mère de son pèlerinage d'aujourd'hui. Mais il n'y a personne ici avec qui trahir. Ce lieu n'a rien à lui apprendre, et il est temps de rentrer. Les trois amis tournent le dos à la bâtisse, et Mathilde repasse le grand portail pour la toute dernière fois.

Chambord, octobre 2009

> « … à nos cœurs rendus malades par le temps – par l'érosion du temps, par la mort partout à l'œuvre, par la promesse inéluctable de l'anéantissement de tout ce que nous aimons – l'œuvre d'art apporte un peu d'éternité. »
>
> Michel Tournier,
> *Le Roi des Aulnes*

L'arrivée sur le flanc du château en hypertrophie les proportions : c'est un surgissement, presque inattendu tant il est violent, de pierre ciselée et d'ardoise au détour du chemin feuillu. L'équipe de Mathilde, invitée à voir avant son ouverture au public l'exposition sur l'évacuation des chefs-d'œuvre du Louvre et leur mise à l'abri dans le dépôt chambourdin, a été menée jusqu'à l'entrée ouest par l'énergique directeur des lieux.

Celui-ci a choisi, pour sa dernière année en fonctions, d'organiser un événement autour de cet épisode essentiel de l'histoire du domaine. À Chambord, principale gare de triage des œuvres évacuées par Jaujard et son équipe, ont transité non seulement Mona Lisa, qui fut la première à arriver, mais aussi *La Dame à la licorne*, le retable de *L'Agneau mystique*, des Raphaël et des David, d'autres Vinci encore.

Tandis que Linz clôt ses festivités de capitale européenne de la culture, tâchant à coups de réaménagements modernistes de faire oublier son pesant héritage d'immeubles et de ponts construits par Adolf Hitler;

qu'un peu plus tôt dans l'année, à Terezín, quarante-six pays signent une déclaration qui les engage moralement à poursuivre le processus de restitution des biens spoliés;

que paraît le livre de Robert Edsel sur les Monuments Men, aussi fécond en bons sentiments qu'en erreurs historiques et autres biais;

que se prépare à Lyon, pour une ouverture à la fin de l'année, une troisième exposition autour de Rose Valland, dix ans après la première;

Mathilde et ses collègues traversent la grande cour sablée, s'exclamant à l'admirable vue qu'elle offre sur la campagne solognoise.

La guide, une jeune et brillante doctorante, les attend à l'entrée du grand hall et les précède vers l'intérieur. Leurs pas résonnent sur le sol de pierre ocre, ricochent sur les plafonds moulurés, où des salamandres entourent la devise de François Ier – *«Je me nourris du bon feu, j'éteins le mauvais»*. Une fois longé le couloir aux massacres, gravies les larges marches de l'escalier monumental à double révolution, l'équipe de la Commission parvient jusqu'aux salles d'exposition, pièces majestueuses où domine la pierre blanche.

C'est la première fois que Mathilde visite Chambord, et un émoi tout intellectuel l'étreint à l'idée que tant de chefs-d'œuvre sont venus se réfugier ici. Elle a du mal à imaginer que les lieux aient pu être, comme le leur explique la guide, fort démunis au moment de recevoir tableaux et sculptures: les fenêtres étaient dépourvues de vitres, les portes de serrures, rien ne permettait une protection efficace des œuvres, et pourtant tout fut préservé au mieux.

Sur les murs, aussi rouges que les trois points qui marquaient, lors de son évacuation, le flanc de la caisse contenant la Joconde, des reproductions à grande échelle de photographies que Mathilde a vues cent fois. Un portrait de Jacques Jaujard la salue familièrement: pour un peu, elle se sentirait chez elle, n'était la munificence du décor. La pensée que les personnages historiques qu'elle fréquente depuis des années sont sa véritable famille la traverse fugacement.

Dans les plus grandes salles, d'énormes caisses imitent – le béton remplaçant poétiquement le bois – celles qui servaient à transporter les œuvres. D'autres pièces présentent des panneaux explicatifs et divers objets éclairés par des suspensions rouges – c'est la couleur dominante –, tels des téléphones en bakélite évoquant le rôle joué, dans la sauvegarde du patrimoine, par ce moyen de communication.

Parmi les panneaux didactiques, que Mathilde lit d'un œil distrait – elle sait tout cela par cœur –, une carte de France semée de nombres en rouge ou brun attire son attention. Le rouge indique les dépôts importants – Chambord, Valençay, mais aussi Chèreperrine ou Cheverny. En brun, les dépôts plus modestes.

Tandis que la guide poursuit ses explications, elle déchiffre la litanie de châteaux et de manoirs jugés propres à accueillir des œuvres et réquisitionnés comme tels.

Tout à coup, le nom de Beaumanoir lui saute aux yeux. Un tremblement la saisit, généré autant par le malaise de la coïncidence que par l'étonnement. Elle ignorait tout à fait que le château avait servi d'abri pendant la guerre. D'après le panneau, il aurait dissimulé les collections de Cambrai et Valenciennes. Cette découverte rend presque plus cruelle encore la distance qui la sépare de cette famille dont elle devrait faire partie et qui existe sans elle, se réunit sans elle, organise sans elle des noces où elle devrait en toute logique figurer parmi les invités, des fêtes où elle devrait danser et rencontrer un promis avec qui faire ce que l'on appelle un beau mariage.

Une brûlure nourrie de l'injustice, carburant idéal, s'épanouit dans son sternum. Elle qui ne s'autorise jamais à s'énerver, est submergée par une colère qui la pousse à interrompre cavalièrement la guide pour lui demander des détails sur ce dépôt. Un silence gêné accueille son intempestive question.

La guide, aussi surprise qu'agacée, la renvoie au livre dont est tirée la liste et entraîne les collègues de Mathilde vers la dernière salle, qui évoque la vie quotidienne à Chambord et la résistance organisée dans le village.

La jeune femme reste figée, sonnée par ce qu'elle vient d'apprendre. Elle sait que revenir à Beaumanoir n'aurait pas de sens, pourtant cette coïncidence l'interroge comme un signe qu'elle n'en a pas fini avec cette partie de son histoire. Elle s'est assise sur l'une des fausses caisses en béton – dans son trouble, elle n'a pas vérifié s'il y avait un chardon posé dessus, ce qui n'est heureusement pas le cas – et regarde, par la grande fenêtre à meneaux, les jardins qui ont perdu leurs ornements à la française dans le tumulte des siècles.

Soudain, elle voit s'avancer vers elle le directeur, l'air préoccupé. Elle se relève comme si elle était en faute, prenant brusquement conscience de la désinvolture avec laquelle elle traite les caisses qui, après tout, sont des artefacts voués à être exposés et non à accueillir son séant. Mais le directeur au lieu de la réprimander s'excuse, il va devoir lui demander de s'écarter : il doit faire ouvrir la vitrine qui se trouve juste derrière elle, afin de libérer une coccinelle qui s'y est enfermée.

En effet, flegmatiquement installé sur un registre au centre de la vitrine, un point rouge tacheté de noir macère dans les échos muets du passé. Inquiet des dégradations que l'insecte pourrait causer aux papiers anciens, le directeur fait signe aux manutentionnaires de soulever le couvercle de verre. La scène, improbable de délicatesse, apaise Mathilde. L'homme récupère avec une gracieuse habileté le minuscule poinçon et le libère par la croisée. La petite bête, porteuse d'heureux présages, s'envole doucement vers les jardins.

La Courneuve, mai 2010

> « Qui se dérobera au feu qui ne se couche pas ? »
>
> Héraclite, *Fragments*

Ses doigts sont des barbares. La moindre humidité de la pulpe défait en paillettes le papier pelure, et Mathilde est mortifiée. Elle souffre comme lorsque, enfant, elle voyait sous l'action nerveuse de ses mains minuscules, incontrôlables, partir en flocons le tulle du petit costume rose qu'une pratique éphémère – imposée par Blanche – de la danse classique l'obligeait à porter les jours de spectacle.

Aujourd'hui, la honte est la même, quoique l'enjeu déborde le cadre de ses angoisses enfantines. Elle est dans la grande salle de consultation du Centre des archives diplomatiques de La Courneuve.

Celui-ci a été inauguré quelques mois plus tôt, après qu'a eu lieu le transfert des kilomètres d'archives émanant du ministère des Affaires étrangères. Parmi elles, l'essentiel de ce qu'a réuni Rose Valland – fiches et inventaires stockés avec des dizaines de tampons dans des classeurs au vert militaire – et qui encombrait depuis près de vingt ans les fonctionnaires du Quai d'Orsay.

Le déménagement, outre les nombreuses contraintes, en particulier de conservation, n'est pas allé sans difficultés : inondations, pannes de monte-charge, camion versant dans le fossé, travaux de voirie et déprime des agents obligés de quitter les beaux quartiers pour s'installer dans l'atmosphère pesante et délaissée de la banlieue. Toutes les archives ont transité, dûment accompagnées de leurs fiches de transfert, de cage ou d'armoire, du numéro du plomb scellant la porte du camion, de la lettre de voiture – autant d'impénétrables appellations dont l'administration, lorsqu'elle néglige les sigles, a le secret.

Mathilde, en vue d'avancer sur le dossier Baruch, a rassemblé son courage de Parisienne tenace pour emprunter le RER et gagner l'immense bâtiment de vingt mille mètres carrés. Elle aussi aimait mieux le charme désuet du Quai d'Orsay, le trajet surtout depuis son domicile jusqu'au bel hôtel jouxtant le Palais-Bourbon. Mais le professionnalisme a ses exigences, et la fonction publique son sens du sacrifice.

Après s'être inscrite et avoir gravi les escaliers menant à la grande salle de lecture, elle s'est présentée devant une conservatrice au regard pointu. Celle-ci, avec la sécheresse de qui est accoutumé à n'évoluer que dans son univers familier et à exercer, sur quiconque en pénètre le périmètre restreint, un petit pouvoir poussiéreux, lui a demandé si elle venait consulter des livres – auquel cas elle devrait remplir une fiche et compulser le catalogue Stendhal qui les répertorie – ou plutôt des documents d'archive, auquel cas elle devrait remplir une autre fiche et compulser une autre source.

D'une voix intimidée par la solennité et le silence des lieux autant que par la cendreuse préposée, Mathilde a émis le souhait à peine audible de consulter le fonds Rose-Valland. La dame pointue, jubilant de voir l'effet de son emprise sur une jeune femme, a posé devant elle avec autorité la précieuse fiche à remplir avec les cotes des documents demandés et a indiqué à Mathilde la table où installer son insignifiante personne.

À présent, tout en attendant qu'une autre préposée, disposant d'un pouvoir bien moins considérable, lui apporte les cartons, elle observe la salle spacieuse et claire, où une demi-douzaine de personnes seulement occupent les grandes tables lisses.

Une femme élégante, aux cheveux blancs tirés en arrière, consulte d'anciens manuscrits. Elle vient ici chaque jour, et c'est la deuxième fille de Marcel Bleustein-Blanchet. Mathilde l'ignore qui, peu physionomiste, mal au fait de ses contemporains et, de toute façon, passablement myope, ne reconnaît pas la grande philosophe féministe sous les traits de cette belle femme, dont le regard bleu est concentré sur d'énigmatiques copies exhumées du passé.

Les cartons arrivent. Elle ouvre les dossiers avec l'attention religieuse de qui sait le prix de ce qu'il a entre les mains. En l'occurrence, des listes d'œuvres destinées à Hermann Goering, des correspondances, des estimations de tableaux par Bruno Lohse, l'expert officiel du Reichsmarschall, des reçus de sociétés de transport, des listes recensant le contenu des caisses marquées *AH*.

Une nouvelle fois, elle s'étonne de la rigueur des Allemands, qui les a poussés à inventorier et à ficher avec minutie leur butin, permettant leur paradoxale récupération par les Alliés après la guerre et leur consultation aujourd'hui par des chercheurs du monde entier.

Dans l'un des dossiers, des documents sont annotés d'une main émouvante, qu'elle devine être celle de Rose Valland, ou du moins celle d'un membre de son équipe : le *R* rouge de *Restitué* près de certains titres d'œuvres fait un écho sinistre au *AH*. Écho qui se prolonge dans la litanie des *Heil Hitler* par lesquels se terminent systématiquement les lettres allemandes. Le glaçant salut retentit dans la salle silencieuse en frissons d'échine.

Mathilde s'astreint à tout lire, même la moindre note griffonnée au dos d'un document, car il suffit parfois d'un mot pour tirer le fil qui mène à des informations précieuses. Elle met à cette exhaustivité un point d'honneur, qu'elle s'imagine avoir guidé de même le travail de Rose Valland.

Soudainement, elle s'avise qu'elle a faim. Il n'est pourtant pas encore midi. Elle se déteste d'être ainsi sans cesse rappelée aux nécessités du corps. Les véritables chercheurs sont de purs esprits et ne doivent sous aucun prétexte se soustraire à l'abnégation requise par leur tâche. Les véritables chercheurs n'éprouvent pas de besoins naturels, puisqu'ils appartiennent au passé. Leur enveloppe physique n'existe pas dans le temps présent, quand Mathilde se débat avec cette chair qui l'empêche. (De fait, il nous faut convenir que ce n'est pas la fille de Marcel Bleustein qui sortirait pour satisfaire de si vulgaires appétits.) Elle a peut-être l'âme d'une chercheuse, mais elle n'en a décidément pas le corps, qui de n'avoir nulle exigence devient presque idéal.

Elle suce une pastille à la réglisse pour tromper son estomac et se remet à l'ouvrage. Elle consulte à présent des dossiers de requête déposés auprès de la Commission de récupération artistique. Les noms des requérants sont écrits d'une plume superbe. Mathilde imagine l'agente – il ne peut s'agir que d'une femme – écrivant ces noms, appliquée et sûre de sa tâche ; elle aurait sûrement voulu être institutrice.

En avançant dans les dossiers, Mathilde constate que les noms de militaires et de femmes sont chaque fois mentionnés sans prénom. Ces observations sont autant de petites occasions de rêveries et d'informations engrangées pour élaborer une représentation d'un monde qu'elle tente d'approcher depuis plusieurs années sans en désépaissir le mystère.

Elle trouve une lettre de Gaston Calmann-Lévy, l'éditeur – ami de Marcel, dont la fille est à deux pas, toutes ces coïncidences qui nous frôlent et nous échappent –, adressée à Rose *Valon*. Elle est assortie d'un interminable inventaire, que Mathilde ne peut s'empêcher de parcourir intégralement pour en savourer l'accablante et triviale poésie.

Elle aime les inventaires, qui la rassurent en ce qu'ils sont voués à finir le réel. Inversement, rien de tel qu'une liste non exhaustive pour rendre tout instable, pour brouiller les frontières du monde sensible par son inquiétante infinitude.

Ses efforts de concentration luttent de plus en plus difficilement contre les assauts de la faim. Mais il lui faut encore compulser les fiches de l'ERR. Elle interrompt souvent cette tâche fastidieuse pour écouter le chuchotement jargonneux des archivistes qui parlent par cote, évoquant le 209SUP ou le RA151 comme des puéricultrices les poupons qu'elles ont à charge.

Brusquement, alors qu'elle est au seuil de la reddition aux exigences de son estomac, c'est là : sur la petite carte, le nom de Baruch apparaît, orthographié sans faute sur une fiche de l'ERR où les initiales *HG* sont tamponnées d'un lettrage noir et épais. Ce document prouve qu'au moins un tableau du grand-père de Sylvia est passé par le musée du Jeu de paume avant d'être envoyé à Carinhall : un portrait de jeune fille, par Amedeo Modigliani.

Cette fiche lui avait échappé lors de ses précédentes visites au Quai d'Orsay, comme si le changement des conditions de recherche orientait la recherche elle-même. Il faut dire que l'écriture blanche sur fond noir rend les informations mal lisibles et que la compulsation page à page augmente le risque de passer à côté d'un indice. Par ailleurs, les fiches de l'ERR n'étaient pas sa priorité au tout début de son enquête. Celle-ci prend aujourd'hui un tour moins aléatoire : elle vient de saisir un fil qu'il s'agit de ne plus lâcher, en espérant qu'il mène à d'autres œuvres.

Satisfaite, Mathilde rassemble ses affaires et va mâchonner son sandwich dans la cour du bâtiment ministériel, sous l'œil morne de l'agent d'accueil qui puise quelques noix dans un sachet graisseux.

De retour dans la salle de lecture – la fille de Marcel n'a pas bougé –, elle consulte le catalogue de la collection de Goering, lequel catalogue, s'il vient d'être publié aux États-Unis avec une préface de Robert Edsel, n'a jamais fait l'objet d'une édition en français. Elle n'y retrouve pas l'œuvre, ce qui est logique puisque Goering ne l'aurait vraisemblablement pas conservée. Il n'y a que très peu de modernes dans sa collection : quelques Van Gogh, dont les *Tournesols* qui cherchaient en vain la lumière dans la chambre d'Hermann et Emmy, des Corot, des Sisley, des Monet.

Le tableau de Modigliani a certainement été échangé, avec une dizaine d'autres toiles de la même période, contre un obscur peintre allemand du XVIIIe siècle ou un tableau de l'école florentine ou de Fontainebleau, même non signé, voire contre l'un de ces Boucher égrillards qui ravissaient le gros maréchal.

Mathilde vérifie en regard l'inventaire établi par la grand-mère de Sylvia, où elle retrouve sans peine le tableau ; il figure sous une appellation différente, mais il y a de fortes chances qu'il s'agisse du même. Elle consulte ensuite le site Rose-Valland-MNR, qui répertorie ces œuvres rapportées d'Allemagne, mais dont les propriétaires n'ont pas été identifiés – et dont la spoliation est donc probable sans être prouvée, nombre d'entre elles étant simplement d'origine inconnue. Mathilde y vérifie si l'œuvre est inscrite au Répertoire des biens spoliés, dont la mise en ligne quelques mois plus tôt lui fait gagner un temps précieux. Ce n'est pas le cas.

De découverte en déception, elle feuillette les pans de l'Histoire avec la délicatesse respectueuse de qui craint qu'elle ne s'échappe comme de fragiles papillons vite réduits en poussière de mites, telles ces bribes de papier pelure qui, à son départ, jonchent scandaleusement la table de bois clair. Elle ne jette pas un regard à la fille de Marcel, qui n'a même pas remarqué cette jeune femme parmi les autres chercheurs et poursuit son étude avec la concentration de toute une vie.

Dresde, août 2010

> « Le problème, c'est que je ne vis pas dans un siècle où l'on brûle les choses. Ma génération ne peut pas se le permettre. »
>
> Edmund de Waal,
> *Le Lièvre aux yeux d'ambre*

La pluie anachronique d'un mois d'août finissant noircit encore les pierres des façades et attriste davantage l'œil, blasé par l'Histoire, des têtes de lion qui, comme à Venise, ornent chaque portail, chaque pilastre des formidables bâtisses. Mathilde traverse la cour du Zwinger, le palais baroque de Dresde, qui servit aux plaisirs des princes, fut reconstruit pierre par pierre après sa destruction par la tempête de feu qu'avait déclenchée Churchill à la fin de la guerre, puis endommagé par une crue de l'Elbe quelques années plus tôt. L'ensemble, qui vient de rouvrir ses portes, renferme les collections d'art les plus prestigieuses du pays, où se côtoient d'éminents peintres et sculpteurs des siècles nobles.

Les bâtiments sont démesurés. Mathilde se perd, son sens de l'orientation catastrophique lui est une nouvelle occasion de se maudire. Montée sur une terrasse surmontant les jardins à la française pour prendre de la hauteur, elle s'efforce de saisir la structure globale des lieux, en vain. Une Léda de pierre partage son désarroi. Elle redescend, découragée, et se dirige vers l'Elbe sous la désagréable piqûre de la bruine, comme guidée par un bâton de sourcier vers des horizons plus lisibles.

Ces épuisements météorologiques et architecturaux ajoutent à son amertume. La répugnance des conservateurs du musée de Dresde à répondre à ses demandes est une humiliation qui, la fatigue aidant, touche au désespoir.

C'est la dernière étape de ses recherches. Après ses découvertes à La Courneuve, elle est allée à Coblence pour consulter l'ensemble des fiches du point de collecte central de Munich. Les archivistes ne parlaient qu'allemand, ce qui n'a pas simplifié sa tâche – après tout ce temps, elle aurait pu faire l'effort d'apprendre cette langue, se reproche-t-elle continuellement, sans même tenter de déterminer quel frein l'en a empêchée jusque-là.

Sur l'une des fiches, assez similaires à celles de l'ERR, elle a trouvé le nom de l'artiste – un peu déformé en Modilioni, les Américains n'ont pas ses complexes face aux langues étrangères –, le titre de l'œuvre – *Portrait de jeune fille* – et son état – *«undamaged»*. Figuraient aussi les marques de provenance sur celle-ci, les dates d'entrée et de sortie du point de collecte, la mention «France collection privée» indiquant que le tableau figurait sur la liste envoyée par les Français à Munich, et surtout le nom du propriétaire. Elle a également découvert que le tableau était passé par les mines de sel d'Altaussee et, après avoir été récupéré par les forces américaines, théoriquement renvoyé en France. Le trajet de l'œuvre se précisait, vertigineux.

Mathilde est ensuite retournée à La Courneuve, où elle a vérifié la liste des convois de retour des œuvres, qui aurait dû lui fournir la date à laquelle le tableau est revenu en France. Rien. Il n'y avait pourtant pas de raison qu'il n'ait pas été restitué, puisque le nom du grand-père de Sylvia était inscrit sur la fiche l'accompagnant. Si le lien n'a pas été fait, cela ne peut tenir qu'à une erreur administrative lors du passage par la Commission de récupération artistique.

Concours de circonstances et méprises humaines – il suffit parfois d'une coquille, ou d'un oubli dû à l'état d'esprit de l'agent en fonction ce jour-là – sont, elle le sait, à prendre en compte à chaque instant. Les minutes illisibles des commissaires-priseurs, l'orthographe incertaine des noms propres, l'abondance de données, l'œil qui saute une ligne au moment de saisir, ou même le biais mental, la volonté de comprendre une chose là où c'est d'une autre qu'il s'agit : toute source même la plus sérieuse recèle potentiellement nombre de failles minimes qui entravent la recherche et la mènent à l'impasse. En l'espèce, ce pouvait être une simple erreur de procédure : les Américains n'auront pas transmis la fiche du point de collecte et le tableau s'est retrouvé sans propriétaire.

Le portrait ne figurant pas non plus parmi les MNR, il a pu faire partie des treize mille pièces vendues par les Domaines, même si cela paraît peu probable pour l'œuvre d'un peintre aussi renommé. Par acquit de conscience, Mathilde a néanmoins vérifié. Avec difficulté, car les inventaires des ventes des Domaines sont peu accessibles, seuls quelques extraits sont disponibles aux archives de La Courneuve. Sans surprise, elle n'a rien trouvé de ce côté-là.

Le tableau pouvait aussi faire partie de l'ensemble qui, quelques années après la guerre, avait fait l'objet d'une escroquerie monumentale, cette affaire de vol multiple ayant impliqué plusieurs hauts fonctionnaires et membres de la Commission de récupération artistique. En ce cas, il ne serait vraisemblablement jamais retrouvé.

Une dernière hypothèse subsistait, celle d'une attribution fautive par l'équipe de Rose Valland : le tableau aurait été – de bonne ou de mauvaise foi – restitué à une autre famille, qui se serait bien gardée de protester, estimant que cela ne compensait que mal toutes les pertes subies. Mathilde s'est alors employée à chercher par nom d'artiste dans les différentes bases de données, se demandant pourquoi elle ne l'avait pas fait plus tôt.

La complexité de la recherche et le cheminement long qu'elle implique justifient en général ces détours, elle ne s'est donc pas attardée trop longtemps sur cette culpabilité si familière. Très vite, elle s'est aperçue que son hypothèse était la bonne : la toile avait été attribuée à la mauvaise famille du fait de son titre, trop générique, le *Portrait de jeune fille* pouvant désigner plusieurs tableaux de Modigliani.

C'est grâce aux lumières d'un spécialiste du peintre italien qu'elle a découvert que le tableau se trouvait à l'Albertinum de Dresde. Le musée l'avait racheté à la famille dans les années quatre-vingt pour compléter sa collection d'art moderne, mais, pour d'obscures raisons tenant à l'âme humaine et à son goût pour le conflit intestin, le portrait était demeuré dans les réserves depuis lors. Elle a aussitôt décidé de se rendre dans la Florence allemande, où elle noie aujourd'hui son accablement dans les remous indifférents du fleuve.

Les conservateurs de l'Albertinum se sont montrés fort peu coopératifs. L'examen matériel de l'œuvre n'a pourtant laissé aucun doute sur son parcours. Le panneau de chêne, soutenu par un châssis de pin troué par les vers, portait un svastika tamponné à l'encre noire et l'étiquette marquée « Bornheim », nom d'un agent de Goering.

Mais si les conservateurs reconnaissent la spoliation de l'œuvre par les nazis, ils maintiennent que le tableau aurait pu appartenir à quelqu'un d'autre qu'Ismaël Baruch. En dépit de ses convictions intimes, les preuves de Mathilde sont insuffisantes, et la charge en incombe toujours à la famille – le vice suit son cercle habituel. Ils ont aussi sous-entendu – c'était là le plus désagréable, et l'amadou de la colère de Mathilde – que le grand-père de Sylvia avait très bien pu le vendre de bon gré juste avant la guerre.

Avec d'autant plus de conviction que son désarroi s'accentue, Mathilde soupçonne leur mauvaise foi d'être teintée d'un antisémitisme à peine conscient, qui dépasse les enjeux du patrimoine national.

Outre la perte que constituerait la reddition de l'œuvre, c'est la réputation du musée qui est en jeu. Aujourd'hui, le pedigree d'un tableau se doit d'être irréprochable, mais les œuvres acquises par les musées avant l'an deux mille ne faisaient pas l'objet de recherches approfondies, d'autant plus que la famille ayant vendu le Modigliani à l'Albertinum l'avait présenté comme tout ce qu'il y avait de plus dûment restitué.

Mathilde, irritée par sa déception et le sentiment d'injustice, se montre à son tour injuste envers le musée, l'accusant intérieurement de toutes les dissimulations possibles. N'y aurait-il pas d'autres tableaux suspects dans les réserves ?

Frustrée, elle longe le fleuve et sent son malaise croître. Elle s'arrête un instant, observe le langage secret du flux, cette écriture codée que dessinent les minuscules tourbillons articulés par les eaux – pour qui donc ? pas pour elle, Mathilde en est convaincue. La rage monte, surrection lente qui l'étouffe et déborde en sanglots dont elle vient grossir le cours désespérant de l'Elbe. La pluie surenchérit, peignant le paysage en plus gris que gris, faisant grimacer les visages de tous les passants.

La tête lui tourne, la colère s'affole en réquisitoires arbitraires, tous les Allemands sont responsables, tous les Allemands sont des nazis, cette vieille dame qui s'abrite sous un parapluie transparent a aidé les nazis en sa jeunesse, ce nourrisson dans son landau est un futur adhérent aux idées néonazies qui s'épanouissent dans l'Europe entière. Mathilde voudrait se frapper elle-même et ne sait que pleurer. Le chat qui détale devant ses larmes, les moineaux qui sautillent entre les gouttes sont des nazis, tout conspire à sa souffrance et le monde n'est qu'aigreur et rapacité.

Elle voudrait hurler, mais sa voix coincée dans sa gorge est une pierre héritée du passé. Elle se laisse glisser au sol et reste là, sur le quai, prostrée en muets gémissements, dans l'indifférence des passants qui, gênés, font un détour pour éviter son corps secoué.

Un long moment lui est nécessaire pour s'apaiser. Elle se relève, trop épuisée pour être embarrassée. Le sentiment du devoir reprend le dessus. Il lui faut réfléchir posément à la prochaine étape et modérer sa tendance à s'investir affectivement dans un dossier. Elle redescend vers la gare, soulagée de s'éloigner du fleuve et de quitter un pays qui lève en elle de si déplaisantes marées.

*

L'implacable lenteur avec laquelle se déplacent les lourdes armoires mobiles suscite chez Sylvia, à l'imaginaire réactif, une immédiate conviction : quiconque s'avise de pénétrer entre leurs énormes mâchoires est voué à se faire irrésistiblement broyer. La peintre, l'œil ému, s'inquiète de voir disparaître celle qu'elle considère désormais comme l'ange gardien de son passé. Mais Mathilde, après avoir tourné les roues à trois ailes, plonge sans appréhension dans la noirceur du couloir qu'elle a ménagé entre les deux masses de métal.

Elle extrait le dossier Baruch de son hamac et ressort, radieuse, dans la lumière du jour et la satisfaction de la nouvelle qu'elle va pouvoir annoncer à la première de ses requérantes, qui est aussi sa favorite, et qu'elle reçoit aujourd'hui dans la salle des archives au sous-sol de l'immeuble de la Manutention. Même si elle n'ose toujours pas l'appeler Susha, elle a développé un attachement solide pour cette belle septuagénaire aux yeux d'enfant.

Elle a retrouvé le tableau.

Sylvia pousse un cri léger qui contraste avec son flegme coutumier. Mais Mathilde, depuis son retour d'Allemagne, a pris du recul : d'un geste, elle l'invite à tempérer son enthousiasme. « J'ai retrouvé le tableau, mais pour le moment le musée refuse de le restituer. Ils se montrent particulièrement rétifs à collaborer. »

La Commission dont elle dépend, hélas, n'a pas le pouvoir d'exiger la restitution auprès du musée de Dresde. Elle ne peut que la recommander et proposer une médiation. Mathilde a transmis toutes les informations au magistrat rapporteur, lequel est actuellement en train d'instruire le dossier. Après quoi une séance aura lieu, afin qu'il soit présenté devant le collège délibérant, en présence de la requérante. Ce sont les étapes du protocole, dont la stricte observance convaincra le musée allemand que le dossier est pris au sérieux par les services du Premier ministre.

En raccompagnant Sylvia vers la sortie, Mathilde la prévient : tout le processus peut prendre des mois, voire des années, avant qu'il y ait réellement un examen de son cas en commission de restitution. Sylvia reste philosophe : l'objectif est moins de récupérer le tableau, que de savoir que son histoire fait l'objet d'une quête au plus haut niveau. Elle embrasse Mathilde et la reconnaissance qu'elle met dans son étreinte est un frisson, qui se prolonge en répliques chez la jeune femme tandis qu'elle regarde Sylvia s'éloigner.

Mathilde a pris l'habitude, en sortant du travail, de passer rue de Varenne. Mérédith lui est toujours un réconfort en ce qu'elle la déporte dans d'autres temps, d'autres lieux, au sein d'une épaisseur de réalité différente. Lorsque, quelques mois plus tôt, Mathilde a timidement osé lui demander si elle accepterait de lui montrer ses écrits, Mérédith s'est drapée dans le mystère : on ne la lirait qu'après sa mort. Le sujet était clos, et Mathilde vouée à se contenter du goût de son amie pour la conversation.

Installée dans une méridienne de velours rouge, un verre de whisky précieux à la main, la brillante Mérédith de Cornulier ne se fait pas prier et poursuit un monologue sans doute commencé bien avant l'arrivée de Mathilde. Elle évoque, tandis que cette dernière s'assoit comme à l'accoutumée dans le fauteuil crapaud assorti à la méridienne, son intérêt pour une discipline injustement considérée comme surannée : la généalogie. Faisant brièvement l'effort de relier ses réflexions au domaine de compétence de Mathilde, elle remarque que cet intérêt caractérise autant, selon elle, les milieux aristocratiques que les grandes familles juives.

« Juifs et aristocrates ont plus de points communs qu'on ne le pense. La solidarité, l'extension du réseau familial à travers le monde liées à la diaspora juive sont similaires à celles des grandes familles nobles, dont les arbres déploient leurs branches en toutes directions, depuis parfois des siècles. Nous avons les uns et les autres été persécutés sous prétexte du pouvoir que nous détenions. La commune tradition d'entraide joue elle aussi à plein dans ces parentèles nombreuses, qui d'ailleurs se sont souvent unies selon des stratégies de fusion des élites, dont les Rothschild sont les représentants idéaux en ce qu'ils sont peut-être les seuls à avoir créé une véritable aristocratie juive. »

Tout en préparant, non sans condescendance, un thé à Mathilde qui a décliné sa proposition de whisky, Mérédith dérive ensuite, comme souvent, vers Marguerite Yourcenar, évoquant ses tentatives généalogiques et son entreprise tardive d'autobiographie familiale. L'écrivaine, pour ce livre inachevé, est partie de ses très lointains ancêtres comme pour allonger autant que possible le chemin menant à sa propre naissance. Mérédith s'enflamme à l'idée, développée par sa chère Flamande, que l'on hérite de populations tout entières, que nos racines potentiellement trempent dans d'innombrables sols.

« As-tu enfin lu *L'Œuvre au noir* ?

– Non… en revanche, j'ai terminé *Guerre et paix*, détourne Mathilde.

– Et qu'en as-tu pensé ?

– C'est immense. Merci de me l'avoir fait lire.

– Quel est ton personnage favori ? (Mérédith ne laisse à son amie, bien entendu, pas le temps de répondre.) Moi, c'est Bagration que je préfère. Sais-tu qu'il n'hésitait pas à finir les batailles au corps-à-corps ? Enfin il paraît, je n'ai malheureusement pas pu vérifier par moi-même. Tolstoï et Yourcenar ont en commun de parler extraordinairement bien de la mort. Je t'envie d'avoir encore à découvrir la fin sidérante de Zénon, celle si terrible d'Antinoüs. Tu ne sais pas ce qui t'attend. »

Mathilde, ne sachant pas en effet ce qui l'attend, reprend une gorgée de thé, qu'une infusion trop prolongée a rendu amer. Aussi amer que le nom d'Antinoüs, qui résonne comme celui d'un ami qui fut cher et que l'on a oublié, un jour, de rappeler, laissant le temps passer, s'enferrant dans la honte d'un silence que l'on n'a pas voulu, et condamnant l'ami à demeurer dans les limbes d'un passé dont on préfère ne pas se souvenir.

Paris, avril 2013

> « Oui, mais qui nous guérira du feu caché, du feu sans couleur… »
>
> Julio Cortázar, *Marelle*

Dans le silence qui se fait d'un coup, résonne toute la cacophonie de l'Histoire. Le dévoilement du *Portrait de jeune fille* d'Amedeo Modigliani, enfin restitué à la famille Baruch, suscite en chacun le vertige de tout ce que ce rectangle de toile et de pigments a dû traverser pour parvenir, aujourd'hui, jusqu'à cette cérémonie tenue au ministère de la Culture. Sylvia l'a voulue en comité le plus restreint possible, et le petit nombre d'ayants droit a simplifié les choses. Elle-même est fille unique, et le reste de sa famille a disparu dans les remous du temps.

Ne sont présents autour d'elle que sa fille, son gendre et sa petite-fille Julie, fière d'avoir du haut de ses dix-huit ans initié, par son désir d'en savoir plus sur le passé de sa famille – ainsi les recherches de racines sautent-elles souvent une génération –, l'enchaînement de faits qui ont mené à ce moment si solennel.

Les collègues de Mathilde et son directeur, la ministre de la Culture, une historienne de l'art, quelques-unes de ces personnes qu'il est difficile d'identifier autrement que comme *des gens du ministère* et dont Mathilde elle-même ignore quelle est la fonction exacte complètent l'assemblée. À laquelle il faut ajouter deux ou trois chercheurs, dont une Allemande ayant réussi à obtenir l'autorisation d'assister à cette restitution, ainsi qu'un jeune romancier. Petit-neveu de Jenny Delsaux, l'homologue de Rose Valland pour la récupération des livres spoliés, il travaille sur le sujet depuis près de trois ans.

C'est la première fois qu'il assiste à une restitution et il escompte que la scène lui donnera enfin le point de départ, ou d'arrivée, qu'il cherche en vain pour appuyer sa trame romanesque. Le jeune homme confie à Mathilde qu'il a grandi avec la légende de sa grand-tante ; depuis, la tradition est restée dans sa famille de systématiquement écrire ses nom et prénom au dos des livres.

L'inévitable Mérédith est là aussi. Ayant suivi, par les comptes rendus presque quotidiens que lui en faisait Mathilde, tout le parcours menant à cette restitution, et toujours encline à vivre de nouvelles expériences, elle a tenu à participer à l'événement. Et rarement désir de Mérédith se voit contrarié, a capitulé Mathilde, qui a dû user de toute son habileté pour convaincre son directeur d'accepter une présence non nécessaire sous les ors de la République.

Les services du ministère se sont montrés, en revanche, inflexibles quant à la venue de journalistes. La presse, qui fait l'opinion, se montre parfois véhémente à l'occasion de ces restitutions, qu'elle se fait fort de critiquer tout en déplorant qu'elles ne soient pas plus fréquentes.

Pour accélérer les procédures, la ministre de la Culture a autorisé, un mois plus tôt, la Commission d'indemnisation à se montrer proactive et à initier d'elle-même la recherche d'ayants droit, sans attendre d'être saisie par une requête. Cette recherche proactive concerne aussi, théoriquement, les musées eux-mêmes. Mais ceux-là jouent l'inertie, craignant de regarder l'Histoire en face et de devoir, si leur provenance devait être sérieusement examinée, rendre les œuvres qu'ils renferment jalousement en leur sein.

En France du moins : les Allemands se montrent à ce titre plus vertueux que les Français, car plus désireux d'affronter leur culpabilité. La plupart des institutions germaniques considèrent que certaines œuvres ne devraient pas se trouver chez elles, aussi en va-t-il de la responsabilité de leurs gardiens provisoires de retrouver leurs propriétaires. Chaque musée est dans l'obligation de faire des recherches sur ses collections et, de manière générale, le doute profite aux familles spoliées.

En entendant ces propos tenus par la chercheuse allemande lors du cocktail qui suit la restitution, Mathilde sent un rictus contracter ses lèvres. Ces vœux pieux contrastent avec les difficultés qu'il lui a fallu surmonter, avec les trois années de délais et d'atermoiements, de jeux subtils entre diplomatie et menaces qui ont été nécessaires pour convaincre le musée de Dresde de restituer le Modigliani à la famille de Sylvia Baruch. Elle boit une gorgée de champagne pour noyer son agacement.

Plus tôt, en se rendant avec Mérédith rue de Valois – et au moment même où, sur un plateau de télévision, Irina Antonova, la dame de fer et directrice du musée Pouchkine depuis désormais cinquante-deux ans, demandait au président russe, en exercice depuis treize ans et pour une durée glaçante, à récupérer certaines toiles impressionnistes exposées à l'Ermitage, sans imaginer que cette requête lui coûterait son poste puisqu'elle avait face à elle un authentique Pétersbourgeois, peu enclin à vider les ressources artistiques de sa ville natale au profit de la capitale post-tsariste –, à ce moment précis, donc, tandis qu'elles passaient sous la tête de lion qui fait face à la place de Valois, les deux amies débattaient pour la millième fois de la question qui préoccupe Mathilde depuis qu'elle travaille sur le sujet : comment réparer l'irréparable ? Où est la frontière de l'obscénité quand on travaille sur ces questions ? Peut-il être légitime de s'occuper des biens quand les corps ont été suppliciés ?

Chaque fois, Mérédith la rassure, souligne l'importance de la dimension économique et culturelle dans l'aspect symbolique d'un génocide. Mais chaque fois, Mathilde s'entête à souffrir d'un paradoxe dont elle ne sort pas : elle est sans cesse tiraillée entre sa conviction d'œuvrer au bien commun, qu'alimentent les requêtes et les contacts avec les familles, et le scepticisme de ceux qui s'étonnent que la réparation des spoliations soit toujours un sujet. Pourtant, chaque jour apporte de nouvelles révélations, de nouvelles occasions de faire justice, même des décennies plus tard, même auprès de descendants lointains des victimes.

Ainsi, l'année précédente – au moment où un cultivar de *Rosa polyantha* était baptisé du nom de Rose Valland –, l'affaire Gurlitt secouait le milieu de la recherche de provenance.

Cornelius Gurlitt est le fils de l'un des marchands d'art qui ont le plus œuvré au service d'Hitler et du successeur d'Hans Posse, notamment pour orner les salles du musée de Linz. Soupçonné de fraude fiscale à l'issue d'un contrôle douanier où une importante somme d'argent avait été trouvée sur lui, il avait attiré l'attention des autorités.

Les policiers, pénétrant dans le modeste – et très vilainement meublé – appartement munichois de Cornelius, avaient été accueillis par une femme accroupie de Rodin, posée sur un buffet en contreplaqué.

Ils avaient ensuite découvert, parmi les accumulations de boîtes de conserve périmées et de sacs plastique, des cartons emplis de centaines de tableaux et de dessins de Renoir, Matisse, Picasso, Chagall ou Kokoschka. Au milieu de ces œuvres dites dégénérées par le national-socialisme, une gravure du *Chevalier* de Dürer rappelait le malentendu esthétique au cœur de l'idéologie nazie.

L'histoire invraisemblable de Cornelius Gurlitt, personnage fantôme affligé du syndrome de Diogène, sans identité sociale, sans famille ni amis, sans travail, ayant tiré sa subsistance des tableaux ignominieusement acquis par son père, est aussi celle d'un tournant historiographique dans la recherche de provenance puisque, parmi les débris et ordures, se trouvait un trésor d'archives permettant de reconstruire pas à pas les circuits de spoliation.

Depuis cette découverte, Isabelle travaille dans le groupe de recherche dédié à la collection Gurlitt, en compagnie d'autres chercheurs de provenance, d'historiens et de juristes. Mathilde ne la fréquente pas en dehors du contexte professionnel ; l'amitié avec Mérédith prend beaucoup de place, certes. Mais c'est aussi qu'elle tente depuis quelques mois, plus ou moins consciemment, de se tenir à distance de son milieu professionnel.

Elle n'est pas moins investie en apparence, et la cérémonie d'aujourd'hui est une récompense dont elle ne minimise pas l'importance symbolique ; simplement, elle s'inquiète de constater combien son métier a envahi sa vie personnelle, au point de la rendre pratiquement inexistante. Elle éprouve le besoin de s'interroger sur ce qui l'a poussée à travailler sur ces questions, peut-être pour se les approprier de façon plus intime qu'elle ne l'a fait jusqu'ici.

Rien dans son histoire n'explique une telle orientation, si ce n'est peut-être – et encore, cela lui semble si anecdotique – la passion de Gisela, son ancienne professeure d'allemand, et le voyage qu'elle leur avait fait faire quand Mathilde avait quatorze ans.

Il y a aussi cette coïncidence d'un dépôt d'œuvres installé dans le domaine de la famille paternelle, mais cela n'a pu agir sur elle avant qu'elle n'embrasse sa vocation, puisqu'elle l'a appris il y a seulement quelques années. À moins que les traces laissées dans l'inconscient par les motivations de nos aînés ne soient plus profondes que l'on ne le pense. À moins – l'idée, toute simple, lui apparaît soudain – qu'elle ne l'ait appris bien avant, lors de la visite qu'elle avait faite au château de Beaumanoir avec sa mère par exemple, et que l'information ne se soit enfouie dans sa mémoire comme un fossile qui ne ressurgit que très longtemps après qu'il a été formé.

Décidément, tenter de restituer aux autres leur passé ne l'aide pas à reconstituer le sien. Elle doit affronter autrement ses propres empêchements à vivre. Mais elle n'a aucune idée de la manière dont elle pourrait s'y prendre. Elle chasse ces pensées importunes et, tandis que le serveur remplit une nouvelle fois sa flûte, reprend un canapé au foie gras en cherchant du regard celle que, désormais, elle est bien décidée à appeler Susha.

Paris, avril 2014

on passe aux manuscrits baudelaire lettre autographe signée à arsène houssaye sur papier vélin au timbre sec édition originale ornée de quinze compositions en noir à pleine page dessinées et gravées sur linoléum par miguel hernandez poème naïf en espagnol et en français sur deux colonnes

Rue Rossini, les Savoyards ont cessé d'arborer leurs élégants cols rouges : la perte du monopole accordé par Napoléon III aux manutentionnaires de Drouot a eu de ces conséquences esthétiques. Au lieu de la corporation soudée, pour le meilleur et pour le pire, qui apportait son romanesque à l'image de la maison de ventes, ce ne sont plus aujourd'hui que pauvres hères sans conviction ni fraternité, qui fument nonchalamment en attendant de voir leurs jeunes muscles sollicités.

Mathilde passe devant eux, tâchant de dissimuler sa curiosité à l'égard de cette histoire qu'ils n'incarnent plus, avant de tourner dans la rue Drouot. L'immense hôtel se dresse, impressionnant, rouge velours et acier. C'est la première fois qu'elle se rend en ces lieux, pourtant mythiques dans sa profession. Une sorte de peur mal identifiée, similaire à celle qui lui interdisait d'entrer dans les galeries, l'a jusque-là empêchée ne serait-ce que d'en franchir la porte. Elle rassemble son courage et entre dans le grand hall, pour aussitôt être aspirée, presque malgré elle, par le mouvement des escaliers mécaniques.

Elle vient assister, sur l'insistance de son directeur, à une vente aux enchères intitulée «Prises de guerre de la 2e D.B. en mai 1945 au Berghof d'Hitler». Une quarantaine d'objets récupérés à Berchtesgaden, dans les demeures d'Hitler et Goering, y sont présentés, enrobés des vapeurs d'une fétide polémique. La loi est ambiguë, concernant les objets ainsi marqués par l'infamie: leur possession et leur achat sont autorisés, mais pas leur exhibition sur la voie publique. Or il est fort compliqué de vendre sans montrer, aussi les stratégies se multiplient-elles pour échapper au cadre légal.

Mathilde, après avoir traversé l'étage presque désert, s'est installée dans la salle qui lui a été indiquée. Quelques personnes seulement sont entrées à sa suite et se sont assises, par groupes de deux ou trois. Chacun chuchote, la controverse sature l'atmosphère et le malaise gagne la jeune femme. La vente ne commence pas, l'heure est pourtant passée. Un homme, maigre et voûté, entre alors à petits pas pressés pour faire une annonce: la vente est annulée, les associations de lutte contre l'antisémitisme ayant fait valoir l'obscénité et les dangers d'un tel fétichisme idéologique.

Mathilde est d'abord soulagée, prête à repartir pour le ministère, voire à profiter de ce contretemps pour flâner un peu dans le printemps nouveau. Mais elle se raisonne: puisqu'elle est là, puisqu'elle est parvenue à surmonter son appréhension d'entrer à Drouot, elle va assister à une autre vente.

Elle ressort dans le hall, où il y a désormais foule. On se presse devant les hautes portes d'une autre salle. Lorsqu'elles s'ouvrent enfin, c'est la ruée. Chacun se précipite dans la pièce aux murs d'un cramoisi usé, rayant un peu plus le vieux parquet, pour trouver siège et y poser un séant de propriétaire prêt à dépenser plusieurs milliers d'euros. Mathilde s'approche pour voir de quoi il s'agit: une vente de livres et de manuscrits. C'est parfait. Elle trouve une place, parmi les dernières, tout au fond de la salle.

La commissaire-priseuse, une cinquantenaire à la séduction ferme, un peu sévère, annonce le début de la vente :

on va commencer avec le lot catalogué allez on démarre le lot un on démarre à cent cent vingt cent cinquante deux cents le ton est donné quatre-vingts adjugé deux cent quatre-vingts

À la première vente effectuée, Mathilde sent un courant d'air. Les portes sont pourtant hermétiquement closes et, elle s'en aperçoit tout à coup, la salle n'est pourvue d'aucune fenêtre. Ce frisson dit le sentiment du risque – bien relatif, nous en convenons sans peine – qui court dans l'assemblée. Celle-ci est variée, bien que les premières rangées soient essentiellement composées de vieux messieurs à veste pied-de-poule et pantalon de velours côtelé, deerstalker ou béret, libraires d'ancien dans le quartier Latin, probablement misogynes et bourrus.

lot quatorze dante on a seulement l'enfer il manque le paradis et le purgatoire enfin c'est déjà ça on démarre à trois mille par moi sur ordre trois mille deux cents c'est par moi sur ordre trois mille cinq cents plus par moi

Les voisins de Mathilde sont, à sa droite, un élégant septuagénaire, moustache désuète et cheveu gominé, et à sa gauche une femme à peine plus jeune, dont une écharpe rose vif entoure la méprisante superbe ; elle est visiblement rompue à l'exercice, et seul un frémissement de son menton ou un clignement félin de ses yeux indique qu'elle enchérit sur la mise. Mathilde elle-même, par procuration, sent l'angoisse monter à mesure que les enchères approchent du lot que sa voisine convoite visiblement, un petit Voltaire relié en édition originale. Pour un peu, elle se laisserait aller à lever la main, juste pour participer elle aussi.

les enchères montent toutes seules sur internet cinq mille neuf cents une fois cinq mille neuf cents deux fois adjugé à l'écharpe rose bravo madame lot suivant racine la henriade [sonnerie de téléphone] *dans une reliure un peu décoiffante*

La femme se rengorge insensiblement. Les émotions sont proscrites. Quelques chaises plus loin, un Japonais secoué de tics troublant les adjudications agace la commissaire-priseuse – a-t-il enchéri ou est-ce nerveux ? –; juste devant lui, un vieux bonhomme – bonnet enfoncé sur le crâne, veste synthétique, pantalon de coton flasquant sur ses chaussures de sport boueuses et ses chaussettes trop hautes – marmonne un sabir incompréhensible et emporte toutes les ventes.

on démarre à deux cent deux cent vingt deux cent cinquante deux cent quatre-vingt-dix c'est pas un chiffre [marmonnements] *chut ça parle ici ça parle là chut c'est la récréation en voulez-vous à trois cents trois cents c'est ici adjugé au bonnet rappelez-moi votre numéro*

Mathilde savoure le jargon merveilleux des salles des ventes, qu'elle a souvent entendu dans la bouche d'Isabelle : les évocations de vente borgne ou de folles enchères la ravissent, les titres de crieur et d'aboyeur réjouissent ses penchants nostalgiques, ressuscitant des mondes qui, à de certains moments et en de certains lieux, semblent n'avoir pas tout à fait disparu.

lot suivant soixante-treize billet de colette à missy c'est pas maintenant qu'on décrit les lots deux cent une fois deux fois deux cents cinquante je n'ai pas dit adjugé lot suivant on démarre à deux cents en voulez-vous pour deux cents personne n'en veut on garde

Près de l'estrade, un expert à nœud papillon et sourcils circonflexes épais annonce les lots dans une grimace. Sur le côté, cinq demoiselles au téléphone – Mathilde ignore que le principe des enchères téléphoniques a été inventé par Michel Strauss, petit-fils du banquier Jules Strauss dont la célèbre collection a été spoliée – ajoutent au brouhaha de lointaines enchères, que la jeune femme imagine rêveusement venir de Russie, du Qatar ou de Hong Kong, tandis qu'un quarantenaire gominé annonce d'un ton d'animateur de jeu télévisé les prises effectuées sur Internet au même moment – ce sont les premières ventes en ligne, la plateforme vient d'être créée.

Un écran surmontant le crieur récapitule les enchères en temps réel, avec la conversion en différentes devises : USD GBP CNY JPY RUB CHF HKD. La litanie cryptée de l'économie internationale hypnotise Mathilde, lui faisant manquer quelques ventes qui l'auraient peut-être intéressée, mais qu'en savons-nous.

lot suivant max jacob ça fait dix fois que je le vends celui-là on continue deux mille deux mille deux cents il aime bien jouer le monsieur deux mille trois cents deux mille quatre cents chut quand vous payez vous ne parlez pas

Peu à peu, elle cesse de regarder autour d'elle et se laisse porter par la chanson fluide et musicale de la commissaire-priseuse, qui ne cesse pas un instant d'égrener des chiffres sans commettre d'erreur, attentive à chaque mouvement d'œil dans la salle, sa concentration visible dans la tension de son corps habitué à l'exercice.

Elle s'appelle Sophie, comme l'indique à Mathilde l'ours du catalogue – elle ne l'a pas acheté, mais lorgne sur celui de sa voisine. Laquelle, s'en apercevant, déplace l'objet payé à prix d'or pour empêcher la curieuse d'en profiter gratis. L'on n'est pas prêteur, dans l'univers des ventes aux enchères.

lot deux cent trente-sept maurice sachs plus les épreuves corrigées les manuscrits de maurice sachs sont rares [silence] *les acheteurs aussi apparemment on garde lot deux cent trente-huit cette lettre de stendhal à sa sœur pauline une belle lettre on commence à trois mille et j'ai preneur trois mille deux cents au téléphone trois mille trois cents trois mille neuf cents quatre mille quatre mille huit cents devant moi c'est vu quatre mille huit cents nous sommes qu'est-ce qu'on dit fini sûr adjugé*

Une petite dame vêtue de brun, assise juste devant Mathilde, se lève soudain, un cri sort tout droit de ses lèvres grenat : « Sous réserve du droit de préemption de l'État au profit de la bibliothèque de Montpellier. » La dame se rassoit, essoufflée de son effort. Mathilde comprend que l'État peut préempter seulement dans les secondes qui suivent l'adjudication. Tout va si vite, il faut saisir le bon moment entre deux coups de marteau, il faut que la voix ne se brise pas, que la parole soit claire et tranchante.

would you like to try trois mille cinq cents trois mille huit cents quatre mille five thousand euros que fait-on six mille voulez-vous would you like merci beaucoup pour vos enchères c'est mon enchère huit mille cinq cents last chance the very last one internet i'm out contre vous christie's live at three eight against you the live j'adjuge merci beaucoup

Le cœur de Mathilde bat dès qu'elle fait un mouvement : de fait, nez qui démange ou mèche de cheveux lui tombant dans les yeux sont des dangers potentiels pour ses finances, car le moindre geste peut être interprété comme une enchère et l'obliger à acquérir un lot malgré elle. Le prix de certains se monte à plusieurs dizaines de milliers d'euros.

Elle s'agace quand quelqu'un emporte la mise à distance : une fraternité bizarre, à laquelle plus bizarrement encore elle s'associe, s'est installée entre ces individus capables de s'endetter pour des objets dont la valeur se fait au moment où ils lèvent la main. Entre ceux, surtout, qui ont fait l'effort d'être présents : même si l'assemblée lui paraît constituée d'individus remarquablement impolis, Mathilde les préfère aux goujats qui n'ont pas daigné se déplacer.

lot deux cent quatre-vingt-six l'iliade et l'odyssée cet exemplaire en maroquin rouge de l'époque qui provient du château de rosny à onze cents toujours avec moi à la table vous êtes deux personnes sur internet c'est bien vu contre vous les téléphones c'est bien vu la salle également still my bid in the book against you would you like to try should i wait for you a little bit more j'adjuge par homère toujours ça vient de la bibliothèque de la duchesse de berry avec les armes de louis xiii dix mille euros c'est votre enchère ce n'est plus moi votre enchère

Les heures ont passé, le public s'est clairsemé. Soudain, un nom extrait Mathilde de son hypnose : une lettre de Virginia Woolf est proposée à la vente. Elle fait partie des tout derniers lots.

Une désagréable fébrilité s'empare de Mathilde, elle tremble d'un désir fétichiste qu'elle réprouve et entretient dans le même mouvement, après tout ce n'est pas si cher pour une lettre de son écrivaine favorite, mais qu'en ferait-elle, et pourquoi dépenser un mois de son relativement maigre salaire pour un simple objet, ce n'est pas raisonnable, mais faut-il être raisonnable – à force de tergiversations, la lettre de Virginia Woolf à madame Claire Engel du trente mai mil neuf cent trente-quatre est adjugée pour mille quatre cents euros au Japonais plein de tics.

terminé pour vous bien vu pas de regret… merci.

La grande comédie balzacienne de la vente aux enchères s'achève.

Mathilde est irrationnellement déçue. Elle s'en veut de n'avoir pas eu le courage de lever le doigt, et dans le même temps s'en veut de cet appétit de propriété qu'elle ne se connaissait pas. Elle n'avait pas du tout prévu d'acheter quoi que ce soit, et c'est autant d'épargné à ses finances. Pourtant, la brutalité du désir de posséder qui l'a envahie lui laisse un goût amer, et une étrange brûlure au thorax où palpite le rapport que non seulement elle-même, mais tous ceux qui la précèdent sur son arbre généalogique lacunaire entretiennent avec les objets.

Au moment où sort en salles *Monuments Men*, un film à grand succès adapté du livre de Robert Edsel – les Américains y sont présentés comme les garants exemplaires du patrimoine universel – et où l'on inaugure une plaque sur la façade du domicile de Rose Valland, devant une étique assemblée de dames convaincues, de militaires en treillis et de vieux messieurs à l'impériale moustache, Mathilde émerge dans la rue Drouot, étourdie par la lumière froide d'avril, par les trépidations de la vente et les pulsions qui l'ont agitée. Elle est encore ivre de la chanson portée par la voix ferme et séduisante de la commissaire-priseuse et sur laquelle œuvres d'art et mobilier, livres et manuscrits dansent la grande danse des objets qui savent survivre aux hommes.

Paris, mai 2015

> « Rien ne prouve mieux le peu qu'est cette individualité humaine, à laquelle nous tenons tant, que la rapidité avec laquelle les quelques objets qui en sont le support et parfois le symbole sont à leur tour périmés, détériorés ou perdus. »
>
> Marguerite Yourcenar, *Souvenirs pieux*

La porte s'ouvre sur un gigantesque bouquet de pivoines. La silhouette d'oyat de Mérédith émerge des pétales très pâles, où dans le rose quelques pavots sauvages font de sanglantes et fragiles griffures.

Comment Mérédith a-t-elle réussi à transporter jusque-là des coquelicots, sans en répandre les échos écarlates partout sur son chemin ? Autant que ses performances surnaturelles, le visage mélancolique et souriant, encadré d'une ombre souple, est toujours une surprise pour Mathilde. Elle laisse entrer la femme en fleurs et referme derrière elle, heureuse de la voir comme si ce n'était pas prévu, ou qu'elle n'était jamais certaine que son amie n'était pas le produit de son imagination.

Mathilde s'apprête à quitter le quatorzième arrondissement. Elle a décidé de traverser la Seine et une bonne partie de Paris, de s'éloigner de sa mère et de la Bretagne, pour emménager rue Germain-Pilon, près de la place des Abbesses. Elle a décidé, avant toute chose, de vendre l'appartement hérité et d'en acheter un qu'elle aura choisi elle-même.

Les deux pièces sont encombrées de cartons, et depuis quelques jours des objets refont surface, comme les cadavres pensifs d'anciens noyés.

« *Sunt lacrimae rerum et mentem mortalia tangunt*, dépose sentencieusement Mérédith sur le comptoir, en même temps que son bouquet.

– Tu sais que c'est presque un poncif dans mon domaine ? On trouve cette phrase dans la plupart des livres consacrés aux biens spoliés, et ma prof Isabelle nous la citait sans cesse. » Mathilde éprouve une vilaine et délicieuse brûlure d'orgueil à ainsi, pour une fois, être celle qui sait.

Tout en arrangeant les fleurs dans un vase – il a fallu, pour trouver ledit vase, défaire un carton qui venait d'être scellé, mais les présents de son amie valent ces petits sacrifices –, ses mains nerveuses tâchant en vain de rattraper les coupons rouges qui succombent aux assauts de sa maladresse, Mathilde débite les plaisirs anticipés de son futur quartier.

Mérédith prête à ces bavardages une oreille dont la distraction s'alimente de la torpeur d'un été précoce. Les mollesses du sofa où elle s'est installée ont accueilli sa minceur avec une diligence de cadériste, et elle s'assoupit un peu.

Son regard considère paresseusement la pièce, comme pour l'accorder à sa propre vision du monde. Les lieux se transforment sous l'effet de sa présence, Mathilde l'a déjà constaté. Ce qui explique ses craintes lorsqu'elle fait entrer son amie chez elle : il lui faut chaque fois plusieurs jours pour se sentir à nouveau maîtresse de son environnement. Elle a passé la soirée précédente à faire le plus de cartons possible dans la perspective de cette visite, comme pour protéger son espace avant de le quitter, lui permettre de résister à l'influence sorcière de Mérédith.

Celle-ci soudain remarque, posée sur un guéridon ordinairement surchargé de bibelots et de documents à traiter en urgence, une jolie petite boîte de palissandre marquetée. « Qu'avons-nous là ? Tu me cachais cette merveille ! » Mathilde proteste, inutilement elle le sait.

Mérédith déjà s'affaire à l'ouvrir – « La serrure est coincée et je n'ai jamais eu la clé » – et déjà la crochète – ses dons de cambrioleuse n'étonnent pas Mathilde, que rien ne surprend plus depuis longtemps chez son amie – et déjà l'ouvre. Un chanteau de douceur écarlate surgit sous ses doigts. Mérédith en touchant le tissu entend un léger craquement : elle soulève le taffetas, et révèle un petit morceau de papier.

Les deux jeunes femmes, stupéfaites, découvrent alors les mots tracés à la hâte, soixante-dix ans plus tôt, par un publicitaire au bord du maquis – détails que, naturellement, elles ignorent puisque le mot n'est signé que de deux lettres initiales :

« Cette boîte m'a été donnée par l'arrière-petite-fille de la comtesse de Ségur. Elle contenait un manuscrit inédit de son aïeule, daté de 1817, que j'ai dissimulé au dos d'une précieuse copie XVIIIe *de la* Mélancolie *de Dürer.*

M. B., Paris, juin 1939 »

Mérédith est ivre d'excitation. « Mais c'est un véritable trésor pour l'imaginaire que tu cachais là ! Comment se fait-il que tu n'aies pas ouvert ce coffret avant ? Comment se fait-il que tu ne l'aies pas fracturé ? »

Mathilde est paralysée. La matérialisation, sous forme d'un bout de papier, de ce qui ressemble à un invraisemblable secret de famille l'écrase contre un mur de déni patiemment construit au fil des ans par plusieurs générations de femmes.

« Tu ne te rends pas compte que c'est extraordinaire ? Un manuscrit inédit de la comtesse de Ségur ! »

La jeune femme ne se rend pas compte, non, trop éberluée qu'elle est par le surgissement de tant de romanesque dans son petit monde rassurant. Autant Mérédith semble à l'aise avec les chimères, autant elle-même sent que son instinct les refuse avec vigueur.

Mérédith la secoue, agacée par son manque d'enthousiasme :

« Toi dont c'est le métier d'enquêter, que ne te lances-tu sur-le-champ dans d'effrénées recherches ? D'autant plus que la date devrait t'interpeller… le tout début de la guerre, ça ne peut pas être une coïncidence ! Comment se fait-il que cela ne t'excite pas davantage ? »

Elle est incapable de répondre. Elle sait bien que cette boîte vient d'une vente suspecte, Blanche le lui a dit il y a longtemps ; mais elle a enterré ce savoir, insupportable de déterminisme, tout au fond de sa conscience. Elle a le sentiment que Mérédith exhume un cadavre.

« Incroyable ! »

Sous le coffret, Mérédith vient de découvrir deux émouvantes lettres gravées : *SR*.

Son excitation monte d'un cran :

« Mais c'est bien sûr ! La comtesse de Ségur est née Sofia Rostopchine, c'était la fille du terrible et majestueux aristocrate tsariste qui ne voulut pas livrer Moscou à Bonaparte. J'ai un faible pour Fiodor Rostopchine, même si Tolstoï le traite affreusement dans *Guerre et paix*. Il en fait un personnage gesticulant, ridicule et vain. Mais attends… c'est plus formidable encore que je ne le croyais : Sophie est née à la toute fin du siècle, ce qui signifie que le texte a été écrit quand elle n'avait que dix-huit ans, alors que l'on ne connaît que ses œuvres de grand-mère… »

Mathilde, étourdie par les jacasseries de Mérédith, ne se demande même pas comment elle connaît la date de naissance de la comtesse de Ségur. Elle voudrait soudain qu'elle s'en aille. Elle a besoin d'être seule pour regarder en face ce malaise qui croît en elle depuis que la boîte a été ouverte. Mais son amie ne paraît pas disposée à s'en tenir là.

« Sais-tu que j'ai une véritable passion pour la comtesse ? »

Le mot « passion » paraît à Mathilde un peu exagéré, pour qualifier cette littérature dont elle conserve un souvenir tendre, certes, mais loin du registre de la passion, qu'elle réserve aux véritables monuments de la littérature, au premier rang desquels, naturellement, Virginia Woolf.

« On me lisait ses livres dès avant que je ne sache lire. Sais-tu que je descends, côté maternel, en droite ligne d'une d'Aguessau, et que je suis donc liée à l'oncle d'Eugène de Ségur, qui fut ambassadeur sous Catherine II ? »

Mathilde l'ignorait, mais n'est pas surprise de cette nouvelle ramification de l'arbre cornulien. La tension grandissante qui l'étreint ne laisse, de toute façon, pas de place à l'étonnement.

Elle écoute péniblement Mérédith détailler ses innombrables connaissances et anecdotes concernant la comtesse de Ségur. Enfin, elle conclut : « Mais soyons concrètes. On ne peut pas en rester là. Dis-moi, d'où te vient exactement ce délicieux petit coffret ? »

Mathilde, éreintée, hésite à répondre. Elle sent que la pente est dangereuse. Mais elle est incapable de contrarier son impétueuse amie.

« De ma grand-mère. Je l'ai récupéré quand elle est morte, il y a une quinzaine d'années. »

Mérédith pianote sur son téléphone – car bien qu'appartenant farouchement à jadis, elle ne dédaigne pas certaines facilités de la technologie –, à la recherche de tout ce qui pourrait concerner cet intrigant manuscrit. En vain : les diverses combinaisons de mots clés auxquelles s'essaie la jeune femme ne donnent aucun résultat. Il n'est nulle part fait mention d'un inédit de la comtesse de Ségur que l'on aurait retrouvé depuis la guerre.

« En revanche, le nombre de références à la comtesse dans l'actualité est remarquable. Figure-toi que l'Institut médico-éducatif Ségur aux Nouettes, l'ancien domaine de la comtesse qui aujourd'hui accueille – tout se tient – des enfants en grande difficulté, a brûlé la semaine dernière. Et cet été, on annonce le tournage d'un film adapté des *Malheurs de Sophie.* »

Mérédith ne se tient plus ; insoucieuse des méandres où le déni sait fourvoyer la mémoire, elle exhorte Mathilde à rassembler indices et souvenirs. Celle-ci a l'impression d'avoir été assise malgré elle à la place occupée d'ordinaire par les requérants qui lui soumettent des dossiers et qu'elle interroge sans relâche, incapable d'accepter qu'ils n'aient pas eux-mêmes établi des liens à ses yeux évidents.

Réticente, elle finit par lui avouer la provenance supposée de la boîte. « Que ne le disais-tu plus tôt ! Bon, soit, ta grand-mère l'a acquis dans une vente suspecte. Mais ça ne fait pas d'elle une criminelle. »

Mathilde le reconnaît sans peine. Cette découverte n'a, en réalité, déterré aucun secret honteux comme il peut y en avoir dans tant de familles. Mais alors, d'où lui vient ce désarroi ?

« En tout cas, ce que cela nous apprend, c'est qu'il y a eu spoliation, et que le manuscrit a probablement subi ce sort, tout comme la gravure derrière laquelle il était caché. Essaie de chercher de ce côté-là, pendant que je continue à regarder ce qui concerne le manuscrit. »

Mathilde, trop heureuse de pouvoir détourner son angoisse, se met en quête d'une reproduction en ligne de la *Mélancolie* de Dürer. Elle trouve très vite, et la montre à Mérédith.

« C'est splendide. Regarde s'il y a des références à une spoliation. Je me concentre sur le manuscrit. »

Pendant que Mérédith se lance dans de nouvelles spéculations, Mathilde, peu soucieuse de faire des recherches poussées, s'abîme dans l'image de l'ange mélancolique gravé par Dürer. Elle se sent happée par cette figure ambiguë, l'abondance de signes l'attire et l'étourdit à la fois. Elle ne peut plus détacher son regard, c'est presque un envoûtement qui tout à coup l'effraie. Elle referme son ordinateur et se renfonce dans le canapé, ébranlée par ses ressentis contradictoires. Elle a de plus en plus mal au cœur et serre un oreiller sur son ventre comme pour empêcher l'anxiété de conquérir son corps.

Prenant enfin acte de son malaise, Mérédith se résout à la laisser se reposer, interrompant sa quête. « Provisoirement, bien sûr. » Mathilde opine par faiblesse et referme la porte sur son amie.

Elle se sent affreusement lasse. Elle regarde autour d'elle, les cartons éventrés, les livres répandus. Tous ses objets familiers semblent recouverts d'un vernis de mystère dont elle se passerait bien. Soudain, elle repense à son exemplaire de *Mein Kampf*, qu'elle n'a pas vu au moment de faire ses cartons. Elle n'ose imaginer ce qu'en aurait dit Mérédith si elle l'avait découvert, comme elle n'a pas manqué de découvrir cette maudite boîte.

Le printemps l'appelle, promesse d'air pour celle qui se noie dans son passé. Elle sort de l'appartement, dont l'atmosphère a été durablement modifiée, malgré ses efforts, par la présence de Mérédith, longe l'inévitable boulevard du Montparnasse qu'elle déteste de plus en plus, tourne dans la rue Vavin et franchit le portail d'Assas qui mène au jardin du Luxembourg.

Mérédith, entre autres anecdotes, lui a appris qu'un buste de la comtesse soupirait dans le parc depuis un siècle. Elle ne sait pas bien ce qui la pousse à le chercher malgré elle dans les allées – de toute façon, elle ne le trouve pas : Stendhal, oui ; George Sand, Flaubert et Leconte de Lisle, oui ; Verlaine, Banville et Zweig, oui ; les masques d'artistes, les reines de France et les femmes illustres gardées par de majestueux lions à l'œil triste, oui ; mais point de demoiselle Rostopchine. Ce n'est qu'au moment de quitter le jardin, à la hauteur de l'Observatoire, que la jeune femme aperçoit un éclair pâle dans les feuillages.

La blancheur a fondu. La moisissure a eu raison des traits délicats de la comtesse, mais pas de sa tristesse. La pierre râpeuse, bringée de fissures bises, se fond dans les ramures comme le corps se décompose dans l'humus. Les inscriptions au bas du buste sont illisibles. Mathilde repense à la tombe familiale du cimetière du Montparnasse, où depuis douze ans elle manque à sa promesse d'aller ôter la mousse de la pierre sous laquelle sa grand-mère repose, parmi d'indéchiffrables ancêtres.

Elle s'éloigne et, l'esprit empli d'images de décomposition, traverse la poussière de pollen du jardin jusqu'au boulevard Saint-Michel. Une impulsion la conduit à descendre vers la Seine ; rien ne l'incite à retourner dans cet appartement, auquel elle a déjà dit adieu. L'y attendent en outre, désormais, une improbable enquête et les injonctions irrésistibles de son amie, dont la puissante énergie, elle le sait, s'est insinuée partout, dans les interstices du parquet, derrière les coussins du sofa, sous le pied des verres, pour lui rappeler ses obligations envers son passé.

Pour y échapper, Mathilde lève les yeux vers le ciel et les chambres de bonne des immeubles haussmanniens où des étudiants rêvent leur vie, où des mères célibataires s'efforcent d'offrir le meilleur des mondes à leurs enfants et où des écrivains peinent sur d'interminables épopées, cheminent dans de miteux poèmes ou s'endorment en proie à la nostalgie de ce qu'ils ne seront jamais.

Paris, décembre 2015

> « Dürer appartient à la littérature par le désir, et par l'intuition. »
>
> Alain Borer, *Dürer, le burin du graveur*

C'est le vent que l'on entend d'abord. Bientôt, la pluie fouette les vitres qui donnent sur la rue de Bellechasse dans un bruit de catastrophe qui laisse croire que le monde a basculé sur son axe. La Commission vient de déménager dans un nouveau bâtiment, à vingt-cinq numéros de l'ancien siège du Conseil national de la Résistance. C'est un retour aux sources, car c'est là que l'institution s'était installée aux premiers mois de son existence.

Mathilde dirige désormais le service des biens culturels mobiliers. Les deux jeunes femmes qui travaillent sous ses ordres lui donnent le sentiment d'être, à trente-cinq ans, passée de l'autre côté de l'existence. Elle n'a pas d'enfant et n'en veut pas, sa vie affective reste anecdotique et ce qui l'inquiète le plus est de ne pas s'en inquiéter. Elle s'identifie à Rose Valland, à Jacques Jaujard même, dont le fils unique est mort sans enfant dix ans plus tôt, interrompant la lignée. Comme eux, elle se dévoue à la protection du patrimoine au bénéfice de générations qu'elle n'aura pas engendrées.

C'est pourquoi elle souffre tant du peu de moyens dévolus par l'État à la recherche de provenance. Un véritable dénuement logistique et technologique afflige la Commission dans son ensemble, et son service en particulier. La comparaison avec l'Allemagne est cruelle, chaque fois qu'elle est amenée à s'y rendre. Elle ne peut qu'y constater, malgré les réticences des musées qu'elle est bien placée pour ne pas minimiser, les efforts déployés par l'État allemand afin que cette page de l'Histoire puisse enfin être tournée sans regret.

La tempête s'est quelque peu apaisée. Mathilde émerge, menton baissé sur ses préoccupations, dans le froid perfide d'un décembre aux allures de novembre, quand son regard est comme soulevé du sol par une présence familière. Voilà plusieurs mois que, sans se l'avouer, elle évite Mérédith, qui ne cesse de l'interroger sur l'avancée de son enquête concernant la comtesse.

A-t-elle cherché à qui pourraient correspondre les initiales M. B. ?

A-t-elle consulté toutes les bases de données pour voir si une *Mélancolie* de Dürer faisait partie des œuvres spoliées ?

A-t-elle mené des recherches plus approfondies sur les manuscrits de la comtesse de Ségur ?

Mathilde n'a rien fait de tout cela. Au-delà du manque de temps, elle en est empêchée par sa résistance intérieure, plus puissante que son amitié. En dépit de ses interrogations familiales, elle se refuse à mêler son histoire personnelle à ces tragédies qu'elle frôle tous les jours en compulsant les dossiers de demande de restitution.

Mais Mérédith est tenace, c'est pourquoi elle l'a aujourd'hui traquée jusqu'à son lieu de travail. Après l'avoir embrassée avec brusquerie, elle l'entraîne par le bras sur le trottoir suintant l'hiver et se lance : « J'ai pensé à quelque chose. Si les deux œuvres avaient été séparées ? Il y aurait alors non pas une, mais deux enquêtes à mener. Et j'ai aussi pensé à ceci : Sophie était russe, son manuscrit s'est peut-être retrouvé dans des archives russes. Or sais-tu qu'à la Société des gens de lettres, dont je suis membre, une trentaine de cartons d'archives venues de Russie ont été déposés à la fin des années quatre-vingt-dix ? Des cartons dont, à ma connaissance, personne ne s'est jamais préoccupé. »

Les chances pour que le manuscrit se trouve dans ces cartons sont proches du néant, Mathilde le comprend aussitôt, mais elle comprend aussi qu'elle n'échappera pas au désir d'intrigue de son amie, qui commence à prendre un exténuant tour policier. Espérant une trêve, elle accepte que Mérédith contacte la Société des gens de lettres pour aller consulter les archives en question.

Mais celle-ci a déjà reporté son attention sur l'autre partie de l'enquête, qui concerne la *Mélancolie*. Si toutefois, comme elle s'en est convaincue, elle a été spoliée, se peut-il qu'elle ait fait partie des œuvres passées par le Jeu de paume ?

« Imagine ! La gravure délicate de Dürer entre les mains boudinées du gros Goering ! »

Mathilde est ébranlée. Autant le manuscrit ne suscite en elle que malaise et volonté d'oubli, autant le destin de la gravure l'intrigue. Ou plutôt, l'impression de gouffre qui l'avait saisie lorsqu'elle avait découvert l'image s'est ancrée en elle, et il s'agit moins de retrouver l'objet, qui après tout n'est qu'une copie, même si ce M. B. la prétend précieuse, que de céder à la tentation vertigineuse de suivre une piste qui lui paraît celer une promesse.

Il se trouve que le catalogue de la collection Goering, qui contient mille trois cent soixante-seize œuvres, vient d'être publié en France, où il n'était jusque-là pas disponible, et qu'elle en a reçu un exemplaire – peut-être peuvent-elles faire une recherche rapide à tout hasard ? « Nous ferons cela demain. Je suis épuisée. »

C'est compter sans l'obstination de Mérédith, qui insiste jusqu'à ce que Mathilde accepte de remonter dans son bureau – elle qui rêve d'un bain chaud, d'un verre de vin, d'une assiette de pâtes – pour consulter le catalogue. Elles le feuillettent longuement, avec fébrilité pour l'une, lassitude pour l'autre. En vain. Le seul Dürer du catalogue est *Le Chevalier, la Mort et le Diable* – abrégé en *Chevalier*. Des Cranach, des Breughel, des Ruysdael, des Rubens et des Fragonard y figurent en pagaïe, mais de Dürer, point. Il est à peine représenté dans la sinistre collection.

Mérédith profite de la brèche fracturée dans les hésitations de son amie. N'y a-t-il pas une liste des œuvres saisies par les nazis ? Le Répertoire des biens spoliés, constitué dès le Débarquement, ne donne là encore aucun résultat. Il y a bien un Dürer, mais c'est un dessin de tête d'homme, qui plus est il n'est qu'attribué au maître, rien ne prouve donc qu'il soit de sa main ; elles trouvent aussi un bas-relief de saint Sébastien exécuté d'après le maître de Nuremberg.

Aucune initiale non plus ne correspond à M. B. : Marcel Blum ou Beisson, Michel Brière, Marie Billa – après tout, pourquoi pas une femme ? –, Maurice Bloch, Brunet, Blum ou Brunschwig… chaque fois un nom aux initiales idoines accélère leur pouls, mais chaque fois leurs recherches plus approfondies mènent à une impasse, les dates ou le contexte ne correspondant pas.

Mathilde lit tant de noms familiers – Kraemer, Seligmann, Schloss, Mandel ou Bauer… – qu'elle a l'impression de feuilleter le répertoire de ses proches. À force de croiser le nom du baron Maurice de Rothschild, elles ont un doute : les lettres M. B. seraient-elles mises pour Maurice Baron ? Elles découvrent qu'il y a au Louvre, dans la collection d'Edmond, père de Maurice, une épreuve de la *Mélancolie*.

Mérédith s'embrase, mais Mathilde douche ses ardeurs en lui apprenant que la collection d'estampes et de dessins d'Edmond de Rothschild a été léguée au Louvre quelques années avant la Seconde Guerre mondiale, il ne peut donc s'agir de la même épreuve. D'ailleurs, celle du Louvre est un original, or, si elles en croient le mot de M. B., elles sont à la recherche d'une copie.

Mérédith se concentre sur le manuscrit, elle insiste sur son idée selon laquelle celui-ci a été séparé et sur la nécessité de davantage chercher du côté des archives. Elle se convainc de plus en plus du bien-fondé de son hypothèse et voit distinctement la scène : un fonctionnaire russe aura sorti le texte français des archives nazies et l'aura intégré aux cartons français voués au rapatriement. Il n'aura pas soupçonné que le document puisse avoir un rapport avec l'ancien gouverneur de Moscou, sans quoi il l'eût classé parmi les trophées nationaux.

Ou alors… Mérédith, suivant le fil de son caprice romanesque, élabore un nouveau scénario : elle imagine que le, non, ce serait plutôt *la* fonctionnaire – il y avait beaucoup de femmes dans l'administration russe, et d'un point de vue littéraire elle trouve cela plus stimulant –, dont le zèle restera oublié autant que le nom, se retrouve face à un dilemme.

Le fonds d'archives que l'on vient de confier à l'agente de la bureaucratie soviétique provient d'Allemagne, mais un document détonne. Un manuscrit en français, sur papier d'ancienne façon, au bas duquel est apposée une signature à consonance russe. La fonctionnaire a des lettres et connaît ce nom de Rostopchine, qui évoque ce célèbre et controversé gouverneur moscovite du début du siècle précédent. La Russie souhaite conserver précieusement ce qui concerne ses origines dans un fonds dédié voué à n'être jamais restitué.

D'un autre côté, la fonctionnaire est confrontée à ses contradictions intérieures : quoique communiste exemplaire, elle tient en affection profonde cette partie de sa famille qui, Russes blancs exilés en France, lui a transmis une culture francophile.

Mathilde lève les yeux au ciel devant une telle capacité d'extrapolation. Méredith enchaîne : la fonctionnaire conserve cet héritage au fond d'elle-même comme un trésor, d'autant plus précieux qu'il est interdit. L'histoire ne dit pas si elle fait le lien entre le nom russe et l'écrivaine majeure de la littérature enfantine, dont sa tante lui avait lu quelques livres dans sa jeunesse. Jusqu'au jour où, prise de remords, elle décide de renvoyer le document à la France.

Sur ce dernier point, Mathilde conteste : la conscience nationale prime les affections, et le manuscrit va rejoindre le fonds patriotique des Archives spéciales de Moscou. C'est réglé, fin de l'histoire. D'ici à ce qu'elles puissent se rendre en Russie, son amie sera probablement passée à une autre lubie.

La jeune femme commence toutefois à se prendre au jeu, tandis que la nuit tombe sur les bureaux déserts. Elle découvre que la collection Rothschild du Louvre a été exposée au Jeu de paume, avant de transiter par le château de Valençay au moment des évacuations d'œuvres, au tout début de la guerre. Ces détails historiques excitent son imagination, et sont d'autant plus bienvenus qu'ils la détournent du véritable sujet.

Mérédith n'est pas dupe; l'agace aussi le peu d'intérêt de Mathilde pour le manuscrit, qu'elle élude au profit exclusif de la gravure. Mérédith, femme de mots plutôt que d'images, a choisi son camp. Mathilde aussi.

Autre source de discorde, le fait que Mathilde n'envisage pas un instant une restitution. Y songerait-elle qu'elle y verrait une usurpation. Mérédith et Mathilde dérivent sur deux chemins de plus en plus éloignés, la première concentrée sur une enquête aux objectifs utopiques mais précis, la seconde guidée par la fascination qu'exerce sur elle une œuvre exceptionnelle.

De retour dans son petit appartement des Abbesses, où elle se croit enfin libre, Mathilde renonce à son bain – mais pas au verre de vin – et poursuit ses recherches. Elle tente de traquer toutes les épreuves de la *Mélancolie* dispersées dans le monde, ce que rend difficile la valse permanente des prêts pour expositions.

Elle en dénombre une cinquantaine: à Princeton et New York, Cleveland et Minneapolis, Ottawa et Adelaïde; à Karlsruhe et Francfort, Hambourg et Düsseldorf; à Budapest, Washington et Melbourne, à Tokyo et à Jérusalem; à l'Albertina de Vienne; enfin, en France, à Chantilly et à Colmar, mais aussi au département Estampes et photographie de la Bibliothèque nationale de France et, donc, au cabinet des dessins de la collection Rothschild au Louvre.

Le désir d'aller voir une épreuve originale s'augmente de celui de retourner dans le plus grand musée du monde, auquel s'attache le souvenir des visites qu'elle y effectuait avec son père. Elle prend rendez-vous au département des Arts graphiques pour la semaine suivante, et va enfin se coucher.

La nuit venue, elle est pénétrée d'un rêve qui lui colle ensuite tout le jour à l'âme: une exposition a lieu au Jeu de paume, regroupant toutes les copies existantes de la *Mélancolie*. C'est Rose Valland qui fait la visite guidée. Lorsqu'elle s'aperçoit de la présence de Mathilde, elle la chasse en aboyant des insultes en allemand. Mathilde s'éveille avec un goût atroce dans la bouche.

*

Après avoir franchi divers obstacles aux allures pénitentiaires, Mathilde entre dans la splendide salle de consultation des dessins et estampes, toute lustres, ors et moulures. Sous une *Flore* triomphante peinte par Cabanel, elle s'installe près d'une colonne de porphyre gris et blanc, à une grande table marquetée qu'éclaire une lampe de banquier à l'abat-jour émeraude. Une conservatrice lui apporte un classeur démesuré, qu'elle dépose avec précaution sur le pupitre de bois qui permet d'admirer les gravures en détail. La femme lui donne quelques instructions de manipulation, avant de la laisser s'abandonner au miracle. Ouvrir ce classeur équivaut à tomber dans un autre siècle, à explorer une autre terre que celle des hommes.

Mathilde va lentement, amoureusement, appréhendant le moment où, au détour d'une page, la *Mélancolie* apparaîtra. De planche en planche, elle dévoile un saint armé assis sur un lion et figurant la Justice, un médecin endormi aux songes indifférents, Némésis dansant sur une sphère au-dessus d'un pittoresque village teuton, une parturiente et son nouveau-né envoûtés par le flûtiau d'un satyre... Mathilde plonge dans ces univers aux codes indéchiffrables et captivants.

Soudain, la voici : une des épreuves originales de la *Mélancolie*, la plus commentée des gravures du maître. La précision du trait – le poil, la ride chez Dürer sont sensibles comme des brûlures – et la qualité de la gravure effectuée cinq cents ans plus tôt happent Mathilde jusqu'à l'étourdissement. Les sensations de Venise reviennent, elle doit fermer les yeux. Elle les rouvre sur le carré magique.

Elle se souvient avoir lu qu'il existait différents états de la gravure, certains où les chiffres 5 et 9, à la forme contournée, ont été corrigés par l'artiste. Bien qu'elle l'ignore encore – il faut vivre longtemps pour savoir ce que l'on aime –, Mathilde adore les nombres. Elle se plonge dans le tableau-arcane, ses seize casiers répartis en quatre colonnes sur quatre, qui sont autant de fenêtres sur le mystère.

Selon l'implacable constance du quadrilatère, et quel que soit le sens de lecture, la valeur de chaque ligne, si l'on additionne les chiffres de toutes les cases qui la composent, est de trente-quatre. Presque mon âge, se dit Mathilde à regret, j'aurais dû venir l'an dernier. Elle n'est pas très au fait des symboliques que l'ésotérisme inscrit dans ces jeux de chiffres, mais la perfection gnomonique du carré la perturbe, tant elle vient contredire sa perception du réel, dont les contours indécis sont sans cesse modifiés.

Quelques recherches lui apprennent que Dürer a gravé cette impénétrable estampe l'année où sa mère est morte. Elle tente d'en inférer du sens et, comme tous les chercheurs avant elle, y échoue. Entre-temps, sa pensée a dérivé vers la mort de sa propre mère. Elle est totalement incapable d'imaginer ce que la disparition de Blanche provoquerait en elle. L'état d'orpheline ne lui paraît pas concevable. Elle se rend compte qu'elle a toujours cultivé la conviction plus ou moins consciente qu'elle mourrait avant sa mère. Comme si Blanche avait pour destin de survivre à tout. Mathilde referme soigneusement le grand classeur, remercie la conservatrice et quitte le bâtiment par la porte des Lions.

*

À quatre mille trois cents kilomètres du Cabinet des dessins du Louvre, en plein désert syrien, des djihadistes pillent et ravagent la cité antique de Palmyre – *Hadriana Palmyra*, comme l'appellent certains depuis que l'empereur favori de Marguerite Yourcenar en a foulé le sable et les fossiles. Après avoir survécu aux Romains, aux Perses, aux Illyriens, aux Turco-Mongols, la cité succombe sous le boutoir islamiste. Durant tout l'été précédent, les djihadistes ont systématiquement détruit les trésors de la région – tombes et mausolées, statues dont le lion d'Athéna, jusqu'aux temples et aux colonnes –, jetant à la face de l'Occident le paternalisme avec lequel celui-ci s'est approprié le patrimoine oriental.

Mais la destruction n'est rentable que sur le plan idéologique, et il faut bien financer le combat. L'autoproclamé État islamique, indifférent à toute convention internationale, distribue des autorisations de fouille aux paysans ruinés et récupère l'essentiel de ce que rapportent les objets trouvés pour investir dans du matériel ou dans l'emploi d'archéologues. Les cavités creusées par les pillards forment, grâce à de très modernes appareils de recherche de métaux, des cicatrices d'une précision et d'une netteté glaçantes. Une vue satellitaire du désert syrien donne la mesure du désastre : elle dévoile les innombrables alvéoles qui parsèment le site, témoignant du systématisme des fouilles clandestines dans ces sous-sols riches en nécropoles.

Si Daech en a fait une activité à échelle industrielle, il n'est ni le premier ni le seul à se livrer à ces pillages archéologiques : le trafic d'art vient juste après celui des armes et de la drogue. Les objets sans origine connue, qu'ils soient quotidiens ou exceptionnels, qu'il s'agisse de vaisselle en bronze, de mosaïques, de statuettes ou d'obscures épigraphies, privés de leur provenance et de leur histoire, ne sont plus qu'erratiques breloques vouées à terminer dans les brocantes ou dans les poubelles de l'Occident.

Les demandes de restitution par la Syrie sont promises au néant par les changements de frontières et la disparition de certains États. Ce que les archéologues appellent les antiquités du sang, après avoir traversé les frontières libanaise et turque dissimulé dans des camions de légumes pour rejoindre l'Europe, est vendu par d'obscurs marchands qui prétendent tenir ces pièces de leur famille depuis des générations, et remplit désormais les stands d'exposition des maisons de ventes ou les vitrines des boutiques anglo-saxonnes, entre la vaisselle issue d'un vide-maison et d'autres innocentes babioles.

Vienne, février 2016

> «On a tous de mauvaises raisons pour faire les choses, nos destins, dans leur jeunesse, sont aussi facilement infléchis que le cap d'un bouchon muni d'une aiguille.»
>
> Mathias Énard, *Boussole*

Nuque renversée, Mathilde admire douloureusement les arcades et les fenêtres innombrables, surmontées de quatorze têtes d'Hermès et de treize caryatides pour la seule façade, du palais Ephrussi. Le bâtiment, superbement néoclassique, avait été aryanisé et réquisitionné par les services d'Alfred Rosenberg bien avant la déclaration de guerre, chassant les membres de la famille Ephrussi aux quatre coins de l'Europe.

S'extrayant difficilement des images que ses lectures ont empilées en elle et que le contact avec les lieux réels ne manque jamais de déplier, Mathilde entreprend de suivre avec une pieuse application de touriste l'anneau qui enserre le cœur de la ville jusqu'au sud. Elle passe devant l'Académie des Beaux-Arts – où Hitler, au début du siècle précédent, avait échoué à entrer –, avant de remonter vers le nord en direction de l'Albertina.

Elle a obtenu l'autorisation de consulter, dans la salle d'étude du musée, une autre épreuve originale de la *Mélancolie*, qui pour des raisons de conservation n'est extraite des réserves que tous les dix ans. Autant l'idée de retrouver la copie de M. B. ne parvient pas à la mobiliser, autant elle a conçu au fil des mois une véritable fascination pour cette image, qui a revêtu à ses yeux une valeur presque talismanique. Elle a lu l'étude de Charles Ephrussi, qui discerne dans les pupilles de l'ange la fièvre du savoir plutôt que la mélancolie. Elle s'est identifiée au personnage, au sentiment de vanité qui écrase sa lourde silhouette sous le poids de deux ailes devenues superflues. Si elle le pouvait, elle passerait son temps à sillonner la planète pour en comparer les différentes épreuves originales. Ce lui est parfois une urgence douloureuse, qui la démange comme une passion – à l'instar de cette urticaire récurrente, laquelle continue d'empoisonner, à chaque juillet, quelques jours de sa vie.

Elle longe le bâtiment stuqué sur son flanc gauche et pénètre par une petite porte discrète, comme par effraction. À l'entrée, un jeune conservateur l'accueille avec chaleur ; elle est frappée depuis son arrivée par l'amabilité autrichienne et ne peut s'empêcher une comparaison, dont elle sait que l'injustice tient à son sujet de recherche, en défaveur des Allemands. Elle maintient dans un flou volontaire, au service de l'irrationalité de son préjugé, les rapports de l'Autriche au nazisme en général et aux questions de spoliation en particulier, et ne prend en compte que la loi, votée près de vingt ans plus tôt et qui fait figure de modèle européen, permettant aux services autrichiens d'encadrer les restitutions.

Le jeune homme guide Mathilde jusqu'à la salle d'étude où quelques chercheurs penchés sur d'anachroniques et gigantesques volumes reliés réchauffent leur calvitie naissante aux néons du plafond, et dépose devant elle le grand carton. La cérémonie se reproduit, les gravures originales se succèdent sur le lutrin bordé de velours. Pour la seconde fois, Mathilde observe une épreuve originale de la *Mélancolie*, et c'est un nouvel éblouissement.

L'objet est identique à celui du Cabinet des dessins du Louvre, et pourtant dissemblable : le rendu de l'encre, comme les fissures du papier, ont varié dans le temps d'une façon différente ; surtout, une microscopique tache brune – une goutte de vin projetée hors de la coupe que Dürer, ou l'un de ses assistants, aura reposée trop violemment sur la table ? – singularise l'estampe comme un sceau.

Après avoir passé un long moment à contempler la gravure, apaisant la démangeaison pour quelques semaines, Mathilde, encouragée par la gentillesse du conservateur, ose lui demander une autre faveur. Avant son départ, Isabelle lui a rappelé qu'un service de recherche de provenance existait à l'Albertina, comme dans la plupart des musées viennois. Accepterait-il de la guider jusque-là et de lui présenter les personnes qui s'en occupent ? D'un grand sourire, le jeune homme invite Mathilde à le suivre.

Il la précède à travers les couloirs secrets du musée jusqu'à un petit bureau où les accueillent deux dames sérieuses et souriantes à la fois. Mathilde constate avec un peu de honte qu'en Autriche, bien davantage qu'en France, les moyens de la restitution et de la recherche proactive existent véritablement – comme en Allemagne, oublie-t-elle une nouvelle fois de se rappeler, encore engoncée dans ses injustices dresdoises.

C'est avec fierté que les dames garantissent à Mathilde la provenance du fonds Dürer. Les œuvres – cent quarante au total – n'ont jamais été séparées, et le parcours qu'elles ont effectué depuis leur sortie de l'atelier du graveur, cinq cents ans plus tôt, a été reconstitué intégralement, sans qu'il existe la moindre incertitude sur leur itinéraire.

Une dernière étape doit conclure son séjour à Vienne. Elle tient à visiter le Dorotheum, la plus ancienne salle des ventes du monde. Mathilde sait – et c'est une entaille dans son déni concernant le comportement de l'Autriche – que c'est là qu'ont eu lieu les toutes premières cessions de biens aryanisés, dès après l'annexion de l'Autriche. Des agents y étaient postés pour acheter des œuvres destinées au musée de Linz, notamment une certaine Maria Almas-Dietrich, instruite au procès de Nuremberg, femme énergique mais incompétente et de mauvais goût, qui avait poursuivi le travail de collecte d'œuvres pour Hitler dans la lignée de Hans Posse, en moins experte. Elle revendait sans scrupules, entre deux flûtes de champagne et trois coupelles de caviar, ses vilains trumeaux à de riches Allemands peu connaisseurs.

Mathilde est déçue en apprenant par la dame de l'accueil que les ventes se font pour la plupart en ligne, sans crieur ni marteau, et qu'elle ne peut voir qu'à travers une porte vitrée la grande salle où elles se déroulent à l'occasion. Pour tromper sa frustration, elle feuillette quelques catalogues et s'étonne de constater la précision avec laquelle les provenances sont indiquées :

> *« Wawra Auction, Vienna, 29–30 January 1883, lot 94, where purchased by Franz Terzer; Wawra Auction, Vienna, 12 January 1891, lot 180, where purchased by Donat Zifferer; Ernst and Else Gotthilf (née Zifferer) until 1939; Forced sale from the above at Weinmüller, Vienna, 15-17 March 1939, lot 463, where purchased by Maria Almas-Dietrich for the Führermuseum Linz; Central Collecting Point, Munich, 1945; Transferred to the Minister-President of Bavaria by the Allies 1949; On loan to the Landesmuseum für Kunst und Kulturgeschichte in Oldenburg since 1968; Restituted to the legal heirs of Ernst and Else Gotthilf in January 2012. »*

Elle sort du vaste palais, tout de même satisfaite d'avoir palpé l'atmosphère de ce lieu où des fortunes s'échangent chaque jour sous les voûtes moulurées, sur les parquets infinis des salles d'exposition ou sur les marches d'escaliers disproportionnés.

Elle fait un détour pour passer devant la Ballhausplatz, la chancellerie où s'est tenu le Congrès de Vienne, avant de rejoindre le Café central, dans le palais Ferstel, où elle a rendez-vous avec Mérédith pour fêter son anniversaire.

Depuis leur rencontre à Venise, son amie a tenu sa promesse, et c'est devenu un rituel : chaque fin du mois de février les voit visiter une capitale européenne.

Elles logent – c'est un hasard – dans le quartier juif historique, Leopoldstadt, non loin du Prater. Elles ont fait promenade à part cette après-midi : pendant que Mathilde traquait ses obsessions,

Mérédith suivait les pas de ses écrivains favoris – après avoir sillonné les rues où Stefan Zweig vécut, du Schottenring à la Kochgasse en passant par sa résidence étudiante de la Buchfeldgasse, elle s'est lancée dans un périple de métros, de tramways et de bus afin de voir de ses yeux voir le petit manoir baroque où le Juif très catholique Hugo von Hofmannsthal loua une chambre jusqu'à sa mort.

Mathilde attend rêveusement son amie, installée devant un chocolat tiédissant et les vestiges d'un strudel sur une banquette arrachée de haute lutte aux habitués qui ont leur place réservée. Elle laisse son regard errer dans le grand hall néo-Renaissance où, entre les serveurs aux moustaches généreuses et aux silhouettes vêtues, de toute éternité, de noir et de blanc impeccables, passent les fantômes des mêmes Zweig et Hofmannsthal mais aussi de Schnitzler, de Freud et de Perutz, venus lire un journal armé d'un long bâton ou jouer aux échecs pendant des heures pour le prix d'un café.

Mathilde feuillette son Baedeker – un Lonely Planet, en réalité, mais Mérédith qui n'est pas à un snobisme près se pique de désigner son volume écorné du nom du guide mythique. Elle y découvre qu'Hitler et Staline ont également fréquenté les lieux un siècle plus tôt, que Trotski avant cela venait y jouer aux échecs et y fonder les bases théoriques d'une nouvelle révolution, et cela lui paraît invraisemblable.

Au moment où Mérédith franchit enfin la porte vitrée surmontée de boiseries et s'avance entre les piliers de scagliola, le hall de l'Institut national d'histoire de l'art, où Mathilde a fait ses études, est baptisé en l'honneur de Rose Valland ;

à presque trois kilomètres de la rue Vivienne, dans le Marais, un jardin est inauguré en un hommage, servi par un discours de Robert Badinter, à Lazare Rachline dit Lucien Rachet dit Socrate, ancien camarade de résistance de Marcel Bleustein-Blanchet ;

à presque trois mille kilomètres de là, le musée Pouchkine organise, sous la direction avisée d'Irina Antonova, une exposition en hommage à son ami André Malraux, autour du *Musée imaginaire* :

c'est la dernière grande exposition de la dame de fer. Entre un Goya et un Rembrandt, figurines hopis, masques africains, statuettes égyptiennes et même une reine khmère exhibent la nostalgie placide des exilés involontaires.

Mais ne nous égarons pas. Mérédith, donc, entre dans le Café central, où l'attend Mathilde. Ne répugnant jamais aux expériences bizarres, elle revient du Josephinum, le musée de médecine militaire, où elle s'est délectée des écorchés et des statues de cire représentant de belles endormies au ventre béant, destinées aux études d'anatomie.

« Sais-tu que ces corps encirés l'ont été par un artisan florentin obsessionnel de la deuxième moitié du XVIIIe siècle, Clemente Susini Michelangelo, céroplaste et anatomiste ? »

Mathilde ne répond pas. Elle n'a pas voulu suivre son amie dans ce musée sordide, qui lui rappelle une visite scolaire au musée vétérinaire de Maisons-Alfort, où sont exhibés de semblables écorchés. Outre les collections tératologiques, un fœtus d'humain très développé, enformolé dans un bocal, l'avait terriblement dérangée.

Conditionnement autant qu'instinct, elle ne peut s'empêcher d'émettre des réserves d'ordre éthique, qui font lever les yeux de Mérédith vers les sublimes arcs-boutants du plafond. Ces expositions de restes humains interrogent toujours Mathilde quant à leur provenance – Mérédith chantonne, manière de signifier son indifférence à l'égard de ces considérations bien-pensantes – et elle évoque à présent – non sans une certaine complaisance – les atroces collections rassemblées dans plusieurs camps de concentration nazis, en particulier celle d'Ilse Koch, la femme du commandant de Buchenwald.

Mais le sujet a des résonances plus contemporaines – Mérédith continue de chantonner. Ainsi, l'Algérie attend toujours que la France lui rende les crânes des combattants tombés au pied des Aurès pendant la conquête coloniale, et conservés depuis au Muséum national d'histoire naturelle.

Tandis que les intellectuels européens s'écharpent dans d'autres débats, en particulier celui qui concerne la republication de *Mein Kampf*, tombé dans le domaine public au premier janvier puisque plus de soixante-dix ans se sont écoulés depuis que son auteur s'est donné une mort historique, les deux amies reprennent aux aurores le train pour Paris. Mérédith ne supportant pas l'avion, Mathilde a consenti ce sacrifice financier et temporel, autant pour épargner sa compagne que pour jouir de l'impression que les panoramas, lorsqu'ils sont offerts derrière une vitre de train, n'appartiennent qu'à celui qui les contemple.

Dans ce qui est encore à peine l'aube, elles regardent défiler les paysages bas-autrichiens. Le jour, en naissant, découvre les plaines linzoises qui sont, dans la brume piquetée de corbeaux, comme des lacs fantastiques, avant de briller sur l'enchantement des montagnes salzbourgeoises et innsbruckoises, sur les contreforts alpins chargés de torrents, de sapins et de petites églises bulbées, d'illuminer le Tyrol en contraste avec les ombres profondes des forêts et le flot tumultueux des rivières, de lisser le lac de Zurich et la campagne bâloise.

Des grèves en Allemagne les ont contraintes à passer par la Suisse et même à traverser le Liechtenstein, ce qui est peu ou prou le trajet transalpin que Stefan Zweig effectue dans l'autre sens lorsqu'il décide, le premier conflit mondial achevé, de rejoindre une Autriche exsangue, à la merci des pillards et d'une délétère inflation, croisant à la gare-frontière le dernier des Habsbourg qui fuit son empire comme son échec, et découvrant les ravages inégaux subis par deux pays que ne sépare pourtant qu'une mince lisière.

Mérédith, qui ne manque jamais une occasion de rappeler à Mathilde qu'elle n'a toujours pas lu son roman favori, lui signale qu'un chapitre de *L'Œuvre au noir* (elle l'a naturellement relu durant leur séjour) se déroule à Innsbruck. Honteuse d'ainsi tarder à honorer le présent de son amie et, surtout, sa passion, Mathilde fait mine de dormir, au point qu'elle finit par s'assoupir vraiment, bientôt suivie par Mérédith, plus amusée que vexée de ce peu de conséquence littéraire.

Tandis que leur train file vers la capitale, passant à toute vitesse au large de Mulhouse et Dijon sans déranger leur sommeil, les forces alliées et les milices chiites reprennent la ville de Palmyre, dont le musée a été saccagé par les djihadistes. Quelques semaines plus tard, pour célébrer cette libération toute relative, un orchestre symphonique russe tient un concert dans l'amphithéâtre antique. On y joue Bach, Prokofiev et Chtchedrine devant des soldats syriens, irakiens et russes, pendant que d'autres soldats, indifférents à la musique qui, faute d'être sonnante et trébuchante, échoue à adoucir leur rapacité, achèvent de trouer le sol syrien d'une myriade de plaies impossibles à soigner.

Paris, juin 2016

« Unum sum et multi in me. »

Zénon d'Élée, source inconnue

Par la fenêtre qui donne sur un jardin remarquable, se faufilent les éclats vibratoires d'un pic épeiche. L'oiseau s'obstine, démasclant le grand cerisier du Tibet, à perturber un silence studieux. Le soleil surenchérit, jouant de ses pinceaux arbitraires sur l'acajou, le marbre et le noyer des meubles Arts déco, classés monuments historiques, qui décorent l'hôtel particulier du duc de Massa.

Déplacée pierre par pierre depuis les Champs-Élysées entre les deux guerres, cette ancienne folie assoupit ses souvenirs tumultueux non loin de l'Observatoire, face au programmatique service de syphilographie de l'hôpital Cochin, sous l'œil de plâtre d'un Hugo, de bronze d'un Balzac, et sous l'égide des nombreux écrivains qui ont fait ou font encore partie de la Société des gens de lettres.

Penchées sur les écritoires de daim céruléen, Mathilde et Mérédith épluchent les documents qu'elles extraient des cartons frappés de lettres cyrilliques, égrenant en miettes beiges, à mesure de leur examen, le vieux papier qui les recouvre. Elles ont enfin obtenu un rendez-vous pour compulser le fonds russe : trente boîtes d'archives rendues à la France par la Russie et déposées quinze ans plus tôt par le Quai d'Orsay dans les caves de la

Société. Le directeur, passionné de patrimoine et infiniment courtois, les a installées dans la salle du conseil.

Elles sont épaulées par Isabelle, qui les accompagne en tant que chercheuse de provenance, ainsi que par une historienne de l'art spécialiste des spoliations nazies et du marché de l'art sous l'Occupation. Les quatre femmes sont à la fois excitées et concentrées. Mérédith en particulier, qui s'interroge déjà sur la valeur d'un manuscrit de ce genre ; mais comme le lui précise l'historienne, ce sont les enchérisseurs qui fixent le marché. Il n'est pas possible d'estimer un prix juste pour ce manuscrit.

Réalisme qui révolte Mérédith. Elle se récrie, prenant à témoin de cette injustice le moulage en plâtre d'une main qui repose, impuissante, dans une vitrine posée sur la grande cheminée. (Puisque le directeur est reparti, et ne peut délivrer son savoir patrimonial ni aux personnages ni au lecteur, nous prenons humblement la parole pour désigner cette main comme celle de Balzac : le visage de l'écrivain sur son lit de mort était trop abîmé pour supporter la prise d'un masque mortuaire.)

Mathilde interrompt les imprécations de Mérédith pour lui rappeler que, si toutefois elles retrouvaient le manuscrit, il ne lui appartiendrait pas. « Ce n'est pas certain, contredit Isabelle. Le manuscrit provient d'une boîte appartenant à ta famille, or, en vertu de la règle de possession vaut titre, être propriétaire du contenant – la boîte – implique de l'être du contenu – le papier, qui lui-même atteste la propriété du manuscrit. Selon moi, ce point de vue serait défendable en justice. »

L'idée de justice, de tribunal, d'effets de manches fait frissonner Mathilde. Elle n'éprouve aucunement le désir de se battre pour posséder. Certes, elle se passionne pour la *Mélancolie*, mais c'est par pur intérêt esthétique ; le reste la laisse froide, voire vaguement hostile. La désagréable pulsion qui l'avait empoignée à Drouot à propos de la lettre de Woolf l'a rendue méfiante vis-à-vis du désir d'avoir.

Elle poursuit néanmoins sa tâche, davantage par habitude de chercheuse que par réelle volonté de trouver quoi que ce soit. Isabelle traduisant au fur et à mesure les inscriptions sibyllines qui couvrent cartons et bordereaux d'inventaire, elle comprend que les documents ont été régulièrement consultés dans les années soixante, soixante-dix et même quatre-vingt, qu'ils l'aient été pour étude, pour le perfectionnement du dossier, pour l'établissement d'un catalogue ou pour la sélection de documents susceptibles d'intéresser le pouvoir soviétique.

Mathilde se représente fort bien les employés feuilletant, sous le néon d'un bureau exigu, ces monceaux de manuscrits dont aucun n'est resté dans l'Histoire, ces coupures de presse insignifiantes, ces correspondances parfois captivantes, parfois totalement dénuées d'intérêt, en essayant de déterminer leur valeur, laquelle tenait tout entière dans leur hypothétique contribution à l'épanouissement du socialisme. Lisaient-ils seulement le français, ces fonctionnaires affectés à d'infinies besognes ?

Le fait de connaître le parcours de ces archives leur confère, aux yeux de Mathilde, une émouvante aura. Elle sait que près d'un million de cartons d'archives sont revenus en France dans la dernière décennie du XXe siècle, mais que nombre d'autres dorment toujours quelque part en Russie, voire se sont égarés jusqu'aux confins de la Fédération, visitant l'Ukraine, la Moldavie ou encore la Biélorussie. De même que des dizaines, voire des centaines d'œuvres d'art vouées à rester otages des sous-sols moscovites ou des dépôts glacés de Sibérie, aussi longtemps que le pouvoir considérera qu'il s'agit de trophées de guerre, c'est-à-dire – il nous faut ici, à l'instar de Mérédith qui entre-temps s'est calmée, faire preuve de réalisme – sans doute éternellement.

*

À trois kilomètres de l'hôtel de Massa, le personnel du Louvre est en alerte. Les pluies exceptionnelles de mai ont fait monter la Seine, et la crue menace. Le zouave a de l'eau presque jusqu'à la taille et les sous-sols du musée, qui abritent plus de cent cinquante mille œuvres dans leur dédale, risquent l'inondation. Les employés sont recrutés aux côtés des pompiers, qui n'ont pas reçu la formation nécessaire au sauvetage d'œuvres d'art. Certaines pièces sont trop imposantes, ou trop fragiles, pour être déplacées aussi rapidement. Il faut s'en remettre à la grâce du zouave et des dieux du fleuve.

Dans le sifflement insoutenable des alarmes, des centaines de volontaires passent trois jours et deux nuits au secours des œuvres. Lorsqu'ils rentrent prendre un peu de repos chez eux, ils sont incapables de dormir à la perspective de voir les sculptures noyées par les ondes saumâtres du monstre séquanais, les toiles grignotées et souillées par les rats. La légende, toujours aussi prolixe, rapporte que certains vont jusqu'à demeurer dans le musée la nuit, errant dans les salles en proie à l'anxiété ; une conservatrice serait même restée allongée plusieurs heures sur le parquet de la deuxième salle du musée Charles-X, à méditer sur la fresque représentant la catastrophe du Vésuve, l'incendie de Pompéi et de dodus *putti* évacuant les objets d'art à grands coups de leurs ailes atrophiées.

La Seine se décide enfin à redescendre, épargnant tout ce qui n'a pu être évacué. Après cet épisode, le directeur prend la difficile décision d'externaliser les réserves à Liévin, près du Louvre-Lens, sur un terrain autrefois occupé par un coron de mineurs. Les chefs-d'œuvre auront désormais comme horizon visuel, en fait de pyramide, les terrils condamnés depuis le dernier coup de grisou. Sur les caisses, l'inscription au pochoir « Tenir au sec » est apposée à la place qu'occupaient, soixante-dix ans plus tôt, les noms des dignitaires nazis.

Certains parmi les volontaires – peu, il est vrai – ont fait le parallèle avec les évacuations qu'a connues le Louvre au début de la Seconde Guerre mondiale. Les gestes sont les mêmes : malgré l'évolution des techniques, il faut en revenir aux leviers et aux chemins de bois ; l'ambiance aussi est la même, d'inquiétude et d'urgence, mais l'ennemi est à la fois moins effrayant et plus tragique. Les revanches de la nature sur l'art sont moins révoltantes, mais plus fatales que celles des hommes.

Regardant les images de la crue à la télévision, Mathilde y songe naturellement. Elle repense à l'exposition présentée à Chambord quelques années plus tôt et, comme cela lui arrive de temps en temps, en un mouvement mnésique aussitôt réprimé, Beaumanoir ressurgit dans son esprit ; la pensée de ce château qui n'est pas le sien, de cette famille qui n'est pas la sienne, lui mord le cœur.

Quelques semaines plus tard, tandis qu'une gravure de Dürer représentant une Vierge à l'Enfant est retrouvée par un collectionneur, dans le bric-à-brac d'un brocanteur insouciant, sur un marché de Lorraine, puis restituée par le même collectionneur, aussi intègre que connaisseur, à la Staatsgalerie de Stuttgart, dont le nom était inscrit au dos de la gravure, laquelle avait disparu dans les tourments de la guerre et figurait sur la liste tenue par le Centre allemand pour les biens culturels perdus, tandis aussi que le nom de Rose Valland est donné à une rue, ou plutôt à un passage du dix-septième arrondissement de Paris, Mérédith et Mathilde ressortent de l'hôtel de Massa bredouilles, la première dépitée mais toujours combative, la seconde provisoirement soulagée.

Paris, décembre 2017

N° inventaire : OAR 18
Domaine : Objets d'art, textile, tapisserie
Auteur : Manufacture de tapisserie de Munich
Titre : Aigle héraldique
Millénaire : 1942
Technique : Laine ; coton ; filés métalliques dorés (alliage cuivreux)
Dimensions : H. 4,63 ; La. 6,40 m
Description : Grande tapisserie portant en son centre une aigle héraldique, tournée vers la droite, ornée d'une croix gammée sur la poitrine et tenant entre ses serres le marteau et l'épée. En dessous sur une banderole, l'inscription : « WER LEBEN WILL / DER KÄMPFE ALSO » ; de part et d'autre, les deux lettres A et H (initiales d'Adolf Hitler) en vert, jaune et bleu. Fond rose à losanges de deux tons portant à leur intersection des feuilles de chêne brunes disposées en croix. Bordure à grecques jaunes et bleues.

Notice d'un MNR

Des ombres, qui peu à peu affleurent à la surface de l'étendue blanche. Des arabesques, des formes élégantes, qui se précisant muent en points de moisissure noire colonisant lentement, inexorablement l'espace. Par un effort de volonté, les effacer lorsqu'ils deviennent trop envahissants – mais alors, être saisi par une nausée due à l'excessive pureté de la vision. Laisser les traces noires revenir peu à peu pour rassurer le blanc, pour autoriser le monde à s'équilibrer. Avant, à nouveau, d'être dévoré par l'angoisse de l'ombre. L'alternance entre vide et plein, comme insatisfaction permanente.

C'est ce qui hante Mathilde quand elle ferme les yeux. Cet obsessionnel cercle vicieux se déclenche en général dans le moment qui précède le sommeil, quand la lucidité du jour n'est plus et que la sécurité de ce qui n'est qu'un rêve n'est pas encore.

Elle est ce soir en proie à cette récurrente invasion de l'esprit, qu'elle tente de conjurer en repassant le détail de sa journée. Mais celle-ci a principalement été marquée par le récit d'Isabelle, qui revient de Pologne et lui a raconté sa visite au camp d'Auschwitz-Birkenau ; il est de plus efficaces façons de chasser l'angoisse.

Mathilde comprend l'importance de se confronter à la vérité. Elle déplore que certains continuent d'ignorer les faits, en dépit des connaissances sans cesse approfondies sur le sujet. Pourtant, l'idée d'un tel pèlerinage la révulse malgré elle. Elle s'en veut de sentir qu'elle serait moins gênée si Isabelle était juive, réagissant comme ceux qui la mettent elle-même en cause pour des raisons identiques.

Le malaise de Mathilde se condense en une question : les déportés d'Auschwitz ont-ils imaginé qu'un jour se visiterait le camp où ils ont vécu ce que nul ne peut réellement se représenter ? Que des théories de touristes avides de clichés circuleraient dans leurs baraquements, aujourd'hui aménagés en salles d'exposition sordides où leurs valises et leurs chaussures, leurs casseroles et leurs cheveux s'entassent dans d'irregardables vitrines ? Ne serait-ce qu'un seul d'entre eux y a-t-il pensé, ne serait-ce qu'une seule fois ?

La réflexion de Mathilde s'élargit, passant en revue les différents lieux qu'elle a visités en lien avec sa mission au cours des années précédentes. Oskar Schindler a-t-il envisagé, lorsqu'il sauvait des Juifs, que dans son usine de Cracovie seraient reconstituées avec un réalisme terrifiant les horreurs du ghetto ? À l'inverse, les membres du parti nazi ont-ils songé qu'un jour, dans le glacial et monumental bâtiment de Nuremberg où ils tenaient leurs congrès, serait aménagé un centre de documentation visant à ne jamais oublier la barbarie de leur idéologie ?

Elle repense, pour la première fois depuis plusieurs années, au voyage effectué avec sa classe quand elle avait quatorze ans. Les travailleurs des mines de sel d'Altaussee, lorsqu'ils se sont efforcés de sauver les œuvres d'art qui y étaient entreposées, pouvaient-ils imaginer qu'un parcours pédagogique y accueillerait des classes d'adolescents de toute l'Europe, et que concerts et hommages seraient un jour organisés sous les voûtes humides des couloirs où ils trimaient ?

Le présent change de sens en devenant du passé, et c'est ce qui le rend inaccessible.

D'après Isabelle, certains Juifs ne ressentent rien en allant à Auschwitz, d'autres au contraire en repartent avec la sensation prégnante qu'ils vont se faire arrêter et déporter avant de repasser la frontière. Chacun vit ce moment de manière singulière, selon ses ressources et son histoire. Mais le pire, lui affirmait Isabelle, est sans doute le fait que le malaise, qui rend chaque pas difficile au début, finit par se dissiper.

Le pire est que l'on s'habitue. Le récit de l'horreur devient familier, et l'on élabore avec soi-même de petites stratégies pour accepter, comme on peut supposer que les prisonniers trouvaient des manières de conserver l'espoir. Le visiteur subit progressivement une déréalisation de ce qu'il découvre, étrangeté qui insupportablement renvoie à la réification à laquelle les bourreaux devaient parvenir pour charrier les corps des chambres à gaz vers les fours.

Mathilde a tâché d'écouter avec bienveillance Isabelle déployer les ressentis convenus, et pourtant terriblement légitimes, suscités par son expérience, mais une violence de refus ne cessait de bouillir en elle. Au moins sa révolte lui a-t-elle donné la force de renoncer tout à fait. D'un seul coup, toute idée de mémoire lui est odieuse. L'enquête de Mérédith lui paraît de plus en plus obscène. Ce soir, c'est décidé, elle lui annoncera qu'elle ne poursuivra pas cette démarche, qui n'est pas la sienne. Comprendre ses origines ne passe pas par là, elle le sent, comme elle sent que ce n'est pas de son histoire qu'il s'agit, comme elle sent qu'il faut parfois laisser les mystères là où ils sont.

*

Tandis qu'a lieu la pose de la première pierre du centre de conservation du Louvre, à Liévin – pierre qui provient des travaux de la pyramide, où le père de Mathilde avait manié la truelle –, deux salles consacrées aux MNR sont inaugurées au second étage de l'aile Richelieu du Louvre, dont l'entrée est surveillée par l'œil goguenard de Marie de Médicis.

Elles abritent une trentaine de tableaux, que Mathilde – qui s'y rend dès l'inauguration – contemple avec ce qui ressemble à de l'accablement. Elle songe qu'il y a quatre-vingts ans, tel portrait de jeune fille d'après Vigée Le Brun, tel fusain de Théodore Rousseau, telle nature morte flamande pendait, avant d'être à ces cimaises, sur le mur d'un logis appartenant à une famille décimée. Ou pas, car les œuvres estampillées MNR, bien que récupérées en Allemagne après la Seconde Guerre mondiale, n'ont pas nécessairement été spoliées, il faut sans cesse qu'elle se le répète.

La centaine de tableaux exposés se signalent à l'attention du public par les trois lettres gravées sur la petite plaque dorée au bas du tableau, et surtout par les explications du cartel. Les efforts entrepris pour indiquer la provenance pallient d'une épaisseur historique la médiocrité des œuvres. Mathilde ne voit d'ailleurs plus les toiles elles-mêmes, elle regarde uniquement les panonceaux et s'étourdit de ces achats, legs, transferts, dons ou dations, sous réserve ou non d'usufruit, saisies révolutionnaires, dépôts de longue durée par d'autres musées, acquisitions sur arrérages, autant de formules où sommeille tout un impensé dilué dans les cahots de l'Histoire.

Quelques jours plus tôt, le président de la République du moment – chaque chef d'État se doit de payer son écot à la mémoire – a prononcé à Ouagadougou un discours historique, prenant position en faveur de la restitution des œuvres d'art africaines aux pays d'où elles proviennent. Le patrimoine doit pouvoir être exposé aux yeux des populations auxquelles il appartient. Le président a également commandé un rapport à deux spécialistes de la question en vue d'inventorier les œuvres africaines conservées en France dans les collections publiques.

En lisant la presse témoignant de ces évolutions, Mathilde s'étonne une fois de plus que l'on commence seulement à reconnaître la violence de ces spoliations coloniales, alors que les débats sur le sujet existent depuis au moins le milieu des années soixante-dix. Elle s'étonne surtout que l'Algérie soit exclue de ce rapport, sous prétexte que le contexte d'appropriation y diffère des autres pays africains. Elle se demande, sans du reste chercher à creuser davantage, si certaines œuvres rapportées par son père de ses campagnes de fouilles peuvent présenter des origines douteuses. Pour ce qu'elle en sait, il serait à peu près impossible de le découvrir, puisque les standards actuels d'exigence en matière de provenance étaient loin d'avoir cours à l'époque de son père. Mathilde soupire et referme le journal.

La Commission, pour laquelle la jeune femme travaille toujours, a de nouveau déménagé. Les locaux, qui réunissent désormais l'ensemble des services du Premier ministre, sont situés avenue de Ségur, ce qui semble à Mathilde d'une infernale ironie – ici nous devons clamer notre bonne foi : la coïncidence a suscité chez nous la même surprise que chez notre personnage.

Les lieux sont d'une asepsie brutale. Les murs, le sol, le plafond se confondent en une blancheur où les lignes disparaissent. Arêtes et jointures, plinthes et limites ne sont plus discernables et l'on perdrait l'équilibre dans tout ce blanc s'il n'y avait, piètres repères, les petits panneaux indiquant la direction de tel ou tel service. Les couloirs sont uniment moquettés d'un beige déjà sale qui permet seul de distinguer le sol du plafond, et chaque porte est sauvée de l'infinie blancheur par le rectangle d'une vitre – tout est cependant d'une telle uniformité qu'il faut des semaines à Mathilde pour identifier son propre bureau sans erreur.

Lorsqu'elle traverse le hall pour sortir du bâtiment, il fait déjà nuit. Elle se renfonce dans son cache-nez pour échapper aux brisures du vent sur sa nuque. Brutalement, une silhouette familière surgit : c'est Mérédith, qui décidément a le goût des surprises. Elles devaient se retrouver chez cette dernière, mais elle n'a pas eu la patience d'attendre. « J'ai trouvé !!! – Quoi donc ? – Le manuscrit de la comtesse ! Viens. »

Mérédith entraîne son amie dans le café voisin, une brasserie sordide telle que seuls les quartiers d'ambassades savent en produire. Elle commande d'autorité deux coupes de champagne.

« C'était un simple entrefilet dans une gazette locale. Article daté de deux mille huit, à peu près au moment où tu m'es rentrée dedans sur un pont vénitien.

– Ce n'est pas tout à fait ce qui s'est passé...

– Qu'importe. Regarde : cela dit que le musée de la comtesse de Ségur, à Aube dans l'Orne, a reçu en don un manuscrit inédit de la comtesse, datant de l'époque où elle était encore toute jeune fille. Elle y raconte son voyage en berline de Moscou à Paris. Tu te rends compte ! Un inédit de la comtesse de Ségur, et tout le monde s'en fout. »

Mathilde ne relève pas cet inhabituel écart de langage, trop secouée par ce que vient de lui apprendre son amie. Le manuscrit serait-il celui que la boîte familiale avait un jour contenu ?

« Il n'y a qu'un moyen de le savoir. Demain, nous partons pour Aube. »

Aube, décembre 2017

> «Personne au monde n'était aussi riche qu'eux, justement parce qu'ils ne possédaient rien et ne désiraient pas davantage.»
>
> Joseph Kessel, *Le Lion*

Dès le lendemain, Mérédith et Mathilde embarquent donc sur la ligne régionale qui les mène de la gare Montparnasse à celle de L'Aigle, puis dans un bus qui les dépose dans le centre du village d'Aube. Elles n'ont aucune difficulté à trouver le musée, indiqué par un large panneau sur la façade de la jolie maison de pierre qui l'abrite.

Elles sont reçues à titre exceptionnel, le musée n'ouvrant qu'à la belle saison – la force de conviction de Mérédith a joué un rôle exemplaire dans cette décision qui, visiblement, coûtait à la dame qu'elle a contactée la veille. Par une sorte de superstition, mêlée à son goût pour l'énigme, elle ne voulait pas expliquer l'objet de leur visite au téléphone: l'enjeu lui paraissait trop important. Si son silence avait exacerbé l'agacement de la dame, celle-ci avait fini par céder à l'irrésistible Mérédith.

C'est cette dame qui les accueille – si le verbe accueillir convient pour décrire le visage peu amène qu'elle leur présente – dans l'entrée du musée, tout en tomettes anciennes et poutres apparentes. Les quelques pièces visitables, réparties sur deux étages, sont tendues de papier peint reproduisant les motifs de tapisseries surannées. Des mannequins figés dans d'éternelles postures sont mis en scène au cœur de gracieux petits salons reconstitués, leurs costumes égrenant les différentes époques depuis la génération de la comtesse. En ces personnages de cire se confondent les membres de sa famille et les personnages de ses romans. Poupées et porcelaines complètent le décor étrange, émouvant, de ce musée minuscule dédié à un monde disparu.

Dans les vitrines, différentes éditions des livres de la comtesse, quelques objets – gants, encrier, médaille, missel – ayant appartenu à Sophie ou à l'un quelconque de ses parents ou enfants, des lettres et des documents originaux, datant pour certains de plus de deux siècles. Mais aucun manuscrit qui pourrait correspondre à celui qu'elles sont venues consulter.

Au mur, entre diverses notices biographiques, des photographies des innombrables parents, des timbres à l'effigie de Sophie ou encore des peintures inspirées par son œuvre à de fervents lecteurs, les membres de l'Association des amis de la comtesse ont affiché des coupures de presse jaunies.

Mérédith s'exclame : elle vient de reconnaître l'article qu'elle a découvert la veille sous format numérique. Elle tend un long doigt fin vers l'extrait du *Journal de l'Orne* et, tâchant de mettre dans sa voix aussi peu d'autorité que possible malgré sa fébrilité, demande à la dame où se trouve le manuscrit en question.

La femme s'adoucit, comprenant qu'elle a devant elle deux connaisseuses. « Vous avez de la chance, il vient de revenir. Il était en restauration. On n'a pas eu le temps de le remettre en vitrine. »

Elle disparaît dans une pièce mystérieuse, ou qui semble telle aux deux jeunes femmes dont le cœur tangue comme une marée, puis revient munie d'un large portefeuille en cuir brun.

« Voici le récit de voyage d'une toute jeune fille quittant sa Russie natale pour la France, où elle va fonder une vaste famille et devenir un mythe de la littérature enfantine. C'est un document exceptionnel. »

Le visage de la femme a pris l'éclat de l'enfance ; tout à coup, ce n'est plus la bénévole renfrognée qui les a reçues en leur faisant comprendre que leur venue hors saison lui pesait. C'est une passionnée, consciente de l'importance du document qu'elle tient entre ses mains.

Celles des deux amies tremblent un peu lorsqu'elles se passent un à un les quatorze feuillets d'une écriture serrée, ce papier et cette encre qui semblent si fragiles que l'on n'imagine pas qu'ils aient pu voyager au fil de tant de verstes – le mot bien sûr est de Mérédith – et de lustres. Le récit émeut Mathilde, bien qu'elle ait encore du mal à croire que cela puisse être le fameux manuscrit caché par ce M. B.

Lorsqu'elles ont terminé de lire, Mérédith se décide à poser la question qui l'obsède depuis leur arrivée :

« Comment avez-vous obtenu ce document ? L'article ne le précise pas.

– C'est que la personne qui nous l'a confié désirait rester anonyme. »

Mathilde soupire, prête à repartir bredouille. Ce défaitisme exaspère Mérédith, mais l'encourage à solliciter toutes ses ressources – et le lecteur aura compris qu'elles sont infinies. Elle désigne Mathilde avec grandiloquence :

« L'histoire familiale de cette jeune femme pourrait être liée à ce manuscrit. Elle a besoin de réponses. Voyez combien elle est affectée ! »

Mathilde comprend la manœuvre et se compose un visage de circonstance. La dame hésite, et puis après tout, elle a si peu de visiteurs, et tellement envie de parler.

« C'est une très vieille dame qui nous l'a apporté, il y a une dizaine d'années. Une Allemande. Elle le tenait de son oncle, dont elle avait trié les archives quand elle était toute jeune. Elle avait alors précisément l'âge de Sophie lorsqu'elle écrivait ce journal de voyage, dix-huit ans – je me souviens que la dame avait beaucoup insisté là-dessus. Moi-même, je venais d'arriver en ces lieux quand elle nous a sollicités et a fait le voyage depuis Dresde pour nous montrer ce document. »

Mathilde sursaute au nom de cette ville, auquel reste attaché le souvenir d'une pénible crise.

« Nous avons été stupéfaits. Avant d'accepter la donation, nous avons envoyé le manuscrit à Paris pour le faire authentifier auprès d'experts. Le département des manuscrits de la Bibliothèque nationale possède un fonds important de lettres de Sophie Rostopchine avant qu'elle ne devienne la comtesse de Ségur, notamment la correspondance qu'elle a échangée avec son père quand il était en France, avant que la famille ne le rejoigne. Les experts ont été formels : la graphie, l'encre, le papier même, tout concordait. Nous avions bien entre les mains un manuscrit inédit de la future comtesse de Ségur.

– Mais comment se fait-il que cela n'ait pas eu davantage de retentissement ? (Mérédith se retient de glapir.)

– La comtesse de Ségur n'a pas toujours été à la mode… Elle ne l'était pas à l'époque. Cela revient un peu, peut-être parce que le monde est tellement violent aujourd'hui que les gens ont besoin de se tourner vers le passé, vers des valeurs un peu surannées mais rassurantes. Tandis qu'il y a encore une dizaine d'années, la comtesse était considérée comme l'incarnation du pire, une société d'élite tournée vers elle-même et enfermée dans son univers de châteaux, de collations et de jupes à rubans. Alors qu'il suffit de la lire pour voir que cela va bien au-delà. Mais c'est ainsi. Il y a des cycles. La Bibliothèque nationale elle-même n'a pas tellement insisté pour que nous leur cédions le manuscrit. Ce que, de toute façon, nous n'avions aucune envie de faire, même si cela aurait permis de le rendre accessible à davantage de monde. »

Mathilde n'a pas dit un mot. Pas un instant elle ne considère le fait que ce manuscrit pourrait lui appartenir, si elle se donnait la peine de solliciter la loi. Ne serait-ce que parce que rien ne prouve absolument que ce soit celui évoqué par M. B., même si son intuition – et avant tout la date du colophon – lui disent que c'est bien le cas.

Quoi qu'il en soit, pour elle, de toute évidence, sa place est au musée d'Aube. C'est un trésor, certes, qui doit être à la fois protégé et visible, mais il doit demeurer dans son environnement. L'en extraire serait, à ses yeux, aussi inapproprié que d'exposer les frises du Parthénon au British Museum. Le temps de lord Elgin, heureusement, est passé.

VIII

ANNE

Saint-Brieuc, juillet 2018

> «Ce n'est pas vrai que nous avons perdu les trésors dont nous étions les princes : on nous les a volés. Et nous nous sommes laissé faire. Sur chacun de nous pèsent cette faute et ce remords. Voilà pourquoi nous sommes si tristes. »
>
> Louis Guilloux, *Le Pain des rêves*

Il n'y a pas de beauté dans cette marche lente, sous l'incendie de juillet. Il n'y a que des êtres disparates, dont Mathilde ne parvient pas à voir réellement ce qui les unit, et qui avancent vers le néant. Ils fendent d'un pas métronomique la chaleur et le crachat brouillé d'un haut-parleur, qui diffuse la musique favorite du défunt. Comme le veut la coutume, le cortège traverse la ville derrière le corbillard, sous l'œil étonné des rares touristes.

Soudain, la texture de l'air est modifiée. Une vieille tante s'est mise à chanter, livrant d'une voix indifférente aux dissonances un hymne troué, désuet, violent et inaudible. Sa mélopée, brisée par l'oubli, est une dérisoire absoute. À ce déraillement du rituel, le groupe se fige à peine, c'est tout juste un tremblement réflexe. On a l'habitude des dérapages de la chère aïeule, beaucoup même sont soulagés de cette trouée dans le solennel et mordent un sourire naissant.

Le domaine de Beaumanoir n'appartient plus à la famille, mais les funérailles ont toujours lieu dans le cimetière de Saint-Brieuc. Surtout, noblesse oblige, la messe a été dite dans la cathédrale Saint-Étienne – le défunt est mort de sa propre main, mais on n'interdit plus l'accès au royaume des cieux à ceux qui choisissent leur manière d'entrer dans la nuit.

Mathilde n'est pas certaine de savoir pourquoi elle a décidé de se rendre aux obsèques de ce lointain cousin. Ses interrogations d'ordre familial lui paraissent vouées à l'impasse. L'enquête où l'a entraînée Mérédith ne lui a rien appris sur elle-même et lui semble aussi stérile que frivole en comparaison de celles que lui font mener les exigences de son métier.

Et puis, dix ans plus tôt, elle avait déjà clairement établi en visitant Beaumanoir qu'il n'y avait rien à déchiffrer dans cette terre de Bretagne. Rien de bon ne peut sortir des entrailles du passé ; sa mère le lui répète suffisamment, qui use volontiers de la métaphore archéologique, en un raccourci que Mathilde n'a jusqu'ici pas cru bon d'interroger et qui a toujours permis à Blanche de couper court à toute autre question.

Et pourtant, elle est venue. Outre qu'il ferait beau voir, d'un point de vue romanesque, que nous en restions là, elle-même sait qu'elle ne peut pas faire comme si de rien n'était. Le détour par la galerie des Tournelles, qui n'était qu'un leurre pour elle-même, une fausse piste volontaire, un caprice de scénario, n'a dupé personne. Si le faix du secret a pris plusieurs formes, celles d'une boîte, d'un manuscrit et d'une gravure, c'était bien pour insidieusement peser sur elle, jusqu'à la faire trébucher sur le désir de comprendre. Elle est en réalité, malgré ses résistances, plus que jamais en proie à l'incertitude quant à ce qu'elle désire savoir ou ne pas savoir.

Elle ne nous la fait pas, comme nous supposons qu'elle ne la fait pas au lecteur : Mathilde est totalement perdue. Elle veut et ne veut pas chercher, ne sait de toute façon pas où chercher : du côté de sa famille maternelle, cette lignée où les hommes semblent n'exister que pour mourir en laissant les femmes à leur solitude de mères ? ou dans le grand creuset des mystères paternels, avec leur mythologie de classe et leurs légendes ?

Quand sa mère lui a annoncé le suicide de son cousin Louis de Saint-Pierre, qui a exactement son âge et dont elle ne conserve qu'une furtive et pénible impression de harcèlement enfantin, la décision s'est prise avec autant de jugeote que si elle avait jeté en l'air une pièce de monnaie : elle est montée dans un train pour la Bretagne.

Le cortège a gagné le crématorium, et tout le monde s'installe dans l'interminable attente du corps qui brûle. Tout en se grattant machinalement le bras, que sa crise d'urticaire annuelle assaille depuis trois jours, elle repense à ce que lui a dit Jacques : la Bretagne détient le taux de suicide le plus élevé de France, en particulier les Côtes-d'Armor. Elle ne sait quelles conclusions en tirer, sinon que les êtres sont autant de géographie que d'histoire.

Les paroles que le prêtre a prononcées, plus tôt, dans l'église, résonnent encore en elle. Elle s'est étonnée de se sentir aussi concernée par ces propos sensibles et subtils, qui ont fait écho à ses propres angoisses autour de la solitude et de la mort. Ce, bien qu'ils fussent noyés dans un révoltant fatras de religiosité béate. Il lui tarde d'en discuter avec Mérédith, sans qui elle a l'impression qu'elle ne sait pas penser. Pour une fois, son amie n'a pas voulu l'accompagner, consciente que ce n'était pas sa place. Mathilde en a été légèrement froissée, avant d'admettre que ce n'était là que caprice de sa part.

Mais au moment de la communion, voyant la presque totalité de l'assistance se lever, elle s'est sentie d'autant plus isolée que, mécréante, elle savait ne faire là guère plus qu'acte de présence – formule qui la fait sourire par sa tendance à dire le contraire de ce qu'elle dit, puisque l'acte est justement une absence. Le Kyrie seul, psalmodié d'une voix profonde par la sacristine, l'avait ramenée dans son corps. Le chant lui avait permis d'éprouver un peu la chair collective à laquelle, de façon éphémère, elle s'était alors sentie prendre part.

À l'instant précis où, de l'autre côté de la Manche, dans la petite ville anglaise de Firle, Sussex, Anne Olivier Bell s'éteint à l'âge de cent deux ans, emportant le souvenir de sa participation à la récupération des œuvres d'art autant que ceux de fantômes de la littérature, la foule s'égaille hors du crématorium, sis dans quelque faubourg éloigné du centre-ville de Saint-Brieuc.

Lorsque, plus tôt dans le train, Mathilde avait anticipé la cérémonie, elle s'était imaginée déambulant avec ses cousins sans visage dans les allées du cimetière Saint-Michel, qu'elle avait visité avec Jacques et Mérédith et où se trouve le caveau familial ; du moins l'idée luisait-elle d'un romantisme, certes, un peu poisseux mais préférable à la paralysie qui la gagne, dans cette banlieue désespérante d'où il lui faut trouver un moyen de repartir.

Elle se sent tout à fait désarmée, l'idée d'appeler un taxi ou de chercher un arrêt de bus pour retourner à la gare l'accable. Elle se demande ce qu'elle fait là, elle n'a adressé la parole à personne depuis son arrivée. Elle ne sait même pas s'il y a encore des trains pour Paris et n'a pas réfléchi à l'endroit où elle dormirait ce soir. Elle hésite à déranger Jacques au dernier moment.

Une main venue de nulle part se pose sur son bras, indifférente aux plaques rouges qui le couvrent. Par réflexe, Mathilde baisse sa manche pour les dissimuler, chassant la main pourtant bienveillante. C'est celle d'une femme d'une cinquantaine d'années, à la voix très douce. Elle se prénomme Anne, est l'aînée de leur cousinade – Mathilde est la dernière – et se souvient parfaitement de sa jeune parente, qui a conservé l'air effarouché qu'elle avait à neuf ans.

« Je t'avais soignée quand tu étais tombée dans le pyracantha.

– J'ai toujours cru que c'était de l'aubépine… »

C'est là tout ce que Mathilde parvient à répondre, réduite au silence par sa timidité autant que par le bleu excessivement breton des yeux de sa cousine, un bleu qui invite à s'élancer vers la fin des terres. Elles échangent quelques paroles banales, où glisse sans embarras tout un impensé généalogique. Anne est chaleureuse, rassurante. Rapidement, elle propose à sa jeune cousine de se joindre à elle pour le traditionnel verre avec les proches.

Mathilde, confiante comme elle n'aurait jamais cru pouvoir l'être avec un membre issu de cette famille, ne tente pas de résister. Sa décision est guidée par la certitude immédiate que c'est pour rencontrer Anne qu'elle est venue à ces obsèques d'un garçon qui ne lui était rien.

Une fois parvenue, avec d'autres commensaux, dans le petit appartement confortable d'Anne, situé dans cette rue Fardel qu'elle se souvient avoir arpentée dix ans plus tôt, il lui suffit d'un ou deux verres de vin blanc, qu'elle omet d'accompagner de canapés compensateurs, pour se confier à sa cousine. Elle est en quête de réponses à une question qu'elle est incapable de formuler. Anne reçoit ces mots avec la mine de quelqu'un qui s'attendait à les entendre. Quelqu'un qui détient ce que l'autre cherche, mais souhaite qu'il le découvre par lui-même. Une fébrilité gagne Mathilde, similaire à celle qui l'anime quand elle sent qu'elle va faire une découverte majeure pour l'une de ses enquêtes. Elle presse Anne de parler, sans plus de précautions.

Alors, Anne explique.

Elle explique pourquoi sa famille avait coupé toute relation avec Michel, le père de Mathilde, scandalisée par ses pratiques de pillard. Elle explique combien ils auraient voulu conserver un lien avec elle et sa mère, qui n'ignorait rien mais pardonnait tout. Le comte Gaël de Saint-Pierre, frère de Michel et père d'Anne, aujourd'hui décédé, était même venu à l'enterrement d'Odile. Il se souvenait avec tendresse qu'enfants, Michel et lui venaient dans l'immeuble de la rue de la Chaise que son propre père louait à Georgette, et que c'était ainsi que les parents de Mathilde s'étaient rencontrés.

La jeune femme se rappelle soudain cet homme, si élégant et désuet, qui avait salué sa mère au cimetière quinze ans plus tôt et lui avait adressé, de loin, un signe triste. Il semblait véritablement affecté par le décès d'Odile. Mais Blanche avait par la suite refusé de reprendre contact avec sa belle-famille, préférant demeurer fidèle à un époux même inconstant, même malhonnête, même mort. Elle avait seulement accepté une somme d'argent en guise de viatique pour Mathilde.

Un soulagement l'envahit : soulagement de cette rencontre, des mots enfin posés sur un vide de sens qui la ronge depuis des années ; soulagement de voir éclaircie l'origine de son héritage, cet appartement qu'elle a récemment quitté, comme pour fuir un poids jusqu'alors inexpliqué. Cet apaisement tient d'ailleurs beaucoup à ce qu'elle vient de déménager, manière – illusoire sans doute – de se réapproprier son histoire, d'alléger le fardeau qu'est aussi cet héritage. Le don est toujours chargé du poids de la dette qui marque, aussi implacablement qu'un trait du visage ou qu'une ride frontale, chacune des générations qui se succèdent.

Demeure toutefois sur ses épaules le devoir d'être à la hauteur de ce qui lui a été, en même temps que l'appartement, transmis par cette famille – la sienne, se dit-elle, sans y croire encore tout à fait, mais en progressant vers cette conviction qu'elle en fait partie. Un devoir qui tient à une logique singulière, qu'elle associe plus ou moins consciemment à la noblesse, en écho aux leçons de Mérédith.

Anne, peu à peu, dessille les paupières de Mathilde, longtemps cousues comme celles d'un oiseau que l'on aveugle pour mieux le dresser. Elle défait la mythologie paternelle, avec une bienveillante lucidité. Elle minimise les fautes de Michel, tout en les présentant comme incontestables. Mathilde alors comprend le chagrin et le déni de sa mère, elle comprend le retrait de sa famille paternelle. Elle se sent magnanime envers tout le monde, le flou qui a toujours entouré le moindre de ses pas trouvant désormais une explication.

Elle n'est plus fautive. Elle peut identifier les mécanismes qui ont orienté sa vie sur des rails mal ajustés. Elle comprend pourquoi elle a répugné à toute véritable recherche. Elle comprend le peu d'entrain qu'elle a mis à enquêter sur la provenance des objets rapportés d'Algérie par son père : ce n'était qu'une manière de ne pas affronter ses doutes, tout en se donnant bonne conscience. De même, elle comprend que ce qui l'empêchait d'entrer dans la quête de Mérédith, liée à sa famille maternelle, tenait à ce qu'il lui fallait d'abord éclairer un gouffre de l'autre côté.

Cependant, le fil qui la reliait à son père, tout chimérique qu'il fût, vient d'être coupé, et elle sait moins que jamais dans quelle lignée, dans quelle continuité s'inscrire. Un nouvel abîme s'ouvre sous elle, dont Anne la sauve en posant de nouveau, tout doucement, sa main sur son bras. Mathilde n'a plus honte des plaques rouges qui en altèrent la pâleur. Anne l'invite à passer la nuit dans son appartement, mais Mathilde préfère rentrer chez elle. « En ce cas, tu viendras me rendre visite à Kerlan, près de Saint-Pol-de-Léon. J'y ai acheté, il y a quelques années, un petit manoir que j'aime beaucoup. Ici, c'est surtout un pied-à-terre. »

Mathilde la remercie et promet, avant de prendre congé. Des sentiments contradictoires, là encore, l'animent ; elle est tentée de se laisser aller à l'affection à laquelle la chaleureuse gentillesse d'Anne invite, tout en lui tenant une vague rancune d'avoir participé à ce silence de plusieurs années. Dans le même temps, elle comprend l'ambiguïté de la situation, et sait combien l'inertie triomphe souvent devant la complexité.

Elle commande un taxi pour retourner à la gare. Le dernier train pour Paris est dans une heure. Elle n'a qu'une envie, rentrer chez elle.

*

Quelques jours après le retour de Mathilde dans son pigeonnier de la rue Germain-Pilon, le Premier ministre français prononce un discours vibrant en mémoire de la rafle du Vél' d'Hiv'. Il y manifeste son désir d'accélérer les processus de restitution des œuvres d'art et annonce la création, au sein du ministère de la

Culture, d'une mission dédiée visant à affirmer l'existence d'une politique publique de réparation.

Le rapport d'un jeune historien a largement pesé dans cette initiative. Il est désigné pour diriger cette mission, dont Mathilde va faire partie, et qui étend les recherches aux œuvres vendues sous la contrainte par les Juifs, au moment où ils se réfugiaient en France après l'accession d'Hitler au pouvoir. Les chercheurs sont divisés. Pour certains, restituer à des descendants parfois très lointains n'a plus de sens ; il serait plus approprié d'évaluer la valeur des œuvres restantes et de verser l'argent à une fondation dédiée.

Mathilde, suivant ces débats, comprend ceux qui ne veulent plus entendre parler de réparation. Elle sait qu'on ne répare pas. Que le mot d'indemnisation est un mensonge révoltant, qu'il a la froideur administrative des listes d'immeubles que la fuite ou la déportation de leurs occupants a rendus disponibles. Elle sait que rien ne compense, que rien n'est jamais véritablement restitué, que l'objet lui-même, lorsqu'il revient, est amputé, souillé de la blessure causée par son vol.

Elle sait surtout que rien ne viendra répondre à la question qui lui est sans cesse renvoyée. Celle de savoir pourquoi des moyens si importants ont été consacrés au sauvetage d'œuvres d'art à la toute fin de la guerre, quand tant de vies ont été sacrifiées. Il ne suffit pas de dire qu'éradiquer une culture est partie intégrante de l'anéantissement d'un peuple. Cela ne suffit pas, mais c'est tout ce dont elle dispose. De cela, et de la conviction qu'au-delà des œuvres d'art, ce sont les archives, les bibliothèques, les souvenirs de toute une vie qui font un être, et que pour cet être leur disparition constitue parfois le plus grand des désastres.

Dresde, septembre 2018

> « Attraper un chat noir dans l'obscurité de la nuit est, dit-on, la chose la plus difficile qui soit. Surtout s'il n'y en a pas. »
>
> Philippe Forest,
> *Le Chat de Schrödinger*

Elle contemple la gravure, comme elle l'a fait à deux reprises en d'autres lieux, répétant une scène désormais familière, des gestes presque déjà rituels, émolliant l'urgence épidermique que l'image de l'ange suscite en elle.

Si la *Mélancolie* du Louvre a été léguée au musée par Edmond de Rothschild avant la guerre, si celle de Vienne offre un historique de provenance indubitable, la gravure du cabinet Kupferstich de Dresde témoigne d'un parcours plus ambigu. Du moins lacunaire, puisque l'on ne sait où elle se trouvait avant d'être restituée aux collections dresdoises par les Russes, plus de soixante ans auparavant, dans le cadre de la politique d'amitié entre l'Union soviétique et la République fédérale d'Allemagne.

Mérédith a profité de cette lacune pour tenter – avec toute la mauvaise foi de son goût pour le romanesque – de convaincre Mathilde, avant son départ pour l'Allemagne, qu'il s'agissait là de la copie de M. B., laquelle aurait fait partie des œuvres spoliées, entassées à Dresde, récupérées par l'Armée rouge, etc. – le lecteur n'a plus guère besoin que lui soit répété tout cela.

(Ici, précisément, le lecteur en question se trouve face à l'abîme, sujet au vertige où s'indifférencient réel historique et fiction. Le vrai étant par essence inaccessible, le roman n'est pas moins plausible que les faits avérés.)

La jeune femme, que ces dispositifs quantiques de narration ne peuvent concerner, puisqu'ils remettraient en question la possibilité même de son existence, jouit de la satisfaction totale de l'esprit où la plonge cette contemplation, qu'aucune autre préoccupation ne vient parasiter. Elle est en proie à une émotion miroir de celle qui, huit ans plus tôt, l'avait clouée dans les sanglots sur les bords de l'Elbe, à quelques dizaines de mètres de là où elle se tient à présent, yeux éblouis et mains crispées sur la splendeur.

Avant de s'abandonner à cette jouissance, elle est passée saluer l'équipe du service de recherche de provenance, qu'elle avait rencontrée à l'époque de son enquête pour le dossier Baruch. Le service s'est largement étoffé, un nouveau projet a été mis en place, qui distingue œuvres spoliées et expropriations en zone soviétique, et s'intéresse également à la question de la décolonisation. Elle s'imagine, non sans infatuation, que son acharnement à récupérer le Modigliani du grand-père de Sylvia a peut-être joué sur les bonnes volontés en la matière (le pouvoir de la fiction étant infini, mais brisons là).

Mathilde ressort du cabinet des estampes revigorée par son immersion esthétique. Elle presse le pas, car elle a rendez-vous avec Franziska, la vieille dame allemande qui a fait don du manuscrit de la comtesse au musée d'Aube. Elle n'a pas eu de difficulté à la contacter, la désormais tout acquise bénévole du musée ayant diligemment joué son rôle d'intermédiaire. Sa discussion avec Anne, en faisant basculer le poids du secret côté paternel, a apaisé l'angoisse associée à ce manuscrit, qui n'a finalement pas joué le rôle de révélateur qu'elle craignait puisqu'il n'y avait rien à révéler. Si ce voyage intimidait Mathilde, qui conservait de Dresde un souvenir éprouvant, la possibilité de voir une autre épreuve de sa chère gravure l'a décidée.

Mérédith n'a, de nouveau, pas voulu être du voyage. Rencontrer Franziska ne présentait pour elle aucun intérêt, à présent que le manuscrit était retrouvé. Les personnes réelles l'indiffèrent, seuls les personnages ont sa faveur. Et puis, autant l'Autriche la ravit par son esthétique fantasmée et les représentations qu'elle charrie, autant l'Allemagne la déprime. Ce sont là, du moins, les arguments qu'elle a daigné donner à Mathilde.

Celle-ci doit retrouver la vieille dame chez elle, dans un immeuble récent de la ville nouvelle, de l'autre côté du pont Auguste. Âgée de quatre-vingt-treize ans, Franziska est prodigieuse de vivacité. Tout en servant à la jeune femme un café accompagné d'une impressionnante forêt-noire, elle tend la main vers sa baie vitrée, derrière laquelle s'étend une vue canalettiste.

«Je vois le Zwinger de ma fenêtre, regardez. Toutes ces bâtisses qu'à l'heure de la guerre froide on a repeintes aux couleurs du baroque… Je ne peux jamais oublier que le présent a parfois le visage du passé et qu'il ne faut pas se tromper à ses masques.»

Mathilde se sent bien. Elle songe à Sylvia Baruch – Susha –, qu'elle n'a pas vue depuis longtemps, et qu'elle imagine facilement vieillir ainsi, portée par sa foi dans le pouvoir rédempteur de l'art. Franziska a consacré toute sa carrière, non à l'art comme son oncle mais à la littérature, en devenant éditrice et en se spécialisant dans la promotion des écrivains français contemporains en Allemagne.

«Il y a quelques mois, on a parlé de mon oncle dans la presse. Un projet s'est lancé au Germanisches Museum de Nuremberg autour des carnets de notes de Hans, qui ont été exhumés des archives. Son journal, mais aussi cinq cahiers de voyages regroupant les informations liées à ses recherches d'œuvres dans toute l'Europe, lorsqu'il travaillait pour Hitler à constituer les collections destinées au musée de Linz. Comme quoi, on n'a jamais fini de déterrer des traces.

– Mon père en savait quelque chose, il était archéologue.»

Mathilde ne sait pas pourquoi elle a dit cela. Elle se fustige elle-même d'avoir ainsi évoqué celui dont elle ne fait que convoquer le souvenir en s'évertuant à le chasser. Lorsque Franziska lui sert, avec une deuxième part de gâteau, un compliment sur ce beau métier qu'est l'archéologie, elle ne répond que d'un sourire incertain. Son malaise croît, quand la vieille dame entreprend un parallèle avec son propre oncle, auquel elle conserve une admiration que son activité auprès du Führer semble n'avoir pas entachée. Pour elle, l'homme était avant tout au service de l'art. Il est mort avant de comprendre de quoi il retournait véritablement.

Mathilde s'abstient de commenter. La conviction de Franziska la déconcerte. Son aveuglement est d'une telle sincérité, elle manifeste par ailleurs une telle haine des nazis et une telle conscience de la gravité des spoliations que l'incohérence de sa position devient presque acceptable.

Ne sachant que faire de ces complexités, elle ramène la conversation sur le manuscrit. Comment se fait-il qu'elle l'ait conservé si longtemps avant de s'intéresser à ce qu'il renfermait ?

« C'est tout simple. Je l'ai oublié. Je n'avais pas conscience de ce que je faisais lorsque je l'ai subtilisé parmi les archives de mon oncle ; j'avais à peine dix-huit ans, c'était seulement pour moi un texte en français, cette langue qui me plaisait tant, avec tout ce qu'elle recelait de fantasmes. Un texte écrit par une fille de mon âge, près de cent cinquante ans plus tôt. Mais je ne mesurais pas la valeur du document. Je l'ai rangé dans la boîte où je renfermais tous mes secrets d'adolescente, et je l'ai oublié. »

Mathilde se demande si la boîte de Franziska ressemblait au coffret de sa propre famille. Elle n'ose prier son hôtesse de la lui montrer, d'autant plus qu'elle ne veut pas fatiguer la vieille dame. Malgré les protestations de celle-ci, qui tient à se conformer le moins possible aux exigences de son âge, elle prend bientôt congé. Elle la remercie pour le thé et le succulent dessert, ainsi que pour lui avoir permis de résoudre une énigme – même si, songe-t-elle sans le dire, cette résolution ne lui aura pas apporté grand-chose.

En sortant de la résidence pour rejoindre le fleuve, Mathilde doit pourtant admettre qu'elle est troublée. La francophilie et la douceur de Franziska ont en quelque sorte inversé les pôles de ce qu'elle avait éprouvé huit ans plus tôt. Elle ne se sent plus hostile envers les Allemands. Elle longe l'eau sombre et jouit de l'agréable vertige du courant, qui avance plus vite qu'elle-même et génère en son esprit une idéale, quoique banale, métaphore de l'existence.

Un cygne passe sur l'Elbe ; Mathilde sourit, se moque intérieurement de son goût immodéré pour les signes, et du jeu de mots que suscite l'oiseau. Lorsqu'elle se dirige vers la gare, un soleil éclatant fait définitivement tomber les souvenirs cendreux attachés à la ville de Dresde.

Paris, juin 2019

> « Abouti ou non, un voyage en Russie reste un voyage en Russie. »
>
> Gregory Buchert, *Malakoff*

C'est un plaisir chaque fois renouvelé, aujourd'hui redoublé des grâces lumineuses de juin, que d'arpenter ce quartier de la place Vendôme. L'équipe de Mathilde a de nouveau déménagé, quittant l'avenue de Ségur, cette fois pour se séparer tout à fait de la Commission. Son service a été détaché de la tutelle du Premier ministre – elle en tire le sentiment d'une émancipation, probablement illusoire – et intégré à la nouvelle mission tout juste créée au sein du ministère de la Culture.

Cette mission a pour objectif de prendre en charge les restitutions de biens culturels spoliés dans la période, désormais élargie, qui va de l'accession d'Hitler au pouvoir jusqu'à la fin de la Seconde Guerre mondiale. Un nouvel élan, si l'on en croit l'État, doit être donné aux politiques de réparation. De tutelle en tutelle, les éléments de langage se suivent et se ressemblent.

La misère technologique et logistique n'en est pas pour autant atténuée : dans le bureau – sans fenêtre – qui avait d'abord été attribué à son équipe – au bout de plusieurs semaines de nomadisme –, une climatisation défectueuse empuantissait l'atmosphère et dégageait des vapeurs suspectes, cause de maux de tête niée par une direction que le manque de moyens rend impuissante. Après un certain nombre de démarches, l'équipe de Mathilde a enfin obtenu de migrer dans un autre espace, celui-ci pourvu, par miracle, d'une fenêtre. Elle donne sur la rue Saint-Honoré et l'église Saint-Roch, église martyre de la Révolution, pendant laquelle les toiles qui la décoraient ont été systématiquement pillées.

Elle y pense, obéissant à un conditionnement qui l'interroge de plus en plus, chaque fois qu'elle passe devant l'édifice. C'est le cas en cette fin d'après-midi, alors qu'elle quitte le ministère pour se rendre au café Pouchkine, où elle doit retrouver Mérédith.

Elles y ont leurs habitudes depuis que cette dernière, à l'occasion de son enquête sur le manuscrit, s'est prise de passion pour la Russie. Frustrée de la conclusion de leur recherche, qui quoique couronnée de succès n'a été suivie d'aucune conséquence, elle aspire à une nouvelle croisade. Ses regards sont tournés vers l'Orient, et Tolstoï a pour un temps supplanté Yourcenar dans son panthéon intime.

Mathilde s'installe pour l'attendre à leur table favorite – elle a vieilli, elle apprécie désormais les tables. Elle s'assied toujours le plus loin possible de la porte, car elle aime voir la légère désorientation de la personne qu'elle attend et qui, entrant dans le café, la cherche un peu du regard ; voir Mérédith désorientée est si rare, que la jouissance en est décuplée.

Cette table, située près de la fenêtre, lui permet de profiter de l'animation extérieure, du doux soleil qui fond dans la rue et de ce qu'offre le présent, tout en se projetant un siècle plus tôt grâce à la beauté des lieux, tout en lustre meringué, moulures et luminaires de style. Ce décor alimente en rêveries le projet de voyage vers l'est que les deux amies ont élaboré pour l'été. Elle commande un millefeuille Napoléon pour Mérédith, quelques pouchkinettes pour elle, et deux chocolats chauds.

Au moment précis où est inaugurée à Grenoble une allée Rose-Valland – rejoignant un peu tardivement, eu égard aux origines iséroises de Rose, les différentes voies déjà baptisées en son honneur, de Taverny à Marcq-en-Barœul en passant par Yzeure –, la porte s'ouvre sur la ligne subtile du corps de Mérédith.

Celle-ci commande, avant même de saluer Mathilde, deux coupes de champagne : le chocolat est tout à fait hors de propos, assène-t-elle, sourcil relevé par l'affliction. « Que fais-tu de la promesse que nous nous sommes faite de ne jamais boire autre chose que du champagne ensemble – Mérédith oublie les exceptions régulières au whisky –, et ce jusqu'à ce nous atteignions un siècle d'âge ? »

Mathilde obtempère, bien qu'il soit un peu tôt pour boire de l'alcool. De la même façon qu'elle a obtempéré, deux mois plus tôt, lorsque son amie a décidé qu'elles partiraient pour la Russie l'été suivant. Le récit de Sophie a fait naître chez Mérédith l'irrépressible envie de faire le voyage de Paris à Moscou ; non en berline ou en calèche, encore moins en voiture – quelle vulgarité –, mais naturellement, l'avion étant d'emblée exclu, par le train.

L'enthousiasme a fini par gagner Mathilde, d'abord réticente. Depuis quelques semaines, elle recueille un à un les signes venant justifier ce voyage. Elle avait hâte de voir Mérédith pour lui conter un souvenir qui lui est revenu, celui d'une vieille fable familiale, du côté maternel, selon laquelle une princesse russe aurait figuré dans l'arbre généalogique, perchée sur une branche sciée depuis longtemps. C'est de là que Mathilde et sa mère tiendraient leurs paupières un peu mongoles et leurs yeux en amande.

Blanche avait même confié à sa fille avoir, longtemps, imaginé qu'il s'agissait d'Anastasia Romanov, tant elle était désireuse de se penser un lien avec la petite altesse qu'elle avait longtemps crue miraculée. La confirmation de la mort de la princesse, fusillée à dix-sept ans avec le reste de sa famille, avait dissous les rêveries de Blanche, sans altérer la légende familiale. Quant à la véracité de celle-ci, ceux qui pourraient la garantir sont soit devenus fous, soit morts depuis longtemps : seul demeure le plaisir d'entretenir le fantasme.

Mérédith n'écoute plus, à qui ces questions semblent vaseuses : les arbres de sa famille, quelle que soit la branche, figurent dans tous les bottins mondains, et nulle incertitude ne vient flétrir leurs feuilles.

Lassée, elle interrompt Mathilde : « Je ne pars plus. »

Cette annonce laconique n'est suivie d'aucune explication. Simplement, elle n'a plus envie. Sa décision est irrévocable. Mathilde est désemparée.

Outre la blessure que lui inflige la froide inflexibilité, mêlée de désinvolture, avec laquelle Mérédith lui assène la nouvelle, elle s'était tellement projetée dans ce voyage qu'elle ne parvient pas à croire qu'il ne va pas avoir lieu. Leurs billets sont réservés, elle a fait l'acquisition d'innombrables guides – recherchant les plus anciens chez les bouquinistes pour complaire à sa désuète amie – et récits de voyage en Russie, elle s'est représenté cent fois sa visite du musée Pouchkine, elle a même appris quelques rudiments de russe en vue de consulter les archives spéciales qui l'avaient tant intriguée dans les cours d'Isabelle.

Elle a été jusqu'à mener des recherches pour retrouver l'ancien palais de Fiodor Rostopchine, la Loubianka – à ne pas confondre avec l'immeuble voisin, qui a servi à toutes les polices politiques du siècle dernier. Devant les extravagances stuc et turquoise de cette bâtisse à l'abandon, jadis remarquable de prestance, elles auraient lu ensemble des extraits de *Guerre et paix*, si cher à Mérédith. Debout côte à côte sur le perron mythique, elles auraient franchement vu se dérouler la scène sanglante du lynchage d'un traître désigné par Fiodor à la vindicte du peuple.

Elles auraient ensuite poussé jusqu'à Saint-Pétersbourg, Mathilde tenant absolument à visiter l'Ermitage. Elle aurait, longeant les galeries en traquant d'illusoires indications de provenance au bas des toiles, rêvé aux sous-sols débordant d'œuvres spoliées.

Elle sait que, plus de vingt ans après la révélation des pillages, l'opinion publique russe n'a toujours pas l'intention de restituer ce qu'elle continue à considérer comme des trophées. Elle n'y est d'ailleurs guère encouragée par un président très patriote, prompt à célébrer la grandeur de la Russie comme à reconvoquer les anciennes gloires déchues de l'Empire – tout en se montrant soucieux de renouer avec le stalinisme. Elle sait aussi que c'est un sujet tabou, et qu'elle n'a aucune chance d'obtenir des informations.

Elles se seraient contentées d'admirer les toiles exposées, plongeant un regard empreint de mélancolie dans les eaux de la Neva, chassant du pied l'un des nombreux chats qui, voués à prévenir l'invasion de rongeurs, errent dans le musée à l'année longue. Elles auraient traversé rapidement les salles d'apparat, désespérées par la foule de touristes, et attrapé de l'œil au passage quelque cuisse pâle chez Boucher ou quelque ruban chez Fragonard.

La peinture italienne l'aurait envahie du souvenir de leur rencontre, et d'une nausée d'excès esthétiques qui les aurait propulsées au rez-de-chaussée, dans les salles moins fréquentées où sont exposés les objets d'art antique.

Elle sait qu'un buste d'Antinoüs fait partie des fonds du musée. Elle rêvait de le voir en chair et en marbre, après avoir longuement contemplé sa photographie : les cheveux, si nettement sculptés que l'on aimerait y passer la main, caresser les pignes – ou sont-ce des artichauts ? – qui les tressent ; le regard de l'amant impérial, sa pupille de marbre éternellement baissée vers les flots rouges du Nil.

Dans la galerie de la Guerre patriotique, où trois cents généraux sont représentés, elles auraient cherché le portrait de Bagration, le général aussi distingué qu'inculte, le personnage tolstoïen à qui va la préférence de Mérédith. Elles seraient ressorties par le grand portique du Nouvel Ermitage, quelque peu écrasées par l'ombre des atlantes phoriques, et auraient emprunté la perspective Nevski pour rejoindre leur hôtel avant d'aller souper de quelques pirojkis.

Il faut donc renoncer à tout cela.

Mérédith, par exception décontenancée devant la tristesse muette de son amie, commande deux autres coupes et quelques cornichons, très épais et très doux. Mathilde n'y touche pas. Elle rumine l'écart entre l'affection qu'elle porte à Mérédith et l'impassible facilité avec laquelle celle-ci a renoncé à ce projet, qui avait fini par lui importer tellement. Elle prend alors une décision qui n'est pas dans sa nature, et l'emplit d'une terreur où entre l'euphorie d'une victoire sur elle-même. Elle ira seule.

Odessa, août 2019

Assortiment de lard et de cornichons frais à l'aneth
Varenyky (ravioles) au fromage et aux pommes de terre, crème sure
Bortsch froid de betterave
Poulet à la Kiev
Varenyky aux cerises
Vodka au miel et au piment

Le bouquet de flammes s'immobilise en éclairs solides sur le ciel nocturne : la rapidité du geste impose sa gravité à l'élément, dicte sa temporalité et les conditions de son existence. La jeune femme domine la matière souple et féroce, son corps gracieux, ignifuge, se joue des pièges que lui tend le feu apprivoisé.

Engourdie par l'atmosphère de fête foraine qui domine la perspective Derybasivska, Mathilde s'est arrêtée un moment pour contempler cette fascinante danse de lumière. Elle est arrivée à Odessa la veille en fin de journée, incrédule devant le nom mythique s'étalant sur tous les panneaux de la magnifique gare centrale, au sortir de laquelle une chaleur étouffante l'a accueillie.

Elle n'a pas pu. Lorsque son train est entré en station à Varsovie, après dix-sept heures rongées d'insomnie et d'hésitations, elle s'est décidée brusquement : elle a rangé à la diable ses affaires dans son grand sac à dos, et elle est descendue sur le quai. Elle ne voulait, ne pouvait pas se rendre en Russie sans Mérédith.

Mais sur le tableau détaillant les horaires de retour vers l'ouest, il y avait aussi les trajets possibles dans d'autres directions. Un nom l'a aimantée : Odessa. Le train partait une heure plus tard. Après tout, puisqu'elle avait déjà traversé la moitié de l'Europe, pourquoi ne pas continuer jusqu'en Ukraine ? D'autant plus que cette ville l'avait attirée dès l'instant où elle avait emménagé dans une rue portant son nom.

Elle avait fini par se renseigner. Elle avait appris que dans cette cité aux splendeurs éteintes, fondée par la Grande Catherine à la toute fin du XVIIIe siècle avec force stuc et pastels, plongent les racines des grandes familles de collectionneurs. Ces familles juives dont elle tente depuis quinze ans, avec toute l'humilité possible, de réparer certaines des blessures. Ce berceau a l'ampleur des origines. Celles de son métier, et peut-être davantage pour elle.

Ainsi, depuis la veille, arpente-t-elle les rues d'Odessa. Nostalgique par nature, voire par principe, de ce qu'elle n'a pas connu, elle cherche dans les balcons de fer forgé et les façades ouvragées d'anciennes délices que la paupérisation, le tourisme de masse et les tragédies ayant scarifié le pays durant un siècle et demi ont fait disparaître à jamais.

À l'extrémité sud du boulevard Primorsky, la demeure des Ephrussi jouxte le bâtiment qui jadis abritait leur banque. Elle est moins luxueuse que Mathilde ne s'y attendait, au vu de celle de Vienne. Les deux bâtisses sont gardées par de belles allées de marronniers et d'acacias. Tout près, la statue d'Alexandre Pouchkine monte la garde devant l'hôtel de ville. Au milieu du boulevard, l'escalier Potemkine descend vers une mer Noire inaccessible et une forêt de grues. Le port n'a rien du romantisme désuet qu'elle s'était attendue à trouver.

« Le fantasme ne survit jamais au voyage », avait rappelé Mérédith en accompagnant Mathilde à la gare, trois jours plus tôt – moment qui lui semble déjà appartenir à une autre vie. Mérédith n'avait pas encouragé Mathilde à partir sans elle, et c'est certainement cela qui l'y avait décidée. La frustration, et une forme d'orgueil. Il s'agit donc de profiter de ce séjour pour gagner un peu en autonomie. Mais diable, comme elle déteste voyager seule.

Elle se concentre sur l'effet visuel impressionnant des marches, et la scène du film d'Eisenstein où la population, enfants en tête, est décimée sur l'escalier lui remet en mémoire les massacres de la Shoah par balles et la disparition de la communauté juive d'Odessa, aujourd'hui progressivement reformée par des orthodoxes venus d'Amérique.

Un peu plus loin vers le centre, la statue de Catherine domine quatre de ses mignons en hauts-de-chausses de bronze, fiérotement dressés à ses pieds, et une magistrale tête de lion mordant servilement un anneau. Comme à Venise, comme à Dresde, Mathilde a l'impression de croiser partout dans la ville de ces fauves sculptés de plâtre, de bronze ou de marbre à la gueule encombrée, échos aux chats errants qui, montant la garde devant les perrons des belles demeures décrépites du centre, répondent aux fauves avec l'insolence du vivant.

Elle sait que le lion est l'une des figures de bestiaire les plus représentées ; Dürer lui-même, qui l'obnubile de plus en plus, est l'auteur de lions extraordinaires, peints ou gravés, dont celui qui veille sur saint Jérôme dans l'une des autres gravures de la trilogie à laquelle appartiendrait – contre l'avis de Charles Ephrussi – la *Mélancolie*.

Elle ne peut toutefois s'empêcher de déceler dans cette récurrence un signe personnel, tant l'animal convoque malgré elle l'image de son père. Outre son signe astrologique, qui le faisait s'attarder sur les météores correspondants, Michel avait dans l'esprit de Mathilde les qualités totémiques du fauve : indépendance, force et courage, mais aussi une violence qui, sans qu'elle se soit jamais manifestée physiquement, sourdait de la tension entre ses parents, et que les cruelles conditions de la mort de son père ont matérialisée.

Ces félins sont presque aussi nombreux que les effigies de Taras Hryhorovytch Chevtchenko, le poète national, ou que les bustes de Pouchkine dont la jeune femme décide de visiter le petit musée qui lui est consacré. Pouchkine est l'écrivain le plus populaire de Russie – avant même Tolstoï, que les Occidentaux valorisent davantage que ses compatriotes. La conservatrice, francophone et francophile, prend plaisir à lui parler longuement. Mathilde s'étonne de la profonde nostalgie de cette femme pour la grande époque russe, où la culture était selon elle à l'honneur.

Odessa est d'ailleurs, lui confirme la femme, une ville très russe, qui contraste avec le reste du pays. Dans l'atmosphère belliqueuse qui oppose les deux États, les propos de la conservatrice résonnent étrangement et mettent Mathilde mal à l'aise. Peu au fait de politique, elle perçoit néanmoins les tensions qui ferment les visages et mitonnent la colère au fond des esprits.

Elle déambule ensuite sur le pavé de lave de la ville, frappée par ses paradoxes qui surgissent à chaque pas. Des galeries de bois branlantes, sous lesquelles il ne fait pas bon passer, alternent avec les façades Art nouveau, des bacs remplis de luxuriants hostas sont souillés de détritus, à l'ombre tiède de prestigieux bâtiments s'abritent mendiants ou marchandes de paniers et de balais d'osier.

Tout cela est bel et beau, mais elle doit se rendre à l'évidence : le tourisme l'indiffère, et elle ne sait pas ce qu'elle fait là.

Elle ne trouve rien de ce qu'elle est venue chercher, et qui n'est toujours pas très clair pour elle : une justification, en somme, par la connaissance intime des lieux où tout s'origine, de son propre rôle dans la tentative probablement illusoire de réparer le passé. Mais les fantômes des Ephrussi n'ont pas survécu au désir d'Occident, et elle sent ici moins que jamais le parfum du passé, moins par exemple qu'à Vienne, où tout est fait pour le conserver dans les replis des façades autant que dans la permanence des rites.

À Odessa, le ciel ne couve que le sentiment d'effacement de l'Histoire, la mer Noire ne promet aucun ailleurs, n'exhale aucun iode invitant à l'Orient. N'était l'omniprésence du cyrillique et des vieilles voitures soviétiques au toit chargé d'oignons ou de pommes de terre, rien ne lui ferait éprouver le déplacement, géographique et temporel, auquel elle aspire. Un léger désespoir l'envahit d'ainsi se livrer à une entreprise touristique alors qu'elle envisageait un voyage singulier, presque spirituel, tout en métaphores et en signes envoyés dans sa direction par quelque esprit venu d'hier.

Après deux jours à visiter la ville, elle sent qu'il est temps de repartir. Mais elle répugne à prendre l'avion, reste de fidélité encombrant. Elle rentrera par le train, en faisant quelques étapes.

Dans le wagon qui bringuebale vers Kiev, traversant les mornes plaines de l'Ukraine embrunies de champs de tournesols fanés, le long des voies où des églises miniatures aux bulbes clinquants font des poinçons de pastels criards parmi les maisons aux toits défoncés, aux murs fendus, Mathilde contemple, incrédule, tantôt le paysage, tantôt une carte dont elle a du mal à imaginer qu'elle figure ce territoire saturé de nostalgie et du souvenir insoutenable des tueries. Elle songe à Mérédith, qui aime tant le train. Mouvement de tendresse que vient aussitôt contrarier une désagréable sensation de rancune.

La capitale ukrainienne lui est un vertige, après la paisible Odessa. Tandis qu'elle marche le long des grandes artères de Kiev ou suit le cours majestueux du Dniepr, elle se demande une fois encore ce qu'elle fait là – question que la solitude rend récurrente, et qui englue chacun de ses pas d'une lourdeur nauséeuse.

Une consultation rapide des principaux sites touristiques de la capitale l'invite à visiter la laure, haut lieu de pèlerinage. Elle y saisira peut-être – après tout, bulbes dorés et murs blancs sont partout les mêmes – quelque chose de l'atmosphère de Serguiev Possad, anciennement Zagorsk, où elle se serait rendue sans faute, eût-elle été en Russie.

Le monastère en effet a servi, pendant plusieurs décennies, de dépôt secret pour les trésors récupérés par l'Armée rouge dans la partie orientale de l'Allemagne – elle aurait aimé raconter cela à Mérédith, elle aurait été fière de dérouler ses connaissances historiques auprès d'elle. Qui l'aurait écoutée poliment, admirant avec exaltation les iconostases de l'église principale tout en – Mérédith n'est pas à un paradoxe près – se moquant des femmes qui embrassent les icônes sur l'ambon du chœur.

Elle gagne l'entrée des catacombes et s'engage, derrière un groupe de pèlerins, au long des lacis souterrains éclairés faiblement par de fines bougies qu'il faut tenir, paume vers le ciel, entre le majeur et l'annulaire. C'est à chaque mètre un cercueil de verre contenant la momie d'un saint, et ce sont à chaque fois des fidèles qui s'arrêtent pour baiser la vitre.

Dans un tournant, Mathilde croise une femme en grande conversation, visiblement anxieuse, avec un jeune pope à longue barbe. La ferveur est palpable et tapisse la pierre sombre d'une aura de mystère claustrophobe. Elle poursuit son chemin lorsque ses pas se figent : derrière elle, des cris, des râles, des expectorations jaculatoires. La femme très agitée qu'elle vient de croiser est entrée en transe, à moins qu'elle ne soit exorcisée par le jeune pope. Le tout, dans l'indifférence générale. Mathilde est abasourdie ; elle sort aussi vite que le lui permet la file de pèlerins et jaillit dans les ruelles pavées du monastère, où flotte une abominable odeur de poisson. Elle quitte le sanctuaire dans un violent battement de cœur. Qu'aurait dit, qu'aurait fait Mérédith ?

Mathilde a, jusqu'ici, toujours considéré les passions religieuses de son amie comme tenant du folklore autant que de la littérature ; curieusement, elle en appréhende pour la première fois la profondeur. C'est comme si l'expérience qu'elle vient de vivre l'obligeait à en explorer sérieusement les contours pour tenter, sinon de les comprendre, du moins de les respecter à la hauteur de l'amitié qu'elle porte à Mérédith (nouveau mouvement de rancœur, plus faible).

Elle prend conscience que sa première confrontation avec le mysticisme, lors de ses promenades algériennes avec son père, est intimement liée à la mort de celui-ci. Ce qui explique peut-être sa terreur mêlée d'une curieuse attirance face à ceux-là qui se disent en connexion avec le sacré, sentiment paradoxal que réveille la scène à laquelle elle vient d'assister.

Soudain, un lien se tisse entre son rapport à la spiritualité et sa relation avec l'art. C'est à l'art que finalement son esprit et ce que, faute de mieux là encore, il faut bien appeler son âme se sont remis tout entiers, comme si seules les productions humaines en matière esthétique lui permettaient de garder foi en l'humanité, cette seule foi à laquelle il lui est permis de se vouer en l'absence de transcendance.

Les Ukrainiens exposent leur ferveur dans tous les gestes, tous les supports du quotidien : les immenses panneaux prosélytes dans les rues, les églises innombrables et fourmillantes rappellent au touriste que la foi n'est pas dissociable du sentiment d'appartenance nationale.

Un nouvel exemple en est donné à Mathilde dès le lendemain ; tandis qu'elle se dirige vers le métro pour rejoindre le site de Babi Yar, un peu éloigné du centre-ville, une rumeur lui parvient provenant du parc Vladimir. À mesure qu'elle s'approche, elle distingue de plus en plus nettement une complainte, qu'elle devine infinie ; et en effet, aux abords du parc, Mathilde découvre un rassemblement de milliers de personnes. Un pope s'adresse à la foule, sa parole amplifiée par un microphone alternant impénétrables harangues et languides liturgies. Les chants sont repris, dans un poignant unisson, par l'assemblée de femmes et d'hommes, de religieux et de civils, tous gardés par quantité de militaires qui semblent aussi émus que les manifestants.

Mathilde finit par trouver un garde comprenant l'anglais, qui lui explique qu'il s'agit d'une manifestation en faveur de l'indépendance de l'Église orthodoxe ukrainienne vis-à-vis du joug russe. Depuis le mois de juin précédent, les revendications autocéphales gagnent en complexité. Bien qu'elle ne comprenne goutte aux enjeux que le policier lui détaille laborieusement, les voix sont si belles que Mathilde se surprend à défendre la cause de ces fidèles.

Pour un peu, elle se convertirait. Elle imagine Mérédith s'esclaffant à cette idée et s'engouffre dans le métro.

À Babi Yar, elle se recueille longuement devant le monument extraordinaire qui, isolé au centre d'une cuvette gazonnée évoquant irrésistiblement une fosse, rend un hommage ambigu aux cent mille victimes du nazisme de la ville. Ambigu car, si le monument est impressionnant avec sa noire mêlée de bronze patiné, corps colossaux et tourmentés auxquels l'œil ne sait comment s'accrocher pour s'apaiser, il a été érigé dans un endroit discret, proche certes mais pas précisément à l'emplacement du ravin où trente-trois mille Juifs ont été massacrés en quarante-huit heures. Surtout, l'érection elle-même s'est faite en toute discrétion, au milieu des années soixante-dix, par un pouvoir soviétique réticent à confirmer la dimension antisémite de ce massacre.

C'est ce que lui explique, dans un français relatif, un Ukrainien rencontré au pied de la statue gigantesque. L'homme est venu montrer à sa fille de dix-huit ans ce monument qui raconte une part de son histoire. Sans hésiter, il demande à Mathilde si elle aussi est juive, ce qui réveille chez elle ses coutumières inquiétudes. Il lui faut toujours faire un effort pour se rappeler qu'à titre d'être humain, elle est en droit de faire preuve d'empathie vis-à-vis de la souffrance d'un peuple, même si elle ne lui appartient pas.

Ce qui l'amène, une nouvelle fois, à se demander à quoi elle appartient véritablement. Plus que jamais, elle a l'impression qu'elle a hérité d'une histoire où elle ne peut pas s'inscrire, mais avec laquelle il lui faut composer. Les révélations d'Anne n'ont pas encore sédimenté suffisamment pour lui fournir des réponses claires quant à la place qu'elle occupe dans le monde. Ce n'est pas le déplacement géographique qui l'y aide.

Elle continue néanmoins vers Lviv, dernière étape ukrainienne de son périple.

Le panorama se modifie à l'approche de ce que d'aucuns considèrent, bien qu'il soit tout près de la frontière, comme le centre culturel du pays. Les paysages se boisent, de petites maisons bordent la ligne de chemin de fer de leurs avancées caractéristiques. À intervalles réguliers, de minuscules oratoires en forme de gloriettes abritent des vierges de plâtre, exhibant les mêmes bulbes flamboyants que leurs monumentaux modèles, d'aiguemarine ou de cyan.

À Lviv, l'influence autrichienne est patente. Mathilde s'y repayse, après Kiev et surtout Odessa qui, par contraste, lui paraît enfin orientale. Le lion là encore est partout, puisque c'est l'emblème de la cité, c'en est même le nom, qui a changé si souvent au cours des siècles et vient de Lev – Léon –, fils de Daniel, son fondateur.

Elle visite quelques musées, avant de prendre un verre d'alcool de cerise, l'institution locale, qu'elle sirote sur une petite jetée de planches construite devant l'un des nombreux mémoriaux que compte Lviv. Installé devant les ruines du temple de la Rose d'or détruit par les nazis, il présente les témoignages de rescapés de la Shoah sur de grandes plaques de marbre noir. Sur l'une d'entre elles, un poème d'Israël Ashendorf évoquant le retour chez soi après les camps, les vieux meubles usés par les nouveaux occupants de sa maison, les lits habités par des étrangers, est spécialement pathétique.

Mais plus bouleversants encore sont ces enfants qui jouent dans le soir précoce, grimpant et sautant sur les plaques terribles comme dans un innocent parc d'attractions, tandis qu'à quelques pas une ambiance de fête anime la ville entière. Là s'exerce une force de résilience qui impressionne Mathilde, similaire à celle qui permet à ces quelques brins d'herbe, exerçant leur pouvoir saxifrage, de pousser entre les vestiges du vieux temple juif.

Et c'est là, parmi les rires d'enfants et les ruines qui en rappellent si cruellement la précarité, qu'elle comprend le cadeau que Mérédith lui a fait en ne l'accompagnant pas dans ce voyage. Il fallait qu'elle le fasse seule, qu'elle s'empare, malgré elle, de sa propre liberté. Il n'empêche : comme son amie lui manque.

Kerlan, septembre 2019

Galette à l'andouille
Kig ha farz
Kouign aman
Cidre brut, bière ou lait ribot

Le feuillage s'ébroue, sous l'ondulation souple d'un rongeur, ou peut-être d'un reptile. Mathilde attend l'heure du dîner, assise à la naissance d'une branche de pin démesurée qui s'avance horizontalement, à un mètre du sol, dans le fond du jardin. Le manoir de Kerlan n'est pas aussi impressionnant que l'est Beaumanoir, mais la robustesse gothique de sa silhouette trapue rassure, autant que la simplicité du petit parc qui l'entoure et de la tourelle qui se déploie sur le ciel nitreux.

Hormis la belle porte d'entrée, au linteau en accolade, et la petite tour carrée – et non pentagonale comme le prétendait curieusement Gustave Flaubert lorsque, arpentant champs et grèves, il était passé par ce coin de Finistère – qui se niche dans l'angle de la demeure, la bâtisse n'offre prise à aucune fantaisie architecturale ni aucun excès baroque. L'ensemble est parfaitement lisible, les fenêtres à meneaux ne dissimulent de leur verre sombre aucun secret, et Mathilde sent qu'elle a bien fait d'accepter l'invitation de sa cousine Anne.

Dans la tourelle, un grand escalier à vis, similaire à ceux que l'on trouve dans les cathédrales, installe une solennité que contredit le confort des pièces auxquelles il mène. L'âtre des cheminées est un vaste sourire, qui accueille Mathilde sans arrière-pensée. Les lieux sont chaleureux, là encore très loin de ce que décrit Flaubert.

Anne lui a expliqué à son arrivée qu'une chapelle dédiée à saint Roch – Mathilde s'est amusée de retrouver le saint dont elle regarde l'église parisienne, tous les jours, depuis la fenêtre de son bureau – était intégrée au manoir, où des armoiries familiales hélas disparues en disaient long sur le passé de ce logis où fut signé, à la fin du XVIe siècle, l'acte de reddition livrant la région aux ligueurs catholiques. C'est dans la cour du manoir que le frère cadet du propriétaire, connu dans les environs pour ses pilleries, fut lynché par les paysans.

Ce soir, tout est calme.

Le fumet du repas qui mijote se mêle aux senteurs que le crépuscule de fin d'été délivre jusqu'au jardin. Mathilde tente de faire le tri dans l'écheveau d'émotions et de pensées qui se sont précipitées au fil des deux journées qu'elle vient de passer avec sa cousine.

Dans l'après-midi, Anne l'a entraînée dans une délicieuse promenade, sur la partie du sentier des douaniers qui mène du petit port de Moguériec au rocher du Singe. De longues risées de soleil brûlaient l'eau, le ciel était une permanence, une éternité de lumière. Les roches sombres, dans la dentelle éphémère du roulis festonnant le bleu pur, invitaient placidement à se taire. Les deux cousines marchaient en silence, l'une derrière l'autre, ouatées du bruit des vagues et du souffle des nuages qui brûlait leurs oreilles. Pas un promeneur ne défaisait leur concentration. Une chanson entêtante, parlant de vent qui entraîne et d'endroit pour vivre, guidait Mathilde vers des chemins de pensée qu'elle n'était pas prête à emprunter.

Puis Anne s'était arrêtée devant un point de vue particulièrement spectaculaire et soudain, face à la mer et à ses évidences, Mathilde avait été submergée par une émotion violente. Ce n'était pas la paix éprouvée lors d'une autre promenade bretonne, l'année précédente dans les Côtes-d'Armor, laquelle promenade n'était finalement qu'un bonheur fugace, stérile car sans enjeu. C'était une joie archaïque, plus puissante que tout ce qu'elle avait pu ressentir jusque-là.

La sensation était presque inquiétante, et il lui avait bien fallu reconnaître qu'il y avait dans cette ivresse quelque chose comme un sentiment d'appartenance, dont la certitude n'était contrariée que par l'inadéquation avec sa réalité. Elle était de là, ne pouvait vivre que là, et pourtant elle savait qu'il n'était pas question de s'y installer vraiment, il ne s'agissait pas de faire adhérer sa conviction avec le réel en quittant Paris pour vivre seule aux confins de la Bretagne. Il n'était, en tout cas, pas encore temps pour cela. Mais l'impression avait été sur elle suffisamment prégnante pour que Mathilde en soit étayée durablement.

Plus tard, traversant à marée basse l'estuaire du Guillec, elles avaient observé les plantes endémiques, celles qui résistent au sel et aux embruns. Elles avaient tranché les sommités de salicornes tièdes, cueilli les feuilles charnues et anisées de criste marine. Elles s'étaient livrées au vent et à la solitude finistériens, enfoncées dans la vase jusqu'aux chevilles au point de ne plus pouvoir avancer, écrasées par un fou rire. Hilare, immobilisée sous l'œil des aigrettes, Mathilde avait fini par abandonner ses souliers au limon pour continuer la promenade. Rien ne comptait plus que jouir de la beauté sauvage de ce nouveau pays, dont elle commençait à sentir qu'elle voudrait le faire sien, tout en tissant avec sa cousine un lien qui ne devait rien au sang.

La veille, Anne l'avait emmenée dans la forêt de Huelgoat. Elles étaient entrées dans les bois par un sentier qui, partant de la route bitumée, plongeait sous les frondaisons vertes.

Après quelques minutes de marche dans ce qui semblait une forêt ordinaire, où s'entendait encore le monde du dehors, où la vie était encore reliée, tout avait changé. Une lueur de bocal avait remplacé la lumière commune, et elles avaient pénétré dans une autre temporalité. Les pierres fluorescentes parlaient d'une époque lointaine, sacrée, où les druides décidaient de la marche des étoiles en examinant le cœur d'une groseille ou la nervure d'une feuille. Les troncs grinçaient, telles les portes de maisons capricieuses. L'œil s'étonnait des roches fantastiques, posées en un équilibre de géant, de celles où des racines rampaient en veines saillantes pour les dévorer, de celles d'où jaillissaient les promesses d'une fougeraie. L'eau était fraîche comme une noix immature, dont la chair blanche et astringente captive l'œil.

Elles avaient grimpé jusqu'en haut d'un ancien tumulus, mamelon livrant l'œil aux vertiges d'un gouffre médiéval ; là, une stèle rendait hommage au poète médecin Victor Segalen et marquait l'endroit consacré de son indécidable mort : Anne lui avait raconté comment l'écrivain voyageur avait été retrouvé, assis contre un arbre, vidé de son sang par une impeccable blessure au pied, un exemplaire de *Hamlet* près de lui comme pour la macabre mise en scène d'un suicide déguisé en accident.

C'est dans la grotte d'Artus aux mille légendes, assises sur les rondeurs sensuelles d'un chaos de pierre, qu'elles avaient reparlé de Michel. Anne, inquiète de l'impression que ses propos avaient pu faire sur Mathilde au moment de leur rencontre au crématorium de Saint-Brieuc, avait éprouvé le besoin de revenir sur les raisons qui les avaient poussées, elle et sa famille, à s'éloigner du père de la jeune femme.

« Nous sommes très attachés au patrimoine, et l'obligation où nous avons été de vendre le domaine a été un déchirement. L'indifférence des pillards à l'appartenance historique des biens culturels nous choque, me choque profondément. Même si, bien sûr, on ne peut pas comparer ton père aux groupes terroristes actuels, qui utilisent les antiquités du sang pour financer leurs exactions, ses actes restent à mes yeux criminels. »

Mathilde s'était tue, caressant du doigt les cupules de la roche. Espérant échapper aux mouvements contradictoires que les paroles d'Anne suscitaient en elle, elle avait accroché sa pensée aux mythes dormant sous la mousse, aux faits d'armes du roi Arthur que son père lui lisait dans son enfance.

« J'espère que tu ne m'en veux pas de te parler franchement. Il se trouve que j'avais commencé des études d'archéologie, avant d'y renoncer pour élever mes enfants. J'avais même entamé un mémoire de maîtrise sur le seigneur aux lions d'Amathonte, à

Chypre. C'est pour cela que j'ai conscience que les pertes causées par l'archéologie clandestine sont tragiques. Les sites sont saccagés, l'histoire de chaque objet, lorsqu'il est isolé de son contexte, s'efface irrémédiablement. L'objet perd son rôle de témoin et donc sa valeur scientifique. Pour moi, c'est la honte du métier. »

Mathilde s'était demandé dans quelle mesure cette honte était la sienne. Elle s'était répété le mot, comme pour mieux en goûter les différentes nuances. La honte, un sentiment qu'elle connaît trop bien, pour l'éprouver en maintes situations, le plus souvent à mauvais escient. Mais à ce moment-là, elle n'avait ressenti à sa propre surprise qu'une forme de tranquillité intérieure, comme si son inconscient savait mieux qu'elle combien les fautes de son père n'étaient pas les siennes.

C'est un soulagement triste, qu'elle imprime ce soir dans le ciel désormais presque noir, où quelques étoiles d'automne font de déboussolants repères. Elle se rappelle la passion de son père pour les astres – qui tremblent l'été et se figent l'hiver, aimait-il à répéter, l'image lui revient soudain – et surtout pour les comètes, cet éphémère du ciel, dont il combattait l'inquiétude en creusant dans l'infiniment durable de la terre.

Mathilde doit l'admettre, elle ne parvient pas à en vouloir véritablement à Michel, tant elle n'a jamais vu dans son regard autre chose que de la fièvre et de la curiosité.

Les yeux tendus vers la voûte, où la lumière des villes lointaines fait une clameur d'aurore boréale, elle espère le météore qui annoncera autre chose que ce qui est. Devant le silence sidéral, elle prend la mesure de ce qu'est un héritage. Soudain, la donation qui lui a été faite trente ans plus tôt par une comtesse qu'elle n'a vue qu'une seule fois dans sa vie revêt un sens précis. C'est une reconnaissance. Une intégration. Un adoubement, presque, qui l'autorise à être. Saisie par un frisson de crépuscule, elle quitte sa branche pour rentrer dans le manoir.

Manoir de Kerlan, 31 décembre 2019

« Plus est en vous. »

Devise de Bruges

Les flammes sont moelleuses. Pour un peu l'on s'y jetterait, on se repaîtrait de leur douceur de crème. Une bûche trop humide siffle et exhale des volutes de fumée orientales, danse subtile qui contredit la vivacité des langues de feu orange, bleues, vertes.

Mathilde, refermant *L'Œuvre au noir*, ne fait plus qu'un avec l'incandescence du brasier. La scène finale, le suicide de Zénon, l'a privée d'haleine, et la tête lui tourne un peu.

Elle est revenue à Kerlan. Anne l'y a invitée à partager sa solitude le soir du réveillon. Autant elle se sentait déplacée à Beaumanoir, autant il lui est loisible dans cette fin des terres de s'approprier quelque chose de son identité bretonne. Tout ce qui, dans son histoire familiale, pourrait s'apparenter à des racines lui paraît parfaitement arbitraire ; elle se sent, ou se pressent, des attachements autres, archaïques et insoupçonnés, qu'il s'agit de découvrir – voire, comme ce pourrait être ici le cas, de construire de toutes pièces. Il faut une part de hasard et une part de volonté dans l'attachement à un lieu, lorsqu'il n'est pas déterminé de toute évidence ou de toute éternité par une appartenance généalogique.

Après le dîner Anne, sitôt le dernier coup de minuit sonné, est allée se coucher sur un baiser. Mathilde est restée seule à lire devant la cheminée.

Elle ne craint plus la mort, se dit-elle avec emphase, s'identifiant aux urodèles capables de traverser le feu sans frayeur. Elle ne craint plus l'Histoire. Elle se sent apurée des peurs qui ont jusque-là freiné sa marche. Elle se sent le droit d'être, qui est aussi un courage. C'est une sensation neuve.

Zénon la brûle. Elle a lu et relu cette scène finale. Elle éprouve une proximité extraordinaire, incompréhensible, avec ce porte-feu en qui féminin et masculin s'alchimisent, comme le soufre et le mercure qui se réunissent au moment de l'œuvre au rouge, la dernière étape du Grand Œuvre.

Avant son départ, Mérédith lui a fait comprendre qu'il était temps pour elle de s'emparer enfin de ce livre, dont elle repoussait la lecture depuis des années, comme si elle ne s'y sentait pas prête, comme si elle attendait d'être à la hauteur. C'est en lui rappelant que la toute première version s'intitulait « D'après Dürer » qu'elle a véritablement convaincu Mathilde de s'y confronter. L'ange de la *Mélancolie* l'a ainsi accompagnée tout au long des cinq cents pages – carnets de notes inclus – du roman, l'épaulant de sa maussade bienveillance.

Elle a compris le rôle que Marguerite Yourcenar jouait dans la cosmogonie de son amie. L'écrivaine est pour elle une figure tutélaire, moins un modèle qu'un étalon lui permettant de mesurer sa propre ambition. C'est seulement lorsqu'elle se sentira, elle aussi, à la hauteur de cette ambition qu'elle s'autorisera à faire lire ses écrits au monde.

Au cours de cette même conversation, Mérédith lui a également appris que, dans des entretiens livrés à la fin de sa vie, Yourcenar donnait comme date de naissance à Zénon le 27 février, qui est précisément le jour anniversaire de Mathilde. Sans vouloir pousser trop loin la superstition numérologique, elle ne peut s'empêcher de penser que son sentiment de proximité avec Zénon trouve son reflet dans les astres.

(Ici nous nous autorisons un dernier aparté : bien qu'ailleurs Yourcenar, toujours prompte à brouiller les pistes, vacille un peu sur la date exacte à laquelle elle fait naître Zénon, ce serait mentir que de celer le fait que cette ultime coïncidence nous a fait pousser quelques glapissements d'enthousiasme assez peu compatibles avec la dignité d'auteur, ou d'autrice. Fin de l'aparté.)

Zénon, dont la vie est une lente incandescence, refuse le bûcher ; il refuse de devenir cendres sous ses propres yeux. Qu'importe ce que l'on fera de son cadavre, son âme ne sera pas brûlée, elle se diluera volontairement, froidement, lucidement dans le sang qui s'écoulera de ses veines. Zénon se suicide par désir de liberté libre, pour conserver une souveraineté ultime sur lui-même.

Mathilde se demande pourquoi Yourcenar, fascinée par le suicide, ne s'est pas suicidée elle-même, comme s'il lui avait suffi, pour assouvir sa curiosité vis-à-vis de la mort, de la faire traverser à ses personnages les yeux ouverts. C'est sans doute tout l'intérêt de la fiction, se dit-elle : écrire les choses pour mieux s'éviter de les vivre. Elle pense à Mérédith, qui s'abreuve de vie et d'en être soûle échoue sans cesse à écrire.

Si le suicide correspond à l'incapacité de l'homme à adhérer au monde lorsqu'il est déserté de tout dieu et confronté au néant, et que l'artiste de toutes ses forces tend vers cette adhésion sans qu'il lui soit besoin d'un arrière-monde, alors le suicide est nécessaire à l'artiste quand l'art lui-même échoue et ne parvient plus à sauver l'homme aux yeux de l'homme, comme pour Zweig, Celan, Woolf ou Mishima, ou quand il dévie inéluctablement du réel, comme pour Tsvetaïeva, Plath ou Segalen.

Mathilde songe, et nous songeons avec elle, à cette prise en charge suprême de son destin, cette ultime saisie de libre arbitre que constitue le suicide. Le seul acte qui, ne pouvant recueillir l'assentiment d'autrui, permet à qui le commet de s'en affranchir.

Elle songe à l'expression *se donner la mort*, à l'étrange douceur charriée par cette idée de cadeau fait à soi-même ; au féminin l'absence d'accord – *elle s'est donné la mort* – met en valeur le complément d'objet, isole la mort comme une reine nue. Elle songe à une autre expression, choisie par sa mère pour lui annoncer le suicide de son cousin l'année précédente : *mettre fin à ses jours*. La formule avait tourné dans sa tête pendant une semaine, accompagnée de lancinantes questions renvoyant davantage à sa mère qu'au défunt.

« Louis a mis fin à ses jours. »

Est-ce qu'il lui avait fallu longtemps pour choisir ces mots ?

Elle n'imagine pas Blanche en train de chercher ses mots – elle ne connaissait pas sa mère, avait-elle constaté, dans la déflagration de pensées qui avait accompagné la nouvelle.

Elle avait trouvé l'expression hors de propos, ou abstraite. Hypocrite, peut-être. Voire accusatrice, comme si le geste procédait d'une décision ferme, claire, unilatérale et donc égoïste, comme on met fin, lassé, à une conversation.

Après tout, c'est peut-être cela, se tuer ; comment le saurait-elle ?

Mathilde songe à la liberté à laquelle son cousin a cru atteindre avant de mourir.

Elle songe à sa mère, à la force de l'amour et du devoir, et se félicite une nouvelle fois de ne pas avoir d'enfant. N'ayant ni neveu ni nièce, et personne n'ayant jugé bon de lui donner un filleul, elle est libérée du fardeau de transmettre, qu'elle a tout entier, comme Rose, comme Virginia, comme Marguerite, transposé dans la mission qu'elle s'est donnée.

Elle songe à Mérédith, autre infertile volontaire. Au cadeau qu'est la découverte de ce livre, à l'intelligence de son amitié qu'il faut bien prendre pour ce qu'elle est car, différente, elle aurait moins de valeur. Elle songe que la transmission ne se fait pas uniquement de manière verticale, suivant le fil généalogique, mais horizontale, par les rencontres que l'on s'autorise à faire – et à défaire.

Une brusque fulmination des bûches dévie le cours de ses pensées, la ramenant à la nécessité d'entretenir le feu qui s'assoupit. Elle remue les braises, s'affaire à raviver la flamme avec le soufflet de cuir et de bois qu'orne un profil de jeune femme en cuivre, sur lequel crépitent orange les lueurs ranimées.

Elle songe au mot foyer, s'étonne de sa polysémie mordorée.

Elle songe qu'elle irait volontiers à Bruges pour son quarantième anniversaire, qui approche avec son cortège d'injonctions.

Se perdre sur les traces de Zénon, suivre le lacis des rues dont le plan est un chou rouge tranché en deux;

errer dans le béguinage;

prendre une tasse de thé au coin de la cheminée de la maison De Zomere, au fond de l'impasse Oude Zomerstraat, avec le fils d'un collectionneur épigraphiste, ami de Yourcenar, la théière en fonte asiatique depuis laquelle il la sert étant celle où infusa, quarante ans plus tôt, le thé bu par l'écrivaine – qui sait, un peu de son intelligence et de sa drôlerie, capturées par le tanin culottant l'ustensile, aura peut-être passé dans le breuvage brûlant;

arpenter les Flandres avec la fougue du lion de leur emblème, et la vigueur déterminée de Dürer un demi-millénaire auparavant;

visiter le parc où se tenait autrefois, entre les deux épaules de sablons affleurants que font le Mont-Noir et le mont des Cats, la demeure familiale des Crayencour, manoir néo-Louis XV détruit pendant la bataille de la Lys – opération dite Georgette – et où a depuis été créée une résidence destinée aux écrivains, à l'emplacement des anciennes écuries;

se tenir sous le couvert des séquoias vénérables, des conifères et des châtaigniers, lever les yeux vers les hêtres pourpres dévorés de loupes, de chancres et de cicatrices, dont Marguerite a caressé peut-être les peaux d'éléphant;

admirer les tapis bleus de jacinthes à leur pied, écouter les arbres se délivrer sans aide du fardeau d'une branche;

longer l'allée de rhododendrons au printemps;

écouter la chouette en automne;

de la paume, sentir les lichens proliférant sur la stèle de grès ferrugineux qu'un conseil municipal quelconque a décidé de planter à l'endroit d'une tombée d'obus, à moins que ce ne soit – là aussi des légendes s'affrontent – la sépulture de la chevrette aux cornes dorées de l'enfance de Marguerite;

fouler la callune endémique, soupçon de Bretagne au cœur d'une feuillée flamande, et se laisser avaler par le ciel immense qui court jusqu'en Belgique.

Elle songe à Bruges et aux Flandres par exaltation littéraire, mais sait bien que dans deux mois, elle fêtera son anniversaire ici même, à Kerlan, où elle se sent enfin avoir lieu d'être. Et ce, avec ou sans Mérédith.

Elle songe, et désormais ses songes lui appartiennent, qu'il n'y a peut-être pas d'autre choix que de porter toute sa vie le poids de son passé, de son héritage, ou bien de le brûler comme une terre qu'on ne veut pas laisser entre les mains de l'ennemi.

Ou plutôt elle songe qu'il faut faire la part des cendres, comme on fait celle du feu : accepter qu'une part de soi-même reste inaccessible, qui s'est perdue dans les gouffres séparant les générations les unes des autres, dans les folies de l'Histoire et de ses réécritures permanentes. Que notre vérité soit faite de ces cendres, et qu'on ne la possédera jamais. Que se concentrer sur les puissances vives qui subsistent dans le brasier soit la meilleure façon de l'alimenter.

*

Elle dépose sur le feu moribond une fascine de brindilles très sèches. L'incendie minuscule s'élève dans les hauteurs de l'âtre, brûlant ses joues d'une fièvre subite – transcendance de la matière sur son esprit engourdi par le festin –, avant de s'apaiser pour reprendre son mol ballet de flammèches. Mathilde s'allonge sur le sofa et, plagiant la grande écrivaine en son rituel de conjuration magique, cet hymne à Zénon dont Yourcenar a répété le prénom plusieurs centaines de fois dans son hamac après avoir posé le point final à son livre, répète ses propres prénom et nom à cent, deux cents, trois cents reprises.

À mesure que celle qui n'est déjà plus tout à fait Mathilde de Saint-Pierre égrène les syllabes, son identité tout à la fois s'étrangeant de la répétition et acquérant une réalité brutale, elle voit dans les airs où montent les flammes se disperser les cendres, couler de ses épaules le faix d'un passé qui cesse de peser, dès lors qu'elle ne s'efforce plus de vouloir s'en défaire. Le mot escarbille glisse lentement à la surface de sa rêverie, et ferme ses paupières.

Remerciements

L'écriture de ce livre a nécessité le concours de nombreuses personnes, que je veux remercier ici très chaleureusement. À commencer par Muriel de Bastier, qui fut à l'origine du projet et l'a accompagné de sa patience et de ses compétences pendant les trois années de recherches et d'écriture qu'il a nécessitées. Il me faut aussi remercier, pour la bienveillance de leur accueil et la précision inlassable de leurs réponses, ses collègues de la Mission de recherche et de restitution du ministère de la Culture : Alain Prévet, Isabelle Rouge-Ducos, Elsa Vernier-Lopin et leur directeur David Zivie. Ou encore ceux, rapporteurs ou chargés de mission, de la Commission pour l'indemnisation des victimes de spoliations : Rosine Cusset, Brigitte Guillemot, Axelle Malavieille, Isabelle Rixte et Sophie Zagury. Merci également au président de la Commission Michel Jeannoutot et à son directeur Jérôme Benezech, qui m'ont permis de hanter ses couloirs à plusieurs reprises.

Merci à Isabelle le Masne de Chermont, directrice du département des manuscrits de la Bibliothèque nationale de France, qui m'a ouvert les portes de son imaginaire et de ses trésors ; aux chercheuses Sophie Cœuré, Martine Poulain et Emmanuelle Polack pour leur aide généreuse ; et je veux citer aussi les travaux de Bénédicte Savoy, qui ont été particulièrement inspirants.

Merci à Élisabeth Badinter pour avoir accueilli avec bienveillance mes questions et mes fantaisies sur son père Marcel.

Un merci tout particulier à Édith qui a infusé de son esprit le personnage de Mérédith, et m'a même soufflé certains de ses mots puisque je me suis inspirée à plusieurs reprises, avec son accord, de son blog Alma

Soror ou de textes qu'elle m'a confiés ; à Sylvie, qui a inspiré Sylvia et dont j'ai emprunté l'atelier des merveilles ; à Anne, qui m'a renseignée sur son grand-père Eugène Pépin, et accompagnée dans un fol périple exploratoire en Ukraine, Pologne, Allemagne et Autriche, en compagnie de notre camarade Jean-Michel, dont je salue également l'indéfectible soutien. Ma chère amie Elna a supporté suffisamment de doutes et de questionnements pour que je ne l'oublie pas ici. Merci à Laurent, qui a subi lui aussi tant de mes questionnements, et dont la vision m'a toujours accompagnée. Merci à Caroline et Benoît pour m'avoir prêté leur nid au moment adéquat.

Merci à Mérédith Le Dez pour son aide précieuse en Bretagne, ainsi qu'à Gilles Perrotin et Hélène de Tugny pour leurs témoignages sur le véritable château de Beaumanoir. Merci à Régis Wargnier pour m'avoir parlé de son film, *Je suis le seigneur du château*, ainsi qu'à Alain Quillévéré du musée de la Résistance en Argoat pour sa réactivité et sa précision dans les informations qu'il m'a fournies.

Merci à Jacqueline Barthalay, de l'association des Amis de Rose Valland, et à Olivier Cogne, directeur du Musée dauphinois de Grenoble, pour leur généreux accueil. Merci à Estelle Bienne, secrétaire des musées de la Comtesse de Ségur et de la Grosse Forge, pour ses réponses. Merci à Vanessa Voisin, Pierre Pochard, Jean-Pierre Devillers, Pauline Baer de Pérignon, Aurélien Delsaux, Mikael Kraemer, Raphaël Denis et Pascale Cugy pour leur disponibilité vis-à-vis de mes questions parfois saugrenues.

Merci pour leur accompagnement dans la restitution d'archives, moment où le travail littéraire a rejoint le réel, à Maïa Bensimon, Christophe Hardy, Patrice Locmant, David Robin et François Thiéry, de la Société des gens de lettres. Merci à Alain Dreyfus et à Claude Rocher, ayants droit concernés par cette restitution et dont l'histoire personnelle autant que la bienveillante attention m'ont également portée et inspirée dans mon travail.

Un grand merci à Jean-Marie Blas de Roblès pour m'avoir aidée de ses connaissances archéologiques, et à Yalla Seddiki pour le matériau précieux qu'il m'a fourni concernant l'Algérie et les rites de la Kabylie. Merci à Ludovic Lamant pour m'avoir contaminée par son amour de Dürer. Merci à Sophie Rostain pour m'avoir mise en relation avec

Paul-Marie Catineau de Parsac, lequel m'a généreusement livré son témoignage concernant sa grand-mère Arlette. Merci à Florient Azoulay, Sylvie Giroux et Manon Beulay pour ce que m'a inspiré leur exposition sur les œuvres évacuées du Louvre au château de Valençay. Merci à Dorian Zahorski pour ses souvenirs et archives (notamment l'inventaire de spoliation de sa famille), ainsi qu'à Jean-Luc Penso pour ses cassettes. Merci à Jean-Luc Coatalem pour m'avoir raconté la fin de Segalen.

Merci à toute l'équipe de la villa Marguerite-Yourcenar, autre nid idéal : Marianne Petit sa directrice, mais aussi Virginie Demey, Béatrice Decool, Alice Dhellin et Pascal Vaneechoutte. Les brumes du Mont-Noir ont insufflé à ce livre l'énergie dont j'avais besoin pour en achever la rédaction.

Merci à ma mère Françoise et à mon oncle Yves pour avoir bien voulu livrer à ma réappropriation fictionnelle leurs souvenirs de mémé Georgette, que j'aurais tant voulu connaître.

Merci à ma chère éditrice Véronique Ovaldé, soutien sans faille dans la descente de gouffres que représente l'écriture. Merci aussi à Marie Dormann, dont les encouragements sont un appui essentiel chez Albin Michel.

Merci à Axel pour avoir su faire escorte quotidienne, douce et généreuse, dans ce voyage si solitaire qu'est l'écriture.

Ce livre est aussi dédié à Jacques, Anny, Clément, Benjamin, et à tous ceux qui n'ont pas pu déposer le fardeau autrement qu'en entrant violemment dans leur nuit.

DE LA MÊME AUTRICE

ALLONS DANS LE GRAND VENT, nouvelles, Rhubarbe, 2021.
LE SOLEIL VIENT D'EN FACE, poèmes, Rhubarbe, 2021.
LES FUNÉRAILLES DE ROBERTO BOLAÑO, nouvelle, La Guêpine, 2020.
L'ŒIL D'ARTEMISIA, nouvelle, Malo Quirvane, 2020.
VIRGINIA, roman, Albin Michel, 2019 ; rééd. Le Livre de Poche, 2021.
LE COURAGE QU'IL FAUT AUX RIVIÈRES, roman, Albin Michel, 2017 ; rééd. Le Livre de Poche, 2019.
UNE LETTRE, nouvelle, Rhubarbe, 2014.
LE POINT AU SOLEIL, poèmes, Rhubarbe, 2012.
CONFESSION DES GENRES, nouvelles, Luce Wilquin, 2012.
DANS L'ÉCLAT DES FEUILLES VIVES, poèmes, La Musaraigne, 2005.
À CHAQUE PAS, UNE ODEUR, poèmes, Librairie-Galerie Racine, 2001.

Composition : IGS-CP
Impression : Firmin-Didot en mai 2022
Éditions Albin Michel
22, rue Huyghens, 75014 Paris
www.albin-michel.fr
ISBN : 978-2-226-46556-6
N° d'édition : 24614/01 – N° d'impression : 169576
Dépôt légal : août 2022
Imprimé en France